Catherine Egan

Schattendiebin

Die verbotene Wahrheit

CATHERINE EGAN

Schatten diebin

DIE VERBOTENE WAHRHEIT

Band 2

Aus dem amerikanischen Englisch
von Katharina Diestelmeier

Ravensburger Buchverlag

Bibliografische Information der Deutschen Nationalbibliothek:

Die Deutsche Nationalbibliothek verzeichnet diese Publikation in der Deutschen Nationalbibliografie. Detaillierte bibliografische Daten sind im Internet auf *www.dnb.d-nb.de* abrufbar.

MIX
Papier aus verantwortungsvollen Quellen
FSC® C114500
FSC
www.fsc.org

1 2 3 4 5 E D C B A

Deutsche Erstausgabe

Titel der Originalausgabe: *The Witch's Child. Julia Defiant*

Dieses Werk wurde vermittelt durch die Literarische Agentur Thomas Schlück GmbH, 30827 Garbsen

Lektorat: Svenja Wulff
Umschlaggestaltung: Carolin Liepins, München
Verwendete Fotos von © ipedan/Shutterstock und © julijamilaja/Shutterstock

Printed in Germany
ISBN 978-3-473-40159-5

www.ravensburger.de

Nach dem Ende der Schlacht standen Haizea, die Göttin der Rache, und Tisis, die Göttin der Gnade, über den verwüsteten Ebenen der Erde und stritten darüber, wer von ihnen gebraucht wurde.

»Ich gebe den Besiegten Kraft«, sagte Haizea. »Sieh dort unten die junge Mutter – ihr Kleid zerrissen, ihr Ehemann tot. Sie kniet vor dem Leichnam ihres ermordeten Kindes. Mit meinem Wirbelsturm kann sie jene treffen, die ihr die Freude geraubt haben.«

»Und dann?«, fragte Tisis. »Wird sie als Sklavin des Wirbelsturms anderen Müttern ihre Kinder entreißen, wird sie ebenfalls plündern und morden? Die Feindschaft zwischen den Menschen kann nicht durch Rache überwunden werden. Ich werde ihr meinen Becher reichen und sie daraus trinken lassen. Möge sie durch Gnade und Vergebung Frieden finden und ihrerseits künftigen Generationen Frieden bringen.«

»Es gibt Dinge, die können nicht vergeben werden«, sagte Haizea.

»Es gibt Dinge, die können nicht gerächt werden«, sagte Tisis.

»Wozu sind wir dann da?«, fragte Haizea. »Warum rufen sie uns immer wieder an, in Zeiten des Krieges wie in Zeiten des Friedens?«

Sie stiegen zur Ebene hinab, auf der die Körper der Toten und

Sterbenden verstreut lagen. Tisis bot ihren Becher jenen an, die daraus trinken wollten; und jenen, die hundertfach zurückschlagen wollten, gab Haizea ihren Wirbelsturm. Dann kamen sie zu der jungen Mutter, deretwegen sie gestritten hatten. Sie kniete im Dreck und sah zu ihnen auf. In ihren dunklen Augen spiegelte sich die strahlende Herrlichkeit der beiden Göttinnen, und sie sagten zu ihr: »Du hast die Wahl.«

1

Wann bin ich zum ersten Mal über eine Mauer geklettert, die mich eigentlich aufhalten sollte? Ich erinnere mich nicht daran. Mein ganzes Leben lang klettere ich schon über Mauern. Das, was ursprünglich einmal nichts weiter war als ein Spiel – hinzugehen, wo ich nicht hinsollte, mir anzusehen, was ich nicht sehen sollte, zu sein, wer ich nicht bin –, habe ich zu meinem Beruf gemacht. Und der hat mich weiter von zu Hause weggebracht, als ich es mir je hätte träumen lassen. Das hier ist eine sehr schöne Mauer, hoch, massiv und oben mit Dachziegeln versehen, und es ist das dritte Mal, dass ich hinüberklettere.

Die Sonne ist vor einer Stunde untergegangen und die Straßen sind bereits menschenleer. Ich hole ein Seil mit einer fünfzackigen Hakenkralle aus meiner Tasche und trete ein paar Schritte zurück, um die Mauer in Augenschein zu nehmen und das Seil abzumessen. Dann lasse ich den Wurfanker kreisen und schleudere ihn hoch. Er beschreibt einen kühnen Bogen, schrammt über die Steine auf der anderen Seite und krallt sich an den Dachziegeln oben auf der Mauer fest. Ich rucke am Seil, um sicherzugehen, dass es fest sitzt, dann ziehe ich mich Stück für Stück daran hinauf. Rittlings auf der Mauer sitzend, wickele ich das Seil um die Hakenkralle und stecke beides zurück in die Tasche.

Von hier aus kann ich die gesamte Stadt überblicken – die breiten, gepflasterten Straßen und spitzen Dächer, die die Kaiserlichen Gärten im Zentrum umgeben. Dies ist Tianshi, die Hauptstadt von Yongguo, dem bedeutendsten Kaiserreich aller Zeiten. Im Inneren dieser Mauern, im Nordwesten der Stadt, liegt das Shou-shu-Kloster, berühmt für seine Bronzeglocken und langlebigen Mönche. Es ist ein Labyrinth aus dunklen Tempeln und Gassen – fast wie eine Miniaturversion der Stadt selbst.

Wenn ich Richtung Osten blicke, kann ich bis zum Dongshui-Dreieck sehen, dem Armenviertel, in dem sich mein Bruder zusammen mit meinem ehemaligen Geliebten versteckt. Ich habe gestern mit ihnen zu Abend gegessen und Wyn war schlecht gelaunt. Er hatte zu viel getrunken und sagte, ich sei unfähig zu verzeihen, was mir in dem Moment ziemlich lustig vorkam.

Nachdem ich mir die Tasche mit dem Wurfanker über die Schulter gehängt habe, schwinge ich beide Beine auf die Innenseite der Klostermauer. Ich habe viel über Vergebung nachgedacht und darüber, was verzeihlich ist. Trotzdem habe ich Wyn noch nicht gesagt, dass ich ihm verzeihe, denn obwohl das der Fall ist, würde er es nicht verstehen. Wenn Wyn von Verzeihen spricht, bedeutet das für ihn, dass ich in sein Bett zurückkehre. Für mich bedeutet es etwas anderes. Es bedeutet alles. Deshalb bin ich hier, über fünfzehntausend Kilometer von zu Hause entfernt, und lasse mich von dieser Mauer auf den Kiesweg darunter fallen.

*

Der Weg hierher war keine Kleinigkeit. In zwei Monaten haben wir die halbe Welt umrundet, per Schiff und Eisenbahn, per Pferd und Kamel, per Boot und Eselskarren sowie zu Fuß. Wir haben Wunderwerke gesehen, von denen ich zuvor noch nie gehört hatte: den weißen, auf einem See schwimmenden Palast in Beru, errichtet für die Lieblingskonkubine des Königs; die spiralförmigen Gesteinsformationen in der Wüste Loshi; das eisbedeckte Kastahorgebirge.

Eines Abends – wir waren seit mehreren Wochen unterwegs – sah ich meinen Bruder Benedek im Wüstensand sitzen und die Sonne betrachten, die langsam hinter den Pyramiden von Eschriki verschwand. Unsere Zelte und Kamele waren hinter einer Düne knapp außer Sichtweite. Er lächelte zu mir auf und sagte etwas auf Yongwenisch. Diese Regel hatte Professor Baranyi aufgestellt: Wir sollten auf der Reise nur Yongwenisch sprechen, und falls er es je leid wurde, uns auf Dampfschiffen oder in winzigen Behausungen Unterricht darin zu erteilen, ließ er es sich nicht anmerken. Aber mit Dek wollte ich davon nichts hören. Zu meinem Leidwesen hatte er sich als deutlich gelehrigerer Schüler erwiesen als ich.

»Können wir nicht zur Abwechslung einfach mal Fraynisch sprechen?«

»Du brauchst Übung.«

»Mit dir will ich aber nicht üben.«

Ich genoss es immer sehr, mit ihm allein zu sein – eigentlich mit jedem von meinen Leuten, aber mit Dek ganz besonders. Nur in diesem vertrauten Kreis fühlte ich mich wirklich wohl. Mit den anderen – na ja, wir gingen behutsam miteinander um und ich war mir in jedem Augenblick bewusst, dass ich versuchte, wenn schon nicht ihre Freundschaft, so doch wenigstens ihr Vertrauen zu gewinnen. Gleichzeitig war ich überzeugt, dass sie mir nie wirklich würden vertrauen können. Nicht nach dem, was ich getan hatte.

»Ich habe gesagt, wie beeindruckend sie sind.« Dek zeigte mit seinem gesunden Arm auf die Pyramiden. »Der Teil, den wir sehen können, ist nur die oberste Spitze der Pyramide, die aus dem Sand aufragt. Der Rest unter der Erde ist gewaltig.«

»Wirklich?«, fragte ich erschrocken.

»Nein.« Er schnaubte. »Erbsenhirn!«

Ich boxte ihn gegen die Schulter.

»Weißt du, was Frau Och gestern bei ihrem Anblick gesagt hat?«

»Was denn?«

»*Ich erinnere mich noch daran, wie sie gebaut wurden.*«

Er lachte. Die Sonne ging hinter den Pyramiden unter und das goldene Licht, in das die Wolken, der Sand und die Pyramiden selbst eben noch getaucht waren, wurde blutrot. Dann fragte Dek mich fast beiläufig: »Meinst du, sie werden dir verzeihen, wenn du ihn findest?«

Er musste nicht erklären, wen er mit »sie« oder »ihn« meinte. Trotzdem überraschte mich die Frage. Ganz offensichtlich hatte er auf einen Moment allein mit mir gewartet, um sie zu stellen.

»Ich weiß es nicht«, sagte ich.

»Wirst du dir selbst verzeihen?«

»Nein.«

»Ich wünschte, du könntest es.«

Darauf zuckte ich nur mit den Achseln und er beließ es dabei. Schweigend sahen wir zu, wie das Licht schwächer wurde.

Die Wahrheit ist, dass mich die Frage nach Vergebung tagsüber antreibt und nachts verfolgt. Gut zu sein war nichts, woran ich viele Gedanken verschwendet hatte, bis ich jeglichen Anspruch darauf verlor. Bin ich böse, wie Frederick es mir einmal vorgeworfen hat? Die Vergangenheit lässt sich nicht mehr ändern. Das Beste, wonach ich streben kann, worum ich mich täglich bemühe, ist, ein guter Mensch zu sein, der einmal etwas Böses getan hat.

*

Wenn die Buße gleichzeitig auch Spaß macht, umso besser! Ich lande auf dem Pfad und falle hinter der Klosterbibliothek in einen leichten Trab. Die Mönche ziehen sich bei Sonnenuntergang in ihre Schlafgemächer zurück, ich muss also nicht befürchten, irgendjemandem zu begegnen. In meiner Tasche steckt ein zerknittertes Exemplar des Klosterplans, den Frau Och für mich besorgt hat. Ich habe mich inzwischen gründlich genug umgesehen, um zu wissen, dass er ungenau ist. Meine heutige Aufgabe ist es, die Lücken zu füllen. Wenn einige Teile des Klosters geheim sind, auf keinem Plan auftauchen, liegt die Vermutung nahe, dass ich genau die etwas genauer erkunden sollte.

Ich schleiche durch den südlichen Teil des Klosters und meide dabei die Schatzkammer, den einzigen Ort hier, der Tag und Nacht bewacht ist – und zwar nicht von Mönchen, sondern von offiziellen kaiserlichen Wachen. Im Kloster leben über dreihundert Mönche, die in meinen Augen alle gleich aussehen mit ihren karminroten Gewändern und rasierten Schädeln, ihren hageren, hungrigen Gesichtern. Ich suche nach einem bestimmten Mann: Ko Dan. Das wird dadurch erschwert, dass ich nicht weiß, wie er aussieht. Auch sonst weiß ich nichts über ihn, abgesehen von seinem Namen und der Tatsache, dass er vor anderthalb Jahren einen schrecklichen Zauber ausgeführt hat, der unbedingt rückgängig gemacht werden muss. Aber am entscheidensten ist vielleicht, dass ich nicht weiß, ob er überhaupt gefunden werden will.

Die Klostergebäude bestehen aus uraltem schwarzen Holz aus Yongguos nördlichen Wäldern, in denen die Bäume pechschwarz und dreißig Meter hoch sind. Die Dächer sind mit leuchtend blauen Ziegeln gedeckt, die jetzt in der Dunkelheit allerdings genauso schwarz aussehen wie das Holz. An der westlichen Klostermauer wende ich mich nach rechts, vorbei an den Schlafgemächern, mehreren kleineren Tempeln, der breiten Straße, die auf die zentrale Gebetshalle zuführt, und dem kunstvollen Garten der Elemente, hinter dem ein gepflegtes Gemüsebeet liegt sowie ein kleines Häuschen, in dem eine Lampe flackert.

Seit drei Nächten in Folge beobachte ich diese eine Lampe, während der Rest des Klosters in Dunkelheit liegt. Durch das Fenster sehe ich immer denselben alten Mann schreibend am Tisch sitzen. Sein Gesicht ist dunkel und faltig wie eine Rosine. Schnell, beinahe hastig, schreibt er Seite um Seite. Er trägt dasselbe karminrote Gewand wie alle Mönche, aber an seinem rasierten Hinterkopf hängt ein langer Zopf und um seinen Hals ein goldenes Medaillon.

Als ich den alten Mann Frau Och und Frederick gegenüber erwähnte, waren sie sich einig, dass es sich vermutlich um Gangzi handelt, den gewählten Vorsitzenden des Shou-shu-Rates. Jeder, der das Kloster betreten will, braucht eine spezielle Genehmigung von Gangzi, und soweit ich sehe, ist diese Genehmigung so speziell, dass sie nie wirklich erteilt wird. Noch nicht einmal der Kaiser kann das Kloster betreten, ohne dass Gangzi es gestattet – Shou-shu steht zwar unter Yongguos Schutz, unterliegt aber nicht seinen Gesetzen. Frauen ist der Zutritt unter allen Umständen ausdrücklich verboten und ich muss zugeben, dass mir diese Tatsache meinen Auftrag ganz besonders versüßt. Trotz all dieser Regeln ist es ganz leicht, hier reinzukommen. Es gibt nur die Mauer und keine Wachen – von denen vor der Schatzkammer mal abgesehen. Ich habe nichts weiter zu befürchten als den Zorn des Kaiserreichs und Mönche mit magischen Fähigkeiten, falls ich erwischt werde, und ich werde nie erwischt. Na ja, fast nie.

Der rosinengesichtige Mann faltet die Seite zusammen, adressiert den Brief, verschließt ihn mit Siegelwachs und legt ihn in einen Bambuskorb, der bereits vor Briefen überquillt. Er taucht den Pinsel ein und macht sich an die nächste Seite. Ich würde gern einen dieser Briefe in die Finger bekommen, um zu sehen, was er da Nacht für Nacht so eifrig schreibt, aber ich wage es nicht, in seiner Anwesenheit das kleine Haus zu betreten. Also lasse ich ihn mit seinen Briefen allein.

Die Halle der Entsagung (so lautet Fredericks Übersetzung) erstreckt sich über die ganze Länge der nördlichen Klostermauer. Ich bleibe zwischen der Halle und dem Schwalbenschlag stehen und neige den Plan in meiner Hand, damit das Mondlicht darauf fällt und ich besser sehen kann. Da bewegt sich direkt vor mir der Boden. Mit einem erstickten Schrei trete ich einen Schritt zurück an die Wand des Schwalbenschlags.

Eine steinerne Bodenplatte hebt sich und wird lautlos zur Seite geschoben. Aus dem Loch steigt schnell und geschmeidig ein Schatten, legt die Steinplatte zurück und huscht durch die Gasse davon. Das nenne ich Glück. Ich folge ihm mit vor Jagdlust hämmerndem Herzen, obwohl ich noch gar nicht weiß, wem ich da hinterherjage.

Wir kommen an eine Mauer, die etwa doppelt so hoch ist wie ich. In dieser Stadt gibt es nur Mauern zwischen Mauern zwischen Mauern. Wie eine Spinne klettert der Schatten daran hinauf und darüber hinweg. Ich drehe eine kurze Runde um die Mauer. Sie bildet ein Rechteck, das sich mit kaum zweihundert Schritten umkreisen lässt, und auf der Südseite befindet sich eine bemalte Tür – verschlossen. Die Mauersteine sind so grob und unregelmäßig, dass ich leicht hinaufklettern kann, wenn auch nicht ganz so gewandt wie der Schatten, den ich verfolge. Ich schwinge meine Beine hinauf und lege mich flach auf die Mauerkrone, um in den Hof unter mir zu schauen.

In der Mitte steht ein bescheidenes Haus. An der Innenseite der Mauer wächst eine dichte grüne Bambushecke. Ich entdecke keine Spur von dem Schatten, dem ich hierher gefolgt bin, aber an einem Tisch im Garten sitzen zwei Gestalten und spielen im Kerzenschein *Zhengfu*, ein Strategiespiel, dessen Spielsteine denen des fraynischen *Eroberung* ähneln. Die größere der beiden Gestalten singt leise. So viel dazu, dass es im Kloster keine Frauen gibt. Die Melodie kommt mir bekannt vor – dann schnappe ich ein Bruchstück des Liedtextes auf und stelle überrascht fest, dass das Mädchen auf Fraynisch singt. Ich kenne das Lied aus meiner Kindheit. Es ist eine traurige Weise über den weinenden Mond, der unentwegt der Sonne folgt, einen dunklen Sternenumhang hinter sich herzieht und sich nach dem Tag sehnt. *Warum so betrübt, lieber Mond, warum weinst du denn?*

Die andere Gestalt ist so klein, dass ich sie für ein Kind gehalten hätte, würde sie nicht Pfeife rauchen. Sie knallt einen Spielstein aufs Brett, dann streicht sie mit einem triumphierenden Lachen die Steine der Sängerin ein. Diese lacht ebenfalls und beide stehen auf. Nach Stimme und Haltung zu urteilen, ist die Pfeifenraucherin eine alte Frau.

Das Mädchen pustet die Kerze aus und sie gehen aufs Haus zu. Die alte Frau trägt etwas Langes und Sperriges, das ich im Dunkeln nicht erkennen kann. So schnell ich es wage, klettere ich die Mauer hinab und halte mich dabei an den Bambuspflanzen fest, aber die fedrigen Spitzen der Halme zittern und rascheln bei meinem Abstieg, woraufhin die Sängerin sich umdreht und auf Yongwenisch ruft: »Ist da jemand?«

Die alte Frau kommt auf direktem Weg auf mich zu und jetzt sehe ich, dass sie eine altmodische Donnerbüchse in der Hand hält. Sie stochert damit zwischen den Bambushalmen herum, wobei die Mündung meine Schulter streift. Ihr Gesicht ist kaum dreißig Zentimeter von meinem entfernt und späht hierhin und dorthin. Obwohl ich es aus meiner Perspektive nur undeutlich sehe, kann ich erkennen, dass es ein strenges Gesicht mit ausgeprägten buschigen Augenbrauen ist. Sie blickt mich direkt an, aber natürlich sieht sie mich nicht.

Als sie die Mauer und den Garten abgesucht hat, kehrt sie zu dem Mädchen auf der Türschwelle zurück und gemeinsam betreten sie das Haus, nachdem das Mädchen noch einen letzten Blick in meine Richtung geworfen hat. Ich schiebe mich zwischen den Bambushalmen hindurch und renne über den Hof. Sie haben die Tür offen gelassen, also schleiche ich hinter ihnen her.

Die beiden Frauen gehen durch den Hauptraum des Hauses in ein kleineres Zimmer, das nur spärlich mit einem Bett, einem Schrank und einer Frisierkommode möbliert ist. An einer Seite steht ein großes Holzfass. Die alte Frau nimmt den Deckel ab und Dampf steigt aus dem heißen Wasser darin auf. Das Mädchen summt immer noch die fraynische Melodie. Im Schein der Lampe kann ich seine neuporianischen Züge, seine blasse Haut und die hellen Augen erkennen. Es ist vermutlich nicht viel älter als ich – ich schätze es auf höchstens achtzehn oder neunzehn. Es ist breitschultrig und rundlich, hat eine eher matronenhafte Figur, aber sein Gesicht steht im völligen Gegensatz zu dieser Rundlichkeit – es ist ernst, mit einem kleinen, verhärmten Mund und einer langen Nase, die gar nicht zu den drallen Wangen passen mag. Wie die vornehmen Damen aus Tianshi trägt das Mädchen eine Robe aus bestickter Seide mit weiten Ärmeln, sein unscheinbares braunes Haar wird von Jadespangen zurückgehalten.

Die alte Frau sagt etwas, was ich nicht verstehe, und das Mädchen hört auf zu singen und lacht erneut. Trotz meines wochenlangen intensiven Sprachstudiums bei Professor Baranyi sprechen hier für meinen Geschmack alle viel zu schnell und halten sich überhaupt nicht an die Regeln des Yongwenischen, die ich gelernt habe. Es fällt mir schwer, mehr als ein paar Satzfetzen hier und da zu verstehen.

Das Mädchen fängt an sich auszuziehen. Ich habe genug gesehen, und da es selbst meinem zugegebenermaßen nicht übermäßig ausgeprägten Anstandsgefühl widerstrebt, ihm beim Baden zuzuschauen, schleiche ich wieder hinaus, um nach dem Schatten zu suchen, dem ich hierher gefolgt bin.

Ich sehe ihn draußen lautlos wie die Nacht auf dem Dach kauern. Ein paar Minuten lang beobachte ich ihn, doch er rührt sich nicht, also klettere ich über die Mauer, langsamer und leiser diesmal, und renne zurück zum Schwalbenschlag. Ich betrete die sichtbare Welt, sodass alles um mich herum wieder deutlich zu erkennen ist, und suche nach der Bodenplatte, unter der er herausgekommen ist. Erst breche ich mir nur die Fingernägel an Steinen ab, die sich nicht von der Stelle rühren, aber schließlich finde ich den Spalt im Boden und ziehe die Platte heraus.

Im Loch darunter ist nichts weiter als Dunkelheit zu sehen. Ich greife hinein und ertaste Eisensprossen – eine Leiter. Ohne zu wissen, wo der Tunnel hinführt, werde ich sicher nicht dort hinuntersteigen, aber ich bin neugierig, was mein Spion tun wird, wenn er glaubt, entdeckt worden zu sein. Also lasse ich den Tunnel offen, die Steinplatte bleibt daneben auf dem Weg liegen, dann trete ich einen Schritt zurück an die Wand des Schwalbenschlags, in dem die Vögel in ihren Nestern leise zwitschern.

Ich verschwinde und warte ab.

2

Ich höre ihn nicht kommen – so gut ist dieser Spion –, aber ich sehe, wie er plötzlich dasteht und in den offenen Tunnel hinunterblickt, sein Gesicht von der Kapuze verdeckt. Dann bückt er sich schnell, legt die Steinplatte zurück und macht sich auf den Weg zur östlichen Klostermauer.

Diese flitzt er hinauf und darüber hinweg. Ein Anflug von Angst durchzuckt mich und lässt mir das Blut in den Adern gefrieren. Ich habe bisher nur eine Person getroffen, die auf diese Art Mauern überwinden kann, und ich lege keinen Wert darauf, ihr noch einmal zu begegnen. Ich selbst brauche zu diesem Zweck meine Hakenkralle mit dem Seil, daher warte ich kurz, in der Hoffnung, dass der Spion dann außer Hörweite, aber trotzdem noch zu sehen sein wird. Als ich die Mauer erklommen habe, suche ich einen panischen Augenblick lang die Straßen ab, bevor ich ihn auf dem Weg Richtung Xuanwu-Chaussee entdecke. Ich springe aufs Pflaster hinunter und renne hinter ihm her ins Dongshui-Dreieck, immer noch verschwunden, falls er einen Blick über die Schulter werfen sollte, was er jedoch nicht tut.

Dieser Teil der Stadt ist berüchtigt für Raubüberfälle, Gewalt, Opium und illegale Magie. Die Straßen sind weitgehend leer, aber auf einem verlassenen Grundstück etwas weiter vorne, neben einer eingestürzten Mauer, hocken mehrere Gestalten um ein Lagerfeuer. Mein Spion geht weiter, ohne den Blick nach rechts oder links zu wenden. Mehrere der Männer stehen auf, um ihn zu beobachten. Einer von ihnen spricht ihn an, aber er erwidert nichts, sieht nicht einmal in seine Richtung. Ich beschleunige meine Schritte, verringere den Abstand zwischen uns. Die Männer am Feuer stehen jetzt alle auf; es sind mehr, als ich dachte – acht oder neun. Sie klettern über die kaputte Mauer und folgen meinem Spion grölend. Einer von ihnen zerschlägt eine Flasche auf dem Boden. Ein anderer zückt ein Messer.

Ich weiß nicht genau, ob ich den Bedrohten wegen des Messers warnen, ihm helfen soll. Aber es wird sehr schnell deutlich, dass mein Spion, wer immer er auch sein mag, weder eine Warnung noch irgendeine Art von Hilfe nötig hat.

Ganz beiläufig wirft er etwas, was aussieht wie ein kleiner Tonkrug, über die Schulter, dann rennt er davon. Der Krug zerschellt auf der Straße und ein summender Schwarm steigt daraus auf. Ich selbst bringe mich auf der Mauer an der Straße in Sicherheit, während die Männer brüllend und um sich schlagend fliehen, verfolgt von einer Wolke wütender Wespen. Ich flitze auf der Mauer bis zur Ecke und sehe eine schattenhafte Gestalt Richtung Süden rennen. Bei allen Sternen, ist der schnell! Ich springe hinunter und laufe hinter ihm her.

Als er den ersten Abschnitt des Dongshui-Dreiecks erreicht, den Teil, der den Kaiserlichen Gärten am nächsten liegt, verlangsamt er seine Schritte. Eisenschienen für elektrische Bahnen verlaufen durch die drei Ringstraßen, die die eleganten Stadtviertel direkt an den Kaiserlichen Gärten von den ärmlicheren trennen. Ich bleibe etwas zurück, behalte ihn aber im Auge. Dieser Teil der Stadt wurde vor sechzig Jahren niedergebrannt, als sich eine Gruppe alteingesessener, wohlhabender Familien gegen die Meritokratie auflehnte, und es herrscht eine unheimliche Atmosphäre. Die ehemals herrschaftlichen Hofhäuser sind verfallen, ihre Mauern eingestürzt, die verkohlten Gebäude liegen offen unter dem Nachthimmel. Ein paar Häuser haben das Feuer unbeschadet überstanden, aber wie sie da einsam und verlassen zwischen ihren zerstörten Nachbarn stehen, wirken sie in gewisser Weise sogar noch trostloser.

Mein Spion biegt ab und geht zwischen den Ruinen hindurch auf ein einzelnes noch stehendes Haus zu. Als er die Hand auf die Tür legt, dreht er sich zum ersten Mal um. Der Mond steht jetzt hoch am Himmel und ich kann ihn deutlich erkennen. Es ist nur ein Junge, nicht älter als ich, mit ausgeprägten Wangenknochen und grimmigem Gesichtsausdruck. Sein Blick huscht die Straße entlang und streicht über mich hinweg. Dann öffnet er die Tür und verschwindet im Inneren des Hauses.

Ich bleibe noch einen Moment auf der Straße stehen und betrachte die geschlossene Tür. Eigentlich hatte ich gehofft, an den geheimen Orten des Klosters Ko Dan zu finden. Aber aus Erfahrung weiß ich, dass das, wonach man sucht, nicht immer so aussieht, wie man ursprünglich erwartet hat. Auf jeden Fall kann ich Frau Och heute Nacht von zwei Dingen berichten. Erstens von einem fraynischen Mädchen, das spätabends noch *Zhengfu* spielt. Und zweitens davon, dass ich nicht die einzige Spionin bin, die sich für das Shou-shu-Kloster interessiert.

3

Da ich gerade in der Gegend bin, beschließe ich, kurz bei Dek vorbeizuschauen, bevor ich zu Frau Och zurückkehre. Nach unserer Ankunft in Tianshi hat Frau Och unsere Gruppe aufgeteilt und uns in drei verschiedenen Stadtteilen untergebracht. Dass sie darauf bestand, ich solle bei ihr, Bianka und Frederick wohnen, überraschte mich – ich bin mir nicht sicher, ob ihr Wunsch, mich in ihrer Nähe zu haben, ein Zeichen dafür ist, wie sehr sie mich braucht oder wie wenig sie mir vertraut. Vielleicht ist es etwas von beidem. Auf jeden Fall wohne ich jetzt ausgerechnet mit den Menschen zusammen, die am ehesten Grund haben, mich zu hassen.

Esme, meine Chefin, seit ich eine kleine Taschendiebin in Spira war, und ihre Mitarbeiter Gregor und Csilla haben ein elegantes Haus im ersten Abschnitt des Xihuo-Dreiecks direkt am Kanal angemietet. Gregor gibt sich als Baron Heriday aus, ein Wissenschaftler zu Besuch in der Stadt, was geradezu lachhaft ist. Professor Baranyi, unser Experte für Yongguo, spielt seinen offiziellen Dolmetscher und hinter den Kulissen Gregors Berater. Ich beneide ihn nicht um die Aufgabe, einem betrunkenen ehemaligen Adligen und Schwindler beizubringen, wie man einen Intellektuellen mimt, aber er war bemerkenswert geduldig. Esme spielt ihren Diener. Wir haben sie versuchsweise als Zofe eingesetzt, aber mit ihren eins achtzig und der grimmig gerunzelten Stirn wirkte sie erwartungsgemäß nicht sehr überzeugend. Gregor alias Baron Heriday hat eine Genehmigung zum Besuch der Kaiserlichen Bibliothek beantragt. Frau Och vermutet, dass es in der Bibliothek Aufzeichnungen gibt, die uns verraten könnten, wo Ko Dan abgeblieben ist, falls er im Kloster nicht zu finden sein sollte.

Dek und Wyn sollen sich in der Zwischenzeit bei den Gaunern und Betrügern im zwielichtigen Dongshui-Dreieck umhören und – nur für den Notfall – Waffen auftreiben, aber soweit ich das sehe, gehen sie nur in eine Menge düsterer Schenken, um sich zu betrinken, und nennen das dann Auskundschaften. Wenn ich Glück habe, haben sie irgendwo echten Kaffee aufgetan. Die Suche nach Kaffeebohnen in dieser Teetrinkerstadt steht ganz oben auf Wyns Prioritätenliste.

Die Haustür ist nur angelehnt und ich gehe hinein, ohne anzuklopfen. Eine Laterne hängt an einem Haken in der Wand und die beiden sitzen in Hemdsärmeln am Tisch – doch sie sind nicht allein. Ich bleibe wie angewurzelt auf der Schwelle stehen und überlege, ob ich mich umdrehen und wieder verschwinden soll, bevor sie mich entdecken.

Zwei Mädchen sind bei ihnen. Eins davon spielt mit Wyn Karten. Es blickt skeptisch aus seinen halb geschlossenen Augen. Die Schminke in seinem Gesicht hat schon zu viele müde Stunden hinter sich. Dek sitzt über ein Blatt Reispapier gebeugt und übt Kalligrafie, neben sich ein Mädchen in einer alten Seidentunika, die ihm ein paar Nummern zu groß ist. Sein glänzendes blauschwarzes Haar ist zu einem unordentlichen Knoten auf dem Oberkopf geschlungen, aber sein Gesicht kann ich nicht sehen.

»Hallo, da ist ja Julia«, sagt Wyn und sieht zu mir auf. So viel zu meinem Plan, unbemerkt zu verschwinden. Ich trete ins Zimmer. Es riecht nach bitterem grünem Tee, also habe ich offenbar kein Glück, was den Kaffee angeht.

Dek dreht sich um und lächelt mich an. Seine dunklen Locken sind zurückgebunden. Normalerweise macht er das nur beim Arbeiten, sonst lässt er sich die Haare ins Gesicht fallen, um die Narben und die Plagemale um sein fehlendes Auge herum zu verdecken. Ich bin überrascht, sie in der Gesellschaft von zwei Mädchen zurückgebunden zu sehen.

»Na, musst du so spät noch arbeiten?«, fragt er und deutet mit einer Kopfbewegung auf meine Tasche mit dem Wurfanker und dem Seil darin. Ich zucke nur mit den Achseln und stelle sie neben der Tür ab. Jetzt dreht sich das Mädchen neben ihm zu mir um und mustert mich von Kopf bis Fuß. Ich erkenne auf den ersten Blick, dass die beiden Mädchen Schwestern sein müssen, aber dieses ist jünger und hübscher als das Mädchen, mit dem Wyn Karten spielt.

»Ich wusste nicht, dass ihr Besuch habt«, sage ich.

»Wir freunden uns mit Leuten aus dem Viertel an.« Wyn zeigt mit dem Daumen auf das ältere Mädchen, das jetzt den Kopf auf die Hand gestützt hat und fast erleichtert wirkt, nicht länger Karten spielen zu müssen. »Das hier ist Mia. Oder Minnie. Oder so ähnlich.«

»Mei«, sagt Dek. »Und ihre Schwester Ling.«

»Es ist nicht leicht, sich die Namen zu merken«, erklärt Wyn.

»Willst du Tee, Julia? Schön, dich zu sehen. Warum kannst du nicht bei uns wohnen? Wir sind so einsam hier draußen.«

Ich verkneife mir die Bemerkung, dass sie im Moment nicht sonderlich einsam wirken.

»Frau Och will mich in ihrer Nähe haben«, sage ich. »Ihr habt also noch keinen Kaffee bekommen?«

»Leider nicht.« Wyn seufzt. »Die Leute lachen mich bloß aus, wenn ich danach frage.«

Einer von Frau Ochs drei Baumpiepern kommt über den Tisch gehüpft und pickt an Wyns Knöcheln. Wir benutzen sie zum Überbringen von Nachrichten, da Vögel Frau Och zufolge leichter zu verzaubern sind als die meisten anderen Tiere. Wyn war skeptisch, murmelte etwas darüber, dass Botenvögel nichts Ungewöhnliches seien und es wohl eher was mit Faulheit zu tun habe, einem Vogel mithilfe von Zauberei Anweisungen zu erteilen. Die Magie macht ihn nervös, aber den Vogel selbst, der sich nur bei ihm wirklich zahm gibt, nachdem er wie so viele von uns Wyns Charme erlegen ist, hat er sehr gern.

Das jüngere Mädchen, Ling, bringt mir Tee in einer angeschlagenen Tasse und starrt mich immer noch mit unverhohlener Neugier an. Die Ärmel ihrer übergroßen Tunika bedecken beinahe ihre Hände, aber als ich ihr die Tasse abnehme, fällt mir auf, dass ihre linke Hand bis zu den Fingerknöcheln verbunden ist. Ihre Finger sind rau und voller Tintenflecken, die Nägel komplett abgekaut.

»Wir haben sie in einer Schenke kennengelernt und wegen ihres sprühenden Geistes und ihrer witzigen Geschichten mit hergebracht«, sagt Wyn. Er zeigt mit dem Kopf auf die zornig funkelnde Mei. »Die hier hat uns stundenlang zum Lachen gebracht.«

»Ihr wart heute Abend also aus.« Ich setze mich und betrachte Deks Kalligrafie. »Und, wie ist die düstere Kehrseite von Tianshi so?«

»Düster und kehrseitig«, sagt Dek und wuschelt mir durch die Haare, sodass sich einige Haarnadeln lösen. Ich schlage seine Hand weg.

Wyn fügt hinzu: »Es hat sich rausgestellt, dass diese beiden Hübschen hier einen Onkel haben, der Geschäfte mit dem Kloster macht. Netter Kerl.«

Ich zwinge mich dazu, ihn anzusehen, in erster Linie, damit es nicht so offensichtlich ist, dass ich in der Regel versuche, seinem Blick auszuweichen. Seine Augen sind graugrün wie der Ozean nach einem Sturm. Wegen seiner dunklen Haut haben wir immer angenommen, dass seine Familie aus Nord-Arrekem oder irgendwo aus der Gegend stammt, aber wer weiß, wo er diese Augen herhat. Er selbst weiß es auch nicht, nachdem seine frühesten Erinnerungen die an das schreckliche Waisenhaus sind, aus dem er weggelaufen ist. Csilla sagt, Wyns Schönheit sei bei einem Mann reine Verschwendung, und tatsächlich sind seine perfekten Lippen und Wangenknochen und die geschwungenen Augenbrauen fast zu hübsch. Allerdings ist es nicht Wyns Schönheit, die mich umwirft. Das, was ich schon immer an ihm geliebt habe, ist das Lächeln, das seine Lippen umspielt, die Art, wie er über sich selbst und die Welt zu lachen scheint, als würde er einen tollen Witz kennen, den besten Witz überhaupt. Wyn strahlt so viel Lebensfreude aus, und dieses Gefühl ist ansteckend. Mit ihm zusammen zu sein, war immer ein Vergnügen. Zumindest, bis ich ihn mit einem anderen Mädchen im Bett ertappt habe.

»Er schmuggelt Tabak und Schnaps für ungezogene Mönche

hinein«, erklärt Wyn, als ich nichts erwidere. Ich bin zu beschäftigt damit, mich in seinen Augen zu verlieren. Also wirklich, Julia, reiß dich zusammen!

»Verstehe. *Das hier* ist also eigentlich Arbeit?«, frage ich.

Dek lacht.

»Es spricht doch nichts dagegen, das Angenehme mit dem Nützlichen zu verbinden«, sagt Wyn. »Und was hast du so getrieben?«

»Das Übliche«, sage ich leichthin. »Hört mal, könntet ihr rausfinden, wer dem Kloster die Post bringt und Briefe von dort mitnimmt? Da müssten täglich eine ganze Menge Briefe verschickt werden.«

»Wir kümmern uns darum«, sagt Dek.

Mei reibt sich übers Gesicht wie eine schläfrige Katze und hinterlässt dabei schwarze Flecken um ihre Augen. Ling nimmt Dek den Pinsel ab, taucht ihn ins Tintenfass und schreibt etwas auf sein Reispapier. Ich verstehe nichts von Kalligrafie, aber sogar ich kann erkennen, dass sie gut darin ist. Ihre Buchstaben haben eine Leichtigkeit an sich, die Deks sorgfältiger Kalligrafie abgeht.

»Was ist das?«, fragt er auf Yongwenisch. »Ein Sprichwort, ein Name?«

Ling legt den Kopf schief und lächelt, als sie ihm antwortet. Kein fraynisches Mädchen hat Dek je so angesehen. In Spira war Dek ein Außenseiter, von der Plage gezeichnet. Seine Narben, sein fehlendes Auge, sein verkrüppelter Arm und sein lahmes Bein waren alles deutliche Zeichen der Krankheit, die Frayne heimgesucht hatte. Aber in Yongguo hat die Plage nie so heftig gewütet. Wie überall gibt es auch hier Krüppel und Dek ist nur einer von ihnen. Dass er ein Fremder ist, ist bemerkenswerter als die Krücke, an der er geht, oder die runzlige Karte aus Flecken und Narben auf seiner rechten Gesichtshälfte.

»Es ist ein Sprichwort«, sagt Dek und übersetzt für Wyn und mich. *»Das Schicksal muss erjagt werden.«*

Mei, deren Augen verschmiert sind, unterdrückt ein Gähnen und sagt: »Ling ist sehr schlau«, dann fügt sie noch etwas über die Kaiserlichen Gärten hinzu, was ich nicht verstehe.

»Was hat sie gesagt?«, frage ich Dek, verärgert darüber, dass das Gespräch jetzt offenbar in Yongwenisch weitergeführt wird.

»Ling hat einen Privatlehrer«, sagt Dek. »Sie arbeitet als Tellerwäscherin, aber in ihrer Freizeit studiert sie Literatur und Philosophie. Ihre Familie glaubt, sie könne die Prüfungen bestehen und ihnen damit einen Platz in den Kaiserlichen Gärten verschaffen.«

Ling starrt mit beinahe wütendem Gesichtsausdruck auf ihre Kalligrafie hinab und ich mustere sie erneut. Das Besondere am System in Tianshi ist, dass die Zugehörigkeit zur herrschenden Klasse nicht vererbt wird. Macht und Ansehen werden nicht von einer Generation auf die nächste übertragen, sondern durch ein System von Prüfungen erworben. Jeder – selbst ein Bauer – kann sich für die Kaiserlichen Prüfungen bewerben. Wenn man besteht – indem man umfassendes Wissen zeigt und außerdem besonderes Können auf mindestens einem Spezialgebiet vorweisen kann –, darf man mit seiner gesamten Familie in den Kaiserlichen Gärten wohnen, der von einer Mauer umgebenen privilegierten Enklave inmitten des Stadtzentrums. Eine Familie mit einem begabten Kind investiert unter Umständen alle ihr zur Verfügung stehenden Mittel in die Ausbildung und Prüfungsvorbereitung dieses Kindes. Für eine arme Familie ist das ein großes Risiko, während die Wohlhabenden natürlich den entscheidenden Vorteil von Geld für Privatlehrer und Zeit für Studien haben. Aber wenn Ling wirklich außergewöhnlich ist, dann könnte es ihre Familie in Yongguos Gesellschaft bis ganz nach oben schaffen, obwohl sie Tellerwäscherin aus Dongshui ist und ihr Onkel ein Schmuggler.

Der bemerkenswerteste Unterschied zu Frayne ist jedoch, dass Hexerei hier in Yongguo einfach als eine weitere Art von Talent angesehen wird und einem ebenfalls einen Platz in den Kaiserlichen Gärten verschaffen kann. Hexerei ist zwar durch strenge Gesetze geregelt, aber Hexen sind hoch angesehen, und eine zugelassene Hexe kann ihre Macht in den Dienst des Kaiserreichs stellen. Wenn meine Mutter statt in Frayne hier geboren worden wäre, hätte sie Mitglied des kaiserlichen Hofes sein können. Sie wäre nicht wie eine Ratte im Fluss ertränkt worden.

Ling und Dek beugen sich dicht an dicht über das Blatt Reispapier und unterhalten sich schnell auf Yongwenisch. Jetzt verstehe ich, was man an Lings Händen ablesen kann – an der rauen Haut, den Tintenflecken und den abgekauten Nägeln, die jetzt wieder unter den langen Ärmeln verborgen sind. Mei ist näher an Wyn herangerückt und legt den Kopf auf seine Schulter. Plötzlich komme ich mir irgendwie fehl am Platz vor.

»Ich sollte besser gehen«, sage ich und stehe auf.

»Du bist doch gerade erst gekommen«, entgegnet Wyn.

»Frau Och will bestimmt ihren Bericht. Danke für den Tee.«

»Irgendwann finden wir auch noch Kaffee in dieser verdammten Stadt, Braunauge, das schwöre ich bei meinem Leben!«, sagt er theatralisch. Er nennt mich nicht mehr oft Braunauge.

»Gute Nacht«, sagt Dek. »Pass auf dich auf.«

Ich winke ihm zu, hänge mir die Tasche über die Schulter und versuche mich für ihn zu freuen, dass er den Abend mit einem hübschen Mädchen verbringen kann.

Auf halbem Weg nach Hause habe ich das deutliche Gefühl, verfolgt zu werden. Ich kann niemanden sehen, es ist wirklich nur ein Gefühl. Vielleicht ist es nichts weiter als Nervosität, trotzdem lege ich den Rest des Wegs verschwunden zurück.

4

Selbst die Tiere geben keinen Laut von sich, als ich auf dem Weg zurück zu dem bescheidenen Hofhaus im Nanmu-Dreieck bin, das Frau Och, Bianka, dem kleinen Theo, Frederick und mir zurzeit als Unterkunft dient. Spira würde um diese Zeit im Licht der Gaslaternen erstrahlen, aber in Tianshi ist es stockdunkel. Hier und da sieht man eine Lampe flackern oder den schwachen Schein einer Kerze in einem Fenster; der Rest ist Finsternis. Ich muss an zu Hause denken: an die gewundenen Gassen des Twistviertels, heiseres Gelächter, das aus den Bordellen dringt, halb verhungerte Katzen, die hinter Ratten herjagen, an den Geruch nach Gewürzen, Schnee und Rauch. Die Geräusche und Gerüche hier sind anders. Nasser Stein nach dem nachmittäglichen Regen, der sich sintflutartig über die Stadt ergießt, während Shou-shus Glocken ihn mit magischem Läuten begleiten, Lampenöl und Hühnerkacke, das Klappern von Würfeln und leise Stimmen hinter Hofmauern. Während Spira nachts zum Leben erwacht, kauert sich Tianshi zusammen, die Menschen ziehen sich zurück, die Lichter erlöschen.

Meine Ankunft wird von leisem Rascheln und Flüstern begleitet, schwacher Rauchgeruch steigt von den kleinen zusammengefalteten Zettelchen in den Mauerritzen auf. Zaubersprüche. Hätte jemand anders als ich die Schwelle überschritten, wäre das ganze Haus inzwischen wach.

Wir haben ein schlichtes Hofhaus mit drei Flügeln, obwohl die Vorderfront zur Straße hin so breit ist, dass es wirkt wie ein richtiges Hofhaus mit Wohnräumen auf allen vier Seiten. Ich trete durchs Tor direkt in den Hof, wo mich die mürrische Ziege, die wir der Milch wegen gekauft haben, neugierig anblickt. Die Hühner schlafen in ihrem Verschlag, die Botenbaumpieper zwitschern in ihrem Käfig. Die Dienstbotenkammer, die Küche und die Waschräume an den Seiten des Hofs liegen dunkel da, aber im Haupthaus brennt noch Licht.

»Kannst du nicht schlafen?«

Frederick blickt erschrocken auf. Er sieht eigentlich immer so aus, als wäre man gerade um die Ecke gesprungen und hätte etwas Unanständiges gerufen, aber jetzt ist er wirklich überrascht. Er war so in sein Buch vertieft, dass er mich nicht hat reinkommen hören.

»Ehrlich gesagt schlafe ich nicht viel«, entgegnet er. »Es kommt mir immer so vor wie eine unglaubliche Zeitverschwendung. Irgendwas Interessantes?«

»Allerdings.« Ich stelle meine Tasche in der Ecke ab und lasse mich neben ihm auf einen Stuhl fallen. »Was sagst du zu einem fraynischen Mädchen in meinem Alter, das im Kloster lebt?«

Er runzelt die Stirn. »Bist du dir sicher?«

»Natürlich bin ich mir sicher, und wie! Ein Irrtum ist praktisch ausgeschlossen. Ich habe es gesehen und gehört, wie es ein fraynisches Lied gesungen hat. Es wurde auch noch von jemand anderem ausspioniert. Er ist durch einen Tunnel unter dem Kloster reingekommen. Wohnt in Dongshui.«

Frederick hebt die Augenbrauen und legt das Buch auf den Tisch – ein Zeichen dafür, dass ich wirklich seine Aufmerksamkeit erregt habe. Es ist sonst immer ziemlich ärgerlich, wenn er sein Buch in der Hand hält, während man redet, und es offensichtlich ist, dass er nur auf eine Gelegenheit wartet, weiterzulesen, ohne unhöflich zu wirken. Der arme Frederick hatte nicht viele Bücher zur Verfügung, seit wir Frayne verlassen haben. In einem Laden in Ischti hat er sich ein Buch gekauft, das er gar nicht lesen konnte – einfach nur, um eins in der Hand zu halten, vermute ich, obwohl er behauptete, er wolle damit klassisches Ischtanisch studieren.

»Komischer Zufall. Was Frau Och wohl davon hält?« Er zögert den Bruchteil einer Sekunde lang, bevor er hinzufügt: »Bist du sicher, dass der Spion ein Mann war?«

»Ein Junge, glaube ich. Ungefähr so groß wie ich.«

»Aber männlich.«

»Er trug Hosen.«

»Du auch«, wendet er ein.

In Yongguo tragen die Bauersfrauen oft Hosen und ich muss sagen, dass ich Gefallen daran gefunden habe. Ich habe mir nie groß Gedanken darüber gemacht, wie unpraktisch Frauenkleider sind, bis ich angefangen habe, mich wie ein Junge zu kleiden. Für meine nächtlichen Ausflüge trage ich Schwarz: eine Baumwollhose, die an der Taille und den Knöcheln geknöpft wird, eine weite Tunika, wie sie die Frauen auf dem Land tragen, und Bauernstiefel – Schuhe mit einem Stück festem Stoff, das bis zur

Hälfte um die Wade gewickelt wird. Das Messer habe ich in den Stoff gesteckt und die unteren Knöpfe der Hose lasse ich offen, damit ich leicht drankomme. Meine Haare sind hochgesteckt, aber die Haarnadeln piken, daher ziehe ich sie jetzt heraus und lasse mir die Haare offen über die Schultern fallen.

»Hast du eine Feder?«, frage ich. »Ich sollte den Plan zeichnen, solange ich ihn noch im Kopf habe.«

Frederick nimmt einen Füllfederhalter aus seiner Kiste mit Schreibutensilien und ich lege den zerknüllten Klosterplan neben ein leeres Blatt Papier. Ich zeichne eine genauere Karte, in der ich den geheimen Hof des fraynischen Mädchens markiere und den Tunnel des Spions neben dem Schwalbenschlag. Als ich fertig bin, reiche ich sie Frederick.

»Beeindruckend«, sagt er.

»Gangzi – falls er es ist – schreibt immer noch massenhaft Briefe«, sage ich, während ich über seine Schulter hinweg meinen Plan betrachte. »Ich habe Dek gebeten, herauszufinden, wer die Post abholt. Vielleicht könnten wir dann ein paar Briefe klauen und in Erfahrung bringen, was er schreibt. Ich würde auch gern in die Schatzkammer. Sie hat eine Stahltür und zwei Wachleute, die die ganze Nacht über auf ihrem Posten stehen.«

»Wir sind wegen eines Mannes hier, nicht wegen Gangzis Korrespondenz oder einem Schatz«, sagt Frederick.

»Man weiß nie, wo sich ein Hinweis verstecken könnte. Was bewahren zaubernde Mönche denn überhaupt in einer Schatzkammer auf?«

»Ich habe keine Ahnung.«

Ich strecke meine Beine aus und stehe auf. »Na ja, viel Spaß noch beim Lesen. Ich gehe schlafen. Im Unterschied zu dir finde ich, dass man sich mit Schlafen hervorragend die Zeit vertreiben kann.«

Als ich das Zimmer verlasse, sagt er: »Julia …«

Frederick hat mich als Ella kennengelernt – ein gefügiges Hausmädchen, das weder lesen noch schreiben konnte. Ich habe bei ihnen zu Hause spioniert und ihre Geheimnisse ausgegraben und Frederick war ziemlich angetan von dieser fiktiven Person. Ich weiß, dass er Julia nie so gern haben wird wie Ella, aber die Art, wie er meinen Namen ausspricht, sagt mir, dass er zumindest nicht länger *sie* in mir sieht, wenn er mich anschaut. Auch wenn wir nicht direkt Freunde sind, hat die gemeinsame Reise um die halbe Welt doch dafür gesorgt, dass wir unbefangen miteinander umgehen können. Er sieht jetzt anders aus als in Spira. Als ich ihn kennengelernt habe, war er ein schlaksiger junger Mann, der praktisch nur aus langen Armen und Beinen bestand, aber die monatelange anstrengende Reise hat für eine Schicht Muskeln gesorgt, die ihm gut steht. Sein blonder Bart ist gewachsen und sein Gesicht sonnengebräunt, wodurch seine Augen hinter der Brille noch blauer strahlen. Ich lehne mich an den Türrahmen und warte darauf, dass er das sagt, was ich vermute.

»Du machst dir also keine Sorgen wegen dieses Spions?«

Er nennt ihren Namen nicht, aber ich weiß, dass er an Pia denkt, denn ich denke selbst die ganze Zeit an sie. Als ich sie das letzte Mal gesehen habe, lag sie blutüberströmt und mit zerschmetterten Knochen in einer Grube, nachdem ich ihr mein Messer in den Bauch gerammt hatte, aber ich bin nicht so dumm zu glauben, dass ich sie unschädlich gemacht habe. Wir alle wissen, dass Casimir, für den sie arbeitet, uns nicht mit seinem Schatz entkommen lassen wird. Er wird hier nach uns suchen.

»Sie war es nicht«, sage ich.

Er nickt erleichtert. »Gute Nacht, Julia. Gut gemacht.«

Ich lasse ihn mit seinem Buch allein und schleiche auf Zehenspitzen in das Zimmer, das ich mir mit Bianka und Theo teile. Wie blind taste ich nach meinem Nachthemd, das an einem Nagel in der Wand hängt, und ziehe mich so leise wie möglich um. Der kleine Theo bewegt sich im Schlaf und meine Augen gewöhnen sich so weit an die Dunkelheit, dass ich ihn zusammengerollt neben seiner Mutter auf der Matte liegen sehe. Eine Schärpe um seine Taille ist an ihr Handgelenk gebunden. Sie hat einen Zauberspruch in die Schärpe gestickt, mit Faden geschrieben, dass sie nur durch ihre Hand gelöst werden kann, und sie kontrolliert den Faden jeden Abend, um sicherzugehen, dass er noch heil ist und der Zauberspruch halten wird. Nur so kann sie schlafen. Sie wird es nicht riskieren, dass ihr Theo noch mal weggenommen wird. Und trotzdem hat sie zugestimmt, dass ich, die ihn ihr zum ersten Mal weggenommen hat, das Zimmer mit ihnen teile. Die Alternative wäre gewesen, bei Frau Och zu schlafen, also kann ich wohl von Glück reden.

Ich lasse mich sanft auf meiner eigenen Schlafmatte nieder, gerade mal einen halben Meter entfernt von Bianka, die mich einst zu ihrer schlimmsten Feindin erklärt hat, und von Theo, der von der ganzen Sache nicht genug versteht, um mir etwas vorzuwerfen. Er sieht aus wie ein ganz normaler Junge, keine zwei Jahre alt, mit dunklen Korkenzieherlocken und einem Lächeln zum Steinerweichen. Aber sein Wesen ist mit einer mächtigen Magie verwoben, die – richtig eingesetzt – die Welt auflösen oder neu erschaffen könnte. Und darüber soll man dann staunen, wenn er seine Milch verschüttet oder einen an den Haaren zieht.

»Lala«, murmelt er mit flatternden Augenlidern, als ich mich hinlege.

»Pst«, flüstere ich und strecke ihm über den Spalt zwischen unseren Schlafmatten meinen Finger hin, an dem er sich festhalten kann. Er schließt seine kleine Faust darum und ist sofort wieder eingeschlafen.

Bei mir dauert es länger, bis ich Schlaf finde. Ich betrachte sein weiches, vollkommen friedliches Gesicht – an seine Mutter geschmiegt, keinerlei Angst, keine Vorstellung davon, dass man ihn durch die ganze Welt jagt, kein Bewusstsein dafür, dass Ko Dan dieses magische Fragment in ihm versteckt, es mit seiner Essenz verknüpft hat, und wir nur hoffen können, dass er es wieder rückgängig machen kann.

Ich sehe, wie Theo im Dunkeln atmet, und schwöre wie jede Nacht bei allen Heiligen, dass ich ihn beschützen werde. Ich werde es wiedergutmachen.

5

»Guten Morgen, Julia. Wie ich höre, hattest du eine ereignisreiche Nacht.«

Frau Och sitzt in einem schwarzen, mit goldenen Vögeln bestickten Gewand, wie es in Tianshi üblich ist, an der Feuerstelle, einer mit Steinen eingefassten Grube mitten im Raum. Sie betrachtet den Klosterplan, den ich letzte Nacht gezeichnet habe. Ihr Rücken ist gerade, ihr Blick wach und munter. Sie hat eine ungewöhnliche Vitalität an sich. Ich weiß, was das bedeutet, noch bevor ich Frederick ansehe, der mit krankhaft grauem Gesicht zusammengesunken am Tisch sitzt. Er hebt eine Hand zur Begrüßung und lässt sie gleich wieder sinken.

»Und Sie hatten bereits einen ereignisreichen Morgen«, erwidere ich, ohne den scharfen Unterton aus meiner Stimme fernhalten zu können.

Ich weiß, dass Frederick sich damit einverstanden erklärt, aber trotzdem macht es mich wütend, vielleicht genauso sehr auf mich wie auf sie, weil ich selbst mich weigere, ihr etwas von meiner Lebenskraft abzugeben. Sie stirbt – wenn auch sehr langsam –, ihre Macht schwindet, und Frederick, Professor Baranyi und Bianka geben ihr alle freiwillig etwas von ihrer Kraft ab, wenn sie sie braucht. Bianka übersteht das als Hexe natürlich am besten. Frederick dagegen verfügt über keine übernatürlichen Kräfte. Es ist furchtbar, Frau Och lebendig und rüstig zu sehen, genährt mit seiner Energie, während er so geschwächt zusammengesunken dasitzt und noch nicht mal genug Energie zum Lesen hat. Er sieht es allerdings ganz nüchtern: Wir brauchen Frau Och und sie braucht unsere Kraft. Aber ich weiß noch, wie es sich angefühlt hat, als sie mich zwang, ihr meine Kraft zu geben – wenn auch, um unser Leben zu retten –, und bringe es nicht über mich, sie ihr freiwillig zu überlassen.

Entweder bemerkt sie meinen Unterton nicht oder ignoriert ihn absichtlich. Sie sieht zu mir auf und beim Anblick ihres immer noch fremden Gesichts zucke ich leicht zusammen. Seit zwei Wochen hat sie jetzt das Äußere einer älteren Dame aus Yongguo angenommen, das weiße Haar zu einem Knoten auf dem Kopf geschlungen, ihr Akzent immer genau passend zu der Gegend, die wir durchquerten. Aber ich habe mich noch nicht an ihre Wandelbarkeit gewöhnt.

»Beschreib mir das Mädchen, das du im Kloster gesehen hast.«

»In meinem Alter. Braunes Haar. Elegante Kleidung.« Ich verschränke die Arme vor der Brust. »Wissen Sie, was es dort macht?«

Ich bin ziemlich gut darin, in Gesichtern zu lesen, aber es ist mir noch nie gelungen, Frau Ochs zu entziffern, egal, wie sie aussieht.

»Nein«, sagt sie. »Aber du solltest es im Auge behalten.«

»Glauben Sie, dass es etwas mit Ko Dan zu tun hat?«

»Das bezweifle ich.«

»Was interessiert uns dann an dem Mädchen?«

»Ich interessiere mich für vieles«, sagt sie sanft.

Ich verkneife mir eine sarkastische Erwiderung. Da kommt Bianka mit einer Schürze voller Eier und Theo auf den Fersen herein. Er zupft an ihrem Rock und bettelt: »Ei? Ei?«

»Nein, du darfst keins tragen«, fährt sie ihn an, ohne ihre Schritte zu verlangsamen, wodurch sie ihn halb hinter sich herzieht. »Letztes Mal hast du sie kaputt gemacht, weißt du noch? Und dann gab's für dich kein Frühstück.«

Er wirft mir einen verstohlenen Blick zu und murmelt: »Lala gibbe Ei.«

Ich funkele ihn warnend an und bin froh, dass er noch nicht richtig sprechen kann. An dem Tag habe ich ihm wirklich den größten Teil meines Frühstücks abgegeben. Für so einen kleinen Kerl hat er einen bemerkenswerten Appetit.

»Ei!«, sagt er wieder und streckt die Hände aus. Bianka kniet sich neben die Feuerstelle und schlägt die Eier achtlos in einer Pfanne auf, ohne sich um kleine Eierschalenstückchen zu kümmern. Ich hatte inzwischen lange genug Zeit, mich an Biankas Kochkünste zu gewöhnen.

Nachdem er alle Hoffnung aufgegeben hat, ein Ei zu bekommen, das er zerquetschen könnte, kommt Theo zu mir. Ich hebe ihn hoch und drücke ihm einen Kuss auf die weiche, pralle Wange. Bianka wirft uns einen argwöhnischen Blick zu. Ich kann es ihr nicht verdenken, kann ihm aber auch nicht widerstehen.

»Wir brauchen Brot«, sagt sie nur.

»Julia wird heute zum Markt gehen«, erklärt Frau Och. Die Wendung »Julia wird« gefällt ihr ziemlich gut und sie benutzt sie häufig. Ich drücke Theo noch mal und tue so, als würde ich ihn in seinen dicken Hals beißen, bis er gluckst.

»Bei Einbruch der Nacht wirst du wieder ins Kloster gehen. Genug der Pläne. Ich will Ko Dan.«

»Ich auch«, erwidere ich laut, wovon Theo erschrickt und sich gekränkt aus meinen Armen windet. »Was glauben Sie, was ich jede Nacht dort mache? Es gibt dreihundert von diesen Mönchen und ich weiß noch nicht mal, wie er aussieht! Sie haben mir gesagt, ich darf mich nicht blicken lassen. Was soll ich denn machen, einen nach dem anderen ansprechen und fragen: *Hallo, wer von euch ist Ko Dan?*«

»Werd nicht frech!«

Sie bedenkt mich mit ihrem kalten Blick und ich erschauere. Meistens sieht sie einfach aus wie eine alte Frau, auch wenn ihre Gesichtszüge variieren. Aber ich habe sie auch schon in einer gänzlich anderen Gestalt gesehen, die alles andere als menschlich ist, und es gibt Augenblicke, in denen sie mich ansieht und ich die geballte Kraft ihrer Jahrhunderte spüren kann, die Macht sich zu verwandeln, die uralte, langsam schwindende Stärke, die direkt hinter dem freundlichen Gesicht und den ruhigen Augen lauert.

»Ich weiß einfach nicht, was ich tun soll«, murmele ich.

»Du bist ein einfallsreiches Mädchen, Julia. Finde ihn. Wie du das tust, überlasse ich ganz dir. Ich bitte dich nur, dich nicht blicken zu lassen, vor allem, wenn da noch ein anderer Spion unterwegs ist.«

Bianka rührt in der Pfanne, ohne mich anzusehen. Frederick hat die Augen geschlossen.

»Ich gehe Brot kaufen«, sage ich kurz angebunden, und weil ich wütend bin, verschwinde ich direkt vor ihrer Nase. Früher hätte das nicht funktioniert – aber inzwischen habe ich ein, zwei Dinge über meine Fähigkeit gelernt.

Soweit ich erkennen kann, verändert sich Frau Ochs Gesichtsausdruck nicht, aber ich höre Theo aufschluchzen, ein ersticktes Geräusch, und verspüre einen Anfall von Reue. Bianka greift nach ihm, während ich den Raum verlasse und die Tür hinter mir zuknalle, damit sie wissen, dass ich weg bin.

*

Wir sind mit falschen Papieren nach Tianshi eingereist und versuchen uns alle so weit wie möglich bedeckt zu halten – was für mich natürlich leichter ist als für die anderen. Ich folge der schmalen Straße vor unserem Tor bis zum Nandong-Kanal und gehe daran entlang in Richtung Markt.

Um nach Tianshi zu gelangen, muss man entweder durch die Wüste oder übers Meer reisen, und die gewaltigen abschreckenden Mauern, die ein Rechteck um die große Stadt bilden, sind bereits aus großer Ferne zu sehen. Tianshi wird die Himmlische Stadt genannt und ist wirklich ein großartiger Ort. Die Glocken von Shou-shu läuten, ein fröhlicher Klang für gutes Wetter. Der Himmel ist von einem unglaublichen Blau, die Sonne strahlt auf die bunt gedeckten Dächer und die grünen Blätter der Kakibäume. Die Zaubersprüche auf den Glocken wurden vor langer Zeit von Hexen verfasst. Wenn sie auf eine bestimmte Art in einer bestimmten Reihenfolge geläutet werden, können sie das Wetter beeinflussen. Deshalb wird Tianshi so selten von Dürren oder Naturkatastrophen heimgesucht. Die Stadt und die Wälder und Felder in ihrer Umgebung liegen fruchtbar und grün am Rand einer weitläufigen Wüste. Wenn die Glocken rufen, kommt der Regen. Wenn die Glocken warnen, zieht sich der Sandsturm zurück. So heißt es zumindest.

Die kleineren Zweige der Bäume sind mit Papierstreifen umwickelt. Einige dieser Zettel haben sich von dem Zweig, an dem sie befestigt waren, gelöst und wehen jetzt mit dem Herzenswunsch, den irgendjemand in eleganten yongwenischen Buchstaben darauf festgehalten hat, über die Straße. Es kommt mir immer noch eigenartig vor, dass Bräuche, die in Frayne schon lange verboten sind, in Yongguo so offen gedeihen – wie zum Beispiel die kleinen Schreine für die Naturgewalten entlang der Straßen oder Männer, die mit sichtbaren Tätowierungen auf Händen, Hälsen, ja sogar im Gesicht herumlaufen. Ich gehe am Kanal entlang, der von schmalen bemalten Booten bevölkert ist, an deren Dollborden Talismane hängen, und sehe durch den Vorhang des Verschwindens alles leicht verschwommen, während die schlanken Bäume im sanften Wind herumwirbelnde Blütenblätter und Wünsche verlieren.

Vor nicht allzu langer Zeit war mein Verschwinden für mich eine einfache Sache, ein Trick, eine Gabe, und ich hatte nie nach einem Grund dafür gesucht. Ich stellte es mir vor wie eine Tasche in der Welt, die nur für mich zugänglich war. Ein Schritt zurück an diesen Ort und ich war vor aller Augen verborgen – zumindest vor normalen Augen, denn es gab Ausnahmen: Meine Freundin Liddy in Spira konnte mich trotzdem sehen. Genau wie Frau Och und auch Theo. Aber ich habe gelernt, dass der Ort, an den ich verschwinde, nur der Rand von etwas anderem ist. Und ich habe geübt.

Ein zweiter Schritt zurück – meine Umgebung wird noch undeutlicher, die Geräusche klingen gedämpfter und entfernter – und noch nicht einmal jemand wie Frau Och kann mich sehen. Ich habe es auf dem Dampfschiff aus Nim mit ihr ausprobiert. »Sagen Sie mir, wenn Sie mich nicht mehr sehen können«, bat ich sie und wich – vorsichtig – einen Schritt, zwei Schritte zurück. Sie sagte nichts, aber ich sah Angst in ihrem Blick, als ich in die Welt zurückkehrte, und auch wenn ich nicht stolz darauf bin, muss ich zugeben, dass ich einen Anflug von Triumph verspürte. Diese Macht ist alles, was ich habe, und ihr gegenüber war ich immer machtlos. Jetzt nicht mehr.

Drei Schritte zurück. Meine Perspektive gerät durcheinander, wird unscharf, und ich spüre ein Kribbeln, verliere das Gefühl in meinen Gliedmaßen. Vier Schritte. Ich verschwinde hin zu einem schwindelerregenden Blickpunkt, von dem aus meine Sinne alles aus jeder Richtung wahrnehmen, ich aber meinen Körper weder sehen noch spüren kann – ich *habe* dort keinen Körper. Das habe ich ebenfalls geübt, denn es gibt mir die Möglichkeit, eine Mauer zu überwinden. Wenn ich mich von diesem beängstigenden Nirgendwo aus auf einen bestimmten Punkt konzentriere, kann ich dort in meinen Körper zurückkehren statt an der Stelle, von der aus ich gestartet bin. Zum Beispiel auf der anderen Seite einer Mauer. Trotzdem ziehe ich die traditionellen Einbruchsmethoden vor. Wenn ich so vollständig verschwinde, bin ich hinterher etwas wackelig auf den Beinen und mir ist leicht übel. Ich habe immer Angst, den Weg zurück in meinen Körper nicht mehr zu finden.

Und es gibt noch einen Ort, sogar noch weiter entfernt. Ich habe nicht gewagt, dorthin zurückzukehren, seit ich in Casimirs Festung war, wo er mir das Handgelenk und sämtliche Finger der linken Hand brach, mir erzählte, wie er meiner Mutter beim Ertrinken zugesehen hatte, damit drohte, mich aufzuschlitzen und meine Freunde vor meinen Augen zu ermorden. Vor lauter Angst, Schmerz und Verzweiflung wollte ich damals nur noch meiner Umgebung und meinem gesamten Ich entkommen. Und das tat ich.

Ich träume noch immer von diesen brennenden Straßen. Ich sehe meine Hände, die nicht menschlich waren, erinnere mich daran, wie es sich anfühlte, und weiß, dass ich etwas in mir habe, was ich nicht verstehe. Die Gabe, auf die ich immer so stolz war, die mir solches Vergnügen bereitete, hat sich als etwas erwiesen, was nur die Spitze von etwas Dunklem, Riesigem und Entsetzlichem ist. Ich weiß, dass es da ist, hinter mir – und dass ich, wenn ich an einen solchen Ort gehen kann, etwas anderes sein muss, als ich dachte.

Schon seit Monaten kämpfen mein Verlangen zu erfahren, was ich tun kann – was ich *bin* –, und meine Angst davor, genau das herauszufinden, gegeneinander an. Jetzt habe ich eine Idee – etwas, was mich zu Ko Dan führen könnte. Schon häufig habe ich mich für etwas ausgegeben, was ich nicht bin. Ich versuche mir einzureden, dass das hier auch nichts anderes ist – eine Rolle –, aber allein beim Gedanken daran zieht sich mir das Herz in der Brust zusammen. Aus Angst, ja, aber da ist auch etwas anderes, etwas, was ich nicht richtig benennen kann – eine Art Schauer der Erregung wie das Gefühl, wenn man am Rand eines hoch gelegenen Felsvorsprungs steht und fast schon denkt, man sollte vielleicht runterspringen, einfach nur, um zu sehen, wie es ist zu fallen.

6

Um uns die Zeit auf dem Schiff zu vertreiben, das uns über Ischtis großen Fluss Mohasi trug, erzählte uns Professor Baranyi die Geschichte von Haizea, der ischtanischen Göttin der Rache, und Tisis, der Göttin der Gnade, die sich nach einer Schlacht angesichts einer Mutter, die alles verloren hatte, stritten. Wir fragten ihn: »Wofür hat sie sich schließlich entschieden?« Und er sagte: »Beinhaltet das nicht den Kern der Geschichte der Menschheit? Diese Wahl?« Das brachte ihm einen ausdruckslosen Blick von Wyn, ein Augenrollen von Bianka und ein Kichern von Frederick ein. Mich beeindruckte weniger die Erzählung selbst als die Illustration aus einem Buch, die er uns zeigte und auf der die beiden Göttinnen zu sehen waren, die von ihrem heiligen Berg aus die Schlacht beobachteten. Tisis war wunderschön, ihr Haar umfloss sie wie Wasser, sie hatte Sterne auf der Haut und hielt einen Becher, aus dem helles Licht strömte. Haizeas Haar ringelte sich wie Schlangen um ihren Kopf und ihre Augen waren dunkle Höhlen, aus denen Blut tropfte. In der Hand hielt sie einen Wirbelsturm wie ein Schwert. Ihre Hände und Füße waren Klauen.

Es waren die Hände, die mich schaudern ließen, weil sie mich an den Blick erinnerten, den ich an jenem anderen Ort hoch über der brennenden Stadt auf eine Hand erhascht hatte, die nicht meine war, sich aber am Ende meines Arms befand und die Pistole hielt, mit der ich später auf Casimirs Hexe Shey schoss. Während Professor Baranyi sich über das Gleichnis von den Göttinnen ausließ und darüber, warum sie so häufig zusammen in Geschichten und in der Kunst auftauchten, starrte ich Haizeas Bild an, blickte ihr in die blutigen Augen und erkannte darin etwas wieder. Heute wird sie meine Inspiration und meine Verkleidung sein.

Es gibt einen Spalt zwischen der Halle der Entsagung und der nördlichen Klostermauer, wo ich vor einigen Nächten den Geruch von Tabak wahrgenommen habe. Dort gehe ich jetzt hin, presse mich an die Mauer und verschwinde. Mönche sollen selbstverständlich nicht rauchen. Die Shou-shu-Mönche praktizieren etwas, was sich *Selbstlosigkeit* nennt, was nicht genau das ist, wonach es sich anhört, aber vielleicht liegt das auch an der unzureichenden Übersetzung. Sie streben danach, die physische Welt – all ihre körperlichen Bedürfnisse und weltlichen Bindungen – hinter sich zu lassen. Es heißt, dass diejenigen, die die Selbstlosigkeit erreichen, Hunderte Jahre leben können, ohne zu essen oder Schmerz und Verlangen zu empfinden – obwohl irgendjemand sehr wohl die Schwalbeneier und das Gemüse aus Gangzis Garten isst. Das Ziel ist auf jeden Fall die Unsterblichkeit ohne Nahrungsaufnahme – der Triumph des Geistes über den Körper. Der größte Führer des Shou-shu-Ordens war ein Mann namens Li Feizi, von dem es heißt, er habe tausend Jahre gelebt. Dann verließ er eines Tages das Kloster und ging zum heiligen

Berg Tama-shan, wo er sich möglicherweise bis heute aufhält. Gangzi selbst behauptet, vierhundert Jahre alt zu sein. Ich habe da allerdings so meine Zweifel und verstehe auch nicht ganz, was der Sinn des ewigen Lebens ist, wenn man einfach nur in einem Kloster hockt, ohne zu essen oder irgendetwas zu spüren. Es überrascht mich nicht im Geringsten, dass es unter dreihundert Mönchen ein paar Novizen gibt, die sich nur aus Prestigegründen einige Zeit hier aufhalten und nicht vorhaben, das lebenslange Gelübde abzulegen. Für sie ist die heimliche Rauchpause eine willkommene Abwechslung vom Versuch, jegliches Verlangen und was weiß ich noch alles zu überwinden.

Ich habe das Bild von Haizea vor meinem inneren Auge und hoffe beinahe, dass mein rauchender Mönch heute Abend nicht auftauchen wird. Aber schließlich erscheint er, zwängt sich in den Spalt an der Mauer und versucht verstohlen, seine kleine Pfeife anzuzünden. Er ist jung, wahrscheinlich macht es das nur einfacher. Wenn er allerdings noch nicht lange im Kloster lebt, weiß er vielleicht nichts. Ich bewege mich vorsichtig neben ihm zurück in die Welt und seine Gesichtszüge werden deutlich. Er stößt einen spitzen Schrei aus und lässt die Pfeife fallen.

»Frevler!«, sage ich in hoffentlich akzeptablem Yongwenisch. Ich habe es heute Nachmittag mit Frederick geübt, nachdem er sich ein wenig vom Abzapfen seiner Lebenskraft erholt hatte. Allerdings weiß ich nicht, ob ich verstehen werde, was dieser Mönch mir möglicherweise zu sagen hat, selbst wenn ich meinen Text auswendig kann.

Er dreht sich um und will fliehen, aber ich packe ihn an der Schulter. Jetzt ist es so weit. Ich hole tief Luft und nehme ihn mit. Ein Schritt, zwei, drei, vier – oh Großer Namenloser, hilf! –, fünf:

Es fühlt sich an wie fallen, zurück durch die Membran dieser Tasche am Rand der Welt, zurück in die Leere der Zwischenwelt, zurück zu dem Ort, von dem ich mir geschworen hatte, ihn nie wieder aufzusuchen.

Kahge. So hat Frau Ochs jüngster Bruder Gennady es genannt. Im rainistischen Glauben ist das die Hölle, aber die Vorstellung davon gibt es schon viel länger. Egal, ob er recht hatte oder nicht, es ist weiter weg, als ich es in Erinnerung hatte. In Casimirs Festung kam es mir so vor, als würden sich dieser Ort und die Welt beinahe überschneiden – ich konnte sie beide gleichzeitig sehen, konnte in einem kurzen Augenblick von einer Seite auf die andere und wieder zurück wechseln.

Aber hier ist das anders. Ich habe das Gefühl, als würden wir lange durchs Nichts wirbeln, das Kloster, die Stadt und der Himmel um uns herum in eigenartigen Perspektiven, der Mönch erst schreiend, dann zum Schweigen gebracht, sprachlos. Ein oder zwei entsetzliche Minuten lang fürchte ich, wir hätten uns in der Leere verloren.

Dann sind wir hindurch. Der kochende Fluss ist angeschwollen und an beiden Ufern liegt Spira, halb verfallen und in Flammen. Wieder Spira, unabhängig davon, wo *ich* mich befinde – und ich frage mich, warum. Wir stehen auf einem Schiff, das zügig durchs Wasser gleitet, die zerfetzten Segel gebläht, obwohl gar kein Wind geht, nur die unbewegliche Luft dampft. Der junge Mönch fällt stammelnd auf die Knie. Meine Hand auf seiner Schulter ist ein hakenförmiges dunkles Ding mit schwarzen Krallen.

Ich zittere vor Entsetzen angesichts der veränderten Welt, meinem veränderten Ich, aber gleichzeitig durchströmt mich auch etwas wie Triumph. Vielleicht einfach nur, weil ich dazu in der

Lage bin. Nicht nur aus Versehen oder weil mich wahnsinnige Todesangst gepackt hat, sondern absichtlich, ganz bewusst: Ich kann einen anderen Menschen mit mir aus der Welt nehmen. Was bin ich bloß? Und was ist das für eine Macht?

Ich versuche mich wieder auf meine eigentliche Absicht zu besinnen und stoße mit heiserer, fremder Stimme die yongwenischen Worte hervor: *Wo ist Ko Dan?*

Er starrt mich an, ohne mich zu verstehen, und ich fürchte, es übertrieben zu haben, ihn so sehr verschreckt zu haben, dass er mir nicht mehr von Nutzen ist. Ich schüttele ihn, nicht allzu fest, aber seine Knochen fühlen sich in meinem Griff unglaublich zerbrechlich an. Ich habe Angst, ihn aus Versehen zu erdrücken. Langsam, Julia! Konzentrier dich! Ich wiederhole die Frage: *Wo ist Ko Dan?*

Er stammelt eine Antwort, die ich über den Lärm der Flammen hinweg, die die Luft versengen, über den Lärm meines Herzens hinweg kaum hören kann.

Noch mal!

Er sagt mir, dass er es nicht wisse. Heulende Hunde, was ist das bloß für eine Verschwendung, wenn er gar nichts weiß. Jetzt redet er, aber so schnell, dass ich ihn nicht verstehe.

Wo? Wo? Wo?

Er wiederholt seine Antwort händeringend immer und immer wieder und ich begreife: Ko Dan ist weg. Verschwunden. Mein Herz zieht sich zusammen. Der Mönch weint und schwitzt. Ich glaube, er hat sich eingenässt, und ehrlich gesagt fehlt bei mir selbst auch nicht viel dazu. Trotzdem bringe ich noch den Satz zustande, den ich heute Nachmittag auswendig gelernt habe:

Ich bin Haizea, die Göttin der Rache, und ich werde die Welt mit

Blut und Feuer überziehen, wenn du mich verrätst. Wenn du auch nur ein Sterbenswörtchen hiervon weitererzählst, wird dein *Blut als Erstes vergossen werden. Hörst du mich, Mensch? Geheim, geheim, geheim!*

Laut schluchzend verspricht er es. Selbst wenn er etwas erzählen würde, würde man ihn für verrückt erklären. Als ich aufsehe, bewegt das Schiff sich in langsamen Kreisen. Am Ufer streckt eine große, in einen Umhang gehüllte Gestalt mit einem Fuchsgesicht und einem gewaltigen Geweih den Arm nach mir aus. Hinter ihr versammeln sich Schatten, monströse Umrisse, die im Rauch langsam sichtbar werden, Stoßzähne, Rüssel und gebogene Hauer.

»*Lidari*«, krächzt die fuchsgesichtige Gestalt und zeigt mit ihrer Menschenhand direkt auf mich. Was bei allen verdammten Sternen sind diese Wesen? Die anderen Stimmen fallen mit entsetzlichem Kreischen und Gebrüll ein: »*Lidari! Lidari!*«

Ich reiße den wimmernden Mönch zurück, wir wirbeln durch die Leere und knallen schließlich an die nördliche Klostermauer hinter der Halle der Entsagung. Die Knie des Mönchs geben augenblicklich nach und er hockt zusammengesunken und nass da und starrt zu mir auf. Ich sehe, wie meine Hand seine Pfeife aufhebt und sie ihm in den Mund steckt, seine verstreuten Streichhölzer einsammelt und sie für ihn anzündet.

»Guter Mann«, höre ich mich in meiner eigenen Stimme sagen und lege einen Finger auf die Lippen. »Kein Sterbenswort.«

Erst geht es mir gut. Ich kann nach Kahge reisen – oder was immer das ist –, und wieder zurückkehren und einfach weitermachen. Ich bin bloß ein wenig wackelig auf den Beinen. Aber sobald ich um die Ecke der Halle der Entsagung gebogen bin, fange ich so stark an zu zittern, dass ich nicht weitergehen kann. Ich lehne mich an das glatte Holz der Halle, balle die Hände zu Fäusten und löse sie wieder, schnappe nach Luft. Ich kann nichts weiter hören als das Rauschen und Dröhnen meines Blutes.

Meine schmutzigen Fingernägel bringen mich wieder zu mir. Ich starre meine zitternden Hände an – und es sind einfach nur meine Hände, schwielige Mädchenhände mit abgebrochenen Fingernägeln. Das Bild dieser großen hakenartigen Klauen, die den Mönch gepackt hielten, steigt vor mir auf – und auch in meiner Kehle steigt etwas auf.

Eine Grundregel des Spionierens ist es, nichts zurückzulassen – kein Anzeichen dafür, dass man an einem bestimmten Ort war. Aber ich hinterlasse meinen Mageninhalt auf dem Pfad neben der Halle der Entsagung, bevor es mir gelingt, mich zusammenzureißen und den Heimweg anzutreten.

7

»Schischte«, sagt Theo so gebieterisch, wie es wohl nur Könige und kleine Kinder können, schiebt mir den Frühstücksteller vom Schoß und lässt sich stattdessen selbst dort nieder.

»Du machst mich ganz schmutzig!«, schimpfe ich, ziehe ihn aber trotzdem an mich, so tröstlich fühlt sich seine Haut auf meiner an – so gewöhnlich, so menschlich. Und doch haben Theo und ich etwas gemeinsam: Beide haben wir etwas in uns, was alles andere als gewöhnlich oder menschlich ist.

In Theos Fall ist es Teil eines Buchs – des *Buchs der Spaltung*. Frau Och sagt, dass vor langer Zeit, als noch alles einen eigenen Willen und ein eigenes Wesen hatte, der Feuergeist – im fraynischen Volksglauben Feo genannt – Magie in die Welt einschrieb und damit die natürliche Ordnung zerstörte, indem er sich selbst zum Herrscher aufschwang. Das war sozusagen der allererste Griff nach der Macht. Die anderen Geister verbündeten sich gegen Feo und unterwarfen ihn. Das Buch, das er geschaffen hatte, konnten sie nicht gänzlich zerstören, aber es gelang ihnen, es in drei Bruchstücke zu zerteilen. Dann erschufen sie die unsterblichen Xianren – die ich als Frau Och, Casimir und Gennady kenne – und beauftragten sie damit, die Fragmente der Bücher zu hüten, sie getrennt voneinander aufzubewahren und Ordnung in einer Welt zu halten, die jetzt vor Magie geradezu übersprudelte. So geht zumindest die Geschichte. Jahrtausende vergingen; die Geister schwanden und wurden zu einem Teil der Erde. Auch die Fragmente des Buchs veränderten ihre Form – Casimirs wurde ein See, Frau Ochs ein großer Baum und Gennadys ein Schatten, der mit ihm verbunden war. Als ihre Macht nachließ, sahen die Xianren sich schließlich mit ihrem unausweichlichen Ende konfrontiert. Casimir stellte sich dieser Tatsache nicht gerade würdevoll, muss man sagen. Er beschloss, das Buch – die Quelle der Magie in der Welt – wieder zusammenzusetzen, es wieder in Text zu verwandeln und sich damit seine Macht zunutze zu machen. Zwei Fragmente hat er bereits in seinem Besitz: sein eigenes und Frau Ochs, das er gestohlen hat.

Auch das dritte hatte er schon beinahe ergattert. Gennady hatte versucht, mithilfe des Mönchs Ko Dan seinen Teil des Buchs vor Casimir zu verstecken, indem er es mit dem Wesen seines Sohnes verknüpfte und Bianka und Theo anschließend verließ, damit niemand je davon erfuhr. Ein klarer Fall von übersteigertem Selbstvertrauen – so große Geheimnisse lassen sich schlecht verbergen. Als Casimir herausfand, was passiert war, engagierte er mich, um Theo zu entführen. Ich wusste erst nicht, worin genau der Auftrag bestand, aber als es schließlich so weit war und Pia mein Leben und das Leben derer, die ich liebte, bedrohte, erwies ich mich als feige Marionette und tat, was man von mir verlangte.

Täglich wache ich mit diesem Wissen auf. Ich habe Theo seiner

Mutter und ihrem Schutz geraubt und ihn für einen Beutel Silber ausgehändigt. Beinahe wäre er getötet worden. Zugegeben, ich habe ihn auch zurückgeholt – aber noch ist er nicht in Sicherheit. Nicht, bevor wir nicht Ko Dan gefunden und das Buchfragment aus Theo entfernt haben. Dann wird es an Frau Och sein, ihren Bruder davon abzuhalten, die Fragmente zusammenzusetzen. Ich habe vor, Theo aus der ganzen Angelegenheit herauszuhalten.

Jetzt drücke ich ihn an mich und wiege mich leicht hin und her. Seine Beine sind ganz dreckig und er trägt nichts weiter als ein schmuddeliges Hemd, das ihm bis zu den Knien reicht. Er sieht aus wie ein Straßenkind, abgesehen davon, dass er so gut genährt ist, pausbäckig und mit Grübchen an Knien und Ellbogen. Er läuft dauernd barfuß herum und scheint nie zu frieren, aber heute ist die Luft mild und frühlingshaft, daher frühstücke ich auf den Stufen vorm Haus. Oder versuche es zumindest.

»Lala«, sagt er, als er es sich auf meinem Schoß gemütlich gemacht hat. »Schischte.«

»Bitte«, sagt Bianka, die an der Pumpe Geschirr spült.

»Bide«, wiederholt Theo mechanisch.

»Also gut«, sage ich lachend.

Meine Mutter hat uns früher immer Geschichten erzählt, während Dek und ich uns im Bett an sie kuschelten, damit uns warm wurde. Ich hatte seit Jahren nicht mehr daran gedacht, aber immer wenn Theo mich um eine Geschichte bittet, kommen sie mir in den Sinn, steigen aus den Tiefen meiner Erinnerung auf wie glitzernde Bestien vom Grund des Meeres, beladen mit den Ängsten und dem Staunen meiner Kindheit.

Wenn ich die Geschichten meiner Mutter erzähle, sehe ich zwar nicht ihr Gesicht vor mir, aber ich erinnere mich an ihren

Tonfall, an das dunkle Haar, das ihr über die Schultern fiel und über meine Wange strich. Ich erinnere mich daran, wie ihre Hände die Geschichte untermalten: flinke braune Hände, die zu fliegenden Vögeln, marschierenden Soldaten, einer springenden Spinne, dem wehenden Wind oder dem herabscheinenden Mondlicht wurden.

»Es war einmal«, sage ich und Theo steckt sich den Daumen in den Mund, »ein Fischer, der hieß Tomas. Er heiratete ein hübsches Mädchen und sie bekamen einen hübschen Sohn.«

»Sonn!«, ruft Theo an seinem Daumen vorbei und zeigt auf den Himmel.

»Nein, nicht die Sonne«, sage ich. »Einen Jungen wie dich.«

»Teo«, sagt er zustimmend und lutscht weiter am Daumen.

»Genau. Eines Tages war Tomas draußen beim Fischen, da spürte er ein Zerren an der Angel und zog einen beeindruckenden silberblauen Riesenfisch, der sich am Haken wand, aus dem Wasser.« Ich tue so, als würde ich eine Angelschnur einrollen, und Theo macht es mit einer Hand nach. »Der Fisch landete auf den Felsen – *klatsch!* – und sagte zu dem Mann: *Du hast einen Wunsch frei.* Der Mann war ungeheuer überrascht. Fische können doch nicht sprechen!«

Theo kichert. Er ist zu klein, um die Geschichten zu verstehen, aber offenbar gefallen sie ihm trotzdem.

»Also nahm er den Fisch mit nach Hause, füllte Brunnenwasser in einen großen Topf und legte den Fisch hinein. Der Fisch schwamm im Kreis und sagte erneut: *Du hast einen Wunsch frei.* Das brachte Tomas zum Nachdenken. Erst dachte er, dass er möglicherweise schon alles hatte, was er sich wünschte. Er hatte seine wunderbare Frau, seinen wunderbaren Sohn, sein wunderbares

Haus auf dieser wunderbaren Insel. Aber je mehr er darüber nachdachte, desto mehr kam er zu dem Schluss, dass nichts davon wirklich sein sehnlichster Wunsch war. Er wollte seinen Wunsch nicht verschwenden und ein Fisch, der sprechen konnte, konnte sicher auch Wünsche erfüllen. Also sagte er zu seiner Frau: *Frau, dieses Leben ist nicht mein Leben. Es entspricht nicht meinem sehnlichsten Wunsch. Ich muss ausziehen und mich auf die Suche nach dem Verlangen meines Herzens machen. Bitte kümmere dich um diesen Fisch, bis ich zurückkehre.*«

Bianka hat aufgehört, das Geschirr zu spülen, und betrachtet uns mit einem rätselhaften Gesichtsausdruck, den ich nicht deuten kann. Ihr Haar, das normalerweise eine ungebändigte schwarze Wolke um ihr Gesicht bildet, wird von einem Tuch zurückgehalten, wodurch ihr Gesicht schmaler, irgendwie kleiner wirkt. Sie unternimmt nichts gegen Theos Zuneigung für mich oder meine für ihn, aber ich kann mir vorstellen, wie sie sich beim Anblick von uns beiden zusammen fühlen muss. Allerdings weiß sie – ich bin mir sicher, dass sie es weiß, denn ich habe es ihr gesagt und es war die Wahrheit und sie hat sie geglaubt –, dass ich eher sterben würde, bevor ich zulasse, dass irgendjemand Theo noch einmal etwas zuleide tut. Es ist seltsam, ein Kind so uneingeschränkt zu lieben. Anders als jede andere Liebe, die ich kenne. Wenn er sein wunderschönes Lachen lacht, habe ich das Gefühl, mein Herz würde zerspringen. Ich könnte allein von diesem Lachen und nichts anderem leben.

»Erzähl weiter«, sagt Bianka. »Was ist dann passiert?«

»Nun ja, Tomas machte sich auf den Weg und bereiste die ganze Welt. Er erlebte eine Menge großartiger Abenteuer, aber er reiste immer weiter, um seinen sehnlichsten Wunsch zu finden.

Die Jahre vergingen und er wurde alt. Er war zu erschöpft, um weiterzuziehen. Also kehrte er nach Hause zurück. Seine Frau war gerade dabei, all ihre Sachen zusammenzupacken. Er fragte sie, wo der Fisch sei. Sie sagte, den habe sie am Abend seiner Abreise getötet und gegessen. Weil Tomas nicht da gewesen war und nicht für sie sorgen konnte, hatten sie sehr arm gelebt, aber als ihr Sohn erwachsen geworden war, ging er in die Stadt, um dort sein Glück zu machen. Er war sehr schlau und wurde ein reicher Mann. Jetzt, sagte seine Frau zu Tomas, werde sie zu ihm in sein großes Haus in der Stadt ziehen, um ihre alten Tage in Bequemlichkeit zu verbringen. Tomas blieb allein in dem verfallenen Haus auf der Insel zurück und dachte täglich an den schönen Fisch, der sich vor langer Zeit in der Luft gewunden hatte, und an den Augenblick, als er zu ihm sprach und ihm alles möglich erschien.«

Ich halte inne und Theo nimmt den Daumen aus dem Mund.

»Ende«, sage ich zögerlich.

»Enne«, wiederholt er, rutscht von meinem Schoß und rennt im Hof hinter den Hühnern her.

»Wieder eine der Geschichten deiner Mutter?«, fragt Bianka und sieht mich durchdringend an.

»Ich kenne keine anderen«, entgegne ich halb entschuldigend.

Es sind eigenartige Geschichten für ein Kind – es sind generell eigenartige Geschichten –, aber als Dek und ich klein waren, liebten wir sie. Als meine Mutter uns diese Geschichte erzählte, waren wir empört und schalten Tomas für seine Dummheit. Er hätte doch erkennen müssen, dass er bereits alles hatte, was er wollte. Aber Ma sagte: »Ich glaube, wir sind alle so.« Ich kann nicht sagen, dass ich ihr zustimme. Es gab Zeiten in meinem Leben, in denen ich so glücklich war, dass ich mir nur wünschte, es würde sich nie etwas ändern. Bevor Ma starb, bevor Dek die Plage bekam. Und dann später eine Zeit lang mit Wyn. Aber ich glaube, meine Mutter fand sich in Tomas wieder – in seinem ruhelosen Herzen, seinem ziellosen Sehnen.

Nachdem Theo die Hühner bald wieder leid ist, hämmert er mit einem Stock ans Tor.

»Mama!«, ruft er. »Raaaaauus!«

Bianka schüttelt den Kopf und seufzt. »Wir werden verrückt, wenn wir noch viel länger in diesem Hof eingepfercht bleiben müssen.«

Sie sieht so unglücklich aus, wie sie da barfuß im Matsch neben dem schmutzigen Geschirr an der Pumpe hockt. Seit ich ihr letzte Nacht erzählt habe, dass Ko Dan verschwunden ist, ist sie ganz geknickt.

»Ich helfe dir mit dem Abwasch«, sage ich. Theo verlässt das Tor und kommt herüber, um im Wasser zu planschen und im Weg zu stehen. Wir lachen über ihn und spülen zusammen das Geschirr. Es fühlt sich beinahe ungezwungen an, so als wären wir Freundinnen – nur, dass das natürlich nie wirklich sein kann.

Fast sauber vom Pumpenwasser, rennt Theo mit durchnässtem Hemd kreischend durch den Hof, während wir das Geschirr abtrocknen und in die Küche bringen. Bianka geht vor mir wieder hinaus. Aus unserer provisorischen Spülküche höre ich sie rufen: *»Theo!«*

Ich renne zur Tür, das Herz klopft mir bis zum Hals. Bianka stürmt durch den Hof hinter Theo her. Irgendwie ist es ihm gelungen, den Riegel des Tors mit seinem Stock aufzuschieben. Er sieht sie kommen und rennt vergnügt schreiend hinaus auf die

Straße. Bevor ich den Hof durchquert habe, hat Bianka ihn schon gepackt und knallt das Tor zu. Ihr Gesicht ist ganz verzerrt und sie brüllt ihn an: »Lauf niemals weg! Nie!« Sie gibt ihm einen Klaps auf den Po. Er entwindet sich ihrem Griff und rennt zu mir, hält sich an meinem Bein fest und heult vor Wut. Bianka stapft an uns vorbei und lässt sich auf die Stufen sinken. Sie vergräbt den Kopf zwischen den Händen und fängt an zu schluchzen.

Theo hört auf zu brüllen und sieht sie erschrocken an. Er versteht natürlich nichts von alldem – warum er hier drin bleiben muss oder warum seine Mutter so heftig reagiert, wenn er versucht, aus ihrem Blickfeld zu entkommen. Er spürt das Fragment des *Buchs der Spaltung* nicht, das mit seinem Fleisch, Blut und innerstem Wesen verschmolzen ist. Wenn irgendjemand den Text aus Theo entfernen kann, ohne ihn dabei zu töten, ist es vermutlich der Mann, der ihn dort eingeschrieben hat. Aber wenn Ko Dan aus Shou-shu verschwunden ist, haben wir keine Hinweise oder irgendeine Ahnung, wo wir nach ihm suchen sollten.

»Theo, mein Schatz«, schluchzt Bianka und streckt die Hand nach ihm aus. Er lässt mich los und wirft sich in ihre Arme. Sie drückt ihn an sich und bedeckt seinen Lockenkopf mit Küssen, während er das Gesicht an ihrem Hals vergräbt. Ein entsetzliches Loch tut sich in meiner Magengrube auf, als ich die beiden zurücklasse und zurück ins Haupthaus gehe.

»Ah, Julia«, sagt Frau Och lächelnd. Auf ihrer Schulter hockt der Baumpieper und sie hält ein zusammengerolltes Stück Papier in der Hand. »Wir brauchen ein Kleid für dich.«

»Ach ja?«

»Ja. Gregor wurde ein Treffen mit dem Obersten Bibliothekar gewährt.«

8

Später an diesem Nachmittag stehe ich in dem vornehmen Hofhaus im Xihuo-Dreieck und habe Csillas Knie im Rücken, während sie mein Korsett so fest schnürt, dass ich kaum noch Luft bekomme. Es ist ein Kleidungsstück, mit dem ich mich in Spira selten abgegeben und das ich in den letzten zwei Monaten, in denen ich als Junge gekleidet unterwegs war, überhaupt nicht genutzt habe. Ich richte mich auf und schneide eine Grimasse.

»Schön, wieder eine Taille an dir zu sehen«, sagt Csilla.

»Ach, ich hätte eigentlich schon immer gern einen Bruder gehabt«, erklärt Dek, der vorbeigekommen ist, um Esme eine elegante vernickelte Pistole von einem Waffenhändler aus Dongshui zu bringen.

Esme grinst über meinen Gesichtsausdruck. Sie hat gut lachen, sie ist als Diener gekleidet. Ich hatte darum gebettelt, einfach verschwunden mitkommen zu können, aber Frau Och ist es lieber, wenn ich für alle Fälle eine Rolle habe. Falls nötig, kann ich immer noch verschwinden, aber ich kann nicht plötzlich einfach auftauchen, wenn ich erst verschwunden war.

»Ich hatte mich schon daran gewöhnt, frei zu atmen«, sage ich mürrisch. »Von jetzt an werde ich mich an Männerkleidung halten. Mir ein Beispiel an Esme nehmen.«

»Ach nein, bitte nicht.« Csilla zieht meine Haare so fest zurück, dass ich aufschreie, und steckt sie geschickt auf meinem Kopf fest.

»Einen Bruder, den ich Jules nennen könnte. Wir wären ein furchterregendes Paar«, fährt Dek fort, während er sorgfältig den Pistolenlauf ölt.

Csilla nimmt mein Kinn zwischen Daumen und Zeigefinger und mustert stirnrunzelnd mein Gesicht, als wäre es nicht so ganz das Wahre. »Im Ernst, Julia, du sähst gar nicht schlecht aus, wenn du dir nur ein bisschen Mühe geben würdest.«

»Na ja, wir sind heute nicht auf Schönheit aus«, sagt Esme. »Schlicht und unscheinbar genügt vollkommen. Julia sollte nicht zu viel Aufmerksamkeit erregen.«

Diese Gefahr besteht sicher nicht, wenn Csilla in der Nähe ist. Sie hat sich als wahrer Segen für das einzige Geschäft in Tianshi mit neuporianischen Kleidern erwiesen. Heute trägt sie ein tief ausgeschnittenes Kleid aus Seide mit ausladender Spitzenrüsche auf der Brust, ihr Haar ist eine Flut goldblonder Locken. Für die Mode in Tianshi hat sie nichts übrig. Sie sagt, die Frauen sähen aus, als trügen sie Vorhänge. Das war auch mein erster Eindruck bei unserer Ankunft, als ich die Damen in ihren steifen weißen Gewändern und zierlichen Seidenschuhen herumtrippeln sah. Aber je länger man irgendwo ist, desto normaler kommt einem all die Fremdheit irgendwann vor, und ich kann mir jetzt gut vorstellen, wie absurd und unanständig Csillas Kleid den ehrwürdigen Vorhang-Frauen aus Tianshi erscheinen muss.

Csilla versieht mich mit einem schlichteren Kleid als ihrem, einem dunkelblauen Stück, das bis zum Kinn geknöpft wird, damit ich so jung und harmlos wie möglich wirke. Es gefällt mir überhaupt nicht. Ich soll Ella Heriday darstellen, Baron und Baronin Heridays Tochter, ein gebildetes Mädchen und die Sekretärin meines Vaters. Aber ich sehe aus wie eine jämmerliche Gouvernante. Ich versuche tief durchzuatmen. Meiner Meinung nach rechtfertigt eine schlanke Taille nicht das Gefühl einer zusammengepressten Lunge.

»Wenn du unterwegs warst, um Waffen zu kaufen, hast du vermutlich noch nicht herausgefunden, wer die Post aus dem Kloster abholt«, sage ich zu Dek.

»Doch, das habe ich«, sagt Dek. »Oder Wyn, besser gesagt. Ein Regierungsbeamter bringt und holt zweimal die Woche die Post und jedes Mal ist ein Korb mit Briefen dabei, die alle Gangzis Siegel tragen. Suchst du irgendwas Bestimmtes?«

»Ich wüsste nur gern, was er schreibt. Kannst du mir einen beschaffen?«

»Ich nehme mal an, dass wir dem Postboten einen abkaufen können«, sagt er. »Frau Och hat uns einen Haufen Geld gegeben, um damit Leute zu schmieren.«

Gregor kommt mit einer nicht mal mehr halb vollen Flasche bernsteinfarbenem Kakiwein namens *Shijiu* in der Hand herein und Csilla dreht mich zu ihm um.

»Was hältst du von deiner neuen Tochter?«, fragt sie. Er mustert mich unbeeindruckt von Kopf bis Fuß.

»Ich weiß nicht, warum du dir solche Mühe mit ihrer Kleidung gibst. Es guckt sie sowieso keiner zweimal an.«

Vermutlich kann ich ihm nicht vorwerfen, dass er ausspricht, was ich selbst gerade gedacht habe.

»Stell die Flasche weg«, sagt Esme. »Du kannst da nicht betrunken auftauchen.«

Sie ist die Einzige, die so etwas sagen kann. Esme und Gregor kennen sich schon sehr lange, seit dem sogenannten Lorianischen Aufstand in Frayne im Jahr vor meiner Geburt. Esmes Mann Gustaf Moreau war Gregors bester Freund und einer der Anführer des Aufstands. Gustaf wurde zusammen mit unzähligen anderen gefasst und gehenkt und der Aufstand niedergeschlagen. Irgendwie hat der Kummer und das Scheitern sie über all die Jahre miteinander verbunden. Gregors Miene verfinstert sich, aber er streitet nicht mit Esme. Er stellt die Flasche auf den kleinen Lacktisch, lässt sich aufs Sofa fallen und sieht sie an.

»Es ist nicht nötig, nüchtern zu sein. Schließlich gebe ich mich als fraynischer Adliger aus, nicht wahr? Ich bin im fraynischen Adel aufgewachsen. Die sind dauernd betrunken.«

»In deiner Familie vielleicht«, sagt Esme. »Aber du stellst einen gelehrten Adligen dar und nicht einen von der versoffenen, faulen Sorte.«

Ich versuche Deks Blick zu begegnen, aber er poliert jetzt wieder Esmes Pistole und ist sorgfältig darauf bedacht, mich nicht anzusehen.

»Ist sowieso ein grauenhaftes Zeug, dieses *Shijiu*«, sagt Gregor, der die Flasche immer noch gierig anstarrt. »Verdammtes Kahge, ich vermisse den Whisky. Was gäbe ich für eine schöne Flasche Whisky. Oder Rum. Gebt mir Rum. Alles außer diesem fruchtigen *Shijiu*-Zeug. Das schmeckt man kaum.«

»Dann hör verdammt noch mal auf, es zu trinken«, sagt Esme.

Csilla pudert mir das Gesicht, ihre dunklen Augen unergründlich und ausdruckslos.

»Gregor hat recht, mich schaut sowieso keiner an«, sage ich, aber sie traktiert mich weiter, als wäre ich ein Gemälde, an dem sie gerade arbeitet.

Da kommt Professor Baranyi mit Bo herein, einem alten, vertrauten Freund von seinen früheren Besuchen in Yongguo, der sich als unser Fahrer ausgibt. Augenblicklich verändert sich die Stimmung, wird zwar nicht direkt feindselig, aber zurückhaltender. Als der Professor mich erblickt, wirkt er leicht überrascht, als hätte er vergessen, dass ich sie begleiten würde. Ob es ihm wohl genauso unangenehm ist, mit meiner Truppe zusammenzuwohnen, wie mir, mit seiner? Wahrscheinlich nicht ganz, weil niemand von meinen Leuten einen Grund hat, ihn im Schlaf ermorden zu wollen, aber trotzdem nehme ich an, dass wir beide gerne tauschen würden.

»Ah! Hallo, Julia! Schön, dich zu sehen«, sagt er.

Ich bezweifle, dass es besonders schön ist, mich zu sehen, erwidere den Gruß jedoch höflich.

»Geht es Frau Och gut?«

»Wie immer«, entgegne ich.

»Na, dann!« Er sieht sich nervös um, sein Blick huscht mehrmals zwischen Gregor und der fast leeren *Shijiu*-Flasche hin und her. »Sind wir fertig?«

»So fertig wie nur irgend möglich«, erklärt Gregor und erhebt sich mit einer großen Geste, die dadurch zunichtegemacht wird, dass er leicht schwankt und dann kichert.

Selbst in betrunkenem Zustand ist Gregor eine eindrucksvolle Erscheinung. Er ist groß und breitschultrig mit angegrauten Schläfen, und auch wenn sein vom Alkohol gezeichnetes Gesicht nicht mehr als wirklich attraktiv bezeichnet werden kann, hat er doch eine Ausstrahlung, die selbst uns, die ihn und seine Schwächen nur allzu gut kennen, manchmal noch betören kann. Er gibt einen feinen fraynischen Adligen ab. Ob er auch als Gelehrter überzeugen kann, ist allerdings eine ganz andere Frage, und ich habe da so meine Zweifel, obwohl der Professor wochenlang mit ihm geübt hat.

Csilla hakt sich bei ihm unter, um ihn zu stützen.

»Du siehst großartig aus«, sagt er und sie schmiegt sich an ihn.

Als ich klein war, fand ich Csilla unglaublich glamourös, und Gregor und sie kamen mir in ihrer Verliebtheit voller träumerischer Blicke sehr romantisch vor – vor allem verglichen mit den endlosen Streitereien meiner Eltern in meiner Erinnerung. Aber als ich älter wurde und das Leben mir bereits einige meiner Illusionen genommen hatte, erkannte ich, dass Gregors einzige wahre Liebe immer der Alkohol war und dass Csillas Glamour nur die Fassade vor einer mir unergründlichen Schwermut ist. Aber obwohl ich weiß, dass ihre Verbundenheit sich vor allem auf die von beiden erfahrene Enttäuschung gründet – über das Leben bei ihm und über Gregor bei ihr –, beneide ich sie ein wenig, wenn ich sehe, wie sie sich anschauen. Es fehlt mir, verliebt zu sein und die Liebe für etwas Edles und Unerschütterliches zu halten.

9

Die Kaiserlichen Gärten werden von Elitekämpfern namens Ru bewacht. Ihre leichten, biegsamen Rüstungen bedecken alles außer den Augen. Sie stehen breitbeinig da, den Blick nach vorn gerichtet, glänzende Waffen auf Brust und Rücken geschnallt und Speere mit zwei Spitzen in den behandschuhten Fäusten. Wyn und ich haben versucht, uns bei unserer Ankunft in Tianshi über sie lustig zu machen, aber ehrlich gesagt haben sie etwas Furcht einflößendes an sich.

Am großen Huang-Long-Tor zeigt Gregor den Ru unsere Einladung des Obersten Bibliothekars und wir gehen unter dem sich windenden vergoldeten Drachen hindurch, der den Torbogen bildet, sein großes scharlachrotes Maul nach unten gerichtet, als wollte er uns gleich verschlingen. Die Kaiserlichen Gärten gelten als eines der Weltwunder, und wirklich: Als wir die Anlage betreten, habe ich das Gefühl, in einem verzauberten Feenreich gelandet zu sein. Es gibt ganze Reihen von Wasserfällen, Teiche, in denen rotgoldene Karpfen aufblitzen, Fußwege aus heller Jade, von blühenden Bäumen gesäumt, und bunt gefiederte Vögel, die uns mit beunruhigend intelligentem Blick von den Zweigen der Bäume aus beobachten.

Der Kaiserpalast steht auf einem großen Sockel inmitten der Gärten. Um diesen Sockel herum liegen zwischen den Teichen, hölzernen Stegen und Blumenbeeten die Häuser, Ateliers, Laboratorien und Werkstätten derjenigen Bürger, die schlau und talentiert genug sind, um sich hier einen Platz zu verdienen. Die Häuser sind alle weiß und blenden mich beinahe, während der Kaiserpalast leuchtend rot gestrichen und das geschwungene Dach mit vergoldeten Ziegeln gedeckt ist. Ich bin ganz eingeschüchtert und seltsam erleichtert, als ich dicke Honigbienen zwischen den Blumen sehe – als wäre diese exklusive verbotene Stadt in der Stadt so vollkommen fremd, dass selbst die Natur anderen Gesetzen folgen könnte. Aber da sind die Bienen zwischen den Blumen, die genau wie in Frayne ihren Geschäften nachgehen.

Ein kleiner Trupp Ru führt uns die Stufen zum Kaiserpalast hinauf bis zu einem kleinen Pavillon, von dem aus man die Gärten überblicken kann. Dort betrachtet ein großer, kräftig gebauter Mann mit eleganter Seidenrobe und langem grau meliertem Bart durch eine Lupe eine ausgebreitete Schriftrolle auf dem Tisch vor sich. Er hält etwas in der Hand, was aussieht wie eine Nadel. Als wir uns nähern, sieht er auf, dann legt er seine Gerätschaften weg und begrüßt uns zu unserer Überraschung in fließendem Fraynisch.

»Willkommen in der Himmlischen Stadt, Baron Heriday«, sagt er mit rauer, aber angenehmer Stimme. »Ich bin Si Tan, Oberster Bibliothekar von Yongguo.«

Frederick hat mir erklärt, dass der Oberste Bibliothekar, der offiziell der Kaiserlichen Bibliothek vorsteht, beinahe dieselbe

Funktion hat wie der Premierminister in Frayne. Er untersteht direkt dem Kaiser, der jedoch noch sehr jung ist, und es heißt, dass die wahren Mächte hinter dem Thron der Oberste Bibliothekar und die Kaiserinwitwe sind. Si Tan wirkt auf jeden Fall wie ein Mann, der sich seiner Autorität sehr sicher ist. Er schüttelt Gregor die Hand und hebt Csillas an seine Lippen. Sie macht einen tiefen Knicks.

»Herzlichen Dank, herzlichen Dank!«, sagt Gregor mit dröhnender Stimme. Er schlägt Professor Baranyi auf die Schulter, sodass dieser leicht strauchelt. »Ich habe meinen Dolmetscher mitgebracht, aber offenbar brauchen wir den gar nicht!«

Das macht mir ein wenig Angst. Wir waren alle davon ausgegangen, dass in erster Linie der Professor das Reden übernehmen würde und Gregor eigentlich bloß ein Gesicht, eine Fassade wäre. Wenn der Oberste Bibliothekar Fraynisch spricht, muss Gregor deutlich besser bluffen, als geplant.

Si Tan sieht uns nacheinander an, während Gregor uns vorstellt. Ich gebe mir große Mühe, möglichst unscheinbar zu wirken – die langweilige, strebsame Tochter –, aber trotzdem lässt er den Blick auf mir ruhen, mustert mich aufmerksam. Ich habe das Gefühl, als würde ich abgespeichert und ausgeforscht. Si Tans Körpergröße ist einschüchternd und trotz seines Gelehrtenbarts, der eleganten Robe und der tadellosen Manieren hat er in meinen Augen etwas Brutales an sich. Die katzenhafte Art sich zu bewegen, die großen Hände, die aussehen, als könnten sie jederzeit jemanden zerquetschen, ein harter Zug um die Augen.

»Hübsches Fleckchen Erde haben Sie hier«, sagt Gregor. Er wirft einen Blick auf die Schriftrolle auf dem Tisch. »Sie haben wohl gerade ein bisschen was geschrieben.«

»Kommen Sie, ich zeige es Ihnen«, sagt Si Tan und winkt Gregor zu sich. »Ich glaube, die Kunst der Miniaturmalerei ist in Frayne nicht sehr verbreitet.«

»Minia-was?«, fragt Gregor, als er sich über die lange Schriftrolle beugt. »Loderndes Kahge, was ist das denn?«

Ich recke den Hals, um etwas sehen zu können. Auf der Schriftrolle befinden sich vor allem Reihen mit wunderschöner Kalligrafie, aber am Rand ist ein leuchtend bunter Streifen zu sehen. Si Tan reicht Gregor die Lupe. Gregor schaut hindurch und ruft: »Heulende Hunde, wie bei allen Sternen haben Sie das hingekriegt?«

»Ein Künstler auf Besuch aus Piram hat diese Technik nach Yongguo mitgebracht. Anschließend haben wir weitere Künstler aus Piram in die Stadt eingeladen, um hier Miniaturmalerei zu lehren.« Nacheinander reicht er uns allen die Lupe. Der bunte Rand ist in Wirklichkeit eine lang gestreckte, detailreiche Illustration. Es gibt Schiffe auf Flüssen, Fußgänger auf Brücken und Soldaten auf Pferderücken – alles so winzig, dass man es mit bloßem Auge gar nicht erkennen kann, aber durch die Lupe sieht man, dass die Soldaten die Stirn runzeln und die Frau mit dem Wassereimer auf dem Kopf einen träumerischen Gesichtsausdruck hat.

»Ich bin natürlich nur Amateur. Es dauert Jahre, bis man die Technik beherrscht«, sagt Si Tan.

»Das kann ich mir vorstellen«, poltert Gregor. »Und welchen verdammten Zweck hat die ganze Sache?«

Wenn das seine Darstellung eines Gelehrten ist, braucht er wohl noch etwas Übung.

»Der Zweck der Kunst?«, fragt Si Tan mit einem schwachen Lächeln.

»Es ist unglaublich geschickt«, sagt Csilla schnell. »Sie haben recht, in Frayne ist das noch nicht angekommen. So etwas habe ich noch nie gesehen.«

»Das hier ist die Geschichte eines Helden namens Muhan, der Riesen bezwungen hat, die Yongguo von Norden her überfielen«, sagt Si Tan.

»Riesen?«, fragt Csilla. Sie hält Gregors Arm fest umklammert, als versuchte sie ihn zurückzuhalten. »Ist das eine wahre Geschichte?«

»Eine Legende. Aber solche alten Geschichten haben immer einen wahren Kern, auch wenn Ihr fraynischer König das womöglich anders sieht.«

Ich spüre, wie Professor Baranyi unruhig wird. Er ist wie ein Kutscher, der dabei zusehen muss, wie seine Kutsche den Berg hinunterrollt, ohne sie lenken zu können.

»Sehr interessant«, sagt Gregor jetzt etwas zurückhaltender. Vielleicht hat Csilla ihn gekniffen.

»Kann ich Ihnen eine Erfrischung anbieten?«, fragt Si Tan und legt die Schriftrolle weg.

Augenblicklich leuchtet Gregors Miene auf. »Großartig! Danke, sehr gerne! Dieses Wetter macht durstig, nicht wahr?«

Der Nachmittag verstreicht langsam inmitten verkrampfter Höflichkeit und Tee, von dem Gregor ganz mürrisch und enttäuscht ist. Ich bin jetzt froh, dass ich nicht verschwunden mitgekommen bin, denn es gibt eine Platte mit köstlichen Waffeln, die auf der Zunge zu einem süßen Puder zergehen. Ich nehme mir so viele wie möglich, während die anderen plaudern. Esme muss mich in die Seite knuffen, damit ich mich zurückhalte, was ungerecht ist, da die Platte noch halb voll ist und niemand sonst welche isst. Mir fällt auf, dass Si Tan mehrmals zu Esme hinübersieht und versucht ihrem Blick zu begegnen wie ein Boxer, der seinen Gegner abschätzt. Er nimmt ihr die Dienerrolle nicht ab, denke ich ängstlich. Dieser Mann erkennt Autorität, wenn er sie sieht, egal, wie sie gekleidet ist.

Schließlich verliert Gregor, der inzwischen dringend etwas zu trinken bräuchte, die Geduld und unterbricht das Gespräch über Architektur, das Csilla ziemlich gewandt führt: »Nun denn, guter Mann, wir sind hier, weil wir gerne Ihre berühmte Bibliothek besuchen würden.«

»Ach ja«, sagt Si Tan mit wachsamem Blick, sein höflicher Gesichtsausdruck verändert sich kaum wahrnehmbar. »Sie interessieren sich für Shou-shu. Erzählen Sie mir davon.«

»Nun, na ja, das ist eigentlich alles. Ich schreibe über die Hierarchie dort. Wie Mönche höhere Ränge bekleiden können, wie sie unabhängig vom Einfluss des Kaiserreichs agieren, solche Dinge.«

Si Tan faltet die Hände in einer Geste, die mir sehr bedrohlich vorkommt, obwohl ich gar nicht sagen kann, warum. »Die meisten Gelehrten wollen etwas über die Glocken erfahren«, sagt er. »Oder über das ungewöhnlich lange Leben der Mönche.«

»Mein Interesse gilt vor allem der Organisation des Klosters«, sagt Gregor. »Nicht dem magischen Aspekt. Ich möchte wissen, wie es auf, äh, *menschlicher* Ebene funktioniert.«

»Und warum dann gerade Shou-shu?«, fragt Si Tan.

»Nun ja, weil es der bedeutendste Orden inmitten der mächtigsten Stadt der Welt ist«, sagt Gregor. Er hält sich gar nicht schlecht, auch wenn alles sehr auswendig gelernt klingt. Ich werfe dem Professor aus den Augenwinkeln einen Blick zu, aber es gelingt ihm, seinen Gesichtsausdruck neutral zu halten. »Sie verwalten sich selbst, halten die Zahl der Mönche gering, und das jetzt schon seit Tausenden von Jahren ohne Revolten, Widerstand oder Schwierigkeiten mit dem Kaiserreich. Faszinierend.«

»Sie interessieren sich für Führerschaft?«, fragt Si Tan. »Für Gangzi, den Vorsitzenden des Shou-shu-Rates? Vielleicht auch für die Nachfolgeregelung?«

»Ja, genau«, sagt Gregor begeistert. »Wie die Anführer ausgewählt werden. Wie sie ihre Autorität ausüben. Welches die Regeln sind. Solche Dinge.«

»Wenn ich es richtig verstanden habe, beschäftigt sich Ihr bisheriges Werk hauptsächlich mit neuporianischen Mönchen«, sagt Si Tan. »Sie sind staatlicher Kontrolle unterworfen, nicht wahr?«

»Ja«, sagt Gregor. »Ein völlig anderes System. In Frayne nennen wir sie nicht Mönche, sondern Heilige, die für die Leitung der Tempel verantwortlich sind. Aber sie unterstehen der Krone, ja.«

»Ist das in anderen neuporianischen Ländern auch so?«

»Ähnlich. Sie unterstehen alle den Staatsoberhäuptern, ja, alle Heiligen.«

»Neuporien schreibt dem Großen Namenlosen die höchste Autorität zu und trotzdem stellt es die Heiligen nicht auf eine Stufe mit seinen Königen und Königinnen«, bemerkt Si Tan.

»Nein, in der Tat, ganz recht, äußerst widersprüchlich, nicht wahr?«, sagt Gregor, der langsam nervös wird, während wir anderen schon längst angefangen haben zu schwitzen.

»Sie haben ein Buch verfasst über diese … *Heiligen*, wie Sie sie nennen? Über die Hierarchien in den fraynischen Tempeln. Was haben Sie herausgefunden?«

Gregor kämpft sich polternd durch das, was der Professor ihm eingeimpft hat. Si Tan stellt ihm eine geistreiche Frage nach der anderen und mit jeder Antwort gerät Gregor stärker ins Schwimmen. Er klingt nicht wie ein Mann, der über sein Lebenswerk spricht. Er klingt wie ein Mann, der große Angst hat, etwas Falsches zu sagen, und so vage wie möglich bleibt. Ich habe das Gefühl, dass wir kollektiv in Panik zu verfallen drohen. Da Esme mich nicht ansieht, schnappe ich mir noch drei Waffeln und stopfe sie mir in den Mund. Ich weiß nicht, wie die Strafe dafür lautet, sich unter Vorspiegelung falscher Tatsachen mit dem Obersten Bibliothekar zu treffen. Si Tan wird immer fordernder und genauer. Er fragt nach Namen. Er fragt nach Daten. Zweimal verbessert er Gregor und zeigt damit, dass er besser als erwartet über das Thema Bescheid weiß, von dem der Professor gehofft hatte, es wäre ihm nicht sehr geläufig.

»Vor zweihundert Jahren schrieb der Heilige Findis einen Grundsatz über das Verhältnis zwischen dem König und dem Tempel und wurde deswegen angeklagt, aber nach dem Prozess wurde er nicht wegen Hochverrats hingerichtet. Was brachte er zu seiner Verteidigung vor?«

Ich habe noch nie von diesem Fall gehört und Gregor ganz offensichtlich auch nicht. Si Tan tut jetzt nicht mehr so, als wäre dies ein normales Gespräch. Es ist ein Test und er versucht gar nicht erst, das zu verbergen.

»Seiner Verteidigung?«, sagt Gregor mit schwacher Stimme.

Csillas Augen weiten sich vor Angst.

Der Professor hält es nicht länger aus. »Ich kann mich noch erinnern, Ihre Gedanken zu seiner Prozessverteidigung festgehalten zu haben«, wirft er ein. »Soweit ich weiß, vertraten Sie eine recht überraschende Position in dieser Angelegenheit. Dass er damit gar nicht versuchte, sein Leben zu retten, sondern einen neuen Blick auf Krone und Tempel zu richten. Findis glaubte sehr wohl, dass er für seine Worte hingerichtet werden würde, als er sagte, der Tempel sei die Wurzel des Baumes, der König der Stamm und das fraynische Volk die Zweige. Aber dann gefiel der Krone die Metapher sogar. Vielleicht erlaubte ihnen ein mangelndes Botanikverständnis, die Beschreibung als Kompliment zu verstehen.«

Si Tan wendet seinen Blick langsam dem Professor zu, der zum Ende hin immer leiser spricht. Er hat Gregor damit keinen Gefallen getan. Wir schweigen. Dann steht Si Tan auf.

»Es war mir ein Vergnügen, Sie *alle* kennenzulernen«, sagt er entsetzlich höflich.

Er geht zu seinem Tisch, schreibt etwas auf eine Schriftrolle und versieht es mit seinem Siegel. Wir anderen sitzen bloß wie erstarrt da. Er rollt das Papier zusammen und reicht es, Gregor demonstrativ ignorierend, Professor Baranyi.

»Hier sind mein Siegel und meine Genehmigung«, sagt er. »Ein Mann namens Fan Ming wird sich morgen bei Ihnen melden. Er wird Sie zur Bibliothek bringen und hindurchführen. Es gibt keine Einschränkungen – Sie können die gesamte Bibliothek betreten und alle Aufzeichnungen einsehen, die Sie studieren möchten.«

Er verbeugt sich vor dem Professor und anschließend vor Esme, während Gregor sich fassungslos aufrappelt und die Verbeugung erwidert. Mir ist leicht übel. Si Tan hat uns vollkommen durchschaut und sofort erkannt, wer hier wirklich den Ton angibt.

»Jetzt bleiben Sie doch bitte noch ein wenig und genießen die

Aussicht. Ich werde veranlassen, dass man Ihnen etwas zu essen bringt.«

Mit diesen Worten geht er davon, seine edle Robe schleift über den Boden hinter ihm her. Esme wirft mir aus den Augenwinkeln einen Blick zu. Ich schiebe mir eine letzte Waffel in den Mund, verschwinde und folge Si Tan den Pfad entlang bis in den roten Palast. Der oberste Bibliothekar geht durch einen Flur, der in ein kleines Zimmer führt, das komplett mit Seide ausgekleidet ist und daher aussieht wie ein glänzender Kokon. Auf einem Möbelstück, das halb Sessel, halb Bett ist, liegt eine unglaublich dicke alte Frau an einen Stapel Kissen gelehnt, das weiße Haar schlangenartig auf dem Kopf hochgesteckt. Die vielen Lagen üppiger Kleidung in leuchtenden Farben vermitteln den Eindruck völliger Formlosigkeit, als verberge sich gar keine menschliche Gestalt darunter. Ihr Gesicht ist gespenstisch weiß gepudert. Aus den Massen an Seide erscheint eine Hand mit klauenartigen goldenen Fingernägeln. Damit führt sie den langen Schlauch einer Wasserpfeife an die Lippen, inhaliert wohlig und bläst blaue Rauchwolken aus, die das Zimmer mit ihrem süßlichen Duft erfüllen.

Si Tan wedelt sich mit der Hand vor dem Gesicht herum, um den Rauch zu vertreiben. Ohne Förmlichkeiten tritt er ein und setzt sich neben die massige Frau. Ich folge ihm in den Rauch des Zimmers und versuche mir das Husten zu verkneifen. Er beugt sich zu ihr und flüstert ihr etwas ins Ohr. Sie lächelt leicht, als hätte er etwas Lustiges gesagt, und antwortet mit krächzender Stimme aus einer Hälfte des Mundes. Die andere Hälfte ihres Gesichts ist unbeweglich.

Ich verfluche mein miserables Yongwenisch. Was nütze ich als

Spionin, wenn ich nicht das Geringste von dem verstehe, was irgendjemand sagt?

Dann legt der mächtige, elegante Mann seinen großen Kopf in den Schoß der Frau. Sie streicht ihm übers Haar, während sie weiterraucht, und er schließt die Augen wie ein Kind.

10

Ich liege im Bett und lausche auf Biankas Atem, auf Theos Atem, auf das Kreischen der Zikaden draußen in den Bäumen. Ich versuche mich zu entspannen, zu schlafen, aber mein Verstand rast so schnell, dass ich nicht ruhig liegen bleiben kann. Ohne genauer darüber nachzudenken, stehe ich auf, ziehe mir das Nachthemd über den Kopf und krabbele in die Ecke, wo meine Tunika und meine Hose zusammengefaltet liegen. Als ich zur Hälfte angezogen bin, erklingt Biankas Stimme aus der Dunkelheit: »Was machst du da?«

»Ich kann nicht schlafen und will ein bisschen im Kloster herumschnüffeln«, flüstere ich.

Ich habe eine Idee. Keine besonders gute Idee, aber sie geht mir nicht aus dem Kopf.

Bianka setzt sich auf und sieht mir zu, wie ich mir im Dunkeln die Stiefel anziehe, die Riemen um meine Waden wickele und das Messer am rechten Bein befestige.

»Solltest du nicht erst mit Frau Och sprechen, bevor du dich davonschleichst?«, fragt sie.

»Sie schläft«, sage ich, was der Wahrheit entspricht oder auch nicht. Auf jeden Fall ist es keine Antwort auf ihre Frage. »Ich bleibe nicht lange.«

Bianka widerspricht mir nicht. Ich hänge mir die Tasche mit Hakenkralle und Seil über die Schulter und husche hinaus in den Haupttraum. Im Haus ist es dunkel, abgesehen von einem Lichtschein unter Frau Ochs Tür. Erstaunt schleiche ich näher und presse ein Ohr an die Tür. Ich höre das leise Gemurmel einer männlichen Stimme. Es klingt wie Professor Baranyi, aber ich kann nicht verstehen, was er sagt. Einen Moment lang stehe ich unentschlossen mit der Tasche über der Schulter vor der Tür. Dann verlasse ich das Haus, schiebe die Tür so leise wie möglich hinter mir zu und verschwinde – zwei Schritte zurück – neben Frau Ochs Fenster. Die Papierrollos sind heruntergelassen, aber ich kann durch einen Spalt am unteren Ende linsen. Frau Och sitzt mit gefalteten Händen an ihrem Schreibtisch. Frederick und der Professor sitzen ihr gegenüber.

Zitternd hole ich Luft. Ich habe das Verschwinden zwar geübt, aber es gibt immer noch Dinge, die ich mir nicht vollkommen zutraue. Wenn ich einen Ort sehe, kann ich durch Verschwinden dort hingelangen – es ist in etwa so, als würde ich aus meinem Körper herausspringen und an anderer Stelle wieder hinein –, aber ob ich das schaffe, ohne Frau Ochs Aufmerksamkeit zu erregen, ist eine andere Frage. Es ist riskant, aber das hat mich auch bisher nie davon abgehalten. Ich wüsste gern, worüber sie sich mitten in der Nacht so geheimnisvoll unterhalten und warum Bianka und ich nicht dazugebeten wurden. Also stelle ich die Tasche ab und ziehe mich zurück, aus meinem Körper heraus.

Der Hof unter mir driftet auseinander. Ich höre die Hühner

atmen, spüre die Wärme der Ziege, deren Herz ruhig hinter kräftigen Rippen schlägt. Ich finde den Spalt am unteren Ende der Rollos, durch den das Licht dringt, und die drei Menschen im Zimmer. Sobald ich mich auf das andere Ende des Raumes konzentriere, die dunkle Ecke, wo die Schiebetür in Frau Ochs Schlafzimmer führt, dreht sich alles und ich bin plötzlich irgendwo über dem Zimmer – nein, ich bin in der Ecke. Es gelingt mir nie, meinen Körper ganz ohne Angst zu verlassen, und ich spüre die Panik so unmittelbar, dass es mir schwerfällt, verschwunden zu bleiben. Ich presse mich an die Wand, beruhigt, sobald ich meinen Körper und das wilde Hämmern meines Herzens wieder spüren kann – ich bin immer noch da, immer noch ich, wenn auch zwei Schritte von der Welt entfernt. Frau Och, Professor Baranyi und Frederick sind verschwommen und ihre Stimmen klingen gedämpft, aber in der Stille des Raums kann ich gerade so hören, was sie sagen.

»Ich fühle mich geehrt.« Das kommt von Frederick. »Mein halbes Leben lang träume ich schon davon, die Kaiserliche Bibliothek zu besuchen!«

Ich verkneife mir ein Lachen. Das glaube ich gern. Typisch Frederick: Während andere Jungen sich ausmalten, die Meere zu besegeln oder zur Armee zu gehen, träumte er von Bibliotheksbesuchen.

»Wir müssen sehr behutsam vorgehen«, sagt Professor Baranyi. »Si Tan hat uns möglicherweise nur Zutritt gewährt, um zu sehen, wonach wir in der Bibliothek wirklich suchen. Es wäre vielleicht das Beste, wenn Frederick und ich allein gehen und uns als Vertreter von Baron Heriday ausgeben.«

»Nein«, sagt Frau Och. »Die Genehmigung lautet auf Baron

Heridays Namen. Gregor muss dabei sein. Und Sie sollten auch Esme und Julia mitnehmen, falls es sich um eine Falle handelt.«

»Darf ich vorschlagen, dass wir Julia sagen, was *ich* dort vorhabe?«, sagt Frederick. »Sie könnte mir möglicherweise helfen. Ich würde ihr gern einige Fragen stellen.«

»Noch nicht«, entgegnet Frau Och. »Wir wollen erst sehen, was wir herausfinden.«

»Wenn ich ihre Macht erforschen soll, wird sie sicher ebenfalls gern mehr darüber erfahren. Außerdem könnte sie nützliche Einzelheiten beisteuern …«

Darum geht es also. Ich beiße mir fest auf die Lippen, während mir eine ganze Reihe gemeiner Beleidigungen einfällt, die ich Frau Och gern an den Kopf werfen würde.

Sie unterbricht ihn: »Noch nicht. Zwingen Sie mich nicht dazu, mich zu wiederholen.«

Frederick bleibt der Mund einen Moment offen stehen, dann klappt er ihn zu.

»Der einzige historisch belegte Fall von Wesen, die von Kahge in die Welt übergewechselt sind, ist der der Gethin-Armee«, wirft Professor Baranyi verlegen ein. »Wir wissen, dass Marike, die erste Eschriki-Faronin, vor dreitausend Jahren die Gethin in die Welt gebracht hat, aber wir wissen nicht, *wie*. Sie sollten mit Ihren Nachforschungen also bei den Gethin und bei Marike beginnen, aber ein großzügiges Netz auswerfen. Alle Texte, die von Kahge handeln – es wird sicher nicht allzu viele geben – könnten nützlich sein.«

Meine Geschichtskenntnisse sind bestenfalls lückenhaft, aber selbst ich habe schon vom Eschriki-Reich gehört und von Marike, der Hexe, die es gegründet hat. In Frayne dient diese Geschichte von den schlimmen Zeiten, als Hexen die zivilisierte Welt regierten, zur Warnung. Was die Gethin angeht, weiß ich mehr über sie, als mir lieb ist. In Spira wurde ich vom Letzten seiner Art gejagt und ich habe ihm ins Herz geschossen. Frederick nimmt seine Brille ab und reibt sich das Gesicht. Er wirkt erschöpft.

»Können wir sicher sein, dass sie wirklich nach Kahge verschwindet?«, fragt er. »Ob die Gethin wirklich von dort kamen, ist schließlich auch umstritten. Ob es Kahge überhaupt *gibt*, ist umstritten.«

»Wenn wir doch nur Gennady fragen könnten, was genau er gesehen hat, als sie ihn dort hinbrachte«, sagt Professor Baranyi.

»Wir könnten *Julia* fragen, was sie dort sieht«, erwidert Frederick mit einem ungeduldigen Unterton in der Stimme. Oh Frederick. Ich glaube, ich schulde dir was.

»Wir werden uns sehr wahrscheinlich mit Julia unterhalten, sobald wir etwas mehr wissen«, sagt Frau Och, ohne sich die Mühe zu machen, ihre Verärgerung zu verbergen. »Ich zweifle weder daran, dass Kahge existiert, noch daran, dass Gennady es erkannt hat, wenn er es gesehen hat. Wir – die Xianren – haben immer etwas jenseits dieser Welt gespürt, etwas, was zu unseren Fragmenten des *Buchs der Spaltung* in Beziehung stand. Ich kann den Rand der Dinge und etwas dahinter spüren, aber ich kann nicht dorthin gelangen, wie Julia es von sich behauptet.«

Am liebsten würde ich einwerfen, dass *ich* gar nichts behauptet habe, aber ich verhalte mich still. Ich muss weiter zuhören.

»Die einzige seriöse Studie, die über Kahge existiert, wurde von Yongguos Philosophiehexen erstellt«, sagt Frau Och jetzt hauptsächlich an Frederick gewandt. »Die finden Sie in der Bibliothek. Als *Das Buch der Spaltung* in drei Teile geteilt wurde, war das wie eine Explosion von Magie, so heftig, dass die Welt sie nicht in Schach halten oder ihr etwas entgegensetzen konnte. Wenn wir von den Folgen sprechen, denken wir an die Spaltungen, zu denen sie in der Welt geführt hat – an Hexen, magische Wesen und Gegenstände –, aber die Schaffung von Kahge war sicherlich die einschneidendste Folge. Die Kraft, die die Aufteilung des Buchs freisetzte, schuf eine Art Schatten – wie ein Abdruck der Welt –, den wir Kahge nennen. Er ist von der Welt abgetrennt, aber doch mit ihr verbunden, und durch Kahge wird die Magie aus der Welt abgezogen – das glaubten zumindest die Philosophiehexen. Ich kann aufgrund meiner eigenen Erfahrung sagen, dass die Welt jetzt weniger magisch aufgeladen ist als direkt nach der Aufteilung des Buchs, und die Theorie, dass die Magie langsam abzieht, leuchtet mir ein – sie schwindet, genau wie wir Xianren schwinden. Was Kahge angeht, behaupteten die Philosophiehexen, dass auch dort Leben entstand, aber dass es nur Halbleben war, wie ein Spiegelbild des Lebens hier, unbedeutend. Trotzdem heißt es, dass Marike irgendwie die Gethin aus Kahge geholt hat und aus ihnen eine übernatürliche, fast unsterbliche Armee im Dienste ihres Reiches schuf – und die Gethin waren ungeachtet ihrer Fähigkeiten zweifellos körperlich.«

Sie schweigt und ich frage mich, ob die drei genau wie ich an jene Nacht in Frau Ochs Haus in Spira denken müssen, an den traurigen Blick des Gethin, daran, wie er uns einen nach dem anderen niederstreckte, und an meinen glücklichen Schuss, der ihn schließlich zu Fall brachte.

Mit sanfterer Stimme fährt sie fort: »Seit Marikes Zeiten haben Hexen und andere versucht, nach Kahge zu gelangen, um Zugang zu diesem Überfluss an Magie zu erhalten, aber niemandem ist es gelungen. Ich weiß nicht, was es für Julia oder die Menschheit bedeutet, wenn sie sich wirklich zwischen der Welt und Kahge bewegen kann. Meine Nachforschungen über ihre Mutter vor unserer Abreise aus Frayne haben nichts ergeben. Jeder hatte eine Geschichte über Ammi zu erzählen, aber nichts, das nahelegte, sie sei etwas anderes gewesen als eine kluge und charismatische, dem Sidhar-Zirkel treu ergebene Hexe. Nein, dies ist etwas, was allein Julia auszeichnet, und ich möchte wissen, warum.«

Inzwischen ersticke ich beinahe an meiner Wut, ich beiße die Zähne zusammen, damit nichts von all dem, was ich gerne loswerden würde, aus mir hervorbricht. Dass sie Nachforschungen über meine Fähigkeiten anstellt, ohne es mir zu sagen, ist schon schlimm genug, aber dass sie auch meine Mutter überprüft und das ebenfalls geheim gehalten hat?

»Ich werde in der Bibliothek nach Hinweisen auf Ko Dans Aufenthaltsort suchen«, sagt der Professor zu Frederick. »Es wird allein an Ihnen liegen, zu sehen, was Sie über Kahge finden können, irgendwelche Geschichten über Wesen, die zwischen den Welten hin- und hergewechselt sind.«

»Ich tue, was ich kann.«

»Ich baue auf Ihre Verschwiegenheit«, sagt Frau Och mit frostiger Stimme, und ich weiß, sie meint eigentlich: *Sagen Sie Julia nichts davon.* Ich strecke ihr meine unsichtbare Zunge heraus.

Frederick nickt. Ich kann es ihm wahrscheinlich nicht vorwerfen – er hat es immerhin versucht –, aber trotzdem bin ich wütend.

»Gehen Sie nach Hause, mein Freund«, sagt sie zu Professor Baranyi. »Sie müssen morgen ausgeruht sein.«

Frederick und der Professor verbeugen sich vor Frau Och und

verlassen das Zimmer. Ich bleibe noch einen Moment und betrachte sie, aber sie sitzt einfach nur unbeweglich mit gefalteten Händen am Tisch. Unsichtbar in ihrem Zimmer herumzulungern wird mir langsam unheimlich, also gehe ich zum Fenster hinüber und blicke zu Fredericks und Professor Baranyis schattenhaften Gestalten im Hof hinaus. Ich stürze mich wieder aus meinem Körper – heulende Hunde, wie ich dieses Gefühl hasse! – und der Hof dehnt sich unter mir aus, falls von mir überhaupt noch etwas übrig ist. Und doch höre ich Fredericks Stimme, als flüsterte er mir direkt ins Ohr.

»Das gefällt mir nicht. Sie sollte Bescheid wissen, da es sie betrifft.«

Ich kehre in der Ecke, in die Theo gerne pinkelt, ruckartig in meinen Körper zurück, nur einen Schritt hinter der Welt verschwunden.

»Frau Och hat recht«, sagt der Professor. »Ich verstehe Ihre Gefühle, aber es hat keinen Zweck, das arme Mädchen zu beunruhigen, bevor wir nicht mehr wissen. Schließlich besteht die Möglichkeit, dass das, was wir entdecken, gefährlich ist.«

»Inwiefern gefährlich?«, fragt Frederick.

»Ich weiß es nicht«, sagt Professor Baranyi müde. »Jetzt sehen wir erst mal, was wir finden, und dann besprechen wir das. Gehen Sie schlafen, Frederick.«

Sie wünschen sich eine gute Nacht und Professor Baranyi stapft die Straße entlang, während Frederick zurück ins Haupthaus geht und eine Lampe anzündet. Wahrscheinlich wird er wieder die ganze Nacht aufbleiben und lesen. Was mich betrifft, bin ich ungeheuer wütend und nur zu gern bereit, ein wenig Unruhe zu stiften.

11

Ich mache mich im Laufschritt auf den Weg, aber schon bald renne ich in vollem Tempo durch die menschenleeren Straßen, renne so schnell, dass Beine und Lunge schmerzen. Ich bin es sowieso gründlich leid, Frau Och über jeden meiner Schritte Bericht zu erstatten, und wenn sie ohne mich Nachforschungen anstellt, kann ich das auch. In meiner Brust steigt das Hochgefühl auf, das ich immer verspürt habe, wenn ich auf Beutezügen war oder einfach nur mit Wyn durch Spira gestreunt bin. Damals fühlte ich mich so frei.

Der Straßenbahnverkehr wird bei Sonnenuntergang eingestellt, deshalb muss ich die Stadt zu Fuß durchqueren. Mithilfe des Wurfankers und des Seils klettere ich über die Klostermauer und verschwinde neben der Steinplatte, durch die vorletzte Nacht der Spion gekommen ist. Ich bin nicht in Wartestimmung – ganz im Gegenteil –, und es ist nur eine vage Ahnung, dass der Junge den geheimen Hof des fraynischen Mädchens regelmäßig besucht. Aber meine Ahnung täuscht mich nicht. Nach weniger als einer Stunde erscheint er lautlos wie ein Schatten in der Gasse.

Sobald er sich bückt, um die Steinplatte anzuheben, trete ich vor und werde sichtbar, den Fuß auf die Platte gesetzt. Er macht einen Satz zurück und zieht einen angespitzten Stock aus dem Gürtel. Um ihm zu zeigen, dass ich unbewaffnet bin, hebe ich die Hände. Ich kann nicht leugnen, dass es mir gefällt, wie aus dem Nichts aufzutauchen.

»Ich würde gern mit dir reden«, sage ich auf Fraynisch. Wenn er ein fraynisches Mädchen ausspioniert, spricht er vermutlich auch die Sprache. Aber er antwortet nicht, sondern rennt weg.

Verdammt.

Ich nehme die Verfolgung auf. Wenn ich ihn nicht erwische, war das eben zwar lustig, aber im Großen und Ganzen zwecklos.

An der östlichen Klostermauer hole ich ihn ein. Ich packe ihn an der Schulter, aber er rammt mir den Ellbogen ins Gesicht und ich taumele rückwärts. Er fliegt geradezu die Mauer hinauf. Ich weiche zurück, raus aus meinem Körper und über die Mauer, und lande etwas zu unsanft, atemlos und mit flauem Gefühl im Magen auf der anderen Seite. Dort erwarte ich ihn, als er herüberkommt. Ich hebe die Hände, als wollte ich mich ergeben.

»Hallo, noch mal«, sage ich.

Einen Moment starrt er mich bloß aus runden entsetzten Augen an. Dann bewegt er sich so schnell, dass ich nicht rechtzeitig reagieren kann, schleudert mich herum und knallt mich gegen die Mauer. Er hat mich fest im Griff, der spitze Stock bohrt sich in meine Rippen. So war das eigentlich nicht geplant. Mir wird klar, dass die ganze Sache überhaupt nicht gut geplant war. Von dem vielen Verschwinden und Wiederauftauchen ist mir schon ganz schummerig, aber in dieser Position möchte ich nicht unbedingt länger verweilen, also ziehe ich mich erneut aus der Welt zurück und verschwinde aus seinem Griff. Mit einem erschreckten Schrei stolpert er an die Wand und ich tauche in sicherer Entfernung hinter ihm wieder auf.

»Hier drüben«, sage ich.

Er wirbelt herum und atmet zischend ein, den Stock abwehrend vor sich in der Hand. Wenigstens hat er mich noch nicht mit einem Krug Wespen beworfen. Ich reibe mir die Seite, wo er mich mit dem Stock gepikt hat.

Die yongwenischen Worte klingen aus meinem Mund sehr unbeholfen und in einer solchen Situation höre ich mich nicht gern an wie ein Tollpatsch, aber dennoch frage ich: »Sprichst du Fraynisch?«

»Wer du sein?« Die Antwort kommt in Fraynisch mit starkem Akzent, dem Großen Namenlosen sei Dank.

»Tut mir leid, dass ich dich erschreckt habe«, sage ich. »Ich will nur mit dir reden. Ohne dass du versuchst, mich mit einem Stock zu töten.«

»Warum?«

»Ich möchte wissen, wer du bist und was du vorhast. Und ich könnte wetten, dass du jetzt dasselbe von mir wissen möchtest. Ich dachte, wir könnten uns vielleicht gegenseitig helfen.«

Als er nichts erwidert, schlage ich vor: »Wir könnten uns etwas zu essen besorgen. Du weißt nicht zufällig, wo man hier in dieser Stadt Kaffee kriegt, oder?«

Langsam lässt er den Stock sinken. Ich versuche mir meine Erleichterung nicht anmerken zu lassen.

»Du gehen vor«, sagt er. »Ich sage, wohin.«

*

Es gibt natürlich keinen Kaffee. Wir sitzen uns an einem niedrigen Tisch gegenüber und trinken Tee aus kleinen dampfenden Tassen. Es ist die winzigste Teestube, die man sich vorstellen kann. Sie besteht aus gerade mal drei Tischen und einer runzligen alten Frau hinter der Theke. Das Lokal ist leer – nicht sehr überraschend, da es inzwischen fast Mitternacht ist. Die alte Frau bringt uns Schüsseln mit weißem Reis und kleine Teller mit Fisch voller Gräten und gedämpfter Aubergine in einer süßen Soße.

Der Junge legt seinen angespitzten Stock auf den Tisch und setzt die Kapuze ab. Er trägt einen langen schwarzen Zopf, wie es bei den jungen Männern hier in der Stadt Mode ist. Seine Gesichtszüge sind kantig, die Brauen dunkle Striche über kohlrabenschwarzen Augen. Die vollen Lippen strahlen eine unpassende Sanftheit in der ansonsten strengen Miene aus. Er isst schnell mit den beiden Essstäbchen, die hier in Yongguo üblich sind, dabei lässt er mein Gesicht nicht aus den Augen. Ich tue es ihm etwas unbeholfen gleich. Nach all diesem Hin- und Herspringen zwischen den Welten habe ich Hunger.

»Wie heißt du?«, frage ich.

Er zögert den Bruchteil einer Sekunde lang, bevor er sagt: »Huang.«

Ich bezweifle, dass das sein richtiger Name ist.

»Ich bin Ella.«

Er beendet die Mahlzeit, legt die Stäbchen weg und sieht mich abwartend an.

»Wer ist das fraynische Mädchen, das du beobachtest?«, frage ich.

Er blinzelt und sagt skeptisch: »Du nicht wissen, wer es ist?«

»Wenn ich es wüsste, würde ich dich nicht fragen.«

Er schüttelt den Kopf. »Nein. Erst du. Wer du sein? Was du hier machen? Wie kannst du verschwinden?«

»Das mit dem Verschwinden ist einfach etwas … was ich kann. Ein Trick. Ein bisschen Zauberei.« Etwas, wofür ich in Frayne umgebracht würde, wenn jemand davon erführe, aber was ich hier offener zeigen kann. »Ich suche im Kloster nach jemandem. Da du offenbar viel Zeit dort verbringst, hatte ich gehofft, du könntest mir helfen.«

»Wen du suchen?«

Nun, jetzt ist es so weit. Frau Och wäre wütend, aber herumzuschleichen und mit niemandem zu sprechen hat bisher zu nichts geführt, und ich weiß nicht, ob es daran liegt, dass er nur mit einem spitzen Stock bewaffnet ist, aber ich bin ziemlich sicher, dass er nicht für Casimir arbeitet.

»Ko Dan. Kennst du ihn?«

Er sieht mich stirnrunzelnd an. »Er ist nicht dort.«

»Aber du weißt, wo er ist? Hast du ihn schon mal gesehen?«

»Er war dort wichtiger Mann. Dann er weg.«

»Wann ist er weg?«

»Vor einundhalb Jahre«, sagt er.

Also nicht lange, nachdem er Gennadys Stück des *Buchs der Spaltung* mit Theo verknüpft hat. Gennady hat uns erzählt, dass Ko Dan das Textfragment kurz nach Theos Geburt mit ihm verbunden hat. Die Magie verwob es so vollständig mit Theos Wesen, dass es mit ihm leben und sterben würde. Gennady zufolge wollte Ko Dan das Baby sofort töten, um den Text zu zerstören und der ganzen Sache so ein Ende zu bereiten. Aber stattdessen setzte Gennady Bianka und Theo in einen Zug und verschwand aus ihrem Leben in der Annahme, dass niemand sie je finden würde. Nur eine ledige Mutter und ihr Kind, niemand Wichtiges. Was Bianka angeht, wusste sie erst gar nicht, was Gennady getan hatte und dass ihr Kind auf ewig von den Unsterblichen der Welt gejagt werden würde. Ich würde sagen, das gehört zu den Dingen, die man einem Mädchen, das man geschwängert hat, besser erzählen sollte, aber die Xianren standen noch nie in dem Ruf, besonders rücksichtsvoll zu sein. Wenn jemand in der Liebe noch schlechtere Entscheidungen getroffen hat als ich, dann ist es Bianka.

»Wo ist Ko Dan jetzt?«, frage ich.

»Ich weiß nicht. Warum du ihn suchen?«

»Ich arbeite für eine fraynische Dame, die seine Hilfe braucht«, sage ich, was mehr oder weniger der Wahrheit entspricht. »Du weißt nicht zufällig, wohin er verschwunden sein könnte?«

Er schüttelt den Kopf.

Verdammt. Aber ich will trotzdem mehr über das Mädchen im Kloster erfahren.

»Jetzt bist du dran«, sage ich. »Was treibst du dort?«

»Ich kann dir nicht sagen.«

»Ich habe dir doch auch gesagt, was *ich* mache.«

Er zuckt die Achseln.

»Na gut. Für wen arbeitest du?«

»Ich kann dir nicht sagen«, wiederholt er.

Ich werfe ihm einen ärgerlichen Blick zu, woraufhin er ganz leicht lächelt. In seiner Wange erscheint ein Grübchen, was ihn plötzlich jünger und weniger rabiat wirken lässt.

»Vielleicht würde dein Chef mich gerne kennenlernen. Sag ihm, du wärst einem charmanten, geistreichen, mittelhübschen fraynischen Mädchen mit der Fähigkeit, direkt vor deinen Augen zu verschwinden und wieder aufzutauchen, begegnet. Das könnte ihn interessieren, meinst du nicht?«

Unverbesserlich, schelte ich mich selbst. Er lässt ein Grübchen sehen und du fängst an zu flirten.

Der Junge nickt mit zusammengepressten Lippen, wie um sich das Lachen zu verkneifen. »Ich meine, *vielleicht*«, sagt er.

»Spricht dein Chef Fraynisch?«

Er nickt.

»Also gut. Sag ihm, ich möchte ihn treffen und hören, was er sagt. Wo kann ich dich finden?«

Er lächelt bitter. »Ich glaube, du weißt.«

»Na ja, vielleicht könntest du mir irgendwo eine Nachricht hinterlassen.«

»Hier.« Er weist mit dem Kopf auf die alte Frau hinter der Theke. »Die alte Thien kann Geheimnis bewahren.«

»Also gut. Ich frage bald bei der alten Thien nach.«

Er trommelt rasend schnell mit den Fingern auf den Tisch, ein rastloser Tick. »Du nicht wissen, wer das Mädchen in Shou-shu ist?«, fragt er noch mal, als glaubte er mir nicht.

»Nein. Warum sagst du es mir nicht?«

Er schüttelt den Kopf. Ich lache und er lächelt erneut leicht und vorsichtig, wodurch das Grübchen wieder erscheint.

»Was ist mit der Schatzkammer?«, frage ich. »Weißt du, was sie dort aufbewahren?«

Er zuckt mit gerunzelter Stirn die Achseln. »Ich kein Dieb.«

»Ich auch nicht«, versichere ich ihm schnell. Zumindest nicht mehr. Aber welcher Teil von mir auch immer mich früher mal zum Stehlen gebracht hat, kann diese verschlossene, bewachte Tür nicht vergessen.

»Du Hexe«, sagt er.

»Nein«, entgegne ich.

Er senkt einen Moment den Blick, dann sieht er wieder zu mir auf und berührt meinen Kiefer an der Stelle, wo er mich mit dem Ellbogen getroffen hat. Sehr ernst sagt er: »Tut mir leid, dass ich dich verletzt.«

Bei allen Sternen, was für ein Junge! Gut aussehend, geheimnisvoll, schnell auf den Beinen und jetzt auch noch nett. Ich muss mich zwingen, ihm keinen verführerischen Blick zuzuwerfen.

»Nein, es war … ich hätte mich nicht so an dich anschleichen sollen. Mir geht's gut.«

Er trinkt den Rest seines Tees aus und steht auf. Ich erhebe mich ebenfalls und bezahle die alte Thien.

»Schön, dich kennengelernt zu haben, Huang«, sage ich, als wir das Lokal verlassen haben.

»Gute Nacht, Ella.«

Ganz spontan, vielleicht weil ich auf ein erneutes Auftauchen des Grübchens hoffe, sage ich: »Ach, heulende Hunde, hör zu – eigentlich heiße ich Julia.«

Diesmal lächelt er richtig – ein strahlendes Lächeln, das sein Gesicht völlig verändert. Es ist die Art Lächeln, die man unweigerlich erwidern muss. Zwei Grübchen, das linke von beiden tiefer.

»Ich bin Jun.«

12

Unser Führer, Fan Ming, ist ein hübscher Kerl mit glatter Stirn und intelligentem Blick. Er spricht gut Fraynisch, allerdings recht gestelzt und mit großer Sorgfalt, was ihn ernst und etwas langweilig wirken lässt. Wenn er ins Yongwenische wechselt, um sich mit dem Professor oder Frederick zu unterhalten, ist er ganz anders, gestikuliert und bringt sie mit Späßen zum Lachen.

Zu meiner Überraschung befindet sich die Kaiserliche Bibliothek gar nicht in Tianshi selbst, sondern im Inneren des heiligen Berges Tama-shan nördlich der Stadt, einen Tagesritt durch den Wald entfernt. Ich bin erleichtert, dass unser Führer ein so liebenswürdiger, gebildeter Mensch ist. Es ist offensichtlich, dass Si Tan Gregors Versuch, sich als Gelehrter auszugeben, durchschaut hat, aber Fan Ming ist nicht der Typ Mann, den man ausschicken würde, um uns im Wald die Kehlen durchzuschneiden. Andererseits kann die äußere Erscheinung auch trügerisch sein, wie ich sehr gut weiß.

Wir verlassen die Stadt durch das Xuan-Wu-Tor, unter der riesigen, geschnitzten schwarzen Schildkröte hindurch, um die sich eine Schlange windet. Vor der großen Mauer drängen sich behelfsmäßige Märkte und Barackensiedlungen bis dicht an die Stadt heran. Händler rufen uns zu, näher zu kommen und ihre Waren zu probieren, Männer lassen sich zu mehreren nebeneinandersitzend die Bärte stutzen, alte Frauen tragen stark gebeugt schwere Ladungen Feuerholz, und in der Luft hängt der Gestank nach Fleisch und Fisch, von denen die minderwertigeren Stücke und mehrere Tage alten Fänge an diejenigen verkauft werden, die sich die höheren Preise in der Stadt nicht leisten können. Wir gehen zu den Ställen am Rande des Markttrubels, wo wir Pferde mieten. Etwas weiter draußen gibt es noch ein paar Dörfer, aber bald haben wir sie alle durchquert und reisen bis zum Mittag auf dem breiten Weg durch den Wald. Ich bin noch nie geritten. Zum Glück reiten die Frauen in Yongguo nicht im Damensattel – die blödsinnigste Erfindung aller Zeiten –, sondern so wie Männer in Hosen unter einem steifen, zweiteiligen Gewand, das zum Reiten aufklappt, aber im Stehen bis zu den Knöcheln reicht.

Aber auch so fühlt sich mein Steißbein an, als hätte man es mir ins Rückgrat gerammt, und als wir eine Stunde von dem heiligen Berg entfernt unser Nachtlager aufschlagen, kann ich kaum laufen. Tama-shan, der vor uns zwischen den Bäumen aufragt, liegt im Abendlicht blutrot da und zeigt wie ein Finger in den Himmel. Die Frühlingsnächte sind noch kalt, daher entfachen wir ein Feuer, obwohl wir Reisbällchen und getrockneten Fisch mithaben und nichts kochen müssen. Der Himmel wird dunkel, die Sterne kommen zum Vorschein und wir sehen zu, wie der Berg aufleuchtet, als die Hexen von Tama-shan ihre kunstvollen Feuer legen und flammende Schutzzauber schreiben.

Sobald die fernen Feuer an der Bergflanke auftauchen, fällt die

Lufttemperatur stark ab. Die Bäume um uns herum zittern und Blätter rascheln. Unser Feuer lodert Funken sprühend auf und der Fluss schwillt schäumend an, als versuche er dem, was auf dem Berg vor sich geht, zu entkommen. Stinkender Wind zieht über uns hinweg und ist so schnell wieder verschwunden, wie er gekommen ist, lässt uns jedoch alle schaudernd und mit leichter Übelkeit zurück. Die Bäume und das Gras wispern eigenartig, die Felsen und das Wasser leuchten sogar in der Dunkelheit.

»Spürt ihr das?«, fragt Frederick ehrfürchtig.

»Die Tama-shan-Hexen sind stark«, sagt Fan Ming und stochert mit einem Stock im Feuer herum.

Daran habe ich mich noch immer nicht gewöhnt – dass es in diesem Land anerkannte, wichtige Aufgaben für Hexen gibt. Dass man eine solche Macht an sich entdecken und dann einen Weg finden kann, sie öffentlich und sinnvoll zu nutzen, anstatt sie verbergen zu müssen.

Als das Feuer herunterbrennt, geht Frederick mit einer Laterne los, um zwischen den Bäumen mehr Holz zu sammeln, und ich folge ihm.

»Frau Och glaubt also wirklich, in der Bibliothek könnten wir herausfinden, was mit Ko Dan passiert ist?«, frage ich, sobald wir außer Hörweite von Fan Ming sind.

»Es spricht einiges dafür«, sagt er fröhlich. »In Yongguo wird fast alles schriftlich festgehalten – Geburten, Todesfälle, Eheschließungen, Wohnungswechsel, all das. Mithilfe der Aufzeichnungen in der Bibliothek kann man die Bewegungen jedes gemeldeten Bürgers nachvollziehen, und auch von allen Aufzeichnungen aus Shou-shu werden dort Abschriften aufbewahrt. Es sollte uns zumindest möglich sein, einen Hinweis zu finden, und dem

Professor wird es hoffentlich gelingen, den wahren Grund unserer Nachforschungen zu verbergen. Es ist überaus hilfreich, dass du herausgefunden hast, wann Ko Dan das Kloster verlassen hat.«

Ich habe Jun gestern Nacht nicht erwähnt, aber gesagt, ich hätte gehört, dass Ko Dan seit anderthalb Jahren verschwunden sei.

»Und was machst du in der Bibliothek?«, frage ich unverblümt.

Er wirft mir einen erschrockenen Blick zu und sagt: »Na ja … helfen.« Dann bückt er sich eilig, um ein paar Zweige aufzusammeln. Frederick war schon immer ein miserabler Lügner.

»Und du bist jetzt wieder ganz auf der Höhe, nachdem Frau Och dir neulich die Kraft genommen hat?«, frage ich – und lasse ihn fürs Erste in Ruhe.

»Oh, mir geht's gut.«

Eine Weile sammeln wir schweigend Stöcke auf. Ich merke, dass er versucht, mir aus dem Weg zu gehen, aber ich folge ihm erneut.

»Ich wünschte, du würdest sie das nicht tun lassen«, sage ich.

»Ich weiß.« Endlich sieht er mich direkt an. »Ich tue es freiwillig, Julia. Um ihr zu helfen. Und ich habe mich wirklich schon wieder erholt.«

»Es ist schrecklich. In Spira hat sie das nicht gemacht.«

»Da hatte sie auch mehr Möglichkeiten, sich auszuruhen und Kräfte zu sammeln. Diese Reise war sehr anstrengend für sie.«

»Oder vielleicht findet sie auch Gefallen daran.«

Er schüttelt den Kopf. »Es ist eine Art, auf die ich mich nützlich machen kann. Das, was du tun kannst, kann ich nicht, aber wann immer es nötig ist, kann ich ihr die Kraft geben, die sie braucht.

Sie ist eine Macht im Dienst des Guten, Julia. Sie hat so viele Leben gerettet.«

»Das meiner Mutter nicht.«

So wie ich es sage, klingt es absurd und kindisch. Ich weiß nicht, wie ich meine Abscheu davor, dass diese uralte Unsterbliche die Energie der Jungen aussaugt, erklären soll. Oder die unangenehme Mischung aus Angst, Abneigung, Dankbarkeit und Ehrfurcht, die ich Frau Och gegenüber verspüre. Ich beiße mir auf die Lippe und warte auf Fredericks Tadel, aber der bleibt aus. Als ich seinem Blick begegne, lese ich dort nur Mitgefühl und Sorge, die ich beide nicht verdient habe – nicht von ihm.

»Entschuldige«, sage ich. »Ich bin albern.«

»Ich wünschte, du könntest ihr trauen. Sie traut *dir* nämlich auch, weißt du. Und sie hat dazu deutlich weniger Anlass, wenn ich das sagen darf.«

Ich akzeptiere die Zurechtweisung. Schließlich kann ich nichts darauf erwidern, auch wenn es wehtut. Er hat recht – ich traue ihr nicht. Und er weiß ganz genau, dass sie mir auch nicht wirklich traut. Möglicherweise ist sie eine Macht im Dienst des Guten, wie er sagt, aber sie ist von einem gnadenlosen Pragmatismus und ich kann ihr nicht verzeihen, dass sie versucht, mir Erkenntnisse über meine eigene Mutter, über mich selbst, vorzuenthalten.

Ich folge Frederick zurück zum Lager. Während des ganzen Abends, während wir essen und reden, neigt sich das Feuer unabhängig von der Windrichtung zum Tama-shan und lodert immer mal wieder gefährlich hoch auf, während der Rauch zu den Feuern auf dem Berg weht, als würde er von dort gerufen. Am nächsten Morgen schwelt die schwarze Schrift auf der Bergflanke, sind die Schutzzauber noch immer sichtbar.

13

Nachdem wir bereits bei Anbruch der Dämmerung aufgestanden sind, erreichen wir den Berg, noch bevor der Morgentau getrocknet ist, und binden unsere Pferde am Waldrand an. Auf einem Baumstumpf neben der Höhle, die in den Berg führt, sitzt eine mit einem Bauernkittel bekleidete Frau mittleren Alters. Mit einer gefährlich aussehenden Klinge schnitzt sie an etwas herum, aber als Fan Ming sich nähert, sieht sie auf. Er macht eine Verbeugung und zeigt ihr die Genehmigung mit Si Tans Siegel. Ohne mit dem Schnitzen aufzuhören, wirft sie einen Blick darauf und sieht dann zu uns herüber. Sie zieht die Mundwinkel herunter, macht jedoch eine kurze Kopfbewegung in Richtung Höhle, die wir daraufhin betreten. Fan Ming geht voraus, Esme und ich bilden das Schlusslicht.

Die Bibliothek kommt mir ziemlich eigenartig vor, obwohl ich einräumen muss, überhaupt noch nie in einer Bibliothek gewesen zu sein. Der Weg schlängelt sich steil bergab, dann wird der Gang zu einer Treppe, die spiralförmig immer weiter nach unten bis tief unter die Erde führt, wo es kälter und kälter wird.

»Was ist, wenn der Versuch, unter Vorspiegelung falscher Tatsachen in die Bibliothek zu gelangen, damit bestraft wird, dass sie uns lebendig darunter begraben?«, flüstere ich Esme zu, aber sie bringt mich zischend zum Schweigen. Dann bleibt sie stehen und ich stoße mit ihr zusammen, was ungefähr so ist, als würde man gegen eine massive Mauer prallen. Fan Ming wechselt Grußworte mit jemandem. Laternen werden angezündet, was einen Moment furchtbar blendet und dann eine Erleichterung ist. Die Tunnelwände sind heller als gedacht und ganz glatt. Über uns wölbt sich eine hohe Decke. Ich meine, Fledermäuse dort oben hängen zu sehen.

Endlich haben wir den Fuß der Treppe erreicht, und wer auch immer vorangeht, führt uns durch einen geraden Durchgang in eine bemalte Höhle. Die Farben sind so leuchtend, dass sie im Schein der Lampe wirken, als ob sie noch ganz feucht wären. Götterdämonen funkeln von der Decke auf uns herab; ein Seeungeheuer, das sich an einer Wand entlangschlängelt, greift ein Schiff voller nackter Seeleute an; ein riesiges krakenähnliches Wesen hockt über einer Burg und scheint Tinte über einen Haufen schreiender Höflinge zu schießen. Ich bestaune die Wände mit offenem Mund, als Esme mich anstupst. Vorhin hatte ich die Gestalt, die uns am Fuß der Treppe in Empfang genommen hat, nicht richtig erkennen können, aber jetzt sehe ich, wie sie von einer Kapuze verhüllt auf dem Boden kniet und etwas in ein ledergebundenes Buch schreibt. Ich nehme den Geruch von Salzwasser wahr – überraschend, so weit vom Meer entfernt – und ein knirschendes Geräusch von den Wänden. Die bemalten Steinblöcke gleiten zur Seite und eine Tür öffnet sich an einer Stelle, wo vorher gar keine Tür war.

Professor Baranyi hebt seine Laterne, linst in die Dunkelheit und stellt Fan Ming eine Frage. Fan Ming sagt etwas über Shoushu. Gemeinsam betreten sie die zweite, kleinere Höhle und kehren kurz darauf mit Armen voller Bücher zurück, die in Leder und elastischen Bambus gebunden sind. Sie legen sie auf einem steinernen Bord auf der einen Seite der bemalten Höhle ab. Der Professor hat diesen begeisterten Gesichtsausdruck aufgesetzt, den ich mit Glücksspielern auf dem Weg zur Rennbahn verbinde. Fan Ming und er scheinen vergessen zu haben, so zu tun, als hätte Gregor – der angebliche Gelehrte – irgendetwas mit der ganzen Sache zu tun.

Frederick sagt etwas auf Yongwenisch zu Fan Ming und ich erkenne das Wort für *Kahge.* Fan Ming nickt zustimmend.

»Wenn Sie hier alles haben, was Sie brauchen«, sagt er zu Gregor und dem Professor, »werde ich Ihren Assistenten in den alten Teil der Bibliothek begleiten. Sollten Sie irgendetwas benötigen, wird Bao Wei Ihnen helfen.«

Esme sieht die Hexe, die immer noch mit untergeschlagenen Beinen auf dem Boden kniet, stirnrunzelnd an. Die Anwesenheit Biankas und die gesamte Reise durch Yongguo hat meinen Leuten eine andere Perspektive auf Hexen eröffnet, die in Frayne so gefürchtet und verunglimpft werden, aber trotzdem kann ich erkennen, dass Esme ungern ohne Fan Ming bei *dieser* Hexe bleibt.

»Natürlich«, sagt der Professor. »Vielen Dank.«

»Ich komme mit«, melde ich mich zu Wort und gehe zu Frederick und Fan Ming hinüber. »Ich könnte dabei helfen, Notizen zu machen.«

Frederick und der Professor wechseln einen erschrockenen

Blick, dann stammelt Frederick: »Äh, nein, danke, Miss Heriday, das wird nicht nötig sein.«

»Ich würde aber gern«, sage ich mit fester Stimme. »Das ist eine gute Übung für mich.« Bevor er erneut protestieren kann, wende ich mich an Gregor. »Was meinst du, Vater?«

Gregor sieht mich einen Moment verwirrt an, dann wirft er Esme einen Blick zu, weil er nicht weiß, was er tun soll. Sie nickt ihm leicht zu.

»Miss Heriday sollte bei uns bleiben«, hebt der Professor an, der sich inzwischen von seiner Überraschung erholt hat, aber Gregor unterbricht ihn.

»Ganz und gar nicht, es wird eine interessante Erfahrung für sie sein, ein wenig die Bibliothek zu erforschen. Geh nur, Liebes.«

Ich lächele triumphierend. »Danke, Vater.«

Frederick und der Professor sehen sich mit offenem Mund an, aber ihnen sind die Hände gebunden. Gregor ist hier angeblich die Autoritätsperson und sie können der Entscheidung bezüglich seiner Tochter schwerlich widersprechen.

»Dann folgen Sie mir bitte«, sagt Fan Ming. Ich werfe Esme einen dankbaren Blick zu und sie hebt eine Augenbraue. Später werde ich ihr das erklären müssen.

Der Durchgang, durch den wir gekommen sind, verzweigt sich in weitere Tunnel und weitere bemalte Höhlenzimmer. Nach mehrmaligem Abbiegen fürchte ich, ich könnte allein den Rückweg zu den anderen nicht mehr finden. Es gefällt mir gar nicht, so weit unter der Erde zu sein. Frederick räuspert sich mehrmals und wirft mir nervöse Seitenblicke zu, aber ohne ihn anzusehen, folge ich zügig Fan Ming.

Wir erreichen einen deutlich kleineren, schlichteren Raum, in dem eine dicke Frau in der Ecke döst. In die Wände sind einfache Regale getrieben, auf denen Bündel aus schmalen Bambusstreifen von der Länge meines Unterarms liegen. Als wir hereinkommen, schlägt die Frau die Augen auf. Fan Ming verbeugt sich tief vor ihr und sagt etwas in förmlichem Yongwenisch. Sie nickt und macht eine Handbewegung in Richtung Regale.

»Viele Schriften über Kahge sind schon sehr alt und müssen ganz vorsichtig behandelt werden«, sagt Fan Ming, während er eins der Bündel herausnimmt und das Seidenband löst, mit dem es zusammengebunden ist. Die Schrift auf den Streifen wirkt beinahe piktografisch verglichen mit der eleganten modernen yongwenischen Schrift, an die ich mich gewöhnt habe.

»Darf ich?«, fragt Frederick und nimmt einen der Streifen in die Hand, als empfange er einen wertvollen Schatz. Ich betrachte die Gemälde an den Wänden und mein Herz setzt kurz aus. In Augenhöhe ist dort eine in Gold gekleidete, dunkelhäutige Frau zu sehen, die eine kleine Schale mit zwei Schnäbeln in der Hand hält. Aus den Schnäbeln steigt eine Art weißer Rauch auf. Neben ihr kommen Schatten – weißäugige Krieger mit gezückten glänzenden Schwertern – einen von Feuer umkränzten Berg herab. Die Gethin. Ich schaudere innerlich. Einem Einzigen von ihnen zu begegnen war schon schlimm genug. Eine ganze Armee will ich mir gar nicht vorstellen. Kein Wunder, dass das Eschriki-Reich so lange über die halbe Welt geherrscht hat.

»Was ist das?«, frage ich und zeige auf das Bild.

Fan Ming übersetzt für die Hexe. »Das ist Marike, die die Gethin in die Welt bringt«, sagt er.

»Soll das Feuer auf dem Berg Kahge sein?«, fragt Frederick und Fan Ming nickt.

Ich muss an das Kahge denken, das ich gesehen habe – das brennende Spira und diese sich windenden Wesen entlang des dampfenden Flusses, die auf mich zeigten.

»Was bedeutet *Lidari?*«, platze ich heraus.

Frederick wirkt erschrocken. »Das ist ein Name, oder? Einer von Marikes Generälen oder ihr Ratgeber?«

Fan Ming fragt die Hexe. Sie antwortet kurz und er sagt: »Ja, Marikes geschätzter General, einer der Gethin.«

»Das heißt, die Gethin kamen aus Kahge«, sage ich. »Aber konnten sie auch … zwischen der Welt und Kahge hin- und herwechseln?«

Fan Ming fragt erneut die Bibliothekshexe. Sie schüttelt den Kopf und antwortet ausführlich, dann sagt er: »Nein, sie waren durch ihre Körper hier gebunden. Ein dinglicher Körper kann nicht nach Kahge, obwohl darüber spekuliert wurde, dass möglicherweise das *Wesen* der Gethin nach Kahge zurückkehren konnte, sobald ihr Körper zerstört war. Darüber herrscht jedoch keine Einigkeit.«

Aber *ich* habe in Kahge einen Körper. Ich muss an das denken, was Frau Och gesagt hat: *Ich weiß nicht, was es für Julia oder die Menschheit bedeutet, wenn sie sich wirklich zwischen der Welt und Kahge bewegen kann.* Wenn ich zu intensiv darüber nachdenke, wird mir schlecht vor Angst.

»Und das ist die große Frage, nicht wahr?«, sagt Frederick. »Nicht nur, wie Marike sie hergebracht hat, sondern auch, wie sie ihnen diese monströse körperliche Gestalt verleihen konnte.«

»Ja«, übersetzt Fan Ming. »Das ist ein Rätsel, das noch niemand gelöst hat.«

»Diese Schriften hier sind älter als alles, was ich je gesehen habe.« Frederick wendet sich wieder den Bambusstreifen zu. »Sie zu übersetzen wird mehr Zeit in Anspruch nehmen, als wir heute zur Verfügung haben. Darf ich einige davon abschreiben?«

»Natürlich«, sagt Fan Ming. »Ich helfe Ihnen, diejenigen auszuwählen, die am wichtigsten scheinen.« Er hält inne, als wäre ihm gerade etwas eingefallen. »Der älteste überlieferte Hinweis auf Kahge ist übrigens in eine Stele eingraviert. Vielleicht könnte ich Miss Heriday dort hinführen, damit sie ihn durchpausen kann, während Sie hier anfangen.«

»Sehr freundlich von Ihnen!«, ruft Frederick.

Ich versuche seinem Blick zu begegnen – ich bin alles andere als begeistert davon, dass wir in diesem Labyrinth aus Tunneln und Höhlen unter dem Berg noch weiter getrennt werden. Aber Frederick sieht kaum von den Bambusstreifen auf und es bleibt mir nichts anderes übrig, als Fan Ming aus der Höhle zu folgen. Wenn er versucht mich anzugreifen, kann er sich auf etwas gefasst machen!

Wir steigen eine Treppe hinauf, die sich immer weiter nach oben windet, bis ich ganz außer Atem bin, und treten in eine große offene Höhle hinaus. Die gesamte Höhle ist voll von aufrecht stehenden Steinen – hoch und schmal wie Grabsteine. Mit zusammengekniffenen Augen blinzele ich in die große ovale Aussicht auf die Welt draußen am anderen Ende der Höhle. Die Öffnung geht nach Süden und ich kann über den Wald hinwegblicken, durch den wir gekommen sind, und sehe in der Ferne die mächtigen Mauern Tianshis.

»Der Stelenwald«, sagt Fan Ming und macht eine ausladende Geste auf die stehenden Steine zu.

Er führt mich hinein, die meisten Steine sind so groß wie ich oder größer, und ich kann sehen, dass in alle Schrift eingemeißelt ist, manchmal neu und deutlich, manchmal alt und verwittert. Vor einer schmalen, sehr alten Stele stellt er seinen Korb ab und holt eine Bürste heraus. Sorgfältig säubert er die Oberfläche des Steins, dann legt er ein Blatt Reispapier darüber.

»Bitte halten Sie das fest«, sagt er und das tue ich. Aus seinem Korb holt er etwas, was aussieht wie eine Kugel dunkles Wachs, und reibt damit vorsichtig über das Reispapier, sodass die Inschrift des Steins inmitten der dunklen Flecken auf dem Blatt hell zum Vorschein kommt. Als er fertig und der Text deutlich auf dem Papier zu sehen ist, rollt er es auf und reicht es mir.

»Bitte schön.«

Eine Gestalt in einem Umhang ruft ihm vom Eingang der Höhle aus etwas zu.

»Entschuldigen Sie mich einen Augenblick«, sagt er. »Ich muss mich kurz um etwas kümmern, anschließend bringe ich Sie zu den anderen zurück. Bitte – sehen Sie sich doch um. Es gibt viele schöne Steine und die Luft hier ist frischer als unten.

»Danke«, sage ich und sehe ihm nach. Erst bin ich etwas nervös, weil ich nicht genau weiß, was ich davon halten soll, dass er mich hergebracht hat und jetzt weggeht, aber hier ist es wirklich deutlich angenehmer als in den beengten Tunneln unter dem Berg. Ich trete an den Rand der Höhle, um über den Wald hinauszublicken, und betaste die Schriftrolle, die er mir gegeben hat. Vielleicht beinhaltet dieses Blatt Reispapier alle Geheimnisse über meine Macht, wenn es denn eine Macht ist und kein Fluch. Ich muss nur dafür sorgen, dass Frederick es *mir* erklärt, bevor er Frau Och irgendetwas sagt.

Plötzlich habe ich das Gefühl, beobachtet zu werden. Als ich mich umdrehe, stürze ich vor Schreck beinahe über die Felskante. Da steht eine Frau – ich glaube, es ist eine Frau –, aber sie hat keine Augen, nur mehrere dunkle Nähte, wo ihre Augen sein sollten. Ihr Schädel ist glatt und kahl und die gesamte Kopfhaut ist mit Schrift tätowiert. Sie trägt eine ärmellose Tunika, die ihr bis zu den Knien reicht, und auch Arme und Beine sind von schwarzer Tinte bedeckt, die Schrift schlingt und windet sich um ihre Glieder. Die Luft um sie herum scheint zu knistern, als sie sich hindurchbewegt.

»Fan Ming hat gesagt, ich könne mich hier ausruhen«, plappere ich auf Fraynisch, da ich alle Wörter, die ich auf Yongwenisch kann, mit einem Schlag vergessen habe.

»Zeig mir deine Hand«, sagt sie auf Yongwenisch. Ich wage nicht mich zu weigern und halte ihr meine Hand hin. Das kleine Messer in der ihren sehe ich zu spät. Sie schneidet mir in den Finger und zieht die Klinge mit einem Blutstropfen darauf weg. Ich schreie auf und versuche die Frau zu umrunden, damit ich nicht länger an der Felskante stehe. Sie schnippt mit den Fingern ihrer anderen Hand und beschwört damit eine kleine Flamme herauf, vielleicht mit den Buchstaben, die auf ihre Fingerspitzen tätowiert sind. Dann hält sie das Messer in die Flamme. Es zischt und sie sagt: »Deine Mutter war eine Hexe. Ertränkt.«

Das lässt mich innehalten. Ich umfasse den blutenden Finger und sage: »Ja.«

»Dein Vater?«, fragt sie.

»Irgendein Mann«, sage ich auf Fraynisch. »Wenn man das überhaupt so nennen will.«

Sie schüttelt den Kopf, da sie mich nicht versteht, und herrscht mich an: »Sprich Yongwenisch.«

Ich suche nach Worten. So viel Lernerei und nichts ist mehr übrig.

»Mein Vater … Mann«, bringe ich in stammelndem Yongwenisch hervor. Das Wort für *gewöhnlich* fällt mir nicht ein, aber es wäre sowieso viel zu freundlich gewesen.

Sie riecht an dem Messer. Die Finger ihrer freien Hand bewegen sich durch die Luft. Es dauert eine Weile, bis ich bemerke, was sie tut, und als mir klar wird, dass sie schreibt, ist es zu spät. Bisher habe ich nur eine andere Hexe gesehen, die zaubern konnte, indem sie einfach mit den Fingern in die Luft schrieb. Ich versuche von ihr wegzugehen, kann mich jedoch nicht rühren. Mein Verstand ist jetzt ganz träge und schwerfällig wie eine Schnecke, die durch einen tiefdunklen Raum zu kriechen versucht. Die Hexe hebt meinen Arm an ihre runzligen Lippen, dann streckt sie eine schwarze Zunge heraus und leckt mein Handgelenk ab. Alles in mir schreckt zurück und beinahe erinnere ich mich an etwas, einen Ausweg, einen anderen Ort – aber mein Geist ist langsam und matt und der Gedanke ist fast genauso schnell wieder weg, wie er gekommen ist.

Die Hexe tritt näher und legt den Arm um mich. Vor sich hin murmelnd betastet sie die Wirbel in meinem Rückgrat, hält sich mein Haar unter die Nase und riecht daran. Ich starre auf die winzige, krakelige Schrift, die über ihre Wangenknochen verläuft, den Nasenrücken entlang, über ihre Stirn, jeden winzigen Fleck. Sogar die Nähte auf ihren Augen sind nicht zufällig, sondern eine Masse winziger genähter Schrift. *Wer sind Sie?*, will ich sagen, aber ich bringe kein Wort heraus. Sie drückt mir den Daumen auf die Stirn und alles wird schwarz.

14

Ich knie auf dem stampfenden Schiff vor Bianka, während Theo einen Becher über eine Murmel stülpt. Meine Stimme ist belegt, ich versuche die Tränen zurückzuhalten. »Eher sterbe ich, als noch einmal zuzulassen, dass ihm etwas passiert. Das schwöre ich dir.« Und sie nimmt meine Hand.

Pia nimmt mir Theo ab, schlägt mir die Tür vor der Nase zu und ich stehe mit einem Beutel Silber im Flur.

Ich nehme das Buch aus dem Bücherschrank in Professor Baranyis Arbeitszimmer – Legenden der Xianren I *– und schlage den schweren Band in meinem Schoß auf.*

Ich feuere die Pistole ab und der Gethin geht zu Boden. Frau Och blutet an der Wand. Ich krabbele über ihre Flügel hinweg, um ihm den Garaus zu machen.

Das Feuer ist warm, der Kaffee gut und Gregor sagt: »Wenn der Kunde dich sehen will, lasse ich es dich wissen.«

Ein verschwommener Schwall aus Bildern und Erinnerungen durchströmt mich, sickert aus mir heraus, als liefe mein Leben vor meinem inneren Auge ab, verlangsamt sich für bestimmte Szenen und nimmt dann wieder Fahrt auf und rast weiter. Eine Farbflut, ein fröhliches Lachen, ein Schrei, mein hämmerndes Herz – ich habe das Gefühl, gleich zu platzen, da ich alles gleichzeitig spüre –, meine nackten Füße auf dem Kopfsteinpflaster, der Mond, der über dem Heriodsberg aufgeht, Musik, die aus dem Tempel dringt, Honig auf meiner Zunge, eine Hand auf meiner Wange, Aufwachen im Morgenlicht, all die verlorenen Augenblicke werden mir zurückgegeben und gleich wieder entrissen.

Und dann hält es an.

Ich sitze auf der Treppe zu unserer Wohnung über der Wäscherei und esse einen gestohlenen Apfel. In der vergangenen Nacht ist meine Mutter abgeholt worden und ich weiß nicht, was ich tun soll. Das Herz in meiner Brust ist mir schmerzhaft bewusst, sein unaufhörliches Bumm, Bumm, Bumm. *Dek und ich haben die Außenmauern des großen Gefängnisses Hostorak angestarrt, aber wir waren bloß Kinder – was konnten wir schon tun? Mein Vater stolpert an mir vorbei die Treppe herunter, eine Vogelscheuche in seinen abgerissenen Kleidern, das Haar ungekämmt, das Gesicht vom Opium zerstört. Er sieht sich nach mir um, aber nur mit einem kurzen Blick über die Schulter, ohne mir in die Augen zu schauen. »Vergib mir«, murmelt er, dann ist er weg und ich sehe ihn nie wieder.*

Dann wieder die verschwommene Mischung aus Gefühlen und Empfindungen, mein Leben rast rückwärts und hält Jahre früher erneut an:

Ich rufe nach meinem Bruder und er kommt wie immer. Zwei ältere Jungen haben eine Katze in eine Kiste gesperrt. Sie suchen nach Zunder, um sie anzuzünden, und die Katze in ihrer Kiste heult, als wüsste sie, was ihr bevorsteht. Ich habe versucht, die Katze zu befreien, daraufhin hat mir einer der Jungen direkt auf die Nase geboxt und jetzt strömt mir das Blut über Mund, Kinn und mein Trägerkleid. Als Dek mich erblickt, wird er fuchsteufelswild. In einem großen schluchzenden Durcheinander erzähle ich ihm, was los ist. Was für ein herrlicher Anblick, als er die Straße entlanggeht, die Köpfe der Jungen aneinanderschlägt – ganz egal, dass sie beide ein Jahr älter sind als er –, sie verscheucht. Er lässt die Katze frei und versucht sie zu streicheln, aber sie zerkratzt ihm das Gesicht. Blutend, aber triumphierend kommen wir nach Hause und meine Mutter seufzt bei unserem Anblick. Noch mehr Wäsche.

Und immer weiter zurück:

Ma und Pa streiten. Er durchsucht das Zimmer, nimmt es regelrecht auseinander. Sie schreit ihn an und Dek schreit sie beide an, aber Pa ist nur darauf fixiert, Schränke aufzureißen, in den Kessel zu schauen, die Matratze aus dem Bett zu zerren und unsere kleine Wohnung völlig zu demolieren. Er sucht nach Geld. Meine Mutter packt ihn am Arm, aber er schüttelt sie ab. Dek stürzt sich schreiend auf ihn, wird jedoch ebenfalls zur Seite gestoßen. Ich bin ungefähr zwei Jahre alt. Ich weine, aber niemand hört mich, und dann ist alles zu schrecklich zum Weinen und ich ziehe mich von ihnen zurück. Mir war nicht klar, dass ich das konnte, aber plötzlich sind alle leicht verschwommen, klingen gedämpft. Ich fühle mich sicher. Mein Vater stürmt davon und meine Mutter und Dek räumen die Wohnung wieder auf, da sagt Dek plötzlich: »Wo ist eigentlich Julia?« Meine Mutter sieht sich um, ihr Blick geht direkt über mich hinweg, und bei Dek ist es genauso. Sie suchen und suchen, aber sie sehen mich nicht, wie ich direkt vor ihnen mucksmäuschenstill an der Wand sitze und den Atem anhalte. Es kommt mir ganz normal vor, dass sie mich nicht sehen können. Es kommt mir vor, als hätte ich immer gewusst, dass dieses Versteck vor aller Augen für mich und niemand anderen bestimmt war. Ich sehe zu, wie sie nach mir suchen, und meine Mutter schickt Dek los, um in der Nachbarschaft nach mir zu fragen. Sie wirkt so verloren, dass ich Mitleid mit ihr bekomme und mich in ihre Arme werfe. Ich rechne damit, dass sie mich umarmt, froh und erleichtert ist, aber sie schiebt mich weg, hält mich auf Armeslänge von sich entfernt und mustert mich mit weit aufgerissenen, erstaunten Augen, sieht mich unverwandt an, als könnte in meinem Gesicht die Antwort liegen, und jetzt weine ich wieder, ich will doch nur, dass sie mich umarmt, mir sagt, es ist alles gut, es wird alles gut.

Es ist alles Verlangen, Angst und Freude, die Welt ist riesengroß und hell, dann eine Finsternis, wie ich sie noch nie gesehen habe, ein Donnern und Tosen in meinen Ohren. Ich tauche wieder auf, aber diesmal ist es anders:

Ich knie neben meiner Mutter Ammi auf der roten Erde. Aber das bin nicht ich – ich bin nicht ihr Kind. Über uns ragt ein Felsmassiv auf, auf dem ein kleines schwarzes Haus steht. Die Welt ist hinter und unter uns wie ein Abbild ihrer selbst in Bewegung, halb real. Sie hält einen kleinen Tonkrug in der Hand, fast wie eine Teekanne, aber er hat einen Ausguss auf jeder Seite.

»Ich habe ihn«, sagt sie zu mir.

»Wir sind gleich fertig«, sagt sie zu mir.

»Kann ich dir vertrauen?«, sagt sie zu mir.

Ihre dunklen Augen, ihr hübscher Mund. Ich sehe sie so deutlich vor mir und sie scheint vor Leben zu pulsieren. Ich beneide sie darum, ich giere danach und ich werde alles tun, wirklich alles.

Ihre Hand an meinem Gesicht. Ihre Wärme.

»Du wirst mich nicht enttäuschen.«

Es ist eine Feststellung, keine Frage. Sie ist furchtlos und wunderschön. Sie lässt mich mit meinem Sehnen allein zurück, watet in einen Strom aus Schlamm und verschwindet in der Welt. Eine gluckernde Stimme über mir sagt: »Du musst zurück. Sie warten auf dich.«

Und ich frage mich, was ich ihnen sagen werde, ob ich sie wirklich verraten werde. Aber ich kenne die Antwort auf diese Frage bereits. Ihre Augen, ihre Haut, ihr klopfendes Herz, diese kleinen Gebäude dort unten, die ganze Geschichte menschlichen Lebens, das sich andauernd plötzlich entfaltet – angesichts meines Verlangens, ganz zu werden, bedeuten Angst und Treue gar nichts.

Ich schlage die Augen auf und bin überrascht, dass ich überhaupt Augen zum Aufschlagen habe. Benommen liege ich ausgestreckt inmitten all dessen, was mir je zugestoßen ist, alles offen ausgebreitet, damit die flinken Finger dieser Hexe es erforschen können – bis auf diese letzte Sache, die gar nicht meine Erinnerung ist, sondern die eines anderen, irgendwo, wo ich nie gewesen bin und wovon ich nie geträumt habe. Die Hexe hockt auf meiner Brust und ich bekomme kaum Luft. Ihre tätowierten Hände arbeiten sich durch die Fäden um mich herum und über mir, oder sind das Bänder oder was ist das?

Dann kommt mir der Gedanke wieder, der sich mir vorhin entzogen hat: Ich kann verschwinden. Aber ich glaube nicht, dass ich genug Kraft für diese Anstrengung habe. Ich beobachte die Hexe, die so in ihre Aufgabe versunken ist, und bemerke das kleine Messer, das sie an ihr Handgelenk geschnallt hat.

In der Welt kann ich meinen Arm nicht rühren, aber ich kann ihn aus der Welt zurückziehen – nur diesen Teil von mir, nur über den Rand der Dinge hinaus, weit genug, um mich von dem Zauber, der mich lähmt, zu befreien. Ich lasse meinen Arm verschwinden, dann hebe ich ihn und schnappe mir ihr kleines Messer. Ich ramme ihr die Klinge in den Arm. Sie schreit auf. Es ist eine Dummheit. Das Messer ist winzig, kann nur eine kleine Wunde verursachen, und ich liege unbeweglich am Rand eines Abgrunds.

Sie packt mich an den Haaren und knallt meinen Kopf gegen den Felsen. Plötzlich höre ich Stimmen und ich habe den Eindruck, dass sie schon länger rufen und schreien. Die Hexe versetzt meinem Kopf einen weiteren Schlag. Fan Ming steht ein Stück weg und brüllt etwas. Er drängt gegen eine unsichtbare Wand in der Luft an, versucht zu uns zu gelangen. Hinter ihm steht Frederick und schreit ebenfalls. Die Hexe beachtet sie nicht und beugt sich über mich. Dann beißt sie mich fest in die Wange. Von dem Schmerz bekomme ich einen klaren Kopf und ich ziehe meinen ganzen Körper zurück, lasse die Welt verschwimmen, befreie mich von dem, was mich gefesselt hält. Mit aller Kraft schubse ich sie von mir runter. Sie liegt grinsend auf dem Rücken, mein Blut auf den Lippen.

Verzweifelt stürze ich auf Fan Ming und Frederick zu, habe das Gefühl, dass das alles hier ein Traum sein muss, ein Albtraum. Ich finde mich in Fredericks Armen wieder, und seine Stimme, die sich gleichzeitig zu laut und eigenartig weit entfernt anhört, fragt mich, ob es mir gut gehe. Fan Ming gestikuliert heftig und schreit die Hexe an. Sie hebt den Arm hoch über den Kopf und lässt die Finger spielen. Ich flüstere: »*Lauft*«, aber keiner von uns rührt sich, und dann stürzen sich kleine geflügelte Gestalten von der Höhlendecke herab und erfüllen die Luft. *Fledermäuse.* Frederick schiebt meinen Kopf unter seine Jacke und wir liegen auf dem Boden. Ich schnappe unter der Jacke nach Luft, das Gesicht dicht an den Felsen gepresst. An meinem Rücken und meinen Beinen spüre ich einige schmerzhafte Bisse wie Nadelstiche. In der Dunkelheit unter Fredericks Jacke schreie ich und trete wild um mich, dann sind sie weg.

Mit bleichem Gesicht hilft Frederick mir auf. Er zittert und der Arm, mit dem er mich geschützt hat, blutet. Die Hexe geht zwischen den stehenden Steinen davon. Ich versuche Worte zu bilden, aber meine Lippen bewegen sich nicht, mein Verstand ist zu träge. Ich lehne mich an Frederick und muss an meine Mutter denken, daran, wie deutlich sie in den Erinnerungen war, die die Hexe aus mir herausgeholt hat – ein deutlicheres Bild, als ich es seit Jahren hatte –, doch das letzte war nicht *meine* Erinnerung. Aber zu wem gehörte sie dann? Ich hatte ihr Gesicht schon fast vergessen, ihre lebendige Miene, die Wärme in ihrem Blick, den humorvollen Zug um den Mund. Ma, das strahlende Zentrum meiner Welt, bis sie nicht mehr da war – und jetzt kommt es mir so vor, als wäre seitdem alles schief und schräg gewesen, ich selbst eingeschlossen.

Später überlege ich, ob ich ohnmächtig geworden bin, aber ich wage nicht zu fragen. Frederick trägt mich zurück zu der bemalten Höhle, wo Professor Baranyi am Bord steht und sich Notizen macht und Gregor nicht sehr überzeugend vorgibt, in ein Buch vertieft zu sein.

Esme sieht uns als Erste. Ihr Gesichtsausdruck verändert sich nicht, aber die Pistole, die Dek ihr besorgt hat, scheint ihr aus dem Halfter an ihrer Seite geradezu in die Hand zu springen – sie zielt direkt auf Fan Mings Stirn.

Er erbleicht, nimmt die Hände hoch und sagt schnell: »Eine Hexe hat Miss Heriday angegriffen. Keine von den Tama-shan-Bibliothekshexen – ich weiß nicht, wer das war. Es tut mir leid, aber wir müssen sofort gehen. Wir sind nicht länger sicher und ich habe hier keine Autorität.«

»Er hat recht«, sagt Frederick. Esme lässt die Pistole langsam sinken, steckt sie jedoch nicht zurück in ihr Halfter. Da bemerke ich erleichtert, dass Fan Ming die aufgerollte Kopie von der Stele dabei hat, die er für mich angefertigt hat. Ich dachte, das Blatt wäre vielleicht über die Felskante gerollt, als die Hexe aufgetaucht ist.

»Noch ganz kurz …«, hebt Professor Baranyi an, aber Esme unterbricht ihn.

»Wir gehen.«

*

Professor Baranyi hat uns angefleht, noch ein wenig zu bleiben, und dann darum gebeten, unter vier Augen mit mir zu sprechen, aber Fan Ming und unsere Begleithexe Bao Wei haben darauf beharrt, uns schnell aus der Bibliothek zu schaffen, und mich den ganzen Weg hinausbegleitet. Nachdem auch Esme sich auf ihre Seite geschlagen hat, musste der Professor schließlich klein beigeben, und jetzt sitzt er mürrisch und unglücklich auf seinem Pferd.

Sobald wir wieder auf dem Weg durch den Wald sind – ich sitze zusammengesunken vor Frederick auf einem Pferd –, geht es mir besser. Als ich mich aufrichte, fragt er: »Alles in Ordnung?«

»Ja.« Erleichtert stelle ich fest, dass ich wieder problemlos sprechen kann. »Ich weiß nicht, was diese verfluchte Hexe mit mir angestellt hat.«

Seine Stimme ist leise, ganz nah an meinem Ohr. »Fan Ming hat mich zum Stelenwald gebracht und du warst … ich weiß gar nicht, wie ich es beschreiben soll … du warst am Boden festgebunden, aber die Knoten und Verknüpfungen waren nicht von irdischer Natur. Es war, als wärst du von Dunkelheit gefesselt, überall um dich herum bewegten sich Fragmente aus Licht und Schatten über den Boden und diese Hexe wirbelte mit ihren Fingern dazwischen herum.«

Ich wage nicht, ihm zu sagen, was ich gesehen und woran ich mich erinnert habe. Nicht, bevor ich es nicht selbst etwas besser verstehe.

»Der Große Namenlose allein weiß, was sie da gemacht hat. Ich hoffe, du hast wenigstens etwas gefunden, was es wert ist, dort beinahe gestorben zu sein.«

Er stößt ein zittriges Lachen aus. »Ich glaube, wenn das alles hier vorüber ist, suche ich mir eine nette ruhige Stelle an irgendeiner zweitklassigen Universität.«

»Das tust du sicher nicht«, sage ich. »Du wirst weiterhin furchtbar gefährliche und schwierige Sachen für Frau Och machen.«

Diesmal lacht er richtig. »Wahrscheinlich hast du recht.« Dann fügt er mit sanfterer Stimme hinzu: »Und du? Was wirst du machen, wenn das alles hier vorüber ist?«

»Ich weiß es nicht. Das hängt wahrscheinlich davon ab.«

»Wovon?«

»Wie die Sache ausgeht.«

Es herrscht eine beklemmende Pause, in Gedanken angefüllt mit all den schrecklichen Arten, auf die die Sache ausgehen *könnte*. Aber selbst wenn wir Erfolg haben sollten, macht mir die Zukunft Angst. Mal angenommen, wir finden Ko Dan. Mal angenommen, er bringt all das in Ordnung und Theo ist in Sicherheit. Kann ich dann nach Spira zurück? Und wenn ja, was dann? Soll ich zu meinem kriminellen Leben im Twistviertel zurückkehren? Oder diesem Leben den Rücken kehren, Bardame werden und jede Nacht verzweifelte alte Esel abwehren? Es gelingt mir nicht, mir eine Zukunft für mich vorzustellen, ein Erwachsenenleben, das ich gerne führen würde.

Und abgesehen von all dem hängt es davon ab … hängt es davon ab, was es zu bedeuten hat, dass ich verschwinden kann, dass die Ränder der Welt durchlässig sind – aber nur für mich.

»Warum wolltest du in der Bibliothek unbedingt mit mir kommen?«, fragt Frederick.

Ich sage ihm die Wahrheit: »Ich habe mit angehört, wie Frau Och dich gebeten hat, Nachforschungen über mich anzustellen. Ich will die Antworten auch wissen.«

Er schweigt eine Weile. Schließlich sagt er: »Sie ist es nicht gewohnt, mit etwas konfrontiert zu sein, was sie nicht erklären kann. Ich glaube, das beunruhigt sie.«

»Mich beunruhigt es auch. Ich dachte, diese Sache mit dem Verschwinden sei einfach nur ein glücklicher Zufall, ein Riesenspaß, bis ich plötzlich aus Versehen in Kahge gelandet bin. Wenn es denn Kahge war.«

»Na ja, vielleicht kannst du mir erklären … wie es sich anfühlt und was du dort siehst?« Ich merke, dass er mich das schon lange gern gefragt hätte – und nur davon abgehalten wurde, dass Frau Och mich von meinen eigenen Geheimnissen fernhalten wollte.

Ich traue Frederick, aber es ist schwer, mit Worten zu beschreiben, wie es sich anfühlt. Ich sage ihm, was ich kann – die Schritte des Verschwindens, wie es ist, den Kontakt zu meinem Körper zu verlieren, wie anders ich in Kahge, dem brennenden Spira, bin. Und zögernd erzähle ich auch von den Wesen am Flussufer, die *Lidari* gekreischt haben. Lidari, einer der Gethin, Marikes geschätzter General vor Tausenden von Jahren.

»Ich weiß, dass die Hexe in der Bibliothek gesagt hat, die Wesen in Kahge hätten keine Körper, aber die hatten sehr wohl welche«, sage ich. »Sie sahen allerdings auch nicht aus wie der Gethin. Was ist überhaupt aus Lidari geworden?«

»Er hat Marike jahrhundertelang gedient«, erwidert Frederick. »Frau Och könnte dir mehr über sie erzählen. Marike war die erste echte Bedrohung der Autorität der Xianren. Vorher hatte jedes menschliche Reich zumindest vorgegeben, sich ihnen zu unterwerfen. Das Eschriki-Reich war der Anfang vom Ende der Xianren-Herrschaft. Irgendwann, auf dem Höhepunkt ihrer Macht, hat Marike die Xianren sogar gefangen genommen und selbst versucht, *Das Buch der Spaltung* wieder zusammenzusetzen.«

»Ich kann mich erinnern, in Professor Baranyis Arbeitszimmer etwas darüber gelesen zu haben«, sage ich. Damals hatte ich nicht verstanden, was ich da las. »Aber sie konnte das Buch nicht lesen, nicht wahr?«

»Nein. Nur die Xianren konnten es lesen und wieder zusammensetzen. Und natürlich überlebten sie letztendlich auch das Eschriki-Reich. Es heißt, dass Casimir Jagd auf Lidari machte, ihn hinrichten ließ und Marike seinen Kopf schickte. Allerdings geben diese Legenden nur selten die ganze Wahrheit wieder.«

»Warum also sollten diese … *Wesen* in Kahge Lidaris Namen rufen?«

»Ich habe keine Ahnung«, sagt Frederick mit unglaublich fröhlicher Stimme. Er liebt es, sich mit rätselhaften Fragen zu beschäftigen. »Ich hoffe, dass sich die Abschriften, die ich angefertigt habe, als aufschlussreich erweisen werden, sobald ich sie alle übersetzt habe.«

Ich muss wieder an den kleinen Krug denken, den meine Mutter in meiner Vision in der Hand hielt – wie der kleine Krug, den Marike auf dem Gemälde an der Bibliothekswand in der Hand hatte. Ich wage nicht, danach zu fragen – noch nicht.

»Und du erzählst mir, was du herausfindest«, sage ich. »Egal, was Frau Och davon hält.«

Langes Schweigen, dann stimmt er zu. »Ich erzähle es dir.«

Der kühle Wald zieht an uns vorüber und Tama-shan fällt zurück, je näher wir der Stadtmauer kommen. Ich versuche Trost darin zu finden, ich selbst zu sein, in meinem eigenen Körper, in Sicherheit unter befreundeten Menschen – mehr oder weniger in

Sicherheit unter mehr oder weniger befreundeten Menschen. Aber ein Rest Angst verursacht mir immer noch ein Kribbeln auf der Haut, als ich daran denke, was ich in der Höhle gesehen habe, dieses andere Selbst, nicht ich, das mit meiner Mutter flüsterte, sich verschwor und sich verzehrte … Nur wonach?

15

Kurz bevor die Stadttore am Abend geschlossen werden, kommen wir wieder in Tianshi an. Fan Ming verabschiedet sich höflich von dem Professor und Frederick. Gregor hat es inzwischen ganz aufgegeben, so zu tun, als wäre er Baron Heriday, da unser Führer ihn sowieso nicht beachtet. Dann wendet sich Fan Ming an mich und sagt: »Ich bin froh, dass Sie nicht ernsthaft verletzt sind, Fräulein Heriday. Es tut mir so leid, dass ich dieses für Sie sicherlich schreckliche Erlebnis nicht verhindern konnte.«

Nicht konnte, wollte, habe. Ich begegne seinem Blick und danke ihm in meinem besten höflichen Yongwenisch, aber wenn ich jemals wieder allein mit ihm in einem dunklen Gang sein sollte, werden die Dinge sicher anders laufen. Er verspricht uns, Si Tan über »den Vorfall« zu unterrichten, obwohl ich vermute, dass Si Tan hinter der ganzen Sache steckt.

An der dritten Ringstraße trennen wir uns von Gregor und Esme, da wir in unterschiedliche Richtungen müssen.

»Komm morgen früh zu mir«, sagt Esme und ich nicke. Wie um Himmels willen soll ich ihr erklären, warum ich mich so für

Fredericks Nachforschungen interessiere? Ich kann es ertragen, dass Leute wie Frau Och oder Frederick die entsetzlichen Abgründe meiner Fähigkeit kennen, aber ich habe Angst davor, dass mich die Menschen, die ich liebe, mit anderen Augen sehen könnten. Gregor murmelt, dass er etwas zu trinken brauche und Csilla sich wahrscheinlich schon Sorgen mache. Die Straßenbahnen fahren nicht mehr und wir sind alle müde, daher legen der Professor, Frederick und ich den Rest des Wegs zu Frau Ochs Haus im Nanmu-Dreieck in einer Motordroschke zurück.

Der Mond steht hoch und hell am Himmel, als wir zu Hause ankommen. Frau Och und Bianka erwarten uns. Sobald sie uns sehen, ruft Bianka: »Was ist denn mit deinem Gesicht passiert?«

Ich berühre die schorfigen Bissspuren auf meiner Wange. »Jemand hat mich gebissen«, sage ich ausdruckslos. »Eine Hexe.«

Frau Och hebt die Augenbrauen.

»Julia ist von einer äußerst mächtigen und ungewöhnlichen Hexe angegriffen worden«, sagt der Professor. »Fan Ming wirkte äußerst erschüttert, aber möglicherweise war er selbst in die Sache verwickelt.«

»Fan Ming hat mich zu dieser Höhle gebracht und mich allein dort zurückgelassen«, sage ich. »Er wusste Bescheid.«

»Komm, setz dich ans Feuer«, sagt Frau Och. »Erzähl mir, was geschehen ist.«

Ich fühle mich äußerst unwohl, da mich alle anstarren, aber ich berichte ihnen, wie die Hexe aussah, wie sie mich beschnuppert, abgeleckt und gebissen hat, wie sie mit meinen Erinnerungen jongliert hat, als könnte sie sie aus mir herauslösen und untersuchen. Die letzte Erinnerung an meine Mutter, die nicht die meine war, erwähne ich allerdings nicht.

»Vielleicht ist uns deshalb der Zutritt gewährt worden«, sagt Frau Och, als ich geendet habe. »Si Tan wollte wissen, wer da in seiner Bibliothek herumschnüffelt und warum. Jetzt weiß er nicht nur, weshalb wir hier sind, sondern auch, wer du bist und was du kannst.«

Wer bin ich denn? Was kann ich denn?

»Julia wollte mir bei meiner speziellen Untersuchung helfen«, sagt Frederick vorsichtig und Frau Och bedenkt ihn mit einem fürchterlichen Blick. Er sieht sie nicht an, fährt nur leicht stotternd fort. Oh Frederick, du bist wirklich aufrichtig und treu. »Wir haben darüber gesprochen, was sie sieht und erlebt, wenn sie in Kahge ist. Sie hat einige Kreaturen gesehen … Wesen mit körperlicher Gestalt, die den Namen *Lidari* gerufen haben.«

»Aha«, sagt Frau Och. Sonst nichts.

»Kannst du die Wesen beschreiben, die du gesehen hast, Julia?«, fragt Professor Baranyi.

Ich gebe mein Bestes, auch wenn mich der Gedanke an die missgestalteten Bestien, die ich aus dem Nebel auftauchen sah, schaudern lässt, an dieses gehörnte Geschöpf mit der Menschenhand. Beim Reden beobachte ich Frau Och. Ihr Gesichtsausdruck gefällt mir nicht. Dieser Blick, der mich ausschließt. Was immer sie über all das denkt, sie wird es mir nicht sagen.

»Es tut mir leid, dass man dir einen solchen Schreck eingejagt hat, Julia, aber was ist mit Ko Dan?«, fällt Bianka ungeduldig ein. »Ich dachte, der Zweck dieses Bibliotheksbesuchs sei es, herauszufinden, wo er ist.«

Der Professor und Frau Och wechseln einen Blick, den ich nicht deuten kann. Dann räuspert sich der Professor und erwidert: »In den Aufzeichnungen des Shou-shu-Klosters findet sich in der Tat ein Hinweis darauf, dass Ko Dan vor anderthalb Jahren eine Reise nach Sirillia unternommen hat, um sich dort mit Zor Gen von den Xianren zu treffen.«

»Das wissen wir doch längst von Gennady«, fährt Bianka ihn an. Ganz offensichtlich sind ihre Nerven bis aufs Äußerste angespannt. »Sie haben dieses magische Buch in meinen Sohn gestopft, während ich geschlafen habe.«

»Ganz genau«, sagt der Professor. »Nach seiner Rückkehr wurde Ko Dan eine Rüge erteilt – offiziell wegen der missbräuchlichen Anwendung eines magischen Objekts. Er wurde zur meditativen Buße nach Tama-shan verbannt und sollte ins Kloster zurückkehren, sobald Gangzi und er übereingekommen wären, dass er bereit dazu sei. In einem anderen Verzeichnis habe ich eine Notiz gefunden, die nahelegt, dass Ko Dan Gangzi um die Erlaubnis zur Rückkehr gebeten hat. Gangzis Antwort ist nicht verzeichnet, aber die Bitte ist erst vor ein paar Wochen notiert worden. Wir wissen natürlich nicht, wie genau diese Aufzeichnungen sind. Vielleicht haben sie ihm auch den Kopf abgehackt und in den Büchern etwas Schöneres festgehalten. Wenn wir Si Tans Misstrauen uns gegenüber in Betracht ziehen, müssen wir auch mit der Möglichkeit rechnen, dass die Aufzeichnungen absichtlich für uns verändert wurden und uns bewusst auf eine falsche Fährte locken sollen.«

»Aber wenn es wahr ist, war Ko Dan wirklich in Tama-shan?«, ruft Bianka.

Mir wird ganz flau im Magen. Möglicherweise waren wir ihm so nah und haben uns die Gelegenheit entgehen lassen! Kein Wunder, dass der Professor nicht dort wegwollte. Ich habe keine Ahnung, wie wir noch mal in die Bibliothek kommen sollen. Si

Tan wird uns sicher keine Genehmigung mehr ausstellen, und obwohl ich recht großes Vertrauen in meine einbrecherischen Fähigkeiten habe, möchte ich es nicht mit einem brennenden Berg voller Schutzzauber aufnehmen.

»Ich habe versucht uns mehr Zeit zu verschaffen«, sagt der Professor hilflos.

»Wir brauchen eine Bestätigung für diese Version der Ereignisse«, sagt Frau Och. »Dek und Wyn sollen ihre Kontakte anzapfen, herausfinden, welche Gerüchte in der Stadt im Umlauf sind.«

Ich verkneife mir ein Schnauben, nachdem die *Kontakte* aus ein paar Wirten und zwei hübschen Mädchen bestehen.

»Wenn wir überzeugt sind, dass Ko Dan sich in der Bibliothek aufhält, werde ich selbst dort hingehen«, sagt Frau Och zu Bianka. »Aber wir müssen vollkommen sicher sein. Es ist schon spät. Wir entscheiden morgen, wie es weitergehen soll.«

Und damit sind wir entlassen. Frederick und Professor Baranyi gehen in die Dienstbotenkammer, um dort ein Bett für den Professor zu machen, da es schon zu spät ist, um noch in das Haus in Xihuo zurückzukehren, und Frau Och zieht sich in ihr Zimmer zurück und schließt die Tür hinter sich. Bianka sieht mich an und seufzt.

»Sie hat mir die Wahrheit über Gennady und Theo erst gesagt, als es nicht anders ging. Sie behält die Dinge gern für sich.«

»Ich weiß«, sage ich.

Ich bleibe noch stundenlang wach. Erst als ich sicher bin, dass keine geheime, geflüsterte Sitzung über »Julias wahre Natur« oder irgendetwas in der Art stattfindet, erlaube ich mir zu schlafen.

16

Ich habe das Gefühl, gerade erst eingeschlafen zu sein, als ich schon wieder aufwache, weil Theo weint. Er hat seine Windel abgestreift und ins Bett gemacht. Bianka stößt einen ganzen Schwall Flüche aus.

»Wide wille neeein!«, kreischt Theo, als Bianka versucht, ihm eine frische Windel anzulegen und sie festzustecken. Er entwindet sich ihr. Bianka pikt sich mit einer der Nadeln und fängt wieder an zu fluchen. Ich kümmere mich nicht weiter darum, sondern ziehe müde die Bettwäsche ab und werfe sie in die Ecke. Dann lege ich eine Decke als Laken auf die Matte.

»Die können wir morgen waschen«, sage ich. »Im Dunkeln hat das sowieso keinen Zweck.«

»*Wir?*«, sagt Bianka. »Wohl eher ich. Du wirst wieder sonst wo sein und tun, was immer du da tust, Ränke schmieden oder so, und ich werde wie immer hier drin hocken.«

Sie versucht Theo festzuhalten, aber er knallt mit dem Kopf gegen ihren Mund, befreit sich geschickt aus ihrem Griff und flüchtet. Keuchend vor Schmerz fasst sie sich an die Lippe.

»Du kleines Monster«, sagt sie, einen Schluchzer unterdrückend. »Komm her und zieh die Windel an.«

»Wide wille NEIN!«, brüllt Theo. Zweifellos hat er inzwischen das ganze Haus aufgeweckt – nicht, dass Frau Och oder Frederick uns zu Hilfe kommen würden.

»Komm, wie wär's, wenn ich dir eine Geschichte erzähle, während deine Mama dich wickelt«, sage ich.

Theo steht jetzt splitternackt in der Zimmerecke, aber er sieht mich misstrauisch an und denkt darüber nach.

»Genau«, sagt Bianka mit verzweifelter Begeisterung. »Das wär doch schön. Du liebst doch Lalas Geschichten, nicht wahr, Schatz?«

»Schischte«, sagt er, als wäre es seine Idee gewesen.

»Ich kenne eine gute, die du noch nie gehört hast«, sage ich.

Argwöhnisch kommt er herübergestapft, immer noch kampfbereit. Ich muss beinahe darüber lachen, dass die Kräfte einer Hexe und einer Spionin, die verschwinden kann, kaum ausreichen, um einem Kind eine Windel anzulegen. Aber dann, wie immer wenn ich ihm eine Geschichte vorschlage, steigt eine aus der Tiefe auf, erscheint bis ins kleinste Detail vor mir, mit jedem einzelnen Wort, das meine Mutter mir vor so vielen Jahren zugeflüstert hat, als wir in dunklen Nächten zusammengekuschelt im Bett lagen.

Ich erzähle ihnen von einer Prinzessin, die so hübsch und so reich war, dass alle Edelmänner der ganzen Welt um ihre Hand anhielten. Ihre Eltern versuchten mehrfach, sie zu einer vorteilhaften Verbindung zu überreden, aber sie erklärte, sie würde nur den Mann heiraten, der ihr den Becher des Lebens brächte – einen magischen Becher, der seinem Besitzer das ewige Leben verhieß. Ihre Eltern waren wütend, weil sie dachten, es sei ein Trick von ihr, um nie jemanden heiraten zu müssen. Als sie ihr das vorwarfen, gab sie es offen zu und sagte, sie würde lieber ledig bleiben und allein über ihr Königreich herrschen, sobald sie gestorben seien. Aber eines Tages kam jemand in den Palast – ein Wesen, das halb Mensch, halb Hund war, in einen Umhang aus Dunkelheit und Eis gehüllt, und behauptete, den Becher des Lebens zu besitzen.

Ich halte inne. Wie alle Geschichten meiner Mutter ist auch diese hier sehr grausam. Aber Theo ist jetzt ruhig und frisch gewickelt und sitzt an Bianka gelehnt da, die ihm über die Locken streicht, also fahre ich fort: »Die Prinzessin schauderte, als sie das Geschöpf sah, das zu ihr gekommen war. Seine dunklen Stiefel schienen kaum den Boden zu berühren, sein Umhang brachte eine entsetzliche Kälte in die warme Halle, und er hatte ein Tiergesicht. In seiner klauenförmigen Hand hielt er einen einfachen roten Tonbecher und sie wusste, dass sie wirklich ewig leben würde, wenn sie den Becher und ihn akzeptierte.«

Theo fallen die Augen zu, sein Atem wird ganz ruhig. Ich spreche mit leiser, monotoner Stimme weiter.

»Ihre Eltern drängten sie, sich zu weigern, sie versuchten das Geschöpf aus dem Palast werfen zu lassen, aber die Wachen waren erstarrt, unfähig sich zu rühren. *Wenn du dies annimmst*, sagte das Wesen, *wirst du mir gehören und niemals sterben. Wenn du dich weigerst, wirst du allein dir gehören, aber bald wird dein Fleisch verfaulen und deine Knochen werden in der Erde zu Staub zerfallen.* Beim Gedanken an dieses Schicksal graute es die Prinzessin. Lieber wollte sie ewig leben, egal, was der Preis dafür war. *Ich nehme ihn*, sagte sie und griff nach dem Becher. In dem

Moment, als ihre Fingerspitzen den Becher berührten, verschlang er sie und sie verschwand in seinem Innern. Das Wesen barg ihn unter seinem Umhang und verließ den Palast. Weder die Prinzessin noch das Geschöpf mit dem Becher des Lebens ward je wieder gesehen.«

Oh, Ma, was hast du dir nur dabei gedacht, uns solche Märchen zu erzählen? Ich liege im Bett und warte darauf, dass ich wieder einschlafe, aber dann ertönt in der Dunkelheit Biankas Stimme: »Du erzählst immer furchtbare Geschichten.«

»Ich kenne keine anderen.«

Ich muss wieder an den Gesichtsausdruck meiner Mutter in der Vision oder Erinnerung, die ich hatte, denken – wie sie diesen zweischnäbeligen Krug in der Hand hielt und sagte: *Ich habe ihn.* War es etwas so Mächtiges, dass sie befürchtete, es könnte sie verschlingen? Aber sie wirkte nicht ängstlich. Sie war nie ängstlich. Selbst als sie an jenem Tag vor der grölenden Menge auf dem Prunkschiff stand und den Blick über die Leute schweifen ließ, ohne mich zu entdecken. Dek hielt mich fest und ich schrie und schrie, während die Welt um mich herum in Stücke brach. Sie hatte bestimmt Angst, aber man sah es ihr nicht an.

»Meine Oma, bei der ich aufgewachsen bin, hatte nicht viel für Geschichten übrig«, sagt Bianka. »Vielleicht weil in allen guten Geschichten etwas Folkloristisches steckt. Sie war Royalistin, sehr angetan von König Zey und seiner Philosophie, viel zu praktisch veranlagt, um mir Märchen zu erzählen.«

»Was ist mit deinen Eltern?«, frage ich.

»Das ist keine schöne Geschichte.«

»Schon in Ordnung. Du musst es mir nicht erzählen, wenn es … wenn du nicht willst.«

»Nein, das ist es nicht«, sagt sie. »Ich habe sie nie kennengelernt und auch, wenn ich es traurig finde, ist es einfach nur eine traurige Geschichte über andere Leute. Meine Oma und mein Großvater sind aus Nord-Arrekem nach Frayne gekommen. Sie kauften einen Milchbauernhof und meine Ma war ein richtiges kleines Milchmädchen, aber dann wurde sie von einem Knecht vergewaltigt. Anschließend lief er davon und verließ die Stadt. Nur der Große Namenlose weiß, was aus ihm geworden ist. Meine arme Ma versuchte mich noch im Bauch loszuwerden, aber ich war sehr stur und wollte leben. Nach meiner Geburt versank sie in tiefer Traurigkeit. Nun würde sie nie einen Mann finden, sie war viel zu jung, um sich um ein Baby zu kümmern, und einige Frauen, na ja, sind nach der Geburt furchtbar niedergeschlagen. So war das auch bei ihr. Als ich ein paar Wochen alt war, erhängte sie sich. Meine Oma und mein Großvater haben mich aufgezogen und ich habe sie geliebt, aber in der kleinen Stadt, in der so viel über meinen unschönen Start ins Leben getratscht wurde, habe ich mich nie richtig wohlgefühlt. Als ich vierzehn war, starb meine Oma am Fieber und dann ging es einfach nicht mehr – mein Großvater und ich allein, wo er so ein schweigsamer Mann war. Ein Jahr später ging ich nach Nim und wurde Revuetänzerin und Sängerin. Ich habe immer noch ein schlechtes Gewissen deswegen, aber ich habe nie den Mut gefunden, zurückzukehren und mich bei ihm zu entschuldigen. Ich weiß noch nicht mal, ob er noch lebt.«

»Seit wann weißt du, dass du eine Hexe bist?«, frage ich sie.

Ein leises Lachen in der Dunkelheit.

»Oh, sobald ich zum ersten Mal eine Feder in der Hand hielt, wusste ich Bescheid«, sagt sie. »Vielleicht sogar schon vorher. Als ich sah, wie mein Großvater Zahlen notierte und seine Bücher führte, wollte ich unbedingt wissen, wie das geht. Ich sagte ihm, ich könne die Bücher führen, wenn er mir ein wenig Lesen und Schreiben beibrächte, und das tat er. Und dann wusste ich es. Immer, wenn die Feder die Seite berührte, konnte ich es spüren – wie das Papier zum Mittelpunkt wurde, die Tinte mein Wille war und die Welt tun würde, was ich schrieb. Ich wagte nicht, irgendetwas zu schreiben, um es geschehen zu lassen, bis ein Kalb, das ich sehr gern hatte, krank wurde. Da schrieb ich auf ein Stück Papier: *Missy, stirb nicht.* Das ganze Haus roch nach Magie und ich bekam große Angst. Ich verschluckte das beschriebene Blatt und meine Oma und mein Großvater schöpften nie Verdacht, obwohl sie sich einen Tag lang Gedanken und Sorgen wegen des Geruchs machten.«

»Und Missy?«, frage ich.

»Sie wurde wieder gesund und ich bekam so hohes Fieber, dass ich eine Woche das Bett hüten musste. So erfuhr ich, dass ich es konnte, und lernte auch, was der Preis dafür war. Der Zauberspruch war zu mächtig für den Anfang – ein Leben zu retten. Ich lernte zu verbergen, dass Feuer mir nichts anhaben konnte, dass ich so stark war, und schwor mir, nie wieder etwas zu schreiben. Zu gefährlich, zu schmerzhaft. Ich wollte Tänzerin sein, keine Hexe.«

»Wenn wir Ko Dan finden und er Theo helfen kann, willst du dann hier in Yongguo bleiben?«, frage ich. »Oder irgendwo anders, wo Hexerei nicht strafbar ist?«

»Nein«, sagt sie. »Frayne ist meine Heimat, auch wenn es kein guter Ort für eine Hexe ist. Ich habe mir nicht ausgesucht, eine Hexe zu sein. Es ist Zufall. Ich habe kein wahres Verlangen danach, Magie zu schreiben, auch wenn es mich in den Fingern juckt, sobald ich eine Feder in der Hand halte. Ich will zurück nach Nim.«

»Aber was wirst du dort machen?«

»Ich weiß es nicht. Ich würde lieber für mich selbst sorgen, als wieder die Geliebte eines reichen Mannes zu werden, auch wenn dabei immer Geld rausspringt. Wenn ich einfach nur nach Hause könnte, würde ich mich schon über Wasser halten. Ich habe Freunde, die uns helfen würden, bis ich was gefunden hätte. Wenn ich genug sparen würde, könnte ich sogar mein eigenes Varieté am Meer eröffnen. Ach, ich weiß nicht, ich will einfach nur wieder ein normales Leben führen und diesen Albtraum hinter mir lassen.«

Ich muss an all die Frauen denken, die ich kennengelernt habe. Die meisten von ihnen kamen im Twist gerade so eben über die Runden, verkauften ihre Waren auf dem Markt, schrubbten die Aborte für die Reichen und so weiter. Als ich klein war, schwor ich mir immer, dass ich nie so werden würde wie sie, noch nicht mal wie Ma, deren Hände vom Wäschewaschen, dem stundenlangen Ausspülen, Aufhängen und Zusammenfalten ganz rau waren. Jetzt bin ich von Frauen umgeben, die die ausgetretenen Pfade eines gewöhnlichen Frauenlebens verlassen haben: Esme mit ihrem Verbrecherimperium, Bianka, die tanzt und sich mit reichen Männern abgibt, Csilla und das Theater und nur der Große Namenlose weiß, was noch, bevor sie für Gregor alles aufgab. Aber trotzdem sehe ich unter all ihren Wegen keinen Pfad, den ich selbst einschlagen will.

»Und was ist mit dir?«, fragt Bianka, als hätte sie meine Gedanken erraten.

»Ich will auch wieder nach Hause.«

»Und du wirst massenhaft Gold haben«, sagt sie ohne Bitterkeit. »Du wirst deinen Weg machen.«

Es klingt albern und abgedroschen, aber ich muss es trotzdem sagen: »Ich bin nicht wegen des Goldes hier.«

»Das weiß ich«, sagt sie, streckt den Arm über den schmalen Spalt zwischen unseren Schlafmatten aus und nimmt über Theos Brust, die sich hebt und senkt, meine Hand. »Ich frage mich jetzt, ob ich die Menschen, die ich in Nim kannte, wirklich als meine Freunde bezeichnen kann. Sie wissen nicht, was ich bin, und wenn sie es wüssten, würden sie mich wahrscheinlich anzeigen.«

»Vielleicht wärst du überrascht«, sage ich einfach aus Höflichkeit. Wir wissen beide, wie unwahrscheinlich das ist.

»Ich bin Frau Och dankbar«, fährt sie fort. »Ich verdanke ihr mein und Theos Leben. Aber ich weiß auch, dass ihr genau wie Casimir und Gennady nicht Theo selbst etwas bedeutet, sondern etwas *in* Theo. Dieses Stück von dem Buch, von dem alle so besessen sind. Für mich ist er kein Stück von einem Buch, er ist mein geliebter Junge.« Sie drückt meine Hand, bis mir die Finger wehtun – die Finger, die Casimir gebrochen hat –, und ihre Stimme wird eine Spur leiser. »Du hast ihn mir weggenommen und ich dachte, ich würde nicht ruhen, bis ich dich eigenhändig ermordet hätte. Selbst nachdem du ihn zurückgeholt hast, habe ich noch mit dem Gedanken gespielt, dich für das, was du ihm angetan hast, umzubringen.« Ihr Griff wird noch fester und ich muss mir auf die Lippe beißen, um nicht aufzuschreien. »Es gibt immer noch Momente, in denen ich euch zusammen sehe und bei mir denke: Wenn sie dazu fähig war, wozu ist sie dann noch fähig? Und doch – Frau Och hat mir immer geholfen, aber sie liebt ihn nicht. Alle sind wegen irgendetwas anderem hier – des Geldes, des Abenteuers oder ihrer eigenen Absichten wegen. Du bist außer mir die Einzige, die ihn wirklich liebt. Du bist die Einzige, die wegen Theo hier ist.«

Sie lockert den Griff um meine Hand und ich atme zitternd aus. »Ja, ich liebe ihn«, sage ich.

Ich will noch weitersprechen, sagen, dass ich weiß, dass sie mir ganz offensichtlich niemals wird vertrauen können, ihr erklären, wie sehr ich mich für das, was ich getan habe, verabscheue, aber ich halte inne. Es ist bereits alles gesagt; es hat keinen Zweck, es noch mal zu sagen. Sie schweigt so lange mit geschlossenen Augen, dass ich schon glaube, sie sei wieder eingeschlafen, als ihre Finger meinen langsam entgleiten. Doch dann spricht sie mit belegter, schläfriger Stimme weiter.

»Ich werde dir nie verzeihen«, murmelt sie und schlägt ein Auge auf. »Aber du bist möglicherweise meine einzige echte Freundin. Ist das nicht komisch?«

Das Auge klappt wieder zu. Ich liege ruhig da, bis ihr Atem schwer wird, dann ziehe ich langsam meine Hand zurück. Sie rührt sich nicht, ihre Hand liegt jetzt allein auf Theos Herz. Ich stütze mich auf einen Ellbogen, um sie anzusehen. Die verzauberte Schärpe ist immer noch um ihre Taille geschlungen, aber sie hat vergessen, sie an Theo festzubinden. Vorsichtig, um ihn nicht zu wecken, lege ich das andere Ende der Schärpe um sein kleines dickes Handgelenk und knote es zu, um ihn mit ihr zu verbinden.

17

Am nächsten Morgen taucht Wyn mit schlechten Nachrichten in Form von Skizzen auf. Allerdings nicht seinen. Es ist eine Zeichnung von Frau Och, Bianka und mir.

»Die hängen in der ganzen Stadt«, sagt er. Ich hole gerade beim Hühnerhaus Eier fürs Frühstück, als er mich erschreckt. Auf yongwenische Art gekleidet sieht er einfach zu gut aus. Nur seine Haare sind langsam etwas zu wild. Seit seinem letzten Haarschnitt vor Monaten, den ich ihm noch verpasst habe, wachsen sie ungezähmt immer weiter. Wir hockten in unsere Mäntel gewickelt auf dem Dach vor seiner Kammer – unter dem hellen Herbsthimmel, die spitzen Dächer des Twistviertels um uns herum –, damals, als wir noch glücklich waren, ich nichts weiter war als ein Mädchen, das verschwinden konnte, und alles noch einfach schien.

»Es heißt, man soll im *Hotel zu den hundert Laternen* nach Shun Yi fragen, wenn man eine dieser ruchlosen Personen gesehen hat. Eine stattliche Belohnung ist ebenfalls ausgesetzt.«

Ich nehme ihm das Blatt ab. Da sind wir, alle drei in einer Reihe.

»Sieht dir nicht besonders ähnlich«, fügt er hinzu. »Wer immer das gemacht hat, hat dein Kinn vollkommen verpfuscht. Und dein Gesichtsausdruck – du wirkst hier so sentimental.«

Das Bild ist alles andere als schmeichelhaft und ich sehe wirklich ungewöhnlich gefühlvoll aus, aber es zeigt zweifellos mich.

»Nur wir drei. Das muss von Casimir sein. Wo hast du es her?«

»Hab's von einer Wand abgerissen. Sie hängen überall. Aber wir müssen uns, glaube ich, keine allzu großen Sorgen machen. Frau Och sieht gar nicht mehr fraynisch aus, Bianka verlässt diesen Hof nie und du kannst dich unsichtbar machen. Wer soll eine von euch identifizieren?«

»Si Tan, der Oberste Bibliothekar, hat mich erst neulich gesehen!«, fahre ich ihn an. »Verflucht. Die zeige ich besser Frau Och. Bleibst du zum Frühstück?«

»Natürlich! Bei euch gibt's Eier! Dek und ich sollten uns auch ein, zwei Hühner anschaffen.«

»Ihr würdet dauernd vergessen, sie zu füttern«, sage ich.

*

Die Steckbriefe machen alle nervös.

»Die sind von Casimir«, stimmt Frau Och mir zu. »Er kann sich denken, dass wir nach Ko Dan suchen. Ich wäre nicht überrascht, hier auf seine Spione zu treffen.«

»Aber Sie glauben doch nicht, dass er etwas mit Ko Dans Verschwinden zu tun hat, oder?«, frage ich.

»Es wäre möglich«, sagt Frau Och. »Aber ich halte es für unwahrscheinlich. Casimir hat hier keinen großen Einfluss.«

»Sie könnten auch von Agoston Horthy sein«, sage ich leicht

verzweifelt. Der fraynische Premierminister macht mir weniger Angst als Casimir.

»Ich glaube nicht. Horthy kennt *dich* nicht. Außerdem würde er Theo nicht so weit über seine Grenzen hinaus verfolgen. Er weiß nicht, was er ist.«

»Was *ist* er denn?«, fragt Bianka in scharfem Tonfall. »Er ist ein kleiner Junge. Man hat nur etwas in ihn reingestopft.«

Theo sitzt auf dem Boden und kaut auf etwas herum, was aussieht wie ein Stein, von dem ich aber hoffe, dass es eine Kartoffel ist. Er sieht neugierig auf, als er merkt, dass über ihn gesprochen wird. Ich habe unweigerlich das Gefühl, dass wir jetzt, da er schon so viele Wörter aufschnappt, aufpassen müssen, was wir in seiner Gegenwart sagen.

»Nur Casimir würde bis ans Ende der Welt reisen, um ihn zu finden«, sagt Frau Och, ohne Bianka zu beachten. »Wir müssen wissen, wen er geschickt und wie stark er die Stadt infiltriert hat. Julia, du wirst dem nachgehen.«

»Ich werde Geld brauchen«, sage ich.

Frau Och holt eine Reihe Münzen an einem roten Faden hervor. Die Münzen in Yongguo haben alle ein Loch in der Mitte und werden in solchen Bündeln aufbewahrt.

»Reicht das?«

Ich nicke und stecke die Münzen in die Tasche.

»Komm mit«, sage ich zu Wyn. »Diesmal brauche ich deine Hilfe.«

*

Wyn findet einen etwa zehnjährigen Jungen, der am Rand des Kanals neben einem kleinen kaputten Karren Blumen verkauft. Frau Ochs Münzen reichen, um alle Blumen und noch mehr zu kaufen: einen Botengang. Wyns Yongwenisch ist furchtbar, aber es gelingt ihm, dem Jungen die grundlegende Information zu vermitteln, indem er ihm den Steckbrief zeigt und auf Frau Och deutet, wie sie früher in Spira ausgesehen hat. Der Junge soll sagen, dass er eine solche Frau auf dem Markt in West-Tianshi gesehen hat. Er soll auf seine Belohnung drängen, aber nicht zu sehr. Wir wollen nicht, dass der kleine Kerl verletzt wird; ich will nur einen Blick auf Shun Yi werfen.

Der Junge führt einen kleinen Freudentanz auf und brabbelt schnell drauf los. Wyn sagt: »In Ordnung, ja, in Ordnung«, und klopft ihm auf die Schulter. Der Junge will wissen, wo er Wyn hinterher treffen kann, um ihm Bericht zu erstatten, aber Wyn sagt, darum brauche er sich nicht zu kümmern.

Ich bin unsichtbar an meinem Ort am Rand der Welt. Der Junge schießt davon und ich renne ihm hinterher. Er ist geschickt im Ausweichen, sieht immer wieder über die Schulter, um zu überprüfen, ob er verfolgt wird, und nimmt Schleichwege und belebte Straßen. Ich stoße mit einer Frau zusammen, die einen Korb Rettich trägt, und da passiert es, ich bin zurück in der Welt, alles wird plötzlich scharf, aber wenn ich nicht renne, verliere ich den Jungen aus den Augen, also lasse ich die Frau, die mir Beleidigungen hinterherbrüllt und den Rettich aus dem Rinnstein aufsammelt, hinter mir zurück. Als wir die Gasse verlassen, weiche ich wieder in die Unsichtbarkeit zurück und gebe mir Mühe, auch verschwunden mit dem Jungen Schritt zu halten.

Das *Hotel zu den hundert Laternen* ist ein mehrstöckiges Gebäude aus glänzendem hellen Holz in der Nähe der Kaiserlichen Gärten. Die Balkone an der Rückseite gehen auf den Nandong-Kanal hinaus. Es ist auf der geschäftigen Straße leicht zu erkennen, weil davor wirklich hundert rote Laternen hängen. Ich folge dem Jungen in den großen Speisesaal. Der bullige Barmann will ihn mit einem Schlag verscheuchen, aber der Kleine weicht seiner Hand aus und spricht schnell. Der Barmann ist kurz davor, ihm eine Ohrfeige zu versetzen, als er bei etwas, was der Junge gesagt hat, erstarrt. Unsicher lässt er die Hand sinken und macht dem Jungen ein Zeichen, ihm zu folgen. Ich bleibe ihnen im verschwundenen Zustand dicht auf den Fersen.

Neben dem Speisesaal befinden sich die Separees. Der Junge hüpft auf Zehenspitzen, windet sich vor Aufregung über die Münzen in seiner Tasche und seinen geheimnisvollen Auftrag. Der Barmann zieht einen Vorhang auf. Der Junge hüpft hinein, ich direkt hinter ihm, und dann sind plötzlich all sein Gehüpfe und seine Begeisterung dahin.

Ich bin kurz davor, wegzurennen, aber dazu müsste ich den Vorhang bewegen und dann würde ich erwischt. Ich bleibe still an die Wand gepresst stehen, mein Atem in der Kehle wie festgefroren.

Vor mir sitzt Pia mit dieser entsetzlichen mechanischen Brille, die an der Stelle aus ihrem Gesicht wächst, wo eigentlich ihre Augen sein müssten. Ich habe die Brille in Casimirs Festung mit dem Griff meines Messers zerschmettert, aber seitdem ist sie repariert worden. Pia ist unverändert: totenbleich, kinnlanges schwarzes Haar in Helmform, lange in Leder gehüllte Gliedmaßen. Darunter muss sie jedoch anders aussehen als bei unserer ersten Begegnung. Sie muss eine Narbe am Bauch haben, wo ich sie mit dem Messer durchbohrt habe. Oder vielleicht auch nicht. Was weiß ich denn schon von ihr? Vielleicht habe ich keine Spuren hinterlassen. Vielleicht konnte ich ihr nie etwas anhaben.

Dem Jungen hat es die Sprache verschlagen. Wir hätten ihn warnen können, wenn wir es gewusst hätten, und wir hätten es eigentlich wissen müssen, aber darüber will ich nicht nachdenken.

Sie spricht Yongwenisch, zwar nicht fließend, aber recht gekonnt, sehr förmlich – wie aus dem Lehrbuch – sodass sogar ich sie verstehe. Fraynisch ist allerdings auch nicht ihre Muttersprache. Ich weiß nicht, wo sie herkommt. Es ist unmöglich, sich Pia in einem fremden Land als kleines Mädchen vorzustellen, das eine andere Sprache spricht, als würde sie zu ihm gehören.

»Setz dich. Ich werde dir nichts tun.«

Der Junge zittert am ganzen Körper. So etwas wie Pia hat er noch nie gesehen und jetzt tut es mir leid, dass wir ihn von der Straße geschnappt haben.

»Ich werde dir allerdings sehr wohl etwas tun, wenn du mir nicht sagst, was du hier willst«, fügt sie mit ihrer hohen, abgehackten Stimme in ihrem überkorrekten Yongwenisch hinzu. »Keine Spielchen. Die Wahrheit.«

Wyn hat ihm Geld gegeben und keine Konsequenzen angedroht. Außerdem sah er insgesamt verglichen mit Pia ziemlich harmlos aus. Wie dumm wir waren!

Der Junge spricht Dialekt und ich verstehe kein Wort, aber es ist klar, dass er uns verrät.

»Hast du diese Frau gesehen oder nicht?«, fragt Pia und klopft mit dem Finger auf die Zeichnung von Frau Och.

Nein, sagt er mit gesenktem Kopf.

»Beschreib den Mann, der dir Geld gegeben hat.«

Er plappert los, wahrscheinlich über Wyn. Ich wage nicht, mich zu rühren, ich wage nicht zu atmen.

»Fraynisch?«

Der Junge weiß es nicht.

»Nur ein Mann?«, fragt Pia stirnrunzelnd. »Das Mädchen von diesem Bild hast du nicht gesehen? Sie haben dich nicht gebeten, anschließend zu ihnen zurückzukommen?«

Nein, sagt der Junge. Er fährt fort und ich weiß nicht, was er sagt, aber ich weiß, was Pia denkt. Ich sehe, wie sie es denkt, sehe, wie ihr die Wahrheit aufgeht – an ihrem Gesichtsausdruck, daran, wie sich ihr Körper unvermittelt anspannt. Sie blickt sich mit surrender Brille in dem kleinen, durch einen Vorhang abgetrennten Raum um. Der Junge hört auf zu reden und starrt sie an. Sie steht auf, die Hand an dem langen, gebogenen Messer an ihrer Hüfte. Dann zückt sie es und der Junge schreit auf.

»Julia!«, ruft sie und ich erschrecke so sehr, dass ich zusammenzucke und an den Vorhang stoße. Sie kann mich nicht sehen, aber sie dreht sich ruckartig um und fixiert die Stelle, an der ich stehe. »Da bist du«, zischt sie.

Ich renne los.

18

»Tja. Verflucht.«

Es ist noch nicht mal Mittag, aber Wyn gießt sich ein Glas *Shijiu* ein und bietet mir auch eins an. Ich schüttele den Kopf, versuche mich zu sammeln. Vom *Hotel zu den hundert Laternen* bin ich direkt zu ihrer Wohnung in Dongshui geflüchtet und immer noch außer Atem.

»Wenigstens wissen wir jetzt Bescheid«, sagt Dek. »Unsere Lage hat sich eigentlich nicht verschlechtert.«

»Sie weiß, dass wir hier sind«, sage ich. »Sie weiß, dass *ich* hier bin.« Ich muss daran denken, wie ich sie in Casimirs Festung mit dem Messer durchbohrt und die Falltür über ihr zugeschlagen habe. Ich muss daran denken, dass sie mich finden und in Stücke schneiden wird.

»Das wusste sie bereits«, sagt Dek. »Sonst wäre sie nicht hier. Tianshi ist eine große Stadt. Wir können uns versteckt halten, bis wir die Sache hier abgeschlossen haben.«

»Jetzt weiß sie, wie ich aussehe«, sagt Wyn. Er ist ihr gar nicht begegnet und trotzdem genauso erschüttert wie ich.

Dek schnaubt. »Was hat der Junge ihr erzählt? Ausländer? Dunkel? Dich wird keiner finden.«

»Das grenzt es schon ziemlich ein«, sagt Wyn. »Bestimmt hat er auch gesagt, ich sei verdammt gut aussehend. Das grenzt es noch weiter ein.«

»Es gibt Hunderte Ausländer in Tianshi«, sagt Dek. »Wir halten uns einfach bedeckt.«

»Bisher haben wir uns nicht besonders bedeckt gehalten. Ich bin ziemlich unvergesslich! Sie muss nur hier und da ein wenig herumfragen, dann weiß sie, wo wir uns verkrochen haben. Heulende Hunde. Wir müssen mit den Mädchen reden. Ihnen sagen, dass sie den Mund halten sollen.«

»Ich bezweifle, dass man ihnen das sagen muss«, erklärt Dek. »Aber wir reden mit ihnen.«

Mei und Ling waren also keine einmaligen Gäste.

»Vielleicht sollten wir umziehen«, murmelt Wyn.

Dek nippt an seinem *Shijiu*, verzieht das Gesicht, stellt das Glas wieder ab.

»Julia – dich kann sie doch eigentlich nicht kriegen, oder? Du kannst schließlich einfach verschwinden, wenn sie in deine Nähe kommt.«

»Nur, wenn ich sie kommen sehe«, räume ich ein.

Ich habe Dek etwas genauer erklärt, wie ich gelernt habe, noch weiter zu verschwinden, obwohl ich ihm nicht von Kahge – oder was immer dieser Ort ist – erzählt habe. Ich habe es ihm hauptsächlich gesagt, damit er mich auf der Reise nicht so streng bewacht.

»Du solltest das hier nehmen.«

Er greift in seinen Ärmel und ich sehe, wie er das Armband mit

Reizgas löst, das ich früher getragen habe. Ein Spritzer lässt einen Angreifer vorübergehend erblinden – und tut außerdem höllisch weh. Ich lege ihm die Hand auf den Arm, um ihn daran zu hindern.

»Nein, behalt es. Ich habe mein Messer und kann verschwinden, wie du gesagt hast. Außerdem nützt das Gas gegen Pia nicht viel. Die Brille schützt ihre Augen. Falls sie überhaupt Augen hat.«

»Wir könnten dir eine Pistole besorgen«, sagt Wyn. »Etwas Wirksameres gibt es nicht.«

Ich verziehe das Gesicht. »Pistolen mag ich nicht. Und ich will auch niemandem ein Loch in den Bauch schießen. Ich will nur sichergehen, dass Pia uns nicht findet, bevor wir Ko Dan gefunden haben.«

»Einverstanden«, sagt Dek. »Aber sieh mal, ich habe noch an etwas anderem gearbeitet, was praktisch sein könnte.«

Dek ist ein genialer Erfinder von Waffen und anderen nützlichen Gerätschaften. Er holt eine Schachtel voller fingerlanger Pfeile mit hohlem Schaft und zeigt sie mir.

»Die habe ich aus dem Zirkus. Dort betäuben sie Tiere damit. Man füllt ein wenig Schlafserum in den Schaft und setzt den Kolben wieder auf. Wenn die Pfeilspitze die Haut des Gegners durchdringt, drückt man den Kolben runter. Davon ist er sofort weg. Es ist etwas heikel, die richtige Menge abzumessen, aber an sich ist es eine gute, nicht tödliche Art, einer Bedrohung entgegenzutreten. Noch dazu lautloser als das Reizgas, das in der Regel zu einigem Geschrei führt. Ich habe es noch nicht ausprobiert – eigentlich wollte ich Wyn für einen Probelauf einsetzen, aber der Feigling weigert sich. Ich gebe dir für den Notfall ein paar mit.«

»Danke.« Ich sehe zu, wie er die Pfeile vorsichtig mit einer Hand aus einer Phiole befüllt. Er hält den offenen Pfeil in seiner Daumenbeuge, während die anderen Finger das akrobatische Kunststück vollführen, ohne Daumen einzugießen. Ich hüte mich, ihm meine Hilfe anzubieten. Dek ist sehr geschickt mit der einen Hand, die er benutzen kann.

»Wir haben übrigens gestern mit dem Briefträger gesprochen und ihm ein sehr großzügiges Angebot gemacht«, sagt er, während er das Serum in die hohlen Pfeile befördert. »Er hat vor Angst geschlottert. Wollte mir weder gegen Liebe noch gegen Geld einen von Gangzis Briefen geben.«

»Ich kann mich nicht erinnern, dass du ihm Liebe angeboten hättest«, sagt Wyn.

»Tja, dein Yongwenisch ist furchtbar. Wie dringend willst du einen haben, Julia? Jetzt, wo wir dieses Serum haben, könnten wir ihn betäuben und den ganzen Korb stehlen.«

»Ich weiß gar nicht, ob es wichtig ist«, sage ich. »Aber wenn ihr einen beschaffen könnt, ohne ein zu großes Risiko einzugehen, wüsste ich gern, was Gangzi da so eifrig schreibt.«

»Übermorgen geht die Post wieder raus«, sagt Wyn. »Ich klau dir einen, kein Problem.« An Dek gewandt fügt er hinzu: »Ich hab dir doch gleich gesagt, dass wir einen stehlen sollen, anstatt zu versuchen, ihn zu bestechen.«

»Ich wollte das mit dem Bestechen gern mal ausprobieren«, sagt Dek und seufzt. »Aber wahrscheinlich liegen deine Fähigkeiten eher auf dem Gebiet des Diebstahls.«

Er verschließt den letzten Pfeil und macht eine triumphierende Geste mit seiner gesunden Hand. Wyn nimmt ihm einen der Pfeile ab und betrachtet ihn.

»Also gut, das heißt, wenn Pia auftaucht, gelingt es uns *möglicherweise*, sie zu betäuben, wenn wir großes Glück haben und sie uns nicht vorher umbringt«, sagt er. »Aber was sagen wir Frau Och? Wird sie uns für Versager halten, weil Pia jetzt weiß, dass wir hier sind?«

»Ich muss nachdenken«, sage ich.

Aber es gibt nichts, worüber man nachdenken könnte. Das Einzige, was zu tun ist, ist Ko Dan zu finden und aus Tianshi zu verschwinden, bevor Pia uns findet, und auch wenn ich weiß, dass Frau Och die Art, wie ich die Sache angehe, vielleicht nicht gefallen wird, habe ich jetzt einen Kontakt und werde ihn nutzen.

*

Die alte Thien hat eine Nachricht mit einer Adresse für mich. Die Nachricht ist auf Fraynisch verfasst – vermutlich nicht von Jun, denn das Fraynisch ist fehlerlos und die Handschrift die eines gebildeten Menschen – und weist mich ausdrücklich an, allein zu kommen. Das gefällt mir nicht besonders. Dek und Wyn gefällt es sogar noch weniger.

»Bei allen verdammten Sternen, wir lassen dich doch nicht allein gehen«, sagt Wyn. »Das könnte eine Falle sein.«

»Wir kommen bewaffnet mit und bleiben außer Sichtweite«, sagt Dek. »Pfeif, wenn du uns brauchst.«

Ich bin unsicher – Jun wird wütend werden, wenn er es entdeckt –, aber schließlich stimme ich zu. Denn er hat zwar Wangenknochen zum Dahinschmelzen und unwiderstehliche Grübchen, aber das ist kein Grund, ihm zu trauen.

Die Adresse ist nicht die des Hauses, das Jun neulich nachts betreten hat, befindet sich aber im selben Teil von Dongshui. Das Haus ist eine Ruine, eine ausgebrannte Hülle. Es ist offensichtlich, dass dort niemand wohnt. Wyn und Dek verstecken sich hinter einer Mauer etwas weiter die Straße hinauf. Ich gehe verschwunden durch das eingestürzte Haus, die Höfe und verfallenen Zimmer. Niemand. Aber als ich wieder rauskomme, sehe ich ihn, ein verschwommener Umriss, der auf der hellen, leeren Straße wartet. Wahrscheinlich ist das angeberisch, aber ich trete ganz nah an ihn heran, bevor ich in die sichtbare Welt zurückkehre und ihn erschrecke. Er zückt den Stock, mit dem er mich schon einmal gepikt hat. Vielleicht hätte ich es lustig gefunden, dass er sich mit einem Stock verteidigt, wenn mir nicht immer noch bei jeder Bewegung die Seite wehtäte.

»Das ist nicht nett«, sage ich. »Ich dachte, jetzt wo wir zusammen Tee getrunken haben, gäbe es so was nicht mehr.«

»Die Nachricht sagt, komm allein. Du nicht allein.«

»Du hast mich neulich beinahe mit diesem Stock aufgespießt. So was macht ein Mädchen nervös.«

Er runzelt grimmig die Stirn. Keinerlei Sympathie. Ich zucke die Achseln und pfeife. Dek und Wyn kommen um die Ecke gebogen, die Pistolen sichtbar am Gürtel, und schlendern zu uns herüber.

»Ich will nur deinen Chef treffen«, sage ich. »Aber ich denke, ich habe das Recht auf einen gewissen Schutz.«

Er verzieht spöttisch den Mund. »Das kein Schutz.«

Ich habe keine Zeit, etwas zu erwidern oder ihn zu fragen, was er damit meint. Ganz beiläufig holt er etwas aus dem Beutel an seiner Taille und wirft es auf die Straße vor Wyns Füße. Ich zucke zusammen, aber es ist kein Wespennest wie in der ersten Nacht, als ich ihm gefolgt bin. Wir starren es alle an – es sieht aus wie ein grauer Stein – und dann schießt knisternd eine weiße Stichflamme daraus hervor. Mit einem Aufschrei mache ich einen Satz zurück, vorübergehend geblendet. Ein Schuss ertönt und Dek ruft: »Schieß nicht auf ihn, du verdammter Narr!« Und dann: »*Au!*«

Jun ist wahnsinnig schnell, das muss ich zugeben. Er entreißt Dek die Krücke, zielt damit auf Wyns Kopf und versetzt ihm einen solchen Schlag, dass Wyn schwankt und auf ein Knie geht. Jun schlägt ihn noch mal mit der Krücke, entwindet ihm die Pistole, holt nach Dek aus und ruft: »Waffe fallen lassen!«

Dek kniet sowieso auf allen vieren auf der Straße, hat gerade erst seine Pistole gezückt. Er lässt sie fallen.

»Hör auf!«, schreie ich.

Jun atmet schwer, seine Stirn glänzt vor Schweiß. In einer Hand hält er Deks Krücke, in der anderen Wyns Pistole, die auf mich gerichtet ist.

»Nicht bewegen«, sagt er und die weiße Flamme wird kleiner und erlischt. Das Ding auf der Straße sieht jetzt aus wie ein Klumpen schwarzen Schlamms. Wyn stöhnt und hält sich den Kopf. Dek geht es dagegen gut, er schiebt sich an einer Mauer hoch.

»Na, das ist ja hervorragend gelaufen«, sagt er zu mir.

»Halt den Mund«, entgegne ich.

»Dein Freund auf mich schießen«, sagt Jun anklagend.

»Du hast die Straße angezündet«, erwidere ich, doch erst jetzt wird mit bewusst, dass die Flamme gar keine Hitze ausgestrahlt hat. »Was war das?«

»Ich bringe *dich* zu Chef«, sagt er, ohne auf meine Frage zu antworten. »Die nicht.«

Wyn rappelt sich langsam auf. Er sieht aus, als wäre ihm übel. Jun erstarrt, aber als Wyn sich nicht rührt, wirft er Dek seine Krücke wieder zu. Der fängt sie unbeholfen auf. »Danke.«

Da beschließe ich, Jun zu trauen – weil er Dek nicht geschlagen und ihm seine Krücke zurückgegeben hat. Wyns Pistole immer noch auf mich gerichtet, hebt er Deks Pistole auf und steckt sie in seinen Gürtel.

»Ihr jetzt gehen«, sagt er zu ihnen.

Ich sage: »Es ist in Ordnung. Mir passiert nichts.«

»Das gefällt mir nicht«, sagt Dek und schiebt die Krücke wieder unter seine Armbeuge.

Aber da Jun ihre beiden Pistolen hat, gibt es nicht viel zu diskutieren. Sie schlurfen davon, wobei sie immer wieder besorgte Blicke über die Schulter werfen. Ich winke ihnen fröhlich zu, um sie zu beruhigen, dann sind sie aus unserem Blickfeld verschwunden. Jun lässt die Pistole sinken und ich entspanne mich ein wenig.

»Du kennen das Haus?«, fragt er.

»Sie auch«, sage ich. Ich habe es ihnen auf dem Weg hierher gezeigt, und wenn sie versuchen sollten, mich zu retten, wäre es mir lieber, er würde nicht davon erschreckt.

»Los«, sagt er und wir gehen zu dem Haus, an das ich mich aus der Nacht erinnere, als ich ihn verfolgt habe.

19

Durch die Nebengebäude und einen ungepflegten Hof gehen wir ins Haupthaus, das dunkel und verfallen daliegt. Die Wände haben Löcher. Der Boden ist ungefegt. Als wir eintreten, huscht eine Maus davon. Jun verriegelt alle Türen hinter sich. Ich sage ihm nicht, dass sich Wyn und Dek von verschlossenen Türen nicht abhalten lassen werden, wenn sie noch mal auftauchen sollten. Am Ende eines Flurs voller Spinnweben klopft er an eine Tür und ruft auf Fraynisch: »Chef, ich bringen das Mädchen.«

Eine Männerstimme antwortet in einem Singsang: »Dann lass es rein, mein Lieber!«

Das Zimmer ist in genauso schlechtem Zustand wie der Rest des Hauses, die einstmals prächtigen Möbel sind abgewetzt und fleckig. An einem Schreibtisch am Fenster sitzt ein fraynischer Mann in den Fünfzigern. Er trägt eine zweireihige Weste, die wie die Möbel schon bessere Tage gesehen hat, und blickt mich über eine schiefe Goldbrille hinweg an. Das ganze Haus zusammen mit seinem Hauptbewohner vermittelt den Eindruck vergangenen Wohlstands und gegenwärtigen Verfalls.

»Julia, nicht wahr?«, sagt er.

»Ja«, antworte ich.

»Dein richtiger Name?«

»Ja.«

»Ich bin Graf Fournier.«

Er steht auf und kommt mit wippenden Schritten und ausgestreckter Hand hinter dem Schreibtisch hervor auf mich zu. Erschrocken stelle ich fest, dass er keine Schuhe trägt und seine Socken Löcher haben – aus einem davon ragt ein großer knubbeliger Zeh. Graf Fournier ist groß und o-beinig, seine Weste spannt über dem Bauch. Die Gesichtszüge hängen herunter, als hätte das Fleisch in seinem Gesicht einfach nicht die Energie, noch länger an seinem Platz zu bleiben, was ihm einen recht traurigen Ausdruck verleiht. Ich nehme seine verschwitzte Hand und er drückt einen Kuss auf meine Fingerknöchel. Ich frage mich, ob ich wohl knicksen sollte, aber das kommt mir in Hosen lächerlich vor.

»Entzückend«, sagt er. »Es ist immer ein Vergnügen, jemanden aus der Heimat zu treffen. Darf ich dir etwas zu trinken anbieten?«

»Nein, danke.«

»Nein? Nun gut. Setz dich.«

Ich lasse mich auf einem der Sofas nieder, wobei ich tief in die alten Kissen einsinke. Kleine Staubwolken steigen auf und bringen mich zum Husten. Es stinkt nach Schimmel und Katzenpisse, obwohl ich keine Katze sehe. Graf Fournier setzt sich mir gegenüber auf eine enorme Chaiselongue und schlägt die Beine übereinander. Jun bleibt neben der Tür stehen und hält Deks Pistole auf mich gerichtet, als könnte ich den Grafen plötzlich angreifen. Ich wünschte, er würde sie runternehmen.

»Ich werde dir zuerst verraten, was ich über dich *weiß*«, sagt Graf Fournier vergnügt. »Und anschließend verrate ich dir, was ich *glaube*. Dann kannst du mir sagen, womit ich richtig liege. Wäre das nicht lustig?«

»Klingt zum Totlachen«, erwidere ich.

»Also fangen wir an. Du stammst aus Frayne. Fraynisch ist deine Muttersprache. Du bist eine Art Hexe. Du bist noch nicht lange in Yongguo und sprichst die Sprache nicht besonders gut. Du hast mehrmals heimlich das Shou-shu-Kloster betreten. Du arbeitest für jemanden aus Frayne mit Macht und politischen Interessen. Das sind die Dinge, die ich weiß. Jetzt kommt, was ich *glaube*. Ich glaube, du bist ein Mädchen aus der Unterschicht, vermutlich aus Spira, deinem Akzent nach zu urteilen, und in diesem Fall vermutlich aus dem Twistviertel. Ich glaube, dein Auftrag lautet, so viel wie möglich über das fraynische Mädchen im Kloster und alle, die mit ihm in Verbindung stehen, herauszufinden. Ich glaube, du weißt genau, wer es ist. Ich glaube, du weißt auch eine ganze Menge über mich. Ich würde sogar wetten, dass ich dich bald werde töten müssen.«

Als er seine kleine Rede beendet hat, komme ich zu dem Schluss, dass ich ihn nicht sonderlich gut leiden kann.

»Was hältst du von meinen Vermutungen?«, fragt er.

»Sie liegen teilweise richtig«, entgegne ich. »Aber was das Mädchen im Kloster und Sie selbst angeht, irren Sie sich. Außerdem bin ich keine Hexe. Wie ich Jun bereits gesagt habe, suche ich nach dem Mönch Ko Dan. Ich weiß nicht das Geringste über Sie oder das fraynische Mädchen.«

»Das ist eine zweckmäßige Geschichte«, sagt er. »Aber nicht sehr glaubwürdig.«

Einen kurzen Moment erblicke ich Wyns Gesicht im Fenster; er wackelt mit den Augenbrauen und ich erstarre. Ich hoffe, sie kommen nicht hereingeplatzt, während Jun die Pistole auf mich gerichtet hält. Es wäre mir lieber, er würde sich nicht erschrecken, solange er den Finger am Abzug hat.

»Folgendes weiß ich über *Sie*«, sage ich. »Sie sind ein fraynischer Adliger, aber Sie sind bankrott und sitzen hier schon lange fest. Sie haben Angst, weil Sie glauben, dass ich herausgefunden habe, was Sie mit diesem fraynischen Mädchen im Kloster vorhaben, was immer das sein mag. Aber wir sind mit unterschiedlichen Angelegenheiten befasst und könnten uns vielleicht sogar gegenseitig helfen, wenn Sie mir nur vertrauen würden.«

Graf Fournier gibt Jun mit einer Handbewegung zu verstehen, dass er die Pistole runternehmen soll, was dieser erleichtert tut. »Also dann, sprich weiter«, sagt er anschließend.

»Ich arbeite für eine Dame aus Frayne … Ich kann Ihnen nicht sagen, wer sie ist, aber sie ist sehr mächtig und dringend daran interessiert, Ko Dan zu finden. Ich nehme an, Sie haben Verbindungen in der Stadt. Ich dachte, wir könnten einen Pakt schließen. Wenn Sie ein paar Nachforschungen über Ko Dan anstellen und mich wissen lassen, was Sie herausfinden, helfe ich Ihnen mit was immer Sie wollen. Ich bin sicher, Ihnen fällt etwas ein, was ein Mädchen, das verschwinden kann, für Sie tun könnte.«

Er denkt darüber nach.

»Du weißt wirklich nicht, wer das Mädchen ist?«

»Sollte ich?«

Er grinst. Seine Zähne sind gelb. »Ich wette, deine Auftraggeberin weiß das – diese mächtige und bedeutende Dame, für die du arbeitest.«

»Vielleicht, aber offenbar hielt sie es nicht für angebracht, mich einzuweihen.«

»Welcher Religion gehörst du an?«, fragt er unerwartet.

»Ich bin im weitesten Sinne baltistisch erzogen worden«, entgegne ich.

»Was heißt im weitesten Sinne?«

»Ich wurde generell nur im weitesten Sinne erzogen.«

Ich spüre Juns aufmerksamen Blick auf mir. Wenn ich raten müsste, würde ich sagen, er weiß, wovon ich spreche.

»Du bist noch zu jung, um dich an den Lorianischen Aufstand erinnern zu können«, sagt Graf Fournier.

Vermutlich stand ein Graf, der jetzt im Exil lebt, damals auf der falschen Seite dieses Aufstands. Ich glaube, ich weiß jetzt, wie ich ihn für mich einnehmen kann.

»Ich bin ein Jahr nach dem Aufstand geboren«, sage ich. »Aber die Geschichten darüber haben mich meine ganze Kindheit über begleitet. Meine Eltern und meine Auftraggeber standen damals auf der Seite der Aufständischen.«

Er lehnt sich zurück, umfasst ein Knie mit den Händen und sieht mich lange an, als überlegte er, ob er mir glauben soll.

»Haben Sie schon von Gregor Chastain oder Esme und Gustaf Moreau gehört?«, frage ich.

Zum ersten Mal wirkt er wirklich überrascht. »Ich kannte Gustaf. Gustaf kannte jeder.«

»Wenn Sie in Spira gelebt haben, wissen Sie, dass seine Frau Esme das Twistviertel übernommen hat, nachdem er gehenkt wurde. Ich habe als Kind für sie gearbeitet. Jetzt arbeite ich für jemand anderen, genau wie Esme und Gregor. Es hat nichts mit Ihrem Mädchen im Kloster zu tun.«

»Gregor Chastain und Esme Moreau wüssten, wer sie ist«, sagt er verschlagen.

»Tja, ich könnte sie herbringen, wenn Sie wollen«, gebe ich etwas zu leichtsinnig zurück.

»Ach ja, könntest du das?«, fragt er mit echtem Interesse im Blick. »Sie sind also in Tianshi? Wie bemerkenswert!«

»Ich will nur etwas über Ko Dan erfahren«, sage ich, besorgt, dass ich zu viel verraten habe. »Ich bringe Freunde vorbei, spioniere ein bisschen für Sie, erschrecke jemanden, den Sie erschrecken möchten, mache Ihnen Essen, was immer Sie wollen – wenn Sie mir sagen, was Sie über Ko Dan wissen.«

»Mein liebes Mädchen, ich weiß rein gar nichts über Ko Dan.«

Ich könnte mich ohrfeigen, dass ich Esme und Gregor erwähnt habe.

»Das heißt also, ich verschwende hier meine verdammte Zeit?«

Von der Tür her ertönt ein Klicken. Ich springe auf, als Jun herumfährt und die Pistole hebt.

»Nicht schießen!«, flehe ich ihn an und die Tür schwingt weit auf, aber dort steht niemand. »Halt!«, rufe ich Dek und Wyn zu, die vermutlich im Flur stehen. »Bleibt zurück!«

Aber dann kommt Wyn, eine Platte aus Metallschrott vor sich haltend, hereingestürmt. Jun zögert. Wahrscheinlich hat er noch nie eine Pistole abgefeuert. Dek erscheint auf der Schwelle, zückt einen kleinen Einhandbogen, der früher mal Professor Baranyi gehört hat, und schießt Jun in die Schulter. Jun wirft ihm einen benommenen Blick zu, versucht mit der Pistole zu zielen, verliert den Halt und lässt sie fallen. Er starrt die Pistole auf dem Boden an. »Faaa…«, murmelt er, bückt sich mit zufallenden Augen danach, dann sinkt er ohnmächtig nieder.

Ich gehe neben ihm auf die Knie und taste nach Juns Puls. Erst als ich ihn gleichmäßig klopfend in seinem Handgelenk gefunden habe, komme ich wieder zu Atem.

Wyn schnappt sich die Pistole und richtet sie auf Graf Fournier, nachdem er die Schrottplatte weggeworfen hat. Der Graf seufzt, als hätte jemand gerade eine Teetasse zerbrochen.

»Geht es Jun gut?«, fragt er.

»Das hoffe ich.« Ich werfe Wyn und Dek einen bösen Blick zu. »Ich habe nicht um Hilfe gebeten.«

»Das war nicht zu erkennen«, sagt Wyn. »Die Lage hier drin wirkte nicht gerade freundlich.«

Er hat einen dunkellila anlaufenden Bluterguss an der Schläfe, aber abgesehen davon scheint er sich recht gut von dem Schlag auf den Kopf vorhin erholt zu haben. Er hilft mir, Jun auf das stinkende Sofa zu heben. Juns Kopf klappt mit offen stehendem Mund nach hinten weg. So sieht er viel jünger aus und ich unterdrücke den Drang, ihm die schwarzen Haarsträhnen zurückzustreichen, die ihm ins Gesicht hängen.

»In einer Stunde oder so geht's ihm wieder gut«, sagt Dek, klingt dabei aber weniger sicher, als mir lieb wäre. Er hat uns selbst gesagt, dass es schwierig sei, die richtige Dosis des Schlafserums abzumessen.

»Er wird nicht gerade gut auf uns zu sprechen sein, wenn er aufwacht«, sage ich.

Wyn wirft mir einen komischen Blick zu. »Spielt das eine Rolle?«

Ich zucke mit den Schultern. Eigentlich hatte ich auf ein weiteres strahlendes Lächeln von Jun gehofft. Stattdessen gab es nur Stirnrunzeln und gezückte Pistolen. Natürlich sollte es keine

Rolle spielen. Wir sind nicht hier, um Freundschaften zu schließen.

»Jetzt sollten Sie besser einige Fragen beantworten«, sage ich zu dem Grafen.

»Ich hoffe, ich liege richtig mit der Annahme, dass ihr beide nicht zu der fraynischen Delegation gehört, die neulich hier eingetroffen ist«, sagt er und mustert Wyn und Dek von Kopf bis Fuß. »Ihr seht nicht so aus.« Er weiß natürlich genau, dass ein Überlebender der Plage in Frayne ein Geächteter ist.

»Die beiden arbeiten mit mir zusammen. Wir wissen nichts von einer Delegation«, sage ich.

»Wir würden es allerdings gern erfahren.« Wyn lässt die Pistole um den Finger kreisen.

»Jemand ziemlich Hochgestelltes, hat mir mein Kontaktmann verraten«, sagt Graf Fournier. Seine Stimme klingt unbewegt, aber mir fällt auf, dass seine Hände zittern. »Es gab natürlich schon früher Delegationen. Sie beantragen bei Gangzi und dem Kaiser jetzt schon seit fast einem Jahr die Genehmigung, das Kloster durchsuchen zu dürfen.«

»Warum schicken sie nicht einfach jemanden über die Mauer, wenn sie sich umsehen wollen?«, frage ich. »Das Kloster ist ja nicht gerade stark befestigt.«

»Weil die fraynische Krone Gangzi fürchtet, und zwar zu Recht, aber man weiß nie – möglicherweise fürchten sie das Mädchen noch mehr. Deshalb hat Jun so viel Zeit dort verbracht. Um ein Auge auf es zu haben.«

»Dieses fraynische Mädchen ist also jemand Bedeutendes?«

»Ja.« Der Graf kichert. »Es ist bedeutend. König Zey ist erkrankt. Habt ihr davon gehört?«

Das hatte ich nicht. Seit unserer Abreise aus Frayne vor zwei Monaten haben wir keine Nachrichten von dort erhalten.

»Er ist ein alter Mann und die Ärzte können nichts mehr für ihn tun. Ein entfernter Cousin ist zu seinem Nachfolger bestimmt worden. Aber es gibt viele, die der Meinung wären, dass das Mädchen im Kloster größere Ansprüche auf den Thron hat.«

Ich starre ihn verständnislos an.

»Es ist König Zeys Nichte«, sagt er. »Prinz Roparzhs Tochter. Sie heißt Zara.«

Es dauert eine Weile, bis ich diese Information verarbeitet habe. Mir fällt die alte Geschichte von einem Prinzenbaby wieder ein, das aus Frayne herausgeschmuggelt wurde, als man Prinz Roparzh, König Zeys Bruder, zusammen mit seiner Frau und den älteren Kindern nach dem Lorianischen Aufstand henkte. Ich hatte immer angenommen, es wäre nur Wunschdenken, ein Gerücht. Die Revolutionäre hatten gehofft, Zey stürzen und den Thron mit seinem Bruder besetzen zu können. Prinz Roparzh war durch seine Heirat zum Lorianer geworden und auf jeden Fall ein gemäßigterer Mann – und er teilte nicht die leidenschaftlichen Bestrebungen seines Bruders, auch noch den letzten Hauch folkloristischer Bräuche auszumerzen.

»Heulende Hunde!«, sagt Wyn leise. »Was für eine Wendung, hm? Und was zum lodernden Kahge hat sie *hier* zu suchen?«

»Sie ist von Hexen und ihren Verbündeten versteckt erzogen, bewacht und ausgebildet worden«, sagt Graf Fournier. »Ein großes Netzwerk von uns in der ganzen Welt war für ihre Sicherheit im Einsatz. Habt ihr schon vom Sidhar-Zirkel gehört?«

»Ja«, sage ich gezwungen. Dek und ich wechseln einen Blick. Unsere Mutter war dort Mitglied.

»Meine Tante, Frau de Laroche, ist die Anführerin des Zirkels«, sagt er eifrig, eindeutig stolz auf die Verbindung. »Sie hat vor einigen Jahren das Geschäft mit Gangzi ausgehandelt. Wir dachten, es gebe keinen geheimeren und sichereren Ort als Shou-shu, das unter dem Schutz des Kaiserreichs steht, aber keiner außenstehenden Macht zur Rechenschaft verpflichtet ist. Aber ich habe jetzt seit über einem Jahr nichts mehr von meiner Tante gehört, habe kein Geld mehr erhalten und weiß nicht, ob sie überhaupt noch am Leben ist.« Jetzt, wo die Schleusen geöffnet sind, spricht er immer schneller: »Diese neue fraynische Delegation wird versuchen, Gangzi etwas im Austausch für die Prinzessin anzubieten, einen Handel abzuschließen, und wenn Gangzi glaubt, dass seine Vereinbarung mit meiner Tante ausgelaufen ist, haben sie womöglich Erfolg. Wenn ich noch irgendwelche Beziehungen hätte, würde ich Prinzessin Zara dort rausholen, aber all meine Kontakte sind im vergangenen Jahr versiegt. Viele der Hexen, die ursprünglich die Flucht der Prinzessin organisiert haben, sind inzwischen gefasst worden. Mir geht das Geld aus. Jun ist der einzige Angestellte, der mir noch geblieben ist. Ich habe keine Mittel, um nach Hause zurückzukehren …« Er bricht ab. Seine Hände zittern immer stärker.

Ich gebe Wyn mit einer Handbewegung zu verstehen, dass er die Pistole runternehmen soll, was er auch tut.

»Sehen Sie, Sie brauchen Hilfe«, sage ich. »Ich spreche mit unserer Auftraggeberin. Sie hat Geld und Beziehungen, daran besteht kein Zweifel. Vielleicht weiß sie sogar etwas über diese Frau de Laroche, Ihre Tante. Aber ich möchte, dass Sie sich nach Ko Dan erkundigen. Feststellen, ob es irgendwelche Gerüchte darüber gibt, wo er hin ist. Wenn Sie etwas für uns herausfinden können, bin ich sicher, dass meine Auftraggeberin auch Ihnen und Ihrer Prinzessin helfen kann. Sie ist ziemlich gut darin, die fraynische Krone auszutricksen.«

»Und ihr seid wirklich wegen Ko Dan hier?«, fragt er staunend.

Ich nicke.

»Ich muss gestehen, dass ich eine gewisse Vermutung hatte, für wen du arbeitest, auch wenn ich mir ihrer Absichten nicht sicher sein konnte.« Er holt das Bild von Bianka, Frau Och und mir aus der Tasche, das laut Wyn in der ganzen Stadt hängt. Natürlich. *Verflucht.*

»Jun hat dich auf diesem Bild erkannt«, sagt er. »Ich weiß nicht, wer diese Frau ist.« Er zeigt auf Biankas Porträt, dann fährt er mit seinem Finger zu Frau Och. »Aber das hier – das ist Och Farya von den Xianren.« Er sieht mit leuchtenden Augen zu uns auf.

Ich weiß nicht, ob ich es bestätigen oder leugnen soll, daher schweige ich. Wyn und Dek folgen mit ausdruckslosen Mienen meinem Beispiel.

»Ihre Beziehung zum Sidhar-Zirkel war … wechselhaft«, sagt er. »Aber alles in allem hat sie Hexen unterstützt. Niemand hat mir gesagt … Als ich das hier sah, habe ich angenommen, sie wäre wegen der Prinzessin hier. Ich war mir nicht sicher, was sie vorhat. Ob sie diesmal für oder gegen den Zirkel arbeitet.«

»Weder noch«, sage ich. »Sie ist wegen Ko Dan hier.«

»Nun denn.« Er leckt sich über die Lippen. »Das überrascht mich. Ich kann mich an Ko Dan erinnern, musst du wissen. Wenn wir mit Gangzi über die Prinzessin gesprochen haben, war auch

Ko Dan immer dabei. Er war Gangzis rechte Hand – sein Schatten, wie ihn manche genannt haben. Ich werde sehen, was ich herausfinden kann.«

Ich sehe Jun an, der mit schlaffem Mund auf dem Sofa liegt.

»Es ist also alles in Ordnung zwischen uns?«, frage ich. »Wir haben uns gegenseitig ein wenig herumgeschubst, aber ich glaube, wir sollten versuchen, Freunde zu sein.«

»Ich bin vollkommen deiner Meinung«, sagt Graf Fournier. Ein anderer Tonfall, jetzt, wo die Pistole die Hand gewechselt hat, aber na ja. Ich muss ihn nicht mögen, um zu glauben, was er mir bisher erzählt hat.

»Das mit Ihrem Jungen hier tut mir wirklich leid«, sagt Dek mit einer Kopfbewegung auf Jun. »Wir haben uns Sorgen um Julia gemacht.«

»Ihr müsst euch keine Sorgen um mich machen«, sage ich. »Ich kann immer noch verschwinden, wenn es schlecht läuft, wie du vorhin selbst gesagt hast.«

»Ich weiß«, sagt er. »Es ist ziemlich lächerlich, wenn ich hier reingehumpelt komme, um dich zu retten. Aber trotzdem mache ich mir Sorgen. Ich kann nicht anders. Ich glaube, das ist meine Berufung – mir Sorgen um dich zu machen.«

Der Graf betrachtet uns interessiert durch seine Brille, die ihm von der verschwitzten Nase rutscht. »Jun hat mir erzählt, dass du ganz nach Belieben verschwinden und wieder auftauchen kannst«, sagt er.

»Das ist ganz praktisch«, entgegne ich kurz angebunden. »Wir hören bald voneinander.«

»Wollt ihr nicht noch etwas trinken, bevor ihr geht?«, fragt er.

»Keine Zeit.« Wyns und Deks enttäuschte Blicke ignoriere ich.

Sie haben den Whisky auf dem Beistelltisch natürlich bemerkt. »Kommt, Leute!«

Wir schütteln uns alle äußerst freundlich die Hand. Dann verlassen wir Graf Fournier, der sich allein ein Glas einschenkt.

20

Csilla empfängt uns an der Tür des eleganten Hauses in Xihuo und geleitet uns zu einem großen offenen Zimmer, das auf einen Innenhof mit blühenden Sträuchern und einem kleinen von Seerosen überwucherten Teich hinausführt. Auf dem Sofa sitzen Professor Baranyi und sein Freund Bo neben einer blassen Frau Och. Esme und Gregor stehen. Wir haben das Treffen per Baumpieper einberufen und alle sind da, außer Bianka und Theo, die das Haus in Nanmu nicht verlassen sollen – sowie Frederick.

»Wo ist Frederick?«, frage ich und sehe mich nach ihm um.

»Er wollte Bianka und Theo nicht allein lassen«, sagt Professor Baranyi.

Ich verzichte darauf, über die Vorstellung, dass Frederick Bianka irgendeinen Schutz bieten könnte, die Augen zu verdrehen, und sage: »Nun denn, wir haben Neuigkeiten. Gute und schlechte.«

»Fang mit den schlechten an«, sagt Gregor und setzt sich mit einem Glas *Shijiu.* »Wie üblich.«

»Pia ist in Tianshi«, sage ich. »Und sie weiß, dass wir hier sind.«

»Hast du sie gesehen?«, fragt Frau Och mit scharfer Stimme.

»Ja. Sie weiß nicht, wo wir wohnen, aber sie ist hier und sucht uns. Das sind die schlechten Nachrichten.«

»Aber dir geht's gut?«, fragt Esme. Sie sieht Wyn mit seinem verletzten, geschwollenen Gesicht an.

»Das war später«, sage ich. »Es geht uns gut.«

»*Dir* geht es gut«, sagt Wyn, aber in gutmütigem Tonfall.

»Und die guten Nachrichten?«, fragt der Professor leise.

»Wir haben herausgefunden, wer das Mädchen im Kloster ist. Zumindest glaube ich das.« Ich mache eine effekthascherische Pause, aber niemand sagt etwas. »Nun, meiner Quelle zufolge heißt es Zara und ist König Zeys Nichte. Offenbar waren die Gerüchte über ein königliches Baby, das nach dem Lorianischen Aufstand aus Frayne geschmuggelt wurde, wahr. Die fraynische Regierung weiß bereits, dass sie hier ist. Im Moment versucht eine Delegation die Genehmigung zu bekommen, Shou-shu zu betreten, oder zu erreichen, dass die Prinzessin ausgeliefert wird.«

Ein kurzes verblüfftes Schweigen, dann fragen alle wild durcheinander. Ich versuche das mit Graf Fournier und Jun zu erklären. Dabei spüre ich Frau Ochs Blick auf mir. Wahrscheinlich ist sie wütend, weil ich das alles hinter ihrem Rücken gemacht habe, aber das ist mir egal. Ich komme mir als Überbringerin solch beeindruckender Neuigkeiten ziemlich wichtig vor. Esme und Gregor wechseln immer wieder merkwürdig staunende Blicke, als wäre ihnen gerade etwas über den jeweils anderen eingefallen, was sie schon lange vergessen hatten.

»Ich hatte Gerüchte darüber gehört, dass die Prinzessin in Yongguo sei«, wirft Frau Och schließlich ein und bringt die anderen mit ihrer frostigen Stimme zum Schweigen. »Allerdings wusste ich nicht mit Bestimmtheit, ob sie der Wahrheit entsprachen. Es stimmt auf jeden Fall, dass Zeys Bruder kurz vor dem Aufstand eine Tochter bekommen hat. Wir alle wussten, was ihr drohte, und ich habe dabei geholfen, sie aus Frayne wegzubringen. Aber bereits vor Jahren habe ich ihre Spur verloren. Ich habe gehört, sie sei vor über einem Jahrzehnt irgendwo in Ischti an einem Fieber gestorben, aber dann kam im Fernen Osten wieder Gerede über sie auf. Wenn das wahr ist, sind das allerdings gute Nachrichten.«

»Und König Zey liegt im Sterben«, wiederholt Esme. Sie sieht erneut Gregor an – diesmal ein hilfloser, resignierter Blick. Er presst die Flasche *Shijiu* an die Brust wie ein Kind, das sein Lieblingsspielzeug umklammert. »Wer ist noch übrig?«, fragt sie.

»Es gibt viele in Frayne, die sich zwar nicht am Lorianischen Aufstand beteiligt haben, aber auch keinerlei Sympathien für Agoston Horthy hegen«, sagt er heftig. »Sogar im Adel gibt es einige, die eine gangbare Alternative zu Zey und seinesgleichen unterstützen würden. Und Prinzessin Zara – wenn sie es denn ist – hat deutlich größere Ansprüche auf den Thron als irgendein entfernter Cousin, den sie da ausgegraben haben.«

»Macht es wirklich einen solchen Unterschied?«, fragt Wyn. »Ob wir diesen König oder jene Königin haben, meine ich.«

Gregor schlägt mit der Faust auf den Tisch. »Sie ist eine lorianische Prinzessin«, ruft er. »Erstens hat sie ein *Anrecht* auf den Thron. Zweitens würde es eine große Veränderung für Frayne bedeuten – die Veränderung, für die wir gekämpft haben. Gedanken- und Religionsfreiheit! Stellt euch das doch bloß mal vor! Ein Frayne, das nicht seine gesamten Ressourcen darauf verschwendet, Hexen zu jagen und zu ertränken! Das nicht auf seinen alten Traditionen herumtrampelt! Jemand, der diesen blutrünstigen Hund Agoston Horthy vertreiben würde!«

»Schon gut, schon gut«, murmelt Csilla und tätschelt ihm beruhigend den Arm, aber er beruhigt sich nicht im Geringsten.

»Wie kannst du sagen, es mache keinen Unterschied?«, ruft er und zeigt auf Wyn, der in gespielter Kapitulation die Hände hebt.

»Dieser Graf denkt allerdings, sie sei in Gefahr«, werfe ich ein. »Übrigens hat er schon von Gustaf gehört.«

»Alle, die über den Aufstand Bescheid wussten, kannten auch Gustaf«, sagt Esme ruhig. Sie spricht nie über ihren toten Mann oder das Kind, das sie zur selben Zeit an die Plage verlor.

Wir schweigen alle einen Augenblick. Dann steht Gregor auf. Er ist rot angelaufen und zittert, aber nicht von zu viel Alkohol – oder zu wenig. In seinem Gesichtsausdruck liegt etwas, was ich nicht kenne und noch nie zuvor gesehen habe. Als würde er gleich anfangen zu weinen – und zwar nicht auf die betrunkene, wehleidige Art, sondern Tränen echten, nüchternen, großen Gefühls. Er tritt an den Rand der Veranda und gießt die ganze Flasche *Shijiu* auf die Erde. Dann kommt er wieder herein, holt drei weitere Flaschen aus der Speisekammer und kippt sie auch aus. Csilla fängt an zu weinen. Sie geht zu ihm und er schließt sie in die Arme. Die beiden stehen weinend und sich aneinanderklammernd da und Gregor wiegt Csilla in seiner großen Umarmung.

Es ist eine ergreifende Szene. Ich sehe Esme an, die einen eigenartigen, unsicheren Gesichtsausdruck aufgesetzt hat. Gregor hat schon oft aufgehört zu trinken. Er meint es jedes Mal ernst und nach ein paar Tagen fängt er jedes Mal wieder damit an. Csilla ist außer Gregor die Einzige, die je glaubt, dass er durchhalten wird.

»Und Ko Dan?«, fragt Frau Och, ohne die dramatische Szene zu beachten. »Irgendwelche Informationen?«

Ich schüttele den Kopf.

»Dieser Graf, den Julia da aufgetan hat, verfügt über gute Beziehungen«, sagt Dek. Er kann erkennen, dass ich mich bei Frau Och auf gefährlichem Terrain bewege. »Ich wette, er bringt etwas für uns in Erfahrung.«

Sie nickt. »Sehr gut. Du wirst diese Sache mit deinen neuen Freunden weiter vorantreiben.«

»Und was ist mit der Prinzessin?«, fragt Esme.

Frau Och faltet die Hände in ihrem Schoß. »Die Prinzessin«, sagt sie und lächelt unvermittelt. »Nun, wir werden sie nach Frayne zurückbringen und ihr auf den Thron verhelfen.«

21

Als sich unsere Gruppe schließlich wieder trennt, versuche ich schnell mit Dek und Wyn hinauszuhuschen, aber Esme ruft mich zurück. »Julia, ich muss mit dir reden.«

»Komm nachher zum Abendessen«, sagt Dek und drückt mir aufmunternd die Schulter.

Ich nicke und folge Esme widerstrebend zu der Bambusbank im Hof. Wir setzen uns und sie schweigt abwartend. Das hat sie immer schon gemacht, wenn ich als Kind etwas angestellt hatte, zum Beispiel ein Fenster zerbrochen oder etwas gestohlen, was ich nicht hätte stehlen sollen. Dann setzte sie mich hin, sah mich mit diesem undurchdringlichen Blick an und wartete darauf, dass ich gestehen würde. Ich bin jedes Mal schwach geworden, so auch diesmal. Also sage ich ihr die Wahrheit, wenn auch nicht die ganze.

»Frau Och hat Frederick darauf angesetzt, Nachforschungen über meine … die Sache mit dem Verschwinden anzustellen. Sie will wissen, warum ich es kann, weiht mich aber nicht ein. Und ich will es auch wissen.«

»Hat er etwas herausgefunden?«

»Vielleicht. Er muss es noch übersetzen.«

»Das gefällt mir nicht. Und dann diese Hexe, die dich in der Bibliothek angegriffen hat. Warum ausgerechnet dich?«

»Wenn Si Tan diese Steckbriefe gesehen hat ... ich war die Einzige von den dort Abgebildeten in der Bibliothek.«

»Julia.« Esme legt ihre große Hand auf meine und ich starre die vernarbten Fingerknöchel an. Ihre Sanftheit ist immer irgendwie überraschend. Ich habe diese Fäuste schon in Aktion gesehen. »Du hast ein Recht auf deine Geheimnisse. Aber wenn du in Schwierigkeiten steckst, musst du es mir sagen. Ich habe Geld. Wir können jederzeit nach Hause zurückkehren. Wir schulden Frau Och nichts.«

»Und die Prinzessin?«, frage ich.

»Darüber muss ich nachdenken. Aber ich vermute, wir könnten es auch ohne Frau Och schaffen.«

»Du legst dich besser nicht mit ihr an.«

»Nein. Aber wenn du in Gefahr schwebst, tue ich, was nötig ist. Ich kann dich hier rausholen.«

Ich nicke unsicher. »Okay.«

»Versprich mir, dass du mir sagst, wenn du Hilfe brauchst. Ich werde auch keine Fragen stellen, die du nicht beantworten willst.«

»Ich gehe jetzt besser«, sage ich. Sie lässt meine Hand los.

Ich bin mit Esmes Macht und Sicherheit im Rücken aufgewachsen. Die Art von Dingen, die den Mädchen im Twistviertel viel zu oft zustoßen, sind mir nie passiert; kein Mann hätte es gewagt, mich anzurühren. Erst war ich Ammis Tochter, dann Esmes Mündel und dadurch fühlte ich mich stark und sicher. Aber das haben wir jetzt alles hinter uns gelassen. Esme – auch wenn sie Fäuste wie Ambosse hat, von allen im Twist am schnellsten die Waffe zieht und auf eine Art schlau ist, die man trotz all der Leute, die ihr einen Gefallen schulden, und des Geldes, das sie beiseitegeschafft hat, nie vermuten würde – nicht mal Esme kann mich vor Casimir, Frau Och oder der Wahrheit beschützen.

*

Als ich das kleine Haus in Dongshui erreiche, sind auch Mei und Ling bereits da. Ich zwinge mich zu einem Lächeln und schlucke meinen Ärger herunter. Es gibt so viel, was ich mit Dek und Wyn besprechen will, aber vor den Mädchen können wir das kaum machen, auch wenn sie kein Fraynisch verstehen. Mei schöpft eine süßliche Suppe in Schälchen und Ling sitzt über ein Buch gebeugt. Die ungekämmten Haare fallen ihr ins Gesicht, während Dek ihr geistesabwesend den Nacken streichelt.

»Julia! Sieh nur, die Mädchen haben heute Schildkröten gefangen und Suppe gekocht!« Wyn sagt das mit gespielter Begeisterung, während er noch ein Schälchen für mich holt, dann zieht er hinter Meis Rücken ein angeekeltes Gesicht. Ohne sich umzudrehen, rammt Mei ihm den Ellbogen in den Bauch, sodass er nach Luft schnappt. Sie sagt etwas in ihrem mürrischen Tonfall und Dek lacht.

»Ich werde dich nicht um die Übersetzung bitten.« Wyn lässt sich auf einen Stuhl fallen.

»Barbar«, liefert Dek sie trotzdem fröhlich. Mei stellt den Topf zurück auf den Herd.

»Was für ein Tag«, sagt Dek und sieht mich mit bedeutungsvoll hochgezogenen Augenbrauen an. Vermutlich kommen wir damit dem Darüberreden noch am nächsten. Ich habe sowieso einen Bärenhunger. Also ziehe ich einen Stuhl an den Tisch und lange zu. Ich weiß nicht, wie Schildkröten schmecken sollen, aber die Suppe ist heiß und herzhaft und mehr erwarte ich von einer Suppe nicht. Ich schlinge sie herunter.

»Vergiss das Atmen nicht«, sagt Wyn mit gespieltem Entsetzen. Mei sagt etwas Wohlwollendes und Dek lacht erneut. Vielleicht bin ich das Gegenteil eines Barbaren.

Ich sehe meinen Bruder an – entspannt, lachend, *glücklich*, einen Arm um Lings Schultern gelegt – und eine unangenehme Erinnerung an unsere Reise über das Kastahorgebirge kommt mir in den Sinn.

Wir hatten diesen Weg genommen, weil Frau Och und Professor Baranyi die Berge weniger fürchteten als den Versuch, Xanuha, ein bergiges Land zwischen Ischti und Yongguo, zu durchqueren. Xanuha wird von wilden Kriegern beherrscht, die vor vielen Jahren ein Hexenregime gestürzt und sich jahrhundertelang gegen das riesige Reich an ihrer Nordgrenze verteidigt haben. Offensichtlich sind sie Fremden gegenüber nicht sehr aufgeschlossen – erst recht nicht magischen Fremden. Aber es gab kein Tier, das uns über das Kastahorgebirge tragen konnte, und Dek konnte nicht laufen. Bianka, die bei Weitem Stärkste unter uns, musste ihn wie ein Kind auf dem Rücken tragen, während wir anderen uns damit abwechselten, Theo zu tragen. Sie beklagte sich nie über die Last – sie hielt uns auf dieser Reise alle am Leben, indem sie jede Nacht das Feuer heraufbeschwor, das uns vor dem Erfrieren bewahrte –, aber für Dek war es beschämend. Ich erinnere mich an sein blasses Gesicht im eisigen Wind, verschlossen und dünnlippig. Es war für uns alle die anstrengendste Etappe unserer Reise und ich war so mit meinem eigenen Leid beschäftigt, dass ich nicht viele Gedanken an ihn verschwendete.

Eines Tages schlugen wir unser Lager am Fuß eines Gletschers auf, der im Sonnenlicht blau glänzte, und während wir unser karges Mahl verspeisten, sahen wir, wie etwa eine Tagesreise vor uns ein halber Berg wegbrach. Das Donnern war ohrenbetäubend, die Form der Landschaft veränderte sich und wir saßen still und düster da, weil wir Zeugen geworden waren, mit welcher Leichtigkeit dieser Ort uns unter sich begraben konnte. Meine Ehrfurcht vor der Schönheit der Berge war schnell verflogen. Jeder Zentimeter meines Körpers tat mir weh, ich hatte die ganze Zeit Hunger und war nur noch ein Schatten des Mädchens, als das ich losgegangen war – das Mädchen, das darauf brannte, seine Fehler wiedergutzumachen.

»Ich hasse es hier«, sagte ich zu Dek.

Er rieb sich grimmig das Bein und schwieg.

»Tut es weh?«, fragte ich.

»Es tut immer weh«, knurrte er – die ersten Worte, die er seit Tagen gesagt hatte. »Ich bin daran gewöhnt, dass es wehtut.«

»Tja, ich nicht.«

»Du Glückliche.«

Ich weiß nicht, warum ich es sagte, und wünschte, ich könnte es zurücknehmen. »Ich fühl mich aber nicht glücklich. Ich wünschte, *ich* würde getragen.«

Dieser Blick, mit dem er mich anfunkelte! Ich schluchzte wie verrückt, die Tränen gefroren augenblicklich auf meinen Wangen. Aber er sagte nichts, sondern kehrte zu seinem Schweigen zurück.

Aber als wir Yongguo endlich erreichten, als wir die Steppe und anschließend die Wüste durchquerten, in Orten und Städten haltmachten, wo auch er nicht ungewöhnlicher war als wir anderen, veränderte er sich. Sein Geld war auf dem Markt willkommen, niemand zuckte bei seiner Berührung zurück. Ich beobachtete, wie sich etwas in ihm öffnete und jemand auftauchte, der war, wie mein Bruder früher einmal gewesen war. Jemand, der fröhlich lachte, jemand Starkes und Selbstbewusstes.

Als wir ein Stück vor der Stadtmauer lagerten und ich einen Augenblick mit ihm allein war, platzte ich ohne Vorrede heraus: »Das was ich gesagt habe, tut mir leid.« Ich sagte nicht *vor zwei Wochen in den Bergen*. Es war nicht nötig. Er strich mir das Haar hinters Ohr. »Du brauchst dich nie bei mir zu entschuldigen.«

Wenn ich ihn jetzt so ansehe, verstehe ich erst, wie schrecklich es in Spira in den letzten zehn Jahren für ihn gewesen sein muss. Es war keinem von uns in den Sinn gekommen, dass er vielleicht irgendwo anders hingehen konnte, wo die Dinge anders wären, wo er sich frei bewegen könnte, wo ein Mädchen ihn so ansehen würde, wie Ling es gelegentlich tut. Zumindest war es *mir* nie in den Sinn gekommen, und wenn ihm je der Gedanke gekommen war, hatte er ihn für sich behalten.

Aber jetzt sieht Ling ihn nicht an. Die Augen fest auf das Buch gerichtet, schlürft sie ihre Suppe.

»Das Mädchen lernt ununterbrochen«, sagt Wyn, dem mein Blick auffällt.

Mei sagt etwas Bissiges über Hoffnung und ihre Familie, und Dek übersetzt: »Sie sagt, dass all ihre Hoffnungen auf ein besseres Leben auf Ling ruhen.«

Daraufhin klappt Ling mit ausdrucksloser Miene geräuschvoll das Buch zu. Sie holt zwei merkwürdig geformte Würfel aus der

Tasche und wirft sie auf den Tisch. Dabei sieht sie mich an und sagt etwas, was gefährlich nach einer Herausforderung klingt.

»Was ist das denn?«, fragt Wyn, hebt einen der Würfel auf und dreht ihn zwischen den Fingern. Die Würfel sind zwölfseitig, weiß wie Knochen, mit schwarzen Zeichen auf jeder Seite.

Mei gibt ein missbilligendes Geräusch von sich, als Ling ein anderes Buch aus der Tasche ihrer Tunika holt und damit wedelt – ein dickes kleines Buch mit rotem Einband und weichen, zerfledderten Seiten, nicht größer als ihre Handfläche. Es sieht auf jeden Fall aus, als würde es sehr oft aufgeschlagen.

»Wenn wir Würfel spielen, sollten wir auch was trinken«, sagt Wyn, holt eine Flasche *Shijiu* aus der Speisekammer und gießt jedem von uns einen Becher ein. Ling trinkt ihren schnell aus und erklärt Dek das Spiel. Soweit ich verstehe, ist es eine Art Wahrsagespiel. Mit ihrer verbundenen Hand nimmt sie beide Würfel und rollt sie zu mir.

»Was ist mit deiner Hand passiert?«, frage ich. Was auch immer sie für eine Verletzung hatte, es ist schon besser geworden, so wie sie sie bewegt. Dek wirft mir einen bösen Blick zu, also versuche ich es noch mal auf Yongwenisch: »Deine Hand«, sage ich und hänge dann nur ein »Was?« ans Ende meines Nichtsatzes, woraufhin Dek die Augen verdreht. Ling gießt sich noch einen Becher *Shijiu* ein und sagt dann kurz angebunden: »Gebrochen.«

Die Art, wie sie es sagt – bitter, vorsichtig – erinnert mich daran, wie Casimir mein Handgelenk und meine Finger gebrochen hat. Ich schüttele den Gedanken und die Welle der Übelkeit, die ihn begleitet, ab. Mei sagt warnend zu Ling, dass sie nicht so viel trinken solle. Ling wirft ihr einen aufmüpfigen Blick zu und kippt ihren zweiten Becher.

»Bei allen Sternen, kann das Mädchen trinken!«, sagt Wyn und füllt ihren Becher nach. Mei funkelt ihn an.

Ling wischt sich mit dem Ärmel den Mund ab, beugt sich über den Tisch zu mir und stellt mir eine Frage.

»Was ist mein … was?«, frage ich, da ich nur die Hälfte verstanden habe.

»Dein Schicksal«, sagt Dek mit hochgezogenen Augenbrauen.

»Woher soll ich das wissen?«

Sie verlangsamt ihr Yongwenisch, als spräche sie mit einem kleinen, ziemlich dummen Kind, damit ich sie ohne Deks Übersetzung verstehen kann: »Wann hast du Geburtstag?«

Die yongwenischen Namen der Monate fallen mir nicht ein, daher stammele ich: »Ein Monat … später.« Zumindest glaube ich, das zu sagen.

»Wie alt wirst du?«

Wenigstens kenne ich die yongwenischen Zahlen. »Siebzehn.«

Sie blättert eifrig in dem Buch.

»Eine Kombination aus der vorherrschenden Konstellation an deinem Geburtstag, den Zeichen, die du würfelst, und der jetzt vorherrschenden Konstellation teilen dir dein heutiges Schicksal mit«, erklärt Dek. »Es heißt *Das Buch der zehntausend Zimmer*. Darin geht es eigentlich um Philosophie, es wird aber meistens zum Wahrsagen verwendet.«

»Dein *heutiges* Schicksal?«, fragt Wyn. »Verändert sich das Schicksal denn von Tag zu Tag? Dann kann man es ja nicht wirklich als Schicksal bezeichnen, oder?«

»Dein Schicksal kann sich ändern, es ändert sich sogar in der Tat, je nachdem, welche Entscheidungen du triffst«, sagt Dek. »Aber in einem umfassenderen Sinn wandelst du auf verschiedenen Wegen in die immer gleiche Richtung. Und auf jeden Fall sind wir alle im Haus der zehntausend Zimmer gefangen.«

»Wieso gefangen?«, frage ich.

»Weil wir uns, egal, welchen Weg wir wählen, unser gesamtes Menschenleben lang in diesen Zimmern aufhalten«, sagt er, dann tippt er auf das Buch in Lings Hand. »Oder in diesem Buch.«

»Und was ist außen rum?«, frage ich und Dek übersetzt es für Ling.

Sie sieht mich mit glänzenden Augen und vom Alkohol geröteten Wangen an, leckt sich über die Lippen und sagt mit starkem Akzent auf Fraynisch: »Die Bestien.«

Ich kann es nicht erklären – ich selbst habe den *Shijiu* nicht angerührt –, aber in meinem Magen breitet sich eisige Furcht aus. Ich muss an diese Wesen in Kahge denken, die aus dem Schatten aufgetaucht sind und auf mich gezeigt, mich angeschrien haben. Ich muss daran denken, wie *ich* mich dort verändere.

»Was für Bestien?«, flüstere ich. Lings Lippen teilen sich erneut, als wolle sie weitersprechen, aber dann bricht sie plötzlich in schallendes Gelächter aus und sagt irgendetwas über Hexen.

»Frag die Philosophiehexen«, übersetzt Dek, dann sagt er zu ihr: »Trink nicht so viel, sonst wird dir übel.«

Sie wirft ihm einen Blick zu, der so kokett ist, dass ich beinahe rot werde, und gießt sich noch einen Becher ein. Mei murmelt leise etwas.

»Würfele«, sagt Ling zu mir, also würfele ich.

Sie studiert die Zeichen, blättert wieder eifrig in dem Buch und fährt mit dem Finger über die Zeilen. Dann liest sie laut vor.

Dek übersetzt, ganz offensichtlich amüsiert: »*Wer sich gegen seinen Herrscher auflehnt, hat keine Ehre.*«

Ich grinse. »Das ist mein Schicksal? Ehrlosigkeit und Auflehnung? Nicht übel.«

Gebieterisch nimmt Ling die Würfel und reicht sie Wyn, fragt nach seinem Geburtstag und blättert in dem Buch, während er würfelt.

Dek übersetzt wieder: *»Vor den Augen Gottes sind Bauer und König gleich.«*

Mei schüttelt den Kopf wie eine missbilligende Mutter aus dem Twistviertel.

»Julias und mein Schicksal scheinen sich zu widersprechen«, sagt Wyn. »Ihres lautet, man solle sich nicht gegen den Herrscher auflehnen, und bei mir klingt es, als sollte es gar keinen Herrscher geben.«

Dek übersetzt Meis Erklärung: »Wir müssen uns in die Gesetze der Welt fügen und uns unserer Stellung auf Erden unterordnen. Die Götter beurteilen uns nicht nach unserer Stellung, sondern nach unserer Unterordnung. Unser Platz auf Erden ist nur ein Kostüm, das wir tragen müssen, um zu werden, was wir sind, aber wir müssen es in Demut tragen.«

Wyn zuckt die Achseln. Mei lässt ein seltenes Lächeln sehen und sagt etwas.

»Sie hat dich einen Idioten genannt«, erklärt Dek fröhlich. Darauf folgt ein heftiger Wortwechsel zwischen Mei und Dek und er ergänzt: »Dann eben ein liebevolles Wort für Idiot. Jemand, der nicht gründlich nachdenkt.«

»Zumindest nicht über solchen Quatsch hier«, sagt Wyn grummelnd.

Ling reicht die Würfel Mei, die jedoch den Kopf schüttelt und erneut die Stirn runzelt. Ling lacht, klimpert mit den Würfeln in der Hand und würfelt dann selbst. Sie sucht die passende Seite im Buch heraus und liest mit hoher, spöttischer Stimme vor.

»*Ehrgeiz ist ein Berg ohne Gipfel*«, übersetzt Dek.

Ling schiebt ihm beinahe ärgerlich die Würfel hin. Er würfelt und sie blättert.

»*Der Durstige in der Wüste muss lernen, Sand zu trinken.*« Dek lacht kläglich. »Das dient als Zusammenfassung der Vergangenheit, aber ich hatte gehofft, dass es nicht auch meine Zukunft ist. Ich habe schon genug Sand getrunken.«

Er schlägt das Buch zu. Ling lehnt sich an seine Schulter und das wütende Leuchten in ihrem Blick erlischt sofort. Sie sieht fast blass aus.

Mei schimpft offenbar, dass Ling sich mit dem Trinken nicht zurückhält, aber Dek übersetzt nicht, deshalb weiß ich es nicht genau. Ich muss an Dek denken, der Sand trinkt. Mal angenommen, ich wäre diejenige, die die Plage gehabt hätte und als Krüppel und Ausgestoßene zurückgeblieben wäre. Ich muss dauernd denken, dass Dek ein anderes Leben für mich gefunden hätte, selbst wenn das bedeutet hätte, die ganze Welt zu durchqueren und unsere Heimat zu verlassen. Vermutlich sind zehntausend Zimmer längst nicht genug, wenn jedes Zimmer Unterwerfung bedeutet.

»Ich glaube nicht an Schicksal«, sagt Wyn, holt ein Kartenspiel heraus und zwinkert mir zu. Ich kann mir ein Lächeln nicht verkneifen – es passiert ganz von allein, ob ich will oder nicht. »Letzten Endes ist doch alles vom Zufall bestimmt. Man spielt das Blatt, das man ausgeteilt bekommen hat, so gut wie möglich, und das war's. Ist es nicht so, Braunauge?«

»Also dann, auf den Zufall.« Dek hebt seinen Becher.

»Auf Unehrenhaftigkeit und Auflehnung.« Ich lache.

»Aber keinen Sand mehr«, sagt Dek.

Ich sehe ihn an und wiederhole: »Keinen Sand mehr.«

Wyn mischt und teilt die Karten aus.

22

Am nächsten Abend stehe ich verschwunden neben dem Eingang zu einem eleganten Restaurant in Xishuis erstem Abschnitt, nicht weit vom Kloster entfernt. Die Tische im quadratischen Speisesaal sind um einen Teich voller Seerosen herum angeordnet, sodass die Gäste beim Essen aufs Wasser sehen können. Auf einer kleinen steinernen Insel in der Mitte des Teichs sitzen zwei Musiker, von denen einer an einem langen Saiteninstrument zupft und der andere auf etwas wie einer Flöte spielt. Dicke Balken erstrecken sich unter der Decke und die Holzböden sind auf Hochglanz poliert.

Als ich früher am Tag mit Graf Fournier gesprochen habe, war Jun nicht da. Ich fragte nach ihm und der Graf berichtete, er habe sich von Deks Pfeil weitgehend erholt. Ich wagte nicht zu fragen, wie wütend er sei. Jetzt warte ich auf Graf Fourniers Bitte hin auf den fraynischen Botschafter, um zu sehen, mit wem er zu Abend isst.

Der Saal wimmelt vor elegant gekleideten Gästen aus Tianshis besserer Gesellschaft, die essen, trinken und der Musik lauschen.

Nur ein Tisch am Wasser ist noch frei. Als ich die beiden fraynischen Männer erblicke, die von der Kellnerin an diesen Tisch geführt werden, bekomme ich einen Schreck.

Ich erkenne den größeren der beiden Männer. Er ist unvergesslich. Als ich ihn das letzte Mal sah, hockte ich eingezwängt in einem Schrank in Frau Ochs Lesezimmer und er stand schweigend neben Agoston Horthy, während der Premierminister sich mit Frau Och stritt. Ich kenne seinen Namen nicht, aber ich weiß, dass Bianka ihm auch schon begegnet ist und dass er Interesse an Theo gezeigt hat. Er hat eine dichte graue Haartolle und ein dunkelhäutiges Gesicht; er könnte gut aussehen, wenn nicht das gelbe Auge und die Augenklappe, die er über dem anderen trägt, von seinen feinen Gesichtszügen ablenken würden.

Der fraynische Botschafter ist ein stämmiger Mann mit dünnem Haar und sonnenverbranntem Gesicht, das aussieht wie ein blutiges Fleischbällchen. Seine Weste schmücken bedeutende Orden. Die beiden Männer lassen sich an dem Tisch nieder, der Kerl, den ich kenne, mit dem Rücken zum Wasser.

Wahrscheinlich möchte er den Raum im Blick behalten. Ein durch einen Vorhang abgetrenntes Separee würde zwar den Anschein von Privatsphäre vermitteln, gleichzeitig jedoch einem Spion auch ein günstiges Versteck bieten. Hier dagegen ist es unmöglich, sich nah genug anzuschleichen, um ein leise geführtes Gespräch belauschen zu können.

Außer natürlich, man kann sich zufällig unsichtbar machen und direkt neben den Tisch stellen.

Die Kellnerin bringt Reiswein und Platte um Platte mit Tianshis feinsten Delikatessen. Der Botschafter isst sehr schnell, wobei seine Essstäbchen gegen das Keramikgeschirr klappern. Er stopft sich das Essen in den Mund, kaut ein paarmal mit seinen riesigen Kiefern und schluckt es dann runter – wie eine massige, aber effektive Fressmaschine.

»Ich fürchte, dass man uns warten lässt, Baron Skaal«, sagt der Botschafter zwischen zwei riesigen Bissen nervös. »Si Tan gibt ausländischen Gesandten gern zu verstehen, dass sie keinerlei Bedeutung haben, selbst wenn es äußerst bedeutende Männer wie Sie sind. Da lässt sich leider gar nichts machen.«

Baron Skaal ist das seltene Exemplar eines Mannes ganz ohne Ticks oder spezielle Eigenarten. Als er zu sprechen anhebt, bin ich überrascht, weil er sich nicht vorbeugt, räuspert oder das Gewicht verlagert, wie es die meisten Leute tun, bevor sie sich zu Wort melden. Er hat eine angenehme Stimme, in der sich der Tonfall eines freundlichen Droschkenkutschers auf seltsame Art mit seinem Oberschichtakzent vermischt.

»Wir werden sehen, wie lange wir warten müssen«, sagt er. »Ich hatte eigentlich angenommen, der Oberste Bibliothekar wäre neugierig, mich zu treffen.«

»Nun, mag sein, mag sein«, entgegnet der Botschafter. »Aber Sie müssen wissen, dass hier alles eine Frage des Status ist. Si Tan gibt einem gern das Gefühl der Machtlosigkeit.«

»Ich bin nicht gekommen, um mich mächtig zu fühlen«, erklärt Baron Skaal.

»Natürlich nicht. Ich will damit nur sagen, dass es ein Spiel ist, wissen Sie. Manchmal verweigert er mir ein Treffen ganz. Es ist äußerst beschämend.«

»Er wird sich mit mir treffen«, sagt Baron Skaal recht gelassen. Nach einem Blick über die Schulter auf mich – nein, durch mich hindurch, aber trotzdem macht mein Herz vor Schreck einen kurzen Satz – fängt er an, den Botschafter über Tianshi und seine Sehenswürdigkeiten auszufragen. Sie unterhalten sich eine halbe Stunde, nicht länger, dann verlassen sie gemeinsam das Restaurant. Ich folge ihnen zurück bis zum Haus des Botschafters im Diplomatenviertel des Beijin-Dreiecks. Dann springe ich auf eine Straßenbahn nach Dongshui.

*

Diesmal empfängt mich Jun mit versteinerter Miene an der Tür.

»Hallo«, sage ich, vom Anblick seines Gesichtsausdrucks entmutigt. »Ich habe Neuigkeiten für deinen Chef.«

Er nickt, lässt mich ein und führt mich durch den äußeren Hof ins Haupthaus.

»Geht es dir gut?«, frage ich mit unpassend fröhlicher Stimme. »Das mit gestern tut mir leid. Ich wollte nicht, dass irgendetwas davon geschieht.«

»Wenn deine Freunde noch mal herkommen, ich sie erschießen«, sagt er. »Ich bat Graf Fournier, mir eine Pistole kaufen, und er sagt Ja. Guck.«

Er zeigt mir eine elegante kleine Pistole, die genau in seine Handfläche passt. Es macht mich traurig, dass seine Begegnung mit mir und meinen Leuten ihm das Gefühl gegeben hat, er brauche mehr als seinen spitzen Stock und schlaue Tricks, um sich zu verteidigen.

»Ich werd's ihnen ausrichten«, sage ich.

Graf Fournier ist an seinem Schreibtisch eingeschlafen und es dauert ein paar Minuten, bis Jun ihn geweckt hat, aber als ich ihm erzähle, was ich heute Abend gesehen habe, lebt er auf. Er schenkt sich ein Glas ein, ohne sich diesmal die Mühe zu machen, mir auch eins anzubieten. Als ich mit meinem Bericht geendet habe, sieht er Jun an und fragt: »Stimmt das?«

Jun nickt.

Ich starre ihn einen Augenblick verständnislos an und stoße dann ein wütendes Schnauben aus. »Und warum bitte haben Sie mir den Auftrag erteilt, wenn er mir sowieso folgen würde?«

»Nicht *dir* folgen«, sagt Jun. »Dich kann ich nicht sehen. Ich folgen dem Botschafter, um zu sehen, ob du uns Wahrheit sagst.«

»Was für eine Zeitverschwendung!« Ich bin wütend, aber dann weicht meine Wut der Neugier. »Warte mal – wo warst du denn im Restaurant? Sie hatten doch den ganzen Saal im Blick.«

Auf Juns Wangen erscheinen die Grübchen und in meinem Brustkorb flattert etwas.

»Botschafter ist dumm, diesen Ort aussuchen«, sagt er und wippt leicht auf diese rastlose Art auf den Zehen, als könnte er jeden Augenblick anfangen, Rad zu schlagen. »Da sind große Balken an Decke. Ich war auf ein Balken, direkt über ihnen.«

Darüber muss ich unvermittelt lachen und einen Moment scheint auch er seinen Groll zu vergessen und wir grinsen uns an – zwei Spione, die einen schlauen Spionageschachzug zu würdigen wissen.

Ich wende den Blick ab und sage zu Graf Fournier: »Haben Sie schon mal von Baron Skaal gehört?«

»Nein«, sagt der Graf. »Aber meine Kontaktmänner haben mir gesagt, er sei bedeutend und stehe Agoston Horthy sehr nah.«

»Ich habe sie in Spira mal zusammen gesehen. Aber warum will er sich mit Si Tan treffen? Wenn er ins Kloster will, müsste er dann nicht Gangzi um eine Genehmigung ersuchen?«

»Si Tan ist vermutlich eher verhandlungsbereit«, sagt der Graf. »Und wenn es jemanden gibt, der Einfluss auf Gangzi hat, ist es Si Tan. Auf jeden Fall sind das schlechte Nachrichten. Ich muss die Prinzessin so bald wie möglich in Sicherheit bringen. Werden deine Leute uns helfen?«

Er sagt *deine Leute* mit einem begeisterten Glanz in den Augen.

»Das hängt davon ab. Werden *Sie* uns dabei helfen, Ko Dan zu finden oder muss ich erst noch durch weitere Reifen springen?«

»Keine Reifen mehr, meine Liebe. Ich habe mich bereits umgehört. Aber ich werde Geld brauchen. Für Bestechungen, verstehst du?«

»Ich werde Ihnen etwas bringen.«

Graf Fournier wirft Jun einen erfreuten Blick zu, aber Juns Augen ruhen wieder auf mir und ein weiteres Lächeln umspielt seine Mundwinkel.

»Nun.« Graf Fournier räuspert sich. »Ich weiß über Ko Dan, dass er ein Hexer ist. Männliche Hexen sind überaus selten, wie du bestimmt weißt, und es gab damals einigen Widerstand, als es darum ging, dass er dem Shou-shu-Orden beitreten sollte. Mit diesen Glocken betreiben sie dort zwar auch eine Art Magie, aber die Magie steckt *in* den Glocken, ist vor über tausend Jahren von Hexen dort eingeschrieben worden. Ko Dan ist nicht in Yongguo geboren. Er stammt von den Muyriki-Inseln in der Südsee, kam jedoch bereits als Junge allein nach Tianshi mit nichts weiter als einem Empfehlungsschreiben vom Obersten Heiligen Muyrikis, der Gangzi darum bat, ihn als Schüler aufzunehmen. Schnell wurde Ko Dan zu Gangzis Liebling. Ich weiß nicht, wie oder warum er das Kloster verlassen hat. Es gibt verschiedene Geschichten. Manche sagen, er sei verrückt geworden, andere sagen, er sei hingerichtet worden, und wieder andere sagen, er sei ein geheimer Ratgeber des Kaisers geworden. Ich habe mich nie um die Gerüchte geschert, aber als ich ihm begegnet bin, fand ich ihn merkwürdig.«

»Wie sieht er aus?«

»Er ist ein junger Mann, klein, mit freundlicher Miene. Unter dem Auge hat er eine sternförmige Narbe. Von der Magie gezeichnet, hieß es, oder von den Geistern berührt. Wer weiß schon, was es wirklich damit auf sich hat?«

»Halten Sie es für möglich, dass er hingerichtet wurde?« Der Gedanke, dass wir womöglich nur wegen eines Toten die weite Reise hierher unternommen haben, ist furchtbar.

»Möglich ist es, aber ich glaube, insbesondere Si Tan hielte das für eine Verschwendung. Ich nehme an, dass sie lieber versuchen würden, irgendwie einen Nutzen aus ihm zu ziehen. Wenn sie ihn allerdings für zu gefährlich oder unkontrollierbar gehalten haben, hätten sie ihn möglicherweise wirklich hingerichtet. Ich weiß nicht, was für ein Verbrechen er begangen hat. Die Strafe für Magiemissbrauch, bei dem niemand zu Schaden kommt, beläuft sich auf zehn Jahre Kerker.«

»Und was ist die Strafe, *wenn* jemand zu Schaden kommt?«

»Das kommt darauf an, wer und wie. Auch hier werden Hexen ertränkt, musst du wissen.«

»Hexen, die Menschen verletzen oder Magie zu ihrem eigenen Gewinn einsetzen«, entgegne ich.

»Hexen, die dessen beschuldigt werden«, sagt er, dann lacht er über meinen Gesichtsausdruck. »Ich bin schon zu lange hier und ein Zyniker. Hexen können dem Kaiserreich nützen oder eine Bedrohung darstellen. Das Kaiserreich toleriert die Hexen nicht, weil es sie schätzt, sondern weil es sie auf möglichst effektive Weise kontrollieren will. In Frayne ertränken Horthy und der König Hexen ohne Ansehen der Person, was plump, brutal und dumm ist. Hier werden die Hexen kunstvoller gesteuert, aber glaub nicht, dass sie hier frei wären. Die Strafe dafür, sich nicht als Hexe erkennen zu geben, also eine Hexe zu *sein*, ohne eine Lizenz zu haben, selbst wenn man keine Hexerei praktiziert, ist der Tod.«

Das erschüttert mich. Wahrscheinlich hatte ich mir Yongguo als eine Art Hexenparadies vorgestellt.

»Ein Herrscher kann es sich nicht erlauben, die Tatsache zu missachten, dass ein kleiner Teil seiner Bevölkerung die Natur verändern kann, indem er einfach etwas aufschreibt«, sagt er.

»Und was denkt Ihre Tante, Frau de Laroche, darüber?«, frage ich.

Er lächelt verschmitzt. »Nun, sie denkt, dass Hexen nicht beherrscht werden können. Daraus folgt, dass Hexen selbst herrschen sollten. Jetzt guck nicht so entsetzt, meine Liebe! Du hast das sehr gut gemacht. Meine Kontaktleute kennen hier in der Stadt jeden. Wenn du Geld hast, werde ich Ko Dan für dich finden.«

23

Ich hoffe, Dek zu Hause anzutreffen, aber er ist nicht da. Wyn schläft neben Mei, die den Arm über dem Kopf liegen hat, auf einer Matte auf dem Boden. Als ich sie betrachte, tut sich ein schmerzlicher Abgrund in meinem Inneren auf. Früher bin *ich* in seinen Armen eingeschlafen und neben ihm aufgewacht.

Aber er gehört mir nicht mehr, hat mir auch nie wirklich gehört, und ich habe anderes zu tun, als in Selbstmitleid zu versinken. Ich stoße ihn mit dem Fuß an.

»Au«, murmelt er ins Kissen. Ich stoße ihn fester. Er setzt sich auf und starrt mich an. »Braunauge«, sagt er undeutlich, dann sieht er unsicher zwischen mir und Mei hin und her.

»Ich brauche Geld«, erkläre ich. »Wo ist Dek?«

»Ich weiß nicht, wo er ist, verflucht«, knurrt Wyn. »Es ist mitten in der Nacht. Wofür brauchst du Geld?«

»Dek hat gesagt, Frau Och hätte euch Geld für Bestechungen gegeben. Davon brauche ich was.«

»Sie gibt dir sicher auch welches. Warum musst du herkommen und mich wecken?«

Vorsichtig, um Mei nicht zu stören, steht er auf. Er ist ganz nackt, überall schöne lange Gliedmaßen und … na ja. Ich wende den Blick ab.

»Jetzt tu nicht so schamhaft«, spottet er, während er seine Hose vom Boden aufhebt und sie anzieht. »Nichts, was du noch nie gesehen hättest.«

»Ich will Frau Och lieber nicht mitten in der Nacht wecken«, sage ich. »Und ich hatte gehofft, Dek zu treffen.«

Ehrlich gesagt möchte ich so wenig wie möglich mit Frau Och zu tun haben. Ich will Ko Dan finden und von hier verschwinden. Ich folge Wyn ins andere Zimmer, wo er eine Bodendiele anhebt und ein Glas voller Münzen an Schnüren und Geldscheinbündel herausholt.

»Wie viel?«

Ich nehme mir die meisten Geldscheine und stopfe sie mir in die Taschen.

Er stößt einen leisen Pfiff aus und fragt: »Soll ich mitkommen?«

»Nein.«

»Bist du sicher? Ist es nicht gefährlich?«

»Ich komme schon zurecht.«

Er seufzt und reibt sich mit einer schläfrigen Hand übers Gesicht. »Wenn du meinst. Du weißt, wenn du mich je brauchen solltest … na ja, du musst es bloß sagen.«

»Und dein armes Mädchen würdest du allein im Bett zurücklassen?« Meine Worte klingen bitterer als beabsichtigt.

»Ja«, sagt er.

Wir sehen uns an. Er steht im Dunkeln, sein nackter Oberkörper ist nur ein Schatten, den ich so gut kenne. Meine Einsamkeit wird größer und größer, bis ich das Gefühl habe, ein kleines Ding darin zu sein. Ich schüttele das Gefühl ab. Inzwischen bin ich daran gewöhnt, aus diesem speziellen Abgrund aus Reue und Verlangen zu klettern.

»Hör zu, tut mir leid, dass ich dich geweckt habe. Wenn ich Zeit habe, schaue ich morgen vorbei. Sag Dek, er soll zu Hause bleiben.«

Ich kann seinen Gesichtsausdruck im Dunkeln nicht erkennen und wende mich schon ab, als er sagt: »Ich liebe dich noch immer, Julia.«

Bevor ich ihn verlassen habe, hat er mir nie gesagt, dass er mich liebt.

»Ich liebe dich auch«, sage ich leichthin, ohne mich umzudrehen. Denn so ist es, war schon immer so, auf tausend verschiedene Arten. Ich verlasse das Haus und ziehe die Tür hinter mir zu.

*

Ich kehre mit dem Geld nicht direkt zu Graf Fournier zurück. Ich bin rastlos und meine Beine tragen mich fast von allein zur anderen Seite der Kaiserlichen Gärten und in die menschenleere Straße vor dem *Hotel zu den hundert Laternen.* Mein Herz verkrampft sich, als ich zu den erleuchteten Fenstern hinaufblicke. Ich sollte Pia im Auge behalten. Ich könnte verschwinden, ungesehen in ihr Zimmer schleichen, wenn ich wüsste, welches es ist. Aber wenn ich daran denke, stockt mir der Atem und ich habe ganz einfach zu viel Angst. Wie ein Kind, das die Augen schließt und so tut, als gäbe es die unheimliche Sache nicht – wenn ich Pia nicht sehe, muss ich nicht daran denken, dass sie in Tianshi ist und Jagd auf mich und Theo macht.

»Was ist hier?«

Ich fahre herum und da steht Jun, nur ein paar Schritte entfernt.

»Folgst du mir?« Ich versuche verärgert zu klingen, obwohl ich mich freue, ihn zu sehen.

Er weist mit dem Kinn auf das Hotel. »Du schaust das an, als wäre dort Geist.«

Ich schüttele den Kopf und drehe mich um.

»Julia«, sagt er. Da halte ich inne. In seiner Miene ist etwas Neues zu sehen, zwei Teile Unfug und ein Teil Unsicherheit. »Ich kann dir sagen, was hier im *Hotel zu den hundert Laternen* gibt.«

»Was denn?«

»Die beste Rote-Bohnen-Suppe in Tianshi. Vielleicht in ganz Yongguo. Vielleicht in Welt.«

Er hebt einladend die Augenbraue und nickt in Richtung Tür. Ich kann mir ein Lächeln nicht verkneifen, aber ich schüttele erneut den Kopf.

»Ich kann da nicht rein.«

Er nickt und sagt: »Dann komm mit!«

Ich frage nicht, wohin. Er führt mich über die Zhu-Que-Straße in ein Labyrinth aus engen Gassen zu einem kleinen Lokal mit einer einzelnen Laterne vor der Tür. Ich folge ihm die Treppe hinunter in ein von Kerzen beleuchtetes Gewölbe, in dem ein etwa zwölfjähriges Mädchen alten Männern Getränke serviert und die Pfeife stopft. Als es Jun erblickt, winkt es und zeigt auf einen Vorhang im hinteren Teil des Raums. Wir setzen uns in eine kleine Nische hinter dem Vorhang. Das Mädchen bringt uns

Tee und Jun macht ihm Handzeichen. Es nickt und verschwindet wieder, lässt den Vorhang hinter sich zufallen.

»Was war das?«

»Sie nicht hören«, sagt er. »Sie benutzt Zeichen. Du das kennen?«

Ich schüttele den Kopf.

»Kann nützlich sein, egal ob man hören oder nicht«, sagt er. »Vielleicht ich dir eines Tages beibringen.«

Ich hoffe, nicht viel länger in Tianshi zu bleiben, aber die Art, wie er es sagt – als wäre es selbstverständlich, dass wir auf derselben Seite stehen und uns gegenseitig helfen werden –, lässt ein warmes Gefühl in mir aufsteigen. Und was hat das hier zu bedeuten? Warum hat er mich hergebracht? Ich streiche mir die Haare aus dem Gesicht, versuche die Strähnen mit den Fingern zu kämmen. Wenn ich gewusst hätte, dass ich bei Kerzenschein mit ihm in einer Nische sitzen würde, hätte ich mir wenigstens das Gesicht gewaschen und die Haare gebürstet.

Er beugt sich über den Tisch. »Wie du verschwinden?«, fragt er mich.

»Ich … tue es einfach.«

»Mir zeigen?«

Bei allen Sternen. Er sagt das so lieb.

»Ist gut. Es gibt … na ja, ich kann nur ein bisschen verschwinden oder sehr weit. Wenn ich jetzt versuchen würde, nur ein bisschen zu verschwinden, ginge das nicht, weil du mich bereits ansiehst. Aber ich kann weiter zurückgehen. Ich werde mich nicht wegbewegen, also wenn ich es mache, nimm meine Hand, ja?«

Er nickt und ich verschwinde. Zwei Schritte zurück. Er bekommt große Augen und fasst über den Tisch nach meiner Hand.

Als ich von dem Körperkontakt zurück in die Welt gerissen werde, wird alles wieder scharf. Ich lache über seinen verblüfften Gesichtsausdruck und er schüttelt ein wenig den Kopf. Er hält immer noch meine Hand.

»Wenn du verschwindest und ich dich berühre, kann ich dich wieder sehen. Aber vorher du verschwunden, während ich dich gehalten.«

»Wenn ich nur ein Stück verschwunden bin, kann mich ein Zusammenstoß oder so was … zurückschleudern«, sage ich. »Es ist schwer zu erklären, aber es ist, als gäbe es mehrere *Schichten* des Verschwindens.« Ich weiß nicht, warum ich das sage – das ist gefährliches Terrain –, aber ich füge hinzu: »Ich kann dich sogar mitnehmen, wenn ich will.«

»Mich mitnehmen wohin?«

»Ich werd's dir zeigen.«

Ich halte seine Hand fest und weiche vorsichtig zurück, ziehe ihn mit mir. Zwei Schritte. Das kleine Zimmer um uns herum verschwimmt, aber er – er bleibt deutlich erkennbar.

»Jetzt mich kann niemand sehen?«, flüstert er. Sein Gesicht strahlt wie ein Licht im verblassten Nirgendwo, unserem unsichtbaren Kokon direkt außerhalb der Ränder dieser Welt.

»Genau«, sage ich. Mein Herz rast und ich lasse seine Hand los. Das Zimmer um uns herum wird wieder scharf. Das Mädchen von vorhin zieht den Vorhang auf und stellt einen Teller mit dampfenden Teigtaschen vor uns ab. Jun dankt ihm mit den Händen und es lässt den Vorhang wieder zufallen.

»Du haben Angst vor jemand im *Hotel zu den hundert Laternen*«, sagt er und bricht eine der gefüllten Teigtaschen auseinander, sodass Dampf entweicht. Es riecht köstlich nach Schweinefleisch und sofort läuft mir das Wasser im Mund zusammen. Ich nehme mir die andere Teigtasche. »Ist das selbe Person, die Bilder von dir und dein Chef aufgehängt hat?«

»Ja.«

»Diese Person gefährlich für dich?«

»Sehr«, sage ich.

»Warum diese Person nach dir sucht?«

»Das ist kompliziert.«

Das akzeptiert er mit einem Nicken.

»Hier du bist sicher. Niemand sagt, dass sie dich gesehen.«

Wir verschlingen unsere Teigtaschen in derselben rasenden Geschwindigkeit. Er leckt einen Finger ab, um auch die letzten Krümel vom Teller zu fischen. Ich bin versucht, es ihm nachzutun, gebe mir dann aber Mühe, damenhaft zu wirken.

»Was ist mit dir?«, frage ich. »Wo hast du das gelernt … na ja, die Sachen, die du kannst?«

Er grinst mich an, woraufhin die Grübchen wieder auftauchen. Verflucht sei die Damenhaftigkeit – ich lecke einen Finger ab und helfe ihm, die Krümel zu beseitigen. Aus der Tasche an seiner Taille holt er einen grauen Stein wie den, aus dem die Flamme aufgelodert ist, als er ihn auf den Boden geworfen hat. Ich zucke zurück und er lacht.

»Graf Fournier mir das gekauft«, sagt er. »Fass an!«

Ich berühre mit den Fingerspitzen den Stein, der jedoch gar kein Stein ist. Er ist weich und warm.

»Ist nur Trick«, erklärt er. »Feuer nicht brennen. Aber sieht aus sehr heiß und hell. Wenn ich werfe, jemand bekommt Angst, ich habe Chance.«

»Uns hat es wirklich Angst eingejagt«, sage ich. »Ich habe dich an einem Abend aus dem Kloster klettern sehen. Du hattest einen Krug mit Wespen oder so.«

Er grinst mich wieder an. Diese lächelnde Version von Jun im Kerzenschein haut mich wirklich um.

»Das ich lernen zu Hause. Hol das Nest nachts, wenn Wespen schlafen, fange in Topf und du hast Bombe, die du werfen kannst, wenn jemand dich verfolgt.«

»Und wie lange arbeitest du schon für Graf Fournier?«

»Zwei Jahre. Vorher ich war Akrobat in Kinderzirkus.«

»Akrobat!« Ich bin beeindruckt. »Das heißt, du bist als Kind von zu Hause ausgerissen und hast dich dem Zirkus angeschlossen?«

»Ja«, sagt er. Weiter nichts.

»Und was ist mit deiner Familie?«

»Sie nicht gut.« Sein Gesichtsausdruck verändert sich nicht, aber ich erkenne gespielte Gleichgültigkeit.

»Nicht gut?«

»Nicht gut«, sagt er mit fester Stimme und ich dränge ihn nicht weiter. »Ich liebe Zirkus. Als ich größer, ich angefangen für Trapez zu trainieren. Ich tanze auf Pferde. So viel Spaß.« In seinem Blick liegt eine Sehnsucht, von der sich mein Magen zusammenzieht. »Aber Zirkusdirektor mag kleine Jungen zu sehr und ich kann nicht bleiben. Als ich war dreizehn, wir kommen nach Tianshi. Hier große Stadt mit gute Chancen, also ich weg von Zirkus. Ich hier viele Arbeit machen, aber nach ein Jahr Graf Fournier mich eingestellt. Er ist bester Chef, deshalb ich bleibe bei ihm. Guter Lohn, sicherer Platz. Er kein glücklicher Mann, aber guter Mann.«

Wir sehen uns im flackernden Kerzenschein an.

»Ich war sieben, als meine Mutter starb«, erzähle ich. »Sie war eine Hexe. Man hat sie ertränkt.«

»Tut mir leid«, sagt er. »Du haben Vater oder Geschwister?«

»Einen Bruder«, sage ich. »Du hast ihn schon kennengelernt. Der mit der Krücke.«

»Er mich mit Schlafmittel geschossen.«

»Ich weiß. Er wollte mir helfen.«

»Vielleicht ich ihm verzeihe, für dich«, sagt er verschmitzt. Dann wechselt er das Thema: »Ich liebe Tianshi. Großartige Stadt. Größte in Welt. Du auch?«

»Es ist beeindruckend«, sage ich. »Wenn man in Frayne reich geboren wird, bleibt man auch reich, und genauso, wenn man arm geboren wird. Hier kommt es wirklich auf Talent an.«

Jun schnaubt. »Hier nicht so anders«, sagt er wegwerfend.

»Aber die Kaiserlichen Prüfungen. Die kann doch sogar ein Bauer ablegen!«

»Wie kann Bauer lesen lernen, um Prüfung zu machen? »Und was für Prüfung? Vielleicht ich bin großer Maler oder großer Dichter, aber woher ich wissen, wenn ich habe keine Farbe, kein Papier, keine Zeit? Diese Prüfung ist für Leute mit Geld und Leute mit Zeit. Wenn du Sachen von reiche Leute machen kannst, du kannst leben in Kaiserliche Gärten. Aber sie nicht einladen Bauer, der macht wachsen Ernte in ein trocken Jahr, oder Hirte, der ein Kalb sicher auf Welt holen, oder Fischer, der meiste Fisch fängt. Vielleicht wenn man den Reichen Fleisch, Reis und Fisch wegnehmen, finden sie diese Talente auch wichtig. Aber die Männer und Frauen, die ernähren diese Stadt, sind arm. Ich auch haben große Talent und bin schlauer als viele, die ganzen Tag Gedichte lesen, aber ich auch nicht habe Platz in Kaiserliche Gärten.«

Er sagt das alles ohne jeden Groll, aber es bewegt mich.

»Wahrscheinlich hast du recht. Die Karten sind schon gemischt, egal wo.«

»Was das heißen?«, fragt er, und ich versuche ihm zu erklären, was *Karten mischen* bedeutet.

»Du spielen Karten?«, fragt er und seine Augen funkeln erneut.

»So lala.«

»Nächstes Mal ich dir zeigen Tricks«, sagt er. Ich will fragen, wann das nächste Mal ist, aber ich habe Angst, den Augenblick kaputt zu machen. Jun trommelt wieder schnell auf den Tisch. Ich glaube, ich habe noch nie jemanden gesehen, der in einem Moment so rastlos und im nächsten so ruhig sein kann.

»Wie sein Spira?«, fragt er.

Und so erzähle ich ihm von zu Hause, von all den Dingen, die mir fehlen. Seine Augen sind schwarz und glänzend, die Kanten seines Gesichts wirken im flackernden Kerzenschein nur noch dramatischer. Ich möchte ihm sagen, dass ich weiß, wie schwer es ist, ein Leben zu finden, das zu einem selbst und den eigenen Fähigkeiten passt. Ich möchte ihn fragen, ob er jedes Mal einen Stich verspürt, wenn er Kinder mit ihren Eltern sieht, Kinder, die beschützt und geliebt werden. Aber stattdessen suche ich nach Geschichten und Beschreibungen, die ihn zum Lachen bringen, und immer wenn er das tut, hüpft mein Herz. Er erzählt mir vom Zirkus, von seinen Reisen durch Yongguo, und ich versuche ihn mir als einen kleinen Jungen vorzustellen, der auf einem Pferderücken tanzt. Das Mädchen bringt noch mehr Tee, und bis die Kerze runtergebrannt und erloschen ist, sprechen wir über unser früheres Leben, was viel unverfänglicher ist, als über das Hier und Jetzt zu sprechen.

24

»He!«, ruft Frederick.

Vergnügt kichernd versucht Theo mit Fredericks Notizbuch zu entwischen, in dem sich die Abschriften der Bambusstreifen aus der Kaiserlichen Bibliothek befinden, aber Frederick holt es sich zurück und legt es auf den Tisch. »Das darfst du nicht anfassen, Theo.«

»Schischte!«, ruft Theo.

»Ich erzähl dir eine Geschichte«, biete ich an und werfe einen bekümmerten Blick auf meinen gescheiterten Versuch, Zwiebelpfannkuchen zu machen, die in der Pfanne angebrannt sind.

»*Feda* Schischte«, sagt Theo. »Buch!«

»Ich habe ihm ein Märchenbuch besorgt«, erklärt Frederick. »Die Märchen sind auf Yongwenisch, aber ich habe beim Lesen übersetzt. Er mag die Illustrationen.«

»Feda babba *Buch!*«, beharrt Theo und versucht sich erneut das Notizbuch zu schnappen.

»Damit müssen wir vorsichtig sein«, sagt Frau Och, die ihn beobachtet.

»Womit?«, frage ich.

»Dass Theo sprechen lernt«, sagt sie. »Wie auch immer es mit ihm verbunden ist, *Das Buch der Spaltung* ist ein Teil von ihm.«

»Was meinen Sie damit?«

»Ich meine, dass es gefährlich sein könnte, wenn er sprechen lernt. Wahrscheinlich noch nicht, solange er nicht lesen oder schreiben kann. Aber auch so sollten wir ihn jetzt, wo er anfängt zu sprechen, nicht aus den Augen lassen. Worte sind mächtig und seine vielleicht noch mehr.«

Der Gedanke ist beunruhigend. Ich sehe zu Frederick hinüber, der seine Notizbücher und Papiere aus Theos Reichweite räumt.

»Ja, ja«, sagt er. »Ich lese dir eine Geschichte vor.«

»Und, noch nichts Nützliches gefunden?«, frage ich ihn und zeige auf seine Aufschriebe.

»Nichts, was wir nicht schon wüssten. Obwohl, hier ist etwas Interessantes. Auch wenn Kahge als Echo oder Spiegelbild der natürlichen Welt beschrieben werden könnte, ist es kein perfektes Abbild. Dafür gibt es verschiedene Gründe, aber einer davon ist, dass die Elemente in Kahge nicht im Gleichgewicht sind. Weil Kahge aus Magie besteht, ist Feuer dort das vorherrschende Element. Das könnte erklären, warum das, was du siehst, so etwas wie das Spiegelbild der Welt in Flammen beziehungsweise der brennenden oder niedergebrannten Welt ist. Um die Kopie der Gravur auf der Stele zu übersetzen, brauche ich noch ein anderes Wörterbuch – diese Piktogramme sind die älteste Variante des Yongwenischen, die ich je gesehen habe. Aber im Beimu-Dreieck gibt es einen Buchhändler, der mir sehr geholfen hat. Ich gehe heute zu ihm. *Ja doch*, Theo, schon gut!«

Theo hat das Märchenbuch entdeckt und wedelt damit ungeduldig vor Frederick herum. Dann rennt er nach draußen und Frederick geht ihm nach. Ich will nicht mit Frau Och allein am Tisch sitzen, daher nehme ich meine verbrannten Zwiebelpfannkuchen mit raus auf die Treppe, wo Bianka in der schwachen Morgensonne sitzt und aus einem Stück Holz ein Spielzeug für Theo schnitzt.

Sie schnitzt viel zu schnell. Sie ist äußerst nervös, weil Baron Skaal in der Stadt ist, und ich bezweifle, dass Schnitzen in ihrer momentanen Verfassung die beste Tätigkeit ist, wage aber nicht, ihr das zu sagen. Sobald ich mich neben sie gesetzt habe, erklärt sie: »Ganz egal, was Frau Och behauptet – er ist wegen Theo hier.«

»Ich glaube, sie hat recht damit, dass er wegen der Prinzessin hier ist«, sage ich. »Casimir weiß vielleicht, dass wir hier sind, aber Agoston Horthy nicht.«

Es ist noch früh und die Wolken im Osten bekommen goldene Ränder, als die Sonne aufgeht. Frederick und Theo haben sich auf eine leere Kiste neben der Pumpe gesetzt und Frederick liest ihm vor. Theo ist von den leuchtend bunten Illustrationen gefesselt, die einen Großteil der Seite bedecken, und zeigt auf dies und das. Wahrscheinlich wird er *mich* so bald nicht mehr um eine Geschichte bitten.

»Nein«, sagt Bianka. »Ich kann mich an ihn erinnern. Er war der Erste, der nach Theo gesucht hat. Wir müssen weg aus Tianshi.«

Das Messer in ihrer Hand wird noch schneller.

»Noch nicht«, sage ich. »Graf Fournier hat gerade angefangen, sich umzuhören. Wir müssen Geduld haben. Bald werden wir etwas über Ko Dan erfahren.«

»Ich kann nicht einfach in diesem Hof sitzen und darauf warten, dass jemand auftaucht und versucht mir Theo wegzunehmen!«, ruft sie. »Oh *verflucht.*« Von dem Stück Holz ist vor lauter Schnitzen nichts übrig geblieben, Biankas Schoß ist voller Späne. »Ich habe gesagt, ich mache ihm ein Spielzeug. Er hat nichts zum Spielen und ärgert dauernd die Hühner.«

»Meh! Meh!«, ruft Theo, als Frederick das Ende der Geschichte erreicht hat. Frederick lacht und blättert um.

»Du hattest unrecht, weißt du«, sage ich zu Bianka und zeige auf die beiden. »Als du meintest, ich sei die Einzige außer dir, die Theo liebt.«

Sie sieht hinüber zu den beiden, die die Köpfe über dem Buch zusammengesteckt haben, beinahe Wange an Wange, während Theos dicke kleine Hand an Fredericks Bart spielt, und ihr Gesichtsausdruck wird weich.

»Stimmt«, sagt sie. »Sie schwärmen beide füreinander.«

Ich will ihr gerade erneut versichern, dass Baron Skaal ganz bestimmt nur wegen der Prinzessin hier ist, als ein Baumpieper über die Mauer geflogen kommt und beinahe in meinem Gesicht landet. Ich schreie auf und versuche ihn abzuschütteln. Er lässt mir ein Stück Papier in den Schoß fallen und landet neben mir auf der Treppe, von wo aus er mich mit schräg gelegtem Köpfchen ansieht. Ich rolle schnell das Papier auf. Deks Schrift: *Wir haben ihn gefunden.*

*

Die Straßenbahnen auf dem ersten Ring sind morgens immer sehr voll, aber ich verschwinde, trete auf das äußere Sims und halte mich an der Stange vor dem Fenster fest. Ich habe schon beobachtet, wie Leute das machen, um nicht bezahlen zu müssen, aber meistens werden sie dabei vom Fahrer entdeckt und weggescheucht. Aus den Läden und den Ständen entlang der Straße dringen die Stimmen der Händler, aus den Garküchen steigen köstliche Düfte auf und die spitzen Dächer glitzern im Morgendunst. In Dongshui verlasse ich die Bahn und kaufe mir in Bambusblätter gewickelten roten Klebreis, den ich im Gehen esse. Ich habe mir den Hut tief ins Gesicht gezogen und den Kopf gesenkt in der Hoffnung, dass mich der Verkäufer nicht zu genau mustert und das ausländische Mädchen erkennt, dessen Porträt zusammen mit dem Versprechen auf eine Belohnung die Mauern der Stadt ziert. Dann verliere ich mich im Gewirr der schmalen unbefestigten Gassen, in denen sich die baufälligen Häuser fast aneinanderlehnen und alte Männer rauchend vor den Türen sitzen und *Zhengfu* spielen, während die Hühner frei herumlaufen und überall ihre Federn verteilen.

Als ich Deks Haus erreiche, sind Mei und Ling wieder da. Dek und Ling sitzen mit bis zu den Ellbogen bemehlten Armen am Tisch und machen Teigtaschen. Wyn und Mei spielen Karten und wirken beide zu Tode gelangweilt.

»Die beiden scheinen bei euch eingezogen zu sein«, sage ich.

»Julia!« Dek grinst mich an. Sein Haar ist nach Tianshi-Art geflochten. »Hast du unsere Nachricht erhalten?«

»Ich hoffe bei allen Heiligen, dass du meintest, ihr habt Ko Dan gefunden, sonst bekommt Bianka einen Anfall und verwandelt dich wahrscheinlich in eine Kröte.«

»Ling hat es uns gesagt. Er ist bei Morgengrauen wieder ins Kloster aufgenommen worden. Offenbar hatte sich das herumgesprochen und eine ziemlich große Menge stand davor, um zu beobachten, wie er ans Tor geklopft hat. Wir sind anscheinend doch nicht so nah am Geschehen in dieser Stadt, wie wir immer behauptet haben. Die Mädchen waren mit ihrem Onkel dort und haben ihn selbst gesehen.«

»Du hast ihn reingehen sehen?«, frage ich Ling auf Fraynisch. Dek übersetzt leicht verärgert.

Ling nickt, wischt sich die Hände ab und holt ein zusammengerolltes Blatt Papier. Ich rolle es auf und erblicke die Zeichnung eines ernsten, rundgesichtigen Mannes mit einer sternförmigen Narbe unter dem Auge.

»Wer hat das gezeichnet?«

»Ling«, sagt Wyn. »Nicht schlecht, was? Gute Technik.«

»Kann ich … äh … Eigentum?«, frage ich sie in gestammeltem Yongwenisch.

Mei verzieht bei meinen miserablen Sprachkenntnissen das Gesicht. Ling zuckt nur mit den Schultern, als wäre ihr alles egal, aber als ich das Blatt zusammenfalte, um es in die Tasche zu stecken, hebt sie überrascht und verletzt die Augenbrauen, und ich frage mich, ob es eine Beleidigung ist, es zu falten. Ich habe allerdings keine Möglichkeit, es zusammengerollt zu transportieren.

»Wo warst du gestern Nacht?«, frage ich Dek. »Ich wollte mit dir reden.«

»Wir waren im Theater!«, sagt er begeistert. »Ein Stehplatz kostet fast nichts. Die reichen Leute bezahlen für Logenplätze ganz oben und schauen durch ihre kleinen Ferngläser, aber wir standen mit dem gemeinen Volk direkt vor der Bühne. So was habe ich noch nie gesehen – es war eine Art Tanz mit Masken. Ling hat es mir erklärt. Jede Bewegung bedeutet etwas, jede Maske hat einen Sinn. Jedes Tier ist ein Symbol. Was haben wir beschlossen? Ling ist ein Luchs und ich bin ein Kormoran …«

»Panda«, sagt Ling auf Fraynisch und zeigt auf Wyn. Ich schnaube.

»Und was wäre ich?«

»Hm, was meinst du?«, fragt Dek Ling auf Yongwenisch. Er sieht so glücklich aus. Ich kann mich nicht erinnern, ihn je so glücklich gesehen zu haben. Ich sollte mich darüber freuen, aber es bedrückt mich – dass ausgerechnet dieser Ort und dieses Mädchen ihn glücklich machen. Dass es zu Hause, an dem Ort, nach dem ich mich sehne, keine Hoffnung auf Freiheit oder Liebe für ihn gibt.

Ling mustert mich, dann sagt sie mit einem schwachen Lächeln: »Wolf.«

Ich hebe die Augenbrauen, unsicher, ob ich beleidigt sein sollte.

»Wolf?«, fragt Dek verblüfft.

»Wolf«, wiederholt Ling mit fester Stimme.

»Gehst du jetzt ins Kloster?«, fragt mich Wyn, der das Gespräch leid und wahrscheinlich sauer darüber ist, zum Pandabären erklärt worden zu sein.

»Nein. Frau Och hat gesagt, ich solle ihr Bericht erstatten, sobald ich mit euch gesprochen habe. Offenbar muss ich ihr sogar Bericht erstatten, bevor ich pinkeln gehen darf.«

Dek lacht.

»Bleib noch ein bisschen, falls du Hunger hast«, sagt er. »Ling bringt mir bei, wie man gedämpfte Teigtaschen macht.«

»Ich habe schon Hunger«, entgegne ich. »Aber Bianka wartet auch und wird wahrscheinlich verrückt. Wenn es wirklich Ko Dan ist, werden wir vermutlich bald weiterziehen.«

Als ich das sage, sehe ich Dek an, aber er lässt nicht erkennen, ob er mich gehört hat, sondern drückt den Teig zu perfekten kleinen Kreisen.

»Ich begleite dich zur Straßenbahn«, sagt Wyn.

»Ich brauche keine Eskorte.«

»Ich eskortiere dich nicht. Ich will mit dir reden.«

»Oh.«

»Komm nachher wieder«, sagt Dek. »Bis dahin sind die Teigtaschen fertig!«

Ich weiß nicht, was ich von dieser glücklichen, eifrigen Version meines Bruders halten soll. Ich bedanke mich noch mal bei Ling für das Bild und Wyn begleitet mich nach draußen.

»Heute wird die Post aus Shou-shu abgeholt«, sagt er. »Ich hatte vor, einen von Gangzis Briefen zu klauen, wenn du ihn immer noch willst. Oder ist das jetzt nicht mehr nötig, da wir Ko Dan gefunden haben?«

»Besorg vorsichtshalber ruhig mal einen. Ist es das, worüber du mit mir reden wolltest?«

»Nein. Na ja, das war eine Sache.« Er räuspert sich. »Ich sage es jetzt einfach. Ich verspreche dir, dass ich damit aufhöre, wenn du mir sagst, dass du nichts mehr für mich empfindest. Aber das glaube ich nicht und ich will dich zurückgewinnen, Braunauge. Ich möchte, dass die Dinge wieder so werden wie früher.«

»Das wird nicht passieren«, sage ich schnell, bevor ich irgendetwas anderes sagen kann. »Alles hat sich verändert. *Wir* haben uns verändert. Oder ich zumindest.«

Wir kommen an einem alten Paar vorbei, das vor seinem Haus gemeinsam eine Pfeife raucht. Sie betrachten uns neugierig und ich senke den Kopf, damit die Hutkrempe mein Gesicht verbirgt.

»So sehr verändern sich Menschen nicht«, sagt Wyn. »Ich gebe zu, dass ich alles kaputt gemacht habe. Ich war dumm und egoistisch. Aber es wäre anders, wenn du mir noch eine Chance geben würdest.«

»Du hast gerade eben gesagt, dass Menschen sich nicht verändern. Alle außer mir wussten, was los war. Wenn ich dir damals nicht genügt habe, sehe ich nicht, warum das jetzt anders sein sollte.«

»Weil ich es nicht riskieren würde, dich noch einmal zu verlieren. Aber du solltest auch mal mit anderen Mädchen sprechen, Julia. So wie du darüber redest, könnte man glatt meinen, ich wäre unter allen Männern der übelste Schuft, nur weil ich ein, zwei Nächte mit Arly Winters verbracht habe.«

»Ich rede nicht darüber.« Jetzt werde ich wütend. »*Du* hast damit angefangen. Mir wäre es lieber, gar nicht darüber zu sprechen. Und wenn du schon darüber reden musst, lüg mich nicht an und behaupte, es seien nur ein oder zwei Nächte gewesen. Was würde dein Mädchen da drin im Haus denken, wenn es wüsste, dass du mir das sagst?«

»Es geht hier nicht um Mei.«

»Natürlich tut es das! Sie hält dich für ihren Partner und gleichzeitig versuchst du mich zu bezirzen, damit ich wieder in dein Bett komme. Soweit ich es sehe, willst du jedes Mädchen haben, das dir über den Weg läuft, vor allem die, die du nicht kriegen kannst.«

»Sei nicht so verdammt naiv, Julia. Alle Männer sind gleich. Ja, wenn ich ein hübsches Mädchen sehe, will ich es haben. Heulende Hunde, wenn ich ein hässliches Mädchen sehe, will ich es auch haben. Ich wünschte, du würdest erkennen, wie wenig das mit dir zu tun hat. Oder mit Liebe. Aber genau das versuche ich dir gerade zu sagen: Wenn es dir so viel bedeutet, kann ich … dem allen widerstehen. Nur dir gehören. Dir allein. Hast du inzwischen nicht lange genug geschmollt?«

»Ich schmolle nicht«, sage ich ernüchtert. »Aber die Dinge liegen jetzt anders.«

»Du hast mir nicht gesagt, dass du nichts mehr für mich empfindest.«

»Heulende Hunde, ich werde immer etwas für dich empfinden. Aber nicht auf dieselbe Art wie früher. Darüber bin ich hinweg, klar?«

Ich höre meine Worte und denke zum ersten Mal beinahe, sie könnten sogar wahr sein.

»Loderndes Kahge, Julia – was erwartest du von einem Mann?« Er kickt einen Stein über die Straße und verscheucht damit ein paar Hühner. »Ich gebe meinen Fehler zu, aber wenn du glaubst, es gibt dort draußen einen Mann, der anders ist, machst du dir etwas vor!«

Ich habc gcnug gchört.

»Gut, vielleicht sind Männer wie du so verbreitet wie Dreck. Ich weiß nicht, ob das etwas ist, womit man angeben sollte. Aber ich laufe nicht rum und stelle mir vor, alle seien genau wie ich, und weißt du auch warum?«

Er wirft mir einen unglücklichen Blick zu.

»Weil *niemand* so ist wie ich«, sage ich und verschwinde. Er bleibt allein zurück und starrt auf den leeren Fleck vor sich.

25

»Er ist im Kloster«, sage ich zu Frau Och und zeige ihr das Bild. Sie nimmt mir das Blatt ab und mustert es. »Deks Mädchen hat ihn zum Tor gehen sehen. Es sagt, dass Ko Dans Rückkehr in aller Munde war, und hat das hier gezeichnet.«

»Und was jetzt?«, flüstert Bianka, während sie zusieht, wie die Ziege im Hof Theo in den Matsch schubst.

»Ich werde selbst zu ihm gehen«, sagt Frau Och, steht auf und gibt mir das Bild zurück. »Julia, du kommst mit, um sicherzugehen, dass alles in Ordnung ist und mir auf dem Rückweg keiner folgt. Frederick! Ich brauche Kraft.«

Als sie ihn ruft, kommt er. Ich erkenne die Anspannung in seinem Blick, obwohl er sie zu verbergen versucht. Er streckt die Hände aus. Sie greift nach ihm und in ihren Augen ist eine entsetzliche Gier zu sehen. Ich kann nicht zuschauen, daher wende ich mich ab und verlasse schnell den Raum, aber ich höre, wie er hinter mir aufstöhnt und seine Knie auf dem Boden aufschlagen.

*

»Wie wollen Sie da reinkommen?«, frage ich.

Frau Och geht zügig die Straße entlang und ich muss halb hüpfen, um mit ihr Schritt halten zu können, wie ein kleines Mädchen, dessen langbeiniges Elternteil seinetwegen nicht langsamer geht, und das für jeden seiner Schritte selbst zwei machen muss.

»Ich werde anklopfen.«

»Aber fliegt damit nicht unsere Tarnung auf? Dann wissen alle, weshalb wir hier sind und worauf wir es abgesehen haben.«

»Wenn Pia in Tianshi ist, dann deshalb, weil Casimir bereits weiß, dass wir hier sind und was wir wollen«, sagt Frau Och. Ein berechtigter Einwand. »Ich nehme an, dass sich auch der Oberste Bibliothekar seinen Teil denken kann. Aber wenn das im Kloster wirklich Ko Dan ist und wenn er sich einverstanden erklärt, uns zu helfen, werden wir uns nicht mehr viel länger verstecken müssen.«

»Und was, wenn er es *nicht* ist? Was, wenn er uns nicht hilft? Was, wenn er uns nicht helfen *kann?* Oder was, wenn er es nicht kann, ohne Theo zu schaden?«

Sie wirft mir einen gereizten Blick zu. Ihr Gesicht strahlt lebhaft von der Energie, die sie Frederick genommen hat. Wenn ich sie so sehe, frage ich mich, ob sie nur das nimmt, was sie braucht, oder vielleicht mehr. Wie sehr sie es mag. Ob sie es vielleicht nur tut, weil sie es mag.

»Wir sind nicht den ganzen Weg hergekommen, um Theo zu schaden«, sagt sie. »Es hat keinen Zweck, sich tausend Möglichkeiten auszumalen, bevor sie eintreten. Das belastet nur den Verstand.«

»Also gut. Mal angenommen, es gelingt Ihnen, den Text aus Theo herauszulösen. Was machen Sie dann damit?«

»Vielleicht zerstöre ich ihn.«

»Ihn zerstören? Wirklich?«

»Wenn es möglich ist, ja. Das Buch versucht seit Jahrhunderten sich selbst zu vernichten. Die Zeit der Xianren ist bereits Vergangenheit. Casimir klammert sich an Strohhalme, aber es sind gefährliche Strohhalme, die besser für immer aus seiner Reichweite bleiben. Julia, als die Hexe in der Bibliothek deine Erinnerungen durchsucht hat – hat sie da entdeckt, weshalb wir hier sind? Weiß sie, dass wir nach Ko Dan suchen?«

»Ich weiß es nicht«, sage ich. »Es ging alles so schnell. Ich glaube, sie weiß über Theo und das Buch Bescheid, aber die Erinnerungen, bei denen sie innegehalten hat, stammten aus längst vergangener Zeit. Als ich klein war.«

Unzufrieden mit der Antwort runzelt Frau Och die Stirn und besteigt in der zweiten Ringstraße eine Straßenbahn. Instinktiv machen die anderen Fahrgäste ihr Platz. Ich begleite sie verschwunden und habe daher keine Gelegenheit mehr, ihr Fragen zu stellen. Wir fahren in den Nordwesten der Stadt und gehen von dort aus zum Kloster.

»Hinter mir, Julia«, murmelt sie. »Ungesehen, bitte.«

Ich tue, was sie sagt. Sie läutet die Glocke am Haupttor von Shou-shu. Eine Klappe wird aufgezogen und in der Öffnung erscheint ein Gesicht.

»Wer sind Sie?«, fragt das Gesicht auf Yongwenisch.

Sie nennt ihren Xianren-Namen: Och Farya. Das Versteckspiel ist definitiv vorbei.

»Frauen ist der Zutritt hier nicht gestattet«, sagt das Gesicht.

Ein heiseres Lachen. Die Luft summt. Frau Ochs Umhang bauscht sich und sie wirft ihn auf die Erde. Ihr Gesicht kann ich nicht sehen, aber ich sehe das Fell, das sich in ihrem Nacken ausbreitet, ihr Haar, das sich bewegt und verändert, spitze Knochen, die aus ihrem Rücken dringen, den Stoff ihres Gewandes zerreißen und sich zu Flügeln entfalten.

Ihre Stimme dröhnt beim Sprechen – und weist vermutlich darauf hin, dass sie nicht direkt eine Frau ist und man ihr besser nicht den Zutritt verwehrt. Ein weiteres Gesicht erscheint in der Öffnung. Die beiden beraten sich, die Klappe wird zugeschlagen und wir warten. Die Flügel liegen zusammengefaltet auf Frau Ochs Rücken wie die Flügel eines großen Schwans.

Dann geht die Tür knarrend auf. Die Mönche weichen zurück, als sie eintritt, und ich folge ihr. Die Tür fällt hinter uns ins Schloss.

26

Man führt uns zum winzigen hölzernen Tempel der Buße hinter der Schatzkammer. Dort ist er, der Mann von Lings Zeichnung: Ko Dan. Er kniet vor der vielarmigen Statue der West-Arrekemischen Reuegöttin Gu'ama. Mein Briefe schreibender Freund Rosinengesicht – Gangzi – kniet neben ihm. Als wir eintreten, blicken sie auf, und ich kann die sternförmige Narbe unter Ko Dans linkem Auge erkennen. Er steht auf und verbeugt sich vor Frau Och. Seine Art sich zu bewegen hat etwas Ungezwungenes und Sorgloses an sich, als wäre er im Inneren seiner weltlichen Hülle stärker mit sich im Reinen als die meisten Menschen. Gangzi steht ebenfalls auf, mühselig und mit verzerrtem Gesicht, als schmerzten seine Gelenke, und nickt kurz.

Frau Och behält ihre furchterregende Och-Farya-Gestalt bei, aber die beiden Männer wirken unbeeindruckt. Sie begrüßen sich alle höflich auf Yongwenisch, dann setzen sie sich mit untergeschlagenen Beinen direkt auf den Boden, was Gangzi Schwierigkeiten zu bereiten scheint, aber er wimmelt Ko Dans Versuch ihm zu helfen ärgerlich ab.

Erst versuche ich dem Gespräch zu folgen, aber es geht zu schnell, also gebe ich es auf und sehe mich stattdessen im Tempel um. Auf einem Wandgemälde hinter ihnen bietet die wunderschöne Tisis, die Göttin der Gnade und Vergebung, ihren goldenen Becher dar. Hinter ihr fletscht Haizea, die Göttin der Rache, die Zähne und hält eine Gewitterwolke in der Hand. Natürlich ist sie auch hier – sie taucht in fast jeder Geschichte und Illustration von Tisis auf. Es verblüfft mich, wie Götter und Göttinnen aus aller Welt unter dem breiten Schirm der in Yongguo praktizierten Religion Platz finden, aber Professor Baranyi sagt, sie gälten alle als Metaphern für dieselbe grundlegende Wahrheit. Welche Wahrheit das ist, ist mir allerdings nicht klar.

Ko Dan – wenn er es denn wirklich ist – spricht ausführlich mit leiser und drängender Stimme und zeigt dabei etwas mit den Händen, während Frau Och sich mit gierigem Blick vorbeugt. Ich frage mich, was der Zweck dieses Tempels ist. Ist es wirklich möglich, für die eigenen Missetaten zu büßen, indem man sich einfach hier hinkniet und … ja, was? Weiß er überhaupt, wofür er büßt? Sind ihm die Konsequenzen seiner Taten bewusst, die Menschen, die gestorben sind – Menschen, die rein gar nichts mit den Xianren oder dem *Buch der Spaltung* oder irgendetwas von alldem hier zu tun hatten, aber deren Leben vom Sturm, den er entfesselt hat, einfach weggefegt wurde? Die Schlacht um dieses Fragment des *Buchs der Spaltung* hätte zwischen Gennady und Casimir ausgetragen werden sollen. Stattdessen wurde Biankas Leben auf den Kopf gestellt, Theos Leben davon bestimmt, mein eigenes Leben für immer verändert und so viele andere Leben wurden durcheinandergeworfen oder ausgelöscht. Ich muss an die tote Gouvernante auf der Brücke in Spira denken, die nur sterben musste, weil sie sich zufällig eine Droschke mit Bianka geteilt hatte, und an all die anderen unschuldigen Opfer des Gethin. Ich muss an den Wachmann in Casimirs Festung denken, dem Bianka den Hals umgedreht hat, weil er ihr im Weg stand, als sie an nichts anderes denken konnte, als daran, ihren Sohn zu retten, und kein anderes Leben ihr irgendetwas bedeutete. Ist das ihre Schuld? Oder Ko Dans? Oder Casimirs? Verursachen wir alle unwissentlich Chaos, das wir uns nicht vorstellen können? Setzen Ereignisketten in Gang, deren brutales, blutiges Ende so weit von uns entfernt stattfindet, dass wir nie davon erfahren? Vielleicht tut Ko Dan auch nur, was ihm befohlen wurde, beendet seine Strafe, springt gehorsam durch den letzten Reifen, bevor Gangzi seiner Rückkehr zustimmt.

Mein Magen knurrt, aber niemand scheint es zu hören, dem Großen Namenlosen sei Dank. Ich wünschte, ich hätte Frau Och gefragt, wie lange das hier ungefähr dauern würde. Ko Dan hört auf zu sprechen. Gangzi sieht Frau Och mit ärgerlichem Blick an. Sie legt die Hände aneinander und scheint gründlich nachzudenken, dann hebt sie zu sprechen an und ich höre *die Hexe* und *das Kind* und *Lan Camshe.* Mein Herz rast.

Als sie geendet hat, sieht Ko Dan Gangzi an, der einmal nickt. Ko Dan sagt in formellem Yongwenisch: »Ich werde es versuchen.«

*

Frau Och geht vom Kloster aus Richtung Süden. Ich beobachte noch eine Weile das Tor, bevor ich verschwunden hinter ihr herrenne, die Stadt um mich herum verschwommen, meine eigenen

Schritte gedämpft. Ich folge dem Umriss ihrer Gestalt im Umhang. Wir gehen durch eine Straße mit Seidengeschäften im Nanjin-Dreieck. Ein Mann, der in einem Hauseingang steht und raucht, wirft seine Zigarette weg und läuft neben mir her, obwohl er mich natürlich nicht sieht. Frau Och wendet sich den Kaiserlichen Gärten zu und geht an den Außenmauern entlang. Er tut es ihr gleich. Vermutlich will sie den ganzen Weg zurück nach Nanmu zu Fuß gehen. Ich bin mir jetzt sicher, dass der Kerl sie verfolgt, also hole ich einen von Deks Pfeilen aus dem Beutel an meinem Gürtel, schraube den Deckel ab und ramme ihn dem Mann in den Arm.

Ganz offensichtlich wirkt das Mittel. Frau Ochs Verfolger stolpert seitlich gegen die Mauer und geht wie ein Baumstamm zu Boden. Eine Frau lässt ihren Korb mit Wunschzetteln fallen und rennt zu ihm. Alle Wünsche verteilen sich im Rinnstein.

Frau Och geht weiter, folgt der Mauer bis zum Nandong-Kanal und überquert die Brücke nach Nanmu. Ich behalte sie im Auge, allerdings aus der Ferne, und entdecke auf dem restlichen Weg keine Verfolger mehr. Als sie zu Hause in Sicherheit ist, warte ich ungeduldig noch eine halbe Stunde vor dem Hof. Niemand kommt, aber ich sehe den Baumpieper Richtung Westen davonschwirren, also gehe ich rein.

Frederick sitzt zusammengesunken in einem Sessel, immer noch totenbleich und schwach, nachdem sie ihn ausgesaugt hat. Bianka sitzt vorgebeugt neben Frau Och am Tisch, in ihrer Miene spiegelt sich eine Mischung aus Angst und Hoffnung.

»Und?«, fragt Frau Och, als ich reinkomme.

»Jemand ist Ihnen gefolgt«, sage ich. »Ich habe ihn ausgeschaltet.«

Sie nickt kurz.

»Er ist es also wirklich?«, frage ich. Aber ich muss sie nur ansehen, um Bescheid zu wissen. Ihr Blick ist leuchtend und ungestüm, ihre Lippen umspielt ein Lächeln, das in seiner Aufregung fast mädchenhaft wirkt.

»Ich denke ja«, sagt sie. »Er war in der Lage, mir detailliert zu beschreiben, wie die Magie durchgeführt wurde, was mir einiges Kopfzerbrechen bereitet hatte. Sie sind im Besitz eines ... Gegenstands, den ich unwiederbringlich verloren glaubte.« Sie schüttelt staunend den Kopf, dann fährt sie fort: »Er meint, dass er die Verbindung des Textes mit Theo lösen kann, ohne ihm zu schaden. Zumindest ist er bereit, es zu versuchen, und Gangzi ist bereit, es zu erlauben.«

Als wir über ihn reden, sieht Theo interessiert von der Ameisenstraße auf, die er über den Fußboden verfolgt.

»Er ist bereit, es zu *versuchen?*«, wirft Bianka ein. »Wir müssen sicher sein, dass es nicht gefährlich ist.«

»Diese Art Magie bietet keine Garantie«, sagt Frau Och. »Deswegen sind wir hergekommen. Wenn du das Risiko nicht eingehst, ist es nur eine Frage der Zeit, bis Theo gefunden wird und jemand anders dasselbe tut, ohne sich dabei um sein Wohlergehen zu kümmern.«

Bianka starrt Frau Och an und knetet die Hände in ihrem Schoß.

»Also gut. Ja. Also gut«, sagt sie mechanisch.

»In Ordnung«, sagt Frau Och. »Mach dich bereit, wir bringen ihn gleich hin.«

»Jetzt sofort?«, flüstert Bianka.

»Ein Aufschub vergrößert die Gefahr nur«, entgegnet Frau

Och. »Ich will die Sache erledigt haben, bevor Si Tan sich einmischt. Ich habe einen Baumpieper ausgesandt. Bo wird uns hinbringen.«

Bianka sieht mich an und plötzlich muss ich mich setzen. Ich weiß genau, wie sie sich fühlt. Natürlich ist das der Grund, warum wir hier sind, aber es kommt zu plötzlich und beinhaltet zu viele Unwägbarkeiten.

»Vertrau mir weiterhin«, sagt Frau Och sanft. »Du kannst ihn nicht für immer verstecken. Dies ist die Chance, dem ein Ende zu bereiten.«

Ich wünschte, sie hätte eine andere Art gefunden, das auszudrücken. Theo steht jetzt neben Biankas Knie und blickt zwischen uns hin und her. Es ist ihm bewusst, dass dies ein wichtiges Gespräch über *ihn* ist, und sicher auch, dass seine Mutter Angst hat. Ich möchte ihn am liebsten in den Arm nehmen und verhindern, dass sie ihn mitnehmen. Aber wieso denke ich so etwas? Für diesen Augenblick haben wir doch die ganze Welt durchquert. Ich habe geschworen, ich würde es wiedergutmachen und wir haben es geschafft, wir haben Ko Dan gefunden.

»Ich komme auch mit«, sage ich.

Frau Och wirft mir einen gereizten Blick zu. »Nein. Wir müssen uns bald auf den Weg machen, sobald das erledigt ist. Ich will, dass du Graf Fournier eine Nachricht überbringst. Wir werden uns gleich morgen früh mit ihm treffen.«

Sie reicht mir einen an den Graf adressierten versiegelten Brief und ich nehme ihn entgegen, trotzdem wiederhole ich: »Ich will mitkommen.«

»Tu etwas Nützliches, Julia, und nicht etwas, was deine Schuldgefühle dir einreden.«

Das trifft mich wie ein Schlag und ich schnappe nach Luft.

»Bianka«, sagt Frau Och mit scharfer Stimme und Bianka zuckt zusammen. »Du musst dich jetzt entscheiden.«

»Ja, ist gut«, flüstert sie. Sie legt Theo eine zitternde Hand auf den Lockenkopf.

»Theo. Sollen wir eine kleine Runde drehen, mein Schatz?«

»Unde?« Er bekommt große Augen. Seit wir hier angekommen sind, hat er den Hof nicht verlassen.

Bianka nickt ihm zu, aber ihre Miene ist starr wie eine Maske, ihr Lächeln verzweifelt. »Wir ziehen dir eine Hose an, ja? Oh verflucht, wo ist seine Hose überhaupt?«

Theo fängt an herumzuhopsen und krächzt: »Unde! Unde! Unde!« Beklommen krame ich in unseren Sachen im Schlafzimmer herum, bis ich eine seiner Hosen finde. Sobald Theo klar wird, dass wir ihn anziehen wollen, schreit er, als wäre das der größte Verrat, den wir begehen könnten, und wehrt sich mit allen Kräften, entschlossen, seinen halb nackten Zustand beizubehalten. Nur zu zweit gelingt es uns, seine um sich tretenden Beine in die kleine Hose zu zwängen. Den Stoff haben wir in Ischti gekauft und Bianka hat die Hose genäht, aber sie ist Theo bereits zu kurz, so schnell ist er gewachsen.

Als Bos Motorkraftwagen vor dem Haus hält, kramt Bianka in Fredericks Stiftekiste nach einem Kohlestift, steckt ihn in ihr Mieder und wirft mir noch einen unerträglichen Blick zu. Ich weiß, dass ich all die Angst und die Hoffnung, die ich in ihren Augen sehe, widerspiegele. Sie hebt Theo hoch. Der hat schon Sekunden nach seiner Niederlage die Hosenschlacht vollkommen vergessen und winkt mir fröhlich zu.

»Wa sen, Lala!«

Ich begleite sie nach draußen, winke ihnen vom Tor aus nach und sehe zu, wie sie davonfahren. Den Umschlag in der Hand bin ich versucht, Frau Ochs Anweisungen zu missachten und ihnen trotzdem zu folgen. Aber sie hat natürlich recht – was könnte ich schon ausrichten, wie könnte ich helfen, wenn er sowohl seine Mutter und Frau Och dabei hat? *Tu etwas Nützliches!* Also gut, dann mache ich mich eben nützlich, denn der Große Namenlose weiß, dass ich nicht länger stillhalten kann. Ich renne zur zweiten Ringstraße und besteige eine Straßenbahn zu Graf Fourniers Haus.

*

Mit aufgeblasenen Backen liest Graf Fournier Frau Ochs Brief.

»Dem Großen Namenlosen sei Dank«, sagt er. »Diesem Baron Skaal, den du neulich gesehen hast, wurde für morgen ein Treffen mit dem Obersten Bibliothekar *und* Gangzi gewährt! Normalerweise lässt Si Tan die fraynischen Delegationen wochenlang warten und Gangzi trifft sich *nie* mit jemandem. Er scheint die fraynische Position ernsthaft zu erwägen. Nur der Große Namenlose weiß, was sie ihm dafür anbieten! Ich gebe dir besser keine schriftliche Antwort mit, aber sag deiner Frau Och, wir erwarten sie morgen so früh wie möglich.«

Jun bringt mir eine Tasse Tee.

»Aufregende Zeit«, sagt er mit Grübchen und leuchtenden Augen, aber sosehr ich mich auch freue, ihn zu sehen, kann ich sein Lächeln kaum erwidern. Mein Magen ist ganz verkrampft.

»Ich habe übrigens Neuigkeiten über euren Mönch«, sagt Graf Fournier. Er zündet ein Streichholz an und hält es an Frau Ochs

Brief. Dann lässt er das brennende, sich zusammenrollende Blatt in eine Ascheschale auf dem Tisch fallen. »Sehr verlässliche Quelle mit Kontakten in der ganzen Stadt, sowohl im gemeinen Volk als auch zu Personen von hohem Stand. Mein Informant behauptet, Ko Dan sei auf Si Tans Befehl schon seit seinem Verschwinden eingekerkert. Aber nicht in einem normalen Gefängnis, sagt er. Sondern an irgendeinem geheimen Ort in den Kaiserlichen Gärten.«

Ich starre Graf Fournier an, ohne gleich zu verstehen, was er mir da sagt. Dann entgegne ich: »Nein, er ist wieder im Kloster. Er ist gestern zurückgekehrt.«

Graf Fournier schüttelt den Kopf. »Ich habe gehört, dass es diesbezüglich Gerüchte gab, aber nein, dieser Mann irrt sich nie. Ich würde seine Informationen jederzeit höher bewerten als irgendwelche Gerüchte von der Straße.«

»Nein«, sage ich erneut und stelle meine Teetasse ab. »Ich habe ihn selbst gesehen, in Shou-shu.«

Graf Fournier runzelt die Stirn und sagt: »Seltsam.« Plötzlich wird mir eiskalt. Ich durchwühle meine Taschen und finde das Porträt, das Ling gezeichnet hat. Mit zitternden Händen falte ich es auseinander und schiebe es ihm über den Tisch zu.

Der Graf betrachtet es durch seine Brille und lacht. »Das ist er nicht«, sagt er.

»Aber die Narbe …« Panik steigt heiß und bitter in mir auf.

Er schnaubt. »Eine Narbe nachzumachen ist nicht schwer. Na ja, hör zu, vielleicht ist er auf dem Bild auch einfach nicht gut getroffen. Es sieht ihm überhaupt nicht ähnlich.«

»Dem Mann, den ich gesehen habe, sieht es *sehr* ähnlich«, stoße ich zwischen den Zähnen hervor.

»Dann ist es nicht derselbe Mann«, sagt der Graf. »Bitte sieh mich nicht so an, als würdest du mir gleich die Kehle durchschneiden, Mädchen. Ich will dich nicht ärgern. Ich sage dir nur, dass der Mann auf dieser Zeichnung nicht so aussieht wie Ko Dan und dass Ko Dan meinem besten Informanten zufolge in einer Art Geheimgefängnis einsitzt.«

»Aber warum …« Doch ich weiß natürlich, warum. Er sagt es trotzdem.

»Jemand hat sich ziemlich viel Mühe gemacht, euch hinters Licht zu führen, meine Liebe.« Er wedelt mir mit dem Blatt vor der Nase herum. »Dieser Kerl ist ein Hochstapler, ein Betrüger.«

»Sie haben Theo hingebracht«, flüstere ich.

»Wer ist Theo?«, fragt der Graf irritiert.

Jun berührt mich mit besorgter Miene am Ellbogen. Ich zittere am ganzen Körper, durchlebe wieder den Augenblick, als ich Theo Pia übergab und meine ganze Welt zusammenbrach. Das, was ich nie rückgängig machen kann, das, was ich in Ordnung bringen muss, und Theo, lieber kleiner Theo, nie wieder, ich habe versprochen, *nie wieder* zuzulassen, dass irgendjemand ihm wehtut – und jetzt …

»Ich muss gehen«, sage ich. »Bitte …«

Jun nickt. »Ich komme mit.«

27

Jun hält problemlos mit meinem panischen Lauf Schritt. Im Xishui-Dreieck zieht er mich durch eine Gasse in eine leer stehende Hütte mit halb eingestürztem Dach, in der überall Hühnerkot herumliegt. Er wuchtet einen verrosteten Topf von der Feuerstelle und hebt dann das Gitter an. Eine Leiter führt hinab.

»Hier entlang«, sagt er.

Ich steige die Leiter hinunter und er folgt mir und zieht das Gitter wieder über den Tunnel. Mein Herz hämmert gegen die Rippen, als wollte es mir aus der Brust springen, in meinem Kopf dröhnt es unentwegt: *TheoTheoTheoTheo.* Ich sehe ihn verängstigt und allein, sehe ihn aufgeschlitzt, sehe ihn schreiend, sehe ihn tot mit ausdruckslosen Augen und höre mich selbst laut schluchzen, während ich die schmale Leiter hinunterklettere und immer wieder den Halt auf den dünnen Sprossen verliere. Jun zischt mir zu: »Mehr leise!«, aber ich kann mich nicht beherrschen.

Eine Stimme von unten ruft eine Frage auf Yongwenisch, wovon ich so sehr erschrecke, dass ich beinahe abstürze. Jun antwortet. Es riecht nach Lampenöl und ein Licht flammt auf. Ein etwa zehnjähriger magerer Junge reicht Jun die Laterne, als dieser am Fuß der Leiter angekommen ist. Jun drückt ihm ein Geldstück in die Hand und sagt irgendetwas über seine Mutter, aber ich achte nicht darauf.

»Los, komm!«, dränge ich.

Er fällt in einen lockeren Laufschritt und ich folge ihm durch den Tunnel. Der kleine Theo, so aufgeregt, dass er heute Nachmittag rausdurfte, sich mit leuchtendem und glücklichem Gesicht an Bianka festhaltend. Oh Bianka. Es wird ihnen nicht gelingen, ihn Bianka abzunehmen, sie wird es nicht zulassen, sie wird einen Weg finden.

TheoTheoTheoTheo.

Der Tunnel verzweigt sich mehrmals und ich bleibe dicht hinter Jun. Ich höre Stimmen, als wir an beleuchteten Höhlen vorbeikommen, die in die Erde getrieben wurden. In einer davon erhasche ich einen Blick auf eine Gruppe bewaffneter Männer, die etwas zerstückeln, von dem ich hoffe, dass es keine Leiche ist, ich glaube aber schon. Wir laufen schnell vorbei.

»Das sein Schmugglerroute«, sagt Jun über die Schulter, obwohl ich nicht danach gefragt habe. »Tunnel unter ganze Stadt. Sag mir, was du brauchen.«

»Wir müssen einen kleinen Jungen retten, ihn aus dem Kloster schaffen, sie alle. Meine Freunde …« Ich breche mit zitternder Stimme ab, weiß nicht, ob er mich versteht. Jun stellt keine weiteren Fragen. Wir erreichen eine andere Leiter, er pustet die Laterne aus und stellt sie auf dem Boden ab. Er klettert die Leiter hoch, ein schneller Schatten, und ich folge ihm mit verschwitzten Handflächen und zitternden Knien. *Ich werde Theo retten*, denke ich. Ich weiß zwar nicht, wie, aber ich werde ihn retten.

Licht fällt in den Schacht, als Jun die Steinplatte zur Seite schiebt und hinauskriecht. Auf dem Weg oben ist niemand, aber ich höre Gesang aus der Halle der Entsagung.

»Wo?«, fragt er mich.

Ich mache mich auf den Weg zum Tempel der Buße, wo ich Ko Dan zuletzt gesehen habe – wenn er allerdings nicht Ko Dan ist, wer ist er dann? Als wir um eine Ecke biegen, stoßen wir frontal mit einem Mönch zusammen. Bevor er den Mund aufmachen kann, habe ich bereits mein Messer gezückt und ihm an die Kehle gehalten. Jun stellt sich hinter ihn.

»Frag ihn, ob Gangzi Besuch hat«, sage ich, weil ich meinem eigenen Yongwenisch nicht traue. Jun fragt. In der Haupthalle, erklärt der Mönch mit weit aufgerissenen Augen.

»Was machen wir jetzt mit ihm?«, frage ich Jun und deute mit dem Messer auf ihn.

Jun sieht mich an, als wäre ich verrückt geworden, und ich weiß selbst nicht, warum ich frage. Was *sollten* wir denn mit ihm machen?

»Müssten wir ihn nicht fesseln?«, schlage ich beschämt vor.

Er schüttelt den Kopf. »Nur schnell machen«, sagt er. »Rein, raus. Komm.«

Ich bin so dankbar, dass er bei mir ist. Ich stecke mein Messer zurück in die Stoffstreifen an meinen Stiefeln und wir lassen den Mönch sprachlos stehen. Die lange Gasse, die zur Haupthalle führt, wird auf beiden Seiten von einer Mauer gesäumt – für mich ist es vielleicht kein Problem, mich trotzdem anzuschleichen, für Jun aber schon. Zwei mit Bögen bewaffnete Ru stehen vor dem Eingang zur Halle. Ich verschwinde. Jun ist mit einem Satz auf der niedrigen Mauer und rennt darüber. Er wirft einen Stein, der über den Weg auf die Wachen zurollt. Sie legen die Waffen an, als ein Knall ertönt und sie von einem Schwall weißem Rauch eingehüllt werden. Ein Pfeil fliegt an mir vorbei die Gasse entlang. Ich renne direkt in den Rauch hinein, direkt an den brüllenden Wachmännern vorbei, stürme durch die Tür, stolpere und stürze auf den Holzboden.

Da ist Frau Och, aber nicht als Frau Och – sie ist die geflügelte und entsetzliche Och Farya. Bianka hält Theo an die Brust gepresst und tritt bei dem plötzlichen Radau erschrocken einen Schritt zurück. Der falsche Ko Dan und Gangzi sind bei ihnen, Ko Dan hat die Arme nach Theo ausgestreckt.

Alle erstarren und sehen mich flach auf dem Tempelboden liegen. Einer der Ru kommt hinter mir herein und stürzt dann nach vorn, als ein Draht an seinen Knöcheln ihn zum Stolpern bringt – vielen Dank, Jun. Ich rufe Bianka zu: »Das ist nicht Ko Dan!«

Ich renne auf sie zu, als der zweite Wachmann hereingestürmt kommt. Theo reißt weinend den Mund auf, aber ich kann ihn über das Dröhnen in meinem Kopf hinweg nicht hören. Alle setzen sich auf einmal in Bewegung. Alle außer Bianka. Ihr Blick ist fest auf mich gerichtet und in diesem Moment kann ich in ihren Augen lesen, was in ihr vorgeht. Ich weiß, dass ich von ihr verlange, im Bruchteil einer Sekunde eine unmögliche Entscheidung zu treffen, und das tut sie.

Sie reicht mir Theo und ich verschwinde. Ein Pfeil landet direkt neben uns in der Wand. Der falsche Ko Dan stürzt sich auf Bianka und sie schleudert ihn durch die Halle gegen die gegenüberliegende Wand, wo er zu Boden sackt.

Frau Och öffnet den Mund und stößt ein Brüllen aus, das die Wände erzittern lässt und Gangzi von den Füßen reißt. Der

Wachmann, der auf mich geschossen hat, kommt schnell wieder auf die Beine, legt seinen Bogen erneut an und trifft sie in die Brust. Sie strauchelt und geht in die Knie, dabei reißt sie den blutigen Pfeil heraus. Bianka hat den Kohlestift, den sie aus Fredericks Schreibkiste genommen hat, in der Hand; sie schreibt etwas auf den Boden. Gangzi zeigt auf sie und brüllt einen Befehl, als der Geruch nach verwelkten Blumen durch die Halle streicht. Der Wachmann, den Jun mit dem Draht zu Fall gebracht hat, schießt auf sie, aber der Pfeil geht fehl. Der Mann lässt den Bogen fallen und hält sich die Hände vor die Augen.

Theo weint an meinem Hals, aber überall ist jetzt so viel Lärm und Geschrei, dass ihn bestimmt niemand hört, und ich bin bereit, ihn bis nach Kahge mitzunehmen, wenn noch mehr Pfeile durch die Luft fliegen. Die beiden Wachmänner, Ko Dan und Gangzi haben jetzt alle die Hände vor die Augen gelegt und Gangzi ruft irgendwas über Magie. Ich sehe, was Bianka mit Kohle auf den Boden gekritzelt hat: *Blind.*

Sie lässt den Stift fallen, strauchelt leicht. Sie hat Nasenbluten und Jun ist bei ihr. Ich bin furchtbar erleichtert zu sehen, dass er unverletzt ist.

»Ich Freund von Julia«, sagt er. »Folgen mir!«

Die beiden helfen Frau Och zur Tür. Auf dem Pfad vor der Halle kommen drei weitere Ru auf sie zugerannt.

»Verflucht.« Bianka keucht. »Ich kann nicht …«

Frau Och richtet sich auf, eine Hand an die blutende Brust gepresst, und spricht mit dieser schrecklichen beschwörenden Stimme. Sie hebt eine fellbedeckte Faust und lässt sie wieder sinken. Daraufhin geht ein gewaltiger Regenguss nieder. Binnen Sekunden sind wir bis auf die Haut durchnässt, die Ru sind kurz sprachlos, dann werden sie von einem Blitz getroffen. Wir rennen an den Wachmännern vorbei, von denen einer kraftlos über den Boden kriecht, die anderen beiden rühren sich nicht.

Jun bringt Frau Och und Bianka im Laufschritt zu der Steinplatte neben dem Schwalbenschlag. Bianka schreit: *»Julia!«* Theo strampelt in meinen Armen und heult: »Mama, Mama!« Ich trete zurück in die sichtbare Welt voller Leute, die versuchen uns zu töten, alles wird wieder scharf und deutlich, der Geruch von Blut, Rauch und Regen steigt mir in die Nase. Theo springt geradezu von meinen in Biankas Arme und sie presst ihn an sich.

»Schnell!«, sagt Jun. »Leiter runter!«

Bianka geht mit Theo im Arm als Erste, dann folgt Frau Och, die nur einmal zu mir aufsieht und sagt: »Hol den Betrüger und bring ihn mir.«

Ich habe keine Ahnung, wie ich das anstellen soll.

»Ich komme nach«, sage ich zu Jun. »Danke.« Mehr bringe ich nicht heraus.

Er nickt, dann ist er ebenfalls weg und die Steinplatte gleitet über ihm an ihren Platz. Ich bleibe einen Augenblick ruhig stehen, um Atem zu schöpfen. Das Gewitter hat sich so schnell verzogen, wie es gekommen ist, der Himmel ist hell und klar. Plötzlich spüre ich etwas Scharfes, Stechendes an meinem Arm und entdecke einen kleinen roten Pfeil, der dort steckt. Übelkeit übermannt mich. Zwei der schwarz gekleideten Ru kommen auf mich zu. Einer von ihnen hat ein pistolenartiges Gerät in der Hand. Die beiden Gestalten verschwimmen zu lauter Einzelteilen, dann ist alles weg, in Schwärze versunken wie unter Tinte, die sich auf einem Blatt Papier ausbreitet.

28

Als ich wieder zu mir komme, liege ich in einem bequemen Bett. Auf der Bettkante sitzt die Hexe aus der Kaiserlichen Bibliothek mit den Nähten auf den Augen und der tätowierten Haut. Sie beugt sich über einen kleinen Schreibtisch, ein Blatt Reispapier und ein Tintenfass vor sich, und leckt nachdenklich die Tinte von einem Pinsel ab, wovon Zunge und Lippen ganz schwarz sind. Sie bemerkt nicht, dass ich wach bin. Ich bleibe ganz still und ruhig liegen und versuche herauszufinden, wie ich hergekommen bin. Langsam fällt es mir wieder ein, der Nebel hebt sich Stück für Stück: der Kampf im Kloster, der Pfeil in meinem Arm. Aber sie sind entkommen – Theo ist in Sicherheit. Daran erinnere ich mich mit einer Woge der Erleichterung. Jetzt muss ich nur noch hier raus, wo immer *hier* ist.

Die Hexe saugt so konzentriert an ihrem Pinsel, dass ich vermutlich einfach verschwinden und hier rausmarschieren kann, aber als ich versuche, mich zurückzuziehen, muss ich feststellen, dass es nicht geht. Es ist, als wäre ich gelähmt, allerdings kann ich meine Gliedmaßen durchaus rühren, wenn auch nur leicht. Es ist ein tiefer liegender Teil von mir, der vollständig bewegungsunfähig ist – der Teil, der mich aus der Welt hinausbefördert. Da bemerke ich die Bänder, die um meine Knöchel, Handgelenke und Taille geschlungen sind – lange rote Bänder mit unordentlicher yongwenischer Schrift. Offenbar habe ich einen leisen entsetzten Laut von mir gegeben, denn die Hexe hebt ruckartig den Kopf und wendet mir ihr fürchterliches Gesicht zu.

Sie flüstert etwas mit ihrer heiseren Stimme und läutet eine Glocke auf dem Tisch. Dann springt sie zur Tür und öffnet sie. Ich liege hilflos auf dem Bett und sehe mich in dem kleinen kargen Zimmer um, in dem altmodische Waffen an den Wänden hängen – Doppeläxte, ein Krummschwert, eine reich verzierte Muskete ... Nicht gerade ein heiterer Wandschmuck.

Die Hexe kehrt an mein Bett zurück und eine äußerst seltsame Erscheinung kommt ins Zimmer gerollt. Es ist die alte Frau, mit der der Oberste Bibliothekar nach unserem ersten Treffen geflüstert hat. Sie ist in formlose schöne Seidenstoffe gehüllt und sitzt auf einer Art Plattform auf Rädern, ihre massige Gestalt an einen Stapel Kissen gelehnt. Geschoben wird das Vehikel von Si Tan, dem Obersten Bibliothekar.

»Ein Vergnügen, dir erneut zu begegnen«, sagt er freundlich auf Fraynisch zu mir. »Wie geht es dir? Kopfschmerzen oder Übelkeit?«

Ich nicke. Ein wenig von beidem.

»Du siehst jedoch gut aus. Die Jugend ist dermaßen zäh.« Auf Yongwenisch fügt er noch etwas an die alte Frau gerichtet hinzu und sie antwortet mit ihrer tiefen Krächzstimme.

»Die Kaiserinwitwe heißt dich im Kaiserpalast willkommen«, sagt er mit einer Verbeugung.

Wenigstens weiß ich jetzt, wo ich bin und mit wem ich es zu tun habe. Wieder denke ich, dass Si Tans tadellose Manieren, seine elegante Kleidung und der lange Bart irgendwie nicht zu seinem Körperbau passen wollen, der solch eine brutale Kraft ausstrahlt, die Stärke und den scharfen Blick eines Raubtiers.

»Das klingt so, als wäre ich ein Gast«, sage ich und versuche mühsam, mich trotz der Bänder aufzurichten.

Si Tans Lächeln ist mehr ein Fletschen von gelben Zähnen. »Das bist du auch. Aber in dieser Stadt gibt es Gesetze und die Gesetze müssen eingehalten werden. Du bist unter einer falschen Identität hergekommen, ohne deine wahren Absichten oder Fähigkeiten zu erklären. Hexen müssen in Tianshi registriert und lizenziert sein.«

»Ich bin keine Hexe«, sage ich.

Die tätowierte Hexe steht jetzt neben Si Tan, einen schaudernden, hoffnungsvollen Blick in den Augen, den ich nicht deuten kann.

»Das ist doch schon mal ein Anfang«, sagt dieser. »Warum sagst du uns nicht, wer und was du bist?«

»Ich heiße Julia.« Lieber sterbe ich, als ihm zu sagen, wo Theo ist, aber meinen Namen darf er gern erfahren. »Ich nehme an, Ihre Hexe hier hat Ihnen bereits ein wenig über mich erzählt. Sie hat mich in der Kaiserlichen Bibliothek angegriffen.«

»Angegriffen? Das tut mir leid. Sie kann ziemlich schwierig sein und die Informationen, die sie mir über dich gebracht hat, waren nicht viel wert.« Er wirft ihr einen strengen Blick zu und sie fängt an zu weinen, geht vor ihm auf die Knie und umklammert den Saum seines Gewandes. Die Kaiserinwitwe wirkt angewidert und sagt etwas zu Si Tan. Er nickt und spricht mit der Hexe. Vielleicht verstehe ich es falsch, aber es klingt, als würde er ihr einen Handel anbieten. Sie strahlt und drückt ihm mit ihren tintenverschmierten Lippen einen Kuss auf die Hand. Er holt eine kleine Pfeife aus einer Tasche seiner Robe. Sie huscht damit in die Ecke und zündet sie mit einem Fingerschnippen an. Ich erkenne den süßlichen Geruch.

»Opium?«

»Sie ist ein interessanter Fall«, sagt Si Tan. »Ihr Name ist Cinzai. Ihre Eltern haben sie im Alter von vier Jahren in die Kaiserlichen Gärten gebracht. Es waren bettelarme Bauern aus einer der Provinzen in Zentral-Yongguo und sie hatten diese Tochter, ihr siebtes Kind, das stärker war als ein Ochse und Nickerchen auf der brennenden Feuerstelle machte. Sie waren froh, sie loszuwerden. In der Tat ist sie ziemlich beschränkt und es war äußerst aufwendig, ihr überhaupt Lesen und Schreiben beizubringen, aber sie ist eine der wenigen Hexen auf der ganzen Welt, die zaubern kann, indem sie die Zeichen in die Luft schreibt. Nun, es ist nicht ganz einfach, mit einer so mächtigen Hexe umzugehen. Vielleicht wäre es sicherer, sie einfach zu ertränken, und viele Mitglieder des Kaiserlichen Rates haben sich dafür ausgesprochen. Sie halten sie für unbeherrschbar. Wenn man eine solche Hexe behalten will, braucht man eine kurze Leine. Opium ist eine kurze Leine.«

»Das ist abscheulich«, sage ich.

»Humaner als Ertränken, meinst du nicht? Oder vielleicht auch nicht. Was würdest *du* mit einer unglaublich mächtigen Frau mit dem Intellekt und den Impulsen eines Kindes tun?« Er wartet, als wäre er wirklich an meiner Antwort interessiert. Als ich nichts sage, fährt er beschwichtigend fort: »Ich bin für das Wohl des Kaiserreichs verantwortlich, aber ich bin offen für Vorschläge. Nun, jetzt will ich mit dir darüber reden, welche Angelegenheiten euch nach Yongguo führen. Ich habe deinen Freunden mit Ko Dan vor der Nase herumgewedelt und dabei kam Och Farya von den Xianren zum Vorschein! Der kleine Junge, den sie ins Kloster gebracht hat, ist das Gefäß für Zor Gens Fragment des *Buchs der Spaltung*, nicht wahr?«

»Er ist kein Gefäß«, sage ich.

Diesmal ist Si Tans Lächeln echt – beinahe warm. »Verzeih mir. Eine unpassende Wortwahl. Aber der Text steckt in ihm und Och Farya möchte ihn entfernen. Was hat sie damit vor?«

»Ich habe keine Ahnung. Ihn fürs Erste von ihrem Bruder fernhalten.«

»Das klingt vernünftig. Ich habe Lan Camshe – oder Casimir, wie er sich jetzt nennt – kennengelernt.«

»Ich auch.«

»Was hältst du von ihm?«

»Er ist wahnsinnig«, sage ich.

»Ich stimme dir zu. Kein Mann, den ich gerne mit noch mehr Macht ausgestattet sähe. Frayne ist eine gut platzierte Marionette in einer sich verändernden Welt und die Xianren wetteifern schon immer um die Kontrolle darüber. Wir haben sie aus Yongguos Politik herausgehalten, aber jetzt haben sie ihre Angelegenheiten vor meine Tür gebracht und ich kann sie nicht länger ignorieren. Hier herrschen Regeln bezüglich Magie. Och Farya hätte gleich zu mir kommen sollen.«

»Wenn Sie mich gehen lassen, richte ich ihr das aus«, sage ich.

Si Tan schenkt mir ein flüchtiges Lächeln, als hätte ich einen schlechten Witz gemacht. Die Hexe lässt ihre Pfeife auf den Boden fallen und sinkt in einem glücklichen Rausch gegen die

Wand. Die Kaiserinwitwe sagt etwas zu Si Tan und ich höre das yongwenische Wort für Kahge. Irgendetwas in seinem Blick schärft sich und mein Magen zieht sich zusammen.

»In der Bibliothek war Och Faryas Freund, der Professor, an Ko Dan interessiert, aber ein anderer junger Mann aus eurer Gruppe hat mehrere der Abhandlungen der Philosophiehexen über Kahge, Marike und die Gethin abgeschrieben. Warum?«

»Er schreibt ein Buch«, lüge ich nicht sehr überzeugend.

Si Tan starrt mich an, als könnte er allein mit seinem Blick die Wahrheit in mir aufstöbern. Dann sagt er: »Hast du schon mal von Ragg Rock gehört?«

Ich schüttele langsam den Kopf. Aber in Wirklichkeit habe ich sehr wohl schon mal davon gehört. Ich zermartere mir das Hirn, um mich daran zu erinnern, wo das war.

»Man hat mir gesagt, dass du nach Lidari gefragt hast.«

»Das war ein Freund von Marike, nicht wahr?« Ich versuche einfach nur neugierig zu klingen. Eisige Angst durchströmt jetzt meine Adern.

Er scheint über meine Antwort nachzudenken und streicht sich über den Bart, während er mich beobachtet. Die Kaiserin flüstert ihm etwas zu und er nickt.

»Deine Mutter war Teil des Sidhar-Zirkels in Frayne«, sagt er. »Sie wurde ertränkt, nicht wahr?«

Ich nicke.

»Barbarisch«, sagt er mit sanfter Stimme – aber falls er versucht mich für sich einzunehmen, hätte er seine eigene Hexe besser nicht in meiner Anwesenheit mit Opium betäubt. Ich schweige.

»Ich kann verstehen, warum Och Farya dich schätzt«, sagt er schließlich. »Wünschen wir uns nicht alle gelegentlich, unsichtbar durch die Welt gehen zu können? Eine bemerkenswerte Gabe. Ich weiß von Zaubersprüchen, die einen Gegenstand vor ungewollten Blicken verbergen können, aber sie wirken auf die Sinne des Betrachters, nicht auf das Objekt selbst, und soweit ich weiß, ermöglichen sie keine Bewegung des Gegenstands. Außerdem sind sie wie jede Magie, die auf die Sinne abzielt, äußerst unzuverlässig. *Du* kannst dich dagegen ungesehen frei bewegen und doch ist es keine Magie. Zumindest nutzt du keine Schrift oder Sprache dafür. Wie machst du das? Wie fühlt es sich an?«

»Ich weiß nicht, wie ich es mache. Ich kann es einfach.«

Er dreht sich um und spricht mit der Kaiserinwitwe. Sie betrachtet mich auf eine Art, die mir Angst macht – als wäre ich ein Imbiss –, und antwortet ihm mit ihrer krächzenden Stimme.

»Ich verstehe deine Zurückhaltung«, sagt Si Tan. »Du interessierst mich, Julia. Ich denke, wir könnten Freunde sein und uns gegenseitig helfen.«

»Ich glaube, es gefällt mir nicht, wie Sie ihre Freunde behandeln«, entgegne ich mit einer Kopfbewegung auf Cinzai in der Ecke.

Seine Lippen verziehen sich zu etwas, was sowohl ein Grinsen als auch ein Knurren sein könnte.

»Sie ist nicht meine Freundin. Sie ist eine Waffe. Jetzt möchte ich mit Och Farya sprechen. Wo kann ich sie finden?«

»Keine Ahnung«, sage ich. »Sie nimmt Kontakt mit mir auf, wenn sie mich braucht, aber ich weiß nicht, wo sie sich versteckt hält.«

»Meinst du, sie kommt dich holen, wenn ich dich hierbehalte?«

»Das bezweifle ich.« Ich habe das Gefühl, Frau Och würde mich hier eher verfaulen lassen.

»Nun, wir werden sehen«, sagt er, dann klopft es an der Tür. Die Kaiserinwitwe antwortet in scharfem Ton. Ich glaube, sie sagt dem Anklopfer, er solle weggehen, aber die Tür geht auf und ein junger Mann in einer prächtigen gelben Robe kommt herein. Er ist etwa fünfundzwanzig oder dreißig, hat dunkle Haut und sieht sehr gut aus, mit einem Funkeln im Blick, von dem ich unter etwas anderen Umständen weiche Knie bekäme. Er sieht mich auf dem Bett liegen und sein Gesicht drückt Erstaunen aus. Sein Blick wandert zu der berauschten Hexe in der Ecke und sein Gesichtsausdruck verwandelt sich in Abscheu. Er fragt etwas auf Yongwenisch und Si Tan antwortet mit einer tiefen Verbeugung und der Anrede *Eure Hoheit.* Überrascht wird mir bewusst, dass dies der junge Kaiser ist.

Der Kaiser spricht mit seiner Mutter, ohne Si Tan zu beachten, wobei seine Augen noch ein paarmal zu mir wandern. Sie antwortet ihm in scharfem Tonfall und wedelt mit ihren langen goldenen Fingernägeln vor ihm herum. Er erwidert etwas, hebt die Stimme, aber die Kaiserinwitwe schneidet ihm das Wort ab und schickt ihn raus. Der Kaiser wirft mir noch einen langen Blick zu und ich muss unvermittelt denken, dass mir die ganze Sache hier deutlich besser gefallen würde, wenn *er* mich gefangen genommen hätte.

»Werden Sie … gut behandelt?«, fragt er in stockendem Fraynisch.

Ich sehe die Bänder an, die mich festhalten. »Ich weiß nicht genau. Ich möchte nach Hause.«

Die Kaiserinwitwe stößt einen Schwall Beschimpfungen aus. Der Kaiser runzelt die Stirn, während Si Tan ins Leere starrt. Dann verbeugt sich der Kaiser vor seiner Mutter, sagt etwas zwischen zusammengebissenen Zähnen, verlässt das Zimmer und schlägt die Tür hinter sich zu – leider ohne einen weiteren Blick in meine Richtung. Sollte ich es lebend hier rausschaffen, habe ich wirklich was zu erzählen – nachdem ich gesehen habe, wie der oberste Herrscher des großen yongwenischen Kaiserreichs von seiner Mutter aus dem Zimmer gescheucht worden ist wie ein Hund.

In der anschließenden Stille holt Si Tan die mir inzwischen vertraute Zeichnung von Frau Och, Bianka und mir hervor. Offenbar hat alle Welt ein Exemplar davon in die Finger bekommen.

»Noch jemand in Tianshi sucht nach euch«, sagt er. »Wer?«

Ich zucke die Achseln.

»Casimirs Leute?«, fragt er.

»Ich weiß nicht, ob ich von ›Leuten‹ sprechen würde«, entgegne ich.

»Als ich das hier gesehen habe, war ich vor allem neugierig auf dich«, sagt er. »Vom ersten Augenblick an wusste ich, dass du nicht das gebildete, adlige Mädchen warst, für das du dich ausgegeben hast. Für ein Mädchen, das behütet aufgewachsen ist, hattest du etwas viel zu Gewieftes an dir.«

»Also haben Sie Ihrer Hexe gesagt, sie solle mir im Gesicht rumkauen?«, frage ich.

»Wo gehst du hin, wenn du verschwindest?«

Die Frage kommt plötzlich, weniger besonnen als die übrigen, die er gestellt hat, und ich bemerke etwas Aufmerksames und Gieriges in seinem Blick. Mir wird bewusst, dass mich das bisher noch nie jemand gefragt hat. Niemand anderem ist der Gedanke gekommen, dass ich irgendwohin gehe.

»Nirgends«, sage ich. »Einfach … nirgends.«

Er mustert mich eine Weile, dann sagt er: »Wie ist sie so?«

»Wer?«, frage ich dämlich.

»Och Farya. Die Älteste der Xianren. Ich würde sie wirklich gerne treffen.«

»Sie ist … ich weiß nicht. Je besser man sie kennenlernt, desto furchterregender ist sie, glaube ich.«

Er lacht höflich, als versuchte ich witzig zu sein, was nicht der Fall ist. Dann ertönt plötzlich eine laute Glocke irgendwo im Gebäude.

Die Kaiserinwitwe grunzt und zieht eine kleine Pistole unter einem ihrer Kissen hervor. Si Tan zerrt die berauschte Hexe am Arm hoch und murmelt ihr etwas ins Ohr. Sie stolpert mit hängendem Unterkiefer hinaus.

»Glaubst du, das ist Och Farya, die ihr kostbares verschwindendes Mädchen retten kommt?«, fragt er mich.

Das halte ich nicht für sehr wahrscheinlich, aber trotzdem hege ich eine gewisse Hoffnung. Ich höre entfernte Schüsse und Schreie, dann Schritte, die in der Nähe vorbeirennen, weitere Schreie, ein entsetzliches Kreischen und immer weiter das Läuten der Glocke. Mein Herz hämmert, aber ich liege, von Cinzais Bändern gefesselt, bewegungsunfähig da.

Die Tür geht auf und die Hexe kommt schreiend hereingetorkelt. Sie hält sich den Kopf, stolpert und schwankt durchs Zimmer. Etwas Dunkles hängt einen Moment lang an ihrem linken Ohr, dann ist es weg – in ihrem Ohr verschwunden. Si Tan hat es auch gesehen und stößt einen Wutschrei aus. Er nimmt das Krummschwert von der Wand und holt damit aus. Der Körper der Hexe wird schlaff und geht zu Boden. Ihr Kopf rollt auf mich zu. Ein Schrei steigt in meiner Kehle auf, bleibt jedoch dort stecken. Das schwarze Ding, das in ihrem Ohr verschwunden ist, fällt heraus und huscht über den Boden. Es sieht aus wie ein Käfer, ein großer Tausendfüßer oder so etwas. Si Tan schlitzt es mit dem Krummschwert mitten durch und es sprüht Funken, raucht und bleibt reglos liegen. Es ist eine Art kleine Maschine. Etwas kleines Rotes krabbelt auf fadenartigen Beinen aus dem kaputten Metallpanzer. Si Tan kräuselt die Lippen. Er tritt auf das Ding, das einen nassen, roten Fleck auf dem Boden hinterlässt, und flucht bitterlich auf Yongwenisch. Dann blicken wir alle zur Tür und ich sehe, wer mich holen gekommen ist.

Es ist natürlich nicht Frau Och.

Es ist Pia.

29

Sie steht in der Tür, in Leder gekleidet und ausgesprochen gelassen, einen Karabiner von der Länge ihres Unterarms, den sie auf die Kaiserinwitwe gerichtet hat, in der einen Hand, ein Kurzschwert in der anderen. Die Kaiserinwitwe zielt mit ihrer kleinen Pistole auf Pia, ihre Brust hebt und senkt sich schnell.

»Steh auf!«, sagt Pia zu mir.

»Das geht nicht. Ich bin gefesselt.«

Sie springt hoch, stößt sich von der Wand ab, sodass sie hinter Si Tan steht, den Lauf des Karabiners unter seinen Kiefer gedrückt, während der Schuss der Kaiserinwitwe die Wand trifft. Pia treibt Si Tan näher an mich heran, dann durchtrennt sie die Bänder. Der Oberste Bibliothekar betrachtet mich ausdruckslos. Meine Gliedmaßen fühlen sich schwer und träge an, aber ich kann mich wieder bewegen. Auf wackeligen Beinen erhebe ich mich aus dem Bett und versuche dabei, nicht den Kopf der Hexe Cinzai anzusehen, ihren Leichnam, den mit ihrem dunklen Blut bedeckten Boden, die tätowierten Finger, die noch immer zucken, als versuchten sie etwas zu schreiben.

»Nimm ihr die Waffe ab«, befiehlt mir Pia. An die Kaiserinwitwe gerichtet fügt sie auf Yongwenisch etwas in der Art hinzu, dass sie Si Tan in einem Stück zurückbekomme, wenn sie sie brav aushändigt. Sobald ich die Pistole habe, steckt Pia sie in ihren Gürtel und löst eine Art Riemenkonstruktion auf ihrem Rücken.

»Steig hier rein«, sagt sie. Das ist gar nicht so einfach mit meinen gummiartigen Gliedmaßen, aber mit einiger Mühe gelingt es mir. Die Kaiserinwitwe beobachtet uns mit wütenden kleinen Augen und bebendem Kinn.

»Casimir ist unverschämt«, sagt Si Tan kühl, aber Pia antwortet nicht. Sie zieht auf beiden Seiten an einem Riemen und der Gurt schließt mich ein und befestigt mich auf ihrem Rücken wie ein zu groß gewordenes Kind, das von seiner wahnsinnigen Mutter huckepack getragen wird. Pia hält Si Tan die Pistole vors Gesicht und befiehlt ihm, vor uns her den Flur entlangzugehen.

Die Glocke läutet immer noch und ich höre etwas, was klingt wie sehr viele Schritte, die sich rennend nähern, aber Pia wirkt unbeeindruckt. Am Ende des Flurs nimmt sie einen kleinen Zylinder von ihrem Gürtel und wirft ihn mit aller Kraft nach oben an die Decke, wodurch über uns ein rauchendes Loch entsteht. Dann holt sie mit dem Ellbogen aus und schlägt Si Tan ins Gesicht. Er geht einfach zu Boden. Pia klettert mit mir auf dem Rücken die Wand hoch. Ich fürchte, ihr Gleichgewicht zu stören, aber soweit ich sehe, wird sie durch mein zusätzliches Gewicht noch nicht einmal langsamer. Zersplittertes Holz und Dachziegel kratzen mir über den Rücken, als Pia uns beide durch das Loch im Dach hievt. Ich berge mein Gesicht an ihrer Schulter, um meinen Kopf zu schützen.

Als ich wieder aufsehe, rennt sie über den Dachfirst und springt dann über eine furchterregende Distanz auf die geschwungene Kante eines anderen Daches. Ich bin sicher, dass wir abstürzen werden, aber Pia verliert nie den Halt, rennt die Seite des Daches hinauf und darüber hinweg. Auf den Straßen unter uns laufen die Ru umher und zielen mit Bögen auf uns. Etwas saust an uns vorbei, aber Pia ist so schnell, dass wir kein leichtes Ziel darstellen. Sie fliegt von Dach zu Dach und dann plötzlich hinunter in die Kaiserlichen Gärten selbst. Durch Gärten, Galerien und Häuser – es ist schwindelerregend und ich muss erneut die Augen schließen. Die läutende Glocke in der Ferne wird jetzt immer leiser.

Als ich das Gefühl habe, dass es steil aufwärts geht, öffne ich die Augen einen Spaltbreit. Pia klettert die Außenmauer der Gartenanlage hinauf. Als die Ru sich hinter uns sammeln, erreicht sie die Mauerkrone, aber noch bevor sie bei uns sind, lässt sie sich schon auf der anderen Seite in die Stadt unter uns fallen. Der Aufprall durchzuckt mich, aber Pia wird davon nicht einen Augenblick langsamer. Ich hüpfe auf ihrem Rücken durch die Straßen von Tianshi; Leute rufen und deuten während unserer unermüdlichen Hast durch die Stadt auf uns. Ich fürchte, dass mir übel wird.

Wir erreichen das *Hotel zu den hundert Laternen* von der Seite her. Hinauf und durch ein Fenster hinein in ein Zimmer, in dem eine Frau aufkreischt und sich im Schrank versteckt und ein halb nackter Mann aus dem Bett springt und nach seiner Pistole auf dem Nachttisch tastet. Pia tritt die Tür auf und rennt den Flur entlang, über das Treppengeländer in die Etage darunter und durch die nächste Tür. Sie schließt die Tür hinter sich und löst den Gurt, der mich an sie schnallt. Unbeholfen plumpse ich zu Boden und krabbele aus dem lächerlichen Gerät. Obwohl *sie* gerannt ist und nicht ich, bin ich es, die mit klopfendem Herzen nach Luft schnappt. Jetzt hat sie den Karabiner auf mich gerichtet.

»Ich muss mit dir reden«, sagt sie. »Nicht verschwinden.«

Ich verschwinde.

*

Als ich das Haus in Nanmu erreiche, steht die Sonne bereits tief. Ich kann Fredericks Stimme laut und verzweifelt aus dem Hauptraum hören: »Dazu haben Sie kein Recht! Wir müssen das diskutieren …«

»Es wird keine Diskussionen über das geben, was ich für notwendig halte«, sagt Frau Och mit eisiger Stimme, als ich eintrete. Sie dreht sich zu mir um, ohne dass sich ihr Gesichtsausdruck verändert. »Julia, wo warst du?«

Bianka liegt wie eine Stoffpuppe zusammengesunken auf dem Boden. Ihr Gesicht hat einen ungesunden Gelbstich. Frederick sieht etwas besser aus als heute Morgen, aber nicht viel.

»In den Kaiserlichen Gärten«, sage ich. »Si Tan hat mich gefangen genommen.«

»Bist du verletzt?«, fragt Frederick.

Ich schüttele den Kopf, während ich noch versuche, das Bild vor mir zusammenzusetzen und zu verstehen. Frau Och sprüht vor Energie und Kraft. Der Tisch ist mit Fredericks Notizen bedeckt und die Kopie der Steleninschrift liegt darüber ausgerollt.

»Hast du unseren Aufenthaltsort verraten?«, fragt Frau Och mit scharfer Stimme. »Ist dir jemand gefolgt?«

Ich schüttele erneut den Kopf und ihre Miene entspannt sich.

»Erzähl mir alles, was er gesagt hat.«

»Er wollte nur wissen, was wir vorhaben. Und er will Sie treffen. Er hat gesagt, wir hätten uns gleich mit ihm in Verbindung setzen sollen.«

Sie lacht kurz auf. »Ich bin direkt in seine Falle getappt«, sagt sie bitter. »Der Betrüger war äußerst überzeugend. Er wusste Dinge, die er nur von Ko Dan selber – wo immer er sein mag – haben konnte, kannte Einzelheiten über die Magie, die er mit Gennady vollführt hat, und ich war so begierig darauf zu erfahren ... na ja, es spielt keine Rolle. Ich bin froh, dass es dir gut geht, Julia. Die beiden hier wollten sich schon auf den Weg machen, um dich zu retten, aber angesichts deiner Neigung, eigenmächtig Ausflüge zu unternehmen, ohne jemanden darüber zu informieren, hatte ich das Gefühl, wir warten besser noch ein wenig.«

»Ich wollte ihrem Bruder Bescheid sagen«, knurrt Bianka und versucht aufzustehen. »Ich wusste, dass sie nicht einfach wegbleiben würde, wenn alles in Ordnung wäre ... nicht, ohne sich zu vergewissern, dass wir es heil nach Hause geschafft haben.«

»Nun, jetzt ist sie ja da«, sagt Frau Och. »Wenn ihr euch alle beruhigt habt, haben wir einiges zu erledigen. Ich muss dem Professor augenblicklich eine Nachricht schicken. Julia, du wirst die Nachricht überbringen und du musst noch etwas für mich tun.«

»Sie wollen sie auf einen Botengang schicken?«, ruft Bianka. Jetzt gelingt es ihr aufzustehen, allerdings sieht sie aus, als wünschte sie, sie wäre liegen geblieben. »Sehen Sie sie doch an!«

»Wie sehe ich denn aus?«, frage ich. Dann geben meine Beine unter mir nach und plötzlich sitze ich auf dem Boden. »Ich könnte etwas zu essen vertragen.« Seit dem Frühstück habe ich nichts mehr gegessen.

»Holt ihr was zu essen«, sagt Frau Och und rauscht in ihr Zimmer, um die Nachricht zu schreiben.

»Wo ist Theo?«, frage ich.

»Er schläft«, erklärt Bianka. »Ziemlich erschöpft von den heutigen Abenteuern.«

»Es gibt Ragout«, sagt Frederick. »Ich hole dir einen Teller.«

»Ich hole Wasser.« Bianka schwankt leicht.

»Du bist ja in üblerem Zustand als ich«, sage ich. Und dann bekommen wir einen Lachanfall. So ausgelaugt und jämmerlich sind wir, dass wir kaum alle zusammen einen Teller Essen und einen Becher Wasser holen können. Es ist natürlich nicht wirklich lustig, hilflos zu sein, während Jagd auf uns gemacht wird. Aber ich bin so wahnsinnig erleichtert, heil nach Hause gekommen zu sein, und über alle Maßen gerührt, dass Frederick und Bianka sich solche Sorgen um mich gemacht haben.

»Was ist denn bloß passiert?«, fragt Bianka.

»Sobald ihr in den Tunnel runtergeklettert wart, bin ich mit einer Art Schlafserum beschossen worden. Ich bin immer noch leicht benommen davon. Und als ich aufgewacht bin, wurde ich von Si Tan und der Kaiserinwitwe befragt.«

»Der *Kaiserin!*«, ruft Bianka beeindruckt.

Frederick torkelt hinaus, um Wasser zu holen, und als er mir den Becher bringt, trinke ich ihn in einem Zug leer. Ich habe gar nicht gemerkt, wie durstig ich bin. Dann stellt er einen Teller Rinderragout vor mich hin. Von dem Geruch wird mir erst übel, aber sobald ich einen Bissen gegessen habe, gewinnt mein Hunger die Oberhand. Frederick bietet auch Bianka etwas an, legt ihr sacht die Hand auf die Schulter. Sie schüttelt den Kopf, lächelt ihn aber müde an.

»Sie sind uns zweifellos auf der Spur«, sage ich. »Und Si Tan will Frau Och treffen.«

»Er kann sie haben«, murmelt Bianka leise.

»Wie konntest du fliehen?«, fragt Frederick. »Haben sie dich gehen lassen?«

»Nein. Ich glaube, sie hatten gehofft, dass Frau Och mich holen kommen würde, aber ...«

Ich weiß nicht genau, warum, aber plötzlich will ich ihnen nichts von Pia erzählen. Ich weiß nicht, wie ich es einordnen soll, dass sie mich gerettet hat – wenn es denn überhaupt eine Rettung war –, und ich bin noch nicht bereit, mit jemandem darüber zu reden.

»Na ja, ich bin auf jeden Fall entkommen«, ende ich wenig überzeugend, aber sie stellen keine weiteren Fragen. Ist es mir bisher nicht noch jedes Mal gelungen, allem und jedem zu entkommen?

»Ich kann dir gar nicht sagen, wie erleichtert ich bin«, sagt Frederick mit einer Wärme, die mich überrascht. »Wir haben uns solche Sorgen gemacht.«

»Woher wusstest du, dass der Mann, der sich für Ko Dan ausgegeben hat, ein Hochstapler war?«, fragt Bianka. »Die Wachen dort haben mich zwar etwas gewundert, aber ich wollte Theo gerade übergeben ...«, sie schaudert, »... und dann bist du aufgetaucht.«

»Graf Fournier«, antworte ich. »Ich habe ihm das Bild gezeigt, das Ling gezeichnet hat, und er hat mir gesagt, das sei nicht Ko Dan.«

»Dem Großen Namenlosen sei Dank«, sagt Bianka. »Dein Freund Jun war fantastisch, er hat uns im Untergrund bis nach

Nanmu gebracht, bevor Frau Och ihn weggeschickt hat. Aber dann bist du nicht zurückgekommen.«

»Wir wollten dich suchen gehen«, sagt Frederick und bricht ab.

»Danke. Wirklich.« Ich zeige auf seine Aufschriebe, die auf dem Tisch ausgebreitet liegen, und frage hoffnungsvoll: »Du hast gearbeitet?«

»Professor Baranyi war so freundlich, mir das Wörterbuch zu besorgen, das ich brauchte. Der Text auf der Stele, den du mitgebracht hast, handelt von einem Ort namens Ragg Rock.«

»Den hat Si Tan auch erwähnt«, sage ich stirnrunzelnd, und dann fällt mir wieder ein, wo mir der Name schon mal begegnet ist. Als Spionin in Frau Ochs Haus habe ich in Professor Baranyis Arbeitszimmer etwas über Ragg Rock gelesen. In einem seiner Bücher stand, dass die Xianren ihre Kräfte gebündelt hätten, um danach zu suchen, aber keinen Erfolg hatten.

»Dem Text zufolge ist es … ich weiß nicht so recht, wie ich es genau übersetzen soll, aber so etwas wie eine Zwischenstation am Rand der Welt, direkt jenseits dessen, was wir als unsere Realität bezeichnen würden. Es ist ein Ort, der zwischen der Welt und Kahge liegt, und Wesen von beiden Seiten kann Eintritt nach Ragg Rock gewährt werden. Sie können bis nach Ragg Rock, aber nicht weiter.«

»Von wem gewährt werden?«, frage ich.

»Von … Ragg Rock«, sagt Frederick. »Dieser Teil ist etwas verwirrend. Ich habe auch etwas über Lidari gelesen. Er wird als General der Gethin-Armee bezeichnet, aber auch als Marikes Sohn und an anderer Stelle als ihr Liebhaber. Die Hinweise auf ihn erstrecken sich über Jahrhunderte. Er war auf jeden Fall eine wichtige Persönlichkeit und eng mit Marike verbunden. Es heißt, dass Casimir ihn nach dem Untergang des Eschriki-Reichs aufgespürt und getötet hat. Du hast mir gesagt, dass die Gestalten, die du in Kahge gesehen hast, seinen Namen riefen. Wenn das Wesen der Gethin nach ihrem körperlichen Tod in der Welt nach Kahge zurückkehrt, war er vielleicht unter ihnen. Hast du gesehen … haben sie sich an einen aus ihrer Gruppe gewandt?«

Ich linse zu Frau Ochs geschlossener Tür hinüber. Mit einem ziemlich unguten Gefühl sage ich: »Sie haben beim Rufen auf mich gezeigt.«

Ich erkenne, dass ihn das schockiert, und jetzt fühle ich mich noch schlechter.

»Ich habe überlegt, ob es noch etwas Allgemeineres bedeuten könnte, über den konkreten Namen hinaus. Darf ich Frau Och und dem Professor davon erzählen, Julia? Sie werden besser als ich wissen, wie das zu interpretieren ist.«

Ich schneide eine Grimasse.

»Ich verspreche dir, dich auf dem Laufenden zu halten«, sagt er sanft. »Aber ich fürchte, ohne ihre Hilfe werde ich nicht viel mehr herausfinden können.«

»Wenn du mir alles sagst, was ihnen dazu einfällt«, entgegne ich schließlich.

Er lacht leicht unglücklich. Ich weiß, dass es eine unangenehme Situation für ihn ist.

»Einverstanden.«

Bianka stützt den Kopf auf die Hände und stöhnt: »Mir geht es miserabel.«

»Hat sie dir deine Kraft genommen?«

»Sie hat noch nicht mal gefragt. Hat einfach nach meinen Händen gegriffen und … ja«, sagt Bianka.

»Sie war sehr schwach, als ihr zurückgekommen seid – sie ist angeschossen worden«, sagt Frederick. »Und sie wollte nicht, dass du in der Stadt herumrennst, wenn überall dein Bild hängt und die Ru nach dir suchen.«

Verglichen mit sonst kommt mir seine Verteidigung von Frau Och diesmal etwas halbherzig vor.

»Ich wusste, dass *du* niemals einen von uns einfach zurücklassen würdest, ohne nach uns zu suchen«, sagt Bianka ziemlich heftig zu mir.

»Und wären die Rollen vertauscht gewesen, hätte Julia dich vielleicht sogar gefunden und wäre in der Lage gewesen, dir zu helfen, weshalb ich ihr erlaubt hätte, es zu versuchen«, sagt Frau Och, die in diesem Augenblick mit einem Umschlag in der Hand zurück in den Hauptraum kommt. »Aber die Vorstellung, dass ihr es schaffen könntet, sie zu finden, geschweige denn, sie zu retten, war einfach lächerlich. Julia ist mehr als fähig, sich um sich selbst zu kümmern – und hier ist sie.«

Ich würde ihr gern sagen, dass ich heute nicht so fähig war, mich um mich selbst zu kümmern, und dass ich eigentlich gar nicht hier wäre … aber ich will auch ihr nicht von Pia erzählen.

»Graf Fournier glaubt, dass Ko Dan irgendwo in der Stadt gefangen gehalten wird, möglicherweise in den Kaiserlichen Gärten«, sage ich. »Wir könnten ihn immer noch befreien.«

»Vielleicht«, sagt Frau Och. »Aber wenn Si Tan über unsere Anwesenheit und unsere Absichten Bescheid weiß, läuft uns die Zeit davon. Als es nur um Pia ging, dachte ich, wir könnten noch eine Weile durchhalten. Sie macht allein Jagd auf uns und kennt sich in der Stadt nicht aus – einer Stadt, in der sie keine Verbündeten hat. Si Tan dagegen hat diese Stadt vollkommen unter Kontrolle. Wenn *er* nach uns sucht, können wir uns nicht vor ihm verstecken – zumindest nicht lange. Wie auch immer, ich habe weiterhin vor, mich gleich morgen früh mit deinem Grafen zu treffen. Er hat womöglich noch weitere Informationen über Ko Dan und ich würde gern Prinzessin Zara so bald wie möglich nach Frayne bringen.«

»Haben wir … *Zeit* dafür?«, fragt Bianka unbehaglich. Offensichtlich macht sie sich Sorgen, dass Frau Och ihr Interesse jetzt der Prinzessin zuwendet, nachdem es ihr nicht gelungen ist, Ko Dan zu finden.

»Prinzessin Zara ist der Schlüssel zu einem Frayne, in dem du in Sicherheit leben kannst«, sagt Frau Och. »Agoston Horthy zu entmachten wird auch Casimirs Einfluss in Frayne einschränken. Das würde das Blatt zu unseren Gunsten wenden. Es gibt deutlich wichtigere Dinge als …« Sie hält inne und einen entsetzlichen Augenblick glaube ich, dass sie sagen will, dass es deutlich wichtigere Dinge als Theos Leben gibt. Aber das sagt sie nicht. »… simple Belanglosigkeiten«, beendet sie den Satz.

Da geht es mir schlagartig auf und ich fühle mich wie eine vollkommene Närrin. »Sie *wussten*, dass Prinzessin Zara im Kloster ist«, sage ich. »Wir sind nicht nur wegen Theo den ganzen Weg hierhergekommen. Sie sind *ihret*wegen hier.«

Auf Biankas Gesicht breitet sich Entsetzen aus. Frau Och macht sich nicht die Mühe, es abzustreiten.

»Wenn alles gut geht, werden wir mit der Thronerbin nach Frayne zurückkehren und außerdem wird *Das Buch der Spaltung* vor Casimir in Sicherheit sein – und Theo ebenfalls«, sagt sie.

Ich habe das furchtbare Gefühl, dass sie diese Ziele in der Reihenfolge ihrer Priorität auflistet.

Frau Och streckt mir ein Blatt Papier entgegen. Ich versuche, meine Überraschung zu verbergen, als ich es sehe. Sie hat den zweischnäbligen Krug gemalt – den, den ich in der Hand meiner Mutter gesehen habe, als die Hexe meine Erinnerungen durchwühlte. Den, der auf dem Wandgemälde in der Kaiserlichen Bibliothek abgebildet war.

Sie runzelt die Stirn. »Du erkennst ihn?«

»Ich habe ein Bild davon in der Bibliothek gesehen«, sage ich, nehme ihr das Blatt ab und zeige es Frederick. »Erinnerst du dich?«

Er nickt.

»Das ist der Ankh-nu«, sagt Frau Och. »Er stammt aus der Zeit zu Beginn des Eschriki-Reichs – die Hieroglyphe hier auf der Seite ist das Symbol für Leben. Es gibt einige wenige Gegenstände auf der Welt, die Magie tief in sich eingeschrieben haben, wie die Glocken von Shou-shu. Der Ankh-nu aber ist noch viel mächtiger.«

»Was tut er denn?«, fragt Frederick und betrachtet die Zeichnung.

»*Damit* hat Ko Dan Gennadys Fragment des *Buchs der Spaltung* mit Theo verbunden. Zumindest hat mir das der Betrüger erzählt und ich bin überzeugt, dass das wahr ist, weil ich keine andere Möglichkeit sehe. Der Ankh-nu dient dazu, eine lebendige Essenz von einem Gefäß in ein anderes zu übertragen. Die Essenz oder das Wesen ist das, was manche die Seele nennen, den Funken des Lebens, was immer es ist, das den Geist lebendig macht, die Erinnerungen birgt und uns zu dem macht, was wir *sind.* Der Ankh-nu kann das Wesen von seinen körperlichen Bindungen lösen und in einen anderen Körper, ein anderes Gefäß übertragen. Es heißt, dass Marike ihn geschaffen hat, um damit die Gethin aus Kahge in die Welt zu bringen, obwohl die Frage, wo ihre *Körper* herkamen, noch immer ein Rätsel darstellt. Es gibt sogar Geschichten darüber, dass sie ihr eigenes Leben mithilfe des Ankh-nu fast bis zur Unsterblichkeit ausgedehnt hat.«

»Wie kann er jemanden unsterblich machen?«, fragt Bianka.

»Die Essenz ist an den Körper gebunden«, sagt Frau Och. »Sie lebt und stirbt mit dem Körper, aber es ist der *Körper*, der alt wird und verfällt. Wenn die Essenz in einen anderen Körper übertragen werden kann, lebt sie in diesem weiter. Das heißt, immer wenn ein Körper alt wurde und starb, suchte sich Marike einen anderen. Anders gesagt, sie *tauschte*, ließ ihr Opfer in dem Körper zurück, den sie verließ, und übernahm den neuen, jüngeren. Angeblich hat Marike über dreihundert Mal den Körper gewechselt, bis der sirillianische Kaiser sie gefangen nahm und hinrichtete. Es gibt sogar Leute, die glauben, sie sei immer noch am Leben und nie gefasst worden.«

»Aber das ist doch unmöglich, oder?«, stößt Frederick hervor.

»Ich habe den Ankh-nu nie mit eigenen Augen gesehen«, sagt Frau Och. »Es heißt, die größten Hexen von Eschriki gaben ihr Blut und ihr Leben hin, um Marike bei seiner Herstellung zu helfen.«

»Warum sollten sie das tun?«, ruft Bianka.

»Es ist vielleicht nur eine Legende«, sagt Frau Och. »Aber Marike war sehr gut darin, andere davon zu überzeugen, etwas für sie zu tun, und sei es, ihr Leben für sie zu geben. Ich kann mich an sie erinnern. Sie war …« Plötzlich kneift sie den Mund zusammen. »Sie war für eine Hexe gar nicht mal so mächtig, aber sie war schlau, charismatisch und in der Lage, andere zu manipulieren.«

»Aber wenn der Ankh-nu doch zur Übertragung eines lebendigen Wesens dient – ah, verstehe, *Das Buch der Spaltung* ist in gewisser Weise lebendig, nicht wahr?«, sagt Frederick.

»Ja«, sagt Frau Och. »Das Buch hat ein eigenes Wesen. Zu Anfang war es Text, allerdings in der Tat lebendig. Später, nachdem die Eschriki-Faronen vergeblich versucht hatten, es zu lesen, begann das Buch seine Form zu verändern, versuchte sich selbst zu zerstören und Teil der Welt, Teil der Natur zu werden wie die Geister. Ich versteckte meinen Teil unter der Erde. Er schlug Wurzeln und wuchs zu einem riesigen Kirschbaum heran. Casimir lebte damals in einem großen Schloss am Fuß des Parnesischen Gebirges. Sein Teil wurde ein glänzender grüner See, der das Schloss verschluckte. Gennady bereiste die Welt, seinen Teil, der zu einem koboldartigen Schatten auf seinem Rücken wurde, immer bei sich. Da Gennady nicht zuließ, dass sein Teil des Buchs in der Erde Wurzeln schlug, verwurzelte dieser sich in ihm selbst. Aber ich glaube, Casimirs Hexe Shey ist es gelungen, Casimirs und mein Fragment in seine ursprüngliche Form zurückzuverwandeln. Ko Dan – der *echte* Ko Dan – übertrug mithilfe des Ankh-nu Gennadys Fragment auf Theos Körper und verband es mit seinem Wesen, sodass er mit ihm leben und sterben würde. Er machte das Fragment *sterblich.*«

»Während ich geschlafen habe«, murmelt Bianka und runzelt zornig die Stirn. Ich glaube, es wäre das Beste für Gennady, wenn er ihr nie wieder begegnete.

»Und woher hatte Ko Dan den Ankh-nu?«, fragt Frederick.

»Angeblich ist er seit Jahrhunderten im Kloster«, sagt Frau Och. »Ich weiß es nicht. Die Shou-shu-Mönche haben einige bemerkenswerte Schätze erworben, aber das hier … nun ja.«

Woher hatte meine *Mutter* ihn? Was hat sie damit gemacht? Der Ankh-nu, die Vision meiner Mutter und diese Kreaturen in Kahge, die auf mich zeigen und *Lidari* zischen … Mir hämmert das Herz schmerzhaft in der Brust, während ein entsetzlicher Gedanke in meinem Kopf Gestalt annimmt. Ich muss Dek sehen. Heulende Hunde, ich brauche meinen Bruder. Meine Hände fangen an zu zittern.

»Wenn der wahre Ko Dan das Textfragment aus Theo entfernen soll, ohne ihm zu schaden, wird er wieder den Ankh-nu brauchen, glaube ich«, sagt Frau Och.

Und vielleicht ist das ein Zeichen dafür, wie sehr ich in meinem tiefsten Inneren eine Diebin bin, aber als mir klar wird, was sie da sagt, wird meine Panik von so etwas wie Erleichterung überdeckt.

»Ich soll ihn stehlen«, sage ich. »Er ist wahrscheinlich in der Schatzkammer.«

Jetzt habe ich doch noch einen Grund dort einzubrechen.

»Ja«, sagt Frau Och. »Ich will den Ankh-nu, ich will die Prinzessin und ich will Ko Dan, und wir haben sehr wenig Zeit, um all das zu bekommen.«

Ich schiebe mir die letzten Bissen meines Essens in den Mund und stehe auf. »Also gut. Mir geht es schon besser.«

Ein schwaches Lächeln umspielt ihre Mundwinkel.

»Das freut mich. Erst wirst du Professor Baranyi diesen Brief bringen. Ich möchte gern, dass er morgen an dem Treffen mit Graf Fournier teilnimmt. Esme soll auch dazukommen.«

»Den Brief könnte doch Ihr Baumpieper bringen«, protestiert Bianka.

»Es ist wichtig. Ich muss sicher sein, dass er ihn erreicht.«

»Wenigstens vertrauen Sie mir mehr als einem Vogel«, sage ich, zu erschöpft und aufgeregt, um auf meine Worte zu achten. Ich stecke die Zeichnung des Ankh-nu in die Tasche und nehme auch den Brief.

»Ich war deinetwegen ebenfalls beunruhigt«, sagt Frau Och steif. »Ich muss mein Vorgehen mit Bedacht planen, aber ich hoffe, du interpretierst das nicht als Mangel an Sorge um deine Sicherheit.«

»Schon gut«, entgegne ich, überrascht von dieser kleinen Ansprache. Ich interpretiere es sehr wohl als Mangel an Sorge um meine Sicherheit – ich hatte noch nie den Eindruck, dass Frau Och sich groß um meine Sicherheit gesorgt hat –, aber das behalte ich für mich.

»Sei vorsichtig«, sagt Frederick. »Wenn ich mir noch mehr Sorgen machen muss, werde ich zur Glucke.«

»Da fehlt nicht mehr viel«, zieht Bianka ihn auf. »Diese roten Federn.«

Sie wuschelt ihm durch die Haare. Er lacht und nimmt ihre Hand, ihre Finger verschränken sich. Erst bin ich überrascht, aber dann komme ich mir dumm vor, dass ich es nicht früher bemerkt habe – wie nah sie sich gekommen sind. Natürlich, sie sind den größten Teil des Tages zusammen in diesem Hof eingesperrt. Ich verspüre einen leichten Stich – nicht direkt Eifersucht, aber offenbar haben alle außer mir eine Hand zum Halten. Was für ein dämlicher Gedanke in solchen Zeiten.

»Ich bin bald zurück«, sage ich und nehme meine Tasche mit dem Seil und dem Wurfanker. Ich stecke noch eine kleine Laterne und Streichhölzer ein und husche hinaus in den Abend. Sobald ich mich vom Haus entfernt habe, hole ich Frau Ochs Brief hervor. Er ist in einer fremden Sprache verfasst, die ich nicht lesen kann – noch nicht mal auf Yongwenisch, was mir vielleicht jemand hätte übersetzen können –, und der Mut verlässt mich. Es gibt keinen Grund, Professor Baranyi in einer fremden Sprache zu schreiben – außer sie will nicht, dass *ich* erfahre, was sie geschrieben hat.

30

Ich liefere Frau Ochs Brief ab, bleibe aber nicht, um lange mit Esme zu plaudern, obwohl ich merke, dass sie mich gern reinbitten würde. An der Tür erzähle ich ihr kurz von dem falschen Ko Dan und Frau Ochs Plänen. Als ich mich nach Gregor erkundige, sagt sie, es gehe ihm wegen des Alkoholentzugs ziemlich schlecht und er zittere die ganze Zeit, aber er habe kein einziges Mal nach Schnaps verlangt.

Bei Sonnenuntergang stellen die Straßenbahnen den Betrieb ein, und da der Himmel im Westen bereits tieforange glüht, verabschiede ich mich und renne zur zweiten Ringstraße. Als ich bei Dek ankomme, ist es bereits dunkel. Mei macht gerade Abendessen und Wyn hat eine Staffelei aufgestellt und arbeitet an einer Tuschezeichnung im yongwenischen Stil. Von Dek ist nichts zu sehen, obwohl die Teller, Schüsseln und das Mehl vom Teigtaschenmachen noch überall auf dem Tisch herumstehen und Fliegen anlocken.

»Verdammte Hunde, wo ist er denn dauernd?«

»Genießt die Freiheit, die er hier hat«, sagt Wyn achselzuckend, aber ich meine, noch etwas anderes in seinem Blick erkennen zu können.

»Warum guckst du so?«

»Ich gucke so wie immer. Oder nicht? Wie gucke ich denn, Liebling?«, ruft er Mei zu.

Sie antwortet auf Yongwenisch und er zuckt fröhlich mit den Schultern.

»Wie unterhaltet ihr euch eigentlich?«, frage ich.

»Tun wir nicht. Das ist schön. Ich hätte mir schon vor Ewigkeiten ein Mädchen suchen sollen, mit dem ich nicht reden kann.«

Ich hebe die Augenbrauen.

»War nicht so gemeint«, sagt er schnell. »Hör zu, Dek ist gerade etwas außer Rand und Band, aber zu all dem wird er schließlich keine Gelegenheit mehr haben, wenn er wieder in Spira ist.«

»Wenn sogar du dir Sorgen machst, dass er es übertreibt, muss er auf einer fürchterlichen Orgie sein.«

Er lacht. »Na ja – es sind nicht der Schnaps und das Herumstreunen, was mir Sorgen macht. Es ist das Mädchen. Und die Tatsache, dass die Beziehung, kurz bevor wir hier wieder verschwinden wollen, so eng wird. Hör zu, Braunauge, tut mir leid wegen heute Morgen. Ich war ein bisschen durcheinander. Vertragen wir uns wieder?«

»Natürlich«, sage ich erleichtert.

»Und, wie ist es heute gelaufen? Habt ihr Ko Dan?«

»Er war es nicht. Es ist gerade alles ziemlich verworren.«

»Vielleicht hilft dir das hier weiter.«

Mit einer großzügigen Geste reicht er mir ein mit rotem Siegelwachs verschlossenes Blatt Papier. Ich hatte Gangzis Briefe schon ganz vergessen, bin aber sehr froh, jetzt, da wir dringend eine

Spur brauchen, einen in den Fingern zu haben. Ich breche das Siegel und sehe mir den Brief an, aber natürlich kann ich ihn nicht lesen. Daher falte ich ihn zusammen und stecke ihn in die Tasche.

»Danke. Ich werde ihn Frederick zeigen.« Ich deute auf Wyns Bild, eine ziemlich gute Nachahmung eines yongwenischen Landschaftsgemäldes – ein von Bäumen bedeckter Berg. »Das ist neu für dich.«

Er grinst. »Schau mal.«

Mit ein paar geschickten Pinselstrichen malt er einen riesigen Frosch, der über den Berg linst. Und plötzlich verändert sich die Perspektive und es ist gar kein Berg mehr, sondern ein bemooster Felsen. Ich lache laut auf: »Das ist toll.«

»Was sagst du zu unserem Rollentausch?«, fragt er. »Dek ist unterwegs und zecht und ich bleibe zu Hause und widme mich der Malerei. Inoffiziell. Weißt du, wenn ich hier leben würde, würde es keine Rolle spielen, dass ich Waise bin oder ein Gauner. Wenn ich zeigen könnte, dass ich Talent habe, würden sie mir ein großes Haus in den Kaiserlichen Gärten geben und ich würde wie ein König leben und den ganzen Tag lang Bilder malen. Hier kommt es nicht darauf an, wo du herkommst, es kommt darauf an, was du *kannst.*«

Ich muss daran denken, was Jun gesagt hat – dass die Geknechteten keine Zeit haben, solchen Dingen wie Malerei und Poesie nachzugehen, und dass ihre Fähigkeiten von Tianshis Elite nicht gewürdigt werden.

»Aber du willst nicht hierbleiben, oder?«, frage ich Wyn.

»Auf gar keinen Fall. Spira fehlt mir. Dir nicht?«

Ich nicke. »Doch.«

»Ich muss die ganze Zeit daran denken, was ich tun werde, wenn wir zurück sind.« Er legt den Pinsel weg. »Wir gehen ins *Reveille* und hören, wer dort spielt. Ich vermisse Ma Foles heiße Törtchen und fraynischen Kaffee in den Cafés am Fluss. Heulende Hunde, ich vermisse sogar mein zugiges kleines Kabuff und die Tauben auf dem Dach. Wenn wir im Sommer zurückkommen, gehen wir zum Tanzen auf die Dorffeste und trinken guten fraynischen Wein, nicht mehr diesen scheußlichen *Shijiu.*«

Zögernd, so als würde ich an einer fast verheilten Wunde kratzen, denke ich daran, wie es war, als wir diese Dinge zusammen gemacht haben, nach Mitternacht nach Hause kamen und lachend ins Bett fielen, seine Hände mein Kleid aufschnürten, sein Atem heiß an meinem Hals. Ich war nie glücklicher.

Mei kommt aus der Küche herein, in den Händen Teller mit verkochtem Fleisch und Gemüse, und nickt mir mit steinerner Miene zu. Auf dem Tisch ist kaum noch Platz, aber sie schiebt einen Teil des Durcheinanders beiseite und stellt die Teller ab.

»Willst du was?«, fragt Wyn.

Ich schüttele den Kopf. »Ich habe gerade gegessen. Du kannst dir nicht vorstellen, was ich für einen Tag hatte, Wyn …«

Die Tür fliegt auf und Dek und Ling kommen herein.

»Hab meine Krücke verloren«, krächzt Dek. Er stützt sich schwer auf Ling, die aussieht, als würde sie jeden Moment von seinem Gewicht umgerissen. Ich springe auf, um zu helfen. Beide stinken nach Schnaps. Mei sagt etwas in scharfem Ton zu Ling, aber sie spricht Dialekt und ich nehme an, dass nicht mal Dek sie versteht. Ling antwortet nicht. Die beiden lassen sich auf Stühle an dem dreckigen Tisch fallen. Dek sieht schmierig und ungewaschen aus. Seine Haare sind immer noch zurückgebunden.

»Wo warst du?«, frage ich verärgert.

»Spielen«, sagt Dek und lacht. »Nächstes Mal musst du mitkommen, Wyn, das war ein seltsames Lokal. Ich fürchte, ich habe unser ganzes Geld verspielt! Oh! Habt ihr Ko Dan gefunden?«

»Er war es nicht«, sage ich.

»Nein? Bei allen Sternen. So ein Pech.« Er schiebt eine schmutzige Platte weg, um sich mit den Ellbogen aufstützen zu können. »Ist das hier dreckig. Ich glaube, wir müssen die Haushälterin entlassen.«

Er zwinkert Ling zu, die jetzt nervös an einem Fingernagel ihrer verbundenen Hand kaut. Der Verband ist schmuddelig und ausgefranst.

»Du warst früher so gut im Putzen«, sage ich. Erst jetzt wird mir bewusst, dass ich eigentlich nie mitgeholfen habe, aber Dek hat immer dafür gesorgt, dass unser Zimmer makellos sauber war.

»Ich habe den ganzen Tag in einer Wohnung festgesessen«, erwidert er.

Mit ausgiebigem wütenden Knallen und Krachen stapelt Mei die schmutzigen Platten und Schüsseln vom Morgen aufeinander, wobei sie Ling durchdringend ansieht. Ling bearbeitet weiterhin ihre Fingernägel und hält den Blick gesenkt, bis Mei in der Küche verschwindet. Dann lächelt sie Dek an. Es ist ein strahlendes Lächeln und er erwidert es, als könnte er nicht anders, und legt ihr eine Hand an die Wange. Seufzend lehnt sie sich an ihn. Sie sehen überglücklich aus, wenn auch leicht angetrunken und erschöpft. Ling hat so heftig an ihrem Nagel gekaut, dass er blutet.

»Ich muss mit dir reden, Dek.« Ich versuche bedächtig zu klingen, aber es hört sich an, als würde ich schreien. »Es läuft gerade alles ziemlich schlecht.«

»Was ist los?«

»Wir müssen unter vier Augen reden. Aber vorher musst du dich waschen. Du stinkst.«

Wyn und Dek wechseln einen Blick und Wyn widmet sich wieder seinem Gemälde.

»Also gut«, sagt Dek und steht auf. »Aber das Brunnenwasser ist eiskalt. Du sollst wissen, dass ich dich die ganze Zeit über verfluchen werde.«

»Das ist in Ordnung«, erkläre ich. »Fluch, so viel du willst.«

31

Eine halbe Stunde später steigen wir die schmale Treppe zur Stadtmauer hinauf. Es gibt einen Weg oben auf der Mauer entlang und der Blick über die Stadt ist atemberaubend. Zwischen den Bäumen schießen Fledermäuse hin und her und die Dächer bilden ein Meer aus dunklen Ziegeln, die die Mauer der Kaiserlichen Gärten wie spitze Wellen umgeben. Hinter uns erscheinen die Feuer auf dem fernen Tama-shan. Ohne seine Krücke muss Dek sich auf meine Schulter stützen und irgendwie voranhüpfen und -schlurfen, was seinen Stolz vor nicht allzu langer Zeit noch furchtbar verletzt hätte, aber jetzt scheint es ihm nichts auszumachen.

Wir setzen uns auf den Rand der Mauer und lassen die Beine über der Stadt baumeln. Bevor wir das Haus verlassen haben, habe ich ihnen vom falschen Ko Dan und von meinem Zusammenstoß mit Si Tan und der Kaiserinwitwe erzählt. Vor den Mädchen wollte ich die offensichtliche Frage nicht stellen, aber jetzt tue ich es: »Hör zu, ich weiß, das ist heikel, aber ich muss dich das fragen. Ling und Mei haben dir von dem falschen Ko Dan erzählt und Ling hat dir dieses Bild gegeben. Besteht die Möglichkeit, dass sie Bescheid wussten?«

»Nein«, sagt Dek mit fester Stimme. »Es war ein Gerücht, das in der ganzen Stadt kursierte. Ling hat den Mann gezeichnet, den sie gesehen hat, aber eine große Menschenmenge hat beobachtet, wie er in die Stadt zurückgekehrt und zum Tor hinaufgegangen ist. Den ganzen Weg über sind ihm Leute gefolgt. Alle haben ihn für Ko Dan gehalten. Im Übrigen haben die Mädchen keine Beziehungen. Sie sind unbedeutende Leute in dieser Stadt.«

»In Ordnung. Du hast Ling nichts erzählt, oder? Über Frau Och oder Theo?«

»Natürlich nicht«, sagt er entrüstet und fügt dann hinzu: »Nicht, dass ich ihr nicht vertrauen würde. Aber ich will nicht, dass sie etwas weiß, das *ihr* gefährlich werden könnte.«

»Und sie hat keine Fragen gestellt?«

»Julia, hör auf damit«, sagt er gereizt. »Natürlich hat sie Fragen gestellt. Hauptsächlich über dich, weil du dauernd schlecht gelaunt hereinplatzt und dann wieder verschwindest, und sie wollte wissen, warum wir hier sind. Aber es sind ganz normale neugierige Fragen und ich habe ihr zufriedenstellende Antworten gegeben. Sie hat mich nicht weiter bedrängt.«

»Sie weiß nichts über das Haus in Nanmu?«

»Nein!« Er wirft mir einen ärgerlichen Blick zu.

Und dann, ich kann nicht anders, platze ich heraus: »Seit wann gehst du in Spielhöllen?«

Seine Miene verändert sich und er lacht über meinen Gesichtsausdruck. Er sieht gut aus, mein Bruder – selbst mit den Narben, den Plagemalen und dem über dem fehlenden linken Auge zugenähten Augenlid. Ich bin so daran gewöhnt, ihn mit den Haaren vor dem Gesicht zu sehen, aber wenn er es zurückbindet und glücklich aussieht, fällt die Verunstaltung kaum ins Gewicht.

»Ich probiere neue Sachen aus, Julia. Keine Sorge, ich werde es nicht zur Gewohnheit werden lassen.«

»Es ist nur … das sieht dir gar nicht ähnlich. Ich weiß nie, wo du bist.«

»Was sieht mir nicht ähnlich?«, sagt er leichthin. »Wahrscheinlich meinst du, ein Mädchen zu haben, Spaß zu haben, irgendwo hinzugehen und etwas zu unternehmen. Stört dich das wirklich?«

»Das meine ich nicht«, sage ich, aber ich bin mir nicht sicher, vielleicht schon.

»Ich weiß nie, wo *du* bist«, entgegnet er. »Aber daran musste ich mich bereits vor langer Zeit gewöhnen. Tianshi ist eine Stadt voller Wunder und ich will alles sehen, alles ausprobieren!«

Ich habe Angst vor seiner Antwort, aber trotzdem frage ich ihn: »Findest du es schade, nach Hause zurückzukehren?«

Das Schweigen dauert so lange an, dass mir ganz flau im Magen wird.

»Was wäre, wenn wir nicht zurückkehren?«, sagt er schließlich. »Sobald wir unseren Lohn erhalten, haben wir genug, um davon zu leben – sogar jahrelang, wenn wir sparsam sind.«

»Ich spreche kaum Yongwenisch«, bringe ich heraus.

»Das könntest du lernen, wenn wir hierblieben. Esme hat bereits gesagt, sie wolle sich zur Ruhe setzen, und ich weiß, dass du nicht ihre Nachfolgerin werden willst. Ich kann nicht mehr in einem dunklen Zimmer leben und ertragen, dass mich die Leute anspucken oder vor mir wegrennen. Wir haben jetzt ein wenig von der Welt gesehen. Ich will mehr.«

»Aber was bei allen Heiligen würden wir hier *tun?*«

»Was tun wir in Spira?«

»Ich … ich weiß nicht … es ist unser *Zuhause.*«

»Meins nicht. Jetzt guck nicht so. Wenn du zurückwillst, gehen wir zurück.« Er sagt das so leichthin, aber es zerreißt mir das Herz. Der Gedanke daran, in Tianshi zu leben, kommt mir unmöglich vor, aber habe ich das Recht, ihn in eine Stadt zurückzuschleppen, in der er niemals diese Art Freiheit haben wird? Keinen Sand mehr, haben wir gesagt.

»Ich müsste mich an den Gedanken gewöhnen«, sage ich und ärgere mich, dass meine Stimme so schwach klingt. Wie verwöhnt ich meinem Bruder gegenüber immer war.

»Schon in Ordnung, Julia. Ich werde nicht darauf bestehen, hierzubleiben, wenn es dich unglücklich macht.«

Aber wie lange schon haben wir mein Glück über seins gestellt?

»Liebst du Ling?«, frage ich.

»Ich weiß es nicht«, sagt er plötzlich unbestimmt. »Sie macht mich glücklich.«

»Sie sieht mich komisch an.«

»Du bist ein ungewöhnliches Mädchen, das immer in geheimer Mission unterwegs ist, du bist ungefähr in ihrem Alter und meine Schwester. Sie ist neugierig auf dich.« Er seufzt. »Wenn ich ihr gegenüber Frayne erwähne, spricht sie darüber, als wäre es ein entsetzlicher, rückständiger Ort. Sie sagt, sie habe gehört, es sei dreckig und voller Krankheiten und Ratten, ganz zu schweigen vom wahllosen Ertränken der Hexen.«

»Vielleicht verändern sich die Dinge. Esme und Gregor scheinen ziemlich überzeugt davon zu sein, dass es eine Revolution geben wird. Morgen früh treffen wir uns mit Graf Fournier, um zu sehen, wie man die Prinzessin hier rausbringen kann.«

»Die letzte Revolution war ein Blutbad. Die Hälfte der Revolutionäre wurde abgeschlachtet, noch bevor es richtig losging. Ich würde nicht darauf setzen, dass die nächste besser verläuft. Hoffentlich kommen Esme und Gregor zur Vernunft, bevor sie darin verwickelt werden.«

»Gregor trinkt noch immer nichts«, sage ich. »Ich glaube ... na ja, Esme sagt, er würde es ernsthaft versuchen.«

»Ich wünsch ihm viel Glück!« Er klingt nicht sehr überzeugt und ich kann es ihm nicht verdenken. Dann legt er mir den Arm um die Schultern und sagt: »Keine Sorge, Julia. Wenn es dir wirklich wichtig ist, nach Spira zurückzukehren, richten wir uns dort wieder ein, genau wie früher. Vielleicht triffst du einen gut aussehenden Kerl und wirst sesshaft.«

Ich verdrehe die Augen.

»Ach, komm schon – wäre das nicht großartig? Kleine dunkelhaarige Knirpse, die überall rumrennen und mich Onkel Dek nennen? Schließlich hat sich herausgestellt, dass du Kinder lieber magst, als du dachtest, stimmt's?«

»Ich mag *ein* Kind. Nicht Kinder im Allgemeinen.«

Er lacht, aber ich kann nicht mitlachen.

»Na, komm«, sagt er. »Was ist los?«

Mein Herz verkrampft sich zu einem schmerzhaften Knoten. Ich hole das Bild des Ankh-nu heraus und zeige es ihm. »Frau Och glaubt, dieses Ding hier befindet sich im Kloster. Ich soll es stehlen.«

»Was ist das?«

»Sie sagt, es sei das, womit Ko Dan Gennadys Stück des *Buchs der Spaltung* mit Theo verbunden hat. Es heißt, dass Marike es gefertigt hat, und es dient dazu, die Essenz eines Menschen – oder die jedes lebendigen Wesens – von seinem Körper zu trennen und sie … na ja, in einen anderen Körper zu übertragen.«

»Und *Das Buch der Spaltung* hat auch eine Essenz?«

»Offenbar. Das heißt, Ko Dan hat das hier benutzt, um das Wesen des Buchfragments mit Theo zu verknüpfen. Und offenbar hat *Marike* es benutzt, um am Leben zu bleiben, indem sie immer, wenn der Körper, den sie bewohnte, zu alt wurde, in einen anderen wechselte.«

Dek stößt ein Geräusch aus, das halb Lachen, halb Entsetzensschrei ist. »Und was ist aus denen geworden, in deren Körper sie gehüpft ist?«

»Ich weiß es nicht. Vermutlich wurden sie in den alten Körper gesteckt und starben an Altersschwäche oder woran auch immer Marike gestorben wäre, bevor sie mit ihnen getauscht hat.«

»Das ist ja widerlich!« Dek schüttelt den Kopf und ich kann erkennen, dass er es nicht glaubt.

Ich atme tief durch und sage: »Als ich in der Kaiserlichen Bibliothek war und die Hexe dort meine Erinnerungen durchsucht hat, habe ich etwas gesehen … ich habe Ma gesehen. Sie hatte den Ankh-nu und sprach mit jemandem, sagte ihm, sie habe ihn und sei bereit oder so was.«

»Erinnerst du dich daran aus deiner Kindheit?«, fragt er vorsichtig.

»Nein … es war die Erinnerung einer anderen Person, oder zumindest fühlte es sich so an. Ich bin nicht sicher. Aber da ist noch mehr.« Ich kann ihn nicht ansehen, während ich das sage. Ich starre auf meine Hände und stoße es eilig hervor. »Wenn ich verschwinde … wenn ich mich so weit zurückziehe wie möglich, lande ich … irgendwo anders. Es ist wie Spira, aber in Flammen und aus Schatten. Ich habe Gennady aus Versehen dort hingebracht, als wir in Casimirs Festung waren, und er sagte, es sei Kahge. Jetzt hat Frau Och Frederick darauf angesetzt, Nachforschungen über mich anzustellen. Und in der Erinnerung, die ich gesehen habe, war Ma und schloss eine Art Pakt mit … ich glaube es war ein Wesen aus Kahge. Es wollte in die Welt. Ich konnte es spüren – wie sehr es in unsere Welt wollte. Was, wenn sie den Ankh-nu verwendet hat, um seine Essenz in *mich* zu übertragen, und das der Grund ist, weshalb ich verschwinden kann?«

Ich weiß nicht, ob es mir jetzt besser oder schlechter geht, nachdem ich es laut ausgesprochen habe. Mein Herzschlag dröhnt in meinen Ohren.

»Heulende Hunde, Julia – jetzt zieh nicht gleich so wilde Schlüsse!«, ruft Dek.

Ich zwinge mich weiterzusprechen: »Frederick sagt, Kahge sei nicht so, wie die Rainisten behaupten, unter der Erde und dem Großen Dunklen. Er sagt, es sei wie ein … ein Schatten der Welt, aber aus Magie.«

»Und woher weiß Frederick das?«

»Na ja, das ist die alte Vorstellung von Kahge. Es spielt eigentlich auch keine Rolle, wie es heißt. Der Punkt ist, dass ich *irgendwohin* gehe, und dieser Ort, an den ich gehe, ist nicht von dieser Welt, das kann ich dir sagen.«

»Dann hör auf damit«, sagt er mit fester Stimme. »Was immer das für eine Magie ist, über die du verfügst … wenn sie dich woanders hinbringt, geh dort nicht hin. Bleib in der Nähe. Bleib hier.«

»Aber warum *kann* ich … Was hat das zu bedeuten?«

»Ich habe keine Ahnung. Aber sieh mal, diese Erinnerung, von der du sprichst, könnte genauso gut von der Hexe in der Kaiserlichen Bibliothek dort eingepflanzt worden sein. Vielleicht ist sie gar nicht real. Ich weiß nicht, warum du verschwinden kannst, und der Große Namenlose ist mein Zeuge, dass ich nicht das Geringste über Kahge weiß, aber das bedeutet nicht, dass Ma irgendetwas mit dir *gemacht* hat. Vielleicht ist es gut, wenn Frau Och sich das mal ansieht. Wäre es nicht besser, die Wahrheit herauszufinden?«

Ich nicke, obwohl ich ehrlich gesagt denke, dass es davon abhängt, was die Wahrheit *ist.*

»Zieh einfach keine voreiligen Schlüsse«, sagt er. »In Ordnung?«

Ich nicke wieder, weil ich einen Kloß im Hals habe und deshalb nichts sagen kann. Dek zieht mich an sich und wir halten uns dort auf der Mauer über der dunklen Stadt unter uns eine Weile fest.

»Ich habe das Gefühl, ich werde ihr nie ganz verzeihen können«, räume ich schließlich ein. Er fragt nicht, wen ich meine. Er weiß es.

»Ihr was verzeihen?«

»Na ja, dass sie … ich weiß nicht, Casimir verfolgt hat, Teil des Sidhar-Zirkels war, sich eingemischt hat. Manchmal denke ich, wenn sie uns stärker geliebt hätte, hätte sie ihr Leben nicht aufs Spiel gesetzt. Sie wäre nicht das Risiko eingegangen, uns allein zurückzulassen.«

»Das hatte doch nichts damit zu tun, dass sie uns nicht genug geliebt hat, Julia. Sie hat nur versucht, sowohl Mutter als auch Revolutionärin zu sein, und ist dabei umgekommen.«

»Ich weiß.«

»Und was ist dann mit Pa?«

»Was soll mit ihm sein?«

»Verzeihst du *ihm?*«

Das bringt mich zum Grübeln. »Ich denke nicht viel an ihn«, sage ich schließlich. »Wahrscheinlich habe ich ihn geliebt, als ich ganz klein war, weil er da war und Ma ihn liebte und du auch. Aber er ist mir vor allem als Fremder im Gedächtnis geblieben, der herumgestolpert ist, Platz beanspruchte und alle gestört hat, und dann war er weg und ich habe ihn nie vermisst.«

»Ich war ihm gegenüber sehr unnachgiebig, wenn er da war.«

»Tja, irgendjemand musste das ja sein.«

»Es hat nichts genützt«, sagt er. »Unnachgiebig zu sein hat nichts genützt, und nachgiebig zu sein auch nicht. Es gab nichts, was einer von uns für ihn hätte tun können. Aber ich weiß noch, wie er vorher war. Du warst da noch zu klein. Als du drei oder vier warst, war er bereits schwer opiumsüchtig. Aber vorher ging er mit mir immer zur Rennbahn. Ich kann mich noch an seinen Pfeifenrauch erinnern, als er nur Tabak rauchte. Ich weiß noch, wie ich auf seinem Schoß saß und er so tat, als würde ich auf seinen galoppierenden Knien reiten. Vor deiner Geburt war Ma oft weg – ich weiß nicht, tagelang, manchmal länger, vielleicht wochenlang – und dann war ich mit Pa allein. Wir machten alles zusammen, aßen vom selben Teller, ich schlief neben ihm. Nach deiner Geburt war Ma öfter zu Hause und dann hatte er diesen Sturz und brach sich die Hüfte. Als er anfing, Stück für Stück zu verschwinden, hasste ich ihn dafür. Heulende Hunde, wie habe ich ihn gehasst. Er hat uns schon viele Jahre vor seinem Weggang verlassen.«

»Ich weiß.« Ich hatte nie darüber nachgedacht, wie viel schwerer es für Dek gewesen sein musste, der noch andere Erinnerungen an ihn hatte.

»Er war athletisch, sehr sportlich, genau wie du. Er kam nicht damit zurecht, ein Krüppel zu sein. Er kam nicht damit zurecht, ein Mann mit einem lahmen Bein zu sein, der Arbeit sucht, oder ein Vater, der seinen Kindern nicht nachjagen kann. Ich frage mich immer noch, warum Ma nicht etwas für ihn getan hat. Du weißt schon, ihm irgendwie mit der Hüfte oder den Schmerzen zu helfen.«

»Mit Magie?«

»Ja. Wenn sie mein Leben retten konnte …«

»Aber es hat sie sehr viel Kraft gekostet. Sie hat sich danach nie mehr vollständig erholt. Und die Leute hätten Verdacht geschöpft.«

Er sieht unglücklich aus und ich halte inne. Es ist nicht nett, ihn daran zu erinnern, wie sie sich selbst zugrunde gerichtet hat, um ihn zu retten. In ihrem letzten Jahr war sie nur noch ein Schatten ihrer selbst. »Warum reden wir überhaupt über Pa?«

»Weil wir übers Verzeihen reden. Sind es nicht immer unsere Eltern, denen wir verzeihen müssen? Entweder dafür, dass sie nicht da waren, oder für das, was sie getan haben, als sie da waren?«

Ich lache über seine Formulierung, aber wahrscheinlich hat er recht. »Ohne dich hätte ich nie leben können«, sage ich. »Und ich kann es immer noch nicht.«

»Tja, das musst du auch nicht.« Er wuschelt mir durchs Haar.

»Wir bleiben zusammen«, sage ich. »Wo wir auch hingehen.«

»Natürlich. Heulende Hunde, Julia. Natürlich.«

»Wenn du nicht nach Hause zurückwillst, bleiben wir hier.«

Ich zwinge mich dazu, es zu sagen, und ich zwinge mich dazu, es auch so zu meinen. Ich kann mir selbst kein Leben außerhalb Spiras vorstellen, kann mir nicht vorstellen, für immer eine Fremde in dieser seltsamen Stadt zu sein – aber jetzt ist es an mir, an Deks Glück zu denken.

Er küsst mich auf den Kopf. »Lass uns erst diesen Auftrag zu Ende bringen«, sagt er. »Dann sprechen wir darüber, wie es weitergehen soll.«

Ich falte das Bild des Ankh-nu zusammen und stecke es zurück in die Tasche. Gerne würde ich hier neben Dek sitzen bleiben, über die Stadt blicken und mich fühlen, als wäre ich ich selbst, einfach nur ein Mädchen, einfach nur seine Schwester.

Aber ich habe einen Diebstahl zu erledigen.

32

Vor der Schatzkammer stehen wie immer zwei Wachmänner. Das niedrige Gebäude mit der Stahltür ist durch eine Reihe Sträucher vom Tempel der Buße abgetrennt. Hinter den Sträuchern kauert Jun, ein lautloser Schatten, während ich verschwunden neben einem der Wachmänner stehe und in Gedanken zähle. Als ich bei zwanzig bin, wirft Jun eine Handvoll Kies aufs Dach der Schatzkammer. Vom Klappern auf den Dachziegeln sehen beide Wachen erschrocken auf. Jun zielt mit dem kleinen Handbogen, den ich von Dek bekommen habe, und beschießt den anderen Wachmann mit einem Pfeil, während ich dem Kerl neben mir einen Pfeil in den Hals ramme. Beide schwanken und gehen gleichzeitig zu Boden. Keiner von beiden hat Zeit, Alarm zu schlagen. Breit grinsend tauche ich wieder auf.

»Das war leichter Teil«, sagt Jun, aber auch er lächelt und lässt seine Grübchen sehen. Es ist verblüffend, wie sein grimmiger Ausdruck in weniger als einer halben Sekunde einem so süßen Blick weichen kann. Diesem Wechsel könnte ich den ganzen Tag lang zusehen. »Wie wir diese Tür aufkriegen?«

»*Das* ist der leichte Teil«, erkläre ich und zücke Deks magnetischen Dietrich. Stimmt schon, ich gebe an, und auch wenn wir beide diese Sache genauso gut allein geschafft hätten, macht es zu zweit einfach mehr Spaß. Ich war gerührt zu sehen, wie erleichtert Jun war, als ich bei Graf Fournier auftauchte. Ich beschrieb ihm den Auftrag und versicherte ihm, dass es kein gewöhnlicher Diebstahl sei, sondern nötig, um Theo das Leben zu retten. Da bekam er leuchtende Augen. Er ist wirklich ein Junge ganz nach meinem Geschmack.

Mit Deks Dietrich geht die Tür im Handumdrehen auf. Sobald wir die Schatzkammer betreten haben, hole ich die Laterne hervor und zünde sie an. Jun stößt einen leisen Pfiff aus und geht mit der Laterne an den Regalen entlang. So etwas habe ich selbst noch nie gesehen. Gemälde, antike Schriftrollen, Kronen und Waffen, Keramik, Jadeskulpturen, juwelenbesetzte Kelche, ein faustgroßer Diamant und Truhen voller Goldbarren – das Shou-shu-Kloster ist viel wohlhabender, als ich gedacht hatte.

»Warum sie das alles haben?«, fragt Jun. »Sie sind Mönche! Wofür sie brauchen Gold?«

»Alle mögen Gold«, sage ich. »Aber den Ankh-nu sehe ich nicht. Wie oft wechselt die Wache?«

»Drei Stunden«, sagt Jun.

»Also gut. Drei Stunden müssten reichen, um jeden Zentimeter dieses Raumes zu durchsuchen.«

Wir leeren jede Truhe, tasten jeden Stein und Balken ab. Jun klettert mit der Laterne über die Dachsparren, dann kommt er heruntergesprungen und landet direkt vor mir. Die Laterne flackert, wovon sein Gesicht erst dunkel wird und dann wieder hell, als er sie hochhebt und sich erneut in dem Raum umsieht.

»Dein Schatz ist nicht hier«, sagt er. »Ich glaube, sie bewahren normalen Schatz auf normale Art auf – Schlösser und Wachen. Aber einen magischen Schatz sie würden aufbewahren auf magische Art. So können wir ihn nicht finden.«

»Wahrscheinlich hast du recht«, pflichte ich ihm bei. Ich hatte gehofft, dass wenigstens *irgendetwas* einfach sein würde, wenn es schon so schwierig war, Ko Dan selbst aufzustöbern.

»Wache wechselt bald«, sagt Jun.

Also gehen wir, verschließen die Tür hinter uns und kichern bei dem Gedanken daran, wie die Wachleute aufwachen und ganz verwirrt sein werden, wenn sie feststellen, dass in der Schatzkammer nichts fehlt. Aber mit leeren Händen zu Frau Och zurückzukehren, nachdem sie klargemacht hat, dass uns die Zeit davonläuft, verursacht mir ein ungutes Gefühl in der Magengrube.

Langsam gehen wir durch das Xishui-Dreieck. Ich denke gerade darüber nach, was ich sagen könnte, damit Jun mich noch mal anlächelt, da nimmt er meine Hand und führt mich eine ruhige Straße entlang zu einem uralt wirkenden knorrigen Baum, dessen Äste sich vor dem Nachthimmel dunkel abzeichnen. Erst, als wir direkt unter den Zweigen stehen, sehe ich die kleinen Zettel, die so zahlreich wie Blätter daran hängen.

»Schau«, sagt Jun und hockt sich neben den dicken Stamm. Ich knie mich auf den Boden, um zu sehen, was er mir zeigt. Es ist eine kleine Holzkiste zwischen den Baumwurzeln, in der ein Tintenfass, ein Pinsel und Hunderte leere Papierstreifen liegen.

»Du jemals Wunsch schreiben?«, fragt er mich.

»Nein. Ich verstehe nicht, warum die Leute das machen. Wenn man keine Hexe ist, führt es doch zu nichts, wenn man etwas aufschreibt.«

»Magie kommt nicht von Hexe«, sagt Jun. »Weißt du das nicht? Magie kommt von *Schreiben.* Von Wörtern. Manche Leute – Hexen – können Magie herausbringen. Aber in alles Schreiben liegt Macht. Wenn ich schreibe, kann ich nicht Magie machen, aber trotzdem im Schreiben steckt Magie. Vielleicht es kann etwas Kleines ändern. Mir Glück geben oder eine Chance.«

Nach allem, was ich von Hexen, Magie und Glück gesehen habe, weiß ich nicht, ob ich daran glauben soll. Aber Jun schraubt bereits das Tintenfass auf und taucht den Pinsel ein. Mit schwungvollen Handbewegungen schreibt er etwas auf einen Papierstreifen, dann wirft er mir einen verschmitzten Blick zu, legt den Pinsel weg und klettert auf der Suche nach einem guten Platz auf den Baum.

»Ich hänge meine Wunsch gern oben«, sagt er aus dem dunklen Geäst über mir. Zwischen den Blättern erkenne ich nicht mal mehr seinen Umriss.

»Warum?«

»Ich weiß nicht. Fühlt sich an wie mehr Glück.«

Ich nehme den Pinsel, tauche ihn ein und halte inne. Ich verspüre den unbändigen Drang, *Vergib mir* auf das Papier zu schreiben und es an den Baum zu binden. Mit gezücktem Pinsel denke ich es: *Vergib mir. Vergib mir.* Aber wen bitte ich um Vergebung? Frederick würde sagen, dass mir in den Augen des Großen Namenlosen bereits vergeben wurde, dass uns allen unsere sterblichen Fehler vergeben werden und jeder Augenblick unseres Lebens ein unbeschriebenes Blatt ist, ein Neuanfang. Und was spielt es für eine Rolle, wenn mir die vergeben, denen ich Unrecht getan habe? Wenn ich mir selbst vergebe? Was ändert es? Nicht das, was ich getan habe. Und auch nicht das, was ich tun werde.

Also schreibe ich: *Beschütze Theo*, klettere hinter Jun her auf den Baum und schlinge meinen Wunsch um einen Zweig, an dem noch kein anderer hängt.

»Komm her!«, ruft Jun und ich klettere noch höher bis zu dem Ast, auf dem er rittlings sitzt und den Kopf zwischen den Blättern an der Spitze der Baumkrone hindurchsteckt. Sogar hier oben sind die Äste noch dick und kräftig. Jun streckt die Hand nach mir aus und zieht mich auf den Ast, sodass wir uns gegenübersitzen, ich mit dem Rücken an den Stamm gelehnt, er selbst einfach so im Freien auf dem Ast. Er scheint sich hier oben pudelwohl zu fühlen. Die Nacht ist sternenklar, der Mond nur eine schmale Sichel. Ich schaue nach oben in den Himmel und muss an die Planetenkarte denken, die Frederick mir mal gezeigt hat, daran, wie klein die Erde im unendlichen Weltraum aussah. Ich gebe mir Mühe zu glauben, dass das, was ich geschrieben habe, eine gewisse Macht hat.

»Tut mir leid, wir nicht finden deinen magischen Schatz«, sagt Jun. »Aber ich bin froh, dass du mich um Hilfe bitten.« Mit sanften Fingern streicht er mir die Haare aus dem Gesicht. Bei der Berührung durchzuckt mich ein wohliger Schauer und meine Haut glüht. Er sieht mich ernst an.

»Was du gewünscht?«, fragt er.

»Macht es den Wunsch nicht kaputt, wenn ich es dir verrate? Und dann geht er nicht in Erfüllung?«

Er wirkt verwirrt. »Wunsch schreiben funktioniert nicht so«, sagt er.

Als ich ihn im Mondlicht ansehe, sein Gesicht von den dunklen Blättern eingerahmt, würde ich ihm am liebsten alles erzählen, mein Herz öffnen wie eine Kiste und all meine Geheimnisse vor ihm ausbreiten. Aber das geht natürlich nicht – ich kann ihm meine Geheimnisse nicht verraten, aber ich kann ihm meinen Wunsch verraten, also tue ich es: »Ich habe mir gewünscht, dass Theo nichts passiert.«

Er lächelt. »Du bist guter Mensch.«

Davon bin ich ganz unvermittelt den Tränen nahe. »Eigentlich nicht«, bringe ich heraus.

»Doch«, sagt er nickend. »Ich habe egoistischen Wunsch.«

»Was hast du dir denn gewünscht?«

Er lächelt wieder dieses verführerische Lächeln, das seine Grübchen zum Vorschein bringt, und ich halte mich fester an dem Ast unter mir fest. »Seit ich dich treffen, schlafe ich keine Nacht mehr gut. Weißt du warum?«

»Warum?«

»Weil ich statt schlafen, im Bett liege und überlege, wie es ist zu küssen Julia. Ich versuche mir vorzustellen und nicht schlafen, nur vorstellen. Also ich wünsche Kuss von Julia. Wenn ich weiß, vielleicht ich kann wieder schlafen.«

»Was für eine Wunschverschwendung«, sage ich lachend und der Himmel über mir legt sich gefährlich schräg. »Das hättest du auch einfacher haben können.«

Ich beuge mich vor, um ihn zu küssen, und er erwidert den Kuss mit sanften Lippen. Ich muss an Wyn denken – den einzigen Jungen, den ich bisher geküsst habe –, aber nur ganz kurz. Juns Küsse erlauben meinem Verstand nicht, sich allzu weit vom Gefühl seines Mundes auf meinem zu entfernen. Ich ziehe ihn an mich, schlinge die Beine um seine Oberschenkel und lehne mich rückwärts an den Stamm.

»Du bist seltsames Mädchen«, murmelt er, was nicht gerade

das Romantischste ist, das je zu mir gesagt wurde, aber das ist mir in diesem Moment egal. Ich tue einfach so, als hätte er »umwerfend« sagen wollen, aber nicht das passende fraynische Wort dafür gefunden.

»Pst. Lös deinen Wunsch ein.«

Er lächelt sein unwiderstehliches Lächeln und beugt sich vor, bis seine Lippen wieder auf meine treffen, legt mir die Hand in den Nacken und zieht mich näher an sich. Das Bild der gehörnten, fuchsgesichtigen Bestie, die in Kahge über den dampfenden Fluss auf mich gezeigt hat, blitzt in meinem Kopf auf. *Lidari.* Aber nichts davon kann wahr sein, nicht, wenn Jun mich so küsst, nicht, wenn ich all das fühle, was ich gerade fühle. Meine Sehnsucht wächst und dazu kommt noch ein anderes Gefühl, so etwas wie Trotz. Ich gleite mit den Händen unter seine Tunika und ziehe sie ihm grob über den Kopf, während mein Verlangen immer stärker wird. Ich gebe mich diesem Gefühl hin, lasse zu, dass es sich in meinem Körper, meinem *Wesen* einnistet. Über Juns Herz ist eine Tätowierung, ein yongwenisches Symbol. Ich halte inne und streiche mit den Fingern darüber.

»Was ist das?«, frage ich.

»Bedeutet *Glück*«, flüstert er und am liebsten würde ich weinen. Stattdessen führe ich seine Hand zu meiner eigenen Tunika, damit er sie aufknotet. Er zieht sie mir über den Kopf und wir lassen beide Kleidungsstücke auf die Zweige unter uns fallen, sein Blick fest auf mich gerichtet. Ich fühle mich immer leichter – immer wirklicher. Juns Haut schimmert im Mondlicht und er zieht mich an seinen weichen Oberkörper, flüstert mir etwas auf Yongwenisch zu.

»Ich verstehe dich nicht!«, sage ich lachend.

Es fühlt sich gleichzeitig verzweifelt und ungezwungen an und ich sauge das Geräusch seines Lachens, die Wärme seiner Haut in mich auf. Eine kurze Zeit lang bin ich einfach nur Julia und denke an nichts anderes.

33

»Wieso bist du noch auf?«, frage ich.

Bianka sitzt am Tisch und näht bei Kerzenschein. Sie spricht leise, als wollte sie nicht gehört werden. »Pst. Mach die Tür zu.«

Ich tue, was sie sagt, stelle meine Tasche mit dem Wurfanker und der Laterne darin ab und setze mich auf den Stuhl neben ihr. Meine Knie sind immer noch ganz weich, als wären sie aus Wasser. Bianka näht eine neue Hose für Theo.

»Hattest du heute Nacht Glück?«, fragt sie. Sie flüstert immer noch, also flüstere ich zurück.

»Ich habe die gesamte Schatzkammer durchsucht. Kein Ankhnu, kein Ko Dan. Es sieht nicht gut aus.«

»Geht es *dir* gut?«, fragt sie.

»Oh ja, prima.«

Ich denke, dass dies der längste, seltsamste, schlimmste, beste, schrecklichste, bemerkenswerteste Tag in meinem Leben war, aber das sage ich natürlich nicht. Doch nach der morgendlichen Hoffnung, Ko Dan gefunden zu haben, der anschließenden Rettung von Theo und den anderen aus dem Kloster, meiner entsetzlichen Begegnung mit Si Tan, der wilden Jagd durch die Stadt mit Pia, dem Einbruch in die Schatzkammer und schließlich den Stunden mit Jun brauche ich unbedingt ein wenig Schlaf und ein, zwei Minuten, um einfach mal Luft zu holen.

Ich lege den Kopf auf den Arm. Meine Haut fühlt sich von der Nachtluft kühl an, mein Ärmel riecht nach Schweiß und ich kann immer noch jede Stelle spüren, an der Jun mich berührt und geküsst hat. Ich bin völlig erschöpft, sehne mich aber weiterhin nach ihm, seinen Händen und seinem Mund, und wenn ich all dies spüre, wie kann ich dann etwas anderes sein als ein Mädchen – das Mädchen, das ich immer war? Ein genüssliches Schaudern durchzuckt mich, aber gleichzeitig tauchen Bilder in meinem Kopf auf – meine klauenbewehrte Hand in der brennenden Stadt, die schrecklichen Bestien, die mir *Lidari* zuzischen. Ich kneife die Augen zusammen.

»Ich bin noch wach, weil ich auf dich gewartet habe«, sagt Bianka mit seltsamer Stimme.

Ich richte mich auf und sehe sie an.

»Professor Baranyi ist hier«, flüstert sie. »Frederick ist bei ihnen. Frau Och hat mir gesagt, ich solle ihr Bescheid geben, wenn du zurück bist.« Sie hält kurz inne, dann fügt sie hinzu: »Ich werde noch diese Naht zu Ende nähen, dann sage ich ihnen besser, dass du hier bist.«

Mein Blut kühlt sich rasch ab. »Danke«, murmele ich und sie nickt, den Kopf erneut über ihre Näharbeit gebeugt.

Ich gehe nach draußen. Der Spalt unter den Rollos genügt. Ich bin jetzt sicherer, nachdem ich es schon mal gemacht habe, verschwinde und ziele auf die dunkle Ecke neben Frau Ochs Schlafzimmertür.

Frederick sieht niedergeschlagen aus. Er hält den Kopf gesenkt und schweigt.

»Hier werden Sie Silber Moya finden«, sagt Frau Och zum Professor, mit dem sie sich über einen Plan auf ihrem Schreibtisch beugt. Der Professor wirkt sehr nervös.

»Ja, ja«, murmelt er. »Wir brechen sofort auf.«

»Wenn Ihnen Einlass gewährt wird, müssen Sie insbesondere nach Lidari fragen«, sagt sie. »Wir müssen mit Bestimmtheit wissen, was aus ihm geworden ist.«

»Ja«, sagt er erneut. »Natürlich, ja. Glauben Sie …? Nun, wir sollten sofort aufbrechen.«

Frederick sieht auf. »Soll ich mitkommen?«, fragt er. Er sieht aus, als hätte er eine ganze Weile diskutiert und wäre davon erschöpft. »Ist es gefährlich?«

»Abgewiesen zu werden ist nicht gefährlich«, sagt Frau Och. »Aber wenn man Ihnen Einlass gewährt, weiß ich es nicht. Ich habe den Versuch, Ragg Rock zu finden, schon vor sehr langer Zeit aufgegeben. Sie sollten sich beeilen. Ich möchte möglichst noch vor Tagesanbruch wissen, womit wir es zu tun haben. Ich vertraue Julia im Moment ziemlich viel an und würde nur ungern ein Risiko eingehen.«

Wenn Juns Berührungen für einen kurzen Moment die Wut und Angst aus mir vertrieben haben, kehrt beides jetzt auf einen Schlag wieder zurück. Bitterkeit steigt in mir auf und ein metallischer Geschmack liegt auf meiner Zunge.

»Ich bin sicher, man kann ihr trauen«, sagt Frederick, allerdings auf halbherzige Art, als rechnete er nicht damit, Gehör zu finden. »Sie hat Angst. Sie … bei allen Sternen, Sie müssen sich nur fünf Minuten mit ihr unterhalten, um zu wissen, wer sie ist.«

»Wenn ich mich richtig erinnere, haben Sie sich auch für ihre Vertrauenswürdigkeit verbürgt, als sie sich als Hausmädchen Ella ausgegeben hat«, sagt Frau Och bissig und Frederick lässt die Schultern herabsacken. »Ihr Vertrauen beruhigt mich nicht im Geringsten. Es könnte sein, dass sie nur eine Tarnung gegen eine andere getauscht hat, und ich muss sichergehen.«

Professor Baranyi zieht sich den Mantel an. Frederick und er gehen hinaus, vorbei an Bianka, die noch immer am Feuer näht. Frederick wünscht ihr eine Gute Nacht, aber sie blickt nicht auf. Frau Och sieht ihnen nach und ich gehe verschwunden mit.

*

Bo fährt Frederick und den Professor zu einem kleinen Uhrenladen im dritten Abschnitt des Beimu-Dreiecks, in der Nähe des östlichen Stadttors, und ich klammere mich hinten an den kleinen Motorkraftwagen. Jetzt in der Nacht ist der Laden geschlossen und verriegelt, aber der Professor klopft trotzdem an. Nach einer Weile öffnet ihnen ein alter Mann mit einer Kerze in der Hand die Tür. Sie wechseln ein paar Worte, dann bittet er den Professor und Frederick herein. Der Uhrenladen sieht ziemlich gewöhnlich aus. Hinter dem Ladentisch führt eine Tür in eine dunkle, leere Werkstatt. Der alte Mann zündet eine Lampe an und eine müde wirkende Frau kommt durch die Tür, wickelt sich in einen Morgenmantel und nickt zur Begrüßung. Sie fragt etwas auf Yongwenisch und der Professor antwortet sehr höflich. Anschließend fragt sie Frederick. Er bejaht, was immer sie gesagt hat, dann gibt sie ihnen mit einem Zeichen zu verstehen, sich an den Ladentisch zu setzen.

Sorgfältig und betont holt sie eine Rolle Reispapier, ein Tintenfass und einen Pinsel hervor und breitet alles vor sich aus. Dann verstreut sie einige Körner auf dem Tisch und nimmt einen kleinen Vogel aus einem Käfig, der von der Decke hängt. Im ganzen Raum hängen diese kleinen Käfige mit schlafenden Vögeln darin. Dieser wacht auf und macht sich daran, die Körner aufzupicken. Die Frau schraubt das Endstück ihres Pinsels ab und ein kleines Messer kommt zum Vorschein. Sie greift nach Professor Baranyis Hand und schneidet ihm in den Finger. Dann lässt sie einige Tropfen seines Blutes in ihr Tintenfass fallen. Nachdem sie das Blut mit der Tinte verrührt hat, taucht sie den Pinsel ein und schreibt etwas auf das Papier.

Sie sitzen eine Weile da. Dann lächelt die Frau entschuldigend, hebt achselzuckend die Schultern und fragt Frederick, ob er bereit sei. Er sieht zwar nicht so aus, als wollte er es versuchen, reicht ihr aber trotzdem seine Hand und lässt sich in den Finger schneiden. Sie macht dasselbe mit seinem Blut und erneut sitzen alle verlegen da. Dann steht sie auf, räumt die Schreibutensilien weg und steckt den kleinen Vogel zurück in seinen Käfig. Ich weiß nicht, was ich da gerade gesehen habe. Mir scheint, Professor Baranyi und Frederick wirken eher erleichtert.

Der Professor fragt höflich etwas und holt dabei ein zusammengefaltetes Blatt Papier aus seiner Manteltasche. Er faltet es auseinander und zeigt es der Frau. Sie wirft einen Blick darauf und schüttelt den Kopf, nein. Ich schaue ihr über die Schulter und zucke zurück. Es ist der Steckbrief von Frau Och, Bianka und mir, und er zeigt auf mich und fragt, ob sie mich schon mal gesehen hat. Frederick wirkt ziemlich unglücklich. Professor Baranyi steckt das Bild wieder in die Tasche und bedankt sich bei der Frau.

Wir kehren alle zu Frau Och nach Hause zurück, wo Bianka noch immer am Feuer kauert und aussieht, als würde sie jeden Moment über ihrer Näharbeit einschlafen.

Frau Och sitzt mit geradem Rücken am Schreibtisch in ihrem Zimmer, eine beinahe abgebrannte Kerze neben sich.

»Es hat nicht funktioniert«, sagt Professor Baranyi.

»Frederick, bereiten Sie dem Professor ein Bett in der Dienstbotenkammer, damit er heute Nacht nicht mehr nach Xihuo zurückkehren muss«, sagt sie mit ärgerlicher Stimme. »Ich gehe zu Bett. Morgen besuchen wir den Grafen.«

»Und Julia?«, fragt Professor Baranyi. »Silber Moya behauptet, sie nie gesehen zu haben.«

Frau Och zögert. »Fürs Erste müssen wir ihr vertrauen«, sagt sie schließlich. »Ohne sie geht es nicht. Zumindest nicht, ohne eine Menge Aufmerksamkeit zu erregen. Ich hoffe, Sie täuschen sich nicht in ihr, Frederick.«

Frederick und der Professor gehen zur Dienstbotenkammer, und als Frau Och die Tür hinter sich schließt, tauche ich wieder auf und erschrecke Bianka.

»Und?«, fragt sie mich.

»Sie misstrauen mir, aber ich weiß nicht, warum.« Ich erzähle ihr, was ich beobachtet habe. Sie ist genauso verwirrt wie ich und ein paar Minuten lang grübeln wir schweigend darüber nach.

»Ich sage ihr besser, dass du wieder da bist«, erklärt sie schließlich und klopft an Frau Ochs Tür.

»Julia ist da«, sagt sie, als Frau Och öffnet.

»Ah. Der Ankh-nu?«, fragt sie gespannt und zieht die Tür auf.

Ich schüttele den Kopf und versuche mir meine Wut nicht anmerken zu lassen.

»Schlimm, schlimm«, murmelt sie und wirft mir einen langen Blick zu, als wüsste sie nicht, ob sie mir glauben kann. »Geh schlafen. Wir unterhalten uns morgen.«

»Ich gehe auch ins Bett«, sagt Bianka. Sie drückt meine Hand. »Kommst du?«

»Gleich«, sage ich.

Sie nickt und betritt das Zimmer, in dem wir mit Theo schlafen. Ich finde Frederick in einer der Dienstbotenkammern auf der Kante seiner schmalen Liege sitzend, das Gesicht in den Händen vergraben.

Er blickt auf, als er mich bemerkt. »Hast du ihn gefunden?«, fragt er.

»Nein.«

»Tja, dann hoffen wir mal, dass dein Graf Fournier morgen noch ein paar Spuren für uns hat. Oh, bei allen Sternen, es ist fast schon morgen.« Er zögert und ich kann sehen, dass er unentschlossen ist, was er mir sagen, wen er verraten soll.

Ich erspare ihm den Konflikt und frage: »Warum schickt sie euch mitten in der Nacht zu einer Hexe? Worum ging es da? Was ist Silber Moya?«

Er sieht mich mit offenem Mund an und stößt dann ein unglückliches Lachen aus.

»Ich wünschte, sie würde einfach direkt mit dir sprechen«, sagt er. »Ganz offensichtlich hat es sowieso keinen Zweck, dir irgendetwas verheimlichen zu wollen.«

»Bitte verrat es ihr nicht«, sage ich. Der Gedanke, was sie tun könnte, wenn sie wüsste, dass ich *sie* ausspioniere, macht mir plötzlich Angst.

Er seufzt. »Nein. Sie würde nur wütend werden. Aber ich wäre sehr froh, wenn mein Leben aus weniger *Sag es ihr nicht* von beiden Seiten bestünde.«

»Ich muss wissen, was los ist. Es ist unfair, mir das vorzuenthalten.«

»Silber Moya ist eine Hexe«, sagt er. »Oder besser gesagt eine bestimmte Art von Hexe. Es gibt Hunderte von Silber Moyas auf der ganzen Welt. Tatsächlich gibt es auch eine in Spira. Nur eine Silber Moya kann eine Anfrage an Ragg Rock stellen. Was Ragg Rock angeht – na ja, ich weiß nicht genau, ob es ein Ort ist oder ein … Wesen oder was genau. Wir wissen nur, dass eine Reihe Hexen im Laufe der Geschichte *behaupteten*, über Silber Moya Zugang zu einer Art Zwischenreich gehabt zu haben. Silber Moya hat kein Geld gefordert, nur ein wenig Blut.«

»Das habe ich gesehen«, sage ich.

»Du warst dabei?« Er wirkt hin und her gerissen zwischen Belustigung und Verärgerung. »Tja, dann weißt du ja, dass nichts passiert ist.«

»Aber was will Frau Och? Sie hat euch gesagt, ihr sollt etwas über Lidari herausfinden.«

»Ich habe ihr von diesen Wesen in Kahge erzählt, die dich Lidari genannt haben, wie du gesagt hast«, erklärt er. »Sie war beunruhigt.«

»Sie glaubt, ich hätte eine Verbindung zu ihnen«, sage ich.

»Ich weiß nicht, was sie glaubt. Sie hat mir keine ihrer Theorien verraten. Ich bin mir gar nicht sicher, ob sie welche hat.«

»Und sie dachte, ich hätte möglicherweise … selbst Ragg Rock besucht?«

»Vielleicht. Vor allem wollte sie etwas über Lidari erfahren. Was aus ihm geworden ist.«

»Frederick – wusstest *du*, dass Frau Och wegen der Prinzessin nach Yongguo kommen wollte?«

»Nein. So weit zieht sie mich nicht ins Vertrauen.«

»Der Professor muss es gewusst haben.«

»Ich nehme an, dass sie darüber gesprochen haben. Aber du darfst nicht glauben, dass ihr Theos Sicherheit nicht wichtig ist.«

»Ich glaube, dass ihr *Das Buch der Spaltung* wichtig ist«, sage ich nicht gerade freundlich. Frederick wirkt bedrückt, diskutiert aber nicht mit mir. Plötzlich fällt mir ein, dass ich Gangzis Brief in der Tasche habe. Ich hole ihn hervor und reiche ihn Frederick. »Schau mal, den hat Wyn heute in die Finger bekommen. Es ist ein Brief von Gangzi an … irgendjemanden.«

Frederick liest den Brief und hebt die Augenbrauen. »Er ist an einen untergeordneten Beamten in Gumao gerichtet – eine Stadt an der Grenze zu Rossha im Norden. Ich zeige ihn morgen Frau Och. Sie wird sich freuen, endlich einen Hinweis zu haben.«

»Was steht denn drin?«

»Siehst du dieses Zeichen?«

Er zeigt mir den Brief. Ich hatte es zwischen den yongwenischen Buchstaben nicht gesehen, aber da steht das eschrikische Zeichen für Leben – das Ankh. »Er bittet den Beamten, die Stadt zu durchsuchen. Er beschreibt einen zweischnabligen Krug mit dieser Hieroglyphe auf beiden Seiten.«

»Der Ankh-nu ist also in Gumao?«, frage ich verwirrt.

»Versuch noch ein paar mehr Briefe aufzutreiben«, sagt Frederick.

Ich lehne den Kopf an den Türrahmen und spüre, dass ich langsam schläfrig werde. Alles, was heute passiert ist, bildet einen wirren Knoten in meinem Kopf – die Sterne, Juns Hände auf meinem Körper, die straffen Muskeln in seinen Armen und seiner Brust, Si Tans entsetzliches Lächeln, Cinzais abgeschlagener Kopf – ruckartig richte ich mich auf. Frederick sieht besorgt aus.

»Ist alles in Ordnung?«

»Ich bin erschöpft.« Das beschreibt meinen Zustand nicht annähernd.

Er zögert, dann, als hätte er versucht, die richtige Formulierung zu finden, und es wäre ihm nicht ganz gelungen, sagt er: »Was auch immer wir herausfinden … über Kahge und all das … es verändert nicht, wer du bist, Julia. Das musst du mir glauben.«

»Ich glaube es dir«, sage ich.

Aber das ist gelogen.

34

Von einem Zerren an meiner Kopfhaut wache ich auf. Theo ist damit beschäftigt, meine Haare zu zerwuscheln und zu verknoten.

»Oh, Theo, was machst du denn da!«, rufe ich und betaste meinen Kopf. Die Haare sind klebrig und riechen nach Honig. Ich muss geschlafen haben wie ein Stein.

»Lala gibbe säh säh hhhm«, sagt er fröhlich.

Die Morgensonne dringt durch die Vorhänge. Ich nehme ihn auf den Arm und laufe noch im Nachthemd nach draußen. Bianka wäscht sich gerade das Gesicht an der Pumpe. Frau Och sitzt gebeugt auf der Treppe und wirkt sehr alt.

»Hat Frederick Ihnen Gangzis Brief gezeigt?«, frage ich sie.

Sie nickt.

»Und, was glauben Sie? Offenbar ist ihm der Ankh-nu abhandengekommen, oder?«

»Ich weiß es nicht. Ich habe einen Baumpieper zu deinem Bruder geschickt, damit er uns noch mehr Briefe besorgt. Wie geht es dir?«

»Besser«, sage ich und das stimmt. Ich weiß nicht, wie lange ich geschlafen habe, aber es war ein tiefer, erholsamer Schlaf und jetzt habe ich Hunger. Ich setze Theo ab. Er rennt zu Bianka hinüber, die ihn hochnimmt und ihm einen Kuss gibt.

»Gut«, sagt Frau Och. »Iss etwas, dann gehen wir zu deinem Graf Fournier.«

Sie zieht sich in ihr Zimmer zurück und ich koche mir ein Ei. Erfreut stelle ich fest, dass auch noch Brot da ist, zwar schon etwas trocken, aber mit Butter ist es genießbar. Der Honigtopf ist fast leer und voll kleiner dreckiger Fingerabdrücke. Ich nehme mein Frühstück mit nach draußen, um in der Sonne zu essen.

»Du hast im Schlaf gesprochen«, sagt Bianka und setzt sich neben mir auf die Treppe. Theo klettert ihr auf die Schultern und summt ein Lied vor sich hin.

»Tut mir leid.« Ich will gar nicht darüber nachdenken, was ich gesagt haben könnte. Ich muss an Jun denken und unterdrücke ein Lächeln. Oh Großer Namenloser, dieser Blick! Nur ein Akrobat hätte tun können, was wir da in dem Baumwipfel veranstaltet haben. Allein der Gedanke daran lässt mich schaudern.

»Es klang, als hättest du die ganze Nacht gekämpft«, sagt sie. »Ich bin überrascht, dass du so ausgeruht bist.«

»Ich bin nervös. Ich hoffe einfach, dass uns der Graf etwas Nützliches sagen kann.«

Bianka geht nicht auf das Thema ein und fragt stattdessen: »Was um alles in der Welt ist denn mit deinen Haaren passiert?«

»Das war dein Sohn«, entgegne ich trocken. »Ich glaube nicht, dass sich das auskämmen lässt.«

Sie versucht mit den Fingern die klebrigen Strähnen voneinander zu lösen.

»Heulende Hunde, ist das *Honig?* Oh Theo!«

Theo klettert von ihrer Schulter, um stolz sein Werk zu bewundern, dann macht er sich daran, mit einem Stock ein Loch am Fuß der Treppe zu graben.

»Au«, sage ich, als sie mir an den Haaren zieht.

»Tja, wenn du dich überhaupt mal gekämmt hättest, hätte er vielleicht nicht so ein Durcheinander zustande gebracht«, sagt sie lachend. »Aber du hast recht, man muss es rausschneiden. Ich kann dir die Haare kinnlang schneiden, wenn du willst – bei manchen Mädchen sieht das richtig chic und modern aus.«

Ich muss an Pia denken, deren glatte Haare auf Höhe des Kiefers enden.

»Nein«, sage ich schnell. »Schneid es kurz wie bei einem Jungen. Ich kleide mich sowieso schon wie einer. So wie die Dinge stehen, ist es wahrscheinlich am besten, ich sehe mir so unähnlich wie möglich.«

»Also gut.« Sie holt ihre Nähschere, lässt sich hinter mir auf der Treppe nieder und schneidet drauflos. Ich sehe, wie die langen verfilzten Haarbüschel auf den Boden fallen, und lausche auf Biankas Summen – ein unerwartet glücklicher Klang.

»So. Also Frederick und du«, sage ich.

»Ja.« Ich kann das Lächeln in ihrer Stimme hören.

»Ich hatte keine Ahnung, dass du so für ihn empfindest.«

Es herrscht Schweigen, dann sagt sie: »Na ja, Nähe verändert einiges. Und er ist gut zu Theo. Ich möchte zur Abwechslung mal mit jemandem zusammen sein, auf den ich zählen kann.«

Ich denke, dass das Frederick gegenüber nicht besonders fair ist, aber das behalte ich für mich. Es geht mich schließlich nichts an.

»Hör mal«, sagt sie mit gesenkter Stimme. »Ich wollte dir noch sagen – nur für den Notfall –, du weißt doch, diese Tasche, die an einem Haken im Schlafzimmer hängt?«

»Ja.«

»Hast du da mal reingeguckt?«

»Nein«, sage ich verletzt.

Sie nimmt meinen Tonfall wahr und sagt beschwichtigend: »Na ja, immerhin bist du Spionin. Und es hätte mir auch nichts ausgemacht. Wie auch immer, da ist ein wenig Trockennahrung drin, nur Notfallrationen, etwas Geld, ein paar Windeln und Wechselkleidung für Theo.«

»Okay«, sage ich. Wir schweigen einen Moment, lauschen nur auf das Geklapper der Schere an meinen Ohren und in meinem Nacken. »Und?«

»Wenn mir etwas zustoßen sollte und … ich weiß nicht, wenn du abhauen musst, nimmst du Theo mit und diese Tasche.«

»Dir wird nichts zustoßen«, sage ich.

»Man muss sich mit solchen Dingen beschäftigen«, entgegnet sie. Da kommen Frederick und Professor Baranyi durchs Tor. Frederick trägt einen Korb voller Obst und Gemüse vom Markt und einen Stock mit etwas Struppigem am Ende. Der Professor wirft mir einen nervösen Blick zu und fragt: »Ist Frau Och drinnen?«

Ich nicke kühl und er betritt das Haus. Frederick setzt sich zu Bianka und mir auf die Treppe und stellt den Korb ab.

»Was um alles in der Welt macht ihr hier?«

»Theo hat Julias Haare verunstaltet, also schneide ich sie ab«, erklärt Bianka.

»Gleich sehe ich aus wie ein Junge«, sage ich.

»Feda!«, ruft Theo.

»Hallo, kleines Äffchen«, sagt Frederick. »Guck mal, was ich dir mitgebracht habe! Ein Pferd!«

Er präsentiert Theo den Stock und mir wird bewusst, dass das struppige Ding am Ende ein Pferdekopf mit Lumpenmähne sein soll. Ich nehme einen harten kleinen Apfel aus dem Korb und beiße hinein. Frederick zeigt Theo, wie er auf dem Steckenpferd reiten kann, und Theo galoppiert fröhlich schreiend durch den Hof.

»Das ist nett von dir«, sagt Bianka.

»Ich dachte, er hätte vielleicht gern noch etwas anderes zum Spielen als Hühner und Stöcke«, sagt Frederick.

Bianka klopft mir die Haare von den Schultern und sagt: »Fertig – du siehst furchtbar aus.«

»Gut, dass wir keinen Spiegel haben.« Ich fasse mir mit der Hand an den kurz geschorenen Kopf. Es fühlt sich seltsam an.

»Ist eigentlich gar nicht so übel«, sagt Frederick freundlich. »Es ist nicht gut geschnitten, aber so kommen deine Augen zur Geltung.«

Plötzlich überkommt mich ein eigenartiges Gefühl, der Hof ist zu hell, der Himmel zu hoch, alles zu intensiv, irgendwie falsch. Theo galoppiert nicht länger auf seinem Pferd herum, sondern hockt mit einem Stock auf dem Boden und malt etwas in den Staub.

»Was ist los?«, fragt Bianka erschrocken. Ihre Stimme klingt hallend und unwirklich.

Etwas steigt aus dem Staub auf. Es ist riesig, mit einem Ziegenkopf, einem großen pelzigen Körper auf enormen Hühnerbeinen. *Kahge* – ist mein erster Gedanke. Theo lacht über das Ding, das neben ihm aufragt. Sein Blick drückt staunende Anerkennung aus.

»Theo!« Bianka stürzt auf ihn zu.

»Der Stock!«, ruft Frau Och von der Tür aus und in dem Moment, als sie es sagt, wird mir klar, was passiert ist. Bianka reißt Theo von der dahintrottenden Gestalt weg und ich stürze mich auf den Stock, den er neben seiner ungelenken Zeichnung in den Staub fallen gelassen hat. Haarige Arme strecken sich nach mir aus, packen mich an der Taille, aber ich greife nach dem Stock und zerbreche ihn. Das Ding zerbröselt zu Staub, die Luft und der Hof kehren in ihren Normalzustand zurück. Ich sitze keuchend auf der Erde, Bianka presst Theo an sich, Frederick hat neben mir die Schere gezückt, als wollte er ein magisches Monster mit einer Nähschere niederstrecken.

»Nun«, sagt Frau Och und kommt näher, um sich Theos Bild anzusehen. Es sieht aus wie Gekritzel im Staub, auch wenn man etwas erkennen kann, das entfernt an einen Kopf und einen Körper erinnert. »Das hatte ich befürchtet.«

»Was? Was haben Sie befürchtet? Was war das?«, ruft Bianka.

»Teo Schischte!«, kräht Theo voller Freude und versucht sich aus ihren Armen zu winden.

»Das ist *Das Buch der Spaltung*«, sagt Frederick. »Theo ist zwar kein Hexer, aber er hat immerhin einen Teil des mächtigsten Textes der Welt in sich. Auf gewisse Weise kann er … Magie schreiben.«

»Er kann nicht *schreiben*, er ist doch noch ein Baby, das sind doch gar keine Wörter, es sieht nach überhaupt gar nichts aus!«, ruft Bianka.

»Die frühesten Schriften waren Bilderschriften«, antwortet

Frau Och. »Bis wir den Text aus ihm entfernt haben, müssen wir ihn davon abhalten, Bilder zu malen. Seine Fantasie in Kombination mit dem Akt des Schreibens ist viel zu mächtig.«

»Oh Hölle!«, sagt Bianka.

»Teo Tock«, sagt Theo, hebt die Hälfte des zerbrochenen Stocks auf und sieht mich empört an.

»Leg den sofort weg«, sagt Frau Och und reißt ihn ihm so heftig aus der Hand, dass Theo das Gleichgewicht verliert und hinfällt. Er blickt sie mit offenem Mund an und fängt an zu weinen.

»Behaltet ihn im Auge!«, sagt Frau Och zu Bianka und Frederick. Dann wendet sie sich an mich. »Julia, komm! Wir gehen.«

35

»Deine schönen Haare!«, ruft Csilla, als ich mit Frau Och und dem Professor bei Graf Fournier ankomme. Frau Och scheint leicht verärgert zu sein, dass Csilla und Gregor ebenfalls dort sind.

»Pff«, sagt Esme. »Was fängt Julia schon mit schönen Haaren an?«

Das hätte ich möglicherweise als Beleidigung aufgefasst, wenn ich nicht so viel anderes im Kopf gehabt hätte.

»Na ja«, sagt Csilla betrübt. »Sie wachsen ja wieder.«

Jun steht neben der Tür. Es macht mich absurderweise schrecklich nervös, ihn anzusehen, aber ich tue es trotzdem. Er formt ein überraschtes O mit dem Mund, dann grinst er und mein Magen schlägt wilde Purzelbäume. Ich erwidere sein Lächeln und bekomme es dann nicht mehr aus dem Gesicht, daher senke ich den Blick und versuche so meine alberne Miene zu verbergen. Heulende Hunde, ich bin vielleicht ein dummes Huhn. Ich würde ihn am liebsten hinter mir her in den Flur zerren, weg von den anderen.

Graf Fournier wirkt überwältigt, uns alle in seinem heruntergekommenen Salon zu haben: Gregor, mit grauer Hautfarbe, aber aufrecht, den Mund in eiserner Entschlossenheit zusammengepresst. Die langgliedrige, gütige und geschlechtslose Esme. Und Csilla, die immer so aussieht, als hätte sie sich für einen Abend in der Oper zurechtgemacht, auch wenn ihr Make-up etwas greller und nachlässiger ist als sonst. Professor Baranyi führt Frau Och zu dem stinkenden Sofa, auf dem ich erst vor ein paar Tagen mit Blick auf eine Pistolenmündung saß. Der Gedanke an Jun, der mit einer Pistole auf mich zielt, kommt mir jetzt ganz seltsam vor. Graf Fournier scheint unsicher zu sein, ob er Frau Och einen Handkuss geben soll, schließlich ergreift er nur kurz ihre Hand und springt dann hinüber zu seiner Hausbar. Er trägt zum ersten Mal, seit ich ihn kenne, Schuhe.

»Ich danke Ihnen allen für Ihr Kommen! Och Farya, es ist mir eine große Ehre. Ich hätte nie gedacht, eine der Xianren in meinem Haus willkommen zu heißen! Darf ich … Möchte jemand Cognac? Oder Whisky?«

Er schenkt bereits ein Glas ein, das er strahlend Gregor anbietet.

»Nein!«, sagt Gregor mit heiserer Stimme und steckt die zitternden Hände in die Taschen. Csilla eilt zu ihm und nimmt seinen Arm.

»Bitte stellen Sie es weg«, sagt sie an den Graf gewandt. »Wir möchten nichts.«

Graf Fournier wirkt verwirrt, stellt das Glas jedoch ab. »Na dann«, sagt er leicht enttäuscht.

Ich werfe Jun noch einen Blick zu. Er zwinkert mir zu und eine Hitzewelle durchströmt mich, als ich an seine Hände denke, die sich unter meiner Tunika vortasteten, an seinen keuchenden Atem in meinem Ohr.

»Haben Sie etwas von Ko Dan gehört?«, fragt Frau Och mit scharfer Stimme. Nichts ist besser geeignet, einen angenehmen Tagtraum zu zerstören, als der Klang ihrer Stimme.

Graf Fournier schüttelt nervös den Kopf. »Es gibt Hunderte verschiedene Gerüchte. Die Quelle, die mir am vertrauenswürdigsten erscheint, glaubt, er werde auf Befehl Si Tans in den Kaiserlichen Gärten gefangen gehalten, aber selbst das kann ich nicht zweifelsfrei bestätigen, und niemand kann mir sagen, wo genau man ihn festhält.«

»Und Sie sagen, der alte Zey sei krank?«, fragt Frau Och und lässt die Frage nach Ko Dan schneller ruhen, als mir lieb ist.

»Er liegt im Sterben«, sagt der Graf. »Der Sidhar-Zirkel hat sich wieder versammelt.«

»Das wenige, das noch von ihm übrig ist«, sagt Frau Och geringschätzig.

»Ich habe kein Geld, keine Mittel für meine Rückkehr, aber wenn Sie mich mit zurücknehmen – ich habe Kontakte in ganz Frayne, kenne Leute mit guten Beziehungen, die nur auf eine Revolution warten.«

»Die Hexen und einige Lorianer mögen zum Aufstand bereit sein, aber wie steht es mit dem Volk?«, fragt Esme. »Es darf keine reine Hexenrevolution werden. Denn dann ist es keine Revolution, sondern ein Staatsstreich, den das Volk nicht unterstützen würde.«

»Das Volk wird bereit sein, wenn es eine Prinzessin hat«, sagt Gregor. »Davon bin ich überzeugt.«

»Wir haben gerade erst Bekanntschaft mit einem Betrüger gemacht«, sagt Frau Och. »Sind Sie sicher, dass dies Zara, die Tochter von Prinz Roparzh, ist? Welche Beweise hat sie für ihre Identität?«

»In ihrem Besitz befinden sich das königliche Siegel ihrer Familie, der Ring ihres Vaters und eine von einem Heiligen unterschriebene Geburtsurkunde. Natürlich wird die Echtheit dieser Dinge angezweifelt werden, aber es wird genügen, um das Volk zu überzeugen. Und noch entscheidender … Nun, Sie werden es sehen, wenn Sie ihr begegnen. Ganz offensichtlich ist sie königlichen Blutes. Sie verfügt über eine umfassende Bildung und hat in vielen Ländern gelebt, teils unter äußerst schwierigen Bedingungen, ist intelligent, besonnen und für ihr Alter überaus weise. Sie wird eine wunderbare Königin abgeben, dessen können Sie sicher sein. Aber wir müssen schnell handeln – Si Tan und Gangzi treffen sich heute mit dem fraynischen Botschafter und Baron Skaal.«

»Wo treffen sie sich?«, fragt Frau Och.

»In den Kaiserlichen Gärten, nehme ich an«, sagt Graf Fournier. »Dort empfängt Si Tan seine Gäste.«

»Wir werden Prinzessin Zara umgehend nach Frayne bringen«, erklärt Frau Och.

Jetzt wird mir klar, warum wir alle sie auf diese Reise nach Tianshi begleiten sollten. Sie wusste, dass Gregor und Esme am Lorianischen Aufstand beteiligt waren und für diese Aufgabe perfekt geeignet wären. Sie hat sie überhaupt nicht wegen Theo mitgebracht.

»Ich habe kein Geld«, sagt der Graf erneut zähneknirschend. »Aber Zara vertraut mir und ich habe Beziehungen, ich bin seit Jahren an der Sache beteiligt. Ich möchte helfen.«

»Julia wird sie jetzt holen gehen«, sagt Frau Och, ohne auf seine

Bitte einzugehen. »Wie können wir sicherstellen, dass die Prinzessin bereitwillig mitkommt?«

Der Graf hat einen verzweifelten Blick aufgesetzt, als würde ihm klar, dass er zurückgelassen, aus der ganzen Sache ausgeschlossen wird.

»Sie wird es wissen«, sagt er. »Sie hat ein Gespür für solche Dinge, dafür, wem sie trauen kann. Aber es wäre besser, wenn Jun mitgeht, er kennt das Kloster …«

Mein Herz macht einen Satz und Jun und ich grinsen uns an. Esme runzelt bei unserem Anblick leicht die Stirn, aber das ist mir egal.

»Julia geht allein«, sagt Frau Och. »Sie braucht keine Hilfe.«

Juns Lächeln erstirbt und er sieht von Frau Och zu mir.

»Er war neulich äußerst hilfreich«, sage ich. »Im Notfall hätte ich ihn gern dabei. Wenn er will«, füge ich hinzu und sehe Jun an. Er lächelt wieder, aber Frau Och beendet die Diskussion.

»Nein. Julia wird die Prinzessin holen und zu mir bringen. Julia *allein.* Danke, Graf Fournier. Ich bezahle Ihnen gern die Heimreise, wenn Sie nach Frayne zurückkehren möchten.«

Wir stehen alle unentschlossen da, während Frau Och aufsteht und Professor Baranyi sie am Arm stützt.

Ich sehe Jun an. Er sagt: »Du nicht kannst nehmen Tunnel. Sie fluten sie. Alle rennen wie Ratten.«

»Wer flutet sie?«, frage ich.

»Ich weiß nicht. Jemand. Nicht mehr viele Verstecke in Tianshi. Ru durchsuchen Häuser. Vielleicht sie suchen nach dir?«

Frau Och sagt mit scharfer Stimme: »Julia! Verschwende keine Zeit. Hol die Prinzessin und bring sie zu mir. Und lass dich nicht blicken.«

Also lasse ich sie alle zurück: Jun, der mir nachschaut, Frau Och, die Geldscheine auf Graf Fourniers Schreibtisch zählt, und Gregor, der alles ansieht außer den Cognac auf dem Beistelltisch, mit Csilla am Arm wie einen Anker, der sich gegen einen Sturm stemmt.

36

Das Kloster ist von Ru umzingelt. Mit der Hakenkralle über die Mauer zu klettern kommt nicht infrage. Die einzige Möglichkeit ist, weiter zu verschwinden, als mir lieb ist – durch den nebligen Ort am Rand der Welt in dieses wirbelnde Nichts, wo ich meine Perspektive neu ausrichten muss, um sicherzugehen, die Mauer nicht völlig aus den Augen zu verlieren. Ich verschätze mich, lande auf einem Tempeldach und rutsche ächzend hinunter.

An der Tür des kleinen Hauses kommt mir die alte Frau entgegen und zielt mit der Donnerbüchse auf mich. Ihr Blick besagt: *Ja, dieses Ding wird mir den Arm brechen, wenn ich es abfeuere, aber glaub nicht, dass ich es deswegen nicht tun werde.* Prinzessin Zara mit ihrer stämmigen Gestalt in einer glänzend gemusterten Seidenrobe, die krausen Haare mit Jadekämmen aufgesteckt, hat eine Pistole in der Hand, aber ihr Blick ist klar und frei von Angst. Sie sagt etwas zu der alten Frau. Die grunzt bloß und hält weiterhin die Donnerbüchse auf mich gerichtet.

»Graf Fournier hat mich geschickt«, sage ich, die Hände erhoben und sichtbar. »Sie sind hier nicht länger sicher. König Zey liegt im Sterben und wir haben vor, Sie zurück nach Frayne zu bringen, damit Sie dort, äh, Anspruch auf den Thron erheben können.«

Sie nimmt meine Nachricht mit unfassbarem Gleichmut auf, nickt bloß und verstaut die Pistole in ihrem weiten Ärmel.

»Ich brauche meine Tasche«, sagt sie und holt einen ramponierten Handkoffer unter dem Bett hervor. Dann spricht sie auf Yongwenisch mit der alten Frau. Langsam sinkt die Donnerbüchse herab. Das Kinn der alten Frau zittert. Tränen laufen über ihre runzligen Wangen. Prinzessin Zara umarmt sie. Sie halten sich lange fest, während ich danebenstehe und mich immer unbehaglicher fühle. Als sie sich schließlich voneinander lösen, drückt Prinzessin Zara der alten Frau einen klimpernden Beutel voller Münzen in die Hand.

»Es ist so«, sage ich, »das Kloster ist umstellt, das heißt, um Sie hier rauszubekommen … Es wird ein wenig seltsam werden. Sie müssen sich an mir festhalten. Schließen Sie einfach die Augen und lassen Sie unter keinen Umständen los.«

»Fliegen wir raus?«, fragt sie augenzwinkernd, als hätte ich einen Witz gemacht.

»Nicht direkt. Es könnte sein, dass Sie Angst bekommen oder sich erschrecken, aber bitte lassen Sie nicht los.«

Sie sagt einfach: »Ich vertraue dir«, was unter den gegebenen Umständen eins der seltsamsten Dinge ist, die sie sagen könnte, aber ich beklage mich nicht. Sie gibt der alten Frau einen letzten Kuss.

»Also dann«, sage ich unbehaglich, »legen Sie die Arme um mich.«

Als wollten wir tanzen, legt sie mir einen Arm um die Taille und den anderen über die Schulter. Der Koffer in ihrer Hand stößt gegen meine Hüfte. Einen Moment weiß ich gar nicht, wie ich das hinkriegen soll, und die ganze Situation fühlt sich so absurd und peinlich an, wie ich hier einfach auftauche und ihr sage, sie solle sich an mir festhalten. Ich fasse die Prinzessin um die Taille und ziehe mich zurück. Einen entsetzlichen Augenblick lang glaube ich, wir fallen einfach bloß hin, aber dann sind wir hindurch. Ich spüre, wie sich ihr Herzschlag kurz beschleunigt, als die Welt um uns herum verblasst und ich uns immer weiter nach oben schraube, während sich unter uns alles dreht. Wir sind zu hoch, ich habe das Gefühl, wir treiben weit über der Stadt wie ein Ballon, dessen Schnur durchtrennt wurde, und werden uns im Himmel verlieren. Ich bekomme Panik und wir rasen wieder nah heran, zu nah, sodass ich fürchte, wir werden auf der Straße zerschmettern. Direkt vor einem Laden mit bemalten Seidenfächern komme ich wieder zu mir. Ich höre jemanden schreien. Die Prinzessin versucht sich mir zu entwinden, also packe ich sie und ziehe uns erneut aus der Welt, versuche es diesmal besser zu kontrollieren: immer ein paar Straßen auf einmal. Ich verschwinde weit genug, dass wir über der Stadt zu schweben scheinen, aber nicht zu hoch, suche mir einen Platz ein paar Straßen weiter, komme dort wieder zum Vorschein, halte kurz inne und atme tief durch, ohne die Schreie zu beachten, dann ziehe ich mich wieder zurück. Auf diese Art durchqueren wir die Stadt – springen unentwegt aus der Welt heraus und wieder hinein.

Einmal ziehe ich mich zu weit zurück – nein, es fühlt sich eher so an, als würde ich *gezogen.* Ich höre ein Flüstern hinter mir – die Stadt ist weg, ein anschwellendes Tosen –, aber nein, hier ist sie, die Straße, die Bäume, die sich im Wind wiegen, sodass Blütenblätter und Wünsche herunterrieseln, ein schöner Tag und der heisere Atem der Prinzessin an meinem Ohr, die Arme fest um mich geschlungen, um nicht ihr Leben zu verlieren. Ich finde das Haus in Nanmu und lasse uns im Hof landen, wovon Bianka, Theo und Frederick erschrecken. Nicht schlecht, denke ich, ziemlich zufrieden mit mir. Schneller als die Straßenbahn.

Als ich die Prinzessin loslasse, schwankt sie leicht. Ihr Gesicht ist ganz bleich, aber sie hat sich schnell wieder gefangen. Aus den Wänden ertönen keine kreischenden Zaubersprüche, also wurde das Haus vermutlich auf ihr Kommen vorbereitet.

»Danke«, sagt sie und stellt ihren Koffer ab.

»Das ist Prinzessin Zara«, sage ich zu den anderen und versuche ruhiger zu wirken, als ich mich fühle, nachdem ich mit verschwindenden Hüpfern die Stadt durchquert habe.

Bianka macht einen Knicks. Frederick verbeugt sich ebenfalls.

»Ach, machen Sie sich keine Mühe«, sagt die Prinzessin lachend. Sie hat sich schnell erholt, das muss ich schon sagen. »Nun, das war … mal was anderes. Dürfte ich um eine Tasse Tee bitten?«

37

Kurz nachdem wir Tee gemacht haben, bringt Bo die anderen zurück. Das Haus wirkt kleiner als sonst, als sich alle im Hauptraum versammelt haben und die Prinzessin mit Verbeugungen, Knicksen und lautstarken Interessensbekundungen begrüßen. Prinzessin Zara lächelt liebenswürdig, als wäre sie ganz in ihrem Element. Es wird noch mehr Tee gekocht, Pläne und Landkarten liegen ausgebreitet auf dem Tisch. Theo ist begeistert von dem Tumult, steht allen im Weg und kreischt vor Vergnügen. Bianka hält sich in seiner Nähe auf und beobachtet nervös seine Hände.

»Was soll ich denn bitte machen, wenn er etwas mit dem Finger malt? Ich kann ihm schließlich nicht die Hände *brechen*«, flüstert sie mir zu. »Ich werde noch verrückt davon, ihn dauernd beobachten zu müssen!«

Nachdem sie die Prinzessin begrüßt hat, geht Frau Och sofort in ihr Zimmer und gibt Professor Baranyi und mir ein Zeichen, ihr zu folgen.

»Gut gemacht«, sagt sie zu mir, während sie sich auf ihren Stuhl fallen lässt. Ich kann sehen, dass ihr der Morgen zu schaffen gemacht hat, aber ich bin nicht gerade geneigt, Mitleid mit ihr zu haben.

»Schön und gut, jetzt haben wir die Prinzessin«, sage ich. »Aber was ist mit Ko Dan? Und dem Ankh-nu?«

»Morgen besuche ich Si Tan«, sagt sie.

Einen Augenblick bin ich sprachlos, dann platze ich heraus: »Sie besuchen ihn? Ich schleiche herum, werde angegriffen und entführt – und dann schlendern Sie einfach auf ein Gespräch ins Kloster oder in die Kaiserlichen Gärten? Warum haben Sie das denn nicht gleich gemacht?«

»Es ist ein letzter Versuch, Julia«, sagt Frau Och erschöpft. »Vielleicht kann ich ihn davon überzeugen, uns zu helfen. Wenn nicht, müssen wir sofort hier weg.«

Ich würde am liebsten meinen Stuhl umstoßen und aus dem Zimmer stürmen, aber noch lieber möchte ich hören, was sie als Nächstes sagen wird, also reiße ich mich zusammen.

»Ich muss wissen, was Gangzi und Baron Skaal heute besprechen. Vielleicht haben wir sogar weniger Zeit als gedacht. Du wirst jetzt in die Kaiserlichen Gärten gehen und mir dann sofort Bericht erstatten.«

»Gut, ich gehe«, sage ich. »Aber glauben Sie wirklich, Sie können einfach mit Si Tan reden und er wird sagen: Oh, ich verstehe Sie vollkommen, schauen Sie, hier in diesem Schrank habe ich Ko Dan – und hier ist auch der Ankh-nu?«

Sie sieht mich an, ohne zu lächeln. »Nein, davon gehe ich nicht aus. Aber ich werde sehen, was ich bei ihm erreichen kann.«

Mir ist klar, dass ich entlassen bin, also stehe ich auf. Ich bin schon fast zur Tür hinaus, als sie sagt: »Du machst das gut, Julia. Du bist wirklich … überaus bemerkenswert.«

»Danke«, sage ich leicht verblüfft. Frau Och sieht schrecklich müde aus. Professor Baranyi hilft ihr ins Schlafzimmer und ich gehe hinaus und schließe die Tür hinter mir.

*

Spira wird sich vermutlich gerade erst aus den Fängen des Winters befreien, aber in Tianshi fühlt sich der heutige Tag schon beinahe sommerlich an. Die Luft ist warm und die Kaiserlichen Gärten sind angefüllt vom Duft der blühenden Bäume, deren Blütenstaub im leichten Wind treibt. Sosehr mich der Gedanke an das, was ich bin, an das, was ich möglicherweise in mir habe, das es mir ermöglicht, ungesehen am Rand der Welt zu wandeln, auch ängstigt, kann ich nicht leugnen, dass ich es in Augenblicken wie diesem unglaublich genieße – direkt an den Ru vorbeizumarschieren, die die Kaiserlichen Gärten bewachen, durchs Tor zu huschen, das verbotene Heiligtum zu durchqueren und die Stufen zum Pavillon hochzusteigen.

Offenbar komme ich gerade rechtzeitig. Dort steht Si Tan neben Gangzi und beide begrüßen förmlich den Botschafter und Baron Skaal, der unvorteilhaft mit einem langen schwarzen Mantel und Reithosen bekleidet ist. Ein Diener bringt Getränke und kleine Kuchen und Si Tan bittet seine Gäste, Platz zu nehmen. Sein Tonfall ist freundlich wie immer, aber sein Blick ist eiskalt. Er ist eine einschüchternde Gestalt, doch Baron Skaal wirkt nicht im Mindesten eingeschüchtert.

Sobald der Diener gegangen ist, durchbricht Si Tan das kurze Schweigen: »Baron Skaal, ich freue mich, Sie kennenzulernen. Ich habe einige interessante Dinge über Sie gehört. Es heißt, Sie seien

Agoston Horthys höchst geschätzter Beamter und dass Sie Frayne und seine Grenzen beinahe im Alleingang von Magie befreit hätten. Was mich angesichts der Gerüchte, die ich über Ihre eigene Vergangenheit gehört habe, überrascht.«

»Die Leute denken sich gern Geschichten aus und ich bin sicher, dass meine Heldentaten übertrieben ausgeschmückt wurden«, sagt Baron Skaal gelassen.

»Ihr Premierminister kann sich glücklich schätzen, Sie zu haben«, sagt Si Tan.

»Ich bin es, der glücklich ist, unter ihm zu dienen«, entgegnet Baron Skaal. »Bitte danken Sie Gangzi dafür, dass er sich bereit erklärt hat, mit mir zu sprechen. Und ich bin äußerst dankbar, dass Sie als Übersetzer fungieren, sehr geehrter Oberster Bibliothekar. Denn leider spreche ich nicht ein Wort Yongwenisch.«

Si Tan lächelt schmal. »Wenn Sie vorhaben, die Angelegenheit eines Besuchs im Kloster aufzugreifen, fürchte ich, dass Sie auch nicht mehr Glück haben werden, Gangzi davon zu überzeugen, gegen seine Ehre zu verstoßen, als Ihre Vorgänger.«

»In der Tat haben Sie bisher alles abgelehnt, was Ihnen der gute Botschafter hier im Austausch für das Mädchen, das vorgibt, die Tochter des Verräters Roparzh zu sein, angeboten hat«, sagt Baron Skaal. »Ich frage mich, ob es irgendeinen Anreiz gibt, der Sie umstimmen könnte.«

Er formuliert es nicht als Frage, hält aber inne. Si Tan murmelt Gangzi etwas auf Yongwenisch zu und dieser antwortet ausführlich mit brüchiger, wütender Stimme. Si Tan scheint seine Übersetzung etwas zu bearbeiten, denn sie ist kürzer.

»Es gibt nichts – keine Drohung oder Belohnung –, was Ihr winziges Königreich realistischerweise anbieten könnte, um

Gangzi zu verführen oder zu zwingen. Er hat kein Interesse daran, Sie weiter anzuhören. Wie auch immer, ich würde Ihnen gern die Kaiserlichen Gärten zeigen.«

»Ich hoffe, Sie wissen die Tatsache zu schätzen, dass wir sie uns nicht einfach geholt haben«, sagt Baron Skaal.

Si Tan hebt die Augenbrauen. »Wenn Sie das Kloster angreifen würden, Baron Skaal, würde Yongguo Frayne mit einem schnellen und gerechtfertigten Vergeltungsschlag vollkommen auslöschen.«

Dem Botschafter klappt der Mund auf. Er wäre ein miserabler Pokerspieler. Aber Baron Skaal verzieht keine Miene.

»Gewiss. Eigentlich bin ich auch nicht bloß hergekommen, um Zugang zum Kloster zu erbitten. Ich habe auch Neuigkeiten für Sie. Agoston Horthy hat mich gebeten, Sie persönlich davon zu unterrichten, dass Frau de Laroche gefangen genommen, wegen Hexerei und Hochverrats angeklagt, für schuldig befunden und zum Tode verurteilt wurde.«

Frau de Laroche. Graf Fournier hat sie als seine Tante bezeichnet, sagte, sie sei die Anführerin des Sidhar-Zirkels in Frayne. Kein Wunder, dass er schon länger nichts mehr von ihr gehört hat. Es wird mir kein Vergnügen bereiten, ihm diese Nachricht zu überbringen.

Si Tans Antwort kommt wie aus der Pistole geschossen. »Die Strafe für Hochverrat in Frayne ist der Strick und die Strafe für Hexerei Tod durch Ertrinken. Wofür haben Sie sich entschieden? Oder haben Sie beides probiert?«

»Der Premierminister hatte vor, sie zu köpfen, nachdem er so viele Informationen wie möglich von ihr bekommen hat, und dann ihren Körper in den Syne zu werfen, um Ihnen den Kopf als

Beweis schicken zu können. Ich kann verstehen, dass Sie nicht gewillt waren, Ihre Vereinbarung mit einer solchen Dame aufzukündigen, aber jetzt, wo die Dame verschieden ist, können wir uns doch sicher einig werden.«

Si Tan übersetzt das für Gangzi, der aufsteht und eine ganze Weile brüllt, spuckt und mit dem Finger herumfuchtelt, bevor er sich wieder auf seinen Stuhl fallen lässt.

»Er wirkt nicht gerade erfreut«, bemerkt Baron Skaal. »Mochte er die Dame?«

»Er bringt seinen Abscheu Ihrer Barbarei gegenüber zum Ausdruck«, sagt Si Tan. »Sie sind solch rückwärtsgewandte Narren, die den Kopf in den Sand stecken, wenn Sie glauben, Sie könnten etwas so Grundlegendes wie Magie ausrotten, sagt er. Da könnten Sie genauso gut gegen die Luft, die wir atmen, ankämpfen und so weiter und so fort.«

»Vielleicht hat er recht«, sagt Baron Skaal. »Trotzdem ist die Dame inzwischen tot, genau wie die meisten ihrer Verbündeten. Es besteht also kein Grund für Sie, weiter an dem Mädchen festzuhalten. Welchen Nutzen bringt es Ihnen?«

Si Tan übersetzt. Gangzi runzelt die Stirn und murmelt eine Antwort.

»Gangzi hat nicht vor, Ihnen zu helfen, weil er Sie nicht mag«, sagt Si Tan. »Shou-shu ist friedlich und unabhängig. Die Mönche haben keine Auseinandersetzungen mit Außenstehenden, und die Außenstehenden haben ihnen immer den gebührenden Respekt gezollt. Das Kloster ist seit Jahrhunderten unbewacht, weil es keine Wachen nötig hatte. Wenn Sie diesen Ort entweihen, indem Sie seine Mauern ohne Gangzis Erlaubnis übertreten, habe ich ihm versprochen, dass Yongguo Frayne zerstören wird. Shou-shu ist ein Glanzstück dieses Landes und steht unter unserem besonderen Schutz. Jegliche Schändung des Klosters wird die Vernichtung Ihres kleinen Königreichs nach sich ziehen.«

»Frayne ist ziemlich weit weg«, bemerkt Baron Skaal. »Entweder braucht man eine Menge Schiffe oder man muss eine Menge Berge überqueren. Ich kann mir nicht vorstellen, dass Sie Ihre Zeit darauf verschwenden wollen, wegen eines Mädchens, das Ihnen nichts bedeutet, bei uns einzumarschieren.«

»Ich spreche nicht von einem Mädchen. Hier geht es um Respekt.« Si Tans Stimme ist ruhig und höflich, aber ich habe den Eindruck, dass sein ganzer Körper vor Wut pulsiert. »Sie wissen nichts über Magie, außer dass Sie sie fürchten. Sie haben keine Ahnung, zu was unser Kaiserreich in der Lage ist.«

Der Botschafter ist kreidebleich geworden. Er platzt heraus: »Wir wollen doch nicht von Krieg sprechen, liebe Freunde! Wir sind mit offenen, ehrlichen Absichten hergekommen. Es wird nicht zu einer Entweihung des Klosters kommen.«

»Nein, natürlich nicht«, sagt Baron Skaal mit aalglatter Stimme. »Ich fand die Drohung mit einem Einmarsch nur ziemlich unverhältnismäßig.«

Si Tan erwidert nichts und ich denke, dass unsere Entführung der Prinzessin Folgen haben könnte, mit denen wir nicht gerechnet haben, da man bestimmt die fraynische Delegation dafür verantwortlich machen wird.

»Nun denn, es scheint, wir kommen hier nicht weiter«, sagt Baron Skaal. »Wenn ich diesen Mann dazu bringen kann, mich zu mögen, gibt er mir dann das Mädchen? Soll ich ihm ein Getränk ausgeben oder ihn beim Kartenspielen gewinnen lassen? Was tun Mönche denn überhaupt gerne?«

»Ich glaube nicht, dass Sie ihn dazu bringen können, Sie zu mögen«, sagt Si Tan mit einem leisen Lächeln.

»Wie schade. Bei all meinem Charme. Da bekomme ich ja direkt Minderwertigkeitskomplexe.« Baron Skaal erhebt sich und auch der Botschafter rappelt sich auf. Sie verbeugen sich beide vor ihren Gastgebern. Si Tan steht auf – er überragt beide – und erwidert die Verbeugung, aber Gangzi dreht nur den Kopf zur Seite und sieht mit verächtlicher Miene durch mich hindurch.

»Wenn Sie Ihren Aufenthalt in Yongguo verlängern wollen, geben Sie mir Bescheid«, sagt Si Tan vielsagend zu Baron Skaal. »Ich könnte Ihnen hier eine Stellung verschaffen, wenn Sie möchten.«

Dem Botschafter klappt erneut der Mund auf, aber Baron Skaal sagt nur: »Das ist sehr freundlich von Ihnen, aber ich bin mit meiner aktuellen Stellung äußerst zufrieden.«

Ich folge dichtauf, als die beiden Männer von den Ru zum Tor geleitet werden. Davor wartet das Gefolge des Botschafters mit einer kleinen Armada Motordroschken.

»Der Premierminister wird nicht erfreut sein. Was machen wir jetzt?«, fragt der Botschafter leise.

Baron Skaal zuckt die Achseln. »Frau de Laroche ist tot. Das Mädchen nützt ihnen nichts. Sie sind einfach nur unfreundlich und unkooperativ. Letztendlich werden sie es ausliefern und dann sind wir zur Stelle. Die Hauptsache ist, dass wir wissen, wo es ist, und wir müssen herausfinden, wer es hier unterstützt. Wenn wir die Helfer beseitigen, ist das Mädchen seinem Schicksal überlassen. Das ist, ehrlich gesagt, billiger als die Alternativen. Machen Sie sich keine Sorgen, mein Guter.«

»Nun, Sie scheinen das unter Kontrolle zu haben«, sagt der Botschafter unsicher.

Baron Skaal lacht – dasselbe angenehme Lachen, das ich in Erinnerung habe. »Das wäre schön. Aber es läuft nie so, wie man denkt. Vor allem, wenn man es mit solchen Leuten zu tun hat. Wir sprechen später weiter. Ich habe hier in der Stadt noch etwas zu erledigen. Ich gehe zu Fuß.«

»Allein?«, fragt der Botschafter entsetzt.

»Ja.«

»Essen wir um sechs zu Abend?«

»Ich freue mich darauf.«

Baron Skaal schüttelt dem Botschafter die Hand und macht sich auf den Weg in die Stadt. Ich bleibe ihm dicht auf den Fersen. Voller Angst muss ich daran denken, was unsere Entführung der Prinzessin für Frayne bedeuten könnte, und bemerke daher gar nicht, wo wir hingehen, bis wir direkt vor der Tür des *Hotels zu den hundert Laternen* stehen.

38

Das Mädchen an der Rezeption reibt sich mit den Händen über die Augen. Baron Skaal tritt zu ihm und lässt eine Schnur mit schweren Münzen auf die Theke fallen. Es schreckt auf und wirft ihm einen müden Blick zu.

»Ich suche nach einer ausländischen Frau«, sagt er auf Fraynisch. Er formt Kreise mit den Fingern, hält sie sich wie eine Brille vors Gesicht und macht ein surrendes Geräusch. »Du weißt, wen ich meine. Welches Zimmer?«

Es schüttelt den Kopf. Er lässt noch eine Schnur Münzen vor es fallen, dann klappt er seinen Mantel auf und zeigt ihm die Pistole an seiner Hüfte. »Auf geht's. Von jetzt an wird es nur schlimmer.«

Das Mädchen wirft einen kurzen Blick auf die Münzen, dann wischt es sie von der Theke in seine Schürzentasche. Es geht auf die Treppe zu und bedeutet Baron Skaal, ihm zu folgen. Plötzlich habe ich das Gefühl, dass wir beobachtet werden. Ich drehe mich um, suche den Speisesaal ab, aber ich kann niemanden sehen. Sie sind bereits halb die Treppe hinauf, also renne ich hinterher. Das

Mädchen zeigt im Flur auf eine Tür. Baron Skaal gibt ihm mit einem Zeichen zu verstehen, es solle aufschließen, aber es schüttelt energisch den Kopf und er scheucht es davon. Mir schlägt das Herz bis zum Hals, als er anklopft. Keine Antwort. Er schnüffelt an der Tür, seufzt ungeduldig, dann macht er einen Schritt zurück und tritt die Tür ein.

»Entschuldigung, haben Sie geschlafen?«, ruft er und weicht von der Tür zurück. Er weiß sehr gut, wer dahinter wartet und wozu diejenige fähig ist. Immer noch keine Antwort. Vorsichtig nähert er sich der kaputten Tür.

»Ich wollte Ihnen nur Hallo sagen, wo wir doch gerade beide zufällig in Tianshi sind. Ich dachte, ich könnte Ihnen was zu trinken ausgeben.«

Er rückt langsam ins Zimmer vor. Ich folge ihm.

»Ah. Da sind Sie ja.«

Pia steht am Fenster, ihr gebogenes Messer in der Hand. Ich stelle fest, dass ich es anstarre, unfähig, den Blick von der glänzenden Klinge abzuwenden. Hallo, Pias Messerschneide, alter Freund.

»Sie haben meine Tür eingetreten, weil Sie mir etwas zu trinken ausgeben wollen?«, fragt sie trocken.

»Entschuldigung, das war vielleicht ein wenig übertrieben. Aber ich bin etwas in Eile und Sie haben nicht aufgemacht. Sollen wir einen Waffenstillstand schließen und runter an die Bar gehen?«

»Nein«, entgegnet Pia. »Sagen Sie mir, warum ich Sie nicht töten sollte.«

»Weil meine Mutter um mich weinen würde«, sagt er leichthin. »Kommen Sie, es gibt für keinen von uns einen Grund, den anderen zu töten. Auch wenn ich mich wohler fühlen würde, wenn Sie das Messer wegsteckten.«

Sie birgt das Messer in der Scheide. »Ich brauche kein Messer, um Sie zu töten.«

»Das glaube ich gern«, sagt er. »Aber ich bin wirklich nur zum Plaudern hergekommen. Schließlich sind wir ziemlich enge Verbündete, nicht wahr? Der Premierminister sieht in Casimir fast so etwas wie einen Bruder.«

»Einen Bruder?« Pias Lippen verziehen sich.

»Na ja, vielleicht eher einen Mentor«, sagt Baron Skaal.

»Einen Gönner«, schlägt Pia vor. »Und einen Feind, der so furchterregend ist, dass man ihn besser nicht provozieren sollte.«

»Nun, das beschreibt ziemlich genau die Beziehung, die ich zu meinem eigenen Bruder habe«, sagt Baron Skaal. »Sie sehen, es ist, wie ich sage.«

»Warum sind Sie in Tianshi?«, fragt sie.

»Müssen wir das hier an beiden Enden des Zimmers stehend besprechen? Können wir uns nicht wenigstens setzen?«

Aber es gibt keine Sitzgelegenheit. Das Zimmer ist leer, abgesehen von einem Bett, das aussieht, als hätte nie jemand darin geschlafen.

»Nein«, sagt Pia.

»Also gut, dann eben auf die ungemütliche Art, wenn Sie es vorziehen. Wissen Sie, ich wollte Sie schon lange einmal kennenlernen.« Er schaut sich um, und sieht mich dabei mit diesem einen gelben Auge beunruhigt an. Einen Moment setzt mein Herz aus, aber nein, er sieht durch mich hindurch, blickt nur in meine Richtung.

»Warum sind Sie in Tianshi?«, fragt Pia wieder.

»Wegen Prinzessin Zara oder wer immer sie sein mag«, sagt er. »Kennen Sie Frau de Laroche?«

»Ich kenne sie«, sagt Pia frostig.

Baron Skaal blickt wieder in meine Richtung und sagt: »Da ist jemand.«

Entsetzen kriecht mir den Rücken hinauf. Pias Brille surrt. Er tritt auf mich zu und ich ziehe mich weiter zurück, weit genug, dass ich kaum noch seine Gesichtszüge erkennen kann und er nur eine verschwommene Silhouette ist. Meine Finger und Zehen kribbeln, dieses Nichts hinter mir, das auf meinen Sturz wartet.

Ich höre seine Stimme nur schwach, als käme sie von sehr weit her. »Jetzt ist es weg. Fast.«

Und Pias Stimme: »Hier ist niemand. Warum fragen Sie mich nach Frau de Laroche?«

»Sie hat vor ein paar Jahren eine Vereinbarung mit den Shoushu-Mönchen getroffen und sie haben Prinz Roparzhs Tochter aufgenommen – oder jemanden, der vorgibt, seine Tochter zu sein. Der Botschafter hat versucht, ihre Auslieferung zu erreichen, sobald er davon erfuhr, aber es war unmöglich, Gangzi umzustimmen. Also machten wir uns daran, die Organisation der Prinzessin an den Wurzeln auszumerzen. Die Gefangennahme Frau de Laroches war der letzte Schlag gegen das Unterstützersystem des Mädchens. Sobald die Aktion abgeschlossen war, wurde ich hierher geschickt, um an das Mädchen heranzukommen und es zu identifizieren.«

So weit von der Welt entfernt, fühle ich mich ganz schwach. Ich rücke ein wenig näher heran, damit ich ihre Stimmen deutlicher höre und meine Finger und Zehen wieder spüre, obwohl ich ihre Gesichter immer noch nicht richtig erkennen kann.

»Sie haben Frau de Laroche gefangen genommen?«, fragt Pia.

»Ich höchstpersönlich«, antwortet Baron Skaal mit einer Verbeugung. »Ich hoffe, Sie war keine Freundin.«

»Nein.« Pias Stimme hat einen eigenartigen Tonfall angenommen. »Das war sie nicht. Ist sie tot?«

»Ja.«

»Das glaube ich nicht.«

»Ich versichere Ihnen, es war eine groß angelegte Operation und Agoston Horthys größter Erfolg seit der Niederschlagung des Lorianischen Aufstands. Was noch vom Sidhar-Zirkel übrig ist, wird mit ihr zugrunde gehen.«

Pia schweigt.

»Wie auch immer, aus diesem Grund bin *ich* in Tianshi. Casimir unterstützt Agoston Horthys Bemühungen, sich dieses Mädchens zu entledigen, insbesondere jetzt, da König Zey so krank ist, aber ich bezweifle, dass sein Interesse an dieser Angelegenheit groß genug ist, *Sie* herzuschicken, und ich wusste davon nichts. Also, was machen Sie hier?«

»Ich bin wegen etwas anderem hier.«

»Ja, genau das wollte ich andeuten«, sagt er höhnisch. »Ist Casimir etwa in Tianshi?«

»Nein.«

»Seine Schwester? Frau Och?«

Pias Brille surrt.

»Ich bin nur neugierig. Meine Befehle betreffen die Prinzessin, weiter nichts.« Er sieht erneut zu mir herüber, durch mich hindurch. »Da ist es wieder. Dieser Geruch verfolgt mich schon seit meinem Treffen mit dem Obersten Bibliothekar. Ich hatte angenommen …«

»Da ist niemand«, sagt Pia wieder.

Er schnüffelt. »Doch, da ist jemand«, murmelt er ganz leise, seine Stimme klingt wie ein bedrohliches Schnurren. Er kann mich nicht sehen, sage ich mir. Er kann mich nicht sehen.

»Ich bin diese Spielchen leid«, sagt Pia mit scharfer Stimme. »Es wird Zeit, dass Sie gehen.«

Ihm ist jetzt unbehaglich zumute. »Ich habe einen sehr ausgeprägten Geruchssinn, müssen Sie wissen. Ich traue ihm mehr als meinem Sehvermögen. Hier im Raum ist außer uns noch jemand.«

»Das hier ist mein Zimmer. Es geht Sie nichts an.«

»Sie wissen also, wer es ist?«

Sie macht eine kurze Pause, dann sagt sie: »Ja.«

Ich bin hin- und hergerissen zwischen Panik und Lachen. Sie wissen also beide, dass ich hier bin, aber keiner von ihnen kann mich sehen.

»Sie haben mich verfolgen lassen?«, fragt er, und als sie nicht antwortet, fügt er hinzu: »Nun, das ist nicht besonders freundlich, aber ich will darüber hinwegsehen. Sind Sie wegen dieser alten Geschichte mit dem kleinen Jungen hier? Das hat mich lange beschäftigt.«

»Warum sollte es Sie beschäftigen?«

»Ich habe ihn einmal gesehen, müssen Sie wissen. Habe ein paar Proben genommen – Blut, Gewebe, Haar. Seine hübsche Hexenmutter konnte mich nicht besonders gut leiden. Was *ist* er?«

»Ich weiß es nicht.«

»Wirklich? Sie wissen es nicht?«

»Nein, und es ist mir auch egal.«

»Wären Sie daran interessiert zu erfahren, was ich über ihn herausgefunden habe, als ich meine Tests durchgeführt habe?«

»Nein.«

»Wie wenig neugierig Sie doch sind!« Er wirft mir erneut einen Blick zu. Da sie sowieso wissen, dass ich hier bin, bin ich noch ein Stückchen näher gerückt. »Sie und ich wissen beide, dass es sehr viele Varianten der menschlichen Natur gibt. Einige von uns werden etwas anders geboren oder verändern sich später. Dieser Junge dagegen – er ist durch und durch mit etwas Mächtigem verwoben, etwas Unverständlichem. Er ist nicht von Magie berührt, er *besteht* aus Magie, soweit ich das sehe. Und die Xianren wollen ihn unbedingt haben. Was mag er wohl sein? Wie ist es möglich, dass Sie sich diese Frage nicht stellen?«

»Ich habe jede Art von Fragen hinter mir gelassen.«

»Aber Sie sind seinetwegen hier?«

Schweigen.

»Ich werde nicht versuchen ihn zu finden«, versichert Baron Skaal ihr. »Meine Anweisungen lauten anders. Um ehrlich zu sein, habe ich mindestens genauso oft über Sie nachgedacht wie über diesen kleinen Jungen. Ich hatte gehofft, wir hätten gemeinsame Gesprächsthemen.«

»Unser Gespräch ist beendet.«

Er nickt beinahe erleichtert. »Es ist einsam, anders zu sein, finden Sie nicht? Manchmal denke ich, ich würde gern mit jemandem reden, der … na ja, auch *anders* ist. Aber das Problem mit Leuten, die auf die Art *anders* sind wie Sie und ich, ist, dass sie oft so verdammte Widerlinge sind. Nun ja, wenn Sie Ihre Meinung ändern sollten, finden Sie mich im Haus des Botschafters. Ich werde eine Weile dort bleiben. Verzeihung wegen der Tür.«

Im Rausgehen blickt er in meine Richtung und fletscht die Zähne. Obwohl ich weiß, dass er mich nicht sehen kann, zucke ich zusammen. Ich bleibe in der Zimmerecke stehen und beobachte Pia, warte darauf, was sie als Nächstes tun wird. Sie blickt ein paar Minuten aus dem Fenster, sieht vielleicht Baron Skaal nach, dann sagt sie fast liebenswürdig: »Julia. Zeig dich.«

Lauf weg, sage ich mir. *Geh nach Hause, dummes Ding. Zu riskant.* Aber eine gefährliche Mischung aus Neugier, Angst und Sehnsucht zieht an mir, überwiegt alle Vernunft und gesunden Menschenverstand. Ich trete zurück in die Welt und Pias Gesicht wird deutlich sichtbar.

39

»Du hast dir die Haare abgeschnitten«, sagt Pia, während sie mich mustert. Zurück in der Welt, näher bei ihr, kratzt ihre Stimmlage, die klingt wie zersplittertes Eis, an meinem Trommelfell.

»Sie waren mir im Weg.«

»Hast du Baron Skaal verfolgt?«

»Ja.« Es hat keinen Zweck zu lügen – sie weiß Bescheid.

»Dann ist Frau Och auch wegen der Prinzessin hier. Das sollte mich eigentlich nicht überraschen. Was hältst du von ihm? Beeindruckender Geruchssinn!« Sie lacht. Es ist kein angenehmes Geräusch. »Ich bin froh, dass du gekommen bist, Julia, auch wenn du nur hergeführt wurdest. Es war nicht nett von dir, einfach wegzulaufen, als ich dich vor Si Tan gerettet habe. Ich habe darüber nachgedacht, wie ich dich aus der Reserve locken kann, und keine der Ideen, die mir kamen, war sehr angenehm. Aber ich muss mit dir reden. Es geht nicht um den Jungen.«

»Also gut. Hier bin ich. Worum geht es?«

»Ich habe den Auftrag, dir zu sagen, dass Casimirs Stellenangebot weiterhin steht. Solltest du irgendwann enttäuscht von deiner

Frau Och sein – oder solltest du zu dem Schluss kommen, dass du mehr Gold und Freiheit möchtest, als sie dir bieten kann –, nun, in diesem Fall weißt du ja, wo du mich finden kannst. Ich habe den Vertrag für dich dabei.«

»Ich hatte gedacht, es wäre inzwischen deutlich geworden, was ich von Casimir und seinem Angebot halte.«

Pia grinst wölfisch. »Ich habe ihm gesagt, dass du so reagieren würdest. Aber warum hast du dich dann von Frau Och einspannen lassen?«

»Wenn Sie den Unterschied zwischen Frau Och und Casimir nicht erkennen, sind wir uns wirklich überhaupt nicht ähnlich«, sage ich und bereue es sofort.

»Du machst dir etwas vor, wenn du glaubst, der Unterschied zwischen deiner Herrin und meinem Herrn sei so groß«, sagt sie. »Und du bist eine Närrin, wenn du denkst, dass es für unsereins eine Rolle spielt, wie der Konflikt zwischen ihnen ausgeht. Ich bin Casimirs Werkzeug, so wie du Frau Ochs bist. Wir sind uns *sehr* ähnlich.«

»Ich bin nicht ihr Werkzeug.«

»Was bist du dann?«

»Ich bin einfach … ich.« Als würde das irgendetwas aussagen. Und außerdem bin ich das ja vielleicht gar nicht.

»Ich soll dich fragen, was du willst. Casimir ist bereit, dir alles zu geben, was du verlangst.«

»Sicherheit für Theo«, sage ich augenblicklich, ohne ernsthaft darüber nachzudenken, was ich tun würde, wenn sie einwilligt.

»Außer das. Aber sonst alles. Alles, was du willst.«

»Nein.«

Pia legt den Kopf schräg, ihre Brille fährt aus und ein.

»Du kämpfst so hart für diesen Jungen, opferst so viel. Aber was bedeutet er dir eigentlich?«

Ich schüttele den Kopf. Pia kann man Liebe nicht erklären.

»Und wenn ich ihn finde? Dann wirst du wahrscheinlich weinen und anschließend dein Leben weiterführen. Oder wirst du auf Rache brennen? Wirst du mich verfolgen?«

»Sie werden ihn nicht finden. Aber wenn, würde ich Sie verfolgen, ja.«

Ein lebhaftes Bild von Haizea und ihrem Wirbelsturm steigt vor meinem inneren Auge auf: ihre blutigen Augen, die Faust, die den Wirbelsturm umklammert.

»Dann werden wir uns sicher wieder begegnen«, sagt sie. »Selbst wenn die Angelegenheit mit dem Jungen beendet ist, egal wie sie ausgeht, wird Casimir nicht von dir ablassen. Er ist erpicht darauf, deine Macht zu verstehen und zu nutzen.«

Mein Herz wird eiskalt. »Casimirs Vertrag – das ist kein einfaches Stück Papier, oder?«

Sie grinst, aber in ihrem Blick liegt keine Freude oder auch nur Humor.

»Kann ich ihn sehen?«, frage ich.

Pia zieht ihren Lederhandschuh aus und ich gehe zu ihr ans Fenster. Sie zeigt mir die Innenseite ihres Handgelenks und ich sehe den silbrigen Keil, der, wie ich weiß, glühend heiß ist, zwischen Falten glänzenden Narbengewebes. Mir dreht sich der Magen um.

»Wie funktioniert er?«

»Es ist ein lebender Vertrag. Die sicherste Art, ihn einzusetzen, ist, ihn am Handgelenk einzuführen – eine kleinere Operation – und ihm ein paar Tage Zeit zu geben, zum Gehirn zu wachsen.

Auf diese Art ist die Gefahr, dabei ums Leben zu kommen, geringer. Man kann ihn auch durchs Ohr einführen, was schneller geht, aber deutlich riskanter ist – es führt in etwa der Hälfte der Fälle zum Tod. Sobald der Vertrag das Gehirn erreicht, ist dein Wille untrennbar mit Casimirs verbunden. Ich könnte gar nicht ungehorsam sein, selbst wenn ich wollte.«

»Das haben Sie also Cinzai ins Ohr gesteckt.« Ich muss an die schreiende, um sich schlagende Hexe denken und an das Ding, das in ihr Ohr gekrabbelt ist. »Deshalb hat Si Tan sie getötet.«

»Nach wenigen Minuten hätte sie entweder Casimir gehört oder wäre tot gewesen«, sagt Pia. »In ihrem Fall war es den Versuch wert, der Verlust war nicht schlimm. Aber dich will Casimir möglichst unversehrt.«

»Tut es weh?«

»Nicht mehr.«

»Und warum haben Sie das zugelassen?«

Ihr Gesicht ist ganz weiß, ihre Lippen sind zu einem schmalen Strich zusammengepresst und die Brille verhüllt jeglichen Blick, den ich vielleicht hätte deuten können, wenn sie Augen hätte.

»Ich war gebrochen.« Plötzlich hat ihre Stimme nicht mehr diesen hohen schrillen Tonfall an sich. »Er hat gesagt, er könne mich wieder zusammensetzen. Mich ganz machen. Oh, und es gab auch Gold, viel Gold. Was für einen Unterschied machte es schon? Jede Dienstbarkeit sah gleich aus und diese hier bot mir mehr Geld.«

»Und? Hat er Sie wieder ganz gemacht?« Ich kann mir die Frage nicht verkneifen.

»Wenn man so gebrochen ist, wie ich es war, kann man nie wieder ganz werden.«

»Inwiefern gebrochen?«

Wir stehen nebeneinander am Fenster, die Köpfe zusammengesteckt, und sie antwortet mir, als wären wir Freundinnen, als hätten wir Vertrauen zueinander.

»Casimir hat mich körperlich zerstört und dann wieder zusammengesetzt, aber vorher … Hast du Baron Skaal von Frau de Laroche und dem Sidhar-Zirkel sprechen hören? Ich habe eine Zeit lang dazugehört und sie haben meinen Körper und Geist auf Tausende Arten gebrochen, aber ich bin auch schon gebrochen zu ihnen gekommen. Wann hat es angefangen?« Die Brille surrt – raus, rein. »Da war ein Mann, vor langer Zeit. Meine ersten Erinnerungen sind die an die Angst vor ihm.« Dann zuckt sie die Achseln. »Aber es gibt immer einen Mann, es gibt immer eine dunkle Ecke und es gibt immer Menschen, die wegschauen. Das ist keine ungewöhnliche Geschichte. Damals kam es mir so vor, als wäre ich bereits gebrochen, als wäre ich bereits gebrochen geboren worden, und als hätte meine Gebrochenheit ihn aus der Dunkelheit angelockt, mit seinen dicken Fingern und dem Gestank. Es ist alles so lange her und ich habe keine weiter zurückreichenden Erinnerungen, keine Erinnerung daran, ganz zu sein.«

Mir ist übel. Ich höre mich selbst sagen: »Es tut mir leid …«

Die Brille surrt heftig und Pia klappt den Mund auf. »Aber warum?«

Ich weiß nicht, was ich darauf antworten soll. Sie mustert mein Gesicht. Ich habe keine Ahnung, was sie dort sieht.

»Meine Mutter war Mitglied des Sidhar-Zirkels«, sage ich.

»Ja. Hat Casimir dir das nicht erzählt?«

»Mir was erzählt?«

»Bevor sie Ammi, deine Mutter, geschickt haben, um ihn in einen Felsen einzuschließen und im Meer zu versenken, wurde *ich* geschickt, ihn zu töten. Ich war die Mördermarionette des Zirkels, der kleine Kampfhund. Aber natürlich scheiterte ich. Er schlug mich in Stücke. Er zerschmetterte meine Knochen. Er stach mir die Augen aus. Er tat mir alles Mögliche an, aber trotzdem starb ich nicht, ich starb nicht. Casimir ist keiner, der einen schnell tötet. Er sieht gern, womit er es zu tun hat. Schmerz und Angst in ihrer extremsten Form enthüllen so viel. Er erkannte, dass ich ein zäher Hund war und keinen eigenen Willen hatte. Wie praktisch, wie wunderbar! Also tötete er mich nicht. Er reparierte mich, mehr oder weniger jedenfalls. So wie du mich hier siehst«, sie breitet die Hände aus, »bin ich das Werk seines Mechanikers. Sein Meisterwerk, sagt er. Er ließ mich wieder zusammensetzen, bot mir Gold an und setzte seinen Vertrag in mich ein. Ich beugte mich all dem. Zum Zirkel konnte ich nicht zurück, denn sie hatten klargemacht, was mir im Fall meines Scheiterns blühen würde.«

Ich möchte fragen, bringe es jedoch nicht über mich. Sie antwortet mir trotzdem.

»Ich kannte Ammi nicht. Ich hatte natürlich von ihr gehört. Aber sie bewegte sich in höheren Kreisen als ich.«

»Aber Sie sind keine Hexe«, sage ich.

»Nein – und daher war ich auch nie Teil des Zirkels. Nur sein Hund, wie gesagt.«

»Hatten Sie keine Familie?«

»Keine, die sich entsprechend verhalten hätte. Ich war eine Zeit lang eine Streunerin und das ist ein hartes Leben. Daher war ich froh über eine Leine. Es machte mir nichts aus, geschlagen zu werden, wenn das bedeutete, eine Feuerstelle zu haben, vor der ich mich zusammenrollen konnte. Die Hexen, die sich um mich kümmerten, waren grausam zu mir. Casimir hat mich zerstört, ja, aber sobald ich mich ihm unterworfen hatte, war er ein guter Herr. Viel Gold – nicht, dass mir Gold so wichtig wäre, aber ich weiß ein bequemes Bett und ein gutes Essen zu schätzen. Und nicht nur Gold – er bot mir Aufrichtigkeit und damit war er der Erste. Casimir gibt nicht vor, jemand anders zu sein, und er gibt auch nicht vor, dass *ich* jemand anders bin. Und das hat viel für sich. Ich glaube, das ist mehr, als du von deiner Frau Och erwarten kannst.«

Mein Mund ist ganz trocken. »Was meinen Sie damit?«

»Ich meine, dass du ihr Hund bist«, sagt sie. »Aber keine von euch nennt es beim Namen.«

»Ich bin nicht ihr Hund und sie wäre eine Närrin, wenn sie mich dafür hielte.«

»Du bist so jung, es würde mir das Herz brechen, wenn da noch etwas wäre, was brechen könnte. Du verstehst nicht, was los ist. Du glaubst, es geht um einen kleinen Jungen. Es geht nicht um den kleinen Jungen. Es geht um Macht. Die Welt ist schrecklich, das war sie schon immer, und das Streben, Suchen und Leiden machtloser Sterblicher ist verlorene Liebesmüh. Ich tue, was man mir sagt, das ist alles. Casimir hätte mir seinen Vertrag gar nicht einsetzen müssen. Ich würde trotzdem ihm gehören. Verstehst du, was ich meine?«

»Nein! Ich verstehe wirklich nicht, wovon Sie da reden. Warum sagen Sie es mir nicht geradeheraus?«

»Ich versuche es dir ja zu erklären.« Sie klingt ganz aufgeregt. »Wenn ich mich dir nicht verständlich machen kann, wird bald der Augenblick kommen, in dem ich dich verletzen oder töten muss. Das wünsche ich mir nicht, aber ich werde es tun.«

»Ich gehe«, sage ich und weiche vor ihr zurück.

»Warte! Bitte warte.« Sie hebt flehend eine Hand. »Lass mich dir etwas erklären, was du unbedingt verstehen solltest. Die Starken glauben, sie könnten nicht gebrochen werden. Das habe ich schon unzählige Male gesehen – das unbegründete Vertrauen in diese Tatsache. Die Wahrheit ist, dass jeder gebrochen werden kann. Wirklich jeder. Jeder Mensch, der wahren Schmerz erfahren hat, weiß, dass das die Wahrheit ist. Ich kann dich in einen Zustand versetzen, Julia, in dem es dich nicht länger kümmert, was aus dem Jungen wird oder aus sonst irgendetwas oder irgendjemandem. Einen Zustand, in dem dich nur noch kümmert, dass der Schmerz aufhört. Es gibt sogar noch einen weiteren Zustand darüber hinaus, in dem du mich als die Göttin anbeten würdest, die dir Schmerz bringt – oder ihn dir nehmen kann. Es ist eine unangenehme und sehr zeitaufwendige Angelegenheit, aber ich habe es schon getan und werde es, wenn nötig, wieder tun. Ich wollte erst mit dir sprechen, dir von meinem eigenen Leben, meiner eigenen Geschichte erzählen, weil ich hoffe, dass du nicht durchmachen musst, was ich durchgemacht habe, und nicht das wirst, was ich geworden bin.«

»Sie bekommen mich nicht zu fassen«, sage ich. »Das wissen Sie.« Aber meine Stimme zittert leicht. Ich spüre die Leere hinter mir, bin bereit hineinzustürzen, aus der Welt zu springen, weg von ihrer surrenden Brille, ihrem kreidebleichen Gesicht.

Sie geht zum Nachttisch neben dem Bett. Aus der Schublade holt sie die Bänder, mit denen Si Tans Hexe mich gefesselt hatte.

»Du bist nicht unverwundbar«, sagt sie. »Ich habe dich vollkommen hilflos gesehen, an die Welt gebunden durch die Magie von Si Tans armem beschränktem Geschöpf – und Casimir hat eine viel mächtigere Hexe in seinen Diensten. Denk darüber nach, Julia. Es wäre mir lieber, wir fänden einen anderen Weg, dich auf Casimirs Seite zu ziehen.«

Eine Welle der Panik erfasst mich. Unbedacht greife ich blindlings nach dem Messer in meinem Stiefel. Pia bewegt sich schneller, als ich denken kann. Etwas trifft mich am Kinn – ihr Fuß vielleicht – und ich krieche überrumpelt über den Boden. Dann: das Geräusch zersplitternden Glases, der Knall von etwas, was auf dem Boden landet, eine Gestalt, die auf mich zugerannt kommt, und eine weiße Stichflamme mitten im Zimmer, die hoch zur Decke auflodert. Pia knurrt und hebt einen Arm, um ihre Brille vor dem blendenden Licht zu schützen. Ich sehe Jun zuerst, direkt neben mir, die Pistole gezückt. Pia wirbelt auf uns zu, das Messer in der Hand. Er feuert die Pistole ab, aber Pia bewegt sich immer noch. Ich packe ihn, als ihr Messer auf ihn zuschießt, und in meiner Angst ziehe ich ihn direkt durch den unsichtbaren Raum, immer weiter hindurch auf die andere Seite, zu der grauen Straße mit der herumwirbelnden Asche und der brennenden Luft.

40

Die Straße flimmert. Ein Mann kommt auf uns zu. Nein, kein Mann – nur der Zylinder, den er trägt, bringt mich auf diesen Gedanken, aber er ist durchsichtig, ich kann die Straße hinter ihm sehen, direkt durch das starre Grinsen in seinem Totenschädel hindurch. Ein Mädchen schleicht sich von hinten an ihn an, greift geschickt in seine Tasche und holt eine Schlange heraus. Es sieht zu uns herüber und zwinkert uns zu. Ich höre ein entsetzliches Geräusch aus meiner Kehle, denn das bin *ich* als kleines Mädchen, aber mit blutunterlaufenen schwarzen Augen und kreidebleichem Gesicht. Nein – etwas verändert sich und jetzt ist es die kleine Pia mit einer Brille anstelle der Augen. Mein eigener Schrei erschreckt mich – es ist kein menschliches Geräusch. Jun kämpft gegen mich an. Meine klauenartigen Hände umklammern seine Schultern und halten ihn fest.

Ich höre Hufgetrappel. Oder vielleicht ist es auch nur mein Herzschlag. Die Straße wirbelt unter uns davon, ich renne mit ihm auf dem Arm – hier bin ich so viel stärker als er und er scheint so gut wie nichts zu wiegen – und dann stehen wir vor der kleinen

Wohnung über der Wäscherei im Erdgeschoss, in der ich aufgewachsen bin. Ich bin nach Hause gerannt. Auf der Türschwelle lauert die gehörnte Gestalt mit dem Fuchsgesicht, die ich schon mal gesehen habe. Sie hält ein gebogenes Messer in der fleckigen, halb verwesten Menschenhand, ein Messer mit einer gezackten, seltsam glitzernden Schneide. Die Zähne hat sie zu einem steifen Knurren gefletscht. »*Lidari.*«

»Wer bist du?«, rufe ich mit dieser Stimme, die nicht die meine ist.

Auf der Straße sind jetzt noch mehr von ihnen. Ein Krokodilkopf auf einem hoch aufgeschossenen verfaulten Löwenkörper, durch dessen zerfetztes Fleisch die Rippen zu sehen sind, schnappt nach mir. Ein affenähnliches Ding mit einem ausgehungerten Panthergesicht springt auf uns zu. Wieder einer sieht aus wie ein Mensch, aber ein *toter*, in dessen Augenhöhlen sich die leuchtend gelben Augen eines anderen Wesens drehen. Sie kommen immer näher, in den Händen lange schmale Stangen mit Haken an den Enden. Alles erscheint wie in einer entsetzlichen Zeitlupe. Das Messer des Fuchsgesichts schwingt auf mich zu. Ich weiche aus, bin aber nicht schnell genug. Die Klinge trifft mich am Arm, aber erst mal spüre ich nichts als Hitze an der Stelle, wo sie mich berührt. Meine Beine geben unter mir nach und ich gehe zu Boden. Jun ruft etwas, die Pistole geht los, die Horde der zusammengestückelten Bestien schreit triumphierend. Die Klinge hebt sich erneut, hinauf in den brennenden Himmel. Ich habe den Blick fest darauf gerichtet. Sie fährt herab. Ich packe Jun und ziehe mich mit meiner ganzen Kraft zurück, direkt durch die Straße hindurch. Ich höre etwas wie Wasserrauschen, ein langes qualvolles Zischen: *Lidaariiii.* Wir schweben über Pias Zimmer, zersplittertes Glas überall auf dem Boden, Pia kauert mit dem Messer in der Hand da und lauscht auf uns. Aus dem Flur sind Schreie zu hören.

Ich ziele auf das Fenster und versuche die Straße darunter in den Blick zu bekommen. Schließlich landen wir auf dem Dach gegenüber, werden unsanft zurück in unsere Körper und die Welt geschleudert. Die Sonne steht niedrig und es ist kaum jemand unterwegs. Ich kann Pia immer noch durch ihr kaputtes Fenster sehen.

Ein Klicken. Jun hat mir die Mündung seiner Pistole an den Kopf gedrückt, spricht zwischen zusammengepressten Zähnen hindurch.

»Was. Du. Bist?«

Ich schlucke. Meine Kehle fühlt sich von der entsetzlich heißen Luft an jenem Ort staubtrocken an. Ich schnappe nach einem Hauch von Tianshis warmer, nach Honig duftender Frühlingsluft.

»Es tut mir leid«, bringe ich hervor.

Er rutscht die andere Seite des Daches hinunter und landet auf der Straße dahinter. Ich folge ihm. Er weicht zurück, die Pistole auf mich gerichtet, sein Gesicht angespannt und blass.

»Du sein Monster«, sagt er mit zitternder Stimme.

»Das wollte ich nicht.« Ich kann mich kaum auf den Beinen halten. »Jun, bitte. Als wir dort waren … wie habe ich ausgesehen?«

»Wie *Monster!*«, schreit er mir dieses letzte Wort entgegen und fuchtelt schwer atmend mit der Pistole.

Ich lege einen Finger auf die Lippen. Pia ist nur eine Straße entfernt und hält vielleicht nach uns Ausschau.

»Hör auf, mit dem Ding auf mich zu zielen«, sage ich und versuche vernünftig und halbwegs ruhig zu klingen. »Wir müssen hier weg.«

»Bleib zurück oder ich schießen.« Die Pistole zittert in seiner Hand.

»Bitte nimm das Ding runter«, sage ich. »Sie hätte dich umgebracht. Ich habe versucht uns zu retten und ich … ich wollte da nicht hin. Ich bin selber zu Tode erschrocken. Es tut mir leid.«

»Wohin? Was ist das Ort?«

»Ich weiß es nicht«, sage ich, weil ich es ihm nicht sagen *kann*, nicht, wenn er mich so ansieht, schon jetzt vollkommen verängstigt. Wenn ich *Kahge* sage, wird ihn das nicht gerade beruhigen. Ich habe Angst, dass er mir nur aus Nervosität eine Kugel durch den Kopf jagt.

»Bitte«, sage ich und breche ab. Ich weiß nicht, was ich sagen soll. »Hör zu, *du* bist mir gefolgt.«

Aber dann wird mir bewusst, dass das nicht sein kann. Er muss Baron Skaal gefolgt sein.

»Bleib zurück.« Er geht rückwärts die Gasse entlang. Dann huscht er um eine Ecke und ist weg. Mein Arm pocht dumpf und erst da stelle ich fest, dass ich in einer Pfütze aus meinem eigenen Blut stehe. Meine Knie geben unter mir nach.

*

Später fühlt es sich an wie ein Traum. Ich kann nicht mit Bestimmtheit sagen, dass irgendetwas davon wirklich passiert ist, aber andererseits fällt mir auch keine andere Möglichkeit ein, wie ich nach Hause gekommen bin. Ich lag dort blutend auf der

Straße, ihre Stiefel neben mir, und wenn ich sie nicht besser kennen würde, hätte ich gesagt, ihre Stimme klang traurig.

»Heute wirst du noch nicht sterben, Julia.«

Ich liege in ihrem Bett, während sie mir den Arm verbindet. Ihr Gesicht ist über mich gebeugt, füllt mein gesamtes Sichtfeld aus. Diese schreckliche Brille.

»Wenn du mir sagen würdest, wo du wohnst, könnte ich dich nach Hause bringen.« Ein schrilles Lachen. »Hier, das wird dich stärken. Denk über das nach, was ich dir gesagt habe, und komm morgen wieder, sonst werde ich dich ausfindig machen müssen. Noch *eine* Chance. Ich will, dass du deine Wahl triffst. Diese Möglichkeit will ich dir geben.«

Ihre Finger in meinem Mund, eine bittere Pille, die sich auf meiner Zunge auflöst. Dann ist alles scharf und klar. Ich renne, die Abendluft um mich herum kühlt ab, mein Herz klopft vor etwas, das sich anfühlt wie Freude. Ich könnte ewig so weiterrennen. Blut rauscht und pulsiert in meinem Arm, der Verband ist sofort durchnässt, aber ich verspüre keinen Schmerz. Ich spüre überhaupt nichts, abgesehen von der Geschwindigkeit meiner Gliedmaßen. Es ist fast wie Fliegen, weil ich kaum merke, wie meine Füße den Boden berühren. Der Wind dröhnt mir in den Ohren – oder vielleicht ist das Dröhnen auch in meinem Kopf, ich weiß es nicht. Als ich Nanmu erreiche, verschwinde ich wie üblich, und etwas zerrt fest an meinem Arm. Blut strömt hinaus in die Luft, strömt direkt hinaus und hinweg aus der Welt.

Ich setze über die Hofmauer und alles wird plötzlich gestochen scharf, die harten Kanten und Flächen der Welt, Fredericks Stimme, die in meinem Schädel hämmert: »Was ist passiert? Ist alles in Ordnung?« Ich liege auf der Erde, wie bin ich auf der Erde gelandet? Ich habe das Gefühl, als würde mir jeden Moment das Herz aus der Brust springen. Alle stehen in einer dichten Traube um mich herum und ich höre Prinzessin Zara sagen: »Geben Sie ihr Raum.« Und Esme: »Ihr Arm – sie ist verletzt.«

Bianka hebt mich hoch. Wir sind im Haus, die Decke dreht sich über mir, der Boden gibt unter mir nach. Sie hält mich und sagt: »Es ist alles gut, alles wird gut.«

»Das muss ich sofort säubern und nähen«, sagt Esme.

Etwas Nasses und Brennendes an meinem Arm. Ich stoße einen erstickten Schrei aus. Es klingt wie Hundegebell und ich höre, wie mein Lachen hoch und wild im Zimmer erschallt, sehe Fredericks besorgtes Gesicht über Biankas Schulter, spüre, wie Bianka mich festhält, und dann Esmes Nadel, die mir ein ums andere Mal in den Arm sticht.

41

Professor Baranyi hält mir eine kleine Phiole unter die Nase. Der Inhalt brennt mir in den Nasenlöchern, brennt meinen Verstand klar. Mit einem Ruck kommt Frau Ochs Zimmer um mich herum zur Ruhe, mein Herz schlägt wieder in normalem Tempo. Frau Och sitzt mit gefalteten Händen an ihrem Schreibtisch und ich sitze ihr gegenüber.

»Besser?« fragt der Professor und verkorkt die Phiole.

Ich nicke und betaste den Verband an meinem pochenden Arm. Ich bin erleichtert zu sehen, dass Frederick auch da ist. Wenn er hier ist, werden sie mir nichts tun. Aber dann frage ich mich, warum ich überhaupt denke, dass sie mir etwas tun könnten.

»Was ist passiert?«, fragt Frau Och.

»Könnte ich etwas Wasser haben?«

Ich versuche nur zum Teil Zeit zu gewinnen, mich daran zu erinnern, was geschehen ist und was ich ihr erzählen kann. Mein Mund ist staubtrocken. Frau Och nickt Frederick zu und er geht hinaus.

»Ich war in den Kaiserlichen Gärten, wie Sie gesagt haben«, erkläre ich, während mein Verstand sich durch den vergangenen Tag tastet.

»Hat Si Tan uns Baron Skaal gegenüber erwähnt?«

»Nein. Aber er hat damit gedroht, in Frayne einzumarschieren, wenn sie versuchen, die Prinzessin zu entführen, und bestimmt wird er jetzt denken, dass sie es tatsächlich getan haben.«

Frederick kommt mit einem Becher Wasser zurück, den ich dankbar austrinke. Frau Och wischt meine Bedenken beiseite. »Morgen sage ich ihm, dass ich es war. Sobald die Prinzessin die Stadt verlassen hat.«

»Sie haben gesagt, Frau de Laroche sei tot«, füge ich hinzu und muss daran denken, wie beiläufig Baron Skaal davon gesprochen hat, Si Tan ihren Kopf zu schicken. Die Anführerin des Sidhar-Zirkels. Sie hat bestimmt meine Mutter gekannt.

»Frau de Laroche?«, ruft Professor Baranyi. »Das ist allerdings ein Rückschlag, wenn wir auf eine Revolution hoffen.«

»Vielleicht auch nicht«, sagt Frau Och. »Fahr fort, Julia. Wie bist du verletzt worden?«

»Na ja, das Treffen lief nicht besonders gut und dann machte sich Baron Skaal auf den Weg in die Stadt, also bin ich ihm gefolgt, bis zum *Hotel zu den hundert Laternen*. Er wollte mit Pia sprechen.«

Hier wird es jetzt schwieriger, alles zu erklären, aber ich berichte ihr so viel von dem Gespräch, wie ich kann, und davon, dass Baron Skaal offenbar in der Lage war, mich zu riechen, was sie aus irgendeinem Grund zum Kichern bringt. Aus meiner Sicht war es nicht besonders lustig. Frau Ochs Miene bleibt unbewegt, als ich ihr von Pias Angebot und ihren Drohungen erzähle, davon, wie sie gesagt hat, dass Casimir mir alles geben würde, was ich wollte, und wie Jun durchs Fenster gestürzt kam. Wenn er Baron Skaal gefolgt ist und ihn durchs Fenster beobachtet hat, kann ich mir nur denken, wie überrascht er gewesen sein muss, als er plötzlich *mich* bei Pia im Zimmer gesehen hat. Aber er ließ seine Deckung auffliegen, um mir zu helfen. Und was muss er jetzt von mir denken? Ich sehe sein Gesicht vor mir, höre, was er mir in der Gasse entgegengeschrien hat. *Monster.* Mein Magen zieht sich gequält zusammen. Pias Bemerkungen über Frau Och behalte ich für mich: *Du bist ihr Hund, aber keine von euch nennt es beim Namen.*

»Hat Pia dich am Arm verletzt?«, fragt Professor Baranyi, als ich geendet habe.

»Nein.«

Jetzt kommt der schwierige Teil. Ich starre die Hände in meinem Schoß an – meine *normalen* Hände – und erzähle ihnen, was anschließend geschehen ist: Kahge, das Albtraumhafte daran, mein Zuhause und meine Kindheit auf entsetzliche Weise verzerrt, diese abstoßenden Wesen, die glänzende Klinge, die mir in den Arm geschnitten hat.

Ich blicke zu Frau Och auf. Frederick hat es ihr bereits erzählt, es hat keinen Zweck, es zu verbergen, also sage ich: »Wenn diese Wesen in Kahge mich rufen … glaube ich, sie nennen *mich* Lidari. Warum?«

Professor Baranyi wirft Frau Och einen nervösen Blick zu, aber sie hält die Augen unbewegt auf mich gerichtet, ohne etwas zu enthüllen.

»Lidari war Marikes Verbündeter«, sagt sie. »Ich bin ihm natürlich nie begegnet. Marike war die erste Herrscherin, die die

Xianren herausforderte. Sie war es, die uns unsere erste wahre Niederlage beigebracht hat. Casimir behauptete, Lidari getötet zu haben … ach, vor tausend oder mehr Jahren. Warum die Wesen in Kahge *dich* Lidari nennen, kann ich mir nicht erklären.« Plötzlich lacht sie – ein seltsames, humorloses Geräusch. Ich habe sie noch nie lachen hören. »Bist du dir deiner Abstammung sicher, Julia?«

Bei diesen Worten wird mein Herz ganz kalt und schwer. Nun, ich habe gefragt, und jetzt bekomme ich vielleicht die Antwort, die ich mehr als alles andere fürchte, der leise Gedanke, der wie ein grinsender Kobold in meinem Hinterkopf hockt und höhnt: *Du bist nicht die, für die du dich hältst.*

»Was meinen Sie damit?« Meine Stimme zittert und ich hasse mich dafür.

»Nur dass deine Mutter als Hexe vielleicht selbst nach einer Verbindung zu Kahge gesucht haben könnte«, sagt Frau Och. »Die Tatsache, dass sie Casimir unschädlich machen konnte – da musste sie überaus mächtige Magie zur Verfügung haben. Und kurz darauf wurdest du geboren. Könnte deine Geburt das Ergebnis irgendeines Abkommens mit den Halbwesen von Kahge sein?

Sie ist fast schon selbst darauf gekommen, ohne von der Erinnerung oder Vision zu wissen, die ich von meiner Mutter mit dem Ankh-nu hatte. Wie beiläufig sie meine tief im Innersten verborgene Angst befeuert, dass ich möglicherweise nicht von dieser Welt bin, überhaupt nicht menschlich, nicht *ich selbst.* Ich fange an zu zittern. *Nein, nein, ich bin Julia, ich war schon immer Julia, das ist ein Fehler, sie irren sich alle.* Frederick tritt schnell neben mich und legt mir die Hände auf die Schultern.

»Ich sehe aus wie meine Mutter«, flüstere ich. »Ich sehe aus wie *Dek.*«

»Oh ja, natürlich«, sagt Frau Och und betrachtet mich prüfend. »Ich wollte dich nicht beunruhigen.« Sie lächelt ein eigenartiges falsches Lächeln. »Julia, ich möchte, dass du für mich arbeitest.«

»Ich arbeite doch für Sie«, sage ich.

»Du arbeitest im Moment wegen Theo für mich. Aber bald werde ich nach Frayne zurückkehren. Vielleicht wird es eine Revolution geben, und wenn nicht, wird es weiterhin Hexen geben, die außer Landes geschafft oder beschützt werden müssen. Du wärst eine große Bereicherung für meine Arbeit und du würdest gut bezahlt. Es ist natürlich eine gefährliche Aufgabe, aber sie ist wichtig, und ich wäre froh, wenn du mit mir, dem Professor und Frederick zusammenarbeiten würdest. Ich würde dir auch dabei helfen, das Rätsel deiner ungewöhnlichen Gabe zu lüften. Es könnte uns allen helfen zu verstehen, warum du Kahge betreten kannst.«

Frederick lässt meine Schultern los, als wäre ihm gerade erst bewusst geworden, wie fest er mich gehalten hat.

Einen Augenblick bin ich sprachlos. Ist es so einfach? Kann ich mich Frau Ochs innerem Kreis anschließen und dabei helfen, Agoston Horthy zu vernichten und Frauen wie meine Mutter zu retten? Ist das nicht die Erfüllung eines Traums – meine Fähigkeiten und Stärken nicht für Diebstahl und Erpressung einzusetzen, sondern dafür, jenen zu helfen, die Hilfe benötigen, und das Unrecht zu beheben, das mein eigenes Leben geprägt hat? Es ist auf jeden Fall deutlich besser, als für einen Hungerlohn Böden zu schrubben. Es klingt wie die Antwort auf all meine Unsicherheiten und Ängste hinsichtlich der Zukunft, und dann würde

Frau Och – sicher die Einzige, die dazu in der Lage ist – mir helfen, herauszufinden, warum ich verschwinden kann.

Aber trotzdem behagt mir der Gedanke, für Frau Och zu arbeiten, nicht sonderlich. Pia hat mir ihr Gift ins Ohr geträufelt.

Und Dek will nicht zurück.

Ich lecke mir über die Lippen und sage: »Danke«, denn was soll ich sonst sagen? Und was weiß Pia schon über Frau Och oder mich?

»Gut«, sagt sie. »Heute Nacht wird ein Teil unserer Gruppe die Prinzessin aus der Stadt bringen. Sie werden zwei Tage lang auf einem Bauernhof eine halbe Tagesreise von hier entfernt darauf warten, dass wir Übrigen zu ihnen stoßen. Ich werde mich morgen früh mit Si Tan treffen und hoffe, wir können uns bezüglich Ko Dan einigen. Wenn nicht – nun, dann fürchte ich, wir können nicht viel länger in der Stadt bleiben.«

Ich blicke erneut auf meine Hände, meine dreckigen Fingernägel – oder ist das Blut? Sie zittern leicht und ich balle sie zu Fäusten, um sie ruhig zu halten.

»Vielleicht sollte sich Julia ein wenig ausruhen«, sagt Frederick sanft.

»In der Tat«, stimmt Frau Och zu. »Aber Julia, nächstes Mal musst du mir Bescheid sagen, bevor du etwas so Leichtsinniges tust, wie Pia aufzusuchen. Ich kann dieses Schiff nur durch den Sturm steuern, wenn alle Mitglieder meiner Mannschaft auf ihren Posten bleiben.«

»Ich hatte ja gar nicht vor, sie aufzusuchen.«

»Wie geht es deinem Arm?«, fragt sie.

»Er tut weh, aber ich nehme an, er wird schon wieder. Esme weiß, wie man jemanden zusammenflickt.«

»Stimmt, deine Esme ist ziemlich beeindruckend«, sagt Frau Och. »Morgen setzen wir unser Gespräch fort.«

Frederick und ich verlassen das Zimmer. Er sieht aus, als wollte er etwas sagen, aber sobald wir durch die Tür getreten sind, schießt Theo auf mich zu. Ich mache einen Schritt zur Seite, um meinen verletzten Arm zu schützen, und am Tisch breitet sich Schweigen aus. Durch die offene Haustür dringt die kühle Abendluft herein, in den Bäumen vor dem Hof kreischen die Zikaden.

»Komm«, durchbricht Esme das Schweigen und zieht einen Stuhl für mich heran. »Iss was.«

Ich setze mich auf den Stuhl, den sie mir anbietet, Prinzessin Zara gegenüber, und alle mustern mich aufmerksam mit im Kerzenschein gelblichen Gesichtern. Zwischen den tropfenden Kerzen stehen überall verstreute Teller – Stücke marmorierten Rindfleischs, schwarze Pilze, Schüsseln mit dampfendem Reis, rot geschmorter Ente, Feigen, Kakis und Bambussprossen. Ich bin viel zu müde, um hungrig zu sein, lasse mir aber trotzdem von Csilla den Teller füllen.

»Ich hoffe, du bist nicht meinetwegen verletzt worden«, sagt die Prinzessin.

Natürlich – ich bin tobend, blutend und mich insgesamt wie eine Wahnsinnige aufführend hier aufgetaucht. Zweifellos wollen sie den Grund dafür erfahren. Also liefere ich ihnen eine ziemlich abgeänderte, verkürzte Version dessen, was ich gerade Frau Och erzählt habe, wobei ich Kahge auslasse und meine Verletzung auf Pia schiebe. Frederick korrigiert mich nicht und sieht mich auch nicht an, er setzt sich ans andere Ende des Tisches und füllt sich selbst einen Teller.

»Es bekümmert mich, von Frau de Laroches Ableben zu hören«, sagt Prinzessin Zara. »Ich bin ihr zu großem Dank verpflichtet.«

Sie sieht nicht sonderlich bekümmert aus, aber schließlich stürzt gerade eine Menge auf sie ein.

Theo dreht eine Runde um den Tisch, klettert jedem auf den Schoß und isst allen die Bambussprossen weg, wobei wir nervös jede seiner Gesten beäugen, falls er zu zeichnen anfangen sollte. Bald kommt das Gespräch wieder in Gang. Gregor, Esme, Csilla, der Professor und Prinzessin Zara brechen heute Nacht auf und werden durch einen Schmugglertunnel, der sie auf die andere Seite der Mauer führt, die Stadt verlassen. Der Tunnel gehört nicht zum normalen Tunnelnetzwerk – das ja sowieso geflutet wurde –, und wenn ich es richtig verstanden habe, hat seine Nutzung Frau Och eine ordentliche Stange Geld gekostet. Sie werden zwei Tage auf dem Bauernhof warten, auf dem wir bereits bei unserer Hinreise untergekommen sind, und dann ohne uns nach Frayne weiterreisen, falls wir bis dahin nicht zu ihnen gestoßen sein sollten. Jetzt besprechen sie eine alternative Strecke, um das Kastahorgebirge zu umgehen. Sie wollen sich auf einem Güterzug verstecken, der sie zur südlichen Grenze bringen soll, und dann das Königreich Xanuha bis zu den Parnesischen Staaten durchqueren.

»Auf der Herreise haben wir diese Route nicht genommen, weil wir davon ausgegangen sind, dass die Xanuha-Krieger ihr Territorium gnadenlos verteidigen, und auch das ist eine bergige Gegend«, sagt der Professor.

»Aber nichts im Vergleich zum Kastahorgebirge«, entgegnet die Prinzessin. »Ich habe Verbindungen zu diesem Königreich. Als ich noch jünger war, habe ich einige Monate dort verbracht.

Ich bin überzeugt, dass uns die Königin von Xanuha sicheres Geleit gewähren und uns Führer zur Verfügung stellen wird. Ich staune, dass Sie die Reise durch das Kastahorgebirge überlebt haben.«

»Mit Mühe«, sagt Esme. »Ich würde fast jede Route dem Weg durchs Gebirge vorziehen.«

»Ich wäre am ehesten für eine Schiffsreise«, sagt Csilla.

»Nein«, erwidert die Prinzessin. »Nur wenn wir ein ausgesprochen schwer bewaffnetes Schiff finden. Die Piraten vor der Küste beherrschen hier die Meere und etwa die Hälfte von ihnen steht in Casimirs Diensten.«

»Woher wussten Sie, dass Sie mir trauen können?«, unterbreche ich sie.

Alle verstummen und starren mich wieder an.

»Ich habe ein Gespür für solche Dinge«, sagt die Prinzessin mit einem ungezwungenen Lächeln.

»Was für ein Gespür?«

Sie faltet plötzlich energisch ihre Serviette zusammen und sagt: »Es ist eine kleine Gabe verglichen mit deiner. Aber ich kann die Absichten und Gefühle aller Menschen in meiner Nähe spüren. Ich erkenne, ob sie mir wohlgesonnen sind oder nicht, ob sie gelassen sind oder ängstlich, ob sie mich belügen oder die Wahrheit sagen. Diese Dinge liegen so deutlich vor mir wie die Augenfarbe eines Menschen.«

»Bei allen Sternen«, sagt Csilla. »Das ist bestimmt nützlich.«

»Es hat schon oft für meine Sicherheit gesorgt«, räumt die Prinzessin ein. »Hier im Raum spüre ich eine Fülle an gutem Willen und edlen Absichten. Ich bin dankbar, solche Freunde zu haben.«

»Wollen Sie eigentlich Königin werden?«, platze ich heraus. Es ist vielleicht eine dumme Frage, aber Prinzessin Zara ist nicht viel älter als ich und ihr ganzes Leben durch die Welt gereist, um sich vor Leuten zu verstecken, die ihr nach dem Leben trachten. Es würde mich nicht wundern, wenn sie sich einfach nach einem friedlichen ruhigen Leben sehnt, falls das möglich wäre. Danach, frei zu sein.

»Das ist keine Frage des Wollens«, entgegnet sie. »Obwohl ich in der Tat nie etwas anderes wollte. Meine Familie ist zu Unrecht hingerichtet worden. Mein Vater wurde von seinem eigenen Bruder ermordet und dieser Mann sitzt immer noch auf dem Thron und erlaubt dem Premierminister, Frayne mit seinem fanatischen Rachefeldzug gegen Magie, Folklore und die Traditionen unseres Volkes zu zerstören. Ich glaube an den Großen Namenlosen, aber ich glaube auch an die Geister und weiß, dass Magie ein Quell sowohl des Guten als auch des Bösen sein kann. Ich glaube, dass ich die Macht und die Möglichkeit habe, Frayne zum Besseren zu verändern und Neuporien in ein toleranteres Zeitalter zu führen. Ich glaube, dass dies mein Schicksal ist.«

Sie sagt das vollkommen ruhig. Nur bei dem Wort *ermordet* nimmt ihre Stimme einen scharfen Unterton an. Wir alle schweigen. In die Stille hinein verkündet das Läuten der Glocken von Shou-shu den Einbruch der Dunkelheit und dass die Stadttore geschlossen werden. Die Prinzessin steht auf, räumt das Geschirr ab und trägt es zum Spülen hinaus zur Pumpe. Theo, vollgestopft mit Bambussprossen, döst inzwischen auf Biankas Schoß. Bianka sieht Prinzessin Zara auf dem Weg mit dem Geschirr nach draußen mit selbstvergessenem Blick nach. Wie viele Prinzessinnen helfen nach dem Essen wohl beim Geschirrspülen? Ich glaube, ich selbst bin bereits ihrem Zauber verfallen, und stelle mir vor, wie Frayne sein könnte, wenn dieses seltsame Mädchen dort herrschen würde.

*

Während die anderen aufräumen und ihre letzten Habseligkeiten einpacken, gehe ich nach draußen, um frische Luft zu schnappen, und stoße auf Gregor, der auf der Treppe sitzt und raucht.

»Sie ist ganz schön beeindruckend, was?«, sagt er.

»Ja.«

Neben ihm steht ein Becher mit einer dunklen Flüssigkeit. Unerwartet steigt Wut in mir auf.

»Was ist das?«, frage ich und hebe den Becher hoch.

»Tee«, sagt er.

Ich werfe ihm einen bösen Blick zu und rieche an dem Getränk. Es ist wirklich Tee. Ich stelle den Becher zurück auf die Treppe und setze mich neben ihn. »Bei allen Sternen. Es tut mir leid, Gregor.«

Er winkt ab. »Du hast alles Recht, misstrauisch zu sein.«

»Es geht mich nichts an. Ich sollte nicht an deinem Tee schnüffeln.«

»Du denkst, ich schaffe es nicht«, sagt er ausdruckslos. Als ich nicht antworte, sieht er auf seine zitternden Finger hinab und nimmt einen tiefen Zug an seiner Zigarette. »Du hast mir oft gesagt, dass Menschen sich nicht ändern.«

»Stimmt, das habe ich.« Aber inzwischen steht für mich so viel auf dem Spiel, dass ich das jetzt anders sehe. Ich muss einfach glauben, dass wir unseren Weg, unser Wesen wählen oder verändern können, dass wir nicht wie Fliegen in Bernstein gefangen sind, gefesselt durch unser sinnloses oder schreckliches Schicksal.

Ich mustere sein Gesicht, in dem sich die Wut eines jüngeren Mannes spiegelt. Es ist die Art von Ärger, die man vermutlich braucht, um einen Tyrannen zu stürzen, um zu glauben, dass es möglich ist, eine Welt zu verändern, die von einer Dynastie zur nächsten so hartnäckig an ihrer Grausamkeit festhält.

»Ich weiß, du hast das schon erlebt«, sagt er. »Du hast mich scheitern sehen, genau wie deinen alten Herrn. Du hast es schon Hunderte Male gesehen.«

»Ja.«

»Diesmal ist es anders«, sagt er und drückt die Zigarette auf der Treppe aus.

Es stimmt, ich habe es wirklich schon Hunderte Male gesehen. Die Unfähigkeit eines Mannes, sich zu ändern und die Menschen, die ihn brauchen, stärker zu lieben als die Drogen, die ihn nähren – das ist etwas, was mir schon das Herz gebrochen hat, als ich noch keine Zähne hatte. Ich weiß nicht, warum es mir so schwerfällt, es auszusprechen, und ich weiß nicht, ob ich es wirklich ernst meine. Aber ich will es ernst meinen und daher sage ich: »Diesmal wirst du es schaffen, Gregor. Das glaube ich bestimmt.«

Sein Gesicht leuchtet auf wie die anbrechende Morgendämmerung und ich denke: Es war kein großes Opfer, ihm das zu geben.

»Es wird wirklich anders sein. *Ich* werde anders sein. Alles wird anders sein«, flüstert er.

»Ich weiß, Gregor, das weiß ich«, sage ich, wobei der letzte Teil meines Satzes nur noch ein Keuchen ist, weil er mich so fest umarmt. Ich lege ihm meinen unverletzten Arm um die breiten Schultern. Der Alkohol hatte Gregor jetzt schon so lange im Griff, dass ich glaube, ohne ihn findet sich Gregor gar nicht mehr in der Welt zurecht, aber bei allen Heiligen, diesmal will ich für ihn hoffen, und sei es nur ein kleines bisschen.

*

Der Abschied ist kurz und verhalten. Bo kommt auf einer Pferdekutsche mit einem hohlen Boden, in dem sich die Prinzessin und die anderen auf dem Weg zum Tunnel verstecken können, anschließend werden sie zu Fuß weitergehen.

Ich höre, wie der Professor Frederick zumurmelt: »Sie werden sich doch um sie kümmern, nicht wahr?«

Frederick nickt. Ich bin überrascht, dass Frederick hierbleibt und Professor Baranyi abreist, aber niemand stellt Frau Ochs Entscheidung infrage. Wahrscheinlich ist sie nicht bereit, die Prinzessin meinen Leuten zu überlassen, ohne dass jemand von ihren Getreuen auch dabei ist. Gut möglich, dass sie Esme bewundert, aber die Kontrolle will sie ihr nicht überlassen.

Ich wünsche ihnen Glück, inzwischen schlafe ich fast im Stehen ein und die Angst schließt sich um mein Herz wie eine dunkle Faust. Csilla sagt mir noch mal, dass meine Haare wieder wachsen werden, und Esme drückt mir einen Kuss auf die Stirn. Bo hebt die Paneele in der Kutsche an und sie legen sich flach unter den doppelten Boden, woraufhin die Platten auf eine beunruhigend sargartige Weise wieder über ihnen zugeklappt werden. Ich habe das entsetzliche Gefühl, dass ich sie nie wiedersehen werde, aber ich verdränge den Gedanken, schiebe ihn weit weg. Bo ruckt an den Zügeln und sie fahren in die Nacht davon.

42

Wir sitzen am nächsten Morgen noch beim Frühstück, als Frau Och aus ihrem Zimmer tritt und sagt: »Ich gehe jetzt zu Si Tan. Bianka, ich brauche Kraft.«

Biankas Miene verfinstert sich. »Die brauche ich womöglich selbst. Ich habe einen Sohn, um den ich mich kümmern muss.«

»Teo«, sagt Theo bedächtig von Fredericks Schoß aus. Erneut denke ich, dass er bereits so viel versteht und wir aufpassen müssen, was wir sagen.

»Julia und Frederick können solange nach Theo sehen«, entgegnet Frau Och.

»Das meine ich nicht«, stößt Bianka zwischen zusammengebissenen Zähnen hervor.

»Nehmen Sie meine«, bietet Frederick an.

»Die genügt mir nicht«, sagt Frau Och. »Ich brauche Bianka.« Dann sieht sie mich an. »Oder vielleicht würde Julia es auch tun.«

»Nein«, sage ich.

»Sie ist verletzt«, erklärt Bianka. Daraufhin richtet Frau Och den Blick wieder auf sie, die ihm nicht standhalten kann.

»Dies ist unser letzter Versuch, Ko Dan zu finden«, sagt Frau Och. »Ihr habt gesehen, wozu Theo fähig sein wird. Wir müssen den Text aus ihm entfernen, nicht nur, um *ihn* zu schützen, sondern auch, um die Welt vor einem Kind mit solch entsetzlicher Macht zu schützen. Ich weiß nicht, was mich bei Si Tan erwartet. Ich brauche Kraft.«

Bianka flucht leise.

»Ich gehe mit Theo nach draußen«, sagt Frederick.

»Feigling«, murmelt Bianka, was nicht besonders nett ist, aber vermutlich liegt sie richtig damit, dass er nicht zusehen will. Dann schauen beide mich an, als erwarteten sie, dass ich ebenfalls gehe. Ich bleibe jedoch sitzen und fixiere Frau Och. Wenn sie sich nicht schämt, soll sie es doch vor mir tun.

In Spira waren ihre Augen blau, jetzt sind sie fast schwarz, aber ihr durchdringender Blick ist derselbe. Sie nimmt Biankas Hand. Biankas Gliedmaßen erschlaffen augenblicklich. Sie fällt auf die Knie, der tiefbraune Teint verblasst, ihre Augen verdrehen sich und abgehackte Schluchzer lösen sich aus ihrer Kehle – während Frau Ochs Rücken sich aufrichtet und von Kraft durchströmt wird, die sie augenblicklich jünger und stärker wirken lässt. Es dauert nur eine Minute. Dann lässt Frau Och Bianka los, die keuchend auf dem Boden zusammensackt.

Anschließend wendet sich Frau Och an mich, ihr Gesichtsausdruck fröhlich und entschlossen, beinahe triumphierend. »Hol meinen Umhang.«

»Holen Sie ihn doch selber.«

Einen Augenblick glaube ich, dass sie mich schlagen wird. Sollte sie das tun, weiß ich nicht, wie ich reagieren werde. Aber stattdessen lacht sie bloß auf.

»Kinder«, sagt sie spöttisch und geht in ihr Zimmer.

Bianka erholt sich schneller, als es bei Frederick oder mir der Fall gewesen wäre, so viel ist sicher. Obwohl ihr Gesicht verbissen und blass ist, steht sie wieder auf. Ich versuche ihr zu helfen, aber sie stößt meinen Arm weg. Frau Och rauscht mit ihrem Umhang über den Schultern an uns vorbei hinaus in die Sonne, wo Frederick Theo aus dem Märchenbuch vorliest. Auf der Schwelle zupft Bianka mich am Ärmel. Unsere Blicke begegnen sich – wie in der Haupthalle in Shou-shu, in dem Augenblick, als sie mir Theo gab, damit ich mit ihm verschwinden konnte. *Ich vertraue dir*, besagt ihr Blick, *ich vertraue* nur *dir*. Mir ist klar, was sie von mir will.

»Soll ich mitkommen?«, rufe ich Frau Och nach. »Ich könnte die Augen offen halten.«

»Nein«, sagt Frau Och, die, voll von Biankas Jugend und Kraft, bereits das Tor erreicht hat. »Warte hier!«

Aber ich gehe trotzdem mit.

*

Ich ignoriere das heftige Stechen tief in meinem Arm, als ich verschwinde. Frau Och ruft eine Motordroschke und der Mut verlässt mich. Ich kann nicht verschwunden hinter der Droschke herrennen, schon gar nicht, wenn mein Arm unter seinem Verband so pocht und ich bei jedem Schritt von Schmerzen durchzuckt werde. Es gelingt mir, mich mit meinem unverletzten Arm hinten an der Droschke festzuhalten, und ich danke den Sternen für die glatt gepflasterten Straßen in Tianshi.

Frau Och steigt am Huang-Long-Tor aus, bezahlt die Droschke

und stellt sich den Ru vor. Gleich darauf wird sie über die breiten Straßen der Anlage geführt. Ich folge ihr, zwei Schritte verschwunden, alles um mich herum nur gedämpft und verschwommen wahrnehmbar. Trotzdem zerrt etwas beharrlich an der Naht auf meinem Arm.

Diesmal steigen wir nicht die Treppe zum Kaiserpalast hinauf, sondern bleiben vor einem der überall verstreut liegenden weißen Hofhäuser zu seinen Füßen stehen. Wir durchqueren einen belaubten äußeren Hof und einen Torbogen, dann betreten wir einen hübschen Außenpavillon in einem der inneren Höfe. Eine Frau in einer Seidentunika und mit langem schwarzem Haar, das ihr glatt über den Rücken fällt, bringt köstlich duftende Waffeln und grünen Tee. Sie gibt den Ru eine scharfe Anweisung, woraufhin sie ein paar Schritte zurücktreten, den Pavillon jedoch nicht verlassen. Sie wirkt zu jung, um Si Tans Frau zu sein, und zu elegant für eine Dienerin, aber wer weiß schon, ob es wahrscheinlicher ist, dass er eine sehr junge Frau oder eine sehr elegante Dienerin hat.

Frau Och lässt sich auf einer Polsterbank im Pavillon nieder und ich stelle mich ein Stück hinter sie. Wir müssen nicht lange warten, bis Si Tan in einer beeindruckenden, reich bestickten Robe aus dem Haupthaus tritt. Die Frau in der Seidentunika ist verschwunden. Si Tan kommt mit einer Verbeugung auf Frau Och zu, sein Verhalten unterscheidet sich deutlich von den anderen Gelegenheiten, zu denen ich ihn gesehen habe. Er hat jetzt etwas Angespanntes und Eifriges an sich, wirkt geradezu nervös.

»Och Farya«, sagt er in seinem tadellosen Fraynisch. »Es ist mir eine Ehre, Sie zu treffen.«

Sie nickt und gibt ihm mit einer Handbewegung zu verstehen,

dass er sich setzen solle, als wäre sie hier zu Hause. Ich würde gern ihr Gesicht sehen, aber selbst zwei Schritte verschwunden fühle ich mich außerhalb ihres Sichtfelds sicherer. Die Naht an meinem Arm spannt, etwas zieht daran.

»Sie haben versucht, mich auszutricksen«, sagt sie.

»Ich bitte um Verzeihung. Ich wusste nicht mit Bestimmtheit, *wen* ich da austrickse. Ich habe eine ungewöhnliche Gruppe Fremder in meiner Stadt getroffen, die mir ins Gesicht gelogen und nach Ko Dan gesucht haben, und ich wollte in Erfahrung bringen, warum.«

»Sie wissen, was der Junge ist.«

»Gennadys Sohn und Gefäß für ein Drittel des *Buchs der Spaltung*«, sagt er ruhig.

»Was will der Oberste Bibliothekar von Yongguo mit einem Fragment des *Buchs der Spaltung?* Sie haben doch sicher nicht vor, es in Ihre Bibliothek aufzunehmen.«

»Ich will, was Ihr Bruder Gennady wollte, aber früher als er.«

»Dass das Textfragment zerstört wird«, sagt sie. »Und dass *Das Buch der Spaltung* für immer unvollständig und unlesbar wird.«

»Ja. Die Welt liegt jetzt in der Hand menschlicher Reiche und ich möchte nicht darüber nachdenken, was für eine Welt Casimir erschaffen würde. Aber soweit ich weiß, waren Sie gegen die Zerstörung des Buchs.«

»Das war ich auch«, sagt Frau Och. »Aber Casimir hat den Verstand verloren. Ich sehe jetzt keine andere Möglichkeit, ihn davon abzuhalten, das Buch wieder zusammenzusetzen.«

»Wenn das Fragment zerstört wird, ist *Das Buch der Spaltung* für immer vernichtet. Die Geister sind bereits verblasst. Einige wenige Hexen hier und da werden alles sein, was in der Welt von der Magie noch übrig sein wird. Haben Sie damit Ihren Frieden gemacht?«

»Nein«, sagt sie. »Meinen Frieden nicht. Aber es geht nicht anders.«

»Ich freue mich, dass wir uns einig sind«, sagt Si Tan, wirkt allerdings eher argwöhnisch als erleichtert.

»Wo ist Ko Dan?«, fragt Frau Och.

»Um den Text zu zerstören, brauchen Sie Ko Dan nicht, Och Farya. Wenn der Junge stirbt, geht der Text mit ihm zugrunde. So eng sind sie miteinander verknüpft.«

»Das weiß ich«, sagt sie ungeduldig. »Ich möchte, dass Ko Dan den Text aus dem Kind entfernt. Und dann zerstören wir ihn.«

»Das ist unmöglich.«

»Ich würde Ko Dan gern selbst fragen, ob es möglich ist.«

»Das geht nicht.«

»Wo ist er?«

»Das geht sie nichts an. Sind Sie wirklich deshalb den ganzen Weg hierhergekommen? Des Kindes wegen?«

»Ja – des Kindes wegen. Aber nicht *nur* wegen des Kindes.«

»Die Prinzessin«, sagt er.

»Sie ist weg«, erklärt Frau Och. »Meine Leute sind im Moment mit ihr nach Frayne unterwegs.«

Ein langes Schweigen breitet sich zwischen ihnen aus. »Sie haben sie aus Shou-shu entführt«, sagt er langsam.

Sie nickt einmal. Si Tan legt die Fingerspitzen aneinander.

»Och Farya, Sie machen es mir nicht leicht. Wenn Sie gleich zu Anfang zu mir gekommen wären, hätten wir die Angelegenheit bezüglich der Prinzessin zusammen mit Gangzi regeln können. Sie stand immer noch unter seinem Schutz und er ist kein Mann, der einfach darüber hinweggeht, wenn seine Ehre verletzt wird. Was soll ich ihm sagen?«

»Sie können ihm sagen, dass die Prinzessin das Kloster verlassen hat und nach Frayne zurückkehrt, um Anspruch auf den Thron zu erheben«, sagt Frau Och. »Sie ist aus eigenem Antrieb mit ihren eigenen Leuten abgereist. Sie war bestimmt nie eine Gefangene.«

»Waren Sie auch verantwortlich für den Einbruch in die Schatzkammer von Shou-shu?«, fragt er.

Sie nickt.

»Aber es wurde nichts gestohlen. Wonach haben Sie gesucht?«

»Nach dem Ankh-nu.«

Er lacht barsch auf. »Sie kommen hier in aller Dreistigkeit her, ohne Respekt vor Shou-shu, ohne Respekt vor mir, und geben zu, dass sie versucht haben, uns einen der größten Schätze der Welt zu stehlen? Ihr Mangel an Anstand überrascht mich, Och Farya.«

»Wirklich? Aber ich respektiere Sie oder diesen albernen Orden, dessen Mönche vorgeben, ewig zu leben, nun mal nicht. Warum sollte ich auch? Die Regeln, die Sie aufgestellt haben, oder die Spiele, die Sie mit antiken Gegenständen und Menschen spielen, deren Macht weiter reicht als Ihre, interessieren mich nicht. Ich verfolge meine eigenen Ziele.«

Seine Miene wird hart. »Es tut mir leid, wenn ich Sie enttäuschen muss, aber Sie werden den Ankh-nu nicht im Kloster finden.«

»Er ist Ihnen also abhandengekommen. Ich fürchte, ich weiß, wer ihn haben könnte. Hatten Sie wirklich gehofft, Sie könnten ihn so nutzen wie Marike?«

»Stimmt es also?«, fragt er sie und sein Gesichtsausdruck nimmt etwas Gieriges und Eifriges an. Er beugt sich vor. »Hat sie wirklich Hunderte von Jahren gelebt, indem sie ihre Essenz mithilfe des Ankh-nu von einem Körper zum nächsten übertragen hat?«

»Ich halte es für wahr«, sagt Frau Och. »Aber außer Marike ist es niemandem gelungen, den Ankh-nu auf diese Weise zu nutzen. Niemand anders war in der Lage, ihm überhaupt irgendeine Art von Magie zu entlocken … außer Ko Dan.«

Si Tan wirkt einen Augenblick entsetzt, als hätte sie ihn geschlagen. Dann fängt er sich wieder und sagt kurz angebunden: »In der Tat, Ko Dan *war* in der Lage, ihn zu nutzen. Da es ihm gelang, das Wesen des Buchs in einen lebendigen Körper zu übertragen, wagte ich zu hoffen, er könne vielleicht lernen, noch mehr zu tun.«

»Ich vermute, es ist wahrscheinlicher, dass Ihre Mönche mithilfe von Askese, Willenskraft und ähnlichem Unsinn lernen, ewig zu leben.«

»Der menschliche Körper lässt uns alle im Stich«, sagt Si Tan. »Aber die *Essenz*, unser innerstes Wesen, unsere Intelligenz, die Grundlage unseres Seins … all das braucht nur ein Hilfsmittel, um weiterzuleben! Sie können das nicht verstehen. Sie sind nicht wie wir an eine sterbliche Hülle gebunden, einen gebrechlichen und alternden Käfig aus Fleisch und Knochen. Der Geist eines bedeutenden Mannes ist doch sicher größer als sein körperliches Gefängnis und er sollte in der Lage sein, es zu überleben. Ich werde nicht zulassen, dass alles, was ich bin, vom Vergessen heimgesucht wird. Ich bin *größer* als das.«

»Alle Sterblichen haben dieses Gefühl«, sagt Frau Och verachtlich. »Aber sie sterben trotzdem. Ich erhebe keinen Anspruch auf den Ankh-nu. Ich möchte nur, dass Ko Dan ihn einmal nutzt. Vielleicht ist er in der Lage, das Leben eines Kindes zu retten, das Textfragment zu zerstören und die Welt vor Casimir zu retten. Ist das nicht alles zum Besten?«

»Was Sie verlangen, ist unmöglich.«

»Das heißt, Ko Dan ist tot?«

Er hebt das Kinn, in seinem Blick blitzt plötzlich Wut auf. »Sie sind in meine Stadt gekommen, ohne mich über Ihre Anwesenheit zu informieren, und alles, was Sie hier gemacht haben, war eine List oder ein Sakrileg. Sie geben offen zu, dass Sie mir keinen Respekt entgegenbringen. Welches Recht haben Sie, Informationen oder sogar Hilfe einzufordern?«

»Yongguo ist das größte Kaiserreich der Welt, was Sie zu einem der mächtigsten Männer der Welt macht, wenn nicht sogar zu *dem* mächtigsten. Ich verwende das Wort Macht hier natürlich im Sinne von Autorität. Sie haben keine *wahre* Macht, nichts, was man Ihnen nicht nehmen könnte. Sollte Casimir *Das Buch der Spaltung* wieder zusammensetzen, wird sich das Gleichgewicht verschieben. Kahge entstand durch das Aufteilen des Buchs, aber wenn die Fragmente wieder verbunden werden, wird Kahge zurück in die Welt gezogen, alles wird sich verändern und die Ordnung, die Sie so schätzen, wird zerbrechen. Wir haben ein gemeinsames Interesse daran, meinem Bruder das Buch vorzuenthalten. Wenn Sie ihn fürchten, sollten Sie mir helfen.«

»Wie kann ich irgendeinem Ihrer Worte trauen? Woher weiß ich, dass Sie das Buch nicht selbst nutzen wollen oder dass Sie nicht Casimirs Verbündete sind wie früher schon? Sie bitten mich um so viel und haben mir rein gar nichts dafür angeboten.«

»Ah. Sie wollen, dass ich Ihnen etwas anbiete. Haben Sie irgendwelche Vorschläge?«

»Ihr Mädchen, das verschwinden kann«, sagt er, ohne zu zögern und mir wird eiskalt.

»Nein«, sagt Frau Och. »Sie gehört mir.«

Ich sehe, wie sich seine Lippen bewegen, kann ihn jedoch nicht mehr hören. Meine Ohren sind angefüllt von einem fernen Dröhnen und mein Arm blutet heftig, die Naht ist aufgerissen. Das Blut läuft nicht an meinem Arm herunter, sondern dringt durch den Ärmel und schwebt in purpurroten Schlieren durch die Luft, wo es einfach verschwindet. Der Pavillon verschwimmt und wird dann wieder klarer, verblasst und wird deutlicher, und etwas zerrt unerbittlich an meinem Arm, meinem Blut. Das Dröhnen schwillt an und übertönt das Gespräch, dann lässt es wieder nach. Ich muss hier raus, zurück nach Hause. Esme wird meinen Arm verarzten. Nein, Esme ist bereits weg. Ich muss es Bianka sagen.

Si Tan ist jetzt aufgestanden und hat seine Stimme kaum noch unter Kontrolle. »Ein einziges Leben! Im Tausch gegen Hunderttausende andere, im Tausch gegen eine Welt, die sich trotz all ihrer Missstände zum Besseren wandeln kann. Ich bitte Sie, das Kind und mit ihm *Das Buch der Spaltung* zu vernichten.«

Mein Herz macht einen fürchterlichen Satz. Ich muss ihr Gesicht sehen. Ich versuche näher zu rücken, aber das Zupfen und Zerren an meinem Arm wird zu einem starken Sog, das Dröhnen übertönt, was immer sie noch sagen. Mein Blut strömt aus mir heraus. Eine einzige verschwommene Sekunde lang sehe ich den Pavillon aus allen Winkeln, Frau Ochs Gesicht, ihre sich bewegenden Lippen, ich sehe ihre gelben Zähne und dann bin ich nirgends und kann nicht zurück.

Ich lande im dampfenden Hof vor Esmes altem Haus – hier eine verfallene Ruine. Die Statue auf dem Brunnen besteht aus sich rekelnden Tentakeln, im Brunnen kocht blutrotes Wasser. Von allen Seiten des Platzes kommen diese zusammengeflickten Gestalten auf mich zu.

Einige von ihnen haben Menschengesichter, andere haben Flügel und fliegen über uns und viele von ihnen halten sich diese seltsamen Stangen mit den Haken an ihre Münder. Alles strömt aus meinem Arm – all meine Gedanken, mein Atem, meine Kraft – und das fuchsgesichtige Wesen mit seinem majestätischen Geweih springt fast anmutig auf mich zu. In der grauen, verwesenden Hand hält es die gezackte, glänzende Klinge, die mir den Arm aufgeschlitzt hat.

Ich versuche mich zurückzuziehen, zurück in die Welt, aber ich spüre den Rand der Dinge nicht, finde nicht den Weg hier raus. Als wäre das hier alles. Als wäre die Welt, die ich kenne, weg. Das gehörnte Wesen kommt schnell näher und ich springe.

Es ist fast wie Fliegen. Ich fühle mich wie Pia, springe über seinen Kopf und lande strauchelnd hinter ihm, erstaunt über mich selbst. Immer mehr von ihnen schwärmen aus. Ein schakalgesichtiges Vieh kommt auf mich zu und der Haken an seiner Stange trifft mich an der Schulter. Ich packe die Gestalt am Hals und schleudere sie weg, ziehe mir den Haken heraus. Oh, hier bin ich stark, sehr stark. Sogar benommen und blutend bin ich stärker und schneller als sie.

Aber es sind so viele. Ein weiterer Haken trifft mich und dann noch einer. Krallen kratzen mir über den Rücken. Ich werfe wieder einen ab – dieser besteht nur aus Muskeln ohne Haut und hat etwas in der Hand, was aussieht wie eine gewöhnliche Gartenhacke. Ein eberköpfiges Monster mit einem Speer jagt hinter mir her. Ich weiche ihm aus, packe den Speer und entreiße ihn seinem Besitzer, wobei sein halb verwester Arm mit abreißt.

Dann zerrt etwas ganz fest an mir, ein entsetzlicher Ruck wie damals, als Frau Och mir meine Lebenskraft nahm, um uns vor Casimir zu retten – als würde etwas Tiefes und Grundlegendes in mir gepackt, geraubt. Ein Haken steckt in meinem Arm und die Stange scheint lebendig zu werden, wird zu einem fleischigen Rosa, krümmt und windet sich. Ein fledermausgesichtiges Ding auf mehreren haarigen Beinen saugt am anderen Ende. Ich kann meine Hände kaum rühren, aber schließlich gelingt es mir, mich mit tastenden Fingern von dem Haken zu befreien, und augenblicklich kehrt meine Stärke zurück.

Sie kommen immer näher geschlurft und jetzt weiß ich, dass ich mich vor den Haken hüten muss, sie rausziehen muss, bevor sie mir die Stärke rauben. Die Rufe schwellen an: *Lidari! Lidari!* In meiner Seite spüre ich ein heftiges Brennen und einen Stoß. Die gehörnte Fuchsbestie ragt über mir auf und holt erneut mit dem Messer aus. Ich ziehe mir die Haken aus der Haut und stürme so schnell ich kann davon. Jetzt strahlt ein durchdringender heißer Schmerz von meiner Seite aus und ich spüre, wie das Blut aus der Wunde fließt.

Ich fliehe und sie folgen mir kreischend. *Lidari!* In der Nähe des Flusses, ein Stück von der Horde entfernt, kann ich den Raum um mich herum wieder spüren. Ich ziehe mich schnell zurück, denke an nichts weiter als an meine Flucht und pralle hart auf dem Boden auf – direkt zwischen Frau Och und Si Tan im Pavillon.

Gleich darauf haben die Ru mit gezückten Bogen den Pavillon

umzingelt. Frau Och wirft ihren Umhang ab, Flügel entfalten sich auf ihrem Rücken, ihr Gesicht verwandelt sich in ihr halbtierisches Ich. Sie streckt die Arme aus, um die Ru abzuwehren, und mit einer Stimme, die hallt wie hundert Stimmen, ruft sie: »Sie gehört mir!«

Si Tan zeigt zum ersten Mal echte Angst. Er ruft ihr etwas auf Yongwenisch zu. Ich rappele mich auf. Die Tunika klebt an meinem Körper, an meinem Arm, meiner Seite, überall ist Blut.

»Es tut mir leid«, sage ich schluchzend zu Frau Och und liefere mich ihr auf Gedeih und Verderb aus. Die Ru warten auf Si Tans Befehl. Sie nimmt mich auf den Arm wie ein Kind und ruft: »Macht Platz!«

Si Tan macht den Ru ein wütendes Zeichen und sie weichen zurück. Frau Och trägt mich durch die Kaiserlichen Gärten zum Huang-Long-Tor, aber noch bevor wir es erreicht haben, verliere ich das Bewusstsein.

43

Als ich aufwache, regnet es leicht. Meine Seite und mein Arm sind notdürftig verbunden. Ich haste aus dem Schlafzimmer. Frederick sitzt im Hauptraum und schreibt in sein kleines Notizbuch, aber sobald er mich erblickt, lässt er es sinken. Die Haustür steht offen und ich kann Bianka draußen Windeln waschen sehen, während Theo auf seinem Steckenpferd um sie herumgaloppiert.

»Bianka!«, ruft Frederick sie mit leiser Stimme. Sie legt die Windeln weg und kommt die Treppe heraufgerannt. Theo lässt das Pferd fallen, stürmt an ihr vorbei und schlingt mir die Arme ums Bein.

Ich schreie von der Berührung auf, der Schmerz fährt mir in die Seite. Bianka nimmt Theo zur Seite.

»Aua?«, fragt er überrascht.

»Was ist passiert?«, flüstert Bianka.

»Si Tan wird uns nicht helfen«, sage ich keuchend und versuche die Übelkeit zu unterdrücken.

»Ich weiß. Aber was ist mit *dir* passiert?«

»Das ist kompliziert. Wie wütend ist sie?«

»Schwer zu sagen. Sie hat ihr Zimmer nicht verlassen.«

Ich berühre den Verband um meinen Bauch. »Wer hat mich verarztet?«

»Ich«, sagt Frederick. »Es musste auch genäht werden. Tut mir leid – ich bin nicht sehr gut darin.«

»Heulende Hunde, danke. War ich lange weg?«

»Nicht allzu lange«, hebt Bianka an, dann taucht Frau Och aus ihrem Zimmer auf.

»Julia.« Ihre Stimme würde selbst eine lodernde Flamme zu Eis erstarren lassen. »Was hast du mir zu sagen?«

»Ich bin Ihnen gefolgt.« Es hat keinen Zweck zu lügen. »Es tut mir leid. Ich wurde … ich weiß nicht, was passiert ist. Ich wurde nach Kahge *gezogen.* Ich war verschwunden, wie sonst auch, aber sie haben mich einfach rübergezogen und … sie haben versucht mich umzubringen … doch ich konnte entkommen. Sie können mich *rüberziehen!*«

»Warum bist du mir gefolgt?«

Frau Ochs Miene ist furchterregend. Ich habe sie noch nie so wütend gesehen, aber plötzlich wird mir bewusst, dass sie *Angst* hat. Aber wovor? Vor *mir?*

Ich sehe Bianka an. Sie schweigt, hält Theo im Arm und sieht zu Boden. Wahrscheinlich ist das nicht verwunderlich. Sie ist viel stärker von Frau Och abhängig als ich. Sie kann sich jetzt nicht einfach hinstellen und sagen, dass sie ihr nicht traut. Also ist es an mir.

»Ich wollte wissen, was Sie miteinander besprechen«, sage ich mit hochgerecktem Kinn.

Frau Och verzieht das Gesicht. Dann packt sie mich an den Schultern, zieht mich ganz nah an sich heran und sieht mir in die

Augen, als suche sie nach etwas. Ich keuche vor Schmerz auf, mein Arm und meine Seite brennen.

»Lidari?«, flüstert sie so dicht vor mir, dass ich ihren schalen Atem riechen kann.

»Nein!«, schreie ich. »Ich bin's, Julia!«

Sie richtet sich auf und sagt steif: »Ich habe dir gestern eine feste Anstellung angeboten. Dieses Angebot ziehe ich hiermit zurück. Du arbeitest nicht mehr für mich. Jetzt nicht und in der Zukunft auch nicht. Ich habe dir eine zweite Chance gegeben, nachdem du mich verraten hattest, und jetzt hast du mich erneut verraten. Ich bin fertig mit dir. Verlass sofort mein Haus und komm nie wieder!«

Mein ganzer Atem strömt aus mir heraus.

Bianka legt sich die Hand aufs Herz. Theo hat sich aus ihren Armen befreit und hängt an meinem Bein, sieht mit großen, verängstigten Augen zu uns auf. Er weiß, dass etwas Bedeutsames vor sich geht.

»Versprechen Sie mir, dass Sie nicht tun werden, was er verlangt«, sage ich. »Sie werden Theo nichts tun. Versprechen Sie mir das. Versprechen Sie es Bianka.«

Bianka nimmt Theo hoch und tritt einen Schritt zurück.

»Ich habe nicht an meinem Lebensabend die ganze Welt durchquert, um Theo wehzutun«, sagt Frau Och gleichmütig. Sie hat sich gefangen und wieder unter Kontrolle. »Ich werde alles tun, was in meiner Macht steht, um ihn zu beschützen, wie ich es getan habe, seit ich von seiner Existenz erfahren habe. Aber das geht dich nichts mehr an. Geh jetzt.«

»Ich brauche Hilfe!«, flehe ich sie an. »Diese Wesen haben mich nach Kahge *gezogen* und versucht mich umzubringen!«

»Von mir bekommst du keine Hilfe.«

Frederick hält den Kopf gesenkt. Wenn er sich nicht für mich einsetzt, bin ich hier wirklich fertig. Ich zwinge mich zu einem ruhigen Tonfall. »Sie schulden mir dann noch meinen Anteil Gold.«

»Ich schulde dir rein gar nichts«, sagt Frau Och und hebt erneut die Stimme. »Du gehst jetzt, oder ich werde dich an Ort und Stelle vernichten.«

»Das können Sie nicht machen!«, ruft Bianka. »Es ist doch Julia!«

»Julia, die Spionin und unsere Feindin, die deinen Sohn entführt und sich erneut als unzuverlässig erwiesen hat und die vielleicht gar nicht die ist, für die sie sich ausgibt«, sagt Frau Och. »Sie kann von Glück reden, dass ich bereit bin, sie gehen zu lassen.«

Ich versuche eine Antwort zu formulieren – *die vielleicht gar nicht die ist, für die sie sich ausgibt?* –, aber sie unterbricht mich, bevor ich die richtigen Worte finde: »Dein Bruder wird vollständig bezahlt und regulär entlassen werden. Du kannst mit ihm nach Frayne zurückkehren oder wohin du willst, aber komm mir nie wieder unter die Augen.«

»Lala!«, sagt Theo drängend und streckt die Hände nach mir aus. Ich sehe Bianka an. Sie hat eine Hand auf den Mund gepresst und ihre Augen füllen sich mit Tränen.

»Es wird alles gut«, sage ich zu ihr, was natürlich überhaupt nichts zu bedeuten hat. Ich will noch mehr sagen, bringe es aber nicht über mich, mich von ihnen zu verabschieden, und kann andererseits Frau Ochs Blick nicht länger ertragen.

Also gehe ich einfach.

44

Sogar ohne zu verschwinden, kann ich ihn spüren – den Sog an den Nähten unter meinen Verbänden. Es fühlt sich plötzlich an wie ein Haken an der Wunde in meiner Seite. Die Straße verschwimmt und rutscht seitlich weg und ich schwebe darüber, meine Perspektive verbreitert sich, kehrt sich nach außen. Ich stürze mich zurück in meinen Körper und spüre dabei erneut das Zerren an den Nähten. Rasende, kalte Panik durchströmt mich. Sie haben hier, wo ich stehe, in der Welt, Macht über mich. Die Wunden spannen unter dem Verband, Blut sickert aus den Kratzern an meinen Schultern, am Hals und den Unterarmen. Ich renne los. Erst will ich zu Dek, aber auf halbem Weg überlege ich es mir anders. Dek kann mir nicht helfen. Ich gehe zu Graf Fournier und hämmere an die Haustür. Niemand reagiert.

»Jun!«, rufe ich. Ich gehe auf die Knie, um das Schloss aufzubrechen, durchquere den äußeren Hof und hämmere an die nächste Tür, dann breche ich auch dort das Schloss auf. Als ich die Tür aufbekommen habe, steht er dort und zielt mit seiner Pistole auf mich.

»Raus!«, sagt er.

»Ich brauche deine Hilfe«, flehe ich ihn an. »Bitte. Ich bin verletzt.«

Die Pistole macht mir weniger Angst, als sie vielleicht sollte. Ich bin mir fast sicher, dass Jun nicht auf mich schießen wird. Ich hebe meine Tunika, damit er den blutdurchtränkten Verband um meinen Bauch sehen kann. »Schau.«

Er betrachtet den Verband und dann mein Gesicht, während er leicht auf den Zehen wippt. Es bricht mir das Herz. Wie schnell ich mich in seine gezügelte Unruhe verliebt habe, in die Tatsache, dass er immer aussieht, als würde er jeden Moment losrennen oder anfangen Rad zu schlagen. Erst neulich nachts hat er mich auf dem Baum geküsst, bis ich oben und unten nicht mehr auseinanderhalten konnte, und jetzt stehen wir hier so voreinander.

Ich suche nach Worten, um ihn zu überzeugen. »Ich bin es nur. Julia.« Ist das die Wahrheit? Oh Großer Namenloser, bitte lass es die Wahrheit sein! »Was neulich passiert ist – das war ein Unfall. Ich brauche deine Hilfe, sonst verblute ich.«

Ich fühle mich ganz schwach, aber ich weiß nicht, ob das vom Blutverlust kommt oder ob ich wieder aus der Welt gezogen werde. Ich packe den Türrahmen, als wollte ich mich an diesem Ort, diesem Augenblick festhalten, umklammere ihn so fest, dass mir das Holz in die Hand schneidet. Das bringt mich ein wenig zu mir. »*Bitte.*« Jetzt weine ich ungehemmt. »Ich bin es, nur ich.«

Er steckt die Pistole in seinen Gürtel.

»Komm.«

Ich folge ihm durch den inneren Hof zu einem schmalen Zimmer mit eingestürztem Dach im hinteren Teil des Hauses. Überall stehen Kisten und Kram herum, liegen Scherben kaputter Dachziegel. Ein Teil des Himmels ist zu sehen. Jun bahnt sich einen Weg durch die Trümmer, wobei er mir nie länger als einen Moment den Rücken zukehrt, und stößt schließlich irgendwo auf eine Metallkiste mit Antiseptika und Verbandsmaterial.

»Hallo.«

Ich hatte Graf Fournier nicht gesehen und zucke beim Klang seiner Stimme zusammen. Er liegt ausgestreckt in der Ecke, eine leere Cognacflasche neben sich. Als ich mich ihm zuwende, verschwimmt wieder alles um mich herum, verspüre ich wieder wie aus dem Nichts diesen schwindelerregenden Sog. Ich falle auf die Knie, presse die Hände auf den Boden, atme tief durch. Ich muss mich konzentrieren, um einfach nur hierzubleiben, an diesem Ort, in diesem Körper.

Dann versuche ich wieder Graf Fournier anzusehen, wie er da mit ausgestreckten Beinen und nickendem Kopf an der Wand lehnt, ein albernes Grinsen im Gesicht. Es kommt mir so eigenartig vertraut vor. Meinen Vater habe ich früher immer beim Nachhausekommen so vorgefunden.

»Jun sagt, du seist eine Art Monster«, sagt er und klingt dabei überglücklich.

»Bin ich nicht.« Aber vielleicht doch. Ich weiß nicht, was ich bin.

»Sitz dich«, sagt Jun und deutet auf einen heilen Stuhl. Ich hieve mich darauf. Jun zieht mir die Tunika aus – ein unglückliches Echo unserer gemeinsamen Nacht – und wickelt den Verband ab. An jenem Abend hatte ich gehofft, er würde mich schön finden, meinen Körper mögen. Jetzt hoffe ich nur, ihn nicht zu erschrecken oder abzustoßen. Mit meinem unverletzten Arm halte ich mir die blutige, zerrissene Tunika vor die Brust, denn selbst in diesem Zustand ist es mir unangenehm, halb nackt vor Graf Fournier zu sitzen, so betrunken er auch sein mag.

»Was ist passiert?«, fragt Jun, als er mit sanften Fingern meine Seite berührt. »Die Naht sein ganz aufgerissen.«

»Irgendetwas ist hinter mir her«, presse ich zwischen zusammengebissenen Zähnen hervor. Da ist es wieder – es zerrt und zerrt. Jun weicht mit vor Entsetzen weit aufgerissenen Augen zurück. Das Blut läuft nicht an mir herunter. Es steigt waagrecht weg in die Luft und verschwindet. Auch aus den schwächeren Kratzern dringen Blutschlieren und treiben von mir weg.

»Mach, dass es aufhört«, flüstere ich. Ich habe solche Angst, dass Jun wegrennen und mich allein lassen könnte. Ich beobachte ihn dabei, wie er sich wieder fängt und einen Entschluss fasst.

»Ich dir geben Whisky.«

»Den habe ich möglicherweise ganz ausgetrunken«, lallt der Graf.

»Ich schaffe es auch ohne«, sage ich.

Jun starrt mich einen Moment an, dann nickt er kurz, kniet sich neben mich und macht sich gleich an die Arbeit. Er ist nicht so schnell und ruhig wie Esme, aber er näht mich wieder zusammen. Vielleicht hat es gar keinen Zweck – sie werden mich wieder aufreißen. Aber der heiße, scharfe Schmerz der Nadel bringt mich wieder zu mir. Ich versuche nicht wegzuzucken, versuche mich auf den Schmerz zu konzentrieren, der mich in meinem Körper hält. Das Gefühl des Verschwimmens und der Eindruck, mir selbst zu entgleiten, lassen nach.

»Du bist kein Monster«, sagt Graf Fournier und sieht mich an. »Ich habe ein paar kennengelernt. Glaub mir.«

»Danke«, stoße ich zwischen den Zähnen hervor.

»Wie geht es der Prinzessin?«, fragt er.

»Sie ist weg. Sie sind gestern Nacht aufgebrochen.«

»Gut.«

Jun reißt den Faden ab und macht sich dann daran, meinen Arm zu nähen. Ich kneife die Augen zu, aber davon wird es nur schlimmer. Ich muss so intensiv wie möglich die Welt sehen und den Schmerz spüren. Durch die Löcher im Dach blicke ich in den Himmel hinauf und beiße die Zähne zusammen.

»Ich hole sauberen Verband«, sagt Jun, als er fertig ist. Ich drehe mich zu ihm um und ein Schauer durchzuckt mich, als ich sein Gesicht so dicht vor mir sehe – dicht genug zum Küssen. Die Neigung seiner Wangenknochen, der Schwung seines Kiefers, diese vollen Lippen und schwarzen Augen – ich muss an seinen Mund auf meinem denken, an seine mich streichelnden Hände. Wie ich mich auch in diesem Zustand so nach ihm sehnen kann, weiß ich nicht, aber so ist es.

»Kann ich die Nadel haben?«, frage ich.

Er sieht mich stirnrunzelnd an.

»Es hilft«, erkläre ich. »Der Schmerz hilft mir … hierzubleiben.«

Wortlos reicht er mir die blutverschmierte Nadel und geht den Verband suchen.

»Was werden Sie tun?«, frage ich den Graf und versuche zu ignorieren, wie das Blut gegen die frischen Nähte hämmert. Mein Arm und meine Seite brennen, aber ich ziehe den Schmerz dem Sog aus der anderen Welt eindeutig vor. »Wollen Sie nicht nach Hause zurück?«

»Das hier ist inzwischen so gut mein Zuhause wie irgendein anderer Ort.« Er lässt die Hand durch das kaputte, unordentliche

Zimmer schweifen. »Aber was ich *tun* werde – wer weiß? Ich mache mir Sorgen um Jun. Er wird sich eine neue Stelle suchen müssen.«

»Seine Aussichten erscheinen mir besser als Ihre«, sage ich.

Darüber lacht er. »Tja, ich bin inzwischen ein alter Mann. Ich habe aufgehört, mir Gedanken darüber zu machen, was aus mir werden wird. Oh, ich würde gern Prinzessin Zara auf dem fraynischen Thron sehen. Die Heimat meiner Kindheit wiedersehen. Das Gefühl haben, ich hätte etwas zu bieten. Aber die Entfernung von hier nach da ist …« – er hebt die leere Flasche und mustert sie – »… unüberwindbar.« Er schließt eine ganze Weile die Augen und ich denke, er wäre eingeschlafen, aber dann schlägt er sie wieder auf und lächelt mich an.

Weil ich das Gefühl habe, ich sollte es tun, sage ich: »Ich habe gehört, dass Frau de Laroche, Ihre Tante, hingerichtet worden ist. Es tut mir leid.«

»Das hatte ich schon befürchtet«, sagt er. »Weißt du, als ich noch klein war – heulende Hunde, was hatte ich für eine Angst vor ihr.« Er lacht. »Aber sie hat mich für sich eingenommen. Sie nimmt jeden für sich ein, wenn man ihr die Chance gibt. Ich kann mir gar nicht vorstellen … Ich habe noch nie jemanden kennengelernt, der so voller Leben war. Es ist schwer, sich vorzustellen, dass sie tot ist.«

Jun verbindet mir den Arm und die Seite fest mit den sauberen Mullbinden und hilft mir dabei, die blutige Tunika wieder anzuziehen. Immer wenn ich diesen Sog verspüre und die Kanten der Dinge zu verschwimmen beginnen, steche ich mir mit der Nadel in den Oberschenkel. Das ist gut – davon lande ich direkt wieder in meinem Körper. Immerhin etwas. Jun beobachtet mich und weicht zurück. Das Misstrauen in seinem Blick schmerzt fast genauso wie meine genähten Wunden.

»Was du jetzt tun?«, fragt er mich.

»Hast du schon mal von einer Hexe namens Silber Moya gehört?«

»Jeder kennt Silber Moya«, sagt er.

»Silber Moya!«, ruft Graf Fournier. »Die Lage spitzt sich zu!« Er fängt an zu kichern.

»Sie Hexe ohne Lizenz«, erklärt Jun. »Aber sie wird nie verhaftet. Nur kleine Sachen. Glücksbringer, Knochen werfen, illegale Zaubertränke.«

»Ich gehe zu ihr«, sage ich. »Später … erkläre ich dir alles. Oder versuche es zumindest.«

»Erklär«, sagt er mit harter Stimme.

»Das werde ich.«

»Jetzt.«

Der Sog, das Schweben, das Treiben. Ich sehe, wie er große Augen bekommt, und habe den Eindruck, blasser zu werden. Ich steche mir die Nadel etwas zu fest ins Bein und schreie vor Schmerz auf. Jun zuckt genau wie ich zusammen.

»Erklär jetzt«, sagt er. »Oder komm nicht wieder.«

Ich rolle die Nadel zwischen den Fingern hin und her. Ich kann es schaffen, sage ich mir. Mit tiefem Durchatmen und Nadelstichen. Ich kann die ganze verwirrende, hässliche Angelegenheit dem einzigen Menschen erzählen, der mir so sehr ähnelt, abgesehen von einem Riesenunterschied – dass ich selbst vielleicht gar kein Mensch bin. Also erzähle ich es ihm.

*

Als ich noch ein Kind war, sprachen meine Eltern nie über Hexen, Magie oder den Lorianischen Aufstand. Wir sahen ein paar Jahre die Trümmer der alten Bräuche um uns herum, dann verschwanden selbst diese letzten Spuren davon, wie es vorher gewesen war. Ich erinnere mich an die zerstörten Schreine im Wald hinter Forrestal, auf deren Pfeilern die Alten saßen und sich leise unterhielten – manche von ihnen mit Narben und Brandmalen –, und dann natürlich an die Säuberungen, bei denen junge und alte Frauen zitternd auf dem großen Prunkschiff der Regierung standen, bevor sie im Syne ertränkt wurden.

Eine der Geschichten, die meine Mutter uns erzählt hatte, handelte von einer Bärin und einem Mädchen, die sich im Körper der jeweils anderen wiederfanden. Eines Morgens wachten sie auf, jede bei sich zu Hause, aber im falschen Körper. Sie mussten natürlich vor ihren Familien fliehen, denn die Bärin im Körper des Mädchens wäre gefressen und das Mädchen im Körper der Bärin erschossen worden. Sie waren unter den Ihren nicht mehr sicher, da sie nicht mehr dazugehörten. Die Bärin im Körper des Mädchens lebte schließlich als Bettlerin in der Stadt. Sie konnte die Menschensprache nicht, hatte keine Freunde und war einsam und verwirrt. Das Mädchen im Körper der Bärin musste lernen, im Wald zu jagen, und wurde von den anderen Bären, die spürten, dass irgendetwas mit ihr nicht stimmte, gemieden. Aber im Laufe der Jahre lernten sie, als das zu leben, was sie geworden waren. Die Bärin im Körper des Mädchens lernte die Sprache und wie sie sie nutzen musste, sie lernte die Regeln der Menschenwelt und verliebte sich sogar. Das Mädchen im Körper der Bärin lernte ihrerseits, eine Bärin zu sein – lernte Fische im Fluss zu fangen, Beeren zu sammeln und mit anderen Bären zusammen zu sein.

Trotzdem dachten sie beide noch oft an ihr altes Leben und ihre eigentliche Familie zurück.

Eines Abends bei Vollmond schlich sich die zum Mädchen gewordene Bärin in den Wald. Sie wollte durch den Fluss waten, in der Erde wühlen, ihre alte Welt um sich herum spüren. In derselben Nacht schlich sich das zur Bärin gewordene Mädchen in die Stadt. Sie wollte so gern wieder ein Menschengesicht sehen, frisch gebackenes Brot riechen, Gespräche, Gelächter und Lieder hören.

Tja, da dies eine der Geschichten meiner Mutter ist, ist das Ende nicht sehr überraschend. Die zum Mädchen gewordene Bärin tollte fröhlich durch den Wald, bis sie von einem Rudel Wölfe angefallen und in Stücke gerissen wurde. Im Sterben verwandelte sich ihr Körper wieder in den eines Bären zurück. Das zur Bärin gewordene Mädchen wurde in der Stadt entdeckt und angeschossen. Die Kugel traf sie nicht tödlich, aber in dem Moment, als die zum Mädchen gewordene Bärin im Wald von den Wölfen getötet wurde, war der Bann gebrochen. Das Bärenmädchen verwandelte sich in eine junge Frau zurück, die aus der Schusswunde an ihrer Seite blutete. Die Menschen hielten sie für eine Hexe und warfen sie in den Fluss. Sie blutete heftig und sie ließen sie nicht ans Ufer schwimmen, daher ertrank sie.

Als ich weinte, strich mir meine Mutter übers Haar und sagte: »Ach, komm, es ist doch bloß eine Geschichte«, aber ich weiß, dass sie das selbst nicht glaubte. Eine so schreckliche Geschichte hätte sie mir nicht nur zur Unterhaltung erzählt.

Jetzt frage ich mich, was die Geschichte ihrer Meinung nach bedeuten sollte. Ob sie bedeutet, dass Magie willkürlich und grausam ist, dass wir sie nicht wählen können und sie uns verändern, uns aus uns selbst hinausreißen kann – genau wie aus dem

Leben, das wir uns vielleicht erträumt hätten, wenn wir nicht auf gewisse Art auserwählt worden wären. Oder ob es darum geht, dass man nie wirklich aufhören kann, der zu sein, der man ist, und das zu lieben, was man liebt, egal wie sehr man sich äußerlich verändert.

Oder vielleicht bedeutet sie, dass man nie aufhören wird, sich danach zu sehnen, was man für sein eigentliches Selbst gehalten hat, bevor man zu etwas anderem wurde.

An diese alte Geschichte muss ich jetzt wieder denken, als ich Jun erzähle, wer ich war – ein vergnügungssüchtiges Mädchen mit einem herausragenden Talent und ohne nennenswerte Moralvorstellungen – und wer ich jetzt bin, das große Fragezeichen. Ich erzähle ihm von den Xianren, von Kahge und dem *Buch der Spaltung*. Ich erzähle ihm von Pia und Si Tan. Ich erzähle ihm, wie viel Angst ich davor habe, was ich möglicherweise bin, vor dem Grund, aus dem ich verschwinden kann. Ich erzähle ihm von Theo und von meiner schrecklichen Tat. Ich erzähle ihm alles.

Als ich geendet habe, sieht er mich lange an und wirkt dabei eher nachdenklich als ängstlich. Ich würde so gern sein Gesicht berühren, aber ich wage es nicht.

»Ich dir vergeben, was du mir getan hast«, sagt er ernst. »Tu das nie wieder.«

»Versprochen.«

»Gut. Ich gehen mit dir zu Silber Moya.«

45

Wir betreten den Uhrenladen, in dem Professor Baranyi und Frederick neulich nachts waren. Der gutmütig aussehende Mann, der ihnen die Tür geöffnet hat, steht hinter dem Ladentisch. Als Jun ihn nach Silber Moya fragt, zeigt er auf den Vorhang hinter sich. In der Werkstatt hinter dem Vorhang sitzt dieselbe Frau wie neulich. In ihrer einfachen Bauerntracht hockt sie im Schneidersitz auf dem schmutzigen Fußboden und bastelt an einer Uhr herum, deren Rückseite aufgeklappt ist. Sie hat ein breites, freundliches Gesicht, die Art Gesicht, dem man instinktiv vertraut. Als wir eintreten, lässt sie die Uhr und den Schraubenzieher sinken und streicht sich das strähnige Haar aus dem Gesicht.

»Du reden«, sagt Jun zu mir.

Ich hebe in zögerlichem Yongwenisch an. »Ich will sehen …«, aber dann weiß ich nicht, wie ich es ausdrücken soll, also beende ich den Satz auf Fraynisch: »Ragg Rock.«

Die Frau steht auf, räumt die Uhr weg und macht die Werkbank hinter sich frei. Sie steigt auf eine Trittleiter, nimmt den kleinen Vogel aus einem der Käfige auf ihren krummen Finger, bringt ihn zur Werkbank und macht mir ein Zeichen, dass ich mich setzen solle. Die Tischplatte ist klebrig und der Hocker so hoch, dass meine Beine herunterbaumeln wie die eines Kindes.

Auf sehr geschäftige Weise – so als nähme sie den Auftrag für die Spezialanfertigung einer Uhr entgegen – verstreut sie einige Körner auf dem Tisch, entrollt ein Stück Reispapier, schraubt das Tintenfass auf und holt den Pinsel mit der scharfen Klinge am Ende hervor. Der Vogel hüpft herum und pickt die Körner auf. Silber Moya greift lächelnd nach meiner Hand.

»Ich brauche ein wenig Blut«, sagt sie in sorgfältigem Yongwenisch. »Darf ich?«

Ich reiche ihr meine Hand. In der anderen Hand halte ich immer noch die Nadel, die Jun mir gegeben hat. Silber Moya schneidet mir in die weiche Daumenkuppe und hält den Daumen dann über das Tintenfass, während sie ein paar dicke, scharlachrote Tropfen hinausdrückt. Ich bin erleichtert, dass dieses Blut nicht davonschwebt und verschwindet. Sie lässt meine Hand los, schürzt die Lippen und taucht den Pinsel ein.

Einen Augenblick sehe ich alles ganz nah – die Haare des Pinsels, die schwer und dunkel tropfend aus dem Tintenfass auftauchen. Der Pinsel landet auf dem Blatt und ich verspüre einen Ruck, die Macht der Magie. Alle Naturgesetze werden zwischen dem tintenschwarzen Pinsel und der leeren Seite zerdrückt. Dunkle, nasse Zeilen breiten sich auf dem Papier aus und alles verändert sich. Es riecht nach Regen. Benommen taste ich an der Nadel herum und sie rutscht mir durch die Finger. Sogar die Geräusche sind lauter – die Nadel landet mit einem entsetzlichen Krachen auf dem Boden – und dann wischt der letzte Pinselstrich alles beiseite und verändert die Welt.

Der Vogel hüpft zwitschernd auf dem Tisch herum. Im Zimmer ist es düster und still geworden. Der kleine Vogel ist das Einzige, was richtig deutlich zu sehen ist. Er ist bunt und bewegt sich flink, jede Feder zuckt voller Leben und Farben. Er legt den Kopf schräg und zwitschert mir zu. Silber Moya ist starr wie eine Statue – Jun ebenso unbeweglich, eine Silhouette. Der Vogel hebt vom Tisch ab und fliegt durch eine offene Tür hinaus, die ich vorher nicht gesehen habe, eine helle Tür, die in die Welt hinausführt. Seine Bewegung ist wie ein Haken in meinem Inneren und ich haste hinter ihm her, wobei ich vor lauter Eile beinahe vom Hocker falle. Ich will etwas zu Jun sagen, aber Worte sind weit entfernte, klebrige Dinge und ich bin so leicht wie Luft und schwebe hinter dem Vogel her.

Die Stadt draußen ist wie ein Gemälde, eindimensional und unbeweglich. Nur der Vogel und ich sind lebendig und in Bewegung. Der Vogel schießt die Straße entlang, steigt auf und stößt wieder herab, und ich renne ihm leichtfüßig hinterher. Wie der Vogel bin ich echt, lebendig, glänzend und bewege mich fließend. Ich komme an Menschen auf der Straße vorbei, aber sie sind wie Marionetten mit ausdruckslosen, hölzernen Gesichtern und aufgemalten Zügen. Die Straße beschreibt eine Kurve und ich folge dem Vogel steinerne Stufen hinauf, die sich einen zerklüfteten Berg emporwinden und -schlängeln, den es vorher hier in der Stadt nicht gab. Tianshi brodelt unter uns, bleibt immer weiter zurück. Die Luft wird stechend und beißend. Der Vogel fällt wie ein Stein zu Boden und liegt mit versengten Federn rauchend zu meinen Füßen.

Vor mir steht ein eingestürzter Torbogen – oder das, was vermutlich früher mal ein Torbogen gewesen ist, denn jetzt sind nur zwei geschwungene, von Flechten überzogene Säulen übrig. Mein Blut rauscht und ich trete hindurch, über den verkohlten Vogel hinweg.

Die Straße führt direkt in einen schlammigen Sumpf. Über dem Sumpf liegt Nebel und verhüllt alles, was dahinterliegen mag. Hinter mir bröckeln die steinernen Stufen in Richtung der gemalten Stadt ab. Ich kann nicht zurück. Also betrete ich den Schlamm und sinke augenblicklich bis zum Oberschenkel ein. Ich wate ein Stück weiter und der Sumpf wird immer tiefer, steigt bis über die Wunde in meiner Seite. Was soll ich tun? Dann verschwindet der Boden unter meinen Füßen und ich schlage wild um mich, suche nach etwas, woran ich mich festhalten kann, aber da ist nichts. Ich schwimme durch den dicken Morast in den Nebel, ohne irgendetwas sehen zu können.

46

Meine Hand ertastet glitschigen Fels. Unendlich erleichtert über etwas Festes klettere ich mit schlammverschmierten Kleidern ans Ufer. Der Nebel um mich herum lichtet sich und da steht eine – ich würde sagen, es ist eine Frau, aber das trifft es eigentlich nicht. Vor mir auf dem Pfad steht eine *Gestalt* in Form einer Frau und zielt mit Pfeil und Bogen, die aus Feuer bestehen, auf mich. Ich blinzele, aber die Erscheinung ist immer noch da.

»Halt, nicht schießen!« Ich rappele mich auf. Ein Seil aus Schlamm kommt aus dem Boden geschossen und wickelt sich um meinen Knöchel. Ich schreie und versuche es abzuschütteln, weil ich denke, es wäre eine Schlange, aber dann schießt ein weiteres Seil aus dem Boden und packt meinen anderen Knöchel. Die Schlammranken zerren an mir und schon lande ich atemlos vor dem Frauenwesen und ihrem brennenden Pfeil und Bogen auf dem Bauch.

»Bitte …«, hebe ich an, aber dann weiß ich nicht weiter. Bitte *was?*

Sie ist nackt und ihre rotbraune Haut hat etwas Eigenartiges an sich – die Konsistenz ist irgendwie lehmartig. Auch ihr Gesicht scheint aus feuchtem Lehm zu bestehen und seine Form nicht besonders gut zu behalten. Ihre Augenbrauen sind moosige Klumpen, ihre Haare ein Durcheinander aus Gras und Stroh, ihre Augen schwarze Steine, glänzend und unbeweglich. Sie fletscht die Zähne, die aussehen, als wären sie willkürlich in ihren Mund gesteckt worden – sie sind alle spitz gefeilt. Es ist ein entsetzlicher Anblick.

»Raaaa«, sagt sie gurgelnd mit heiserer, undeutlicher Stimme.

»Ist das hier Ragg Rock?«, rufe ich.

Sie macht eine Kopfbewegung in meine Richtung, als wollte sie sagen: *Geh weiter!* Oder vielleicht auch: *Geh weg!* Ich weiß nicht genau.

»Ich stecke in Schwierigkeiten. Ich brauche Hilfe …« Plötzlich fällt mir auf, dass ich ihn hier nicht spüre – diesen Sog aus Kahge. Mein Arm und meine Seite tun furchtbar weh, aber es ist ein normaler Schmerz, wie man ihn erwarten würde, nachdem man von einem Schwert getroffen und anschließend ohne Betäubung zusammengeflickt wurde. »Da ist ein kleiner Junge, ein fröhlicher, ganz wunderbarer kleiner Junge, aber er hat ein Teil des *Buchs der Spaltung* in sich und wird getötet werden oder Schlimmeres, wenn wir es nicht aus ihm rauskriegen.«

Ich plappere wild drauflos. Langsam, Julia. Krieg erst mal raus, was hier los ist. Was dieses Ding ist. Wo du bist.

»Raaaa«, sagt sie erneut. Dann, gurgelnd: »Hal-lo.«

»Hallo«, entgegne ich keuchend.

»Raaaaaaaggh. Erzähl mir … mehr.«

»Ist das hier Ragg Rock?«, frage ich wieder.

»Das bin ich«, sagt sie. Ihre Stimme klingt jetzt etwas weniger wässrig. Sie birgt den flammenden Pfeil und den Bogen zwischen den Händen und bringt sie zum Erlöschen. Die Tentakel, oder was auch immer sie sein mögen, lösen sich von meinen Füßen und zerbröseln zu Schlamm. Langsam stehe ich auf.

»Tu mir … nichts«, sagt sie.

Der Schlamm um meine Füße schlägt kleine, bedrohliche Wellen, wie um ihre Worte zu unterstreichen.

»Natürlich nicht«, sage ich. »Ich bin nicht hergekommen, um jemandem etwas zu tun.«

Mir wird bewusst, dass sie wirklich aus Schlamm und Lehm besteht – als hätte jemand aus Erde, Moos und Stein das Abbild einer Frau geschaffen. Der trockene Lehm an ihren Beinen hat Risse, aber sie bewegt sich genauso gut wie ich. Im Moment sogar eher noch besser.

»Komm«, sagt sie und winkt mich den Pfad entlang den Berg hinauf, einen zerklüfteten, feuchten, von Moos und Dornengestrüpp bedeckten Fels. Die Farben des Himmels erinnern mich an die Abenddämmerung, ein dunkles Blaugrau mit Wolkenfetzen, die schnell darüber hinwegziehen, aber ich kann nirgends Sonne, Mond oder Sterne entdecken. Schlammige Rinnsale laufen den Berg hinab in den Sumpf darunter, der den Felsen wie ein Wassergraben umgibt. Oben auf dem Berg steht eine schwarze Hütte – so schwarz, als hätte sie gebrannt, aber sie wirkt stabil – und plötzlich erkenne ich diesen Ort aus der Vision von meiner Mutter mit dem Ankh-nu. Sie war *hier* – meine Mutter war hier – und plötzlich kehrt die Erinnerung lebhaft zurück, wie ich mich bei ihrem Anblick gefühlt habe, diese entsetzliche Sehnsucht, aber das war nicht ich, bitte, Großer Namenloser, das war nicht ich.

Ich klettere hinter Ragg Rock her. Als ich mich umdrehe, sehe ich Tianshi am Fuß des Berges, jenseits des Sumpfs, leicht verzerrt. Die grünen Reisfelder und Wälder drängen aus der Stadt und ihren geneigten Mauern hinaus. Tama-shan ragt wie ein roter Finger auf und dahinter liegt die Wüste. Während ich Ausschau halte, kommt die ganze Welt auf mich zugerauscht, oder meine Perspektive gleitet darüber hinweg, über die Wüste. Da sind Städte hinter Mauern, zwischen denen sich Flüsse und Eisenbahnlinien im Zickzack ausbreiten, kilometerweite in Terrassen angelegte Reisfelder, die den Bergen abgetrotzt wurden, alte Festungen, in denen zornig blickende Kriegsherren in schweren Roben sitzen. Ich strecke eine Hand aus, um mich festzuhalten, während alles an mir vorbeizieht. Eine Frau trinkt aus einem juwelenbesetzen Becher, vor ihrem Fenster wird der gelbe Sand vom Wind gepeitscht, das Weideland wird zu Hügeln und dann zu Bergen. Es bewegt sich alles zu schnell – das wogende Meer, Paläste und Dörfer, wilde Tiere, die sich in ihren dunklen Höhlen zusammenkauern, alte Frauen, die flüsternd ums Feuer sitzen, Kinder, die an schlammigen Flussufern spielen. Es ist, als würde ich alles gleichzeitig aus großer Nähe und großer Ferne sehen – eine intensivere Version dessen, was ich sehe, wenn ich mich zwischen der Welt und Kahge befinde. Ich wende den Blick von der weiten Welt ab und stolpere hinter Ragg Rock den Pfad entlang. Benommen haste ich hinter ihr her und lasse die sich drehende und sich ausbreitende Welt hinter mir zurück.

Als wir das kleine Haus erreicht haben, bittet sie mich nicht herein, sondern führt mich darum herum zur anderen Seite des Berges.

Weit unter uns entsteht ein geisterhaftes, rauchendes Spira und löst sich wieder auf, genau wie andere Orte, die ich schon gesehen habe, und wieder andere, an denen ich noch nie gewesen bin. Städte und Wälder steigen auf, nehmen Form an, bevor sie ins Wanken geraten, zusammenbrechen und sich in etwas anderes verwandeln. Hinter diesem sich verändernden, brennenden Nirgendwo spucken schwarze Klippen und Berge Feuer und noch weiter dahinter donnert und dreht sich der riesige Wirbel einer lila-grünen Wolke.

»Kahge«, sage ich, und Ragg Rock krächzt: »Kahge.«

»Was ist das?«, frage ich und zeige auf die donnernde Sturmwolke in weiter Ferne.

»Das? Habe ich mich auch schon gefragt. Vielleicht ist es der Rand von … etwas. Oder von allem.«

»*Vielleicht?* Sie wissen es nicht?«

»Woher sollte ich das wissen?«

Sie sieht mich direkt an und das ist beunruhigend. Kann sie mich mit diesen schwarzen Steinen, die ungleichmäßig im Schlamm ihres Gesichts stecken, wirklich *sehen?*

»Sprich weiter«, sagt sie. »Erzähl mir …« Sie denkt einen Moment nach. »Erzähl mir eine Geschichte.«

Um Himmels willen. Jetzt soll ich Ragg Rock Märchen erzählen, wer immer sie ist, wo immer wir hier sind, und was immer möglicherweise gerade bei Frau Och passiert. Aber ich weiß nicht, was ich tun soll, außer zu gehorchen. Also erzähle ich ihr die Geschichte von dem Bärenmädchen und der Mädchenbärin, die mir bei Graf Fournier wieder eingefallen ist. Ragg Rock nickt begeistert, während ich erzähle. Als ich geendet habe, sage ich: »Keine sehr schöne Geschichte, nicht wahr?«

»Es ist eine sehr gute Geschichte.« Das Sprechen fällt ihr jetzt leichter. Einer ihrer Zähne hat sich gelöst und hängt schief aus ihrem Zahnfleisch, das dieselbe rotbraune Schlammfarbe hat wie der Rest von ihr. »Komm mit rein – ich will dir was zeigen.«

Ich folge ihr in die kleine Hütte. Dort gibt es nicht viel, keine Sitzgelegenheit, nur einen Kessel, in dem, soweit ich sehe, noch mehr roter Schlamm köchelt, und einen kleinen Stall aus Holz und Draht.

»Guck«, sagt sie und hockt sich neben den Stall. Ich kauere mich neben sie. In dem Stall schnüffelt ein dünnes braunes Kaninchen niedergeschlagen an einem Haufen Gras. Ragg Rock greift mit einer ihrer Lehmhände in den Stall und streichelt das Kaninchen. »Das ist mein Häschen«, schnurrt sie. »Es ist so weich. Ich weiß gar nicht, wie ich es nennen soll.«

Ich habe keine Ahnung, was ich sagen soll. Ragg Rock sieht mich mit ihren Kieselaugen an. Ihre Stimme klingt jetzt längst nicht mehr so verzerrt. »Willst du es mal streicheln?«

Ich reiße mich zwar nicht darum, aber trotzdem strecke ich die Hand aus und streiche über das weiche Fell. Das Kaninchen ist warm und atmet schnell.

»Es gibt hier also Tiere?«, frage ich.

»Nein – es kommt aus der Welt. Silber Moya aus Tianshi hat es mir geschenkt. Ist das nicht nett? Sie dachte, ich würde mich über ein Haustier freuen.«

Ist das der Schlüssel zu magischer, überirdischer Unterstützung? Der aus Schlamm geschaffenen Kreatur am Rand der Welt ein flauschiges Häschen zu bringen? Das würde Frau Och bestimmt überraschen.

»Es ist zauberhaft«, sage ich. Es klingt sarkastisch. Heulende Hunde, Julia, sei nett zu der schrulligen Schlammfrau. Versuch, nicht umgebracht zu werden.

»Wie soll ich es nennen?«

»Hm, ich weiß nicht. Wie wär's mit George? Es sieht aus wie ein George.«

»Wirklich?« Sie wendet ihren Blick wieder dem Kaninchen zu, während sie es gleichmäßig streichelt. »Dann nenne ich es so. Ich mag es. Ich fasse es gern an. Ich bin einsam.«

»Das überrascht mich nicht.« Einen trostloseren Ort als diesen kann ich mir kaum vorstellen und es gibt sicher keinen abgeschiedeneren.

»Du wolltest mich um Hilfe bitten, oder?«

»Irgendwie schon.« Es kommt mir jetzt dumm vor, da ich gar nicht weiß, wo ich hier bin, wer sie ist und wem ihre Loyalität gilt, wenn es die überhaupt gibt.

Ein Grummeln in ihrer Kehle. Sie steht auf und gibt mir mit einer ungeduldigen Geste zu verstehen, ihr zu folgen.

»Die Leute wollen dauernd etwas von mir«, sagt sie, während sie aus der kleinen Hütte tritt und ein paar Schritte geht. »Auch die Schatten aus Kahge wollen etwas von mir. *Mach uns ganz. Mach uns lebendig.* Wie soll ich das denn bitte machen? Aus der Welt kommen Mütter, die mich anflehen, ihnen ihre toten Kinder zurückzugeben oder ähnlich unmögliche Dinge, aber das kann ich nicht, und ich will nicht noch jemandem dabei zusehen, wie er hier im Schlamm ertrinkt. Hexen kommen und sagen, sie würden mir etwas geben, aber sie haben nichts, was ich will. Manchmal versuchen sie mir wehzutun, weil ich ihnen nicht helfen kann. Sie glauben, sie könnten mich dazu bringen, Dinge zu tun. Sie glauben, sie könnten mir hier etwas wegnehmen. Das mag ich nicht. Die Starken – die, die mir wehtun könnten – lasse ich nicht herkommen, sie lasse ich nie herein.«

Deshalb konnten die Xianren also nicht zu ihr gelangen. Sie hat ja auch recht damit, sie zu fürchten. Ihr plötzlicher Redefluss verwirrt mich, der beiläufige Tonfall, dass sie Fraynisch spricht, obwohl sie noch vor ein paar Minuten überhaupt keine Sprache zu beherrschen schien.

»Ich werde dir nicht wehtun«, sage ich.

Sie sieht mich an und ihre Lehmlippen verziehen sich zu einem Lächeln. »Ich weiß. Du kannst mir nicht wehtun. Aber ich brauche noch mehr Futter für das Kaninchen.«

»Was für Futter?«

»Silber Moya hat mir Äpfel und Salat gegeben, aber das hat es alles aufgefressen und jetzt habe ich nur Gras und Mais. Gras und Mais mag es nicht so besonders. Zumindest der Mais ist nicht das Richtige. Silber Moya ist nicht wiedergekommen. Sie hat mir das Kaninchen gebracht, weil ich sie gebeten habe, zu mir zu ziehen. Sie hat Angst, ich würde sie nicht gehen lassen, wenn sie wiederkommt. Aber ich will nur Futter für das Kaninchen, leckere Sachen, die es mag.«

Sie sieht so verzweifelt und unglücklich aus, wie das bei jemandem mit einem Gesicht aus Schlamm nur möglich ist.

»Ich könnte dir Äpfel und Salat bringen«, sage ich. »Woher hast du den Mais? Ich sehe hier keinen Mais.«

Sie tätschelt den großen Felsen, neben dem wir stehen geblieben sind, und ich stelle fest, dass es gar kein Felsen ist, sondern ein riesiges Zifferblatt. Die schwarze Felsoberfläche ist von Adern aus Kupfer, Silber und Eisen durchzogen. Am Rand sind Zeichen eingeritzt, die entfernt an die alten yongwenischen Piktogramme erinnern, die ich in der Kaiserlichen Bibliothek gesehen habe. Der Zeiger in der Mitte ist auf ein Zeichen gerichtet, das dem yongwenischen Symbol für *Erde* entspricht. Ich kenne es von den kleinen Schreinen in den Straßen von Tianshi.

Ragg Rock greift nach dem Zeiger und dreht ihn mit einem entsetzlich knirschenden Geräusch, das mir durch Mark und Bein geht, nach rechts. Der Felsen unter meinen Füßen bebt. Eine dicke Moosdecke breitet sich auf dem Boden aus und aus dem Wassergraben am Fuß des kleinen Berges schießen Baumstämme empor, breiten die Äste aus und ergrünen. Sie wachsen immer weiter, verdecken den Blick auf die Stadt unter uns, und kriechen den Berg herauf auf uns zu. Dürre, dunkle Schmetterlinge, so groß wie mein Kopf, kommen aus dem plötzlich entstandenen Wald geflogen und winden sich um die Hütte hinter uns in den Abendhimmel hinauf. Zwischen den Bäumen sind auch andere flatternde Umrisse zu sehen, wie Tiere, die jedoch all ihre Farbe verloren haben.

»Ich kann ein paar Sachen finden«, sagt Ragg Rock. »Die Käfer kommen der Realität am nächsten, aber mein Kaninchen mag keine Käfer. Ich kann Gras und Getreide finden.« Sie dreht erneut an dem Zeiger und der Wald verwandelt sich in ein hohes, gelbes Maisfeld. Ich strauchele, als sich das Moos unter meinen Füßen zurückzieht.

»Wasser«, sagt sie mit einem erneuten Drehen und aus dem Fels fließt Wasser, woraufhin das Maisfeld in einem richtigen Wassergraben verschwindet, einem Fluss, der hell und frisch plätschernd den Berg umschließt. »Tiere brauchen Wasser, weißt du. Ich kann es am Leben halten, aber die Äpfel und den Salat mochte es am liebsten, die Sachen aus der Welt. Ich habe ein paar Bäume gefunden, die Obst tragen, aber keine Apfelbäume. Ich habe Feldfrüchte gefunden, aber keinen Salat.« Sie dreht erneut an dem

Zeiger. Der Boden hebt sich. Ich fürchte, ich muss mich übergeben. Ich halte mich an dem Felsen fest, um nicht umzukippen, und das Wasser verwandelt sich wieder in Schlamm. Ragg Rock wendet sich mir mit einem schrecklichen, scharfzähnigen Grinsen zu.

»Deine Geschichte von dem Mädchen und der Bärin hat mir gefallen. Ich sehe, dass dir jemand wehgetan hat. Wenn du mir ein paar Äpfel und Salat bringst, kannst du so lange hierbleiben, wie du willst. Hier kann man sich gut verstecken. Niemand würde dich finden. Niemand kann hier rein, wenn ich ihn nicht lasse. Und wenn jemand kommen will, verrät mir das Blut einiges, zum Beispiel, wovor er Angst hat, was er will oder wie stark er ist.«

»Ich bringe dir Äpfel und Salat«, stoße ich mühsam hervor und lasse langsam den Felsen wieder los, nachdem sie jetzt mit dem Verändern der Landschaft fertig zu sein scheint. »Aber ich kann nicht bleiben. Ich wollte … ich dachte, du wüsstest vielleicht, was ich bin.«

»Woher sollte ich das wissen?«, fragt sie und ihre Stimme bekommt einen ungeduldigen Tonfall. »Alle glauben, ich wüsste einfach alles. Ich weiß manches. Ich habe diesen Blick hier …«, mit der Hand beschreibt sie einen Kreis über die beiden offenen Türen ihrer Hütte, die Welt auf der einen und Kahge auf der anderen Seite »… und ich beobachte die Dinge seit … oh, schon sehr lange. Aber *dich* kenne ich nicht. Du siehst aus wie ein Mädchen. Bist du kein Mädchen?«

Erschrocken stelle ich fest, dass sie immer mehr so klingt wie ich. Nicht nur die Art, wie sie spricht – das beiläufige Unterschichtsfraynisch, das nach dem Gegurgel und dem fremd klingenden Hallo zum Vorschein kam –, sondern auch ihre Stimme. Bereits nach so kurzer Zeit mit mir kann sie mich perfekt nachahmen, hat sich meine Sprache und meinen Tonfall angeeignet.

»Vielleicht bin ich das«, sage ich. »Du hast gesagt, die Schatten aus Kahge bitten dich um etwas.«

»Sie wollen in die Welt kommen, wirklich werden und ganz. Näher als hier können sie der Welt nicht kommen. Von hier aus können sie die Welt sehen, wenn ich sie lasse. Aber das mache ich nicht mehr. Nicht, seit einer von ihnen rausgekommen ist. Ich habe einen Fehler gemacht. Manchmal werde ich einsam und mache Fehler.«

Einer von ihnen ist rausgekommen. Mir wird übel.

»Ich war in Kahge«, sage ich. »Ich kann dorthin.«

Sie sieht mich mit ihren Kieselaugen an und fragt: »Wie?«

»Ich weiß es nicht. Ich kann es einfach. Und einige der Schatten sind eigentlich gar nicht so schattenhaft. Sie haben Körper. Ich meine, ihre Körper sind wie eine Mischung aus verschiedenen weltlichen Tieren.«

»Ach, *die*«, sagt sie, beinahe verlegen, falls es möglich ist, dass eine Schlammfrau verlegen aussieht. »Die kenne ich. Das war auch ein Fehler.«

»Was sind sie?«

»Nur Schatten, wie die anderen. Aber eine Hexe kam zu mir … oh, das ist inzwischen fast ein halbes Jahrhundert her. Ich hätte sie niemals einlassen sollen. Zu stark. Aber so voller Trauer, dass sie alles verdrängte, was ich sonst noch hätte erkennen können, und ich war neugierig, was sie mit all den Körperteilen vorhatte.«

»Körperteile?«, sage ich mit schwacher Stimme.

»Sie schloss einen Pakt mit ihnen. Sie traf sich hier mit ihnen und brachte ihnen Teile aus der Welt. Sie befestigte diese Teile mithilfe von Magie an ihnen, damit sie Körper bekamen. Und sie gab ihnen auch noch andere Sachen. Sie spüren Liebe und Schmerz, sie können schlafen und sogar essen. Ich wollte sehen, ob es funktioniert.«

»Warum hat sie das getan? Was haben sie ihr dafür gegeben?«

»Sie gaben ihr ein wenig Essenz. Ein winziges bisschen. Genug für einen schrecklichen Zauberspruch, um jemanden, den sie verloren hatte, wieder zum Leben zu erwecken. Aber ich glaube, es lief nicht so, wie sie sich das vorgestellt hatte. Sie versuchte wieder herzukommen und war so voller Zorn, dass ich es mit der Angst bekam. Ich ließ sie nicht ein. Sie versucht es immer wieder, aber ich lasse sie nicht ein. Und diese Schatten mit den Körperteilen sind auch wütend und versuchen, in die Welt zu kommen, und die lasse ich auch nicht mehr hier rein. Zu viel Ärger. Die ganze Sache war ein Fehler.«

Ich kann mir vorstellen, was sie von mir wollen. Ich muss an diese Haken denken, die sich in mich vergruben, die Saugrohre, wie es sich anfühlte, als würde mir mein Innerstes entrissen. Vielleicht glauben sie, sie können mir nehmen, was mich befähigt, die Grenze zu übertreten. Vielleicht können sie es tatsächlich.

Aber das erklärt nicht, warum sie mich Lidari nennen. Also sage ich: »Ich bin ihnen in Kahge begegnet. Sie haben versucht mich zu töten. Und … sie haben mich Lidari genannt.«

Sie hebt die moosigen Augenbrauen. Ihr Gesichtsausdruck bekommt etwas Argwöhnisches.

»Lidari war ihr Anführer«, sagt sie und fügt nach einer längeren Pause hinzu. »Aber jetzt ist er weg.«

»Wo ist er denn?«, frage ich und denke gleichzeitig: *Bitte nicht in meinem Körper.*

»Ich weiß es nicht.«

»Du hast gesagt, einer von ihnen ist rausgekommen. Meintest du Lidari?«

Sie nickt langsam. Jetzt ist sie nicht mehr gelassen. Sie ist äußerst misstrauisch.

»Wann?«

»Beim letzten Mal ... vielleicht vor siebzehn Jahren.«

Mein Herz hämmert jetzt in meinen Ohren. Ich halte mich an dem Felsen fest.

»Und eine Hexe hat ihm geholfen, nicht wahr?«

»Ich habe sie nur herkommen lassen, damit sie sich treffen können. Lidari war schon immer interessant. Er war schon früher in der Welt gewesen und das hatte ihn ... menschlicher gemacht als die anderen. Nach so langer Zeit in der Welt hatte sich sein Wesen verändert. Selbst in Kahge hatte er eine Art eigenen Körper – er wollte keine Tierteile. Und auch die Hexe mochte ich. Ich hielt sie für meine Freundin. Das hat mich durcheinandergebracht.«

»Ich glaube, diese Hexe war meine Mutter«, sage ich. Ich habe das Gefühl, dass alle Teile vor mir liegen, es mir aber nicht gelingt, sie zu einem sinnvollen Bild zusammenzusetzen. Noch nicht. »Sie hieß Ammi.«

»Ja«, sagt Ragg Rock, jetzt noch misstrauischer. »Ammi. Stimmt.«

»Könnten meine Mutter und Lidari ... mich bekommen haben? Ich meine, könnte ich Lidaris Kind sein?«

Ich hatte nie das Bedürfnis, Ansprüche auf meinen Vater zu

stellen, aber ich hätte lieber einen jämmerlichen Opiumsüchtigen zum Vater als irgendein jenseitiges halb lebendiges Monster.

»Nein«, sagt Ragg Rock und lacht – ein unheimliches Echo meines eigenen Lachens. »Schatten aus Kahge können sich genauso wenig fortpflanzen, wie sie sterben können – für keins von beidem sind sie lebendig genug. Nur die Lebenden können Leben geben, und selbst unter den Lebenden ist das schwierig. Ein menschliches Baby entsteht ausschließlich durch zwei Menschen. So viel weiß ich schon.«

Die dumpfe Angst, die mich schon tagelang im Griff hat, breitet sich jetzt aus, wird größer, entfaltet sich wie eine dunkle, giftige Blume. Ich muss an Theo denken, an den Text, der mit ihm verknüpft wurde, als er ein Baby war – und an meine Mutter mit dem Ankh-nu, der dazu dient, die Essenz eines Wesens auf ein anderes zu übertragen. Die Erinnerung, die ich hatte, war nicht meine. Vielleicht war es Lidaris Erinnerung.

»Könnte dann Lidaris Wesen irgendwie in mich eingepflanzt worden sein?«, zwinge ich mich zu fragen. Ich will nicht glauben, dass ich etwas anderes, *jemand* anderen in mir trage, aber ich kann den Gedanken auch nicht abschütteln.

»Ich habe keine Ahnung«, sagt sie. »Ich wüsste nicht, wie. Aber ich glaube, das hättest du bemerkt. Er ist nicht die Art Wesen, das sich still verhält.«

»In Kahge bin ich anders«, sage ich. »Ich sehe aus wie etwas anderes.«

»Wie siehst du denn aus?«

»Ich weiß nicht genau. Monströs.«

»Na ja, das wäre schon ein verzerrtes Abbild«, sagt sie und zuckt mit den Schultern genau wie ich.

»Einer von ihnen hat mich mit einem Schwert verletzt, und jetzt können sie mich offenbar zu sich rüberziehen. Als wäre mein Blut ein Seil, das die Welt mit Kahge verbindet …« Ich weiß nicht, wie ich es ausdrücken soll. »Sie hatten so Haken und Rohre und haben versucht, mir etwas auszusaugen.«

»Solanzes Schwert?«, fragt sie.

»Ist Solanze der mit dem Fuchsgesicht und dem Geweih?«

»Ja. Seit Lidaris Verschwinden ist er ihr Anführer«, sagt sie. »Das Schwert war noch ein Geschenk der Hexe, die ihnen die Körper gegeben hat. Es wurde teils in der Welt und teils in Kahge geschmiedet und kann dir das Blut rauben, das wichtig ist für Magie. Dass er dich rufen kann, wenn er dir mit diesem Schwert etwas von deinem Blut genommen hat, überrascht mich nicht. Wenn das ihre Brücke zu dir ist, könntest du es ihm abnehmen, es aus Kahge entfernen. Dann könnten sie dich nicht mehr dort hinlocken.«

»Und wie soll ich das machen?« Ich will auf keinen Fall wieder dorthin zurückkehren.

Ragg Rock verlagert ein wenig das Gewicht und plötzlich zerbröselt ihr Knöchel. Ihr Bein hängt ganz schief und landet auf dem Boden, wobei der ausgetrocknete Fuß abbricht. »Verdammte Hunde!«, flucht sie im Fallen. Vor lauter Schreck fange ich sie nicht schnell genug auf. Sie knallt auf den Boden und ihr Unterarm wird vom Ellbogen getrennt.

»Oh, oh, oh!«, schluchzt sie. Das Weinen beschränkt sich allerdings auf das Geräusch und ein verzerrtes Gesicht – aus ihren schwarzen Kieselaugen dringen keine Tränen.

»Was kann ich tun?«, frage ich verzweifelt. Es ist schrecklich, dabei zuzusehen, wie jemand wortwörtlich auseinanderbricht.

»Nimm meinen Fuß«, wimmert sie. Sie selbst nimmt ihren abgebrochenen Arm in die andere Hand und zieht sich über den Pfad hinauf zu der kleinen Hütte. Ich hebe den Lehmfuß auf – er ist überraschend schwer – und folge ihr.

In der Hütte setzt Ragg Rock sich auf und rutscht zu dem Kessel mit Schlamm, der auf der Feuerstelle brodelt. Ich helfe ihr dabei, den abgebrochenen Fuß wieder an ihrem Beinstumpf zu befestigen. Sie greift in den Topf und holt eine blubbernde Handvoll Schlamm heraus.

»Ich habe gar nicht bemerkt, dass ich so ausgetrocknet bin«, murmelt sie. Sie bestreicht Knöchel und Fuß mit dem heißen nassen Schlamm und massiert ihn in die Risse ein. Bald ist ihr Bein rot, feucht und geschmeidig und ich muss es nicht mehr festhalten. Sie beugt und streckt es und wackelt mit den Zehen, während sie den Schlamm dazwischen anfeuchtet und sie ein wenig verlängert. Als Nächstes widmet sie sich ihrem Arm, setzt ihn am Ellbogen wieder zusammen und bedeckt alles mit einer weiteren Schicht Schlamm. Etwas entspannter verteilt sie den Schlamm auf Schultern, Brüsten und Bauch, zwischen den Oberschenkeln und dann auf Hals und Wangen und klopft alles leicht ein.

»Machst du mir den Rücken?«, fragt sie träge.

»Er ist zu heiß«, sage ich mit einem Blick auf den brodelnden Topf.

»Ach, der kühlt schnell ab.« Sie schöpft etwas Schlamm heraus und hält ihn mir hin. Er ist zwar heiß, verbrennt mich aber nicht, also nehme ich etwas davon in die Hände und verteile es auf ihrem Rücken. Sie rollt dabei mit den Schultern, sodass sich die Schulterblätter bewegen.

»Mir ist gerade etwas Besseres eingefallen, als Solanzes Schwert zu stehlen!«, ruft sie. »Wir füllen deine Wunden mit meinem Schlamm! Dann kommen sie nicht an dein Blut heran. Noch nicht mal mit dem Schwert – zumindest nicht mit diesem Zeug dazwischen.«

Ich möchte mich weigern, aber dann denke ich an den entsetzlichen Sog und bin bereit, alles zu tun, um diese Kreaturen davon abzuhalten, mich aus der Welt zu zerren. Wenn ich nicht zurück nach Kahge muss, um gegen sie zu kämpfen, umso besser. Also ziehe ich meine Tunika aus und lasse Ragg Rock den Verband an meinem Arm abwickeln. Sie zieht sich einen spitzen Zahn aus dem Mund und schlitzt damit Juns Naht auf.

»Au!«, rufe ich und meine Augen tränen.

»Stell dich nicht so an, das funktioniert.« Sie schöpft etwas Schlamm aus dem Topf und füllt die Wunde an meinem Arm damit. Der Schmerz ist einen Moment unerträglich – der siedende Schlamm in meinem Inneren – und ich schreie auf, aber fast so schnell, wie er gekommen ist, wird der Schmerz von einer eigenartigen, starken Taubheit abgelöst. Anschließend macht sich Ragg Rock an meiner Seite zu schaffen. Ich beiße die Zähne zusammen und lasse sie machen, während ich den hart werdenden lehmfarbenen Streifen auf meinem Arm betrachte, wo eben noch die Wunde war. Ragg Rock tupft einen Klecks Schlamm auf alle Kratzer, die die Haken verursacht haben.

»Dadurch kommen sie nicht an dein Blut«, erklärt sie fröhlich.

»Ich bin nicht Lidari«, sage ich flehentlich. »Oder? Das will ich nicht.«

»Du wirkst nicht wie er. Du bist schon mal viel zu ängstlich und nervös. Lidari wusste immer, was er wollte. Als dein Blut mich gerufen hat, war es ganz normal, menschlich. Bleib einfach weg aus Kahge. Diese Tierkörper fallen sowieso auseinander und dann können sie das Schwert nicht mehr halten. Dann sind sie einfach wieder das, was sie mal waren. Und durch den Schlamm hindurch können sie dein Blut nicht rufen.«

Ich bin erleichtert, das zu hören, aber es beantwortet meine tausend Fragen nicht.

»Wer war Lidari denn eigentlich genau?«

Erst wirkt Ragg Rock verärgert und ich glaube schon, sie wird nicht antworten, aber dann sagt sie: »Ich würde sagen, er war immer ein wenig lebendiger als die anderen. Ein wenig forscher, ein wenig verlangender. Marike hatte auf jeden Fall etwas für ihn übrig. Sie brachte ihn rüber – diese ganze Sache mit den Gethin.« Plötzlich zieht sie die Mundwinkel runter.

»Das heißt, die Eschriki-Faronen haben wirklich die Gethin aus Kahge geholt?«

»Oh ja.«

»Wie denn?«

»Es war Marike.« Jetzt sieht Ragg Rock wirklich wütend aus. »Lidari und sie haben diesen kleinen Krug gemacht. Sie nahmen etwas von seinem Wesen, etwas von ihrem, etwas von meinem Lehm und das Blut von tausend Hexen. Ich weiß nicht, wie sie die Körper der Gethin geschaffen haben. Ich hätte besser aufpassen sollen. Erst schien es, als hätte es nicht funktioniert – als hätte ihr Krug die ganzen Essenzen bloß verschluckt. Aber dann war da später diese Armee. Es ist meine Schuld. Ich wusste nicht, was sie vorhatte. Marike …«

Sie bricht ab und wiegt sich in der Hocke hin und her, einen geistesabwesenden Ausdruck in ihrem Schlammgesicht. Ich beuge und strecke meinen Arm. Die Wunde ist von dem Streifen aus rotem Schlamm vollständig verschlossen. Sie tut gar nicht mehr weh.

»Marike …?«, hake ich nach.

»Sie herrschte über den gesamten Arrekem-Kontinent, und alles was zwischen ihr und der Eroberung der nördlichen Königreiche stand, war die parnesische Armee. Altporien existierte damals noch gar nicht, dort gab es bloß verschiedene Stämme, die gegeneinander Krieg führten, einige von ihnen unter der Führung von Hexen, andere nicht. Ich habe Marike bewundert. Ist das dumm? Die Xianren versuchten dauernd, zu mir zu kommen, und ich hatte Angst vor ihnen. Es gefiel mir, wie Marike sie herausforderte. Wie auch immer, Lidari war zunächst ein Gethin, aber dann übertrug sie sein Wesen in den Körper des parnesischen Kaisers. Sie wechselte sie aus und tötete den Gethin-Körper, in dem der Kaiser steckte. Also gab Lidari vor, der Kaiser zu sein, trug seinen Körper und heiratete Marike, und dann gehörte ihr die halbe Welt. Eine Weile lang zumindest. Die beiden … sie hatten vor, ewig zu leben, indem sie von einem Körper in den nächsten hüpften. Das hat auch jahrhundertelang funktioniert, bis Lan Camshe Lidari gefangen nahm und den Körper hinrichtete, in dem er steckte. Seine Essenz kam zurück nach Kahge – ich weiß nicht, wie. Bei den Übrigen war es nicht so.«

»Und was ist aus Marike geworden?«, flüstere ich.

»Sie wurde während des Aufstiegs des Sirillianischen Reiches gefangen genommen und ertränkt. Na ja, es gibt Leute, die sagen, sie hätte vorher noch den Körper gewechselt und wäre am Leben geblieben.«

»Und sie kam nie wieder, um Lidari zu holen?«

»Ich habe sie nicht wieder hergelassen und auch keinen ihrer

Handlanger. Nicht nach dem, was sie mit den Gethin gemacht hatte. Ich hatte Angst vor ihr.«

Ich sehe den Berg hinab auf Tianshi weit unten.

»Wie komme ich zurück?«

»Ich war sehr nett zu dir«, sagt Ragg Rock, deren Stimme jetzt zwischen Wut und Schmeichelei schwankt. »Ich habe dir alle möglichen Sachen erzählt und dir geholfen. Du hast gesagt, du würdest mir Futter für George bringen. Etwas aus der Welt, das er mögen würde. Ich will nicht, dass er hier unglücklich ist.«

»Ja«, verspreche ich. »Ich komme wieder. Ich bringe Äpfel und Salat mit.«

»Gut.« Sie lächelt wieder. »Dann schwimm einfach durch den Sumpf zurück und geh den Berg hinunter. Wenn du wiederkommen willst, geh zu Silber Moya. Ich werde dein Blut erkennen. Komm bald wieder.«

»Ich komme, sobald ich kann. Aber erst muss ich einem kleinen Jungen helfen. Er hat einen Teil des *Buchs der Spaltung* in sich. Weißt du etwas darüber?«

»Aber ja. Zor Gens Sohn. Das ist Sache der Xianren. Du solltest dich da raushalten.«

»Das geht nicht«, sage ich.

»Warum nicht?«

»Weil ich ihn liebe.«

»Oh.« Sie nickt. »Liebe. Ja, davon habe ich gehört. Aber vergiss nicht, was du mir versprochen hast.«

47

Das kleine Haus in Dongshui ist dunkel, aber ich klopfe trotzdem, denn inzwischen weiß ich, dass ich besser nicht einfach reinplatze. Und damit liege ich auch ganz richtig. Nach einem kurzen Moment geht die Tür auf, in Wyns Hand flackert eine Kerze. Mit seiner anderen Hand steckt er sich das Hemd in die Hose.

»Heilige Sterne, was ist denn mit dir passiert?«, ruft er bei meinem Anblick. »Deine Kleider! Deine Haare!«

»Kann ich reinkommen?«

»Natürlich.« Er macht die Tür weit auf. Mei kommt aus dem Schlafzimmer und bindet sich einen Bademantel locker um die Taille. Sie wirft mir einen erschrockenen und wütenden Blick zu, als sie die Lampe anzündet. Ich muss grauenhaft aussehen.

»Ist Dek da?«

»Nein. Oh, jetzt sieh mich nicht so an. Was soll ich denn machen? Ihm vorschreiben, wann er zu Hause sein soll? Frau Och hat einen Baumpieper geschickt. Wir sollen uns bereithalten und die Stadt möglicherweise schon morgen früh verlassen. Warum bist du schlammverkrustet?«

»Die Dinge haben sich verkompliziert.«

»Inwiefern?«

»Sie hat mich rausgeschmissen.«

»Und versucht, dich in einer Schlammpfütze zu ertränken?«

»Nicht direkt. Habt ihr was zu essen da?«

In der Speisekammer sind noch kalte Teigtaschen. Beim Essen erzähle ich ihm, was mit Frau Och und Si Tan passiert ist. Mit jedem Bissen fühle ich mich meinem Körper und der Welt wieder stärker verbunden. Kahge oder Ragg Rock erwähne ich nicht, weil ich Wyn nie die ganze Wahrheit über mein Verschwinden nach Kahge erzählt habe und nicht weiß, wie ich es ihm jetzt sagen soll. Also erkläre ich, ich sei auf dem Weg durch die Tunnel so matschig geworden, und er hebt bloß die Augenbrauen, als wüsste er zwar, dass ich lüge, hakt aber trotzdem nicht nach. Mei lümmelt sich eine Weile auf einem Stuhl, während ich rede, dann geht sie ohne ein Wort zurück ins Bett.

»Ich glaube, sie mag mich nicht«, sage ich.

»Du bist nicht besonders nett zu ihr«, wendet Wyn ein. Ich denke darüber nach. Wahrscheinlich hat er recht.

»Weiß sie, dass du morgen abreist?«, frage ich.

»Ja. Ich bezweifle, dass sie mich vermissen wird. Ich mache ihr nichts vor, Julia. Es ist nicht wie bei Ling und Dek – die große Liebe. Hör mal, ich hab hier was, was dich aufmuntern wird. Vielleicht kannst du damit sogar Frau Ochs Gunst wiedererlangen.«

Er geht ins Schlafzimmer und kehrt mit einem Bambuskorb voller Briefe zurück, die alle mit Gangzis Wachssiegel verschlossen sind. Ich fahre mit der Hand hindurch. »Wie bist du da rangekommen?«

»Ich musste den Briefträger mit einer Pistole bedrohen. Jetzt bin ich wohl ein gesuchter Mann, von daher ist es gut, dass wir abreisen.«

»Du hast ihn erschossen?«, frage ich mit schwacher Stimme.

»Nein, ich habe ihn natürlich nicht erschossen! Heulende Hunde, Julia. Ich habe bloß damit gedroht. Wie auch immer, hier hast du deine Briefe.«

Ein leises Klopfen an der Tür. Ich springe auf, weil ich damit rechne, dass es Dek ist. Wyn macht auf und es gelingt ihm, gleichzeitig erleichtert und gereizt auszusehen. Es ist Frederick.

»Ich hatte gehofft, dich hier zu finden«, sagt er und stürmt an Wyn vorbei. »Bei allen Heiligen, was ist denn mit dir passiert? Ist alles in Ordnung?«

Ich zögere. Ich will es ihm erzählen, aber ich will nicht, dass Wyn es hört. Ich kann nicht ertragen, dass Wyn etwas anderes als einen Menschen in mir sieht. Frederick dagegen weiß bereits so viel über mich, und mit irgendjemandem muss ich darüber reden.

»Können wir einen Spaziergang machen?«, frage ich.

»Natürlich«, sagt Frederick.

Wyn wirkt verletzt. »Hier in der Gegend ist es nicht sicher.«

»Wir gehen nicht weit.«

Auf der dunklen Straße fällt es mir leichter, offen zu sprechen. Ohne Frederick anzusehen, erzähle ich ihm alles. Ich krempele meinen dreckigen Ärmel hoch, um ihm die Narbe aus rotem Schlamm auf meinem Arm zu zeigen. Bei ihrem Anblick durchläuft mich ein Schauer – dieser Streifen Schlamm sieht aus wie ein Teil von Ragg Rock. Frederick streicht sanft mit den Fingerspitzen darüber, aber ich spüre gar nichts. Ein leerer Fleck auf meinem Arm, ohne Gefühl.

»Du darfst nicht wieder verschwinden, bevor wir nicht mehr wissen«, sagt er. »Der Gedanke, dass sie dich jetzt erreichen können, weil sie dein Blut haben, ist entsetzlich.«

»Ich verschwinde nicht«, sage ich. »Was ist bei euch los?«

»Ich soll gleich morgen früh Vorräte besorgen. Wir verlassen die Stadt und treffen uns mit den anderen auf dem Bauernhof.«

»Das heißt, Frau Och hat die Suche nach Ko Dan aufgegeben?«

»Er ist entweder tot oder eingesperrt und Si Tan ist gegen uns. Die Ru durchsuchen die Stadt. Ich hätte gar nicht herkommen dürfen, aber ich musste dich sehen. Bianka und ich haben beide versucht, Frau Och umzustimmen, aber sie lässt sich nicht davon abbringen, dass sie dir nicht trauen kann.«

»Ich traue *ihr* nicht«, sage ich.

»Vertraust du denn irgendjemandem?«

Die Frage versetzt mir einen Stich. Denkt er das wirklich? Dass ich niemandem vertraue?

»Ja. Ein paar Leuten schon. Dir auch. Ich vertraue dir sogar vollkommen.«

Darauf folgt Schweigen. Ich wage es nicht, ihn anzusehen, sondern spreche schnell weiter. Die Worte kommen aus meinem Mund, ohne dass ich sie durchdacht habe.

»Ich habe gerade herausgefunden, dass meine Mutter vor meiner Geburt … also kurz vor meiner Geburt … bei Ragg Rock war und eine Art Pakt mit Lidari geschlossen hat. Zumindest glaube ich das. Um ihn mithilfe des Ankh-nu in die Welt zu bringen. Und nachdem sie direkt danach versucht hat, Casimir zu töten, nehme ich an, dass sie im Austausch dafür eine Art Macht oder Magie von ihm bekommen hat. Ich glaube … ich *fürchte*, das bin ich – irgendein Monster aus Kahge. Was, wenn das stimmt, und alles, für das ich mich halte, falsch ist und Julia zu sein nur … eine Maske?« Er versucht mich zu unterbrechen, aber ich kann jetzt nicht aufhören, da ich zum ersten Mal meine schlimmsten Albträume in Worte fasse. »Was, wenn das *Ding* in mir beschließt, diese Maske abzustreifen, und alles, wofür ich mich halte, plötzlich verschwunden ist, einfach weggeworfen, und ich etwas ganz anderes bin, etwas Entsetzliches? Vielleicht würde das auch erklären, warum ich Theo entführt habe und warum ich mich so anstrengen muss – es ist einfach so unheimlich anstrengend, anständig zu sein und das Richtige zu tun, und vielleicht täusche ich mich sowieso darüber, was überhaupt das Richtige ist …«

»All das klingt eigentlich ziemlich menschlich«, sagt Frederick und nimmt meine Hände. »Ich weiß nicht, was die Wahrheit ist, Julia. Aber nur mal angenommen, du würdest wirklich herausfinden, dass deine Herkunft nicht die ist, die du denkst, dass du wirklich irgendwie aus Kahge stammst …« Beim Anblick meines Gesichtsausdrucks hebt er die Hand. »Ich glaube nicht, dass es so ist. Aber ich frage dich: Wenn es so wäre – was würde sich dadurch verändern? Wäre dir Theo dann nicht mehr wichtig? Würdest du den Versuch aufgeben, ihm zu helfen?«

»Du verstehst das nicht!«, rufe ich. »Ich habe Angst, dass ich die Kontrolle über meine Gefühle verlieren könnte. Dass sie sich verändern könnten, wenn auch ich so anders sein kann. Dass ich … ich weiß nicht, von innen heraus gestürzt werden könnte.«

»Du bist irgendwo anders gewesen. Du bist etwas anderes gewesen und doch bist du immer noch dieselbe. Was immer deine Macht ist, was immer du möglicherweise noch in dir hast, du bist und bleibst Julia mit Julias Gefühlen und Hoffnungen und ihrem unglaublichen Mut, mit Julias Güte.«

»Für meine Güte und ein paar Groschen könntest du dir eine Tasse Kaffee kaufen«, sage ich – ein schlechter alter Witz meines Vaters. Lustig, dass er mir gerade jetzt einfällt.

Frederick schüttelt den Kopf. »Das stimmt nicht. Du musst dir selbst verzeihen.«

»Ich versuche es mir zu verdienen.«

»Selbst wenn du Theo rettest, ändert das nichts daran, was du getan hast«, sagt er. »Du hast dir Biankas und meine Freundschaft *trotz* allem, was du getan hast, verdient, indem du Minute um Minute, Tag um Tag der mutige, selbstlose Mensch gewesen bist, der du beschlossen hast zu sein.«

Ich spüre, wie etwas in mir nachgibt, und falle ihm geradezu in die Arme. Er drückt mich an sich, sodass ich seinen gleichmäßigen Herzschlag höre. Wie ich hier verängstigt, erschöpft und mit getrocknetem Schlamm bedeckt auf der dunklen Straße stehe, möchte ich so gern glauben, dass er recht hat. Wie könnte ich so viel fühlen, wenn ich nicht Julia bin? Dann fällt mir auf, dass ich ihn ganz dreckig mache, und ich löse mich, plötzlich verlegen, von ihm.

»Ich sollte zurückgehen«, sage ich. »Ich muss mit Dek reden, sobald er nach Hause kommt.«

»Ich werde noch mal mit Frau Och über dich sprechen«, sagt Frederick. »Aber sie ist nicht leicht umzustimmen, wenn sie sich einmal etwas in den Kopf gesetzt hat.«

Wir kehren zum Haus zurück, wo Wyn auf einem Stuhl döst, und ich gebe Frederick den Korb mit den Briefen.

»Nimm die mit zu Frau Och«, sage ich. »Vielleicht gibt es irgendwo einen Hinweis auf den Ankh-nu, wenn wir Glück haben.«

»Ich schaue sie mir noch heute Nacht an«, verspricht er.

Wir verabschieden uns und ich schließe die Tür hinter ihm.

Wyns Kopf ruckt hoch. »Ist Frederick gegangen?«, fragt er. »Ist alles verziehen?«

Was für eine Frage.

»Ich glaube nicht, dass Frau Och ihre Meinung ändern wird«, sage ich.

Kurzes Schweigen, dann sagt Wyn, den Blick zur Decke gerichtet: »Ich hätte nicht gedacht, dass er dein Typ ist.«

Wenn ich nicht so vollkommen erschöpft wäre, würde ich vielleicht lachen. »Ich glaube nicht, dass ich einen Typ habe«, sage ich und belasse es dabei. Ich werde Wyn ganz sicher nicht von Jun erzählen. Außerdem hält Jun mich inzwischen sowieso für ein Monster.

»Hör zu, ich weiß nicht, ob Dek heute überhaupt noch nach Hause kommt«, sagt Wyn. »Ich würde dir ja mein Bett anbieten, aber da liegt jetzt Mei. Du könntest Deks nehmen oder wir legen eine Decke auf den Boden. Ich wünschte, wir könnten dich ein bisschen sauber machen.«

»Ich kann jetzt nicht schlafen«, sage ich. »Ich muss Ko Dan finden, bevor Frau Och die Stadt verlässt.«

»Was, heute Nacht? Wie denn?«

»Ich weiß es nicht.«

Es klopft erneut an der Tür, aber auch diesmal ist es nicht Dek. Es ist ein zerlumpter Bursche mit einer schnell auf Fraynisch hingekritzelten Nachricht für *mich*:

Hilf mir bitte. Komm zu alte Thien. Jun.

48

Ich lasse Wyn in dem kleinen Haus zurück. Sein Angebot, mich zu begleiten, habe ich ausgeschlagen. Auch wenn Jun mir geholfen und gesagt hat, er habe mir verziehen, kann ich doch seinen entsetzten Gesichtsausdruck dort in der Gasse nicht vergessen, nachdem ich ihn mit nach Kahge genommen hatte. Wie er mich als Monster bezeichnet hat. Seine große Angst vor mir, nachdem er mit eigenen Augen die Wahrheit über mich erkannt hat, ist wie Gift in mich eingesickert. Ich will so unbedingt glauben, dass er mir vertraut, dass er mich um Hilfe bitten würde, dass da immer noch etwas zwischen uns sein könnte.

Deshalb nehme ich mir nicht die Zeit, mich zu fragen, wie wahrscheinlich das wirklich ist. Nicht, bevor ich bei der alten Thien reinplatze und Pia sehe, die die Stiefel auf den Tisch gelegt hat.

Sie nimmt die Beine runter und zeigt mit einer behandschuhten Hand auf den Stuhl ihr gegenüber.

Ich wage es nicht zu verschwinden, also setze ich mich. Verdammt, verdammt, *verdammt!*

»Geht es Jun gut?«, frage ich und versuche meiner Stimme nicht anmerken zu lassen, wie viel er mir bedeutet.

»Ich habe ihm nichts getan«, sagt Pia. »Es war gar nicht nötig. Er hat dich leicht verraten – hat kaum mit der Wimper gezuckt. Allerdings konnte er mir nicht sagen, wo ich Frau Och und den kleinen Jungen finde. So nah hast du ihn nicht an dich rangelassen. Und, hast du dich entschieden?«

»Was?«

»Ich weiß natürlich, dass du den Jungen nicht ausliefern wirst. Aber du könntest dich immer noch selbst ausliefern. Dann würde Casimir Frau Och weiter durch die ganze Welt jagen und es bleibt offen, wer gewinnen würde, aber das wäre dann nicht länger dein Problem. Du hättest Gold, Abenteuer, eine gewisse Freiheit. Besser, als gebrochen zu sein. Ich hoffe, du hast gründlich darüber nachgedacht.«

»Es war ziemlich viel los, seit wir uns das letzte Mal gesehen haben«, sage ich.

»Sieht ganz so aus.« Sie mustert mich. »Ich war mir nicht sicher, ob du es gestern Abend überhaupt zurückschaffen würdest, so wie du geblutet hast. Und doch bist du hier hereinmarschiert, als wäre nie etwas geschehen. Bemerkenswert.«

»Ich werde nicht für Casimir arbeiten«, sage ich.

Pias Brille surrt, aber ihr Gesichtsausdruck bleibt unbewegt.

»Übrigens arbeite ich auch nicht mehr für Frau Och«, füge ich hinzu. »Ich war etwas zu unabhängig für ihren Geschmack. Sie hat mich rausgeschmissen. Also bin ich vermutlich sowieso raus aus dieser Angelegenheit.«

Pia stößt ein klirrendes Lachen aus.

»Du wirst nie raus sein. Nicht, nachdem Casimir gesehen hat, was du kannst.« Sie beugt sich über den Tisch zu mir herüber. »Was ist mit dir passiert? Du bist verschwunden und blutend zurückgekehrt. Ich dachte, das mit dem Verschwinden wäre eine Art optische Täuschung. Aber du warst wirklich irgendwo und etwas hat dich verletzt, nicht wahr?«

»Ja.«

Ein Teil von mir würde es ihr gern erzählen. Sie würde mich nicht ungläubig oder schockiert anstarren. Sie wäre nicht verängstigt, entsetzt oder angeekelt. Aber ich halte den Mund.

»Shey könnte dir helfen, wenn du Hilfe brauchst«, sagt sie.

Ich schaudere beim Gedanken an die bucklige Hexe mit dem traurigen Gesicht.

»Ich habe mehrmals auf sie geschossen.«

»Das würde sie dir nicht nachtragen.«

»So wie Sie es mir nicht nachtragen, Sie mit einem Messer durchbohrt und sterbend zurückgelassen zu haben?«

Sie lächelt.

»Rache interessiert mich nicht, Julia. Mit dem Wirbelsturm habe ich abgeschlossen.«

Das Bild von Haizea mit den blutunterlaufenen Augen und gefletschten Zähnen steigt vor mir auf.

»Inwiefern abgeschlossen?«

Mir dreht sich der Kopf, aber sie lehnt sich zurück, plötzlich entspannt und in Plauderlaune. »Ich hatte bereits meine Gelegenheit. Casimir hat Verständnis für Rache und er kann großzügig sein. Er ließ mich gewähren, gab mir eine Rolle bei der Zerstörung des Sidhar-Zirkels. Ich will nicht leugnen, dass es etwas Befriedigendes an sich hatte. Ich brachte meine Wärterinnen dazu, vor mir zu kriechen. Einige von ihnen ließ ich tot zurück, andere mit Schmerzen und Albträumen. Aber das ist eine hässliche Aufgabe. Der Wirbelsturm kennt kein Ende.«

Casimir. Wenn ich die Gelegenheit und die Macht hätte, was würde ich dann mit ihm machen? Casimir, der meine Mutter ertränkt hat, Casimir, der mir Hand und Nase gebrochen hat, Casimir, der Theo entführt hat. Nein, das war ich. Ich habe Theo entführt.

»Jene, die die Schwachen terrorisieren, denken selten darüber nach, dass ihr Opfer eines Tages erstarken könnte. Ich fand sogar den Mann, der zu mir kam, als ich klein war, den, von dem ich dir erzählt habe, der mir Dinge raubte, von denen ich noch gar nicht wusste, dass ich sie besaß. In meiner Erinnerung ragte er so hoch vor mir auf, aber als ich ihn wiederfand, war er bloß ein normal großer, alt gewordener Mann mit schlechten Zähnen, miserabler Gesundheit und einer Frau, die ihn verabscheute. Er war ein schwächlicher Duckmäuser. Ich ließ den Wirbelsturm wüten, ließ ihn Stück um Stück auseinanderreißen und in alle vier Winde verstreuen. Im Auge jenes Sturms gibt es kein Richtig oder Falsch, nur die reine Macht und die Überzeugung, dass nichts ihn aufhalten kann. Aber Rache ist ein mächtiges Ding, das man in sich trägt. Wenn sie dich nicht auseinanderreißt, verändert sie dich zumindest. Sie lässt dich leer zurück. Ja, ich würde sagen, sie hat eine gewisse Befriedigung an sich, sogar eine Art Freude, aber weniger, als man annehmen würde, und anschließend, na ja … dann ist die Landschaft eine andere. Alles, was einem vorher wichtig war, ist plötzlich weg. Es gibt so viel Platz und nichts, was die Wut ersetzen könnte.«

Ich will hier nicht mit Pia darüber plaudern, wie wahnsinnig sie ist, gleichzeitig bin ich jedoch gefesselt.

»Bereuen Sie es?«

»Nein. Aber ich hatte genug. Ich hatte genug Mühe, Zorn und sogar Hoffnung. Hiermit« – sie schlägt den Schaft ihres Handschuhs zurück und hält mir die heiße Metallscheibe an der Innenseite ihres Handgelenks hin – »bin ich meinem Frieden am nächsten gekommen. Der Freiheit von der Entscheidung. Das kann eine Erleichterung sein.«

Ich schüttele den Kopf, mein Inneres zieht sich zusammen. »Lieber sterbe ich, als mich so von ihm vereinnahmen zu lassen.«

»Du weißt genauso gut wie ich … nein, nicht ganz genauso gut wie ich, aber trotzdem weißt du, dass es viele Dinge gibt, die schlimmer sind als der Tod, und dass du dich Casimir eher unterwerfen wirst, als diese Dinge zu erleiden.«

Es herrscht Schweigen.

»Was hast du jetzt vor, wo du nicht länger in Frau Ochs Diensten stehst?«, fragt sie.

»Ich finde schon etwas.«

»Deine letzte Chance, Julia. Bitte denk gut darüber nach. Soll ich Casimir sagen, dass deine Antwort Nein lautet?«

»Sie können dem Kerl sagen, was immer Sie wollen«, entgegne ich und stehe auf.

Ich bin schon an der Tür, als sie gedehnt sagt: »Bevor du nach Tianshi gekommen bist, hatte ich schon fast vergessen, dass du einen Bruder hast.«

Ich erstarre.

»Der Krüppel«, sagt sie. »War es die Plage?«

Ich drehe mich langsam zu ihr um. Ihre Hand liegt auf ihrem Messer, bereit für mich.

»Was haben Sie mit ihm gemacht?«

»Nichts. Ich nehme an, er ist unterwegs und amüsiert sich mit seinem Mädchen. Hübsches Ding, nicht wahr?«

»Lassen Sie ihn in Ruhe.« Aber meine Stimme zittert heftig.

Sie zuckt die Achseln. »Dein Freund Jun dagegen … ich sollte vielleicht erwähnen, dass ich Baron Skaal als Zeichen meines guten Willens Graf Fourniers Adresse gegeben habe. Sie suchen nach allen, die der Prinzessin geholfen haben. Solltest du also herausfinden, dass einem von ihnen doch etwas zugestoßen sein sollte, war das nicht ich. Zumindest nicht direkt.«

Ich reiße die Tür auf und renne los.

49

Das Haus in Dongshui ist leer, abgesehen von Mei, die in Wyns Bett schläft. Wyn ist weg. Keine Spur von Dek. Ich stehe dort in der Dunkelheit und lausche auf meinen Atem, aber ich habe keine Ahnung, wo sie sein könnten, keine Möglichkeit, einen von beiden zu finden. Ich hinterlasse eine hingekritzelte Nachricht auf dem Tisch: *Nicht mehr sicher hier.* Dann wecke ich eine ziemlich aufgebrachte Mei, scheuche sie in ihre Kleider und raus aus dem Haus. Sie lässt sich von mir nach Hause bringen – eine triste kleine Unterkunft im Schatten der Nordmauer – und knallt mir ohne Abschied die Tür vor der Nase zu.

Graf Fourniers Haus ist dunkel und sieht von außen unverändert aus, im Innern ist es jedoch völlig auseinandergenommen worden. Hinter dem Schreibtisch entdecke ich den Leichnam des Grafen voller blutiger Löcher. Seine Miene spiegelt erstarrtes Entsetzen wider. Ich knie mich neben ihn, und obwohl seine toten Augen zur Decke hinaufstarren, sage ich seinen Namen, als könnte er antworten: »Graf Fournier?«

Jetzt verstehe ich, warum man Toten die Augen schließt. Es ist zu schrecklich, sie ins Nichts starren zu lassen. Seine Augenlider fühlen sich unter meinen Fingern immer noch warm und weich an, als ich sie zudrücke. Ich lasse ihn dort liegen, und während mir das Herz bis zum Hals hämmert, durchsuche ich den Rest des Hauses.

Jun sitzt in dem eingestürzten Zimmer im hinteren Teil des Hauses zusammengesunken an der Wand und hantiert an der Kiste mit Verbandsmaterial herum, mit der er mich vorhin verarztet hat. Bei meinem Anblick strömen ihm Tränen aus den Augenwinkeln. Seine rechte Seite ist rot vor Blut.

»Lass mal sehen«, sage ich.

»Hier ist die Kugel«, erklärt er mit belegter Stimme und zeigt auf seine rechte Schulter. »Ich gehen zu Boden, spiele tot. Es sind so viele – zu viele.«

»Es tut mir so leid.«

»Er ist tot.«

»Ich weiß. Jun, du brauchst einen Arzt. Sag mir, wo ich hinsoll.«

Er schüttelt den Kopf.

»Deine Freundin vorher kommen. Sie nicht deine Freundin. Sie sagen, sie deine Freundin. Die, mit der du neulich gekämpft, mit komische Brille.«

»Sie ist nicht meine Freundin.«

Er schließt die Augen, und ich habe das Gefühl, der Boden sackt unter mir weg. Aber dann sagt er: »Sie sagen, sie ihn töten, also ich schreiben die Nachricht, sage ihr von alte Thien. Aber sie kommen trotzdem und töten ihn.«

»*Sie* hat Baron Skaal diese Adresse gegeben.« Ich will, dass er das weiß. Ich will, dass er weiß, dass nicht ich es war. Aber vermutlich war ich es auf gewisse Weise doch. Ohne mich hätte Pia keinerlei Interesse an Jun oder Graf Fournier gehabt. »Jun, hör mir zu! Wo finde ich einen Arzt?«

Er seufzt schwer. »Erst ich muss schlafen.«

»Du darfst jetzt nicht einschlafen. Ich hole Hilfe!«

Er wirft mir einen benommenen Blick zu und schließt wieder die Augen.

Ich habe Angst zu verschwinden, aber ich bin nicht stark genug, um ihn anders zu tragen. Ich drücke ihn an mich – er riecht nach Blut und Schweiß – und ziehe mich an den Rand jenes körperlosen Ortes zurück, wo sich das Zimmer unter mir ausbreitet, all seine Ecken gleichzeitig ganz nah und weit weg. Sofort spüre ich, wie mein Blut unter Ragg Rocks Schlamm aufwallt, spüre das Ziehen und Zerren von etwas direkt hinter der Leere. Ich ziele auf das Fenster und wir landen krachend im inneren Hof auf dem Boden, sodass Juns Kopf in meinem Arm nach hinten zuckt. Ein Schluchzen steigt aus meiner Kehle auf. Ich ziehe mich wieder zurück, hinaus über Tianshi. Die näher rückenden Dachziegel glänzen dunkel unter mir und um mich herum, das Wasser in den Kanälen wogt schwarz und schweigend durch die Stadt, die Sterne kommen zum Vorschein und der Mond blickt auf alles herab wie ein ausdrucksloses unglückliches Auge. Der Himmel ist voller geflügelter Gestalten, was mich verwirrt und verängstigt. Ich bringe uns in Nanmu hinunter und kehre neben einem kleinen Schrein für den Erdgeist, um den herum Obst, Wein und Becher voll Reis aufgeschichtet sind, wieder in meinen Körper zurück. Ragg Rock hatte recht: Sosehr die Wesen aus Kahge auch an meinem Blut zerren mögen, der Schlamm bietet eine undurchdringliche Schranke, wirksamer als mein Fleisch, das zwischen der Welt und ihrem Schatten zu leicht dahinschmilzt und sich neu bildet. Ich sehe mit meinen eigenen Augen nach oben, die geflügelten Gestalten kreisen weiter über der Stadt, riesige Vögel, die immer niedriger fliegen. Ich hole tief Luft und ziehe mich wieder zurück.

Mit schwankenden Sprüngen aus der Welt hinaus und wieder herein bringe ich Jun zu Frau Ochs Haus. Hinter mir höre ich ein Zischen, schwach, aber unaufhörlich: *Lidari.*

Shey könnte dir helfen, hat Pia gesagt. Das ist der einzige verführerische Teil ihres Angebots, jetzt, da Frau Och mit mir abgeschlossen hat. Ich trete das Tor auf und die Zaubersprüche in den Hofmauern fangen an zu kreischen wie eine ganzer Schwarm Zikaden.

»Ich bin's«, rufe ich und versuche Jun über die Schwelle zu zerren. »Ich brauche Hilfe!«

Frederick erreicht mich als Erster und hilft mir, Jun ins Haus zu tragen.

»Er wurde angeschossen«, sage ich.

Jun ist jetzt kaum noch bei Bewusstsein und murmelt wirres Zeug. Ich bin so auf ihn konzentriert, dass ich sie nicht kommen sehe. Frau Och kommt auf mich zugestürzt und wirft mich raus. Erschrocken lande ich am Fuß der Treppe. Bianka kommt hinter uns hergerannt.

»Geh rein«, befiehlt ihr Frau Och. »Und sorg dafür, dass der Radau der Mauern augenblicklich aufhört, bevor die Ru uns entdecken!«

»Sie dürfen ihr nichts tun«, sagt Bianka mit zitternder Stimme und tritt zwischen uns. »Das werde ich nicht zulassen.«

»Schon gut«, sage ich zu Bianka und rappele mich auf. »Sie kann mich nicht anrühren.« Das ist an Frau Och gerichtet, die mich durchdringend anstarrt. »Hilf Frederick!«, bitte ich Bianka. »Hilf Jun! Ich muss mit Frau Och sprechen.«

»Ruf, wenn du mich brauchst«, sagt sie und geht wieder rein, lässt die Tür jedoch offen. Frau Och und ich stehen uns im Hof gegenüber. Das Kreischen der Wände verstummt plötzlich und die Nacht legt sich schwer über uns. Ich kann aufgeregte Stimmen aus den benachbarten Höfen hören. Es ist dunkel, aber die noch dunkleren Schatten Hunderter Vögel bevölkern weiterhin den Himmel.

»Was ist los?«, frage ich.

»Si Tan sucht nach uns«, sagt Frau Och. »Wir müssen abreisen. Ich habe dir gesagt, du sollst nie wieder einen Fuß in mein Haus setzen. Warum bist du hier?«

»Jun ist angeschossen worden. Ich wusste nicht, wo ich ihn sonst hinbringen sollte. Er hat Sie damals im Kloster gerettet. Graf Fournier ist tot, Jun hat jetzt niemanden mehr und er hat uns geholfen. Werden Sie *ihm* helfen?«

»Ich werde ihn nicht blutend auf die Straße setzen, wenn du das meinst«, sagt sie scharf. »Aber wenn ich dich loswerden will, muss ich offenbar drastischere Maßnahmen ergreifen, als es dir einfach zu sagen.«

»Warten Sie«, sage ich. »Ich war bei Ragg Rock. Sehen Sie.«

Ich ziehe meine Tunika hoch, damit sie den langen Streifen Schlamm an meiner Seite sehen kann – dann mache ich die sicher sehr seltene Erfahrung, sie überwältigt und sprachlos zu sehen. Sie streckt eine zitternde Hand aus und fährt mit dem Zeigefinger über die Lehmnarbe.

»Was steht in Gangzis Briefen?«, frage ich.

Sie sieht mich lange an, dann antwortet sie: »Er schreibt an jeden Kriegsherrn, jeden untergeordneten Beamten, jeden Bürgermeister, jeden Polizeichef und jede einflussreiche Familie im gesamten Kaiserreich und setzt sie alle auf die Suche nach dem Ankh-nu an. Er könnte überall sein.«

»Dann haben wir eine mindestens genauso große Chance, ihn zu finden, wie er«, sage ich.

Sie lächelt spöttisch und ich zwinge mich trotz des Kloßes in meinem Hals zu der Frage: »Sie glauben, ich könnte Lidari sein, nicht wahr?«

»Ich weiß nicht, was du bist.«

»Ich auch nicht!«

»Was willst du von mir, Julia?«

»Noch eine Chance«, sage ich. »Nicht meinetwegen – wegen Theo und Bianka. Ich erwarte nicht, dass Sie mich bezahlen. Wenn es erledigt ist, hören Sie nie wieder von mir, außer Sie rufen mich, und wann immer Sie mich rufen, komme ich. Lassen Sie mich Ko Dan finden und zu Ihnen bringen.«

»Wie?«

»Ich weiß es noch nicht. Aber ich werde es schaffen. Vielleicht kann *er* uns dabei helfen, den Ankh-nu zu finden.«

Sie berührt erneut die Schlammnarbe, drückt darauf. Ich trete zurück und ziehe die Tunika wieder runter.

»Wir können nicht hierbleiben.« Sie zeigt auf den Himmel, die niedrig kreisenden Vögel.

»Warten Sie bloß noch ein paar Stunden«, flehe ich sie an. »Ich werde Ihnen Ko Dan bringen.«

»Du bist ja zuversichtlich, Julia.«

Nein, nur verzweifelt. Sie mustert mich, als versuchte sie, mir mitten ins Herz zu sehen. Was immer dort sein mag, ich weiß es nicht. Dann sagt sie: »Du hast Zeit bis morgen früh, aber länger warte ich nicht.«

»Ich werde ihn finden«, erkläre ich mit einer Überzeugung, die ich nicht fühle. »Aber … falls nicht?«

»Ja?«

»Sie würden doch nie tun, was Si Tan will, oder? Ich muss es wissen. Ich muss sicher sein, dass Sie Theo nie etwas zuleide tun werden.«

»Wenn du die Wahl hättest zwischen seinem Leben oder dem Tausend anderer, was würdest du tun? Würdest du ihn trotzdem retten wollen, egal, welchen Preis das für die Welt hätte?«

»So weit ist es nicht«, sage ich, weil ich nicht sagen will: Ja, ich würde mich für Theo entscheiden. Ich würde mich auf jeden Fall für Theo entscheiden.

»Ich bin schon lange auf dieser Welt«, erklärt sie. »Casimir würde sagen, dass solche Kleinigkeiten keine Rolle spielen. Ein Leben hier, eins da. Was bedeutet das schon angesichts der großen Vergessenheit der Zeit, in dieser kleinen Ecke des Weltalls, in der alles nur ein kurzes Aufflackern im Nichts ist? Casimir versucht sich an großen Gesten; seine Ziele, seine Gedanken sollen alle groß sein, damit sein Leben etwas bedeutet. Meiner Meinung nach ist jedes Streben nach Größe vergeblich. Es ist leicht zu glauben, dass nichts eine Rolle spielt, dass Leben und Liebe bedeutungslos sind, dass es nichts gibt, was es wert ist, sich dafür einzusetzen. Aber hier sind wir trotz alledem. Wenn ich den Leidenden Linderung verschaffen kann, wenn ich denjenigen Hilfe anbieten kann, die glauben, ihnen sei nicht zu helfen, wenn ich in diesem kleinen Theaterstück auf der richtigen Seite spielen kann, dann sollte ich das tun, denn ich *muss* spielen, ob ich will oder nicht.

Nenn es Liebe zum Detail. Wir sind hier und müssen unsere Entscheidungen treffen. Was Gennady getan hat, war falsch – ein lebendiges Gefäß für sein Fragment des Buchs zu schaffen. Aber jetzt ist Theo nun mal am Leben, er ist ein Kind, und wenn ich ihm die Chance auf ein Leben geben kann, werde ich das tun.« Sie fährt sich plötzlich mit der Hand übers Gesicht, als wäre sie gerührt, und das überrascht mich. Aber als sie fortfährt, klingt ihre Stimme kühl und klar. »Im Laufe der Jahre sammelt sich Reue an. Das weißt selbst du, so jung du noch bist. Wenn man jahrhundertelang lebt, können die Reue, die Sorgen und Verluste unerträglich werden. Ich werde tun, was richtig ist. Ich werde Theo beschützen, solange es richtig ist.«

»Und was ist der Wendepunkt? Wann ist es Ihrer Meinung nach nicht mehr richtig, Theo zu beschützen?«

»Bring mir spätestens morgen früh Ko Dan«, sagt sie, »dann musst du dir darüber keine Gedanken machen.«

Die Vögel kreisen immer niedriger über der Stadt. Einer von ihnen stößt in den Hof hinab, fliegt direkt über unsere Köpfe, sodass wir uns beide instinktiv ducken und den Kopf mit den Händen schützen. Er ist schwarz und so groß wie ein Schwan. Nach einer Runde durch den Hof lässt er eine Schriftrolle auf den Boden fallen, bevor er wieder über die Mauer davonschießt.

Wir stürzen uns gleichzeitig auf das Papier. Ich bekomme es als Erste zu fassen, entwische ihr und entrolle es, während sie mit mordlüsterner Miene und ausgestreckter Hand auf mich zukommt und es einfordert.

»Es ist leer«, sage ich und lasse es mir abnehmen. Frau Ochs Augen bewegen sich über die Seite, als würde sie lesen, und mein Herz zieht sich zusammen.

»Es ist *leer*«, wiederhole ich. »Sehen Sie etwas? Lesen Sie es?«

Sie sieht mich mit hochgezogenen Augenbrauen an und das Papier zerfällt in ihrer Hand zu Staub.

»Was war das?«, rufe ich.

»Eine Warnung von Si Tan«, sagt sie.

»Was für eine Warnung? Was stand da?«

»Wir haben keine Zeit mehr.«

Einen Augenblick lang sehen wir uns an, dann drehe ich mich um und gehe ins Haus, hole meine Tasche und stecke eine Rolle Seil hinein. Bianka schreibt Magie neben Jun, der jetzt friedlich zu schlafen scheint, die blutige Schulter ordentlich verbunden.

»Er hat ziemlich viel Blut verloren«, sagt Frederick.

»Es ist in Ordnung«, stößt Bianka zwischen zusammengebissenen Zähnen hervor. Die Spitze ihrer Feder bricht ab. »Verdammt. Hol mir bitte eine andere.«

Frau Och kommt hinter mir herein, ich spüre ihren Blick auf meinem Rücken. Ich drehe mich um und hänge mir die Tasche über die Schulter.

»Ich hole ihn jetzt gleich«, erkläre ich und gehe zur Tür.

»Julia«, sagt Frau Och – ein leises, bedrohliches Summen.

»Warten Sie hier auf mich«, sage ich, ohne mich umzudrehen. »Ich komme mit Ko Dan zurück.«

Ich verschwinde und durchquere die Stadt, während die Vögel den Himmel bevölkern und über Häusern herabstoßen. In den Straßen und im Rinnstein finde ich überall diese leeren Rollen Papier. Alle lösen sich auf, nachdem ich sie angesehen habe, und keine davon zeigt mir irgendetwas. Ich renne los.

Ich muss an die kleinen Haken denken, die die Kreaturen in Kahge hatten und mit denen sie etwas aus mir heraussaugten, was immer es war, was sie von mir wollten. Ich muss an Casimir denken, der mir alles anbietet, was ich will, wenn ich mich an ihn binde und ihn meine Macht nutzen lasse. An Si Tan, der Frau Och um mich gebeten hat, als wäre ich ein Stück Vieh, und an Frau Och, die erwiderte: *Sie gehört mir.* Pias Stimme: *Du bist ihr Hund.*

Aber ich bin niemandes Hund und was immer in mir ruht, ob es Lidari ist, der in Julias Haut und Knochen lauert, oder etwas anderes, niemand außer mir wird diese Macht nutzen und keine Haken werden mich herauszerren. Jene, die mich benutzen wollen, die Besitz von mir ergreifen wollen, haben schon die ganze Zeit über gewusst, was ich selbst erst zu verstehen beginne: Ich bin stärker als sie. Was immer ihre Quelle sein mag, diese Macht ist entsetzlich, unaufhaltsam – und sie gehört *mir.*

50

Si Tan sitzt mit der Kaiserinwitwe über eine Karte von Yongguo gebeugt in dem kokonartigen, mit Seide ausgekleideten Raum. Beide rauchen duftende schwarze Zigaretten und flüstern miteinander. Die Kaiserinwitwe sieht mich als Erste, als ich vor ihnen auftauche. Sie greift in ihre Robe nach der Pistole und Si Tan springt mit entsetztem Gesicht auf und streckt eine Hand aus, um mir Einhalt zu gebieten.

Ich packe ihn im Nacken. Das dauert keine Sekunde – weniger Zeit, als er braucht, um mich abzuschütteln, weniger Zeit, als die Kaiserinwitwe braucht, um ihre Pistole auf mich zu richten. Ich kralle ihm die Hand in das Fleisch an seinem Hals und ziehe.

Wir überqueren die Grenze zum Nichts, die Welt und unsere Körper weichen zurück und wir landen in der schwarzen Hülle der Stadt, in der ich aufgewachsen bin. Ich atme verbrannte Luft ein. Meine klauenartigen Hände, meine dunkel geschuppten Arme. Das bin ich also: dieses Monster. Das auch.

Si Tan hat die Augen weit aufgerissen und zittert. Ich zerre ihn auf den brodelnden Fluss zu und er stolpert hinter mir her. Trotz all seiner körperlichen Kraft in der Welt bin ich hier stärker als er – viel stärker.

Fast augenblicklich tauchen die zusammengestückelten Bestien mit ihren Haken, Rohren und verrosteten Waffen auf.

»Weißt du, was dieser Ort hier ist?«, frage ich.

»Eine Illusion«, sagt Si Tan keuchend.

»Nein. Dies ist Kahge. Ich werde dich hierlassen und diesen Kreaturen zum Fraß vorwerfen, wenn du mir nicht hilfst.«

»Wobei helfen?«

»Ist Ko Dan am Leben?«

»Ja«, ruft er.

»Dann bring mich zu ihm.«

Sein Gesicht ist gleichzeitig vor Furcht und Wut verzerrt. »Och Farya hat dich geschickt, um mir zu drohen.«

»Nein«, sage ich. »Vergiss sie. Sieh mich an. Ich könnte dich hier sterben lassen und würde nichts dabei empfinden. Und als Nächstes die Kaiserinwitwe. Dann den Kaiser selbst. Seinen Erben. Ich kann euch alle einen nach dem anderen aus der Welt holen und das Kaisergeschlecht schneller ausrotten, als dir lieb ist. Du kannst mich nicht sehen, du kannst mich nicht aufhalten, und jetzt weißt du, wie schnell und leicht ich es tun kann. Bring mich zu Ko Dan.«

»Es wird nichts nützen«, keucht er. »Ko Dan kann dir nicht helfen.«

Inzwischen haben diese schrecklichen Monster zu uns aufgeschlossen. Aber ich bin darauf vorbereitet, auf einen Kampf, den ich gewinnen kann. Ich lasse Si Tan los, der aufschreit und die Hand nach mir ausstreckt, und springe auf die Gestalt mit dem Fuchsgesicht zu, die Ragg Rock Solanze genannt hat. Solanzes

Schwert ist ungefähr so lang wie mein Unterarm, glänzend und gebogen, die gezackte Klinge glitzert und blinzelt mir zu. Ich packe seinen Arm, bevor er das Schwert heben kann.

Wir kämpfen einen Moment geräuschlos, mein Gesicht direkt an seinem knurrenden Maul. Etwas wie Freude steigt in mir auf – aber es ist nicht direkt Freude, dafür ist es zu bitter, zu zornig. Während ich versuche, ihm das Schwert zu entwinden, breche ich ihm den Arm ab und stolpere erschrocken rückwärts. Aus dem unblutigen Schultergelenk steigt stinkender Rauch auf. Ich löse das Schwert aus der toten Hand und lasse angeekelt den Arm fallen. Ihre Körper sind wirklich nur Kostüme. Etwas trifft stechend meinen Rücken – die kleinen Haken. Ich drehe mich um mich selbst, durchtrenne die Rohre, ziehe die Haken heraus und dann gehe ich mit Solanzes Schwert auf die Wesen los.

Jetzt, wo ich das Schwert habe, weichen sie zurück und fliehen, ohne Si Tan zu beachten, der zusammengesunken auf dem Boden kauert und mir etwas zuruft. Aber ich kann ihn über das Donnern in der Luft, das Rauschen meines eigenen Blutes, das Schreien dieser Schattenmonster nicht hören. Solanze packt mich von hinten mit seinem verbliebenen Arm und zieht mich an sich. Ich löse mich problemlos von ihm und fahre herum. Jetzt hat er einen dieser Haken auf der Stange in der Hand. Er trifft mich damit an der Wange direkt unterhalb des Auges und der Haken hinterlässt einen Kratzer bis hinunter an meine Lippe, als ich mich davon befreie. Ich schwinge das Schwert – Solanze hebt abwehrend den Arm und ich trenne seine verbleibende Hand sauber ab. Noch mehr stinkender grauer Rauch. Er fällt auf ein Knie und tastet nach der Hand, wobei er Worte schreit, die ich nicht verstehe, abgesehen von *Lidari.*

Einen Augenblick sehe ich mein Spiegelbild in einem Fenster, wie ich mit erhobenem Schwert über Solanze stehe. Mein Haar weht mir in rauchenden Strähnen um den Kopf, meine Augen sind schwarze Löcher, und eine blutrote Linie verläuft seitlich über mein Gesicht, das mein Gesicht ist und auch wieder nicht.

»Bring mich zurück!« Si Tan kommt auf mich zugekrochen, so langsam, als würde er sich unter Wasser bewegen. Sein Gesicht ist eine Maske des Entsetzens. Mit meiner freien Klauenhand zerre ich ihn bis ans Flussufer und lasse ihn dort los. Ich zeige auf den brodelnden Fluss.

»Führ mich zu Ko Dan. Wenn nicht, bringe ich dich wieder her und werfe dich da rein. Und dann schaue ich, ob mir der Kaiser eine größere Hilfe ist.«

»Ich führ dich zu ihm«, sagt er keuchend. »Aber es nützt nichts, du wirst schon sehen.«

Ich verkrafte das alles hier nicht besonders gut. Also nehme ich, was ich kriegen kann. Wir kehren zurück. Ich bin dieses Monster, dann bin ich nichts und dann bin ich wieder Julia.

*

Si Tan führt mich durch die Dunkelheit zu seinem Haus, wo er sich mit Frau Och getroffen hat. Ich halte seinen Arm fest umfasst und wir sind zwei Schritte verschwunden, sodass es sich anfühlt, als gingen wir zusammen durch einen nebligen Tunnel, die Welt auf beiden Seiten um uns verschwommen. Ich bin bereit, ihn beim leisesten Geräusch oder einer unerwarteten Bewegung sofort wieder zurück nach Kahge zu ziehen. Meine Wange brennt und ich habe Solanzes Schwert in der Hand.

Im zentralen Innenhof neben einem blühenden Hibiskusstrauch ist eine sauber gefegte Treppe. Am Fuß der Treppe eine unverschlossene Tür.

»Hier«, murmelt Si Tan und öffnet die Tür.

Der Raum ist nur spärlich möbliert. Es gibt ein Bett, einen Tisch, zwei Stühle, eine Waschschüssel, eine elektrische Lampe. Und auf einem der Stühle sitzt ein junger Mann, die Hände locker im Schoß. Er sieht mit ausdrucksloser Miene zu uns auf. Unter seinem Auge hat er eine sternförmige Narbe. Plötzlich durchströmt mich eine Welle der Hoffnung.

»Ko Dan«, flüstere ich. »Einfach … hier? In Ihrem Haus?«

»Ja«, sagt Si Tan.

Ko Dan mustert mich. »Wer ist das?«, fragt er mit leicht krächzender Stimme auf Yongwenisch.

»Sie müssen mit mir kommen.« Ich schüttele Si Tans Arm. »Verdammt. Spricht er Fraynisch?«

Ko Dan runzelt die Stirn. »Wer *ist* das?«, fragt er Si Tan erneut.

Si Tan spricht auf Yongwenisch mit ihm. Ich höre *Och Farya* und *Zor Gen*. Die Art, wie er spricht, und Ko Dans verzweifelter Gesichtsausdruck bringen mich zu dem Schluss, dass Ko Dan Angst vor ihm hat.

Dann sagt Si Tan zu mir: »Möglicherweise wirst du feststellen, dass Och Farya es sich anders überlegt hat, wenn du zurückkehrst.«

»Die Vögel«, sage ich. »Das waren Sie. Aber die Blätter waren leer.«

»Eine Nachricht für sie«, entgegnet er. »Nur für ihre Augen bestimmt. Die Stadttore sind verschlossen. Es gibt für sie oder den Jungen keinen Ausweg aus Tianshi. Ich habe ihr ein Bündnis angeboten. Trotz all ihren Spotts kann sie die Macht unseres Reiches nicht leugnen. Und ich habe ihr die Wahrheit gesagt: Es gibt keine Möglichkeit, den Text aus dem Jungen zu entfernen. Der Ankh-nu ist verschwunden und Ko Dan erinnert sich an nichts. Der einzige Weg, Casimir das Buch vorzuenthalten, ist, das Kind zu töten.«

»Was soll das heißen, er erinnert sich an nichts?«

»Nicht er hat das Fragment des *Buchs der Spaltung* in Gennadys Sohn eingepflanzt.«

Mein Herz zieht sich immer wieder zusammen. Eben noch der triumphale Augenblick, als ich Ko Dan gefunden habe. Ich höre Si Tans Worte, aber ich verstehe nicht, was er mir sagen will.

»Wer dann? Gennady hat gesagt, es sei Ko Dan gewesen.«

Si Tan stößt ein bitteres Lachen aus.

»Weißt du es wirklich nicht?«, fragt er. »Ich dachte, du wüsstest es vielleicht. Steckst mit ihr unter einer Decke.«

»Mit wem denn?« Gleich erwürge ich ihn. »Fangen Sie von vorne an.«

»Mit deiner Mutter«, sagt er. »Marike.«

Ko Dan betrachtet mich interessiert, als meine Knie unter mir nachgeben. Ich muss mich an der Wand abstützen. In Si Tans Gesicht leuchtet etwas auf und ich erkenne die Gefahr darin.

»Setzen Sie sich!«, sage ich und zeige mit dem Schwert auf den Stuhl. Solanzes Schwert sieht hier längst nicht so eindrucksvoll aus – die gezackte Klinge ist rau, es glitzert nicht mehr, ist einfach nur eine kaputte, eher rostige alte Waffe. »Ich kann Sie immer noch nach Kahge bringen und dort zurücklassen.«

Er setzt sich. Meine Wange pocht. Ich berühre sie mit der Hand und meine Finger sind nass und rot von Blut.

»Was …«, sage ich vorsichtig. Ich finde nicht die richtigen Worte. »Sagen Sie's mir. Erklären Sie es mir.«

»Ich habe selbst lange gebraucht, um es zu erraten«, sagt Si Tan. »Ich suche schon mein ganzes Leben lang nach dem Ankh-nu. Vor zwei Jahren bekam Ko Dan einen Brief von einer Hexe, die behauptete, ihn zu haben. Sie bot ihn dem Kloster an – um ihn hier sicher aufzubewahren. Ich schickte Ko Dan zu einem Treffen mit der Hexe – natürlich mit einer bewaffneten Eskorte. Die Eskorte wurde ermordet und Ko Dan war wochenlang verschwunden. Als er zurückkehrte, behauptete er, entführt und in eine meilenweit entfernte Höhle gebracht worden zu sein, wo eine maskierte Hexe ihn mithilfe des Ankh-nu verzaubert hätte. Anschließend blieb er wochenlang in der Höhle. Bewaffnete Hexen gaben ihm Essen und Wasser und hielten ihn dort fest. Aber – und da wird es richtig interessant – sein Körper war nicht mehr sein Körper. Er hatte keinen Spiegel, um sein Gesicht zu sehen, aber sein Körper war älter, anders und vollkommen fremd, bis die maskierte Hexe mit dem Ankh-nu wiederkam und ihm seinen eigenen Körper zurückgab. Dann wurde er freigelassen und kam zurück nach Tianshi. Ich ließ Cinzai seine Erinnerung durchsuchen, um die Wahrheit zu erfahren, und es war so, wie er gesagt hatte. Und noch mehr – sein Körper war in Kontakt mit einer anderen Essenz gewesen. Die Spuren davon sind immer noch vorhanden.«

In meinem Kopf dreht sich alles. Das kann ich nicht allein entwirren.

»Was ist mit meiner *Mutter?*«

»Cinzai hat in einer deiner Erinnerungen den Ankh-nu entdeckt«, sagt Si Tan kühl. »Sie hat uns alles erzählt. Deine Mutter hat ihn benutzt. Aber nur Marike kann den Ankh-nu benutzen. In der gesamten Menschheitsgeschichte waren nur Marike und Lidari in der Lage, mithilfe des Ankh-nu den Körper eines anderen zu borgen.«

»Sie meinen also …«, aber ich halte inne. Ich bringe es nicht zusammen.

»*Marike* hat sich Ko Dans Körper geborgt. Wenn sie noch am Leben ist, muss sie natürlich die Möglichkeit fürchten, dass Casimir *Das Buch der Spaltung* wieder zusammensetzt. Aber sie wusste auch, dass Gennady sich nie direkt mit ihr abgegeben hätte. Sie hatte sich alle Xianren zu Feinden gemacht. Er hätte ihr nicht vertraut. Also nutzte sie Ko Dans Körper als Verkleidung, um sich an Gennady zu wenden. Trotz seiner Jugend ist Ko Dan allgemein anerkannt und wird respektiert, auch von den Xianren. *Marike* hat den Text mit dem kleinen Jungen verknüpft und hatte vermutlich vor, ihn und damit den Text anschließend zu zerstören, was ihr jedoch nicht gelungen ist. Und sobald sie fertig war, steckte sie Ko Dan zurück in seinen eigenen Körper. Die Frage ist nur, wie bereitwillig er das zugelassen hat. Das konnte ich seiner Erinnerung nicht entnehmen – ob er ihr Gefangener oder ihr Komplize war. Wir versuchen, die Spuren, die ihr Wesen in seinem Körper zurückgelassen hat, aufzuspalten. Es ist ein schwieriger Zauber und Ko Dan hat ihn nicht unbeschadet überstanden, wie du sehen kannst. Aber ich glaube, wenn es uns gelingt, diese Spuren zu isolieren, könnten wir mit ihrer Hilfe Marike und den Ankh-nu ausfindig machen.« Ein ziemlich verrücktes Lachen, dann hält Si Tan inne und der gierige Blick in seinen Augen fokussiert sich auf mich. »Aber vielleicht gibt es eine einfachere Möglichkeit. Vielleicht weißt *du* ja, wo sie ist.«

»Woher sollte ich das wissen? Warum denken Sie, Marike sei meine *Mutter*, nur weil sie den Ankh-nu hatte? Meine Mutter wurde schon vor Jahren ertränkt.«

»Wer außer Marike könnte den Ankh-nu benutzen? Wer außer Marike könnte Casimir besiegen, wenn auch nur vorübergehend? Wer außer Marike hätte gewagt, es überhaupt zu versuchen? Wer außer Marike hätte Lidari zurück in die Welt bringen wollen? Sie ist noch am Leben, spielt ihre Spielchen, borgt sich Körper. Die Frage ist – wer bist *du?*«

Diese Wesen, die *Lidari* gezischt haben, Frau Och, die in meinem Gesicht nach etwas – *jemand* – anders sucht.

Nein, nein, nein.

»Ich bin nicht …«, sage ich, weiß aber nicht, wie ich den Satz beenden soll. Ich brauche jemanden, der mir helfen kann, das herauszufinden. Wenn es wahr ist … aber ich kann den Gedanken noch nicht zulassen.

Si Tan steht auf und seine Augen funkeln gefährlich. Ich stoße mich von der Wand ab und stehe schwankend da. Das Schwert ist plötzlich so schwer.

»Setzen Sie sich oder wir kehren nach Kahge zurück.« Er setzt sich. Ich hole mein Seil heraus.

»Du kommst nicht aus der Stadt raus«, sagt er.

»Seien Sie nicht naiv«, sage ich. »Sie werden mich nicht aufhalten. Sie *können* mich nicht aufhalten.«

Ko Dan sieht einfach bloß ausdruckslos zu, während ich Si Tan an den Stuhl fessele. Ich schließe daraus, dass er nicht besonders gut behandelt wurde. Si Tan verflucht mich mit heiserer Stimme und verliert seine gepflegte Ausdrucksweise. Mir wird plötzlich bewusst, dass er gar nicht aus der Oberschicht stammt, sondern sich deren Art zu sprechen und Benehmen mühsam angeeignet hat.

Ich stehe auf und Ko Dan versteift sich ängstlich.

»Er gehört mir«, zischt Si Tan, aber ich achte nicht auf ihn.

»Sie kommen mit«, sage ich zu Ko Dan, der mich verständnislos ansieht. Ich packe ihn am Arm und ziehe ihn mit mir aus der Welt heraus.

51

Langsam habe ich es raus, wie ich einen anderen Menschen zwischen der Welt und ihrem Schatten mit mir tragen kann. Als wir körperlos über den Straßen hängen, konzentriere ich mich auf den am weitesten entfernten Punkt und bringe uns in der Geschwindigkeit meines Blickes dorthin, kehre für den Bruchteil einer Sekunde wieder in die Welt zurück und suche mir dann den nächsten und übernächsten Punkt. Auf diese Weise erreichen wir in wenigen Minuten den Hof des Hauses in Nanmu.

Der erste Anflug der Morgendämmerung erhellt den Himmel. Frederick diskutiert im Hof in schnellem Yongwenisch mit der weinenden Ling. Wyn steht hilflos daneben.

»Was ist los?«, frage ich mit scharfer Stimme, als ich wieder auftauche. »Was hat sie hier zu suchen?«

Sie halten alle inne und starren erst mich an und dann Ko Dan, der sich von mir befreit hat und an die Hofmauer zurückgewichen ist. Er sieht auf seinen Körper und seine Hände hinab und beäugt sie – wahrscheinlich keine ungewöhnliche Reaktion für einen Mann, dem schon mal der Körper gestohlen wurde.

»Was ist mit dir passiert?«, ruft Wyn. »Dein Gesicht …«

»Mir geht's gut«, sage ich.

»Ist das …?« Frederick tritt auf Ko Dan zu und sagt etwas auf Yongwenisch, was Ko Dan offenbar beruhigend findet. Er nickt und entspannt sich ein wenig. Ling schluchzt immer noch.

»Wo ist Dek?«, rufe ich.

»Es geht ihm gut. Ling und er waren im Theater, wo Pia sie aufgestöbert hat«, sagt Frederick schnell. »Sie sind entkommen und Dek hat Ling diese Adresse gegeben und sie in einer Motordroschke hergeschickt. Er wollte Mei holen und sie auch hierher bringen. Ling macht sich Sorgen um sie und ich habe gerade gesagt, Frau Och wird es nicht erlauben, aber …«

Ling brüllt plötzlich Wyn an und fuchtelt ihm mit dem Finger vor dem Gesicht herum. Er sieht verlegen aus. »Meine *Schwester!*«, schließt sie auf Fraynisch.

»Tut mir leid!«, sagt Wyn. Und dann zu mir: »Ich habe zu Hause geschlafen, nachdem du gegangen bist, und dann kam der Baumpieper von Frau Och mit der Nachricht, Dek und ich sollten uns auf dem Bauernhof mit den anderen treffen. Ich wollte nicht ohne dich weg und wusste nicht, wo Dek war, also bin ich hergekommen. Ich hatte keine Ahnung, dass die Mädchen in Gefahr schweben, sonst hätte ich Mei niemals allein gelassen.«

»*Ich* habe Mei nach Hause gebracht!«, sage ich zu Ling. »Es geht ihr gut!«

Ling vergräbt das Gesicht in den Händen und ihre Schultern beben, als Frederick das für sie übersetzt.

»Ich glaube, wir sollten alle hierbleiben und auf Dek warten«, sagt Wyn. »Was ist mit deinem Gesicht passiert, Braunauge? Und wo hast du dieses Schwert her?«

»Von einem Kampf gegen Monster«, sage ich. »Los, wir wollen Frau Och Ko Dan vorstellen.«

Frederick spricht erneut auf Yongwenisch mit Ko Dan, der zu ihm geht und dabei einen großen Bogen um mich schlägt, als wäre ich ein tollwütiger Hund. Ling lässt die Hände sinken und sieht mich an, ihr Gesicht ganz fleckig vom Weinen.

»Also, kommt rein«, sage ich. »Es spielt keine Rolle. Wir bleiben sowieso nicht mehr lange hier.«

Wir betreten alle zusammen das Haus. Frau Och und Bianka beugen sich über eine Karte von Yongguo. Bianka hält Theo fest an sich gedrückt. Die Schärpe, mit der er sonst schläft, ist um seine Taille gewickelt und mit ihr verbunden.

»Hier ist Ko Dan«, verkünde ich, aber der Moment fühlt sich schal an, weil ich weiß, dass es nichts nützt.

Bianka springt auf. Frau Och erhebt sich etwas langsamer und lässt den Blick von meinem blutenden Gesicht zu Ko Dan schweifen.

»Darf ich fragen, wie du das geschafft hast?«, fragt sie mich.

»Besser nicht.«

Frau Och spricht auf Yongwenisch mit Ko Dan und er verbeugt sich und antwortet ihr.

»Kann er es machen?«, ruft Bianka. »Ohne Theo zu verletzen?«

»Teo«, sagt Theo und versucht sich ihr zu entwinden, aber sie drückt ihn fester an sich.

Frau Och hebt die Hand und wirft Bianka einen strengen Blick zu. Dann entdeckt sie Ling hinter uns.

»Wer ist das?«, fragt sie bissig.

»Deks Freundin«, sage ich.

»Pia hat sie aufgestöbert und Dek hat sie hergeschickt«, sagt Wyn. »Er holt gerade ihre Schwester.«

Frau Och winkt ab und wendet sich wieder an Ko Dan. Frederick gelingt es, ihn zu überzeugen, sich zu setzen.

»Wir sollten uns um diesen Schnitt auf deiner Wange kümmern«, sagt Bianka zu mir. »Der sieht scheußlich aus.«

Also lege ich Solanzes hässliches Schwert weg und wir setzen uns an die Feuerstelle, während Frau Och Ko Dan mit Fragen bombardiert und ihre Stimme immer lauter wird. Ling wirft ihnen entsetzte Blicke zu und ich kann mir nur vorstellen, was sie zu hören bekommt. Es gelingt mir nicht, der schnellen Unterhaltung am Tisch zu folgen, also setze ich mich einfach und lasse mir von Bianka die Wange säubern. Theo ist immer noch an ihr festgebunden und zerrt an der Schärpe, ist aber von der Anspannung im Zimmer eingeschüchtert.

»Ich sollte es nähen«, sagt Bianka. »Ich weiß nicht, ob ich noch einen Zauberspruch zustande bringe.«

»Bitte nicht. Ich habe es so satt, zusammengeflickt zu werden.«

»Tja, da wird eine saftige Narbe zurückbleiben«, sagt sie und Wyn fügt hinzu: »Das wird dir gut stehen, wie bei einer Piratin.«

In diesem Augenblick ist mir alles egal. Wyn bringt mir ein sauberes Tuch, das ich auf die Wunde drücke. Frau Och haut mit der Faust auf den Tisch und ihre Stimme wird wütend.

»Wird er helfen?«, fragt mich Bianka leise. »*Kann* er helfen?«

Ich weiß nicht, was ich sagen soll. »Es ist etwas kompliziert«, murmele ich.

Obwohl ich geschafft habe, was ich mir vorgenommen hatte, weiß ich, dass wir gescheitert sind, dass uns die Möglichkeit, Theo zu helfen, genommen wurde. Wir haben die ganze Welt durchquert, um diesen Mann zu finden, und es war umsonst. Immer wieder muss ich daran denken, was Si Tan gesagt hat. Marike hat Ko Dans Körper übernommen. Marike hat in der Gestalt des Mönchs den Pakt mit Gennady geschlossen, das Buch mit Theo verknüpft und ist dann wieder mit dem Ankh-nu verschwunden. Viele Jahre zuvor war Marike in Ammis Gestalt bei Ragg Rock und brachte Lidari mithilfe des Ankh-nu herüber in die Welt. Irgendwie besiegte sie dann Casimir und bekam ein Kind – mich. Und die Wesen in Kahge spüren Lidaris Wesen in mir.

Mal angenommen, das alles wäre wahr. Mal angenommen, meine Mutter wäre Marike. Dann ist sie nicht ertrunken, dann war es gar nicht sie auf diesem Boot, sondern irgendjemand anders in einem anderen aufgegebenen Körper, denn wenn meine Mutter Marike ist, war sie erst vor zwei Jahren in Sirillia und wandte eine schreckliche Magie an. Und wenn wir Theo retten wollen, müssen wir sie irgendwie ausfindig machen.

Mir ist schwindelig. Ich weiß nicht, ob ich vor Freude oder vor Angst zittere. Ich weiß nicht, ob ich irgendetwas von dem, was Si Tan gesagt hat, glauben soll. Ich muss mit Dek reden.

»Warum braucht er so lange?«, frage ich, ohne zu erklären, wen ich meine, aber Wyn nickt mir mit sorgenvoll gerunzelter Stirn zu. Ling spielt mit dem zappeligen Theo Kuckuck. Sie wirkt jetzt ruhiger. Und dann taucht Jun aus Frau Ochs Zimmer auf und mustert uns.

Mit pochender Wange springe ich auf. Er ist blass, aber auf den Beinen, in Bewegung und weiterhin hübsch; Arm und Schulter trägt er in einer Schlinge. Was mich angeht – na ja, selbst wenn er mich mal für ein bisschen hübsch gehalten haben sollte, jetzt bin ich es nicht. Meine abgesäbelten Haare, meine von vergossenen und unvergossenen Tränen geschwollenen Augen, mein Körper immer noch schlammverschmiert und jetzt noch mit einem langen, hässlichen Schnitt im Gesicht – ich muss furchtbar aussehen und bemerke seine entsetzte Miene.

»Geht's dir gut?«, frage ich albern.

Er nickt und lässt sich auf einem Stuhl an der Feuerstelle nieder, ohne *mich* zu fragen, ob es mir gut geht.

Das Gespräch auf Yongwenisch wird jetzt ruhiger geführt, daher kocht Bianka Eier und schmiert Butterbrote zum Frühstück, während der arme Theo bitterlich über die Schärpe klagt. Ling setzt Teewasser auf, als wäre sie hier zu Hause.

Schließlich sagt Frau Och auf Fraynisch: »Wie auch immer, in der Stadt können wir nicht bleiben. Aber Bianka, Theo, Frederick und ich werden nicht direkt nach Frayne zurückkehren.« Sie sieht mich an. »Du wirst jetzt deiner eigenen Wege gehen, Julia. Wyn sollte sich umgehend zu den anderen auf dem Bauernhof begeben. Sie werden bei Einbruch der Nacht aufbrechen und sie werden sicherer sein, wenn er dabei ist.«

Ich frage mich, ob sie Bescheid weiß – ob Ko Dan verstanden hat, was Si Tan über meine Mutter gesagt hat.

»Was ist mit Dek?«, fragt Wyn.

»Wenn er nicht bald kommt, gehe ich ihn suchen«, sage ich. Und versuche meine Angst zu unterdrücken.

»Wir beide bleiben zusammen«, sagt Wyn zu mir. Aber ich schüttele den Kopf.

»Du solltest aufbrechen. Frau Och hat recht – es ist besser für sie, wenn du dabei bist. Bring die Prinzessin heil nach Frayne.«

»Ich will aber *dir* helfen«, sagt Wyn. »Ich will dich und Dek heil nach Frayne bringen.«

»So hilfst du uns mehr. Ich bringe Dek hier raus. Ich kann ihn verschwunden transportieren und das geht leichter, wenn es nur er ist. Die anderen können dich gebrauchen.«

Er wirkt niedergeschlagen, nickt jedoch. Ich will mich nicht von Wyn verabschieden, aber ich will, dass er sicher hier herauskommt, und ich muss mir meine Kraft für Dek aufsparen. Wahrscheinlich kehren wir auch nicht direkt nach Frayne zurück. Frau Och glaubt vielleicht, sie kann mich jetzt abwimmeln, aber wenn sie vorhat, nach meiner Mutter zu suchen, wird sie das nicht ohne mich tun.

»Wie kommen wir überhaupt aus der Stadt, wenn die Tore verschlossen sind und es überall vor Ru wimmelt?«, fragt Wyn.

»Sie werden meine Hilfe brauchen«, sage ich zu Frau Och, aber sie schüttelt den Kopf.

Jun schiebt seinen Teller weg. Er sieht überall hin außer zu mir. »Ich dich bringen«, sagt er zu Wyn. »Ich kenne Weg. Geheimweg.«

»Gut«, sagt Frau Och. »Aber beeilt euch. Je länger wir warten, umso mehr Wege werden versperrt sein.«

Das setzt uns alle in Bewegung. Bianka befüllt Kürbisflaschen mit Wasser aus der Pumpe und ich packe ihnen Brot und Trockenfrüchte ein. Wyn sitzt einfach nur kummervoll da, bis Jun die Pistole nimmt, die Wyn auf dem Tisch abgelegt hat, und sie in seinen Gürtel steckt.

»He, die gehört mir!«, sagt Wyn und kommt wieder zu sich.

»Ich sollte Pistole haben, nicht du«, sagt Jun. »Falls wir Probleme bekommen.«

»Ich dachte eigentlich, *ich* sollte die Pistole haben, falls wir Probleme bekommen«, entgegnet Wyn.

»Du kannst nicht gut schießen.«

Wyn verzieht den Mund. »Ich kann sehr gut schießen«, sagt er.

»Du hast daneben getroffen, als du auf mich schießen.«

»Oh, das. Na ja, das war eher ein Warnschuss.«

Jun tätschelt die Pistole an seinem Gürtel wie ein abschließendes Argument. Wyn wirkt hin- und hergerissen zwischen Ärger und Belustigung, dann zuckt er die Achseln und hängt sich die Tasche mit Proviant und Wasser über die Schulter.

»Pass auf sie auf«, sage ich zu Wyn. »Bring sie nach Hause.«

»Das werde ich. Mach keine Dummheiten, Julia. Komm heil zurück nach Spira.«

Er zieht mich in eine Umarmung. Ich lege die Arme um seinen ach so vertrauten Körper, seinen Herzschlag ganz nah an meinem Ohr. Aber mein eigenes Herz fühlt sich an wie ein Stein in meiner Brust. Jun steht in der Tür und betrachtet uns mit ausdruckslosem Gesicht.

»Gehen wir«, sagt Jun. »Bevor zu hell.«

»Warte.«

Ich folge ihm hinaus auf die Treppe.

»Was hast du vor?«, frage ich ihn. »Ich meine, danach.«

»Ich noch nicht entschieden«, sagt er.

»Du könntest mit uns kommen.« Schon als ich es ausspreche, weiß ich, wie dumm der Vorschlag ist.

Er hebt eine Augenbraue. »Das hier mein Zuhause. Beste Stadt der Welt.«

»Ich weiß«, sage ich. »Es ist nur …« Sei nicht so feige, Julia, sag es einfach: »Eine Nacht mit dir war einfach nicht genug.«

Sein Gesichtsausdruck wird etwas weicher. »Ich vieles über dich nicht verstehen, Julia. Es ist zu viel für mich, was ich nicht wissen. Ich kann kein Mädchen lieben, das sich verwandelt in Monster. Aber ich wünsche dir Glück.«

Er berührt leicht seine Brust an der Stelle, wo die Tätowierung für *Glück* unter seinem Hemd verborgen ist.

»Das mit Graf Fournier … tut mir so leid«, bringe ich hervor. »Es ist meine Schuld.«

»Nicht deine Schuld.« Er beugt sich vor und gibt mir einen Kuss auf die Wange direkt unter dem Schnitt und ich breche beinahe an Ort und Stelle zusammen. Dann dreht er sich um und geht durch den Hof davon.

»Moment mal«, sagt Wyn direkt hinter mir. »Habt ihr beide etwa …?«

»Los, beeil dich!« Ich gebe ihm einen Schubs. Er wirft mir einen schiefen Blick zu, der mich unter anderen Umständen zum Lachen gebracht hätte, geht dann aber hinter Jun her und winkt mir vom Tor her zu. Und dann sind sie weg. Ich bin erleichtert. Je mehr geliebte Menschen hier rauskommen, desto besser.

Ich gehe zurück in den Hauptraum, wo Ling Tee anbietet. Frau Och wehrt sie ungeduldig ab, aber Ko Dan nimmt eine Tasse, hebt sie an die Lippen und nickt ihr dankbar zu.

»Unsere Wege trennen sich hier, Julia«, sagt Frau Och. Ihr Gesichtsausdruck ist furchtbar. So viel bleibt unausgesprochen. Marikes Name zum Beispiel.

»Dek kommt hierher zurück«, sage ich. »Ich gehe mit ihm, vorher nicht.«

Aber wo bleibt er, wo bleibt er, wo bleibt er?

Frau Och runzelt die Stirn und wendet sich wieder an Ko Dan, fragt ihn mit scharfer Stimme etwas auf Yongwenisch. Er stellt die Tasse ab und Angst breitet sich auf seinem Gesicht aus. Dann sieht er Frederick an, den Mund weit offen, ohne dass ein Ton herausdringt.

»Was ist los?«, fragt Frederick und beugt sich vor.

Ko Dan fasst sich mit einer Hand an die Brust. Er reißt die Augen auf und fängt an zu zittern. Es geht alles so schnell. Schaum auf seinen Lippen, die Adern an seinen Schläfen schwellen an, die Augen werden blutrot, als die Blutgefäße platzen. Steif und zitternd kippt er zur Seite, Frederick und Bianka neben ihm schreien. Ich kann mich nicht rühren. Frau Och sagt mit kalter, angespannter Stimme: »Gift.«

Es dauert nur wenige Sekunden, obwohl die Zeit auf entsetzliche Weise verlangsamt scheint: sein blau anlaufendes Gesicht, sein zuckender Körper, der plötzlich erschlafft. Das Herz in meiner Brust hämmert so laut, dass Fredericks und Biankas Schreie aus weiter Ferne zu kommen scheinen, und meine Gedanken sind ganz langsam wie Gedanken unter Wasser. *Arzt. Zu spät. Gift.* Die Teetasse auf dem Boden – grüner Tee, der hinausläuft.

Ling.

Ich wirbele herum, aber sie ist weg. Das Tor im Hof schwingt gerade zu. Ich nehme mir Solanzes Schwert und springe über die Mauer. Sie rennt die Straße entlang, biegt um die Ecke. Ich erwische sie leicht und knalle sie gegen die Mauer. Sie stößt einen leisen Schrei aus, der klingt wie das Miauen eines Kätzchens. Ich ziehe sie vor und schleudere sie erneut gegen die Mauer. Ich weiß nicht, was ich tue. Es ist sowieso zu spät. Ich packe ihre Handgelenke, presse sie an die Mauer und schleudere ihr ein *»Warum?«* entgegen – aber sie muss gar nicht antworten. Der schmutzige Verband an ihrem Handgelenk. Sogar durch den Stoff kann ich die Hitze spüren. Ich reiße ihn ab.

Ling ist schluchzend an der Wand zusammengesunken. Dort, in ihrem Handgelenk, steckt die kleine Metallscheibe, die verbrannte Haut darum klafft auf. Casimirs Vertrag.

»Du arbeitest für Casimir«, hauche ich.

Natürlich sind sie und Dek Pia nicht einfach entkommen. Aber er hat ihr Frau Ochs Adresse verraten. Wie viel Zeit haben wir noch? Ich halte ihr das Schwert an die Kehle. »Wo ist Dek?«, presse ich zwischen zusammengebissenen Zähnen hervor.

Sie gibt eine schluchzende Mischung aus Yongwenisch und gebrochenem Fraynisch von sich. Dass sie es nicht wisse. Dass sie das nie gewollt habe. Dass der reiche Mann ihre Lehrer bezahlt und ihr so den Weg in die Kaiserlichen Gärten geebnet habe. Sie sagt, sie liebe Dek. Sie sagt, sie habe versucht aufzuhören, aber dass es unmöglich war. Sie fragt mich, ob Ko Dan tot sei.

»Ja«, rufe ich. »Natürlich ist er tot. Du bist eine Lügnerin und Mörderin! Jetzt werden wir alle sterben!«

Sie schüttelt den Kopf und schluchzt so heftig, dass sie nicht sprechen kann. Ich lasse sie los und sie rutscht zu Boden. Sie bettelt um mein Schwert. Ich wünsche ihr zwar alles Üble an den Hals, habe aber keine Lust, ihr dabei zuzusehen, wie sie sich aus schlechtem Gewissen die Pulsadern aufschneidet. Sie beißt auf ihrem Handgelenk herum, bis sie die Metallscheibe mit den Zähnen zu fassen bekommt, und zieht sie heraus, ihr Gesicht verzerrt und grau. Ein silbriger Strang kommt hinterher. Sie zieht jetzt mit den Fingern ihrer anderen Hand, und der glänzende Strang kommt aus ihr heraus, glitschig von ihrem Blut.

Ich weiche zurück. Sie ruckt fest an dem Strang und plötzlich zuckt ihr ganzer Körper, sie verdreht die Augen und sackt schlaff auf dem Boden zusammen. Einen Moment lang bin ich zu verstört, um mich zu rühren. Ich will wegrennen, aber stattdessen kauere ich mich neben sie, taste nach einem Puls, einem Lebenszeichen. Wenigstens das bin ich Dek schuldig. Aber sie ist tot.

Ein entsetzlicher Impuls treibt mich an. Ich nehme den Silberstrang an ihrem Handgelenk und ziehe. Ich muss wissen, was dieses Ding ist – das Ding, das Casimir in mich einpflanzen will. Ich ziehe, bis der Strang sich an ihrem Handgelenk verfängt. Ein weiterer fester Ruck und etwas wie ein blutiger Edelstein von der Größe eines Babyzahns kommt herausgerutscht. Dahinter strömen unzählige zentimeterlange fadenartige Fühler hervor. Sie bewegen sich und tasten herum, dann landen sie wie Hunderte winziger Beine auf der Erde. Ich lasse den Strang fallen und weiche zurück, während der kleine Edelstein mit zunehmender Geschwindigkeit auf mich zukommt. Er huscht zu meinem Bein und ich springe zurück, hebe einen losen Stein vom Boden auf und lasse ihn auf das Ding niedersausen. Die Fühler erschlaffen. Vorsichtig hebe ich den Stein. Was immer es war, jetzt ist es nur noch ein nasser roter Fleck auf der Straße. Einen Moment lang lehne ich mich an die Mauer und versuche meinen Herzschlag zu beruhigen. Dann renne ich zum Haus zurück.

Das Tor steht weit offen. Frederick ist allein, hockt zusammengesunken neben Ko Dans Leichnam auf dem Boden. Er ist kreidebleich und schlaff, hat die Augen halb geschlossen. Ich gehe neben ihm auf die Knie und packe ihn an den Schultern.

»Was ist passiert?«

»Sie sind weg.« Es ist kaum ein Flüstern.

»Was?«, rufe ich.

»Sie hat gesagt … es sei keine Zeit.«

»Sie … wer?«

»Frau Och.«

»Frau Och«, wiederhole ich. »Frau Och hat Bianka und Theo mitgenommen. *Wohin?*«

»Raus … aus der Stadt.«

Ohne Frederick. Ohne *mich*. Sie wollte ohne mich hier raus. Aber Si Tan hat gesagt, dass es keinen Weg aus der Stadt gibt.

»Bianka?«, bringe ich hervor.

»Sie hat meine … Kraft genommen und … auch Biankas. Ließ ihr gerade genug, um … laufen zu können. Ging so schnell. Sie hat gesagt … keine Zeit.«

Vielleicht will sie sie in Sicherheit bringen, aber das glaube ich nicht. *Was ist der Wendepunkt?*, habe ich sie gefragt und sie sagte, ich solle ihr Ko Dan bringen. Aber jetzt ist er tot, er war sowieso nicht der Richtige, und wenn es keine Möglichkeit gibt, den Text aus Theo zu entfernen, ist der sicherste Weg, Casimir das Buch vorzuenthalten, ihn zu zerstören. Theo zu töten, der inzwischen selbst gefährlich geworden ist. Sich mit dem mächtigsten Reich der Welt zu verbünden.

Panik steigt schnell in mir auf. Ich unterdrücke sie, versuche einen klaren Kopf zu bekommen, versuche zu überlegen, wo sie hingehen würden, wie ich sie finden kann. Sie können nicht weit sein, es waren höchstens ein paar Minuten. Wenn ich jetzt gehe, kann ich sie noch einholen.

Da ertönt eine Stimme von der Tür her: »Ist das diesmal schon wieder dein Blut oder das von jemand anderem?«

Ich blicke auf und da steht Pia.

52

Frederick versucht sich aufzurappeln. Ich ziehe mich zurück, außer Sichtweite, aber darauf ist Pia vorbereitet. Sie reißt Frederick hoch und presst ihm ihr gebogenes Messer an den Hals.

»Bleib da, wo ich dich sehen kann«, knurrt sie. »Und lass das Schwert fallen.«

Ich tauche wieder auf und tue, was sie mir gesagt hat. Sie zerrt Frederick hinter sich her von Raum zu Raum.

»Wo ist der Junge?«, ruft sie mir zu.

»Ich weiß es nicht. Frau Och hat ihn mitgenommen und ich habe keine Ahnung, wohin. Ich habe Ihnen schon gesagt … dass ich nicht mehr für sie arbeite.«

»Und doch bist du hier.«

»Sie hat uns zurückgelassen.«

»Wer ist der Leichnam?«, fragt sie und zeigt mit einer Kopfbewegung auf Ko Dan. Mein Magen zieht sich zusammen. Dafür habe ich ihn nun ausfindig gemacht. Damit er innerhalb einer Stunde umgebracht wird.

»Ko Dan.«

»Ah«, sagt Pia. »Du hast ihn also gefunden.«

»Ich dachte … er sei ein Hexer. Aber sie hat ihn vergiftet.«

»Es gibt Gift, das auch bei Hexen gut wirkt«, sagt sie. »Oder zumindest gut genug. Wenigstens das ist dem Mädchen gelungen. Wir waren nicht sicher, ob du ihn hattest oder nicht.«

»Ling hat die ganze Zeit über für Sie gearbeitet.«

»Für Casimir«, verbessert sie mich.

»Seit wann?«

»Sobald wir wussten, dass ihr nach Yongguo kommen würdet, hat einer von Casimirs Agenten hier in Tianshi sie angeworben. Casimir wollte sehen, ob du Ko Dan oder irgendetwas anderes Nützliches auftreiben würdest. Ich sollte mich erst mal im Hintergrund halten, aber ein Auge auf dich haben. Das Haus hier war schwerer zu finden als gedacht. Dein Bruder hat Ling die Adresse nicht gegeben. Ich musste so tun, als hätte ich sie gefangen genommen und als wäre ihr Leben bedroht, um daranzukommen. Eigentlich sollte sie den kleinen Jungen holen und mir bringen.«

Beim Gedanken daran, wie Ling vor wenigen Augenblicken noch mit Theo gespielt hat, setzt mein Herzschlag kurz aus. Aber Bianka hatte ihn an sich gebunden. Oh, Bianka.

»Ling ist tot«, sage ich.

Wenn Pia das leidtut – ein kluges, vielversprechendes Mädchen, das sich zu billig verkauft hat und schließlich, nachdem es selbst zur Mörderin wurde, tot in einer Gasse geendet ist –, lässt sie es sich nicht anmerken. Und warum sollte ich von Pia Mitleid erwarten? Auch wenn ich manchmal den Eindruck habe, sie empfindet es für mich.

»Du hast wirklich keine Ahnung, wo Frau Och mit dem Jungen hin ist?«, fragt sie.

»Nicht die geringste.«

»Schade. Ich wollte dir einen Handel anbieten. Den kleinen Jungen im Tausch gegen deinen Bruder.«

Ich muss meine gesamte Selbstbeherrschung aufbringen, um nicht nach dem Schwert zu greifen und sie wieder zu durchbohren. Meine Stimme zittert entsetzlich, aber es gelingt mir zu fragen: »Wo ist er?«

Pia lässt Frederick los, der keuchend zu Boden gleitet. Sie streckt die Hände aus – diese Geste habe ich schon mal bei ihr gesehen, eine lorianische Geste, die die Akzeptanz des Geheimnisvollen zum Ausdruck bringt. »Sobald er uns diese Adresse gegeben hat, habe ich ihn an meinen Kontaktmann weitergereicht. Ich weiß nicht, wo sie jetzt sind.«

»Haben Sie ihm etwas getan?«

»Nicht mehr, als nötig war, um ihn unter Kontrolle zu bringen. Er wird zu Casimir gebracht und Casimir wird entscheiden, was mit ihm geschehen soll. Es wird nicht angenehm sein. Außer natürlich, du hast etwas im Austausch anzubieten. Einen kleinen Jungen, zum Beispiel.«

Ich habe das Gefühl, als hätte ich Sand in den Adern, alles verlangsamt sich, alles in meinem Innern kommt knirschend zum Stillstand, mein Herzschlag kämpft gegen den entsetzlichen Druck einer so großen Last an.

»Das geht nicht«, flüstere ich. »Ich habe Ihnen doch schon gesagt, dass ich nicht weiß, wo er ist.«

»Vielleicht würde sich Casimir auch mit einem anderen Handel zufriedengeben«, sagt Pia. »Schließlich ist er auch auf *dich* äußerst erpicht. Dann könnte dein Bruder noch mit einem hübschen Beutel Gold als Zugabe nach Hause gehen.«

Ich muss an das kleine Ding mit den Fühlern denken, das ich aus Ling geholt habe – Ling, der man einen Ausweg versprochen hatte, eine echte Chance, und die jetzt tot und blutig draußen um die Ecke liegt. Etwas in mir fängt an zu pochen, etwas, was tiefer und stärker ist als mein stotternder Herzschlag. Wie eine Trommel, die eine andere Art Stärke heraufbeschwört. Wie der Puls einer anderen, entsetzlichen Julia.

»Geben Sie mir den heutigen Tag, um Theo zu suchen«, sage ich. »Wenn ich ihn nicht finden kann, liefere ich mich selbst im Austausch für Dek an Casimir aus. Warten Sie im *Hotel zu den hundert Laternen* auf mich.«

»Auf dich warten?« Pias Brille surrt. »Ich glaube nicht, dass ich dich aus den Augen lassen sollte.«

»Ich werde kommen. Sie wissen, dass ich kommen werde. Wegen Dek.«

Sie nickt einmal. »Also gut.«

Ich knie mich neben Frederick.

»Ich muss gehen.«

»Ich weiß.«

»Ich komme wieder.«

»Du musst nicht … wiederkommen«, sagt er.

Sein Gesicht ist verschlossen, seine Augen trüb, als hätte ihn alle Farbe verlassen. Wie viel hat sie ihm genommen?

»Bist du in Ordnung?«

»Sie würde nicht … sie würde nicht …«, sagt er. Aber wer weiß, was sie tun würde. Sein Blick kriecht zu mir, begegnet meinem. »Ich kann mich nicht bewegen.«

»Du musst dich jetzt auch nicht bewegen. Aber bitte stirb nicht.«

»Ich werd's … versuchen«, sagt er und lächelt beinahe.

Pia steht auf der Treppe und sieht in die Morgendämmerung hinaus.

»Wenn Sie ihm etwas tun, bringe ich Sie wirklich um«, sage ich. Es klingt wie ein leeres Versprechen.

»Er interessiert mich nicht«, erklärt sie. »Noch nicht. Aber lass mich nicht zu lange warten, Julia. Bei Einbruch der Nacht bist du da oder ich schnappe mir nacheinander alle, die dir etwas bedeuten, und hinterlasse eine Spur von Leichen, damit du den Weg zu mir findest.«

53

Mit Solanzes Schwert renne ich hinaus auf die Straße. Sie haben weniger als zehn Minuten Vorsprung, in dieser Zeit können sie nicht weit gekommen sein, aber ich kann es nicht riskieren, in die falsche Richtung zu laufen. Ich verschwinde und ziehe mich zurück – vier Schritte –, dann schwebe ich über dem Hof, wo Pia ihr Messer wegsteckt und zum Tor geht. Ich weiche noch ein Stück zurück, die Stadt dreht sich unter mir – zu weit. Also konzentriere ich mich wieder auf die Gegend um das Haus. Die Straßen liegen ruhig da. Ich spüre, wie mein neues Inneres pocht, pocht, pocht. Mein verschwundener Blick schweift über Dächer, Höfe, Gassen und Hauptstraßen.

Ich entdecke sie auf dem Kanal. Ein Junge, der nicht älter ist als dreizehn oder vierzehn, stakt sie voran. Theo hockt zu Biankas Füßen im Boot und Bianka sitzt vorgebeugt, als hätte sie kaum genug Kraft, sich aufrecht zu halten. Mein Herz zieht sich zusammen. Frau Och will sie nicht aus der Stadt bringen. Sie will sie auf dem Wasser haben. Sie hat Bianka geschwächt und sie – eine Hexe! – aufs Wasser rausgebracht.

Ich habe meine Perspektive zu weit ausgedehnt und komme jetzt zu schnell heraus, ohne mich auf einen Zielpunkt zu konzentrieren. Ich stürze durch die Luft.

Frau Och blickt auf.

Einen Moment setzt mein Herz voller Panik aus. Ich falle schnell. Dann ziehe ich mich wieder zurück und verschwinde, bevor ich auf dem Wasser aufschlage. Daraufhin bin ich überall, nirgends, ich spüre, wie ich mich verteile und die Stadt sich weit unter mir erstreckt. Erneut schärfe ich meinen Blick und stürze auf das Boot zu.

Ich verfehle es um ein kleines Stück und lande im Wasser. Keuchend tauche ich vor dem Boot auf und umklammere das Dollbord. Der Junge hat schreiend seine Stange fallen gelassen und zeigt auf mich. Frau Och bewegt sich schnell. Sie packt Bianka am Arm – Bianka, die immer noch durch die verzauberte Schärpe mit Theo verbunden ist – und wuchtet sie wie eine Puppe über die Seite des Bootes in den Kanal. Theo wird hinterhergerissen.

Oh, ich erinnere mich, es ist sehr präsent in meinem Gedächtnis – der Weg am Ufer des Syne, meine Schreie wie die eines Tiers in der Falle, der Moment, als meine Mutter ins Wasser fiel, das über ihr zusammenschlug. Dann war sie weg und ich tat nichts, gar nichts.

Aber jetzt bin ich nicht mehr das machtlose Mädchen. Diesmal stürze ich hinterher.

Ich lasse das Schwert los und packe Theo, packe Biankas Hand, und dann weiß ich, warum Hexen weder schwimmen noch auf dem Wasser treiben können. Sie zieht uns beide schnell nach unten, als würde etwas *sie* hinunterziehen – etwas, was stärker ist als ich, stärker als sie, stärker als alles. Der Versuch, sie an die Oberfläche zu holen, ist so vergeblich wie der Versuch, einen Anker zu heben. Ich versuche sie aus der Welt zu ziehen, aber etwas im Wasser hat sie gepackt und lässt sie nicht los. Wir stürzen auf den Grund des Kanals zu, meine Lunge steht kurz vorm Bersten. Ich kann Biankas Gesicht kaum erkennen, aber sie entwindet sich meinem Griff und zerrt an der Schärpe. Theos Körper zappelt an meiner Brust. Die Schärpe löst sich und Bianka ist sofort weg, verschwindet in der Dunkelheit, während ich Theo umklammere und uns wie wild an die helle, wogende Oberfläche über uns trete.

Ich breche hindurch, tauche aus dem Wasser auf, wobei das Boot beinahe umkippt, und schnappe nach Luft. Theo tritt um sich, macht entsetzliche Würgegeräusche, dann spuckt er mir Wasser an den Hals. Frau Och steht mit einem langen Messer in der Hand auf dem Boot – nein, nicht Frau Och, sondern die schreckliche geflügelte Och Farya. Sie zögert nicht – den Blick auf Theo gerichtet, der immer noch in meinen Armen würgt, stürzt sie sich mit dem Messer direkt auf ihn. Ich lasse das Boot los, trete heftig mit den Beinen und hole nach ihrem Handgelenk aus. Sobald ich sie zu packen bekomme, zerre ich an ihr und ziehe uns alle drei aus der Welt hinaus direkt bis nach Kahge.

Wir landen in einem anderen Boot, einem verkohlten Boot mit zerfetzten Segeln, das schnell durch einen Fluss aus Lava treibt. Beide Flussufer werden von Frau Ochs Haus in Spira gesäumt, das sich ständig wiederholt, die Fenster glühen wie Augen und unter den Türen krabbeln weiße spinnenartige Riesenwesen hervor und auf den brennenden Fluss zu.

Ich schiebe Frau Och von mir weg, weg von Theo. Er stößt ein Geheul aus, was immerhin bedeutet, dass er Luft bekommt, gefolgt von weiterem Keuchen und Würgen.

»Ich habe für sie getan, was ich konnte«, ruft Frau Och. Ihre Stimme klingt hier fremd und dünn. Und dann stürzt sie sich mit dem Messer auf uns.

Ich lasse Theo zu Boden gleiten, packe den Arm, mit dem sie das Messer hält, und verdrehe ihn mit beiden Händen. Die Kraft, die ich hier habe, erstaunt sie, aber sie ist kein zusammengestückeltes Halbwesen, das an den Nähten auseinanderbricht. Sie schüttelt mich ab und das Messer saust auf mich herab. Ich rolle mich zur Seite und stürze mich erneut auf sie, packe sie um die Taille und reiße sie mit mir zu Boden. Einen unwirklichen Moment lang erinnert mich das an die Ringkämpfe, die ich als Kind in den Straßen des Twistviertels geführt habe. Die Art Kämpfe, aus denen Dek mich befreien und mit zerschlagener Lippe und aufgeschürften Fingerknöcheln nach Hause schleppen musste, aufsässig, mit pulsierendem Blut. Aber das hier ist nicht der Twist, ich bin kein Kind mehr und niemand holt mich hier raus. Frau Och knallt mich ans Dollbord, rappelt sich auf und stürzt sich wieder auf Theo, der schreiend auf dem Deck hockt. Ich hechte hinterher, packe ihr Handgelenk und diesmal gelingt es mir, ihr das Messer zu entwinden. Ich stelle mich wieder vor Theo. Sie hält einen Moment inne.

»Lidari … wenn du Lidari bist …«

»Ich bin Julia«, brülle ich. »Julia!«

Sie kommt auf mich zu. Und dann stoße ich mit dem Messer zu, im Kopf das Bild Biankas, die im Kanal versinkt, sich die verzauberte Schärpe abreißt – und mir einmal mehr und zum letzten Mal Theo übergibt. Oh, Bianka, Bianka! Das Messer dringt bis zum Schaft ein und Frau Och krümmt sich mit wütendem Gesicht.

Mein einziger Gedanke ist, sie aufzuhalten. Ich weiß, dass eine Messerwunde dazu nicht ausreicht. Also schiebe ich sie mit dem Messer im Bauch von mir weg und über den Bug des Bootes. Sie stürzt in die Lava. Aus ihrer Kehle dringt ein hoher, entsetzlicher Laut, der zu einem Zischen verklingt. Über dem Bootsrand hängend spüre ich, wie mich die Hitze des Flusses durchdringt, genau wie ich das Eis in meinem Inneren spürte, als wir das Kastahorgebirge durchquerten – damals, als ich noch hoffte, ich wäre ein Mädchen mit einem Monster in seinem Inneren statt ein Monster mit einem Mädchen außen herum. Das Feuer schlägt wieder und wieder über ihr zusammen. Meine Kehle schmerzt und in meinen Ohren dröhnt ein schrecklicher Ton, bis mir auffällt, dass ich schreie. Ich ziehe das Messer heraus und lasse es auf das Boot fallen. Dann hebe ich Theo hoch, der zitternd und keuchend die entsetzliche Luft hier einatmet und dem Kanalwasser aus Augen, Nase und Ohren läuft, als sich plötzlich eine entsetzliche Gestalt aus der Lava erhebt und sich über das Dollbord schwingt.

Ich will sie hierlassen, will sie zurücklassen. Also springe ich hoch, hinauf in die heiße Luft, weg von diesem Ort, und bemerke zu spät die Hand, die sich an meinen Knöchel klammert. Als ich wieder auf dem Boot im Kanal von Tianshi lande, ist das, was von Frau Och übrig ist, mitgekommen: Knochen und verkohltes Fleisch, rauchende, zischende Überreste. Zwischen ihren Lippen dringt immer noch ein Geräusch hervor: »Lidari!«

Die Staker auf den näher kommenden schmalen Booten kreischen bei unserem Anblick. Ich sehe ein Boot voll Ru, die mit Bögen bewaffnet auf uns zusteuern. Pfeile fliegen. Ich schüttele Frau Ochs Griff ab und ziehe Theo weg – hoch in die Luft, ins

Nichts, wo ich noch nicht mal seine Arme um meinen Hals spüren kann, seinen Atem an meinem Ohr, seine heißen Tränen auf meiner Wange. Ich lasse Bianka und Solanzes Schwert auf dem Grund des Kanals zurück. Ich lasse Frau Och tot – so nah sie dem Tod jedenfalls kommen kann – zurück, ihr verbrannter Leichnam treibt auf dem Boot den Kanal entlang.

Ich bin jenseits allen Mitleids, jenseits aller Gnade. Ich habe vergessen, wie man so etwas spürt.

*

Frederick liegt noch immer an derselben Stelle, aber er schlägt die Augen auf. Ich hole Biankas Tasche, von der sie mir erzählt hat und die an einem Haken in unserem Zimmer hängt – *Wenn mir etwas zustoßen sollte, nimmst du Theo mit und diese Tasche.* Ich stecke noch das Buch mit den yongwenischen Märchen ein und hänge mir die Tasche über die Schulter. Dann hocke ich mich neben Frederick.

»Halt dich an mir fest«, sage ich. Mit Theo zwischen uns bringe ich ihn über der Stadt schwebend zu Silber Moya. Und obwohl ich die beiden aus der Welt und ihren Körpern hinaus und wieder hereintrage, halten sie sich an mir fest, als könnte ich sie retten, und haben keine Angst vor mir. Sie vertrauen mir. Stellen keine Fragen, auch nicht, als ich auf dem Markt anhalte, um Äpfel und Salat zu stehlen.

*

Es ist so schwer, es Frederick zu sagen. Ich habe Angst, dass er mir nicht glauben wird, dass er bezweifeln wird, was ich gesehen habe oder sage, dass er mir erklären wird, ich hätte das, was ich getan habe, nicht tun müssen. Er weint lautlos, das Gesicht in den Händen vergraben. Ich halte ihn umschlungen, Theo immer noch zwischen uns. Keiner von uns bringt es fertig, Theo loszulassen. Als könnten wir ihn vor dem, was bereits geschehen ist, was er bereits verloren hat, bewahren. Er ist jetzt schutz- und mutterlos, hat nur noch uns.

*

Sie rührt mein Blut und das Fredericks und Theos in das Tintenfass. Theo schreit wütend auf, als wir ihm in den Finger schneiden, und ich kann es nicht ertragen, ihm auch nur dieses winzige bisschen wehzutun. Aber ich weiß nicht, was ich sonst tun soll. Silber Moyas Pinsel macht die Welt flach und den Weg zu Ragg Rocks Berg frei. Die Papierstadt wimmelt von Papiermenschen, dic uns nicht sehen, und wir folgen dem bunten Vogel, der so lebendig ist, so entsetzlich lebendig, aber nicht mehr lange, und beim Klettern bleibt alles hinter uns zurück.

*

Von Ragg Rock aus sieht die Stadt weiter entfernt aus als bei meinem letzten Besuch, verblasst. Dasselbe gilt für Kahge, der Sturm in weiter Ferne wirbelt hinter einem dichten Dunstschleier. Ich blinzele, versuche die Stadttore zu erkennen, die Straßen unter mir, aber es bleibt alles fern und verschwommen.

»Ich kann nichts sehen.«

»Du hast ein Teil des *Buchs der Spaltung* aus der Welt entfernt«, sagt Ragg Rock. »Jetzt ist alles weiter auseinandergedriftet.«

Mir fällt wieder ein, was Frau Och gesagt hat – dass das Zusammensetzen des *Buchs der Spaltung* Kahge in die Welt holen würde. Als Theo zusammen mit den beiden anderen Textfragmenten in Casimirs Festung war, waren sich die Welt und Kahge vermutlich sehr nahe – was erklären könnte, warum es damals so leicht für mich war, von einem Ort zum anderen zu wechseln. Jetzt scheinen beide unglaublich weit voneinander entfernt zu sein.

Ragg Rocks Kieselaugen sind auf Theo gerichtet. Schlammverschmiert von Kopf bis Fuß untersucht er die moosbedeckten Felsen zwischen der Welt und der Nichtwelt, als hätte er bereits vergessen, was er gesehen hat – wie seine Mutter in der Dunkelheit des Kanals versunken ist.

Ich versuche die Stadt nach Dek abzusuchen, aber auf diese Entfernung ist das unmöglich.

*

Mit einem steinernen Messer schneidet Ragg Rock den Apfel in Stücke, die Theo fasziniert an das Kaninchen verfüttert. Frederick liegt in einer Ecke der Hütte. Ich versuche ihm das mit dem steinernen Zeiger zu erklären, damit er weiß, dass es hier Essen und Wasser für sie gibt, obwohl es so karg aussieht.

»Ninchen«, erklärt Theo Frederick und zupft ihn drängelnd am Ärmel. »Da Ninchen, Feda!«

Ich glaube, ich habe ihn noch nie einen so vollständigen Satz sagen hören. Ich presse mir die Handballen auf die Augen und atme tief ein, schiebe meinen Kummer und meine Angst weit weg, weit, weit weg, aus dem Weg.

»Wie lange können sie hierbleiben?«, frage ich Ragg Rock, als ich wieder sprechen kann.

»Für immer, wenn sie nett sind«, sagt sie. »Aber das verändert einen Menschen.« Sie grinst uns mit ihren steinernen Zähnen und dem schlammigen Zahnfleisch an.

»Sobald ich kann, bringe ich noch mehr Futter für das Kaninchen«, sage ich. »Aber du darfst niemand anders herkommen lassen … nicht, wenn sie wegen Theo kommen. Noch nicht mal mich.«

»Du kommst nicht zurück?«

»Doch. Ich werde es versuchen. Aber ich meine … Du hast doch gesagt, du könntest sehen, *warum* jemand herkommt, oder? Was derjenige will? Ich komme sie besuchen. Aber wenn ich komme, um Theo mitzunehmen, darfst du mich nicht reinlassen.« Die Worte bleiben mir im Hals stecken. »Nur Frederick darf Theo von hier wegbringen. Sonst niemand, weder ich noch jemand anders. Das ist wichtig. Nur Frederick.«

Sie nickt langsam.

»Versprichst du mir das?«, sage ich flehentlich. »Du wirst es nicht zulassen … falls ich es versuche?«

»Ich verspreche es«, sagt sie. Aber sie sagt es ausdruckslos und ich weiß nicht, ob ich ihr trauen kann. Ich weiß eigentlich gar nicht, was sie ist, was sie fühlt – diese steinalte Frau aus Lehm mit ihrer Liebe zu einem Kaninchen. Und Frederick ist noch immer so schwach.

Theo wird das Kaninchen leid und spaziert hinauf auf den Berg, vorbei an dem steinernen Zeiger. Er jagt einem der riesigen dürren Schmetterlinge hinterher, die aus dem inzwischen verschwundenen Wald gekommen sind. Ich will ihr sagen: *Lass ihn nicht zu nah an den Schlammsumpf, er könnte ertrinken.* Ich will sagen: *Du musst auf ihn aufpassen, er ist noch so klein und längst nicht so widerstandsfähig wie ein Kaninchen.* Er rennt den Berg hinab, seine kleinen Beine viel kräftiger als bei unserer ersten Begegnung, schon viel eher ein Junge als ein Baby, aber Bianka wird das nicht mehr sehen, wird nicht mehr hören, wie er sprechen lernt, zusehen, wie er rennen lernt. Ragg Rock betrachtet ihn ohne Regung in ihrem Lehmgesicht, und ich weiß, ich bin albern – sie ist kein Kindermädchen –, aber ich habe keine andere Wahl. Ich kann nur hoffen, dass Frederick bald wieder zu Kräften kommt. Dies ist der einzige Ort außerhalb von Casimirs Reichweite.

»Du darfst ihn nichts zeichnen lassen«, sage ich. »Er kann Dinge, die er sich ausdenkt und zeichnet, zum Leben erwecken.«

Ragg Rock lächelt, als hätte ich ihr etwas Bezauberndes über ihn erzählt.

»Mama«, ruft Theo gebieterisch und rennt zurück in die Hütte.

»Mama ist nicht da. Du musst bei Frederick bleiben«, erkläre ich ihm mit erstickter Stimme.

»Mama!«, brüllt er, dann schlingt er mir die Arme ums Bein. »Lala babba tälen Schischte.«

»Frederick wird dir eine Geschichte vorlesen, wenn es ihm ein wenig besser geht. Eine mit einem guten Ende.«

Ich versuche ihm einen Kuss zu geben, aber er löst sich wütend von mir und geht zurück zu dem Kaninchen.

»Was hast du vor?«, fragt Frederick.

»Ich werde Casimir töten.«

Er sagt nicht: *Du bist verrückt.* Oder: *Bleib hier.* Oder: *Komm, wir verstecken uns, wir verstecken uns gemeinsam, es gibt eine andere Möglichkeit, es muss eine andere Möglichkeit geben.*

»Ich werde für dich beten«, sagt er. »In jedem Augenblick.«

Und auch wenn ich nicht weiß, ob ich an die Macht des Gebets glaube, tröstet mich dieser Gedanke.

Ich lasse die beiden bei Ragg Rock und kehre in die Welt zurück, zurück in den hellen, wunderschönen Frühlingstag in Tianshi. Auch wenn ich keine große Hoffnung habe, überfliege ich die Stadt mit Hüpfern des Verschwindens, ziehe mich heraus und springe hinein, auf der Suche nach Dek. Ich finde ihn nicht. Als die Glocken von Shou-shu den Sonnenuntergang verkünden, mache ich mich geschlagen auf den Weg zum *Hotel zu den hundert Laternen* und liefere mich Pia aus.

54

Die Reise bis zur Küste dauert zwei Tage. Dort besorgt uns Pia eine Erster-Klasse-Kabine auf einem Luxusdampfer. Sie macht sich keine Sorgen wegen der berüchtigten Piraten vor Yongguos Küste – von denen die meisten sowieso zu Casimir gehören, wenn Prinzessin Zara recht hatte. Und sie wirkt auch nicht besorgt, dass ich ihr mitten in der Nacht die Kehle durchschneiden könnte, obwohl ich in meiner bequemen Koje liege und an kaum etwas anderes denke. Vermutlich weiß sie, dass ich das Risiko nicht eingehen würde – nicht, solange Casimir Dek in seiner Gewalt hat. Vielleicht ist es ihr auch egal. Langsam fange ich an, sie zu verstehen.

Eines Abends nimmt sie mich bei Sonnenuntergang mit rauf an Deck. Ich bin gekleidet wie sie, weil sie nur ihre eigenen Kleider für mich hat und ich den Gestank nach Blut aus meinen nicht rausbekam. Die anderen Passagiere gehen uns aus dem Weg. Wer kann es ihnen verdenken? Ich sehe Inseln am Horizont. Neben dem Bug springen Delfine aus dem Wasser, am rosafarbenen Himmel kreisen Seevögel, regenbogenfarbene Fische gleiten dicht unter der Oberfläche durchs Wasser. Wir stehen nebeneinander an der Reling und blicken aufs Meer hinaus.

Es ist schön, aber Schönheit bedeutet mir nichts. Das Trommeln in meinem Innern hat einen Sturm heraufbeschworen, einen heulenden Wind in mir. Er wirbelt höher und höher, peitscht sich selbst auf bis hin zur Raserei, zu einer entsetzlichen Kraft, die sich zusammenbraut. Die Sonne versinkt am Horizont und verteilt sich blutrot auf dem Wasser.

*

Also gut, Dek: Ich verzeihe mir. Es wird höchste Zeit, nicht wahr? Jetzt, wo ich kaum noch dieselbe bin wie vorher. Ich verzeihe mir, so ein dummes Kind gewesen zu sein, so unreif und feige, als ich vor einem ganzen Leben und vielen verschiedenen Ausprägungen meiner selbst Theo aus Frau Ochs Haus entführt habe. Ich hatte Angst und war eine Närrin und das kann ich mir verzeihen.

Sogar den Rest kann ich mir verzeihen. Dass ich Bianka im Stich gelassen habe – nur Sekunden zu langsam. Dass es mir nicht gelungen ist, Ko Dan, Graf Fournier oder Ling zu retten. Ich verzeihe mir den Mord an Frau Och und die vielen Fehler, die dazu geführt haben. Das alles lasse ich hinter mir. Du bist der Einzige, bei dem es nie auf Erklärungen oder Verzeihung ankam.

Und vielleicht spielt es keine Rolle – was ich getan habe, was ich bin. Frederick sagt, wir treffen in jedem Augenblick eine Entscheidung. Ich habe Casimirs Vertrag auf seinen kleinen Beinen dahinhuschen sehen, aber im Griff dieser Wut glaube ich nicht, dass er über Magie verfügt, die stark genug ist, mich an die Leine zu legen. In diesem Augenblick glaube ich, dass ich Kahge wie den

Rand eines Tischtuchs in meine Faust nehmen und die gesamte Macht der Hölle auf meine Feinde schleudern könnte. Ich glaube, um dich zu retten, wäre ich bereit, die Welt einzureißen, Städte dem Erdboden gleichzumachen und ganze Reiche zerstört hinter mir zurückzulassen – und das werde ich tun, wenn es nötig ist.

Pia wendet sich vom Sonnenuntergang ab und sieht mich an. Ungerührt erwidere ich ihren Blick. Ich sehe mein Spiegelbild in ihrer Brille, die neue Narbe ein schwarzer Schnitt auf meiner Wange.

»Es tut mir leid«, sagt sie und ihre Stimme ist so sanft, wie ich sie noch nie gehört habe.

Aber meine eigene Stimme klingt wie ein Messer: »Das muss es nicht.«

Ich werde nicht länger versuchen, das Mädchen zu sein, von dem ich hoffte, ich wäre es. Ich werde zu dem Monster werden, das ich sein muss, um dich zurückzubekommen. Die Sache mit der Buße habe ich hinter mir gelassen.

Ich komme dich holen, Dek, und bringe den Wirbelsturm mit.

Verzeichnis der Personen, Orte und Gegenstände

Ammi: Hexe; Julia und Benedeks Mutter

Professor Baranyi: Wissenschaftler; hat eine Haftstrafe wegen ketzerischer Schriften abgesessen; steht in Frau Ochs Diensten

Benedek: genannt Dek, Julias Bruder

Bianka: Hexe; Theos Mutter

Casimir (Lan Camshe): einer der Xianren; versucht alle drei Teile des *Buchs der Spaltung* wieder zusammenzutragen

Csilla: chcmalige Schauspielerin, jetzt Hochstaplerin; Gregors Geliebte; Mitglied in Esmes Bande

Esme: Bandenchefin aus Spira; steht zurzeit in Frau Ochs Diensten

Graf Fournier: fraynischer Adliger, wohnhaft in Tianshi; Neffe der Frau de Laroche

Frederick: herausragender junger Student; Professor Baranyis Assistent

Gangzi: gewählter Vorsitzender des Shou-shu-Rates

Gennady (Zor Gen): Jüngster der Xianren; Theos Vater; wird von Casimir gefangen gehalten

Gregor: ehemals adliger Gauner, der für Esme arbeitet; Csillas Geliebter; Trinker

Agoston Horthy: Premierminister von Frayne

Jun: talentierter Spion; arbeitet für Graf Fournier

Ko Dan: einer der Shou-shu-Mönche; berühmter Hexer

Frau de Laroche: Hexe; Anführerin des Sidhar-Zirkels in Frayne

Lidari: Gethin-General; Marikes Verbündeter

Ling: kluge junge Frau aus Tianshi; Benedeks Geliebte; Meis Schwester

Marike: Hexe; die erste Faronin und Gründerin des Eschriki-Reichs vor mehreren Tausend Jahren

Mei: Lings Schwester; Wyns Geliebte

Frau Och (Och Farya): Älteste der Xianren; versucht Theo (und den dritten Teil des *Buchs der Spaltung*) vor ihrem Bruder Casimir zu schützen

Pia: Casimirs unheimliche Auftragsmörderin; wurde nach Yongguo geschickt, um Theo … und Julia zu finden

Si Tan: Oberster Bibliothekar von Yongguo – das höchste Amt nach dem Kaiser

Baron Skaal: fraynischer Würdenträger; Partner von Agoston Horthy

Theo: kleiner Sohn von Bianka und Gennady, mit dessen Wesen ein Fragment des *Buchs der Spaltung* verwoben ist

Wyn: Waise und Gauner; Esmes Adoptivsohn; Julias ehemaliger Geliebter

Zara: Tochter von Prinz Roparzh von Frayne

*

Ankh-nu: zweischnäbliger Tonkrug, mit dem die Essenz eines Lebewesens von einem Körper auf einen anderen übertragen werden kann

Das Buch der Spaltung: weltweit erste Verschriftlichung von Magie und ihrem Ursprung in der Welt, angeblich verfasst von Feo, dem Feuergeist; von den anderen drei Naturgeistern in drei Fragmente aufgeteilt

Eschriki-Reich: mächtiges Hexenreich, das vor dreitausend Jahren Bestand hatte und von den sogenannten Faronen regiert wurde

Gethin: Armee aus Wesen, die aus Kahge in die Welt geholt wurden und ihre körperliche Erscheinungsform von Marike, der ersten Eschriki-Faronin, erhielten

Kahge: von Magie durchdrungener Widerschein, Schatten oder Abdruck der natürlichen Welt, der bei der Dreiteilung des *Buchs der Spaltung* entstanden ist

Lorianischer Aufstand: vor achtzehn Jahren in Frayne gescheiterte Revolution, deren Ziel es war, König Zey zu stürzen und seinem moderateren Bruder Roparzh an die Macht zu verhelfen

Ru: Elitekämpfer; Wache der Kaiserlichen Gärten

Shou-shu-Kloster: Kloster in Yongguos Hauptstadt Tianshi, momentan geleitet von einem Mönch namens Gangzi

Sidhar-Zirkel: fraynischer Hexenzirkel, der am Lorianischen Aufstand beteiligt war; Ammi war Mitglied des Zirkels

Xianren: unsterbliche Geschwister, mal verbündet, mal verfeindet, von denen jeder den Auftrag hat, einen Teil des *Buchs der Spaltung* zu bewahren: Casimir (Lan Camshe), Gennady (Zor Gen) und Frau Och (Och Farya)

LESEPROBE

Beautiful Liars

Band 1:
Verbotene Gefühle
Von Katharine McGee
ISBN 978-3-473-40153-6

November 2118

Das Gelächter und die Musik in der eintausendsten Etage dröhnten. Die Party neigte sich kaum merklich ihrem Ende zu, die ersten Gäste stolperten in die Fahrstühle und fuhren nach unten in ihre Wohnungen. Die raumhohen Fenster wirkten wie Vierecke aus samtener Dunkelheit, obwohl in der Ferne bereits langsam die Sonne aufging und die Skyline in ein ockerfarbenes, blassrosa leuchtendes und sanft schimmerndes Gold tauchte.

Und dann erklang plötzlich ein Schrei. Ein Mädchen stürzte vom Dach, ihr Körper fiel immer schneller durch die kühle, dämmrige Morgenluft.

In nur drei Minuten würde das Mädchen auf dem gnadenlosen Beton der East Avenue aufschlagen. Doch jetzt – mit ihrem Haar, das wie eine Fahne um sie peitschte, dem Seidenkleid, das um ihre Kurven flatterte, ihren leuchtend roten Lippen, die vor Schreck zu einem vollkommenen O geformt waren – jetzt, in diesem Augenblick, war sie schöner als jemals zuvor.

Es heißt, dass unmittelbar vor dem Tod noch einmal das ganze Leben eines Menschen vor seinem inneren Auge abläuft. Doch während der Boden immer schneller auf sie zukam, konnte sie nur an die letzten Stunden denken, an den Weg, den sie eingeschlagen hatte und der hier endete. Hätte sie doch nur nicht mit ihm geredet. Wäre sie doch nur nicht so dumm gewesen. Wäre sie doch vor allem nicht dort hinaufgegangen.

Als der Wachmann auf der Straße fand, was von ihrem Körper übrig geblieben war, und zitternd eine Meldung des Unfalls durchgab, wusste er nur, dass dieses Mädchen die erste Person war, die in der zwanzigjährigen Geschichte des Towers von dem Gebäude hinuntergestürzt war. Er wusste nicht, wer sie war oder wie sie es nach draußen geschafft hatte.

Er wusste nicht, ob sie gefallen oder gestoßen worden war oder ob sie – erdrückt von der Last unaussprechlicher Geheimnisse – beschlossen hatte, zu springen.

Avery

Zwei Monate vorher

»Das war ein schöner Abend«, sagte Zay Wagner, als er Avery zur Tür ihres Familienpenthouses brachte. Sie waren im New York Aquarium in der achthundertdreißigsten Etage gewesen und hatten zwischen vertrauten Gesichtern im sanften Schimmer der Aquarien getanzt. Eigentlich war Avery kein großer Fan dieser Bar. Aber wie ihre Freundin Eris immer sagte: *Eine Party ist eine Party.*

»Das fand ich auch.« Avery beugte sich zum Netzhautscanner vor und die Tür entriegelte sich. Sie strich ihre blonden Haare zurück und warf Zay ein schwaches Lächeln zu. »Gute Nacht.«

Er griff nach ihrer Hand. »Ich dachte, ich könnte vielleicht mit reinkommen? Weil deine Eltern doch nicht da sind …«

»Tut mir leid«, murmelte Avery und verbarg ihr Unbehagen hinter einem falschen Gähnen. Er hatte sie schon den ganzen Abend unter irgendwelchen Vorwänden berührt. Sie hätte damit rechnen müssen. »Ich bin müde.«

»Avery …« Zay ließ ihre Hand los und trat einen Schritt zurück. »Das geht jetzt schon seit Wochen so. Magst du mich überhaupt?«

Avery öffnete den Mund, blieb aber stumm. Sie hatte keine Ahnung, was sie sagen sollte.

In Zays Miene flackerte etwas auf – Ärger? Verwirrung? »Schon verstanden. Bis später.« Er stieg in den Fahrstuhl, dann drehte er sich noch einmal um und betrachtete sie von oben bis unten. »Du siehst heute Abend wirklich wunderschön aus«, fügte er hinzu, bevor sich die Fahrstuhltüren mit einem leisen Klick schlossen.

Avery seufzte und trat in die prachtvolle Eingangshalle ihres Apartments. Bevor sie geboren wurde, als sich der Tower noch im Bau befand, hatten ihre Eltern hartnäckig darum gekämpft, diese Wohnung zu bekommen – sie umfasste die gesamte obere Etage des Towers und hatte die imposanteste Eingangshalle im ganzen Gebäude. Sie waren stolz darauf, aber Avery hasste es, wie ihre Schritte im Foyer widerhallten und wie die funkelnden Spiegel an den hohen Wänden alles reflektierten. Sie konnte nirgendwo hinsehen, ohne ihr Spiegelbild vor Augen zu haben.

Sie zog die Pumps aus, ließ sie mitten in der Halle liegen und lief barfuß zu ihrem Zimmer. Morgen würde jemand die Schuhe wegräumen, einer der Bots oder Sarah, wenn sie zur Abwechslung einmal pünktlich war.

Armer Zay. Avery mochte ihn sogar. Er war echt witzig, auf eine übertriebene, übersprudelnde Art, die sie zum Lachen brachte. Sie fühlte nur einfach nichts, wenn sie sich küssten.

Avery wollte nur einen einzigen Jungen küssen – doch mit ihm durfte das niemals geschehen.

Als sie ihr Zimmer betrat, sprang leise summend der Raumcomputer an, der ihre Vitalfunktionen scannte und die Zimmertemperatur entsprechend anpasste. Ein Glas gekühltes Wasser erschien auf dem Tisch neben ihrem antiken Himmelbett – wahrscheinlich wegen des Champagners, der immer noch in ihrem leeren Magen rumorte –, obwohl sie sich nicht mal die Mühe gemacht hatte, danach zu fragen. Nachdem Atlas die Stadt verlassen hatte, hatte sie die Sprachfunktion des Computers ausgeschaltet. Atlas hatte einen britischen Akzent eingestellt und die Stimme Jenkins getauft. Ohne Atlas mit Jenkins zu reden, war einfach zu deprimierend.

Zays Worte hallten in ihrem Kopf wider. *Du siehst heute Abend wirklich wunderschön aus.* Natürlich hatte er ihr nur ein Kompliment machen wollen. Er konnte nicht wissen, dass seine Worte auf Avery eher abstoßend wirkten. Ihr ganzes Leben lang musste sie sich schon anhören, wie *wunderschön* sie war – von Lehrern, Jungs, ihren Eltern. Inzwischen hatte dieser Satz all seine Bedeutung verloren. Ihr Adoptivbruder Atlas war einer der wenigen, die wussten, dass man ihr keine Komplimente zu machen brauchte.

Die Fullers hatten eine Menge Zeit und Geld investiert, um Avery zu bekommen. Sie war nicht sicher, wie teuer es gewesen war, sie zu »machen«, aber sie vermutete, dass der Betrag nur leicht unter dem Preis für das Apartment gelegen hatte. Ihre Eltern, die beide nicht besonders groß waren, ein durchschnittliches Äußeres und dünnes braunes Haar hatten, waren zu dem weltweit führenden Forschungsinstitut in die Schweiz geflogen, um ihr genetisches Material durchleuchten zu lassen. Irgendwo in den Millionen Kombinationsmöglichkeiten ihrer sehr durchschnittlichen DNA fanden ihre Ärzte die eine Kombination, die zu Avery geführt hatte.

Manchmal fragte sie sich, wie sie ausgesehen hätte, wenn ihre Eltern sie auf natürliche Weise bekommen hätten oder die Gene nur nach Krankheiten hätten untersuchen lassen, wie es die meisten Leute aus den oberen Etagen taten. Hätte sie die schmalen Schultern ihrer Mutter geerbt oder die großen Zähne ihres Vaters? Natürlich spielte das keine Rolle. Pierson und Elizabeth Fuller hatten für *diese* Tochter bezahlt, mit honigblondem Haar, langen Beinen und tiefblauen Augen, der Intelligenz ihres Vaters und der schnellen Auffassungsgabe ihrer Mutter. Atlas hatte sie immer damit aufgezogen, dass Dickköpfigkeit ihre einzige Schwäche sei.

Avery wünschte, das wäre wirklich das Einzige, was nicht mit ihr stimmte.

Sie schüttelte ihre Haare aus, band sie zu einem losen Dutt und verließ zielstrebig ihr Zimmer. In der Küche öffnete sie die Tür zur Speisekammer und tastete gleich darauf nach dem verborgenen Griff an der elektronischen Schalttafel. Sie war vor Jahren zufällig darauf gestoßen, als sie mit Atlas Verstecken gespielt hatte. Sie war nicht mal sicher, ob ihre Eltern davon wussten, denn sie hatten wahrscheinlich noch nie einen Fuß in die Speisekammer gesetzt.

Sie drückte die Schalttafel nach innen und eine Leiter schwang hinab. Avery hob den Saum ihres elfenbeinfarbenen Seidenkleids, zwängte sich in den schmalen Zwischenraum und kletterte hinauf, wobei sie instinktiv die Sprossen auf Italienisch zählte: *uno, due, tre*. Sie fragte sich, ob Atlas in den vergangenen Monaten auch Zeit in Italien verbracht hatte. Ob er überhaupt in Europa gewesen war?

Auf einer der letzten Sprossen balancierend hob sie die Arme, um die Dachluke zu öffnen, und stieg dann erwartungsvoll in die windgepeitschte Dunkelheit hinaus.

Neben dem ohrenbetäubenden Heulen des Windes hörte Avery auch das Grollen unzähliger Maschinen, die sich unter wasserdichten Gehäusen und Solarmodulen auf dem Dach drängten. Ihre nackten Füße wurden auf den Metallplatten kalt. Stahlbögen ragten aus jeder Ecke der Plattform und verbanden sich über ihrem Kopf zu der ikonischen Spitze des Towers.

Es war eine klare Nacht, in der Luft hing keine einzige Wolke, die sofort Averys Wimpern befeuchtet oder sich in Form feiner Wasserperlen auf ihre Haut gelegt hätte. Die Sterne glitzerten wie Glassplitter vor der unglaublich dunklen Weite des Nachthimmels. Wenn irgendjemand herausfand, dass sie sich auf dem Dach aufhielt, bekäme sie für den Rest ihres Lebens Hausarrest. Es war verboten, sich oberhalb der einhundertfünfzigsten Etage Zugang nach draußen zu verschaffen. Alle Terrassen darüber waren durch dicke Scheiben aus Polyethylen-Glas vor dem starken Wind geschützt.

Avery fragte sich, ob überhaupt jemand außer ihr jemals einen Fuß auf das Dach gesetzt hatte. An einer Seite war ein Sicherheitsgeländer angebracht, für den Fall, dass Wartungsarbeiten durchgeführt werden mussten. Aber soweit sie wusste, war das noch nie vorgekommen.

Nicht einmal Atlas hatte sie von diesem Ort erzählt. Es war eins der zwei Geheimnisse, die sie vor ihm hatte. Wenn er hiervon erführe, würde er bestimmt dafür sorgen, dass sie nicht mehr herkommen durfte. Avery konnte den Gedanken nicht ertragen, diesen Platz aufgeben zu müssen. Sie liebte es, hier oben zu sein – liebte den Wind, der ihr ins Gesicht schlug und ihr Haar zerzauste, ihre Augen zum Tränen brachte und so laut heulte, dass er ihre eigenen stürmischen Gedanken übertönte.

Sie trat näher an den Rand und genoss das Schwindelgefühl, während sie auf die Stadt hinunterblickte. Sie beobachtete die Monorails, die sich oberhalb der anderen Gebäude durch die Luft schoben wie fluoreszierende Schlangen. Der Horizont schien unglaublich weit weg. Avery konnte von den Lichtern New Jerseys im Westen bis zu den Vororten im Süden sehen, sie erkannte Brooklyn im Osten und, noch weiter in der Ferne, den schimmernden Atlantik.

Und unter ihren Füßen erhob sich das gigantischste Bauwerk der Erde, eine Welt für sich. Wie seltsam, dass in diesem Moment Millionen von Menschen unter ihr waren, aßen, schliefen, träumten, sich berührten. Avery blinzelte. Plötzlich fühlte sie sich vollkommen allein.

Es waren alles Fremde, jeder einzelne von ihnen, sogar diejenigen, die sie kannte. Warum sollte sie sich überhaupt für die anderen interessieren, oder für sich selbst oder für sonst irgendetwas?

Sie lehnte sich mit den Ellbogen auf das Geländer und schauderte. Eine falsche Bewegung und sie könnte fallen. Nicht zum ersten Mal fragte sie sich, wie es sich anfühlen würde, zweieinhalb Meilen in die Tiefe zu stürzen. Sie stellte sich ein merkwürdig friedliches Gefühl vor, ein Gefühl der Schwerelosigkeit, wenn die endgültige Geschwindigkeit erreicht war. Und wahrscheinlich hätte sie längst einen Herzanfall erlitten, bevor sie auf dem Boden aufschlug. Mit geschlossenen Augen beugte sie sich noch weiter vor, krallte die Zehen um die Kante – als die Innenseiten ihrer Augenlider aufleuchteten. Ihre Kontaktlinsen hatten einen Anruf registriert.

Sie zögerte, denn beim Anblick des Namens schlug eine Welle der Begeisterung über ihr zusammen, die gleichzeitig von Gewissensbissen getrübt war. Sie hatte es den ganzen Sommer über so gut geschafft, ihre Gefühle auszublenden, hatte sich mit einem Auslandsstudienprogramm in Florenz und zuletzt mit Zay abgelenkt. Doch schon im nächsten Moment drehte Avery sich um und kletterte rasch die Leiter hinunter.

Zurück in der Speisekammer, flüsterte sie atemlos »Hey!«, obwohl niemand in der Nähe war, der sie hätte hören können. »Du hast dich schon eine Weile nicht mehr gemeldet. Wo bist du?«

»An einem neuen Ort. Es würde dir hier gefallen.« Seine Stimme klang unverändert, warm und kräftig. »Wie läuft's, Aves?«

Und da war er – der Grund, weshalb Avery in windgepeitschte Höhen kletterte, um vor ihren Gedanken zu fliehen, der Teil ihrer genetischen Schöpfung, der schrecklich schiefgegangen war.

Am anderen Ende der Verbindung war Atlas, ihr Bruder – und der Grund, warum sie niemals einen anderen küssen wollte.